路翎全集

第六卷

长篇小说 1954

战争，为了和平

复旦大学出版社

本集获复旦大学"985工程"三期整体推进人文社会科学研究项目和上海文化发展基金会资助出版,为国家社科基金项目(22BZW134)中期成果

解放初期的路翎一家

1950年路翎一家与妹妹
徐爱玉一家

1950年路翎一家与妻弟余明薪（后排右）、妻表兄
马立叶（后排左）

《战争，为了和平》初版书影　　1953年夏路翎在开城前线

路翎与志愿军指战员在朝鲜战地

战争，为了和平

《战争,为了和平》,原题《朝鲜的战争与和平》,完稿于1954年8月,共13章,40余万字。1955年被收缴后遗失了第一、二章。1981年改为今题,陆续在数家期刊发表了部分章节(下称期刊本),后由中国文联出版公司于1985年12月出版单行本。单行本重订章节为简短"引子"加正文10章,内容较期刊本略有删减。就所检知,期刊版与单行本对应情况如下:

1.《江南》(杭州)1981年第2—4期刊载了第三至六章,题《群峰顶端的雕像——〈战争为了和平〉第一部》,对应于单行本第一至四章,其中期刊本第三章部分内容(对应于单行本第一章)及第五章(对应于第三章)为单行本所缺;

2.《北疆》(哈尔滨)1982年第4期刊载了第八章,题《战争为了和平》,对应于单行本第五章;

3.《雪莲》(西宁)1982年第3期刊载了第十章,题《战争,为了和平》,对应于单行本第七章;

4.《创作·文学丛刊》(贵阳)1984年第1期以《流过血的道路——长篇小说〈战争为了和平〉第一部选载》刊载了部分内容,对应于单行本第九章;

5.《新月》(银川)1984年第4期刊载了第十三章(据《后记》),题《战争为了和平》,对应于单行本第十章。期刊本文末署一九五四年八月三十日于北京,并附简短"后记",落款为一九八四年三月二十日。

本卷据单行本排校,并补录了期刊本中增收的内容。

引　子

　　一九五〇年十月中旬，美帝国主义侵略朝鲜的军队进迫中国边疆。周恩来总理发表讲话，中国对于美帝国主义的侵略行为不能置之不理。中国人民志愿军在十月二十五日进入朝鲜，和朝鲜人民军一起反击血腥的美帝国主义。

　　祖国的东北的旷野里，那由远而近的有着黄色泥土墙的村庄，那燃放着鞭炮的结婚的行列，那奔驰着的满载着谷草的骡马车；儿童的欢快的叫喊声，磨盘的愉快的转动声，铁匠炉的叮咚的震颤声，学校里青年人的歌声……这一切，给初冬的北国的土地以无限的生机。

　　志愿军部队在这旷野里向边境行进。战士们走过那些获得了解放、分到了土地的农户的家门，走过那些喧闹的、欢腾的集市，走过那些飘散着清香的待收获的果园。村庄里和田地里的人们深情地注视着坚强、精悍的部队。战士们带着祖国和乡土的深情，带着农村里的焦辣的烟味，带着儿童的欢笑，带着白发老人的凝望……离开了祖国，进入朝鲜。

　　石萍军李恒师是入朝的第二批部队。他们面临着敌机的残酷的轰炸和战火燃烧着的村庄。战士们长久地注视着朝鲜人民的渴望复仇的、坚毅的脸色和在弹烟中冉冉升起的炊烟。

　　部队在山沟里行进。朝鲜村落的人们在敌人轰炸机的轰鸣声中仿佛听见了从地底下传来的雷鸣般的怒吼声。夜晚，旷野里，偶尔闪现着汽车灯的迅速的、有遮拦的亮光，那成串的、游龙似的光亮时明时灭。借着月光人们能看见车辆的黑影，以及用树枝伪装着的坦克和重炮的影子。朝鲜的村庄在火焰中沉默着,凝视着军队行进的灯光和黑影,倾听着志愿军部队这个令它心醉的、震动着愤怒的行进的声音。

……

李恒师王正刚团入朝不久便在云山军隅里的第一次战役中大量歼敌,收复了云山军隅里。紧接着中国人民志愿军和朝鲜人民军进行了第二次战役,追歼无法站稳脚跟的南逃的美军。

中国人民的抗美援朝、保家卫国,和朝鲜人民的卫国战争,往深刻、持续和巨大的规模里发展……

第一章

经过了第二次战役,渡过了清川江……严寒的冬天降临朝鲜了。

美国军队向中国边境侵犯的时候,麦克阿瑟预定要在十一月二十三日"感恩节"以前全部占领朝鲜。但他们现在退到了清川江以南。

十一月二十四日,麦克阿瑟发动了他的著名的"圣诞节攻势"。这个著名的攻势进行了一天。第二天,朝鲜人民军和中国人民志愿军发起反击:在西线击溃了美二师、二十五师,随即收复了平壤;在东线击溃了美陆战一师和第七师。麦克阿瑟的圣诞节就这样过去了。十二月三十一日,我军发起了新年攻势,强渡临津江,突破了三八线。严寒的冬季降临朝鲜了。

战士们渐渐地对朝鲜,对它的土地和人民熟悉起来。在几个战役之间的短促的休整时间里,战士们开始学朝鲜话,开始帮老百姓做活,开始学会了脱下粗笨的大头鞋走进屋子,盘腿坐在炕上,开始和老大娘们用谁也听不懂的夹着几个刚学来的朝鲜字的奇特的语言谈话,面孔涨得通红,做着手势,哈哈大笑——但是居然被听懂了。

每天黄昏,部队沿着公路和小路,穿过山沟,翻越高山,渡过河流前进着。战士们在沉重的背包和武器的重压下喘息。那些饱经风霜的、严肃的脸,和那些年轻的,即使在这样的疲劳里也不时地闪耀着好奇的光辉的脸,迎着冬天的尖利的寒风前进着。一张疲劳而紧张的、冻僵了的、好象对眼前的一切都不注意的脸上,会突然地对路边上的一个孩子露出笑容来——在包到下巴的绒帽中,结着霜的眉毛和睫毛很困难地闪动着,很难看出来这是在笑。人们会突然地对迎着队伍走过的一个老大娘喊叫起来,一下子前前后后都喊叫起来,争着说出他们刚学会的几句朝鲜话,有的说好,有的说再见,有的说吃过饭了,有的说谢谢,有的说着谁也不知道的什么。老大娘来不及回答,这些人就都过去了,沉默了,急急地前进着;一条条的撕破了的棉衣、绒帽中露出来的通红的鼻子、粗声地喷出来的白气、开了裂口的鞋、艰难的脚步。在滚滚的人流里,前进着各部分的汽车、嘎斯车和刚缴获的十轮卡车,山炮和野炮;偶尔也拉过来新缴获的重炮,于是人们笨拙地转动着身体,投过赞美的眼光来,抖着肩膀上的积雪,很困难地对着它们欢呼起来:"啊!啊!这老家伙!""一〇五的,同志们!""给它下个命令,叫杜鲁门……"那些驮着迫击炮、弹药和粮食的骡马过来了;这些骡马喷着鼻息,下巴上挂着冰柱,在饲养员的吆喝下挤在汽车和人们中间蹦跳着。在中国的农村里到处可以听到这样的吆喝牲口的声音。牲口睁着柔顺的眼睛。离家不久的战士们,这时候,就想起了他们家里,他们自己喂着的牲口来。他们在不久之前还耕种着刚刚分得的土地。他们的手上也许还沾着牲口的愉快而浓厚的汗气;他们开始心疼牲口。一个战士说:"这些牲口……啊!啊!这要是老百姓……"另一个战士回答他说:"这是革命战争啊!快走,跟上!"第三个战士在奔跑中喘息着说:"普通……老百姓还喂不了……这么好哩!"——"这要值多少钱?老百姓……"——"你不问问……"那奔跑、喘息的战士说,"你不问问一颗炮弹……多少钱么?"但这时他们身边出现了更亲切的景象。三匹牲口拖着的大车在一队汽车中间奔驰过来了,它的姿态似乎比汽车还要傲慢。那赶车的,是一个头上戴着象一座小山一样的羊皮帽子,穿着一件黑布面的羊皮大衣的青年。他弓着身子坐在车上,冻僵了的脸扭曲着,甩着他的鞭子,喷着气,发出喊声来。这是道道地地的东北农民。公路上又跑过了扛着扁担的民工们;穿着大棉袄和羊皮衣,身上散发着浓厚的烟草气的,那些长着胡髭的老年的农民和年轻的人们。他们身上的小零碎,怀里的铁盒子或者拴在腰上的烟袋在碰响着。

战士们于是重新困难地转动身体,带着又亲切又骄傲的神情看着这些人们。"你们哪里的?中国来的吗?"一个战士喊。

有一瞬间沉默着,大家想着这不觉地、突然地说出来的"中国"这两个字,感觉到特别的意义。

民工们喊叫起来了。他们的嘴巴都冻僵了,一下子听不出来他们在喊些什么。

"中国的!东北来的!"一个老人喊叫着,显然在微笑,不过他的冻僵了的脸却好象在发怒;他的头上的羊皮帽的护耳张开来,象翅膀一样颤动着。

"好啊,同志们,了不起!冷吗,够呛吧!"一个战士解开了他的绒帽的护耳,很困难地说着这话;仿佛不说出来他就很不甘心似的。

"出来多久啦?"

"过得惯吗?没遇着飞机吗?"第三个战士喊,着急地甩掉他的一只棉手套,举起手来打着招呼。于是那只挂在肩膀上的棉手套就象一只很大的鸟儿似地在他的身边飞动着。

战士们的冻得发紫的脸上喜气洋洋,因为他们是战士,并且已经在朝鲜战斗过了。他们觉得离开自己的祖国已经很遥远了,但突然地它又这么近,好象就在你的身边,在你的心里。这不是,在几年前的解放战争里,天天都见到的这些穿着老羊皮大衣的人们吗?也许父亲、哥哥也来了,说不定他们也在里面的呢。

"你是哪里人?你们是哪里人?"

"吉林!"

"咱们这大半是吉林,也有沈阳……"

"好啊,我也是吉林!"一个战士欢乐地叫,"好吗?好几年了……都好吗?"

"他怎么知道你家里好不好呢?"另一个战士说。

"我是问吉林!"第一个战士怒吼着。

"同志们,你们打得漂亮!"那个老头儿叫着,他头上的大皮帽子的护耳仍旧象翅膀一样颤动着。

"看见了吧?"战士以主人的姿态骄傲地回答,"看见这一路上他杜鲁门栽的跟头了吧?行,"他想了一想,呵了一下手,重新捉住了他的飞动着的棉手套,说:"你们觉得朝鲜怎么样?飞机没打着你们?"

"没少遇见!"

这热烈的谈话不得不中断了。后面的汽车愤怒地揿着喇叭,这些焦躁、刺耳的喇叭声好象说:"有什么好谈的!我们觉得就是这样!不都看见了吗,就是这样!"民工队里又吹起了哨子,公路上显得乱糟糟的;于是人们因被扰乱了亲切的家常谈话而生气,这生气中间也会有快乐,发出"啊!啊"的声音向前奔去。公路上显得乱糟糟的。民工队下了公路往山沟里去了,夜晚已经来临,天色已经黑暗下来了,但仍然可以看见那些大羊皮帽和老棉袄的亲切的影子。

黄昏的时间,是最可宝贵的行动的时间。这时白天里的敌机已经回去了,夜航机尚未出现,汽车也可以用不着开灯就在公路上奔驰。但黑暗一来临,远远近近的汽车不时地闪着车灯,轰炸声远远地传来,朝鲜的一切道路上就又呈显出森严的、紧张的气氛。

这时,在离开鸭绿江不远的地方,一辆昨天夜里从安东驶出来的汽车从隐蔽了一整天的山坡边上驶上了公路。它是李恒所属的这个军的汽车,司机胡有安是一个灵活、快乐、好说话的年轻人,他是一星期前奉命回国给军部运输一座电台和其他一些通讯材料的。这车上还有两大袋部队的信件,首长的家属带给首长们的包裹。他摸了几个包裹,判断出来里面有毛线衣、鞋子袜子之类,于是心里十分高兴。有一个木箱里装了带给首长们的十几瓶葡萄酒,他一高兴自己也买了两瓶通化葡萄酒,不但买了酒,而且把他的所有的钱都买了电棒、电池、灯泡……预备分给战友们。部队出国作战将近两个月了,他这虽然是第二次执行回国的任务,却是第一次运来信件、包裹和酒;他在安东洗了澡,理了发,还看了一场戏,虽然依他看来这戏一点也不好看;他因了他车上的这些东西而非常满意。

这青年人看来有些冒失,昨天夜里他的车曾两次几乎叫敌机干掉,后来又被阻拦在一座被炸毁的桥梁前面。道路上非常拥挤,前进很困难,除了用喇叭以外,他还用他的嗓子不断地吼叫着,吵闹着,诅咒着,于是今天他的喉咙都痛起来了,说话很困难了。一夜之间前进不到一百公里,而且天明以前机器又发生了故障,抛锚了。找了朝鲜老百姓来帮着把车推下公路,他一声不响地修了六个多钟点,整天都是一副要和人吵架的神气,但到了黄昏,他却又快活起来了。

在司机台里,还坐着一个面色有些苍白的青年军人。他的特殊的沉着和谦逊引起了胡有安的注意。他是赵庆奎营第一连,即魏强那个连的副连长李凤林,解放战争里的功臣,去年在西南的剿匪的战斗里负了伤,身体刚复元,急着去追赶他的部队的。但直到现在胡有安都并不知道这是全军都知名的功臣李凤林,安东办事处的一个干事不过告诉他,有一个李恒师的干部要跟车入朝,身体还不太好,希望他多照顾点。这样胡有安就让押车的一个干事坐到车上去,而让李凤林坐在驾驶台里。李凤林为这个不安了好久,提了好几次意见。胡有安是以豪迈的保护者的姿态带着李凤林从安东出发的,他想:这人虽然看来可能有些战斗经验,然而他却不知道什么叫做朝鲜战争。而且,这人还有点过分有礼貌的、简直是文雅的态度,那种谦让和慎重,可能是一种不够坚强的表现。谁在朝鲜的公路上,在混乱、嘈杂、拥挤的,到处都闪耀着炸弹的闪光的战争的道路上不怀着三分畏惧呢?连他,天不怕地不怕的胡有安,也是提着他的心在开车的。因此,在昨天夜里,当炸弹第一次在他们附近爆炸的时候,他就悄悄地注意了一下这个李凤林。然而李凤林并没有如他所设想的……当然,他也并不一定就设想了什么。不过李凤林确实很沉着,只是竖着耳朵听着周围的声音,别的就没有了。胡有安一路上不断地因公路的堵塞,因那种极端危险的、束手无策的状况而焦灼,以至于发怒,向前面的车辆喊叫,往天上开枪;到处都是劈劈拍拍的枪声,有的是用来警告开着车灯的汽车的,有的是用来当联络讯号的,有的单纯是因为抑制不住的愤怒。这个时期的朝鲜的夜间公路上,那滚滚的人和车辆的洪流,那激动、嘈杂、愤怒而壮大的搏斗景象,是人们永远难忘的。胡有安吼叫着:"短阳寿十年!"每一次堵塞起来,他都要这么吼叫着,他并且用最粗俗的话咒骂,也不一定是咒骂谁;他喊着:"要不是打这个仗,谁到朝鲜来哇!谁不知道在国内舒服!混蛋,他妈的,没有组织,官僚主义!"然而这一切紧张焦灼的、连最沉着的神经都要战栗起来的时候,李凤林却自始至终没有表示任何一点意见;他耐心地等候,跑下去帮助推车。然后,他就又安静地坐着,望着前面。胡有安最初想:"他看来还沉得住气哩!等下瞧瞧吧!"他对李凤林说:"这还算不了啥,等下看吧,在后面哩。"可是等一下李凤林也仍然是那样。胡有安开始有些佩服了。他谈起了他们军一个多月以来的战斗,胜利和缴获。当然,在这一点上,李凤林显然是不安的,别人已经获得这么大的胜利了,他才刚刚到来。于是胡有安又安慰他:"你放心吧,有你干的!"但是李凤林总是说着很简单的话,胡有安怎么也不能使他多谈一点。在李凤林自己呢,他似乎没有关心到司机对他的态度,他对朝鲜的一切都抱着庄严的尊敬感情,对司机胡有安也一样。他相信司机的喊叫、诅咒、往天上开枪,这些都是必要的。他确实也佩服胡有安,胡有安在冲过敌机的炸弹和机枪的时候,勇敢而老练,他的车开得极好,并且他虽然在整夜的搏斗中是这样的疲劳,却仍然有精力吼叫,说话,甚至在顺利一点的时候他还唱歌……这个人有多么旺盛[①]的精力啊!

这是第二个晚上了!还要有多少时候才能追上他们的部队

[①] "旺盛",《江南》版作"顽强"。

呢？这简直是难以估计的。然而出发的时候胡有安重新又变得神情愉快、精力饱满，好象等待着他的不是危险、堵塞、爆炸、吼叫……而是一个愉快的旅行似的。这是怎么样的公路啊！人怎么能设想这样的战争的道路啊！黄昏的寒冷的光辉笼罩着田野、山峦和枯树。开始了。从各个山沟里驰出了插着伪装树枝的汽车，还有又亲切又奇怪的三匹牲口拖着的胶皮轮大车，还有扒犁；从各个山沟，各个树林，各处的隐蔽的地方，部队、民工出来了；他们吃完了简单的干粮就上路了；千千万万条细小的人流汇集到公路上，于是公路立刻就变成汹涌的人的河流。部队在两边前进，马匹、胶皮车、民工，在汽车中间拥挤着。插着伪装树枝的汽车象是移动着的树木一样。最初人还不多，头上顶着瓦罐子或包裹的朝鲜妇女，和小孩们在公路上走过，战士们还打着招呼；有些部队第一次看见民工队，发出高兴的叫声；前前后后，在汽车的喇叭声和马达的吼声里——这些喇叭和马达声喊着："前进啊！前进啊！快啊！"——还传出来时而是这个，时而是那个连的唱歌的声音；那种中国战士们特有的沙哑的歌声，并且还喊着："二小队唱一个！再来一个要不要，一二三！"于是从那些冻僵了的嘴唇里发出了喊叫一般的喜悦的歌声："嘿啦啦！嘿啦啦……"公路上笼罩着出发的兴奋和新鲜，连汽车，连马匹，连映着黄昏的微光的伪装树枝都兴奋、新鲜。偶尔出现的人民军战士也引起欢呼，他们刚从战争里下来，他们的焦黑的脸膛上闪耀着疲劳的笑容。人们给难民们让路。但是这里出现了另一群朝鲜人，老人和妇女，他们不是向后去，而是和部队一样向前去的！他们用背夹背粮食，或者把粮食口袋顶在头上，沉重地喘息着。这是军粮。"鸦宝！鸦宝！卡冬卡开慢一点！老大娘辛苦啦！"战士们激动地喊着。甚至胡有安也从驾驶台伸出他的带着一些小麻子的脸去，喊着："鸦宝，乔司米达！"妇女们沉默着，然而在沉重的负荷下微笑，流汗的脸更红。彩色的裙子，虽然是破旧了的，在战士们的黄色军装和车辆中间闪耀着。看着头发灰白的老大娘顶着军粮前进，一丝白发贴在她的流汗的额上，胡有安叹了一口气："你看这朝鲜老百姓啊!"李凤林瞪着眼睛注意地看着,生怕把眼前的景象遗漏一点点,仿佛看着他从来不曾见到过的事物。

　　滚滚的人流,嘈杂的人声,歌声和喊叫,浮在人流上的汽车的伪装树枝……夜晚的战争开始了。天黑下来,远远近近响起了枪声,车灯照亮了冻起了发亮的硬壳的道路,并照见了战士们的疾速地移动着的脚。歌声和喊叫一瞬间都没有了。胡有安的快活的神气没有了。堵塞起来了。爆炸声,枪声,敌机出现了。从附近的山头和树林里,一下子升起了好几颗红色和绿色的信号弹。"特务!"胡有安大叫着:"闭灯,前面那辆车,该死!"当然,前面那辆车是听不见他的。各处都响起了枪声。胡有安狠恶地喊叫了一声跳下车去,"他妈的对他的车灯开枪!"他吼叫,并且向天上放枪。

　　炸弹落下,两旁的战士们卧倒了。

　　下半夜天开始落雪。公路两旁的战士反穿着棉袄,或者披上了白色的伪装布;伪装布轻轻地飘动着。

　　"冷哪,鬼天气!"胡有安叫着,"好天气哪,飞机阿不索,回家打报销……"

　　他可快活了起来。他想起了车上的东西。

　　"军长可以收到他女儿织的毛线衣了,"他对李凤林说:"军长的爱人死了十多年了,听说是一个勇敢的女同志,会打仗;你们的师首长,可以收到他爱人的包裹了,结结实实的,就数他的东西最多,很可能里面有好吃的呢。我摸过一下……"他在黑暗中狡猾地笑着。

　　李凤林从来不曾知道师长有爱人,他怀疑地沉默着。

　　"你这都不知道?嘿,出国前不久结的婚;他爱人可能干呢,也挺漂亮,两个人都漂亮。"他沉默了一下,显然被这漂亮感动了;而且显然想到了眼前的战争。

　　关于首长们的性格和这样那样的事情,他全知道。但李凤林是不喜欢谈论首长的。他几乎要觉得,象师长李恒那样杰出的首长,会有爱人,是不大可能的;仿佛恋爱、结婚会贬低英勇的军人的价值似的。当然,他有女人,而且现在几乎也想到了她;

但这是另外一回事了,他和他女人是从小订婚的,而且,他不过是一个副连长。

"你结婚了吗?"胡有安沉默了一下就这样问;李凤林老是不谈什么话,他很不满意了。

"没有,"李凤林回答。他觉得这样回答简单些。而且,实际上,他也譬如没有结过婚。

"我也没有。咱们都是光棍。"胡有安高兴地说。"你是养病的吗?"

"养伤的,"李凤林带着轻微的自尊心回答说。

"你是你们团哪个连的?"

李凤林没有回答,前面的灯光下,大雪里出现了一个穿军服的人,拦在路中间,对汽车挥着手。胡有安停车了。

"我不能随便带人!我有任务!"他推开车门大声喊着。一路上不断地有人要求搭车,然而现在特务很多,司机的警惕性是很高的。

但这个人却是要求帮助的。他的车掉到路边的坡下去了。

"你哪部分的?"胡有安问。

"猛攻部,二大队……"

"不行!我有任务!"胡有安决然地说,怒冲冲地又开动了车子。

那人的失望而怨恨的脸色在他们身边闪过。

"这个时候谁能管这些!"胡有安大声说,"掉到沟里去的车多呢,在朝鲜……"

他喃喃自语,这证明他是在力图说服自己,力图对自己证明,他的行为是合理的。然而李凤林的沉默却使他觉得愈发不安。这沉默好象是有刺的。

几乎他自己还没有做出决定,他已经猛然停车了。

"对了,应该拉一下!"李凤林说。

胡有安怒冲冲地打开车门跳下去,他向后面喊道:

"等着——你有钢丝绳吗?"

于是他又上车,迅速地倒车。后来他又跳了下去,李凤林也下车了,他们拉着钢丝绳。

"你们车上是什么?"他问。

"弹药,送兵站的。"那人回答。

远处的车灯照见了胡有安的带着一些小麻子的、涨得通红的脸。他一言不发地跑回司机台。弹药车很快拉上来了。押弹药车的那人跑向司机台,正要说感谢的话,胡有安却推开门,迅速而奋激地、象久别重逢的老朋友似地和他握手。

"对不起,刚才……"他大声喊叫着。

前面又堵塞了。大雪在降落着;胡有安停了车跳了下去,吸烟,并在公路上来回跑,跳着脚,这一次他没有吼叫。公路上仍然到处都响着枪声,这里那里人们咒骂着,车灯照亮了正在飘落着的大雪,照亮了仍然在默默地前进着的战士们的绒帽护耳上的雪花、喷出来的热气、和一张张疲劳的、眉毛上都结了霜的脸。路边有倒毙的马匹。一辆胶皮车横在路边上,一个戴着军人的绒帽,但却穿着农民的长大的棉袄的中年人蹲在马匹旁边的雪地里;他一动也不动。

"谁的破车子拦在路上?"后面的汽车停住了,一个恶狠狠的声音叫,"谁的?拉开去!"

那个坐在地上的民工一下子站起来了。

"你对不起我!"他喊,他的声音非常沉痛。

人们被这沉痛的声音所惊动,都看着他。但他又蹲下了。

"你是干什么的哇?哪部分的?"一个比较温和的声音问。

情况显然是这样的:这中年的民工大车坏了,马匹死了,他正在等待救助;他陷在非常困难的情况中。

"这是你的牲口么?"胡有安问。

那民工向他身边的倒毙了的马匹看了一眼。

"这是咱们村小赵家的,"他伤心地说,"我的昨天就……"

"你们自己的牲口么?这车也是你们自己的?"

"我的。"民工回答,他抬起头来看了看人们。

"你们真行啊!赶着自己的车来抗美援朝,支援前线……"胡有安说。

但那民工沉默着。他赶着自己的车,套上自己的牲口,从家乡一直到朝鲜战场来了。最初他对战争只有模糊的感觉,但突然地就投入战争里来了。他心疼他的牲口,渴念他的家乡,这一切都是摆在他的脸上的。

"那么你怎么办呢?"

"有人去找大队去了。"他冷淡地说。"同志,有吃的么?"

人们这才注意到他冻饿得颤抖着。这个时期人们都非常宝贵他们各自带在身上的一点干粮,好一些人都已经在路上吃完了。但李凤林迅速地就拿出了他口袋里的几块饼干。人们开始帮着他把大车扶起来,在路边上顺好。这时公路上堵塞着的车辆又重新前进,战士们跑步前进,跳过那倒毙了的马匹;这两台车的人们,都仍然逗留在这里,他们好象不好离开这陷在困难里的民工。

"你们也是有功劳的啊!"胡有安又说,被这民工的老百姓的服装感动了,"拿自己的牲口来抗美援朝……"

"人都来了,还说牲口?"这民工说,然后他一下子咽下他嘴里的饼干,大声地、悲痛地说:"我这也不想回去了!我就在部队里干了!我还回去个球?我的没啥,"他指着牲口说,"这叫我怎么见咱们街坊小赵他娘?他娘为买这牲口……穷了半辈子……"

"那……呀!"胡有安说,咽下了一句过于直爽的话,用非常柔和的、充满着感动的声音说,"你这么说就不对劲啦!咱们这不都是旧社会里受过苦的吗?你刚才说的那位小赵他娘,她要是见到朝鲜人民的流血牺牲,我包她半句话也没有!咱们都是为的咱们国家……象你刚才说的:'你们对不起我!'谁对不起你?美国人对不起你……"

大雪飘落着。司机说话非常困难,喉咙哑得几乎发不出声音来了;但他激动地一直说了下去,而周围的人们也就静静地听着,他们希望看见这民工到底怎样想。司机突然停下,跑回汽车,拿出了他刚才舍不得拿出来的一个面包。

"哪,拿去吧,"他愉快地说。

"不,这我……"

"拿去吧!"司机慷慨地说。

"那我不能要!"

"胡说!"司机吼叫着,"这是战争,你知道吗?拿去!"

他把面包塞在那民工的手里。

"同志,你贵姓呀?"民工说。

"我是中国人民志愿军的一个同志。"司机说,愉快地跑回司机台。

车子前进的时候,人们看见这民工仍然蹲在那里,伸着手在那牲口的鼻子上摸着;似乎他还希望这牲口能活转来。

"别难过了,胜利了有你的牲口,咱们国家的生活……"胡有安叫着,但那民工没有抬头;冷风卷着雪花飘落在他身上。

"老百姓的思想,我从前当老百姓的时候……"胡有安说。又沉默了一下,然后他说:"不简单啊!小赵他娘,小李他爹,小王他姥姥……这不简单啊!"

现在道路上忽然比较空旷。车灯照见了一连串翻倒在路边的被打坏的美国卡车和田地中的、在大雪中伸出炮筒来的寂寞的美国坦克。接连地出现了十几辆这样的坦克,炮塔和履带板上都已经积上了雪了,在昏暗中它们仿佛是完好的。这些坦克在山坡和田野中,有的向东,有的向西,有的向北和向南,显然它们曾经四面八方地逃窜。更多的迹象表现出了刚刚过去不久的巨大的歼灭战:在雪坡上露出来的翻倒了的榴弹炮、牵引车、小吉普、成堆的炮弹……

"这地方就是我们军打的!"胡有安说。

"真的吗?"李凤林叫,在座位上动了一下。他兴奋地看着两边山坡上的地形。

"是一大队配合二大队打的!我们军长对一大队三支队

直接下命令,要三支队在四个钟点以内,在拂晓以前插过五十里的山路,于是三支队的团长把裤管一扎,跑在队伍前面!他们刚好赶上完成任务!部队一撒出去,你看这些战士们啊!满山遍野地打响了,这个连那个排,这个排那个班,谁都找不着谁了,就管打!他们有一个排一直追出去十几里,打到下午才回来!"

"我们团打得怎么样?"

"也打得不错。"胡有安说,唱起歌来,唱了一句又停下,"你是三连的么?"

"一连的。"

"你们一连不错呀……有个功臣排长叫李凤林,对么?"

李凤林窘迫起来了。

"你是……担任什么职务?"胡有安忽然这么文雅地问。

"副连长。"李凤林说。

司机的思想这时又转到道路上去了。他逐渐怀疑起来,他是否错过了应该转弯的交叉路口。他停下车来观察了一下前前后后的地形,又往前开。后来他决然地转向了一条较小的公路。他想在天明以前抢过前面的桥。小公路上也有很多的车辆。但战士们的行列到这里却中断了。行驶了一阵之后,正往一个山坡上驶去,机器忽然熄了火,怎么也踏不着。于是胡有安一声不响地下来开始修车。过了半个多钟点。又有几台车过去了之后,公路上一瞬间寂静了下来。雪仍然在下,敌机在云层里吼叫着,各处的山沟里响起了枪声;敌机在盲目投弹。然而附近的山坡树林里接连地升起了两颗红色信号弹。

从树林的边上,两排自动枪的子弹打过来了。武装特务在袭击这辆掉队的汽车。

"我操你祖宗!"胡有安吼叫着,跳下车头,抓起步枪,凭着汽车还击;但他显然有些惊慌;他在激烈的兴奋中颤抖着。

"卧倒,在汽车底下打!"李凤林说,然后,这个人就象跳跃的猫一样轻捷,一闪就跃到公路下面去了。

胡有安在放出头两枪的时候,手有点僵硬。他正考虑是否要退走,退到公路的另一边的石头后面去。干事已经退到那里去了,好久才打出一枪。但李凤林的声音和那非常轻捷的前进姿态支持了他,立刻就使他勇气百倍。当然,这公路上现在只有他们三个人,而敌人占着主动,但他想起来了,他的这个沉着的同伴是副连长——这不是简单的事;这是强大的力量。这个看来有些瘦弱,并且过分谨慎的同伴居然能这样迅速地选择了攻击道路,而且这样轻捷地前进,使他惊异;但他也来不及惊异,他听从了李凤林的指示,伏到汽车肚子底下去了,又打出了一枪,并且摸出了他仅有的两颗手榴弹中的一颗。

五个武装特务在进攻这辆汽车。他们已经出了树林了。

那象跳跃的猫一样轻捷的李凤林,下了公路边的斜坡就向前跃进;他爬进了敌人侧面的矮树丛;无声无息,不留一点痕迹,连胡有安都不知道他到了哪里了。敌人从山坡跳下,又卧倒,射击着。李凤林的手榴弹在他们里面爆炸了。这时李凤林已经出现在他们的后面。他的冲锋枪闪着火光。

胡有安爬出汽车肚,发出叫喊,高举枪托冲了上去。

剩下来的一个特务缴枪了。

如果不是李凤林拦住他,胡有安的枪托一定已经打下去了。他杀气腾腾地喊叫着:"出卖祖国,美帝国主义的走狗,这些畜牲把我气坏啦!我告诉你,"他又冲向那特务,"我们当司机的碰上你们算是没说的,你要是整倒了我,叫我翻山沟里去那就算你的!我的电台就运不到,同志们的信就收不到,首长们冬天就不穿毛线衣!今天我抓住了你!那就算我的!"他举起他的步枪来大吼了一声。于是那特务发出了一声恐怖的尖叫。

"捆起来放在车上吧。"李凤林冷淡地说,对着他的这个暴跳如雷的同伴微笑着。

"我饶不了他,他把我害苦啦,你不知道的,这些走狗把我们司机害苦啦!我豁出去犯俘虏政策啦,我总要想个办法整他一下,我总要,"他走动了两步,在地上看着,似乎在寻找石头,但马上又跑回来,举起步枪,用他的嘶哑的喉咙喊着:"杀啊!"于是那特务跪下来了。胡有安苦痛地呻吟了一声,颤抖着走回汽车。

他修好车重新前进,好久沉默着。

"你看……"他终于又喊叫起来,因为他的嗓子除了喊叫就不能发音了,"你贵……你叫什么名字呢?"他原来甚至要说"你贵姓"的,他忽然觉得不好意思。

"李凤林。"李凤林回答,面孔有些发烧。

"啊!嘿!"胡有安说,于是他用更大的声音喊着,"我这个人性子不好,有许多缺点,你可是要帮助我啊!我在一本小书上看到过说你在三河镇立功的战斗,那时候我还在家当老百姓!"

前面的车灯暴露了目标。有一些枪火和爆炸的闪光在车子的前面和左边闪耀了起来。胡有安喊叫了一声,驾着车飞快地奔驰了起来;战斗的欢腾来到他心里。他突然煞车,又突然用全速前进,巧妙地闪避着空中来的袭击。

"没关系!"胡有安喊着,"跟你在一块,我今天啥也不在乎!"

他驾着车奔驰,紧张地、默默地盯着前面的道路,不时发出激昂的战斗的喊声来鼓舞自己。

"好!狗养的!"他喊,"我的电台!我的祖国来信!我的毛线衣,前进!好险这一下!摔不到沟里去算我的!我这眼睛比猫还好,"他大吼着,"前进!"

前面的一台车突然起火,爆炸,翻下山沟。胡有安煞住车,冲到公路边上;积雪中分不清公路和田野。突然的爆炸把车几乎掀翻,气浪把他们打得在司机台里跳了起来。敌机扫射着飞过低空。一发燃烧弹打在车子的右边,车上的包裹和电台的木箱着火了。胡有安和李凤林冲了出去,"脱大衣救火!"胡有安喊,倒下了,但立刻又爬了起来,在浓烟中爬上车。"拿大衣扑!拿大衣……"他喊着,挥着大衣,然后他又跳下车。车又开动,在积雪的道路上奔驰,李凤林和那负伤的干事滚跌在一起,他挣扎起来,扑到仍然在冒着烟的木箱上,又被震倒,滚到后面。火已经熄了,但仍然冒着烟,汽车奔驰着。炸弹仍然前前后后地爆炸。

汽车驶上了山岗,可怕地震动着一直冲到坡边上,被一棵大树拦住,在一个巨大的弹坑边倾斜地停住了。

但胡有安没有出来。李凤林下去,看见这个勇敢的人伏在驾驶盘上昏迷了。

"老胡!"他喊,摸着了他背脊上流下来的血,把他抱了起来,"老胡!"

过了好一阵,胡有安的听不清楚的声音说:

"电台没有损坏吗?"

"没有。"

"包裹呢……"

包裹损失了一部分了;右边的车板已经叫烧毁了。但李凤林说:

"没有。你怎样?"

"我能行。他妈的……他想整住我呀,做大梦……"他说,随即他又昏迷了。

当他醒来的时候,他发现他躺在树林里的积雪上。天已经大亮了。敌机正从附近的低空飞过,它们擦着山坡和树林飞过,震落了树枝上的积雪。李凤林坐在他附近。

"伪装了没有?"他问,在疼痛和寒冷中颤抖着。

"伪装了,你放心吧。"

"电台没损坏?"

"没有。"

他们又重复着这个谈话,胡有安忘记了他已经问过了这些了。他看出来李凤林为他很不安。于是他确定了,他要忍耐着一直躺到天黑,只要还活着,一定再开车前进。

他精疲力尽,带着他的右肩背上的伤,默默地躺着。然而激动地、说不出来的欢腾的感情又来到他心里。"我一定是还有力量,因为我现在很清醒……有力量,我的电台,我的祖国来信,我的毛线衣,我们前进……这样子,这样,"他想起了什么,微笑着,于是他开始来编一个快板了;"这一句不行,要这样,比方说:头上B二十六,脚下小公路,小公路……关上大灯跑,炸弹呼呼呼……这不好,这是个挨打的战略思想,操蛋,他妈的,胡闹!"他想,笑着,于是忘记了他的伤,扭动身体要坐起来,疼得叫了一声。

"你躺着,躺好。"李凤林说。

"你看我编个快板,"胡有安说,年轻、活泼、兴高采烈的神气又在他的冻僵了的、苍白的脸上出现了;"这样,你听:头顶B二十六,脚下大山沟,打开大灯干,杜鲁门……不,操蛋,不押韵。"然后他看着山沟,轻轻地说:"朝鲜这地方多好啊!"

李恒的师进抵临津江边,选择了渡江突破的道路,准备渡江战斗。李凤林从军里和几个干部一起连夜地行军赶到的时候,司令部和政治部的首长们几乎都不在家。李凤林知道,今天,十二月三十一日的下午,就要发起攻击了,他心里很着急。好容易找到了从后勤的会议里回来的政治部副主任,汇报了他的情况,他就要求马上回团。然而他的刚刚复元的身体,在经过了路上一个多星期的冻饿之后,虚弱的情况非常明显;政治部副主任不许可他。李凤林很有点沮丧,从副主任那里出来,遇到了迎面而来的吉普车,看见了师长和政委。

他站下来敬礼。师长的警卫员杨正云忍不住地发出了喊叫(李凤林曾经是他的排长),于是车停了。

"是你啊李凤林!"师长几乎是大吃一惊他发现了他,"你看你这个同志,怎么搞的哇,下去了就不来封信,我还以为你死了呢!"

"我给我们团首长写信了。"李凤林羞愧不安地说,注意到师长的皮大衣上沾满了泥土,并注意到,虽然是浑身泥土,眼睛有些红肿,师长仍然象从前一样洒脱。他于是想到师长的那个从遥远的国内运来的包裹在轰炸下叫毁掉了,要不然的话,此刻师长就会多得一些快乐。

李恒跳下车,往掩蔽部里走去,又转过身来看看李凤林,兴高采烈地大声说:

"回来得很巧!今天这个日子不错!——看见朝鲜了吧?"

他敏捷地走进掩蔽部,杨正云已经把蜡烛点亮了,还在一个木箱上铺上了一床灰色的军毯。他迫不及待地嚷着要警卫员和通讯员们开饭。杨正云端来了擦得很干净的筷子、碗,他的神气很隆重,使人们觉得真的很饿了。师长在洗脸,忽然又看看李凤林,对杨正云说:

"我想起来了,你们从前是一个连的吧?"

"可不是,"杨正云回答,然而却并不快活。

"那你该怎么招待一下客人哇?祖国刚来的!"师长笑着说,"你三句话不离祖国,这不是祖国来人啦!怎么样,还小气不小气,啊?"

这么说着,李恒自己倒忽然感觉到,李凤林是从他觉得那么亲切和向往的地方来的。这个感觉继续了好一会儿。但杨正云却没有什么表情。他默默地走出去了,然后,他拿进来一个牛肉罐头,显得非常不满意地皱着眉头。

"这个行么?"他问。

"行了。"师长简单地说,因为他这时已经伏在地图上了。

杨正云皱着眉,沉默地站了一会儿。首长的好象很冷淡的声音使他有些难过。他已经为了在整个战争里看来是极小的一件事情难过了好些时候了;他不放心炊事班,自己特别地保存了一些从国内带来的罐头,还有冻了的猪肉和牛肉,一直秘密地收藏着,在行军中放在他觉得是最可靠的政治部的汽车上,都叫炸掉了,于是这两天就非常贫乏,尤其是今天,就要打仗,恰巧李凤林又来了……他小气么?不,他完全不是那种人!

但他却并未把他的这件事情告诉首长,他不喜欢说废话,说了有什么用呢?

"这个罐头——我是打在我的背包里的!"他说,于是以一种狠恶的神气开着罐头。

这时有两颗炸弹落在不远的山坡上,掩蔽部上面的泥土纷纷落下来。大个子的、伤心的杨正云赶紧地用袖子遮住了刚打开了一半的罐头,并且朝掩蔽部顶上看了一看。

李恒和政委都疑神地听着,他们担心敌机发现附近的炮阵地的目标。这是昨天一夜之间构筑起来的。使用整整一个步兵连,才在山石之间开辟了道路,把大炮推进了阵地。

敌机又打了一排机枪。

"盲目的!"杨正云轻蔑地说,并且对李凤林看了一眼,仿佛说:"你是刚来的,可我已经习惯了,天天这一套!"

政委在电话上查问刚才炸了哪里。这时杨正云竟意外地违反了往常的严肃、沉默的态度,愣了一下,低声地惊叫着:"对啦!小陈那里有辣椒!我找伙房,辣椒炒土豆!"

他往外跑,但又站下。

"首长,酒放在角落里的那个箱子里。我一定把小陈的辣椒抠出来!"于是他跑出去了。

师长找出了酒瓶——只剩一点点了。杨正云把这瓶白兰地酒保存了好久了,藏在文件箱子里,经常要拿出来看看还剩多少。李恒咂咂嘴,摇摇头。这时李凤林就又想起了胡有安带来的那个包裹,还有那些带给首长们的葡萄酒;他愈来愈明白地感觉到,这个时候如果出现了那个包裹,师长一定会非常高兴的。但他又不能决定是否要说出这件事来。好象,关于首长的家属、爱人的事,是很难说出口来的。

"你们团已经往江边运动过去了,"师长说,"你来迟了……伤好了吗?"他问。

"好了。"李凤林站了起来,回答说。

"你坐着,"师长说,"今天你是客人。"

"八号首长让我跟着师里,可是我想……"

"那你就跟着司令部再说吧。这对你有好处的;仗有的打呢。"师长说,喝了一口酒,忽然他问:"你的文化学得怎么样?"他侧着头,集中注意地看着李凤林。他的眼睛闪着光。他的薄薄的、刮得很光的嘴唇在含着深意的微笑里颤动着。

李凤林脸上发烧了。他的文化学得不好;挺糟的!他没有写封信给师长,正就是因为他觉得他写不好。

"你多大了?"

"二十五。"李凤林说。

"看!应该学习文化!"师长象证实了什么似的,高兴地说,并含着笑看看坐在一旁的政委,显然地他的心里,从大炮、步兵连、突破口这些事情里一下子跳出了另外的一些生动的、重要的思想,这些思想又好象和大炮、步兵连、突破口等等密切相关,激动着他。"象你这样的青年干部,更应该学学文化。打仗可以学习文化吗?咱们的那些干部们,开口闭口:'我这个大老粗!'请问你,大老粗有什么值得骄傲的吗?你说……"

师长充满了激动的热情,他惯常的那种似乎是很淡漠的、嘲弄的神气完全没有了,他象是在和什么人进行着激烈的争辩。

"我一入朝,我在头一天从山头上看见美国兵的时候,我就这样想,"他说,活泼地转动着身子向着政委,"我当时这样想,后来这样想,今天江边回来的时候也想:我们向来听说那个吹牛的美国文明,朝鲜战场一下子把它拆穿了,当着全世界拆穿了,这些是野蛮人!那么在世界上有文化的人是谁呢?李凤林,你说,是谁呢?"他以洪亮的声音说,并抓住李凤林的手把它按到木箱上,"是你!是我们,是我们的战士!我们保卫和平,我们就应该知道世界上的一切事情;你保卫全世界,你还能不知道全世界,就知道你家里的那头牛?可惜的就是……在战争里你才想起来了,可惜的就是,在暂时没有什么战争的时候,很多同志把时间浪费了!大炮一响,这才觉得时间宝贵,这才想到啦,学习得太少,荒废喽!毛主席难道不是在战争里过的几十年么?"他激昂地说,一下子站起来了。

政委王树彬笑着,仿佛了解他的这老战友的这些思想是怎么产生的。

"我慷慨激昂了。"李恒说,露出了嘲讽的笑容。"李凤林哇,你看我是不是有点慷慨激昂啦!要学习啊,我的同志……"他突然停止。

敌机又在附近投弹,并扫射了过来。

过了一会,杨正云走了进来。他的神色很异样,脸色非常苍白,然而他咬着嘴唇,什么也不说地就把一个铁饭盒放在箱子上——辣椒炒土豆。他赶快地转过身,想走开去,但师长注意到了他的僵硬的动作。李凤林站起来了。

"怎么啦?"师长问。

"嘿!我到底把小陈的辣椒抠出来了。"杨正云说,往外走去,但在师长的喊叫下站下了。

师长走过来,看见了他棉裤上的一片发黑的血迹。

"抠出来了!"师长笑着,用很轻的声音说——显然地他在压抑着他的怒气;"你干什么的?抠出来了,嘿,好,抠出来了!"他说。

在师长的声音下,杨正云惶惑地笑着;他明白师长要发怒了。

"伤着骨头了么?"政委问。

"没有……那狗日的一梭子,他是瞎打的……"

"瞎打的就正好打着你啦!"师长喊叫了起来。"叫卫生员来!替我送下去,到医院去,这里用不着……"

"首长,你吃吧……"杨正云哀求地说。

"我吃!哎,好的,我吃!"师长李恒忽然用辛酸的声音说。

李凤林解开了杨正云的棉裤,就发现了他的腰上和左腿上的伤势很不轻。血仍然涌流着。杨正云有些颤抖,渐渐站不住了,但他仍然看着师长。这严肃、忠心的警卫员这才意识到他至少是有一个时期要离开他的师长了,心里很乱,懊悔自己刚才躲闪得不快,憎恨敌机,替师长难受。只有他是熟悉师长的脾气并且知道他的一切生活上的事情的,他怎么能下去呢?

"我不要下去!"他喊叫着,"报告首长,我是这样……"

"报告个球！"李恒大声说。"下去！"

卫生员和通讯员们来扶他了。他含着泪看着师长，随后就昏迷了过去。

"我吃，哎，我叫你……怎么啦小杨！"李恒嚷着，蹲下来，拉着杨正云的手，"下去吧，休养了再回来吧，下去吧，"他凑在杨正云的耳朵边上，温和地说；于是李凤林看见，晶莹的泪珠突然在他的眼睛里闪耀着。

随后掩蔽部里就长久静默着。师长很快地吃了一点饭。一个参谋进来了，报告着昨夜各团进入攻击出发地以后的一些情况，并把几张地图摊开来；随后电话里报告敌人的炮兵校正机在前沿上空出现。师长李恒听着这些，都没有回答。他坐在那里专心地抽着一根烟，然后慢慢地把烟头在手里揉碎。

"二支队的江对面，四棵树左边发现了两个暗火力点；二一五高地后面的榴弹炮阵地也证实了。"参谋强调地报告说。

"知道了。"师长简单地说。

电话铃不断地响了起来，值班参谋仍在电话上叫嚷着，人员进进出出，作战前的紧张的活动开始了。

李凤林坐在角落里，看着进进出出的人们，听着那些关于江水，关于突破口，关于观察所，关于敌人的火力点、布雷区……的谈话，心里很苦恼。师长变得非常沉静，显然已经忘记了他。他觉得自己是这里唯一的一个闲人，但他又没有机会再提出回部队的要求来。司令部的复杂而巨大的活动叫他觉得自己很微小，他缩着脚，害怕妨碍每一个人。

他知道了，昨天夜里曾经有几个侦察员活动到敌人的纵深里去，他们带着一个俘虏渡江回来，有一个叫敌人的机枪打中，在江中间牺牲了。

他知道了，他的团长曾经亲自到江边去，一颗地雷就在团长的旁边爆炸，一个参谋负重伤了。

他怎么也不能习惯这种无事可做的情况，于是他的头脑里浮起了很多凌乱的思想,一时想到了他过去参加的一些险恶的战斗,一时想到了这几年来首长们对他的爱护。在他去年负伤下去的时候,师长,那时候还是师参谋长,曾送来了一些吃的东西,知道他的背包叫炮火打掉了,又送给他一些日用品,其中有两双袜子,他一直到现在还带在背包里,没舍得穿。

"看我这人的糊涂,"他想,"我应该向首长报告我这么些日子的生活,思想情况,哪怕说几句也好叫首长了解哇。这些日子我基本是照着党和上级教育我的那样做的,没有出什么问题,离开首长们这些时,我的背包里也没有添什么东西;我没有在城市里头昏眼花……可是这也不能说明问题。虽然同志们没有跟你提这个意见,"他对自己说,"可是你基本的缺点是不好好学习,不抓紧时间,有些疲塌。这个师长都已经看出来了……自从我十四岁得那场病,十六岁又挨日本人的那场毒打以后,我这头脑就不灵活,大前年我又叫炮弹那么震了一下,我就不爱用脑子。可是,这也不说明问题。呃吓,李凤林哇,这不说明问题!"他想,但觉得这是师长的声音在他的心里说话,笑了一笑。

"早考虑好了!"他又想,"坚决要回团!"

他每一次看见师长或政委转过头来都想要站起来说出他的要求,但每一次都没有达到目的。这一次,掩蔽部里比较安静了,政委和刚进来的师参谋长一块出去了,师长转过脸来看着他,他动弹了一下,然而又没有能站起来。

"呆不住了吗?"师长笑着说,"在这里看看,听听,这对于你是有好处的。"

李凤林脸红了。他这一阵子并没有注意掩蔽部里的活动;他在想他自己,想他的连队。

"对于整个的战斗有一个概念吗?"

"有。"李凤林说。这是他本来就有的,但这只是他自己的概念——步兵连队的冲锋。

"你来看,"师长拿起了一张上面划着红色箭头和蓝色弧线的地图,"你们团在过江之后要沿着这条路线向敌人纵深前进;

这是一支队;这边是三大队。他们要打下敌人的炮阵地,并且在这里和一支队会合。看得出来这是为什么吗?"

李凤林在这一瞬间就希望自己能变成那红色箭头的最尖端。他弯着腰站在师长面前;蜡烛的光辉在地图上摇闪着。因为对师长怀着激动的敬畏的感情,他几乎没有听清楚师长的话;他的头脑里嗡嗡发响。当然,他看得出来这是为了包围敌人的前沿高地。

"捣烂他的前沿防御系统。"师长热烈地说,"你看这三个高地,公路——这个高地是他的支撑点……"

师长热烈地做着手势,仰起头来看看李凤林。一排炮弹把蜡烛震熄了,他迅速地打亮了打火机,但并不急着点燃蜡烛,却用打火机的闪动的火苗照着地图,又仰起头来看着李凤林。通讯员点亮了蜡烛,打火机仍然在师长手里亮着,他迅速地点亮了一根烟。他热忱地对他所喜爱的这个年轻、勇敢的干部讲述着战斗部署,这是他熬了多少天的心血得来的;他渴望着这些年轻的干部迅速地成长。

这里面有许多感情。四年前,战士李凤林指挥着三个伤员在东北的一座小城城东的一块小高地坚守了七个钟点,最后只剩下他一个人,抵抗了成营的敌人的攻击。那时候李恒还是团长,这小高地是全团的战斗的关键。三年前,班长李凤林在敌人的炮火下伏在他身上掩护了他。

李凤林窘迫不安。

"明白的,首长,"他说,"我忘了向你汇报……在休养时期,我确实学习不大好,有些疲塌。"

师长笑起来了。

"休养就休养嘛!"

"那不,后两个月有文化课……"

"好吧,现在打仗吧。"师长嘲讽地说,看着李凤林,这个李凤林看来是并未很好地注意他的讲解,却被他的话和这张地图激动起来了。"你从沈阳经过,市面怎么样?"

"市面还不错,"李凤林回答,然后他带着激动的、希望被大家注意的口气大声说:"前一阵子,各机关,还有老百姓都在挖防空壕……"

"吓!"一个值班参谋喊着,从电话机下面抬起头来;他原来是蹲坐在那里,专心一致地闭着眼睛养神的。掩蔽部里所有的人都转过头来了,用闪亮的眼睛看着李凤林。

"老百姓的情绪——还是逃难的吗?"师长问。

"那倒没有了,现在全动起来了,开庆祝胜利大会,"李凤林说,看着大家,他这才觉得他被留在这掩蔽部里并不完全是一件值得苦恼的事,"我来的一路上,各地方都欢送志愿赴朝的民工队和铁路工人,全是精悍小伙子,也有老头子……"

"你看!"那个年轻的参谋说,得意地环顾着。

"毛主席好吗?"角落里一个年轻的电话员问,仿佛李凤林只要是从国内来,一定是见到毛主席的。

"好!毛主席身体健康!"李凤林快乐地大声说,仿佛他也确实见到了毛主席。

"你看!"那年轻的参谋说,得意地环顾着,"庆祝胜利怎么样?还有什么消息?"

"解放平壤,庆祝大游行……"

"沈阳吗?很多人吗?"

"喝!"李凤林大声说,"老头子,老大娘,闺女小媳妇……"

"戏院还开门吗?"一个声音问。

人们提出各种问题。电话铃响了,那年轻的参谋用下巴和肩膀夹着电话,蹲在那里做着笔录,然后他用柔和、快乐的声音对着电话说:"告诉你们好消息,祖国庆祝我们的胜利大游行,毛主席身体健康,祖国刚来的同志说的……注意吧,注意你们前面那四棵树左边的动静,有情况随时报告。……没有别的好消息了,你这个贪心不足的,难道这个消息还不够你满意吗?"他突然大叫着。

李凤林没有来得及向师长说出他的要求来,师长已经披上

大衣出去了。掩蔽部里静了一下,于是,在不断的电话铃的响声中,传出了一个年轻、快活、自信的声音……①

这是刚才询问毛主席安好的那个小电话员,他在和一个靠在壁上的岁数相当大、疲劳而沉默的参谋谈话。这个谈话先前就已经进行着了,但因为师长在工作,所以谈得很低;现在声音高了起来。年轻的电话员用着喜悦的声调说着刚修好的一股线,说着他们夜里面对这些电话线所进行的伪装,他说这伪装"连乌鸦都找不见";他说到他和一个侦察员的吵嘴,那侦察员老是要他"向后罗[挪]一点";他说他决定穿布鞋,而不穿草鞋过江,因为他并不怕滑;他说他希望这一次得到一些新的美国电线和电话机;他说这刀子很好(他正在削一根木棍),他很懊悔他在出国以前没有买一把,因为那时候他还剩下几个钱。……

疲劳的参谋已经在打盹了,他还在说着。这"小鬼"简直比老战士还要自豪,他在战争里度着他的幸福时光。看见那参谋已经睡了,他就一面削着木棍一面看着李凤林,眼睛里闪耀着微笑。他向李凤林笑了两次,就象是一个老朋友似地移到李凤林身边来坐着了。"我早就听说过你哪!"他高兴地说,继续削着木棍,并告诉李凤林说他叫蒋贵喜。

"你见过毛主席么?"他问。没有等到回答他就又说,"我可是……连总司令都没见过。"

他浑身衣服都潮湿,膝头上全是泥,显然不久之前曾在阵地上爬行过。他的身上有一股混着浓厚的汗气的潮湿气味。他谈起了前线团隐蔽的情况,敌人炮火的盲目,并且又赞美他的木棍。他这是向侦察员们学来的。……

"你们那老团长昨天把师里的一个侦察员批评了,这侦察员

---

① 此处"……"及下文"李凤林回到了团指挥部"为单行本改写,其间删去了《江南》版中大段文字(1982年第2期第194页末尾至198页左栏中部),在此以楷体字补录。

摆架子！批评得好凶哟，我在旁边都害怕。……你不知道朝鲜的这个山路，"他又说，"这木棍我削好了送你吧！不要紧，我可以再弄一根的。"随后他又拉起衣袖来看看他手腕上的一个半新的表。这表显然使他满足。李凤林已经看见他在很短的时间里看过好几次表了。

"你的表多少啦？我这个二十四小时比首长的表快两分钟。"

李凤林说他没有表。

"那你刚从祖国来，为什么不买个表呢？你真艰苦啊！"蒋贵喜说，表示了对于李凤林的好品质的美慕。

"那倒不是……"李凤林说。

"你是艰苦……我知道，"蒋贵喜肯定地说。"你看，象你这样的功臣，又是连级干部，你可以买个表；要不了两三个月的津贴。在朝鲜没有表真困难。……"

李凤林现在也逐渐觉得他需要一个表。电话上人们不断地询问时间并对表……这就是眼前的组织严密的战争。但从前他是舍不得买这些贵重的东西的。他把大部分的钱寄给家里。电话员蒋贵喜对于表的热情——这也就是对于巨大规模的战争的热情——把他的心有点引动了。这小鬼哪里搞来的这个表呢？这么神气十足的。

蒋贵喜把手上的表解下来，眯着眼睛放在耳朵上喜悦地听了一下，递给了他。

"你看，这我是在出国以前在沈阳买的，你看吧，十五钻，三大针，旧一点儿……才二十万。要不是碰的巧……你听这声音，"他把李凤林的拿着表的手推到李凤林的耳朵上去，于是李凤林就听见了可爱的卡嚓卡嚓的声音，"你听这声音挺匀的吧。"他的眼睛闪着兴奋快乐的光芒，仿佛此刻再没有比这个表更有意义的事情了，"这价表不贵吧？……"

"不贵……"

"又吹你的表啦。"值班参谋掉过头来笑着小声说。

"这也不是吹……。我在云山押老美俘房的时候,那小子把表拿出来了,比比手势,说不杀头,送我表。我看都不看一眼。不过老美的表的确不错,他们那个大秒针是红头的。……"

"你看都不看一眼。"李凤林笑着说。

"不!"蒋贵喜激动地大声说,"这是我后来在首长们那里看的,缴上来的缴获。…说真话,李凤林同志,你真艰苦哇,为啥不买个表呢?"他说,美慕地看着李凤林,轻轻地唏了一口气。

前面传来了一阵剧烈的炮声,小电话员竖起了耳朵听着,然后他笑着摇摇头。

"据我个人判断,"他老气横秋地说,"敌人大约以为我们要从正面渡江,吓!据我个人判断,"他这次向李凤林说,"他这是在干三支队七连……首长让七连扛着敌人的炮火!你抽烟吗?"他摸出一个很漂亮的镍制的烟盒来,把烟盒弄得劈拍发响,"你不抽烟?哎呀,你真……"他想说"你真艰苦……"但临时又改变了,他说:"这烟盒是过大同江的时候老侦察排长送我的,你看,还不错吧?"他于是把烟盒放下,把表拿过来,取出钢笔,把钢笔的一头塞在耳朵里,另一头贴在表上,听着通过钢笔杆而传来的"卡嚓卡嚓"的声音,微笑着。于是他又让李凤林象这样听一听;用他的长着冻疮的手,把钢笔的一头塞在李凤林的耳朵里。

师长进来了。大衣上沾着交通沟里的新鲜的黄泥。他毫无表情地一直走向一部电话机。

"要三支队!"他说。于是他环顾了一下,大声说:"你有炮弹就都搬出来吧,打完了我过江!"

"喂,你们那里怎样?"他坐下来,用安静的声音说,"唔,扛得住吗?这样很好,很好,告诉你们七连和炮排,我感谢他们,"他说,眼睛里显出了喜悦的微笑,"很好,……这是一种模范行为……你听我说哪……"他摇了摇电话机,回过头来看看。线断了。

小电话员蒋贵喜立刻拿起角落里的线拐子来,说,"我先到总机看看!"一跳就跑出去了。

炮声激烈起来。炮弹落在附近。李凤林手里仍然抓着小电话员的钢笔和表。师长打亮了打火机,点着了烟,对着什么思想微笑着。

"没忘记吗?"他愉快地说。

大家不知道他指什么,沉默着;但看见他那生动的神情,就都微笑地期待着。

"差一点儿我就忘记了,明天是一九五一年啦。"他嘲笑似地说,然后,把打火机打亮,又吹熄,变得严肃起来,皱着眉头。

电话铃响了。他拿起耳机,好象刚才并未中断过似地,继续安静地、愉快地说:"很好,这是一件模范行为……我从观察所看见七连的斜对面敌人构筑工事的人数好象增加了,叫七连加强对他们射击,把这情况报告我……"

师长打完了电话,站起来又预备出去,一个高大的、神色忧郁的电话班长进来了。

"电话都通吗?"他问。

"都通。蒋贵喜呢?"值班参谋紧张地问。

"这线路我来再查查吧。他打掉了。"

"噢!"参谋叫了一声。

"刚才接线打掉了。"电话班长忧郁地说。

师长站着,看着电话班长。他长久地一动也不动。李凤林站了起来,把一直捏在手里的钢笔、手表交给了电话班长,电话班长接住了,看了一看,下意识地把表举到耳朵边上听了一听,然后放在胸前的口袋里。

"首长,我回团。"李凤林决然地说。

"回团吗?"师长看看表,"还有三个来钟点……好吧。"

"首长,忘了报告你,"李凤林说,"从国内运来的包裹有你……有你一个包裹,在汽车上打掉了。"

师长看着他,仿佛不高兴在这时听见这个。

"噢!好吧!回团吧!"他说,显出了一个冷冷的微笑,向外走去。李凤林在激动中大声喊着"敬礼",他未回头,略略地点了一下头,把衣领翻起来,迎着锐利的冷风走出去了。

李凤林在山坡上遇见了他们团司令部的通讯员黄双和,和他一块回团。天落了一阵雪又停止了,阳光从浓厚的雾气里软弱地照射了出来。炮声激烈,在他们前面的山头和起伏地里,洁白的积雪上不时地出现一朵朵黄黑色的弹烟,过了几秒钟,就传来一阵爆炸声。这些弹烟和爆炸慢慢地向他们迫近了。他们不时卧倒。弹烟慢慢地上升,消失,雪地上增加了许多黑色的弹坑。一棵树被劈去了一半,一个很大的喜雀窝挂在一根枝条上慢慢摇摆着,然后落了下来。通讯员黄双和爬上前两步,捡出了两个喜雀蛋,非常宝贵地拿一块降落伞布包好,放在胸前口袋里。但后来,在他们继续闪避炮火,卧倒和奔跑的时候,这两颗喜雀蛋就打碎了,以至于他胸前的衣服上搞上了一大块潮湿的斑点。

通讯员黄双和在敌人的炮火转移到左边去以后就又说起话来。他以前是一营通讯员。他和李凤林讲他自己的事情。他讲他在渡过清川江的时候如何在炮火中背了四发八二迫击炮弹送到前面去;团长一时找不到别的认得路的人,只好同意他带几个人送上去了。只有他一个人送到。

他显然对他的情况不满意。

"别人将来遇着我要问:你干了好些年了呀你这老八路!你打得怎么样?有什么事迹跟我们讲讲?"他喘息着,脸上流着汗,大声说,"吓,那才有意思……就背了那几发八二炮弹,吓!"沉默了一下他说:"首长们是听你的意见的,你就做个好事,帮我说说叫我到尖刀连去吧。"

"那不行。"李凤林说。"你这工作不重要?"

"好哇,一连副,跟咱们打官腔啦。"

然后他们沿着一条自然沟走着。这沟的两侧,紧紧地挨着掏了一些小洞子;作好了战斗准备,抱着枪的战士们,好象坐在拥挤的火车里似的,从这些小洞子里看着他们。一个熟识的干部望着李凤林咧开嘴笑着,爬出小洞子和弯着腰走过的李凤林握了握手。又走了一段,一个战士对着通讯员黄双和用调皮的小声叫:"巴利巴利,当心打屁股。"但不知为什么,黄双和现在却露出了一种又严肃又悲伤的神气,他不向两边看,也不回答人们。他们停下来,躲避了一下飞过头顶的敌人炮兵校正机。然后,在转向一条交通沟的时候,李凤林听见了一个热情的、压抑着的声音在喊他。一个身体很灵活的、披着白色伪装布的人弯着腰跑过来了。

"哎呀,李凤林,多久不见你哪,"这人喊着,弯着腰和他握手,并且拉着他蹲了下来。

"杨玉成,好家伙!"李凤林说,"你现在……搞什么工作,在团里么?"

"刚调回来的,我学了一阵炮……"杨玉成说,仍然握住李凤林的手不放,"你呢?在哪个连?怎么没见到你?"

"我从祖国刚回来。"

"哎呀,好极了,巧极了,祖国好么?祖国生活好,老百姓都平安吗?"他问,好象问到李凤林的家里人似的,没等回答他又快活地说:"总有两年不见啦,我这是……现在我干炮上面的事情。"

"那好极了。"

"这也是凑合着干哇,进步还是不大……"杨玉成说,忍不住他那种对目前的一切觉得高兴的神气。

他们就这样谈下去了,两个人都蹲着,拉着手;杨玉成一边说着一边还替李凤林拂去肩上的泥土,并替他把一颗扣子扣好。他从前是李凤林班里的战士。他从前是不进步的,调皮捣蛋。李凤林曾力图帮助他进步,但他那时却对党员抱着古怪的意见。他过去干过小买卖,甚至还在戏班子里唱过戏,受过很多苦,但思想挺不简单。现在他特别高兴看见李凤林,显然是想要叫李凤林了解,他已经和从前不一样了。

通讯员黄双和靠着交通沟站着,看着这两个人谈话,不了解何以在这种时候有这许多话要谈,仍然带着他的那一副又严肃又悲伤的神气。

"我们总有两年多不见啦！祖国好么？……是咯,这就叫人放心。"杨玉成说,"我的阵地就在指挥所左前边一点点,你看,就在那两棵树后面。我这真也是凑合着干哪,老上级们爱护……进步还是不大。"他笑了一笑,"好了,你没事上我那里来玩,"他捏了捏李凤林的手,站起来,又说,"上我那里来玩,……"那殷勤的口气,仿佛是邀请客人上他家里去似的。

李凤林和黄双和又停了下来,因为三架敌机在上空回旋,在轰炸左翼的一块阵地。黄双和叹了一口气：

"别人要问：你入朝干过一些什么呢？那才有意思。"

然后他轻捷地跳进了掩蔽部。

李凤林回到了团指挥部。

掩蔽部里传出了政委石雄的快活的笑声,他正在和参谋长抢夺一张扑克牌。从耀眼的雪地里走进来,李凤林一瞬间除了几只摇闪的烛光以外什么也看不见。政委继续高声大笑,把一只蜡烛弄熄了,于是有人照亮了手电筒。政委跳起来跑到附近的行军床旁边去,笑得弯下了腰。李凤林听见团长的嘹亮的声音说：

"别笑得噎住啦……不来啦！不来啦！"他说,把牌搞乱。"你的表多少？"

"你多少？"政委问,声音立刻变得冷静,含着焦虑,仿佛刚才他并不曾象一个年轻人一般大笑似的。

"和师指挥所对表。"王正刚说。

掩蔽部里一瞬间就笼罩着战前的那种紧张的寂静。

"报告……"李凤林说。

"好,回来啦,李凤林！"团长含着显著的慈爱说,"就在这里休息,跟司令部一起过江,仗有的打的。先弄点饭吃吧。祖国很好吗？"他说,把扑克牌一张一张地摊开来,每摊开一张,都要朝牌的背面看一下。"我敢肯定这是这些通讯员宝贝做的记号……你的伤都好了吗？我接到过你的信……赵德源,要二分队电话。他们的迫击炮刚才在打吗？"于是他走到电话旁。

还有两个钟点就要发起战斗；一切都准备就绪了。李凤林明白他现在赶不回他的连里了,连队在左前面的江边隐蔽,还要有一点路,而且,现在一般地是禁止人们通过前面的那一片开阔地的……但他终归觉得他现在是回到家里了。他在角落里坐下,吃了通讯员黄双和给他弄来的干粮和水,靠在木柱上迷糊了起来。他闻到了新鲜的松脂的气味——掩蔽部是用新砍伐下来的松树支撑着的。他听见团长在电话里大声说话,听见对面角落里有人在试验步行机,睡去了。后来他听见团长的声音说："你们搞东西他吃了吗？"于是就有一条毯子轻轻地覆在他身上。他想：老团长亲自替他盖毡子。但他没有醒过来。

炮声、电话铃声、三四部电话机上的人们的喊叫声都没有使他醒来,但他却被这些声音的突然停止所惊醒,被紧张的、深沉的寂静所惊醒,他觉得这些声音,这些对表、查问机枪迫击炮、查问前沿敌情的声音是突然停止的,现在有四五只红色的香烟头好象小眼睛一般在光线昏暗的掩蔽部里闪亮着,人们站着或蹲着,有的抓着电话机。只有团长一个人的高昂的声音在震响着。

"注意啦！还有两分钟,不要放下电话！"

李凤林轻轻地、敏捷地站了起来。他忽然想到师长的话："差一点儿我就忘记了,明天是一九五一年啦。"他又想到师长的警卫员杨正云,那铁盒子里盛着的辣椒炒土豆；想到了小电话员蒋贵喜,他的喜悦的、幸福的表情,和那只表。并且他想到了司机胡有安,公路上的斗争,大雪中行军的森严的行列。这一瞬间他想到很多,但在想着这一切的时候,他同时想着他刚离开不久,然而已经显得很遥远的祖国——那广大的、沸腾的、亲爱的生活。掩蔽部里非常寂静,他听得见他自己的心跳的声音。

"这时候祖国……"对面角落里一个很小的声音说,但没有说完就沉默了。

"他也这样想,我们大家都……"李凤林紧张地想,但他没有来得及想完,几声严厉的、激越的声音同时在电话面前发出来了。同时,似乎就在他们头顶上,发出了山炮的猛烈的出口的声音。"这他妈还是解放沈阳缴获来的,"李凤林快乐地想;这时他面前的一个人向前走动了一步,电话里又有几声短促的喊叫,于是一瞬间除了充满空间的猛烈的炮声以外便什么也听不见了。在这巨大的、连成一片的轰击声里,掩蔽部仿佛在摇晃着。李凤林再也分不出来哪一个声音是属于他的亲爱的山炮的。掩蔽部里那种沉闷的空气没有了,人们开始在炮声中大声说话,迅速地跑出去,所有的动作都轻快有力。通讯员黄双和跑了进来,快乐地大叫着:"打中了!"参谋长在电话上大叫着:"师长命令,向第四、第八号地堡——替我揍他!"王正刚跑了出去。李凤林觉察到他可以有些事做,跟随着他。他们沿着交通沟跑上了隐蔽在几棵小树中间的观察所。成群的炮弹在他们头上,在黄昏的天空里呼啸着奔向临津江对岸,敌人的滩头工事、地堡群,对岸的山坡和崖石上灰黄色的和黑色的浓烟已经联成了一片。他们附近有一挺重机枪在射击。这一切声音:炮弹的啸声、对岸的隆隆爆炸声、附近的重机枪的吼叫声,都仿佛在对李凤林说:"啊!啊!明天是一九五一年了,前进啊!前进啊我的祖国!"团长命令重机枪射击第九号敌人地堡;他又命令一个通讯员传达过去,把平射炮推出工事射击。"现在没有什么目标可以暴露的了!现在不要怕暴露……"他喊着,他的声音变得非常尖锐。敌人打过来的几发炮弹在他们附近爆炸。李凤林发觉这里正在变成敌人的射击目标,跑向团长,把团长拉到防炮洞里去并堵住洞口。团长被这所激怒,推开他又跑了出来。

炮弹在附近爆炸。

"一号,你进去……"李凤林着急地喊。

但团长不理会他,伏在交通沟里,继续喊叫着敌人的地堡的编号。炮弹又扑了过来,李凤林不由分说地又把他推进了防炮洞。一发炮弹落在观察所边上,泥土打在李凤林身上,弹片嘶叫着飞了过去,但团长推开他又出来了。

"他打不着我的!"团长笑着,以那种变得非常尖锐的嗓子愤怒地喊着,于是又看着对江。

"重机枪,用曳光弹打! 告诉他们,用曳光弹打第十二号……"他叫着,迅速地看着李凤林,好象说:"你这样不对,你要我干什么?"

炮弹蹦起来的泥土把团长盖住了,他爬了出来,冷静地看着前面,但弹烟使他什么也看不清楚,于是他又笑着——李凤林注意到,他的老团长在炮火下不断地笑着——用他的尖锐的嗓子说:"现在我们可以变换地方,叫通讯员们跟我来!"于是沿着交通沟向左前面跑去,跑了二十来米,观察着,在炮弹飞过来的时候他又笑着,这笑容突然消逝,又突然出现。炮弹落在他们刚才蹲伏的地方了。团长的笑容仿佛说:"看,我说他打不着我的!"

"叫他们迫击炮加把劲! 向独立家屋左边第十四号!"团长喊着。通讯员跑下坡去。

在左前面的一个小山包的后斜坡上,迫击炮在作战。洁白的雪地上显出了一小块一小块的黑色,人影在雪地上,在黄昏的光线中迅速地移动。弹烟和弹坑在这些黑色的人影和雪坡上陆续出现。人们的喊声不时传来。有一个人在奔跑中倒下了,另一个人弯着腰跨过了他;但立刻这个人也被弹烟遮住了。后来这个人出现在一门炮旁边,和那些活动着的人们溶在一起又分开。看起来这些人们从容不迫,仿佛在做着什么极细致的工作——李凤林觉得他们似乎是从地底下挖掘什么宝贵的东西,因了新的发现而快乐地喊叫。那个人影向最右边的一门炮跑过来了,站在交通沟边上,在空中挥着手;他的帽子不知在什么时候脱落了,他每挥一下手,每喊一声,都要甩一甩他的头,把那一束长长的头发甩到后面去,这个动作使他显得很年轻。敌人的炮弹落在他附近,他走开了两步,仿佛一个人在专心工作中不耐烦地避让那些可厌的干扰似的。另一发炮弹差不多就落在他身边的还很完整的积雪上,他倒下了。但不久,当李凤林的眼光又回到那里的时候,却看见他又站起来了,仍然带着那种在专心工作的人避让干扰的姿态,挥着手,甩着长长的头发。一个弹药手在坡下倒下,他跑下去,从这弹药手身边抱起了什么,跑了回来,消失在炮旁边,后来他又出现,弯着腰,抱着什么,看来他怀里的东西这时比他的生命还宝贵。迫击炮急促地射击着。这个人又挥着手,又喊叫,每一次李凤林只能听见那个激昂的尾音。终于李凤林认出来了,这个人就是不久之前在交通沟里殷勤地邀请他到他那里去玩的,那个灵活的杨玉成。

现在,在坡下的交通沟里和雪地里,战士们向江边移动了。这些人们好象是从地底下突然出现的;原来李凤林从那里一个人也没有发现。那些敏捷的影子一个挨着一个地在交通沟里跑过,一发炮弹落在交通沟边上,但人们仍然直着身子奔跑。我军的炮火更猛烈地向敌人的阵地上扑去了,从江对面的敌人的滩头阵地一直到敌人纵深的公路和山坡上,火光一朵接着一朵地闪耀着,仿佛是一些快活的眼睛。红色的曳光弹穿过江流。炮弹在水流和碎冰中激起水柱,好象这些水柱自己要冲到天上去,但终于又散开来,慢慢地、泰然自若地落了下来。绿色的信号弹浮显在空中,它快活地闪耀着,似乎是想要看清这时在这片土地上所发生的一切,它摇摇晃晃,似乎是终于对自己证明了,这简直是没有办法看清的。突击连队的战士们已经冲进了江流,那些黑影在灰色的江水中移动着,在炮火的闪光和冲天的水柱中他们一时显得很密集,一时又显得很稀疏,仿佛有一些人消失了。但随即又显得更密集。他们好象前进得很慢,从容不迫,好象从他们头顶飞过的那些红色的曳光弹是和他们完全不相干的。整个的世界都沸腾着,但远远看来,这些突击连队的战士们却似乎和这种沸腾、咆哮无关,他们在这沸腾和喧嚣中显得最安静。他们到了江流中间了。团长王正刚沉默地看着,后来他突然回过头来喊叫了什么。李凤林最初没有听清楚。他只听见团长的最后的话:"……叫他们……你去,李凤林!"

李凤林准备到任何地方去。终于他不是听清楚了,而是感觉到,他们旁边十几米地方的那挺重机枪中断了射击。因了它的中断射击,对岸敌人的一个地堡又复活了。

李凤林过去是著名的机枪手,这个工作对他是很合适的。团长还在喊叫什么,他已经跃出交通沟,扑到那重机枪的跟前。

两个机枪手有一个已经牺牲,另一个负重伤。李凤林还来得及看见那负重伤的机枪手的翘起来的厚厚的上嘴唇,这嘴唇翘着,露出了两颗洁白的牙齿,使得他的面孔很象一个小孩。李凤林立刻就射击起来了。曳光弹划过江流,指向敌人的那座地堡。这仿佛是他自己到了那地堡跟前,这仿佛是他的身体在喷火。那负重伤的战士躺在那里,笑着喊叫了什么,他没有听见。泥土蹦落在他身上,这使他明白炮弹在他旁边爆炸。他也笑着,虽然他自己一点也不觉得。

一发燃烧弹打在他旁边,就打在机枪右边。烟火喷了起来,他看见那负重伤的、面孔象小孩的战士用手抠着雪和土块灭火,这战士似乎还在笑着。这是极短促的一刹那。这负重伤的战士衣裳着火了,他大概明白用手抠土来不及——这是李凤林后来的判断——他开始滚着,滚过火焰。他好象压住了火焰,但立刻烈火把他全身烧着了。火焰也烧到了李凤林的棉衣上。"在烧死老子之前……"他想,变得更冷静,射击着。有一些土块、雪块打在他身上,后来火熄了。他后来才知道这是两个战士跑了上来替他灭火,可是当时他什么也不觉得。

冲锋枪、手榴弹、轻机枪的声音在江对岸响起来了——李凤林只看见一些闪光和模糊的黑影。天色已经昏暗了起来,月光透过烟雾照耀着江流。爆炸的闪光向前推移,现在这是地雷在爆炸。左边,红色的讯号弹浮显在空中了。

李凤林站了起来。

"过去啦!占领啦!"他狂欢地喊叫着。

团长已经不在那个位置上了。我军的重炮在射击着。李凤林快乐得想要大笑,跳过交通沟向坡下走去。这时他觉得周围非常静,虽然炮弹仍在呼啸,但他觉得非常静。有一个没有戴帽子的人在他的面前跳下了交通沟。

"过去了!"这人的兴奋、发颤的声音说,"他妈的,我那老迫击炮,差一点儿叫我吃批评……"

"啊哈,杨玉成!"

"好哇,是你……我到连部去;有火吗,我这里有烟,抽根烟吧。"杨玉成说。李凤林没有火,但他自己随即就掏出火柴来了,擦了好几根才擦着,并且兴奋地叽咕着,"妈的,我那打火机前天掉了……"

他们就又蹲在交通沟里。杨玉成因为战斗的快乐而变得更殷勤,他们又谈着他们先前已经谈过的话。

"我看见你战斗了。"李凤林说。

"那玩意儿呀!"杨玉成说,叹了一口气,"不好搞,学了没多久,技术上的事。我还是想干步兵。这两年,上级爱护,凑合着干,可是进步还是不大。"

"你负伤啦。"

杨玉成摸了摸他的颈子,对手上的血迹看了一眼。

"没道理,炮弹皮子蹦的,"他说,"你也挂花啦。"

李凤林看看右肩,笑了一笑。

"吓,我们总有两年不见啦;我总是想你这老上级过去给我的帮助,我这拉拉呼呼的劲,进步太慢了,"他忽然变得很忧郁地说。

"我看你干得不错呢,打得挺好……"

"不,哪里……"杨玉成更忧郁地说。

"真的打得不错。我跟我们老团长一块,看他的神气他挺满意你们……"

"不,哪里,"杨玉成忧郁地说,但随即他问:"老一号首长说了什么吗?"

"他那神气是满意你们的……"

"我的能力很不够呢,"杨玉成小声说;"你是要回连吗?这我们就要在江那边再见了。你这老上级,没事上我那里来玩……别的招待没有……"

于是他们握手道别。

团指挥所已经在准备渡江前进。王正刚变得非常安静,看见李凤林,把他喊了过来。他显然看见李凤林右肩上的血迹和烧焦了的衣服了,本来是似乎要李凤林下去的,但对着这个刚回到部队的干部看了看,就轻轻地说:

"叫卫生员给你包一下……跟着我一块儿吧。"

王正刚的团彻夜地攻击前进。夜里四点多钟的时候,被阻拦在一个公路交岔点右面的几个山头前面。这些山头上和周围的起伏地里的敌人逐渐地被肃清,但到了将近五点钟,仍然有一部分敌人占领着两个相联的山头在顽强抵抗。一营三连对他们进行了一次攻击,没有结果;他们把敌人的数目估计小了。战士们占领了起伏地里的战壕,在尖利的冷风中蹲伏在壕沟里,他们十多个钟点以前从江水里过来,此刻,衣服已经结冰了。敌人的重迫击炮弹在起伏地里和附近的公路上一排又一排地爆炸着,靠近左边山坡的一座村庄在着火,照亮了狼藉满地的敌人的尸体、枪枝、钢盔、电线……

王正刚决定在天亮以前拿下这两个相联的山头。然而,从一些情况看来,一些战士和干部是希望即刻就宿营的,天就要亮了,他们实在太疲惫了。政委石雄赞同团长的这个决定,而且他们决定不再使用预备营,因为明天、后天,还要有敌人的第二、第三道纵深防线要突破,这样才能到达汉城,而在夜里两点多钟的战斗里,他们已经从预备队里抽出一个连给了二营。现在二营和一营同样的疲劳,二营穿过了左边的山沟正在包围一股逃跑的敌人,他们还要切断这两个山头上的敌人的退路,因此,必须仍然使用一营攻击。

王正刚带着通讯员和一个参谋来到一营的阵地上,亲自组织攻击。他跑到一个破地堡跟前,听见了赵庆奎的声音。

赵庆奎在冷风里责备着他的三连长,并命令他立刻再发动攻击。

"我不要老团长来督促我,我们自己应该知道我们的责任!"

他发着火,激昂地大声嚷着,"不管怎么疲劳,不惜一切牺牲,你明白吗?把三连打光了你也得替我拿下山头来!剩下一个人你也得替我拿下山头来!"

"赵庆奎哪!"王正刚喊。

赵庆奎沉默了,在冷风里转过身来,好一阵子他的脸上仍然充满着那火辣的激昂的情绪,但跟着王正刚走进那破地堡,他就沉静下来了。

"原来那俘虏的口供里说那上面只有敌人一个多步兵连和几门迫击炮,现在恐怕不止这个数目。"他说。

"是这么的。附近的敌人全集中上去了。"王正刚说。

"我们对敌人的战斗力也估计不足。在前进中攻击,这是我们原来的想法;三连长他们是冲得很猛的,可是遇到了敌人侧面的火力。三连没有一个建制完整的排了,战士们在雪里躺下来就睡着了。"

虽然他刚才对三连长发火,命令他不惜一切再去战斗,但见到上级,他却不觉地想要替他的三连长说好话;他的口气里不仅充满了对三连长的温和的同情,而且有着不安和迟疑。显然是,他顾惜着战士们的疲劳和伤亡。他似乎希望团长把他的负担减轻一点,虽然他没有意识到这个。虽然如此,但如果团长不叫他去打,而调别的部队上来,他一定会很难过的。

团长的沉默使他惶惑了起来。这沉默使他意识到他先前的急躁不对,刚才的迟疑和强调困难也不对。

"三连长先回去,"王正刚冷淡地说;"我们到一连去吧。"

于是他们迎着尖利的冷风沿着战壕向前走去。他们从战士们的膝盖上跨过。战士们大部分显然并没有睡着,但他们都缩在沟里躲避着冷风,没有人动弹,也没有人说话。即使炮弹落在旁边也没有人动弹。赵庆奎看见团长弯下腰来,摸了一下一个战士的棉衣和棉裤。

"他一定了解一切,一定会有最好的办法的。"赵庆奎想。"炮弹,团长!"他说。

王正刚略略低了一下头。远远的村落的火光照亮了他的无表情的、瘦削的、仿佛对一切都很冷淡的脸。

团长很不满意。他不满意攻击受阻,天就要亮了;不满意天气这么冷,而干部们因困难而迟疑;不满意赵庆奎提到战士们的勇猛和疲劳。他很焦灼,担心时间不够;但他又觉得,他从来都是这样,决定了要做,开始做的事情,没有不能完成的。

从他的脸上,看不出任何不满意或焦灼来。相反的,他似乎对一切都不很关心。他几乎仍然象平常一样,动作也并不特别迅速。他们来到一连。山上敌人的一个火力点在射击着,有一段路他们是在土坡上爬过的。他对黑暗的山头观察了一阵。显然,要拿下这座山,是要付出一部分代价的。

魏强跑过来了。冷得直抖,然而弯着腰举手敬礼之后才在交通沟里蹲下来。王正刚不禁想到了这个干部前些时因为和王标闹意见而受到的严厉批评。这些天魏强显然把这一切都忘记了——事情一过去,他便什么也不记住的。

王正刚听着魏强对山上的敌情的估计。

"好吧!"赵庆奎想,他已经从团长的态度上看出团长的意图来了,"无论下什么命令,我都能完成。"

"魏强,你听着!"团长沉静地说,"你们一连立刻准备好,一个排从这正面攻击,另外用一个排沿着这条路拉到右山根迂回过去,从敌人侧后攻击,听正面的炮火开始动作——我们现在还并不需要不惜一切牺牲,而是要很聪明地打仗,明白吗?"

赵庆奎脸上发烧了。

"明白,一个排正面,另外用一个排迂回到敌人右侧攻击,听正面的炮火开始动作!敬礼!"魏强说,又站了一会,看团长还有没有指示,于是跑开去了。

"你看这样行吗?"王正刚看看赵庆奎,温和地问。他故意没有在事先征求赵庆奎的意见,他相信他的这个很富于暗示性的态度已经在赵庆奎身上产生了效果了。

"团长,你下去吧,我在这里组织火力。"赵庆奎明快地说。

他们通过一段交通沟,在敌人机枪的扫射下爬过了一个小洼地,又跳进了一个沟里,来到三连。

"叫三连往左边,往公路那边运动过去,可以吗?"赵庆奎问。得到了王正刚的赞同——王正刚正等待他这么说——他立刻命令三连长行动,让他用一个排攻击左边的小山包,并用其他的部队去拦阻敌人的退路。他下达命令很坚决,那声音里有一种热情的、激昂的力量。这声音仿佛在对王正刚表示,他完全理解他的富于批评的暗示,他不仅不懊恼,而且感激。战士们的冻硬了的棉裤发出窸窣的声音,在他们面前沿着沟向左边运动了。

"团长,你下去吧!"赵庆奎又一次地说。对于团长因他的营没有完成任务而在敌人机枪下爬行,他显得很是不安。

"我在你们营部地堡等你,"王正刚说,留下参谋帮助赵庆奎组织,又嘱咐了几句,带着通讯员回来了。

王正刚看看表,五点一刻了,还有一个钟点不到天就要开始亮了。组织这个战斗是有些匆忙的,但他又无论如何不能忍受让敌人钉在这个长形山的两个山头上来度过白天,而且那是可能发生复杂的后果,影响明天的战斗进展的。从各方面看起来,这山上的敌人不会少于两个连。战斗有些困难,赵庆奎刚才显然因为天快亮了而有些性急,他们一直夺下了敌人的几块阵地,就以为敌人的这个阵地和别的阵地一样,于是毫不停留地就进行攻击,结果受阻了。他很理解赵庆奎的心情:懊恼刚才的伤亡,担心战士们的疲劳。但这个时候是不能顾惜这些的。当然,战士们的身上都结冰了,从地上站起来都很困难,他们渴望一点休息,即使是什么别的条件都没有,只能在冰冻的地面和寒风里躺一躺……但即使这样也仍然不能顾惜。

王正刚相信,对于他的战士们,他决不会比别人理解得少些。事实也正是这样,在他的冷淡、严厉的外表下,他的心并不是对魏强的一面寒战一面敬礼的姿势和战士们从战壕里起来时所发出的窸窸窣窣的声音毫无感触的。渡江以后的连续战斗里,他曾看到冻坏了的战士在奔跑着的行列里昏迷、倒下。到了这里,整个的阵地在冷风下沉寂无声,他就仿佛觉得人们的神情是在说:"天就要亮了!叫我们休息吧!反正敌人不能怎么样,快一点进入山沟宿营吧!"并没有任何一个人对他表示这意见,但他仍然感到这个;或许他自己心里也有这声音在呼唤着,但他严酷地压制着它。他又一次地看见了他的战士们是这样的:无论怎样艰难,只要有命令,他们就毫不犹豫地去行动。他的命令不仅产生了实际的行动,而且也产生了精神上的结果;很显然的,首先是赵庆奎,就已经确信在天亮以前的这短促的时间里攻占山头是完全可能的了。

但他自己这时却不免有些焦灼。时间在一秒钟一秒钟地过去。组织和运动部队至少还需要一刻钟。如果这一次仍然攻不下,钉在那里,天亮了,部队来不及宿营,敌机出现了,怎么办呢?而且,二营现在进到了东南五六华里的前面去了,他们所捕捉的那一股敌人是不是已经消灭了呢?"通讯员!看参谋长那里有二营的情况没有!叫二营四连一刻钟以内到达公路东边!"走到一营的地堡前面,他说。他的声音含着怒气。通讯员黄双和在黑暗中带着他的那一副简直是很悲伤的脸色,跑开去了。

他站下来观看着前面的那座敌人据守着的黑黑的山。

"这就能拦住我么?"他轻蔑地说,愤怒地拉起大衣领子来躲避寒风。他对这呼啸着的冷风发怒了:"你吹吧,这毫无关系,我早就估计到你了!"他说,转身钻进了地堡,地堡里有一个人站起来了。

"谁?朱国山吗?"他问,声音很温和,他喜欢朱国山。

"我。"那黑影回答。这是王标。

王正刚立刻就感到了,王标裹着大衣,神情淡漠,他没有什么工作做,对周围的一切都不关心。

"这他妈的敌人……"王标说,显然是找话说,"三连的干部反映说,战士们认为二营如果早一点向东边靠过来……刚才那战斗,他们三连也是哇,干部……"他说,但又沉默了!

王正刚费力地忍住了一句狠恶的话。他沉默了一下,冷淡地小声说:"你去掌握机枪吧,找到你们营长,叫他立刻弄好了就来。"

王标于是出去了。

赵庆奎和政委石雄一道来了。赵庆奎稍微带点兴奋,报告说准备好了。他刚才又到了一连;主要地要用一连攻击,一连的战士们已经按着团长的意图运动过去了。一连将用一个班攻击正面偏左的敌人的战壕和一个小土包,使敌人以为主要地将从这里攻击,以掩护其他的部队。这个班将遭遇到猛烈的火力……

"几班?"王正刚问。很明显的,赵庆奎下了决心,付出一部分的代价。

"七班。"

"班长是李发吧?"

"是。"

然后赵庆奎就出去执行攻击任务去了。

攻击很猛烈。战士们完全明白必须在天亮以前占领山头。赵庆奎爬过开阔地,很快地就决定把一挺机枪移到前面的土包上去。现在看来七班并不会象他原来所设想的钉在敌人的几道交通沟中间遭受伤亡,七班并没有落在别的班后面,他们已经冲散了敌人,越过了预定的那个小土包了。因此现在就有可能把机枪移前用侧射掩护七班到最后。赵庆奎原来是决心在必要时牺牲七班的,他为这个有点难过,但为了整个的胜利他又有些兴奋激昂。现在看来却是:他对他的战士们估计得过低,而对敌人的顽强估计得过高。七班确实是遭受了一些损失,敌人的左右两面的火力集中着对它射击,但即使这样,它仍然在前进,一直攻上山坡,并且发出喊声;那些冻得僵硬的,看来简直很难行动的腿现在竟这样轻捷和灵活。赵庆奎领着机枪手爬上土包,不顾敌人的子弹在他们身边嘶叫,立刻就开火了。这里虽然很危险,但从这里他可以封锁住敌人射向七班的一部分火力。

团长对他的没有说出来的批评,他对七班的过低的估计,战场上的奋激的声音,这一切都使他心情激昂。敌人的几个火力点都被扑灭了,一排的人们已经进到了山腰。现在七班再不受到威胁了。"只要李发能胜利回来,我一定要好好奖励他!"赵庆奎想,跟着后卫排上了山头。战斗十五分钟就结束了。

俘虏开始押下山来。赵庆奎站在山坡上,看着通过他面前的那些李承晚伪军,他们大约未必想到志愿军在天快亮的时候还发起攻击的。他看见了跛着脚的七班长李发。李发在出击以前一直是跛着脚的,脚上的裂口破烂了,他缠上了很多的布;现在他重新又跛着脚了,但在赵庆奎看来,这跛着脚的姿态现在不再是表示困苦,而是表示骄傲。他,赵庆奎,为这个骄傲。

"李发!"他喊。

李发站下,认出了营长。他的眼睛在昏暗中闪着光。

"你们班怎么样?"赵庆奎喊。

"伤亡四个……这是我们班捉的,"他说,指着那一长串俘虏,但似乎很平淡,并没有什么高兴。

"你们打得好!漂亮!打得好!"赵庆奎激动地喊着,又一次地意识到,他所决定牺牲的亲爱的人们大半都活着回来了。

但李发沉默着。这热情的夸奖似乎是出乎他的意料之外的。他不知道营长曾估计到他们的牺牲,他是和平常一样战斗的。营长从来也不曾这样赞美过他,于是他不禁有些害羞了。他想说:"上级指挥……"但这样的一般的话又似乎不能表达他的心情。

"营长,你看!"他说,"这就是我们班的战士们……听见了没有?营长说你们好,漂亮!"他象是发怒一般地喊着,害羞得面孔发烧,敬了一个礼往坡下去了。他跛着脚,他的结实的身体晃动着。他走了几步就喃喃地快乐地说:"哎呀我这瘟脚!哎呀我这瘟脚!"赵庆奎听来,这声音象唱歌一般。

魏强跑来向赵庆奎报告了他的战果和伤亡。他特别强调:他缴获了四挺轻机枪和两挺重机枪,另外有三门化学迫击炮。

"把轻机枪全留给我们吧。"他说,"全新的呢,我看过,擦一擦马上就能打!"

"给你们两挺。"

"我们昨晚上就打坏两挺……刚好赔我们这不是……"

"两挺还不够么?两挺。"赵庆奎说。他对魏强总是要严格些。他想起来云山战役以后他曾严厉地责备他,曾使他好些天很苦闷,然而,却从不曾发现他有什么埋怨自己的地方。于是他就有些动摇,想再给他一挺。

不过他仍然说:"两挺。"

魏强沉默着走在他身边。深深的亲切的感情笼罩着他们,这是不用说话就可以感到的。他们慢慢地下山,天色已经微明,忽然地眼前的战场、激昂的情绪、山林中的烟和坡下的又一次着火的屋子、疲劳而愉快地前进着的战士们和那些沮丧的俘虏们……这一切都在赵庆奎的眼前退下去了,在他的眼前仿佛展开着家乡的黎明、结霜的宁静的土地、最初从村里出来的轰轰发响的大车。好象是,他们从稠密的高粱地里跑出来,潮湿的、愉快的高粱叶拂在他们脸上……那时候他们还是小孩,他和魏强跟着大车奔跑,捡起石头来投掷那个赶车的凶恶的刘老三……随即他就想起了母亲和张桂珍。她仿佛听见了张桂珍的声音:"我看你的手,左手!"

他于是抚摩着左手的残缺了的小指。

"你跟你父亲写信了么?"他问。

"没有。"魏强说。从他的声音听来,他似乎不关心这些;他显然仍然在想着那几挺机枪。

"你应该写信!真有点胡闹了,为什么出国这么久不写信呢?"

"写什么呢?这……"

"这难道没有可写的么?"赵庆奎往战场上挥了一下手,又说:"起码你应该写:请他们不要挂念……"

"那……他们没啥挂念的。我就不挂念。"

"胡说!"赵庆奎大声嚷,"最少你应该问问你母亲的腿好了没有,这么的,她老人家就知道,你还在念着她。"

魏强沉默了。母亲的寒腿被他记忆了起来。然而,赵庆奎比他自己还记得这个,却使他感动。一条悠长的、然而又仿佛很短促的受苦、生活和战斗的道路在他眼前闪耀了一下。他们从幼小的时候就是朋友了。从前他们两家都很穷困。参军以后他们就一直在一个部队里……

他们来到王正刚面前。王正刚站在敌人的一座被打毁的土木地堡前面,向他们迎上了一步,和赵庆奎握手。

赵庆奎心里于是又有点羞愧。他觉得他开始的时候搞得不好。

"马上到宿营地……位置在参谋那里。"王正刚说。

但这时魏强发出了欢乐的喊叫,同时,破地堡那边也发出了喊叫:李凤林跳上了破地堡,扑过来了。他发出喊叫,跳下破地堡,和魏强抱在一起了。他们紧紧地搂抱、喊叫、互相拍打着背脊,猛力使劲,好象摔跤似的。

"你这个家伙……钻出来啦!可回来啦!"魏强说。

"你这个家伙……我好想你哟!"李凤林说。

"你这个家伙……"

"揍你!"

"揍你!"

"都不是小孩子啦!"王正刚含着忧郁的微笑说。

战士们走过他们身边,结冰的棉裤在发响,枪枝碰着手榴弹在发响,眼睛快活地闪耀着。一些兴奋的喊声传出来了。

"喝!看咱们的一连副!"

"你回来啦一连副!"

"从祖国……"

"祖国……"

"从祖国回来啦!"李凤林大叫着,"同志们,祖国人民在日夜地盼着咱们!同志们,没忘记吧,今天什么日子,一九五一年元旦啦!"

"没忘记……"

"差一点儿忘记啦,日子过得快!"王正刚说。

"这会儿国内正热闹呢,"跛着脚的、高大的李发喊叫着,他的疲劳的、沾满了泥土的脸上显出了微笑,"穿花衣服的姑娘们都上了街啦!"

"那还没有这么早!"魏强喊着。

"哎,我们的亲爱的祖国啊!"一个充满激情的声音在附近的交通沟里喊着,随即这个人背着好几枝枪从沟里吃力地爬上来了;这是那个快乐的徐国忠。

战士们因为突然想到新年、祖国而洋溢着喜气。他们进入山沟,隐入树林,爬上冻结着积雪的山坡。十字镐敲击着冻土的声音响起来了:战士们在挖掘着防空的单人掩体。歌声起来了。魏强跑在他的一排的旁边,挥着手喊叫着指挥唱歌,引起一些笑声;战士们喘息着,红着脸快活地环顾着,走到平坦的松林里,踏着积雪,唱了起来。

"好,唱大声一点,叫祖国听见!二班的!二班的再来一个要不要?看我的,"魏强喊,象忙着什么大事似地,从结成硬壳的积雪上跑过,"看我到底比教员行不行,一、二、三!"他甩着手,象被烫着了似地,然后又把手举到头上。

人们在坡上坡下发出喊叫。正在爬坡的、挑着沉重的担子的炊事员咧开了嘴嘻笑着。魏强大叫,又甩着手,歌声停止了,人们哄笑起来。

太阳的红光开始穿过树林,在积雪上闪耀着。风仍然很冷,但现在人们都觉得新年到来了——树林里,山坡上洋溢着胜利的战斗和行军中的无可比拟的欢乐。

魏强又向赵庆奎走来,带着一副很古怪的忧愁的神气。赵庆奎以为他又要提起那两挺轻机枪的问题,决定仍然只能给他们留两挺,其他的给二连。但魏强却在胸前的口袋里摸索了起来。

"这么回事,"他带着古怪的忧愁的神情说,"玉兰上个星期来信,她那老大口气,问你好呢,"他说,在口袋里摸索着,"要不是你刚才提起来……她说你娘跟张桂珍她们……"

他好容易才从口袋里抠出了他妹妹魏玉兰的来信,但立刻张开嘴,现出了一个惊愕的神气,然后大笑了。这已经不是什么信。这已经叫临津江的冷水泡成了一块纸饼了;想要把它撕开。想要从它上面认出任何一个字来,都是不可能的。但抛掉它又很可惜,于是他又把它塞在口袋里。

"她们怎么样?"赵庆奎有些羡慕地问。

"她们挺好。吓,玉兰这丫头呀,你看她想了些什么鬼主意……那老大口气,保证……"他说,但又红了脸把话咽下去了,"哦,这信是我们刚出国不久,是十一月初几写的!"

"玉兰说什么?"

"没啥。家里挺好。"魏强说,于是他非常严肃地喊着:"敬礼!"把手举到帽沿上,然后跑开去了。

显然在那封变成了纸饼的信里,还说了别的什么。要不然魏强早就会拿出来了。但赵庆奎的心思只在这上面停留了不到几秒钟,他看着魏强跑开去,就想到他必须痛痛快快地睡一觉——不管怎样冷——晚上好继续战斗。

山坡上面传来了魏强的沙哑的、兴奋的叫声,他嚷着要通讯员快给他弄点"随便什么东西,哪怕是石头"来吃。

"吃了好过年,我的老爷,明白了吗?"他大叫着。

第二章

解放汉城以后,赵庆奎的营渡过汉江向南追击敌人。这个早晨,他的步行机被打坏,他和他的团失去了联系;部队前进得太猛,撒[撤?]出去的一连和二连来不及收回来,他的营部遭受到一股敌人的包围。敌人从山坡上安置迫击炮轰击他,猛扑着渴望通过公路。

在敌人袭击的最初的那一瞬间,他很惊慌:害怕让敌人逃掉,害怕手边的不足一个排的战斗力薄弱的人员抵挡不住。他于是亲自跑到公路左边的小山丘前面去,指挥人们战斗,并且在激怒中直着身子奔跑着。他的行动使人们镇定了下来,电话员、文书和通讯员们都参加了战斗。子弹嗤叫着从他身边飞过,通讯员王恩在他后面大声喊叫,但他这时心里那种害怕失败的感情使他对任何危险都毫无感觉,这种害怕失败的感情还从来不曾这样强烈过。他喊叫着,他看见人们在他的喊声下跃过积雪的土埂,爬过一丛小树,出现在公路边上了。他卧倒,抓过一个战士的手榴弹来,站起来投掷,然后又卧倒。但这时他叫落在附近的一发迫击炮弹震得滚到一边去了。在这短促的一刹那,刚才的那种有条有理、一切都就绪的感觉失去了,他重新觉得失败的痛苦。他咬着嘴里的泥土,两手撑着地面一跃而起,摸索着附近的手榴弹,准备率领着人们冲过公路,但正在这个危急的瞬间,扑到公路对面的敌人动摇了。他的战士们发出了兴奋的喊声;敌人的后面传来了枪声。他以为这是一连的人们赶来了,但随即他发现那只是少数的几个人,出现在敌人后面的树林边上,攻击着敌人。

这是几个朝鲜人民军的侦察员，他们在动摇了敌人之后就吸收［引］了敌人的大约两个排的兵力，并使得敌人向左右两边分散；他们伏在雪地上，一直战斗到魏强的连队赶了过来。解决了战斗之后，这几个人民军侦察员走了过来，为首的是一个个儿不高的、结实的侦察队长。当时赵庆奎只是和这侦察队长握了一下手，笑了一笑。他们总共在一起没有超过三分钟，没有说什么话，甚至也没有互问姓名；这侦察队长还似乎因为说不出什么话来而有些羞怯，于是他们分手了，在分手之前又握了一次手。事后赵庆奎为这事而觉得不安。他觉得自己显得有点自大，为什么当时没有问这个朝鲜人的姓名并且对他表示感谢呢。当然，在战场上，友军之间互相支援，这是非常平常的事，如果是他，他也这么做的，可是……他，赵庆奎，在那一瞬间到底有没有那种可恶的自大的思想呢？奉到团部的命令撤回部队的时候，这种不安就不时纠缠着他。这看来很小的事造成了他思想上的汹涌的波浪。他回忆起了这朝鲜侦察队长的面貌，那面貌是那么淳厚、善良，甚至羞怯，仿佛这朝鲜同志不仅没有意识到是自己解救了赵庆奎，相反地，倒是感激着、敬仰着赵庆奎的。这完全可以感觉得出来。赵庆奎意识到，当时，在别人这种神情底下，他自己一点也没有表示心里的热烈的感谢！他觉得这真可恶！他又想起来，那朝鲜同志两次握手都非常用力，手心上还有汗；在握手的时候甚至还用力地咬着嘴唇，但他却是个什么模样呢？而且，有一个朝鲜侦察员因为这一次战斗手臂上负了伤，也没有来得及去慰问，看着人家自己包扎了负伤的胳膊，走进了树林。

他可以为自己辩解，在当时，战斗还没有完全结束，他正向他的连队下命令；而且他刚被炮弹震得激动，但这一切辩解却使他更懊恼。他想起一切细节，怎样命令通讯员和司号员向连队联络，怎样命令他手边的三连的一个班抢占山坡，怎样奔跑、投掷手榴弹，怎样在炮弹下被震倒，感觉到失败的痛苦，后来怎样地那几个朝鲜人在他面前出现。于是那朝鲜侦察队长的面孔在他面前更鲜明了。

"他们是先从左边的那一股敌人后面打手榴弹的吗?"他问着通讯员王恩;已经是第三次这样问了。王恩回答他说:是这样的,朝鲜侦察员先从左边,后从右边,在敌人后面打起来;他们暴露在雪地上,于是那两个排以上的李承晚伪军就向两边逃开……"我们那时地形非常不利!"通讯员王恩补充着说。他虽然说了三次了,但仍然很热情。

"哎!"赵庆奎说。

"他们战斗很勇敢,就爬在雪地上!"王恩说。

"一连长!"赵庆奎走向前去,喊着魏强,"注意你们一连,下次遇到人民军同志一定要热情一点!注意点,我看你们一连在这方面有问题,那种老大的劲头,国际主义的教育不够,你自己就是这样!"他严厉地说。

疲劳的魏强在大雪中摇摇晃晃地走着,诧异地看着他的营长。

"你们对朝鲜人民是不错,可是对人家的风俗习惯还不够尊重,对人民军的正规化,对这支勇敢的军队我们要学习!你觉得怎么样?"

"他们……的确是不错。"魏强说,仍然诧异地看着赵庆奎。

"到老百姓家,所有的人都要脱鞋才准进屋子!"赵庆奎说,于是在大雪里向前走去。

王正刚团从汉江南岸回到汉城,休整了几天,这时全团都笼罩着兴奋的乐观情绪。人们开始想到回国;有些人觉得战斗已经胜利、结束了。部队的速战速决思想是入朝以来就有的,一般的人们这时还很难预料事情的发展。赵庆奎的营部安置在一座坚固的仓库的楼下。战士们在吃着各种各样的美国罐头,通讯员和班排的干部们在互相观看着各种私人战利品:李承晚伪军的领章、美国兵的符号、烟盒、打火机……在人们的笑声和欢乐的谈话之间,流露出来那种认为战争已基本结束的情绪。营部的文书说:"这打火机我替你保存,说定了,丢不了,将来回国还你。"另一个人说:"别看这个不稀奇,等回国了,吓!"这些话使赵庆奎觉得亲切。他们使他心里展开了生活里的某些热烈的希望：祖国的和平的城市、灯光、百货公司……通讯员打了水来，洗脸的时候发现肥皂只剩下一点点了，看见赵庆奎很费力地拿那小肥皂片擦着，就高兴地议论着说："行了，这肥皂还是够用了。"赵庆奎一下子没能明白他的意思，洗着脸一面愤愤地问："这能够用？"通讯员毫不犹豫地回答说："怎么不够，老美垮啦，咱们用到回国，回国买新的……"

赵庆奎虽然习惯地保持着他的警惕心，但他这时也不能否认人们的这种情绪有正当的理由。他虽然不插嘴，慎重地对待这种情况，但"回国"、"国内"这些字眼仍然使他不能不动心。这些字眼是和过去多少年的亲密生活连结着的。吃了晚饭，朱国山召集各连指导员们开会，文化教员在教战士们唱歌，他就躺到床上去了。他不觉地开始和人们一样地思想：袜子破了，回国买两双新的……长期战斗的疲劳，对危险的情况的回忆，胜利的巨大的满足，这时都来到他的心头。各连都在唱歌，一连和二连在外面的场子上，三连在走廊里；粗哑而兴奋的歌声此起彼落，唱了一个战士们还要求再来一个。这黄昏时的歌声很使赵庆奎激动；连续地战斗，他的三个步兵连已经没有原来两个连的人多，可是唱起歌来却比任何时候都要起劲。战士们唱出了胜利的自豪，也含着快乐的希望。随着歌声的节拍，赵庆奎就想："我们胜利了，我们怎么能够不胜利？我们胜利了！"他觉得战士们也是在唱这个。

这时王标进来了，在桌上的抽屉里翻了一下，就嚷了起来，喊通讯员叫文书来。

"叫你们造的表呢？"

"什么表？"赵庆奎坐起来，问。

"还不是团部的那些股长参谋们要的！电话里汇报了不算，什么枪支弹药缴获……这些股长参谋们，他们干什么吃的！坐在上面，不理解……"

赵庆奎的温和的心情被破坏了。他接过了文书递过来的表格,翻了一下,叫通讯员立刻送出去。他这么做是为了暗示王标不要在下级干部面前乱嚷嚷。但王标仍然嚷着,文书和通讯员出去之后他才沉默了下来,摸出一个小笔记本,对着窗户里射进来的昏暗的光线躺在他的铺上,出神地看了一阵,就取出钢笔来,在小本子上面划了一笔。然后,放下本子,凝望着外面的天空。

赵庆奎好久就注意到,王标时常要取出他的这个笔记本来在那第一页上划一下,即使在很紧张的战斗情况里,似乎也不曾忘记这个。赵庆奎一直不了解这是干什么的。

王标在划他私人的日历。他有他个人的日历,他想着和沈阳的一个女子结婚。每划上一道,这就表明,战争里困难的、沉重的一天过去了。

"老王哪……"赵庆奎说,"我看,以后不必在下级干部面前这么嚷嚷。这影响不好。"

"当然!"王标冷淡地说,"不过这些股长们,到连里去随便地跑一趟,跟营里研究都不研究,就汇报上去了:你们一营怎么搞的哇,伙食改善不好,干部作风有问题,麻痹大意……咄!我在这个团里的时候,他们还不知道在哪里呢!"他冷笑着,并激愤得红了脸。

昨天夜里还开过营的干部党小组会,大家互相提了意见,王标也曾检讨了他的思想问题。但似乎那一切都和王标不相干。赵庆奎心里有了怒气。

"你这么说不对!错误的!"他冷冷地说。

"吓!"沉默了一下,王标用那种辛酸的、讥刺的声音说:"各人看各人的本领……这以后慢慢来吧。"

"这以后怎么来?"赵庆奎问。

"为了抗美援朝,我一切全没有话说。"

王标说,轻轻地笑着:"等回了国,我可以立一个个人小计划了。"

"什么计划呢?"

"这个吗?我不求个人享受,革命这些年,吃苦受累啊,"王标笑着,辛酸地说,"我但求能休息这么个时候。即令是这个仗还要打下去,我看,能行了,咱们也能换个班啦!"

"你这是什么想法?"赵庆奎说,脸胀红了,"我警告你,这思想危险,犯错误,同志!"他大声说。

王标仍然在轻轻地笑着,吹着香烟头。赵庆奎站起来走出去了。

一直到晚上熄灯以前,赵庆奎都呆在各连。战士们使他感动,使他忘记了和王标不愉快的谈话。想到就是这些人们为他的营、他的团争得了连续的胜利,他心情重新变得很柔和了。他检查战士们的武器和衬衫,决定明天让各连都抽出时间来煮衣服;他和特别熟识的老战士和天真的年轻的战士们说笑话;他让大家把所有的私人的小战利品都拿出来给他看;他夸奖了很多战士,甚至对每一个人都想夸奖一下。在一连他看见了刘福海。这年轻人正在换衣服;他的班长朱洪财在烛光下坐在他旁边缝补棉衣。这里有一种亲密的家庭的气氛。在微弱的烛光下,朱洪财的眼睛周围显出很多柔和的皱纹,他凑近烛光穿针,脸上带着那样温和、专心、甚至沉醉的神情,他的粗大的手敏捷得出奇,一下子就把针穿上了,仿佛他生下来就会穿针,仿佛他从来不会拿枪似的。看见了营长,刘福海匆促地套上了衣袖,扣着扣子站起来了。但朱洪财仍然低着头,在头发上磨着针,并且用舌头把线舔湿。

"好裁缝!"赵庆奎说。

朱洪财抬起头来,提着棉衣,非常亲热地说:"营长,你来啦……"

"手艺挺好……"

朱洪财显然很满意这种夸赞,好象即便夸赞他战斗上的功绩他也不会这么高兴似的,沉默了一下,忍不住地笑了。

"营长你看,"徐国忠说,耸起他的右肩来,"这就是我们班长缝的! 你不叫他缝他还生气呢,嫌我自己缝不好!"

"班长这又替我缝啦!"刘福海说。

赵庆奎忽然想起魏强曾告诉他,这年轻战士出国以前不肯接受他父亲带来的鞋。

"你那鞋呢?"

"什么鞋?"

"你父亲带给你的……"

"那鞋?"徐国忠嚷着,"丢啦……"

于是战士们发出笑声。刘福海自己也笑了。显然这里有什么生动的故事。赵庆奎没有问,但他也想得到,部队渡过大同江又渡过临津江,在疲劳的追击和行军中,战士们就开始丢弃自己私人的东西;有的战士除了武器弹药和干粮以外把一切全扔掉了。

朱洪财说明了:刘福海是过大同江以前偷偷地丢掉那双棉鞋的。为了这个,徐国忠曾和他争吵了一场,因为徐国忠曾自愿替他背一部分东西。

赵庆奎带着满足的心情回到营部。他看见王标已经睡了,卷曲着身体紧紧地裹着他的绿绸面的被子,显得很瘦小;教导员朱国山正躺在床上对着烛光翻阅着一大把敌人的传单,不时地从鼻子里轻轻地笑着。

"部队有问题呀,"看见赵庆奎没有想到要和他说什么,他就轻轻地说。

"怎么呢?什么反映?"

"麻痹、骄傲、想回国。"朱国山用那种说着大家都知道的事情的口气说,对赵庆奎看了一眼。

赵庆奎沉默着。朱国山有些吃力地坐了起来,继续翻着手里的敌人的传单,并且用一种嘲弄的声音轻轻地念着:"把你们骗出来打仗,他们就把你们家里的田地和牛都分掉了……"于是他愉快地说:"怎么样,你们谁家的牛……"并且把传单放到蜡烛上去点火抽烟,好象把开了头的那个谈话忘掉了,但立刻他又用另一种声调说:

"二连指导员反映他们三班的副班长说的:咱们这也是辛苦

够啦!"

赵庆奎很响地拉开凳子坐下,用拳头支着腮,皱着眉、苦痛地看着前面。朱国山念出来的敌人的那句无耻的话,就使得这个副班长的这句话变得完全不能忍受了。

"刚才六号首长在电话上说,"朱国山点燃了一根烟,喷出烟来,慢慢地说,"明天他上午来参加我们支委会;明天下午我们开党员会。"

赵庆奎一言不发就睡下了。朱国山看着他的高大的背影,看着他一面沉思一面慢慢地拉开被子的姿态,嘴唇边上不觉地浮起了一个友爱的、了解的微笑。

好久之后,赵庆奎在被子里用清楚的大声说:"的确是这样!连我的思想都麻痹了!"

"是呀!"朱国山说,吹熄了蜡烛,把手枪放在床头,睡下了,在黑暗中又浮上了那个友爱的、了解的微笑。

进行了几天的形势教育之后,部队就又在一个晚上出发了。人们逐渐地了解到朝鲜战争的长期性。从一月二十五日开始,麦克阿瑟的二十几万军队发起了全线的反攻,但他只能平均每天前进不到一公里半。李恒的师进入战斗的最初几天,王正刚的团被留做师的预备队。他们连续地行军,后来就一个连两个连地投入战斗,终于他们奉命向控制着两条公路和附近的铁路线的三五〇高地出击;这高地被敌人迂回过来的部队攻占,威胁了全师的战线。赵庆奎的营迅速克复了三五〇高地,于是王正刚团在附近的各高地上驱逐了敌人。

敌人向三五〇高地和它周围的各高地进行着连续的攻击,有时是重点攻击,有时是全面攻击。王正刚团在这一群高地上坚守了十一昼夜。

战斗是在严寒、人员没有补充、后勤供应不上、粮弹都缺乏的情况里进行的。

赵庆奎的营恢复了三五〇高地之后,最初的两天,战斗在前面的一三九高地和左翼、公路东边的张福勤团三营扼守的一块高地上进行。赵庆奎把一连放在控制着公路交岔口的一三九高地上。敌人没有攻下一三九高地,在战斗的第二天,进攻的重点就转移到张福勤团的三营,敌人显然认为,夺下了张福勤团三营的阵地,一三九高地就被留在后面了,三五〇高地主峰也就受到了威胁。后来敌人又转向他的右翼。

在三五〇高地右前面,一个小小的、树木很多的盆地里,有一个房屋很稠密的村庄。在攻下三五〇高地的那个早晨,这村庄的完整很使赵庆奎惊奇。它的右边的两家屋子里还冒着烧饭的烟,赵庆奎派了战士们下去搜索,证实村庄里还有十几户居民没有逃走。对于这些居民,战斗是突然来临的。美国兵是从左翼迂回过来的,没有经过这个村庄;他们没有站稳就被驱逐,从左边的公路上逃回,因此这个村庄没有遭到炮火。显然的,几天之前,这些山沟、山头、和这个村庄里,还非常宁静。它的周围的披着积雪的松柏和杨树,洁白的雪地上踩出来的细细的黑色的道路,整齐的瓦房和茅屋、以及村子中央的一座两层楼的房子,一扇扇的小窗户漆成红色,它们的玻璃还很完整,在阳光下闪闪发光……这一切都使人们惊奇。在早晨的阳光里,那严寒而宁静的一瞬间,这村庄的完整还使人们有一种说不出来的感叹。赵庆奎看见一个穿着黑色裙子的妇女从村庄的北头顶着一个瓦罐出来了,她四面看看,慢慢地走到井泉的边上,蹲下来汲水;可是,回去的时候,似乎恐惧了起来,顶着水用很小的步子快步地走着,一下子就消失了。赵庆奎为这村庄的事请示了团部,建议团部派朝鲜联络员来动员居民离开,告诉他们这里已经变成战场。联络员朴正东下去了二十几分钟匆匆地回来了,他的结实的圆脸因爬山和激动而涨红,告诉赵庆奎和朱国山说,剩下来没走的那些南朝鲜人对志愿军是抱着敌意的。他们有几家在右边山坡上掘了土洞,但有几家却很可疑;他们到现在为止还以为这山头上是英国兵。赵庆奎很被这激动。他没有想到这些南朝鲜老百姓会对他们抱着敌意,这是和黎明时他对这个村庄的惊奇、感叹、爱惜的心情很不相称的。他相信决不是所有的老百姓都是如此的,比方说,不久以前他看到的那个打水的妇女,明明是普通的劳动妇女,就决不会抱着敌意……于是他对联络员朴正东的工作不很满意,有了一场辩论。他说:如果朴正东解释了志愿军的政策,好好地说服,就一定会有结果。

"早叫李承晚的宣传给麻痹啦!"朴正东压制着激动,拿一条手巾揩着脸,虽然脸上的汗早已揩干了;忽然地他脱下帽子来把手巾狠狠地塞在帽子里。

"你一定是用粗暴的态度……"赵庆奎嚷着。

朴正东沉默着,戴上帽子,但那手巾还有一个角露在外面;他又在他的口袋里摸索,但摸索了好久也仍然没有取出什么东西来。后来他静静地站着仿佛在思索。赵庆奎的批评虽然不完全对——因为他刚才并没有用粗暴态度——但仍然激起了他心里的痛苦的感情。他刻骨地憎恨李承晚,憎恨一切对志愿军抱着敌意的人;他还有一种说不出来的因李承晚对他的民族所进行的无耻的麻醉而来的羞愧不安的感情:他渴望每一个朝鲜人都纯洁而正直。刚才村子里一个老头用仇视的口气对他说:"我们不知道中国的志愿军!"他就咬牙切齿了。他是在朝鲜长大,在中国参加革命的。

"我没有粗暴态度,"他辩解说,但接着又嘟哝着:"这种李承晚的……你跟他说个什么呀!不把他押起来……"

"好吧,"赵庆奎说,"你替我再去!叫他们今天上午离开!"

朴正东从掩蔽部出去了,他脱下帽子,又取出手巾来揩脸,并且一面走一面自言自语地说:"我他妈要枪毙他!"

"你胡说个什么?"赵庆奎嚷,"你胡来我处分你!"

朴正东站了一下,敬了一个礼,仿佛用这个敬礼来回答赵庆奎的话,脸上又出现了憎恨的神情,走出去了。

赵庆奎大笑起来。他也在嘲笑自己一早晨居然被这个含着敌意的村庄感动了。

联络员努力的结果,有三户朝鲜人离开了。联络员朴正东虽然对这些抱着敌意的人憎恨极了,但在看见一个老大娘收拾她的被盖和零碎东西的时候,仍然帮她的忙,并且开始说明志愿军是为什么作战的,美国人如何奴役朝鲜,金日成将军如何领导了北朝鲜的和平建设……他一下子说得太多。老大娘被这政治性的谈话惊骇了,显然地提到美国人她就不安,因此一句话也没有说。但看见这孤独的老人顶不起她的沉重的包裹,他就帮着她扛到村口,并且还动员了两个在三五〇高地右侧挑水的战士……

于是他继续努力着。工作好象有了一点结果。他走进了一家门窗都漆得很鲜艳的人家,看见了异常光洁的踏板、打了油蜡的炕、华丽的绸被、大镜子、和一个坐在炕上的秃头、阴沉的四十几岁的人,这人穿着日本和服,两道浓眉下的阴沉的眼睛在闪耀着。

"地主……"朴正东想,于是心里开始颤抖;这种很有在遇到了蛇蝎时才会有的厌恶的感情使他的脸发白。他于是放弃了想要脱下鞋子的努力,决定不走上他的光洁的踏板去。"为什么他不逃跑呢?"他想。

"你家里几口人?"他用古怪的声音问,并不觉地把手放在他的手枪上。

"三口人。"那阴沉的人回答,锐利地看着他。

"奉志愿军的命令,这里要和美国侵略者作战,"朴正东说,意外地采取了这种庄严的口气,"因此,你们必须立刻离开!"他笔直地站着,心里有战斗的兴奋。但同时他想:这就很奇怪了,这种人,地主,离开不离开又有什么关系呢?

"我们知道,"那阴沉的人说。沉默了一下,锐利地望着朴正东,他冷冷地问:"你是中国人?"

"我是朝鲜人!"朴正东庄严而愤怒地说。"我为我们民族的自由独立作战……你为什么这样问我?谁给你权利……"但他又忍住了。

那阴沉的人站起来,含着笑鞠躬;朴正东转身走了出来。

这时炮声在公路左侧张福勤团的前沿震响着。但过了不久,敌人就开始对前面的一三九高地攻击,飞机投下了凝固汽油弹,炮火逐渐地打到了三五〇高地上。通讯员王恩报告赵庆奎和朱国山说,几发炮弹落在村庄里了,有两栋房子被打毁,有一栋着火;随即又报告说,有几个朝鲜人往右边的山坡上逃去了。通讯员仿佛这时唯一就关心着这件事情。但赵庆奎现在却对这个很淡漠;他整个的心情已经在战斗里了,正在听着一连的电话。但他也想到:现在这些受了李承晚欺骗的朝鲜人应该明白谁是真正关心他们的了吧。朴正东走进了掩蔽部。他敬了一个礼,象前一次一样地拿出那发黄的降落伞布做成的手帕来揩汗,但他明白现在并不需要他报告什么,村庄的问题已经成为过去的事,就坐下来卷他的烟丝。

可是他继续在想着那个地主,并且想着挨近右山边的一间屋子里那个抱着一个婴儿的妇女。他一时想想这个,一时想想另一个。地主很使他猜疑;从那妇女所提供的材料看来,他决不仅仅是一个地主。至少他也是一个坚决的敌人。可能他企图通过前线到敌人那边去,因此,他刚才甚至应该逮捕他——扑灭这样的一个害虫。这点使他愈想愈愤恨、不安。但那个抱着婴儿的妇女却唤起他另一种感情。她那样穷苦,裙子是破的;小屋子里,炕席也是破烂的。当他对她说话的时候,婴儿啼哭起来,于是她惊惶地把她的奶头塞到婴儿的嘴里。她被他的热诚的口气和神情所感动,流泪了。显然从来没有一个军人对她这样说过话,告诉她战争已经到来,劝她走开,而且答应给她人力、粮食,以及别的一切可能做到的帮助。她忍住了眼泪,脸红了,用很小的、克制着自己的感情的娓娓的声音说:她并不是不愿离开,但是她的孩子在生病,她实在不能走;在这样的天气……她自己是没有什么的,丈夫已经在前线死去了,他是被强迫当兵的……

这时候朴正东身上又有一阵新的激动和对这个女人的同情混在一起。那么,她是李承晚伪军的家属。拿着枪和他作战的。真的死去了么?这女人静默了一下,又流出了眼泪,惊惶地两边看看,低着头说,她的弟弟是在革命这一方面的,几年前就被捉去了,后来听说已经逃出去了。她的妹妹在汉城,操着那种最可怜的职业,而她的死去了的丈夫,只不过是一个伙夫……她这些年很困难,种的是别人家的田地,孩子没有吃的;她并不希望什么了,美国人和政府的官也许不致于加害于她了;为了孩子,炮火来的时候她将到山边上去躲一躲,她已经在昨天一夜之间在屋后的山边上掘了一个小洞。她非常感谢他,这位人民军官(她以为他是人民军)的好意。

朴正东相信这妇女所说的话是真实的。他依照着自己的工作习惯,断定她是倾向革命的。她可能就受着他刚才见到的那阴沉的地主的剥削。"我们的妇女有很伟大的劳动力,"他想。她的炕头上所展示出来的赤裸的贫穷更证实了他的判断。她怀里的孩子没有穿裤子,而那小袄子也是四五种不同颜色的破布拼成的。他要去看看她所说的那个土洞。她也完全信赖了他的善意——当她在悲苦的激动中说出来她的死去了的丈夫曾在李承晚军队的时候,她曾懊悔并且开始害怕——变得活泼些,把孩子丢在炕头上,领着他走到屋子后面。于是朴正东看见了一个被一些稻草遮着的、旁边还堆着新掘的土的两尺深的小洞。这妇女好象有一点本能的军事眼光,因为这土洞的地形选得不错。而且这土洞还使朴正东得到一种政治上的满意,就是,它的洞口开向他们的军队的一方,显示着,它仅仅是为了抵抗美国的炮弹而被掘出来的。这妇女把美国人推进过来的方向当做前线,那么,她就表示出来她已认识到这一片土地的敌人到底是谁了。土洞旁边还摆着一把镐头,它仿佛说明,要劝这妇女走开,是困难的。

"还得掘深一点……"朴正东说。

妇女笑了一笑,说她还预备掘。

"你种的是地主家的地么?你的整年的劳动就完全献给他们么?"朴正东严肃地说,不等回答,他就开始热情地说起来:贫苦的农民应该组织起来!剥夺地主的土地和财产!朝鲜是一个光荣、骄傲的民族……这妇女象痴了一般,但眼睛闪亮着,看着他。这些话显然引起了她的一种模糊的渴望。她的破烂的黑裙子和凌乱的头发在冷风里飘动。

朴正东于是从她那里弄清了村里的大概的情形。这村子一百多户人家,有一些人已经逃到南边去了,另一些人逃到附近山里,村里有两户地主,七、八户李承晚军官家属,十几户李承晚政府小官员的家属;她证实了,朴正东刚才遇见的,正是一个叫金允的地主,他过去经常在汉城,不久刚从汉城逃回来的;昨晚上他曾制止几家人家往北逃难,他宣告说美国军队已经过来了。犹豫了一下,这妇女又决然地说,她的弟弟斐英哲就是这地主告发,在三年多以前被捕的。

"你有什么困难需要我们帮助的么?"朴正东问。

这妇女痴痴地站着,显然沉浸在回忆里。当然,她不需要什么帮助,但朴正东仍然问:

"你粮食够吃么?"

然后他敬了一个礼。于是这个村庄,这片土地,对他就变得和先前不同起来了。他不仅遇到了一个他的几年不曾见到过的活生生的地主,而且找到了一个同情革命的贫农妇女;而这村庄里也产生过象她弟弟那样的革命者。走回村子中间,敌人的几发炮弹在村子东头爆炸了;回到三五〇高地山坡上的时候,他看见几个朝鲜人从村子南头出来,向西边的山坡跑去。他看看那妇女所住的方向:很容易地就可以从几棵光赤的梨树旁边认出她那小小的、屋顶发黑的茅屋来。他想:现在她大概抱着孩子进洞了。

这一天,敌人对一三九高地前沿攻击了三次,没有能够前进。一连歼灭了一百多敌人,自己仅仅六个伤亡;战士们学会了巧妙地利用地形躲避炮火。

这战果连素来很平淡的团长王正刚都高兴,他在电话上叫着:"很好哇!很好哇!"因此赵庆奎也高兴。

他一整天把村庄的事情给忘了。他只是看见联络员朴正东不时地跑出去,过了一下又跑进来,坐下,卷烟丝抽,闭着眼睛养神;然后又跑出去。而且他老是拿那发黄的降落伞绸揩汗。这年轻人长得过于结实,有些发胖了,因此他容易出汗——赵庆奎有时这样想。他没有想到朴正东是在每一次的炮火过后都要去看看坡下的村庄;现在这对于他已经不是一个一般的村庄。

黄昏的时候,前沿安静下来了,朴正东向赵庆奎说起了村庄的情况,他工作的经过,以及那个地主、那个老大娘和那个妇女。

但赵庆奎这时仍然在考虑着怎样加强工事,所以对这个反应得不热烈。

他来到主峰的交通沟里。落日的光辉映照着远远近近的山头的积雪;冷而新鲜的空气使他兴奋。

"我应该在这次战斗里成为一个成熟的指挥员……"他想。

"营长,你看,就是那有三棵梨树的屋子……"朴正东热诚地说。

"就是它们结了梨子……我也看不出来什么梨树哇!"赵庆奎说,嘲笑地看看朴正东。

"西边山坡……那独立树的下面。看见了吗?今天村子那边并没有落弹。这妇女可是穷苦,老实,她的丈夫是被迫当兵的,她弟弟是革命工作者;她是基本群众。可是穷苦……"

赵庆奎被他感动了。这结实的青年是这样地爱这里的土地和人民!于是他严肃地听着。他眼前的村庄已经和早晨不同了。通过西边的一条山沟,落日的红光还照耀在那些完整的屋子上;但东边的暗影里,有好几处的屋子已经塌倒,而且还在冒着浓烟。村庄外面的雪地上有了十几个黑黑的弹坑。看不出任何人烟的痕迹。那妇女还有可能存在吗?但朴正东坚持说,她一定还在的。

"我们营部有点饼干……可以送给她的小孩。"赵庆奎说。

赵庆奎看见,朴正东的眼睛闪亮——他的神气多么幸福!

"我带几个战士把这村子再搜索一下,可以么?"他说。

"可以。"赵庆奎说。

但赵庆奎自己,也被一种他自己也不明白的激动吸引着,不久就带着通讯员爬下山坡了。

战场上已经安静下来。远远的公路左侧的断断续续的机枪的射击,似乎更增加了这周围的安静。在一栋被击毁的、还在冒着烟的屋子的废墟里,赵庆奎看见一个妇女和一个老人,那妇女神情麻木而悲伤,蹲在地上往瓦砾中间慢慢翻着,似乎明白自己翻不出什么东西来;那老人则是手里拿着一根从火场上捡来的烧焦了的木棍,站在那里一动也不动。另一处废墟里,一个少年从瓦砾堆里拖出了一床破旧的棉被,然后他愤怒地踢开了脚边的一个贴着美国商标的罐头盒,又从木头下面拉出了两件红色的小孩的衣服。随着天色的逐渐昏暗,这村子里的朝鲜人增多起来了。显然他们相信夜里比较安全,从右边的山沟里回来了;有的是来搬运东西,但有的却是预备过夜的。大多数的人看见中国的军人仍然立刻就闪避,有两家人家的门在赵庆奎走近的时候关上。一个年轻的姑娘恐慌地从几棵树木中间跑过。但是赵庆奎看见了朴正东的工作,他费了极大的努力已经在一个坡上聚拢了五六个老百姓,他在昏暗中挥着手,大声地讲着话。看见赵庆奎,他停住了讲话,跑过来报告说他所说的那个地主已经跑掉了。他又对人们讲了一些什么,就带着赵庆奎来看村子西边的那个妇女。

那妇女坐在炕上,在黑暗中从一个碗里给她的孩子喂水。她不安地站了起来,用那种压抑着极大的悲痛的柔弱的声音回答着朴正东的话。她的孩子病得很凶。为了使赵庆奎明了他对这妇女的同情是完全恰当的,朴正东照亮了手电,使赵庆奎看见了屋子里的那赤裸的贫穷的状况,以及炕上的那昏沉地躺着的小孩。然后,他跳进门去,把小孩抱了起来放在膝上,摸着他的前额和鼻子。

那妇女痴痴地站着。昏暗中也可以看出来她现在是多么失望。

手电的光亮短促地照见的那赤贫的、可怕的状况,强烈地刺激了赵庆奎,使他一瞬间仿佛回到他的童年时代去了。那时候他也躺在象这样的一间屋子里,他记得一件事情:他生着病,而他家唯一的一头老毛驴也病倒了,父亲出去借钱,回来的时候却喝醉了,躺在椅子里哼着。母亲一直坐在炕头上。她这一次例外地没有责骂父亲。后来她就开始啼哭,不是象普通那样子号叫着、诉说着、拍着巴掌啼哭,而是轻轻地抽搐起来,好久才发出一声哽咽着的哭泣。母亲过去向父亲发怒,悲伤地大声号哭,那赵庆奎是不害怕的,他知道,她哭一下就又去干活去了;但现在这种哭泣却使得幼小的赵庆奎恐怖。他永远不能忘记当时的那种失望的感觉,虽然他才五岁,那时却清晰地记住了:家里只有半升高粱,吃完了就什么也没有了,全家都难以再活下去了……

朴正东开始喂小孩饼干。但小孩吃不下去,塞到嘴里又吐了出来。

"通讯员!"赵庆奎用受惊的声音喊,"回去叫卫生员来。跑步去!"

他到炕上坐下,打亮了手电向周围照了一下,发现右边墙壁上有一个很大的破洞,可以看见天上的星;冷风正从那里灌进来。

"为什么她以前不把这房子修一修呢?"赵庆奎问。

朴正东翻译了他的话。那妇女说了一句什么,但随即就象受了一击似地哭起来了。

这时,一个战士跑来报告:人民军的几个侦察员刚从敌人那边越过了公路,到了一连的阵地上,他们有两个负伤的,还带着一个俘虏……这战士很兴奋,补充着说,刚才很危险,因为敌人在追击这几个人民军,一连就射击了。如果不是副连长李凤林判断得快,差一点就把这几个人民军当做敌人打了。

于是赵庆奎和朴正东丢下了那小孩跑了出来。他们在村子东北遇到了三副担架:一连已经用担架把人民军的两个伤员和那个负伤的俘虏送下来了。随后他们遇到了李凤林和人民军的侦察员们。朴正东在黑暗中开始翻译。人民军的侦察员们已经在敌后活动了七天,他们是从这一带战线西南部他们的阵地上出发的,但后来战线变动,他们就找不到他们的部队了。

走进营指挥所的掩蔽部,在蜡烛的微光下,赵庆奎立刻发现侦察员们中间的有一张面孔他曾在什么地方见过。那坦白的、但又有些羞怯的神气,那明亮的眯起来的眼睛,他曾见过⋯⋯这侦察员也在看着他。马上他就认出来了。这就是在半个多月前的那次战斗里在敌人后面发动攻击的那个人民军侦察队长!他现在瘦削些了,而且衣服也变得很褴褛,但神气还是那样,含着那坦白的、似乎是羞怯的笑容⋯⋯赵庆奎快乐地喊叫了起来。

"好啊,老朋友!老战友!"赵庆奎叫,于是他又想起了那一度使他羞愧的他的可憎的不热烈的态度。

但侦察队长虽然热情而激动,却没有说什么;他非常善良地笑了,当赵庆奎和他握手的时候,他也没有忘记先把手举到帽沿上敬礼,然后才伸出手来。显然他觉得赵庆奎是营长,而他是下级。这纯朴的表现使赵庆奎紧紧地搂住了他的肩膀。

"我一直在想你!我一直想找你,感谢你!翻译吧,朴正东!"赵庆奎大声说:"为了上次他对我们的支援,为了那英勇的行为,感谢他!请他把姓名告诉我。"

年轻的朝鲜侦察队长含着笑听着朴正东的话,然后他说,他所做的那一切完全是应该的;于是又激动地对赵庆奎敬了一个礼。但是当他说出他的姓名,并且加上说,他就是本地人的时候,朴正东惊动了。

"斐英哲!"他喊,"你就是斐英哲么⋯⋯那是你的姐姐么?"

"谁?我的姐姐,她活着么?"斐英哲激动地叫。

"那么你就是本地——就是这村子的人么?"

"怎么不是的?"斐英哲说。"她们怎么样?都活着么?"

掩蔽部里挤满了人。大家急切地听着朴正东的翻译,想要知道这年轻的朝鲜同志的事情:他竟然在现在回到家乡来了。但是斐英哲却没有说出什么来,因为他马上就记起了他所获得的情报。敌人两个师的番号出现在这正面的公路线上;他们已占领了西南方的一些村庄和高地；重炮和坦克在运动；敌人的主力预定在两天内夺下三五〇高地及附属的各高地，并越过这公路交岔点向汉江前进。赵庆奎把这简明的情况报告给团里，团长命令立刻请朝鲜侦察员去，并把那俘虏带去。这样，斐英哲吃了很少的一点东西——虽然他很饿——喝了一点水，跟朴正东一起到团里去了。

"你不看看你姐姐么？"朴正东有些失望地说。

"我可能来看她，"斐英哲有些恍惚地说，在和赵庆奎握手之前又向他敬了一个礼。只是在这时赵庆奎才注意到，这朝鲜同志的腿上带有一点伤；因为坐了好一阵又站起来，他的行动就不灵活。但走下坡去时他的脚步重新变得稳定了，赵庆奎看见他的宽阔的肩膀映在雪地上的模糊的影子，在一棵松树后面消失。

"通讯员，你叫了卫生员去了没有？叫助理医生也去！"赵庆奎喊。

通讯员回答说：卫生员和助理医生正在替负伤的人民军侦察员包扎。

"去看看包扎好了没有……叫他们负责，替我把那孩子医好！"赵庆奎严厉地喊；他几乎要觉得通讯员是在故意地反对他。

走在路上，朴正东对斐英哲叙述了村子里的情况和斐英哲姐姐的情况。他没有对他隐瞒他姐姐的苦难的处境。

在这年轻的朝鲜人的心里，对于敌人师团番号、装备情况、运动道路的思想逐渐让给了对于过去，对于姐姐的回忆。这二十几分钟的爬山、行路的时间足够让他想起过去的事；他现在所走着的，正是他十九岁以前每天都走着的故乡的山路。但最初这些回忆又一直和敌人师团的番号等等奇怪地混合在一起。他曾在这山上砍柴；村子里年轻的姑娘金玉善曾经爱上了他……但立刻他的心头就闪过了美军师、英军旅、皇家来复枪团、坦克团的番号、形状……敌人的深黄色的呢大衣；坦克在冻结着的道路上前进……在他小时候，他从来不知道世界上有什么三五〇高地,他只知道他的村子东南的这座在夏天长满了野莓,在秋天长满了枫叶,在冬天的积雪上布满着小野兽的足迹的美丽的山。哦,它是多么美丽啊,幽静的松柏和灌木林里,灰黄色的野兔怯懦地凝视着前面,然后纵身一跳,于是鸟雀拍着翅膀,树枝上的积雪纷纷落下……有一些时候,幼小的斐英哲的最欢乐的梦想就是山上树林中的野兽。不止是兔子,还有尾巴火红的狐狸,不过想要得到这个就更困难了。他连兔子也从来不曾捉到过,虽然他有一次曾在积雪中沿着兔子的足迹找到了一个兔子窝,但兔子仍然狡猾地逃跑了。那时候有骄横的日本人拿着猎枪出现在村庄和山林里,他们喝酒,用肉骨头砸他们这些呆站在旁边的孩子……从他有记忆的时候起,故乡的土地和山林就从不曾属于朝鲜人!日本人刚一被驱逐,李承晚就又把它们出卖了!他就是在这时候开始懂得他应该走什么道路的!

朴正东今天早晨还看见的,那个地主金允,从前是日本人的什么谍报员。日本人从朝鲜溃败、逃跑的时候,他,斐英哲想得过于简单了,和他的同志们一起逮捕了金允,然而美国兵到了汉城,金允几个月以后就回到了村庄。斐英哲的同志被杀,这个同志是引导他懂得了一些革命的道理的;他逃了开去。半年以后他回来和村里的剩下的一个同志联络,夜里面,住在他姐姐斐顺玉的家里,被捕了。他永远记得当他被捕的时候他姐姐的哀告的神情,因为,他母亲就只他一个儿子;但他觉得,这时候姐姐向金允和他的走狗们说这些是愚蠢的……他从监狱里逃亡,于是沿着海岸潜行,用一只小船渡过了三八线。卫国战争开始,他参加了人民军当一名侦察员。人民军向南进军的时候他曾经过汉城,但来不及回家看一看;撤退的时候他们转到了东部战线。但现在他竟意外地回到他的家乡了。如果不是战线上的变化,他不会从这里越过前线回来的。但他现在想起来,解放汉城以来他没有一天忘记过他的家乡,他意识到他已经靠近了这生养了他的山沟了,过去的爱情和仇恨也从来不曾象这时这样鲜明……然而可惜!朴正东竟没有能逮捕金允!

刚才，当他们从前沿连队的阵地往三五〇高地走来的时候，从村庄东边走过，他曾一面和朴正东说话，讲述他越过战线的经过和他的部队的番号，一面转过脸去望着那黑暗的村庄。他仿佛只是悄悄地、不被人注意地看了它几眼，好象看着什么奇怪而陌生的事物似的。他因为对家乡的紧张的关心，反而觉得一切都陌生；村庄好象比从前小了不知多少倍。似乎没有一件东西象他思念的那样。后来他们穿过一丛树，好象是槐树，它们在冬天落光了叶子，他记不得从前有没有这丛树了，但他想，一定有的，因为这些树最少已经五六年；他碰到了一棵树的伸出来的枝条，那树摇晃起来，于是他停止了说话，并在心里对自己说："家乡的树。"终于他看见了他牢牢地记着的东西：田地边上的一个井泉，它在积雪的地面上显着黑色。于是他就发现他正在走过他的父母和姐姐都耕种过的一块田地，这田地联系着他最早的记忆，那时父母还活着，六七岁的姐姐也刚学会在头上顶水罐子；他们以前是住在村子东边的。姐姐第一次顶着水罐子回家，面孔涨得通红，害羞而又庄严，皱着眉头仿佛发怒，田地边上的人们都站下来看她，并且说：小姑娘能干哪！回到家里，她就用一种大人的口气对他说：你看你这孩子多脏哪！这种口气就确定了她和他的关系，父母死后，一直到他成年，她都仔细地照顾着他。当然，他反抗她；她是不敢对他管教得太凶的，只要他一反抗，她就温柔地、有些辛酸地沉默了。在她出嫁之前，她把他当做一家之主，把好一点的东西都留给他吃……他现在发现他走在这田地中间了。积雪上有两个黑色的弹坑。他仿佛看见他的父母就在他面前，比站在面前还要真切似地。他不禁有些奇怪，这些小小的一块土地居然曾经养活他们一家……他弯下腰去，从弹坑边上抓起了一把泥土，把它在手心里研了一下，然后就塞在裤子口袋里。

这条穿过三五〇高地的山路是他熟悉的！这山路好一些地方已经被交通沟所切断；几乎就在他从前热烈地梦想着捉到一只野兔的地方，一挺机枪从枪巢里沉默地、威严地伸了出来。

一直到听说他姐姐还活着,而且还在村里以前,他的这种回忆仅仅是平静地进行着,它们并不妨碍他继续和联络员谈话,同时,九死一生越过战线归来的兴奋心情也还未消失。他以为姐姐至少已经不会再在村子里。但听说她还在,他就激动得很厉害了,那黑沉沉的村庄对于他就不仅是一个过去的回忆了。

他在敌后的公路上所见到的那些美国坦克将碾过村庄……这个思想使他战栗。

"她说她的丈夫在李承晚军队里死去了么?怎么死的?"

"她没有说。"朴正东说。

"这样的结果!"他想。他又说:"这是真实的。那个男子是个很老实的农民,他一定是被强迫……那么,孩子有两岁了么?应该叫她离开!我要叫她离开,她不会拒绝的。"

回忆汹涌着,使他的心灼痛。他的姐夫曾经很不高兴他这样地不"安份守己";就在这山上砍伐树木的时候,他们曾经有过争吵。为什么要管那些事呢?你一个人就能把世界翻过来么?该怎么样就怎么样,应该种地!他沉默地听着。后来突然他爆发了,把斧子往树桩上一劈,喊叫着说:你不明白你一家人死在谁的手里!将来你会明白,可是那时候就迟了!你半辈子这样老实,可是结果怎么样?姐夫气得颤抖,可是沉默了。显然认为这样的话过于险恶,不礼貌,好几天都不和他说话。也就在争执的这天黄昏,他证实了金玉善姑娘喜欢他。这是秋天,下大雨了,他快乐地大叫着从坡上跑下来,金玉善顶着一口袋苹果也往村里跑,他站下来要帮助她,她说:"不,不!"又说:"看你身上的泥!"他突然说:"我叫媒人来么?"她沉默了一下,好几条细细的雨水淋过她的变白了的脸,她闭了一下眼睛,于是用差不多是哀求的声音说:"我不知道……"但不久他就逃亡了。

金玉善也可能仍然在村子里的……

但总之,他已经经历过大的斗争,并且见到了广阔的世界了。以前对于他世界并不比这个村子大许多……他这样想着,随着朴正东走进了团指挥所。

团指挥所在山边上的一间破屋子里；警卫员用雨布遮住了门，里面点着蜡烛。王正刚正在和师长通电话。李恒很重视朝鲜侦察员的情报和俘虏，因此要王正刚尽快就让侦察员带着俘虏到师里去。

"停一停，他们来了。"王正刚说。于是他问："你们那俘虏是军官么？"

"陆军少校，白人。很顽固。"斐英哲明确地说。于是王正刚不觉地在电话里采用了他的话，对李恒说："陆军少校，白人。很顽固！"并且露出了一个高兴的微笑。

"请坐。"王正刚放下电话，说，"你们很辛苦了。刚从敌人后方过来么？"

王正刚喜欢仔细地打量谈话的对方。他这时就暗暗地，带着逐渐增强的羡慕，拿斐英哲和自己的那些连排干部比较。不能说自己的干部们比斐英哲弱，但斐英哲的思考的明确和有条理，他的准确的对上级的礼貌，都使王正刚不禁羡慕了起来。他处处都表现出他是一个经过严格训练的军人。他笔直地坐着，并且有效地掩藏住了他的疲劳。当王正刚偶然看过他的右肩的时候，他自己也朝右肩膀上看了看：脱落了一个肩章。于是他一下子连耳朵都涨红了。

"你说的美国军队的这个师，"王正刚问，"他有一个连队从这公路口向西北前进，今天它在这里宿营么？"他用铅笔的没有削的那头在地图上划了一下。

斐英哲集中注意地听着。他用整个的身体在倾听。后来他略略俯向地图，证实着王正刚的询问。他不仅记得这一带的道路、高地和村庄，他也记得周围几十里地带的道路、高地和村庄。王正刚又询问了敌人警戒的情况……

然后王正刚吩咐备马匹送斐英哲到师里去。俘虏已经送到，这美国军官手臂负伤，还能行走；他的脸色白嫩得令人厌恶；他的冷酷的、充满敌意的眼睛并不正面看人，而是斜着向一边看。王正刚沉静地对着他看了一会儿，吩咐担架即刻把他送到师里去;他没有时间审讯,同时团里的英文联络员昨天也负伤下去了。

他看得出来斐英哲有多么疲劳。在俘虏带进来的时候,斐英哲靠在墙上,虽然仍然坐得笔直的,却垂下了眼皮;几秒钟的休息这时都很可贵。但随即他就清醒了。他向朴正东索取针线,因为他的肩章在昨天捕捉俘虏的格斗中脱落了一个。他坐到屋子角落里去,让朴正东拿手电照着,有些笨拙地开始缝他的肩章。显然是过于疲劳,拿不稳针,他的左手的食指叫刺破了;他把食指放在嘴里吮啜了一下,并且天真地对着朴正东笑了一笑。

在等候马匹的时候,王正刚继续凝望着这年轻、俊美的朝鲜青年。一些判断和念头在他心里成熟起来,它们好象是从斐英哲的脸上直接产生出来的。敌人第二线部队的一个师的主力离这里三十华里宿营,一部分军队向西北运动,这说明了什么呢?这说明了,敌人不仅要从正面来攻击他的师的防线,还企图从他们的右翼山丛中来压迫他们……如果是这样,为什么不能打一个漂亮的伏击或者打一次夜袭?

斐英哲的情报现在显出了更贵重的价值。战斗一开始,王正刚就担心他的右翼,那里虽然没有大公路,却是只有友军的少数的警戒部队。敌人不进到他的右翼则已,如果进到他的右翼,那显然是来压迫他的,把他往公路上挤,然后两边夹击三五〇高地。他黄昏的时候向右翼山丛中派出了侦察员,然而要等到他们获得情报,已经迟了,这宝贵的,一个指挥员不惜一切代价在渴望的情报!

"告诉他!"他抓住朴正东,"他的情报非常有价值!非常重要!"

听了这个,斐英哲有些羞怯地笑着。

马匹耽搁着时间。王正刚皱着眉头。所有的干部都知道团长为马匹的事发怒了,于是通讯员、参谋陆续地跑了出去。王正刚看着表,数着秒针的跳动,他准备数到五十下的时候严厉地批评管马匹的人员,不论他有什么理由;他的怒气随着秒针的跳动上升。一直数到四十五下,马匹来了。他从牙齿缝里吐气,走到门口。

"快一点,知道吗?"他意外地用柔和的声音说。他想起来了,大概刚才是在给马匹喂料。现在团部就这两匹马,另外的一匹前右脚冻伤了。饲养员对马匹很吝啬。

马匹踏着结冰的小路慢腾腾地跑开去了,骑兵通讯员的卡宾枪在模糊的光线中威武地晃动着。

"看见了吗?"王正刚走回来,对屋子里所有的人说,"看见人家人民军侦察员的工作怎样准确,看见人家的严格的军人纪律了吗?他因为掉了一个肩章坐在我面前就那么惭愧……我总是说:学习人家,学习人家!"

石雄从左翼营回来了。他在路上碰见王标。王标在这次战斗中的工作是负责一营的后勤;他正从团后勤回到三五〇高地去。石雄想起了这个干部近来的一些问题,把他叫来了。

但王正刚只是随便地看了王标一眼。他和石雄谈了斐英哲的情报,就立刻又摇师部的电话。师长同意他们的判断,但告诉他,等他和斐英哲谈过了以后,再做决定。

在这紧张地等待结果的一个多钟点的时间内,王正刚发现自己处在战前常有的精神亢奋的状态里;他一遍又一遍地思考敌情和他的团的处境,然而这个时候所有的思想都好象是捉摸不定的。当然,现在才晚上八点多钟,时间是来得及的,但他总觉得时间一秒钟又一秒钟地过去太可惜。也许师长不同意这么做,而有另外的意图。不,不会的。他或者将使用他的三营,用最强的连队。关于这个,他有点矛盾。最好师长使用别的部队,因为三五〇高地将有严酷的战斗,他预料是他的团还不曾经历过的严酷的战斗,他的人员将得不到补充……但这时他忽然想起了饲养员吝啬马匹的事。当然,没有了马匹,饲养员只好去抬担架或者干别的什么去了。然而这毕竟是很可笑的。三五〇高地压不倒他!他将决然地请求师长使用他的三营……于是他把他的决心说给石雄。石雄同意他;石雄早上还和他说过,他们应该为全师挑最重的担子。于是他立刻命令参谋去让三营的两个连准备出击,并命令三营的干部们半个钟点以内到这里来。

石雄和王标到隔壁的小屋子里谈话去了。王正刚继续在徘徊,吸烟,缓慢地、沉重地动作着。他想起了很多事。他的思绪有时扯得很远。

他意识到自己的荣誉心,为他的团争取建立更大的战绩的愿望。这个愿望是和歼灭敌人的渴望联结着的。他的团在这个战争里受到考验,他的干部和战士们都要获得新的经验;在这以前,人们确实担心着究竟怎样来和世界上最大的帝国主义作战,但这以后,人们便会更沉着地注视着帝国主义了。对于一个指挥员,最难受,或者最危险的事情就是意识着自己在挨打,就是仅仅想着如何才能避免挨打,而忘记了去想到如何地去打击敌人。在这种心情里,战争就要失败了。感谢他这半生的经历,感谢党的教育和战士们的英勇,他还很少落到这种处境里去。这三五○高地将要严酷地考验他了。

随着年龄的增长,在每次行动之前,他都要觉得一种说不明白的苦恼,变得更慎重。他反复地思考他的计划,想到可能遭遇到的伤亡,又觉得时间过得太快,无论当时怎样焦急地一次又一次地看表,事后看来,这些时间总是象电光一般一闪就过去;他心里也就毫无杂念,既不想到过去的个人生活里的痛苦,也不想到将来,所有的只是目前的每一秒钟。这是他的生活里最宝贵的时间,虽然每次激战中他总渴望时间快一点过去。这些时间支持着他;在这些时间里,他感到他和他所隶属的强大的集体完全融合为一;他自己知道,这些时间造成了他的生命里的最可贵的一切……这些时间过去之后,回到平常的事务里去了,有了一点闲适,然后就有了日常的烦恼。人们接到家信,谈论着将来的个人生活应如何安排,从事这样那样的娱乐,可是这些他都没有。他的家在抗日战争中整个地毁掉了,将来他也没有什么个人的生活可以安排;他也无论什么都不会玩。当然,战争并不使他快乐,它反而和他心里的苦痛相联;战争一过去,他就极不愿意再回忆它——心爱的干部和战士的伤亡在事后会使他苦闷;这就是为什么在每一次战前他都要觉得沉重的责任和隐约的苦恼。而且他也没有了年轻人的那种单纯的英雄慷慨的心情。但是,除了战争,他生活里又几乎没有别的。而且他总是在战争里兴奋起来了。

他坐下来,抓住电话线,把它捏成一团攒在手里又松开,凝望着前面。屋子里值勤的人员都在悄悄打瞌睡。从一扇破烂的通往原先的厨房的门后面,冷风吹进来,石雄的低而快的声音也传了过来。石雄在警告王标不要背老包袱,要勇于检讨自己;要知道党对任何人都是关怀备至,又是铁面无私的。王正刚听见王标的带着明显的不满的声音说:"我希望知道组织上到底相信不相信我!"石雄沉默了一阵,显然在生气。

这个王标,他的身上结了一层很硬的壳。他在团里很久了,先前干文书,后来干副连长,又在政治处和后勤工作过。几年来,他总是闹一些问题,和同级的干部不团结,对下级横暴,对上级不满。他在沈阳结识了一个不正派的女人,然而他始终没有向组织上彻底交待。

但王标的事情并没有打断王正刚的内心深处的亢奋的思索。有许多事情和王标的事情同时在他心里闪过。他还想到三五〇高地右侧和右前面的那个村庄,昨天黎明以前在三五〇高地上指示一营布置防御的时候,他曾对这村庄注意了一下,后来赵庆奎就来要联络员,他们报告了村里老百姓的情况。但现在他所想的却是,敌人如果将来从右翼山丛里过来——根据目前的战略方针,这终归是不可避免的——就必须在这个村庄的靠西的、被一些房子围绕着的小高地上建立前卫的加强班的阵地,封锁三五〇高地右侧的山沟。那时敌人可能通过这个村庄冲锋,这个村庄当然就要打得稀烂。但即使敌人不从右侧过来,它也会被炮火打烂。他想:赵庆奎对这个很激动,这未免显得幼稚。这村庄将打得稀烂,以至于片瓦不存,就象六年前他的家乡那样。

他立刻驱除这个回忆,这差不多是本能的;但这个回忆却又顽固地一再出现。他的女人因掩护军队的伤员被捕,这他是事后知道的。她在敌人监牢里死去。但家里的其余的人,父母、儿女、哥嫂,他们到底有没有一个人从阎锡山的屠杀中逃出来了呢,村人们都不能肯定。有人说他父亲曾逃到南边的村里去,有人又说他一直没有走。他是很刚强的,媳妇的不幸可能也对他产生了影响。但关于他哥哥则是大家都看见,是被阎锡山匪徒绑在马匹后面活活地拖死的。

这个回忆之所以这么顽固,是因为许多不确定的情况使他痛苦。总应该会有一个人活着留下来,或者是儿子,或者是女儿……但事情已经过去好几年了,他曾给家乡的熟人和政府写过几封信都没有结果,这种想法看来实在是痴妄的。他永远不能忘记那时的情景:他跳下马来,对着他家的长满了青草的废墟默默地站了几分钟,然后,用着他自己也奇怪的意志力,走进那废墟,拔下两棵草,并且翻起了几块砖头。那瞬间他的所有的动作他都清楚地记得,就象是紧张的战斗开始的那几秒钟,阵地上的一切情况、动作、愈来愈快的变化他常常清清楚楚地记得一样。那时候他镇静得出奇,好象这不是自己,而是另一个人在遭遇这种事情,而他在保护、并批评着这个人。他记得他的女人从前是胆小怕事的,他对她也不好,时常暴怒,她就怕得脸色灰黄,声音都战栗。几年来的变化多么巨大!但她掩护伤员,参加革命斗争,后来在监牢里就义,这一切是谁引导、怎么发生的呢?当然,她的丈夫的行动使她和革命联结起来了。但一定有别的人帮助了她!但是,糟得很,关于她的活动,各种情况,他当时都没有勇气仔细询问。那以来他就有一种深刻的内疚,首先,在家的时候不曾好好地对待她,甚至对她粗暴;其次,他关于她原来什么也不知道!他自己在痛苦,却没有想到她,一个母亲抛下子女时所忍受的那种痛苦……于是这两年来,她的形象就重新在他心里成长,他用设想和新的感情来补足许多缺乏的地方。她不再是柔弱的,而是刚强的,号召他前进;但她的面孔仍旧是那么善良,好象她常常对他说:"你看这样行吗?对吗?"于是他回答:"对!行!"而有时候他就不禁要向她询问:"你看这行吗?对吗?"她的善良的面孔上就有了坚决的神情……朝鲜战争爆发以前,政治委员石雄曾好象很随便地劝他再结婚,那时石雄自己在和军部的一个女同志恋爱。作为回答,王正刚向家乡的政府寄出了一封信,要求人们把关于他女人的一切可能查得出来的事情,例如怎样接近革命,怎样工作,怎样掩护伤员,被掩护的是哪个部分的,以及在牢狱中她怎样斗争……都告诉他。他设想可以搜出监牢里的档案来的,至少也可以找到同时被捕的人们。这封恳切的信上划满了密密的圈圈。这些圈圈比文字说得还多……于是现在,王正刚就时时地等待着家乡的来信,如果他还有什么祖国来信——象人们所说的——要等待的话。

他又站起来徘徊。他看看表,摆脱了回忆和幻想,重新回到了现实世界,焦灼的心情重新增长了起来。里面屋子里石雄和王标的谈话好象结束了,但他又听见王标的埋怨的声音说:"我知道……可是我觉得组织上不够相信我。"

显然这谈话没有多大的效果。石雄的热烈和恳切落在一个冷淡的、空洞的东西上。门开了,王标低看头,逃避看他预料得到的王正刚的目光,侧着身体往外走。

王正刚站下来,看着他。

"王标哪。"他沉重地说,"你知道党培养一个干部不容易吗?"

王标站下,不安地看了他一眼。显然他希望立刻走开。但他沉默了一下又说:"我并不是对谁有意见……"

王正刚等他说下去,但他又不说了。在王标不安地想要说话的时候,王正刚对他抱着同情的期待,甚至想到,他缺点太多,显然自己也并不是不痛苦的;也许他这个老团长可以给他以说服和鼓舞的。但王标说了半句又沉默了,王正刚的怒气就突然上升。

"好吧,你去吧!"他冷冰冰地说。

"或者把他调到政治处来怎么样?"石雄说。

"让他在三五〇高地去考验吧!"王正刚简单地、冷淡地说。

三营的干部们,他们的矮小、灵活的营长,和高大的教导员,以及两个连的干部进来了。他们全带着兴奋的、但又竭力显得很平淡的神情。王正刚慢慢地讲着敌情。

师长的电话来了。师长决定了在右翼山丛中、十多里外的一个峡谷的两端打伏击,命令王正刚准备两个连,午夜出发,天亮以前埋伏下来。这时石雄和三营长都凑在地图上,王正刚在地图上做着记号,一面在电话上极沉静地,但带着一点喜悦报告说,已经准备好了。他的判断和师长相同,或者说,师长采取了他的意见,这使他显然有点高兴,于是他从电话上对石雄和三营长扫了一眼。石雄的神气非常热烈,脱下帽子来把头发往上一掠,对着自己的什么思想笑了一笑;这个动作使他显得象个青年。政委佩服王正刚的军事素养,时常渴望亲自去打仗,老是夸口他甩手榴弹比战士甩得还远,喜欢热情蓬勃的争论……这一切王正刚都很熟悉,于是,看见了他那个兴奋而年轻的动作,王正刚的眼睛里就掠过一丝笑意。但随即这眼睛又严肃地固定在地图上了。

王正刚记下了师长的命令。师长命令用两个连,携带加强的步兵火器和迫击炮……必须等敌人的部队进入峡谷。师长补充说,朝鲜侦察员的情报和军里来的情报基本上相吻合,判断敌人可能在明天中午时到达这峡谷。他并且说,朝鲜侦察员斐英哲已经动身回团,将给阻击部队带路;应该多听取他的意见。

"祝你们成功!"师长几乎是快乐地说,他又喊叫着说:"那个俘虏哇,那个你所说的'陆军少校、白人、很顽固'是个很有意思的家伙呀……祝你们成功!"

开始了备战的紧张和忙碌。从直属队给三营增加了步兵火器;调给他们一台新的步行机,那步行机员是个高大的、粗壮的战士,以至于石雄怀疑他是不是真的学会了这细致的通讯工具,但他回答说:"没问题。"随后又似乎觉得这太自负了,补充着说:"死记,学会了就忘不了,拿刀子刻在脑子上了。"但石雄这时已不注意他,没有注意他一面走出去一面喃喃地对自己背诵着那些代号和暗语。石雄跑去给预备执行任务的连队讲话……然后,一切全准备好了,部队拉到山沟里,等候着斐英哲。

王正刚和石雄站在部队附近的小路上,这时周围很静,冷风在山林里呼啸;只有远处有炮声。

这种情形好象重复了一千次了:山沟、冷风、炮声、沉默的部队、偶尔闪亮的火红的烟头、心脏和表的跳动;好象从来不曾有过别样的生活似的。石雄来回走动,又不时地停下,用力地踏着小路边上的积雪的凝结着的表皮,好象是,踏破了这些雪壳使他得到不小的快乐。但他忽然又停在王正刚面前。

"将来我们都要记着这些时间!"他说,又走了开去。

马蹄声传来了。同时传来积雪崩落和松林里的野鸡被惊起、拍翅、啼叫的声音,这野鸡引起了战士们的兴奋,传出了几声喜悦的、压抑着的呼喊,仿佛说:"真可惜……要不然……就可以捉到这野鸡了!"两匹马和那马上的人影在冬夜的寒冷的微光里显得很高大。马匹在喘息,显然浑身大汗,骑兵通讯员喊叫着:"口令,哪一部分的!"但立刻就明白了,跳下马来。那喷着气的马头几乎一直冲到王正刚胸前。

"朴正东呢?"王正刚喊。

"在这里……"朴正东说,因为他将跟着出击而兴奋。

斐英哲跳下马来。他象一个真正的骑兵一样老练。他敏锐,快乐,精力充沛,在野外的空气里似乎比在屋子里自在;没有了丝毫的疲劳的痕迹。他向朴正东要了一点水,大口地灌了下去,揩着嘴,准备出发。

王正刚从烟盒里取出了七八支香烟递给他。他不好意思地说了一句什么,敬了礼,取了三支。他立刻躲到一棵树后面去避着风把烟点燃,红火头的一闪照见了他的年轻、汗湿、微笑着的脸;后来他就迅速地弄熄了烟,跑过来向王正刚告别。王正刚握住了他的粗大而流汗的手。

这年轻的朝鲜人和三营的干部一起跑步到前面去了;部队翻过山坡,传出了人们所熟悉的那种窸窸窣窣的声音。

王正刚和石雄好久还站在小路上。警卫员和参谋们期待地看着他们的首长。山坡上又传来了刚才那只野鸡的啼叫,它被惊扰得不能安宁了。

"回去啦!走吧!"石雄以一种失望的腔调说;显然他留恋出发了的部队,为它兴奋、担忧,但同时也羡慕;如果不是那年轻的、活跃的朝鲜人,他不会有这种羡慕的感觉的:在这朝鲜人的身上,战斗的要求多么炽烈啊!

那个"陆军少校、白人、很顽固"的俘虏杰克·迪尔斯憎恨朝鲜侦察员;他居然在一个他认为是非常威严的所在被俘虏,并且俘虏了他的全是一些二十岁上下的青年,这叫他很难过。他的威严的所在就是他的帐篷——他快要,或者不久就要成为一个将军了,所以他喜爱威武和舒适。这个晚上,他听了一下收音机,慢慢地喝完了半瓶酒,有些高兴起来,把他的小皮箱打开,检视他几个月以来所得到的纪念品,把各种各样的女人的照片一张一张地看过,又数了一数他的钱财,然后,就伏在箱子上给他的妻子写信,告诉她虽然战争看来还需要相当长的一个时期,但他确定一个月以后就可以得到休假了;他将飞回纽约。在电话上吼叫了一阵,他就带着满心的高兴睡下了。进军很慢,但他仍然确信一个星期以内将要进抵汉江北岸;麦克阿瑟本人就是这样相信的。他被一只有力的手从睡袋里掏了出来,一支手枪对着他。他当时仿佛不了解发生了什么事情,顺从地做了俘虏。他的感觉混乱了起来。他的营场周围布满岗哨,而且四面都安置着坦克,他简直不了解朝鲜的侦察员们是怎样进来的。侦察员们把他押出营场的时候他才清醒过来,于是突然反抗,不肯走,他相信只要弄出响声来(他的嘴已经被塞住了),他的部下会来救他的。绝望和恐怖的情绪使他和俘获他的那个侦察员格斗了起来,但很快地他的脸上就挨了一拳。侦察员们把他抬出营场;他仍然拚命挣扎。这时枪响了。两个侦察员挟着他的胳膊在山坡草丛里飞跑,他的两条长腿有时腾空,有时被在地上拖着。直到有一粒从自己人那里发出来的枪弹击中了他的手臂,他才明白他必须用他的脚来参加行动。美国子弹对他并不友善。枪声大作,可是却没有人追上来。侦察员们拖着他前进了一两里路了,后面营场上枪声仍然在响着。他从来不曾象这样地听见过自己人的枪声,从前他的雄厚的火力总使他快乐,但现在他分明地听出来这种骚动的愚蠢。他于是诅咒起来,一定要责骂他们!但这时他又意识到他是被俘了。从这时开始,一直到第二天黄昏越过战线,他有了一种奇怪的心情:又渴望遇到自己人,又害怕遇见他们。如果战斗起来,他完全可能在被解救之前被击毙,他感觉到那年轻的朝鲜人的坚硬的手的份量。侦察员们最初似乎想向西北方越过战线,但公路上奔驰着汽车,于是他们对直向北前进。他们在山上隐藏了一天,轮流地总有两个人下到公路边去侦察,他们的神情自信而快乐。黄昏的时候他们来到公路边,对直地越过战线;那里白天里曾有激战,几辆坦克在公路上巡逻,朝鲜侦察员巧妙地避开了坦克。后来他们遭到突然的一阵射击,于是杰克·迪尔斯少校就主动地用他的腿奔跑。显然地侦察员们获得了他们认为重要的情报,急于通知自己人。到了战线的这边,那一阵由恐怖而产生的主动又丧失了,"顽固的白人、少校"整个地绝望了。他躺下来不肯走。他现在到了一个可怕的、奇异的、陌生的世界,由那些穷苦、褴褛的朝鲜人所控制并且由同样穷苦、褴褛的中国人所支持的……

杰克·迪尔斯少校出身在美国的有权势的家庭。他的亲戚们有的是议员,有的是大老板;他本人也有钱——甚至他还有伊朗的石油的股票。第二次世界大战的时候他在艾森豪威尔总部工作过,参加过敦刻尔克的登陆战;先是在一艘军舰上,后来在一辆坦克里。他曾冲进巴黎。在这以前他曾在北非战场上干过一场:喝酒、赌博,但当然的,酷热的非洲是非常的艰苦。一九四五年底和一九四六年初他又曾以美国军事顾问团的一员在马歇尔的领导下"协助"过蒋介石的那一场最后的奋斗,到过上海、广州、天津和昆明。他对自己形成了一种观念:他到过全世界,为全世界的"自由"奋斗过,因此全世界都在他脚下。他相信自己是无所不能,并且因而甚至连哲学都懂得的。他仿佛受过高深的教育,因为他并不象有些人那样粗野,他有时倒是彬彬有礼的。他还有一点英国的血统,追溯到他的曾祖母……不,他不完全是只会喝酒、玩女人、赌博的,他是有野心的,要在战争中显露自己,然后……甚至一直到总统,这也并不是什么不敢梦想的事情。杜鲁门就比他还要庸碌。

他并不是经常在作战部队里。由于他的家族关系、历史、堂堂一表人材,和年轻有为的气概,他倒是经常在司令部机关和总部工作的。他因为渴望功名这才在一个星期以前来到作战部队。每个时期他都有一个具体的希望,这几天他的希望是:他的司令官在炮火下死掉,于是他就能代替他。汉城溃退前后他在总部。三八线被突破,并一直溃退到水原以南,这使他愤慨:这些军官们太不行了!如果他统率一个师团,那么共产党就不可能前进一步。麦克阿瑟在败退以后,拒绝见新闻记者。麦克阿瑟软瘫在椅子里,愤怒地直起腰来捶两下桌子,又软瘫在椅子里。将军显得驼背而瘦小。杰克·迪尔斯少校踮着脚,用着自信而自尊的神态走进去,递给麦克阿瑟一份李承晚的电报:下面在闹什么纠纷,总统请求司令官调开一个美军的炮兵军官。麦克阿瑟迅速地看了一下,把电报慢慢地撕成两半。突然地麦克阿瑟又叫管理新闻发布的少校来,把一份报纸递给他看看,然后同样地撕成两半。但是,即使在这种时候,麦克阿瑟也仍然没有忘记对杰克·迪尔斯少校微笑了一下,然后问:"皮尔兹来信了吗?"皮尔兹是杰克·迪尔斯的堂兄,麦克阿瑟的支持者,共和党的议员。就是在这个温柔的时间里杰克产生了他的新的理想:在敦克尔克作过战的军人,要到三八线上去一试身手。他要出来支持将军。

这就是杰克·迪尔斯少校的严肃的一面。他来到军队,开始行军。他所遇到的第一个问题是:他是否被派往第一线的部队?他希望不至于如此,他希望能跟着二线的部队渡过汉江。这个问题确定了,他又产生了对他的肥胖、胆小的上司的不满,发现他在作战部队里不至于有什么作为。他的上司有几分怕他,昨天他曾赢了他很多的钱……但这种生活也有吸引人的地方,于是杰克·迪尔斯少校就产生了写信的癖好,向他的朋友,向他的妻子、亲戚,不断地写信,每天写好几封,描述战地的艰苦、可诅咒的寒冷、呼啸的炮弹——虽然炮弹离他还有几十里——以及传统的军营中的单调。这种描述给他的生活围绕上了一个美丽的英雄的光圈。

他也向他的朋友们描述随军妓院:严寒中的温暖。前天黄昏,他乘车到师团司令部的村庄。沿路的景色使他很激动。你看,这就是血统优秀的美国人,他们现在为了和"野蛮的共产主义"斗争跋涉在这种艰苦里,甚至在路边上用最原始的方法煮东西吃。兵士们喝酒、大声喊叫来取乐,往野地上打枪来取乐,砸坏一大堆漂亮的瓷碗瓷瓶来取乐;这些精致的瓷碗瓷瓶是从什么城市里搞来的,但他们现在不高兴带着这些东方的古董了。又一处营火的周围,几个女郎坐在兵士们怀里在唱歌;那歌声比日本的歌声还凄凉。什么地方一个粗哑的声音喊着:"加里福尼亚啊,我要回到你的怀抱!"另一处有人打架,为了金钱的事,于是是军官的叫骂。白天里他看见的整汽车地运下来的死尸。于是他有了异常暗淡的思想:这里的许多人的生命,包括他在内,也许明天就要结束了。生命是这么宝贵,活着才可以享乐,到底为什么要去死呢?这个问题他现在很难解释。第一线的报告总是:共军抵抗很顽强。事情是很显然的,一两天之内他就会被调上去攻击一座山头或一个公路口,于是谁也不能知道会遭遇到什么。于是他开始懊悔他的野心了。早晨的时候野心勃勃:"什么人攻占这座高地的?"——"著名的杰克·迪尔斯少校!"可是黄昏的时候一切都不是这样。忧郁和野心就象是寒热病似的轮流地袭击着他。

他现在希望时间过得慢一点。他在随军的酒店里坐下来喝酒,阴沉地注视着周围的人们。两个炮兵尉官在谈论总部的计划,他们在小的地方有些争执,但一致地对总部的战略表示怀疑:现在人们不再说什么时候可以结束朝鲜战争了;现在连总部也都不再提鸭绿江了。那戴眼镜的中尉说:共军收缩战线的战略是有道理的;共军可以依照他们预计的日子退出汉城——应该相信,他们决不是没有了后备力量——但总部却不能依照预定的日子占领汉城。于是那红鼻子的、肥胖的中尉附和着说:现在"人们"并不象以前那样宣布日期,"人们"好象谨慎了起来,"人们"各人心里藏着日期,一再地往后推移,好象"他们"从来都不曾匆忙过,但是你只要想想两个月以前……杰克少校听出来,这"人们"是指麦克阿瑟。他对这些议论是有同感的。但一种优越感和对总部的骄傲感情一直冲到了他的脸上,他把酒瓶一推,冷冷地说:"请允许我提醒你们,谈论总部的计划并不是你们的责任。"那两个下级军官沉默了,随后就走掉。角落里几个军官这时也看看他。人们似乎以为他是那种负有特殊使命的军官,这使他更傲慢。这几个军官在谈论女人。进来了一个黑人中尉和一个白人少尉,他们默默地喝酒。他们似乎是有些友谊的,这使杰克·迪尔斯不快。他们开始谈论前线的激战,那黑人的口气是沉着的。仿佛他很勇敢。他体格魁梧,确实是能打仗的样子。"这个黑鬼,好象只是他能打仗的。"杰克·迪尔斯想。他很不高兴这个黑人已经升到了中尉的阶级。黑人显然有那种单凭自己的勇敢显露头角的军官的气概,轻视那些从上级司令部来的人们;不过,因为是黑人,这种气概就深藏在沉着的神气里。战争改变了许多事情。战争也损伤了杰克·迪尔斯的纯粹的血统;在美国本土,黑人是不能走进他坐在这里的这种酒吧间的。在美国本土,就可以打这黑鬼一个耳光撵他出去。但在这里,在战争里,有时候还必须和黑人握握手——虽然杰克·迪尔斯从来不曾这样——因为前线需要他们;因为,要不然的话,在战场上就可能从背后吃一粒子弹,或者遭遇到别的什么。想到这里,杰克·迪尔斯就有些毛骨悚然。那黑人走过来了,很恭敬地向他借打火机,他没有抬起眼睛来,但轻轻地把打火机推了过去。即使这样,他心里也很委曲;他没有想到自己这样无力。他喝完了酒,站起来走开了。

在附近的黑暗里,他听见一种声音。那是一个黑人上士闹出来的。这黑人上士对着泥墙,往墙上打了一拳,然后喃喃地说:"我所有的钱都喝光了,我要回去了。"然后又往墙上打了一拳,用着那种标准的拳师的姿态。这以后,他又用他那拳头往自己鼻子上威胁地晃了一晃。附近驶过的一辆汽车的车灯照见了他的抽搐着的、扭曲的脸。

杰克·迪尔斯少校觉得很不吉利。他现在很迷信。在离开那酒吧间的时候他曾想:如果在十分钟之内再遇到一个黑人,他就会在这次战争里死掉。

"猪!"他喊。

"你说什么?你是猪!怕死的……"

杰克·迪尔斯走过去一拳击中了这黑人上士的脸。他倒在墙上。但即刻这黑人就还击,显然的在绝望的感情中他什么也不在乎。杰克·迪尔斯挨了两拳,恐怖起来,开始喊叫,于是附近的巡逻兵跑过来了。杰克·迪尔斯以猛烈的复仇精神把这酒醉的黑人上士打倒在地上,巡逻兵们就把这黑人逮捕了。

于是杰克·迪尔斯少校非常忧伤。他遇到几个熟人赌了一会儿钱,后来他去找女人,但人们告诉他女人不够;今天师团里很多军官都来了:"他们正在跟我们送一批来,有日本的;还可能有我们自己的金发姑娘……""不够?怎么那些兵士们都有呢?"杰克·迪尔斯叫着。但人们回答,那是兵士们自己找到的。于是忧伤的杰克·迪尔斯走过街道。探照灯照耀着师团司令部附近的广场。各处都传来喧闹的声音,其中有女人们的高声大笑;停在一栋屋子前面的吉普车里也有笑声。两个军官挟着一个女人跑过街道,砸碎了一个酒瓶。歌声、喊声、笑声、怪叫声、吹口哨声、无线电里的音乐声……美国式的生活在这朝鲜的小村庄里沸腾着。然而今天晚上杰克·迪尔斯少校很孤独。

不过,也发生了一件使他得意的事情。一辆吉普车驶过他的面前停下来了,随即有人用温和的声音喊他。他听出来这是他的老上司,现在上级司令部的参谋长诺兰少将。车上还有一个年纪大的、陌生的将军。诺兰少将对这陌生的将军介绍杰克·迪尔斯说:这是敦克尔克时代的他的部下,在攻击法国的一座坚强设防的村镇的时候,他就是采取了这年轻人的意见。于是杰克·迪尔斯热血沸腾了,几乎有了一种效忠的热情。他们走进了一间装饰得相当华丽的朝鲜房子,将军们吩咐把炕烧得暖一点,于是坐下来吃东西。

将军们刚视察前线回来。军队前进的迟缓和伤亡使他们焦虑,但他们也谨慎地表示了他们的乐观。那年纪大的将军用一种很优美的声音很慢地说:他们几乎曾经象拿破仑在俄国所遭遇的,遇到了北朝鲜的严寒;但现在情形已有所不同,严寒似乎已经转过来反对北朝鲜的共产党人了,因为,历史是不会重复的,如果他可以这么说的话。在这么说的时候他慢慢地、用力地耸着鼻子,使得杰克·迪尔斯对他稍微有了一点尊敬。他又继续用那种唱歌般的声音说:北朝鲜的共产党人,他们的力量是来自贫穷,但不可否认的,他们的致命的弱点也是贫穷。"如果我们的空军能够完成十分之一的计划,我相信这是可以完成的,那么那些共产党的军队就要饿死在山头上了。"他于是温和地、带着一种眷顾的神情对杰克·迪尔斯说:"你相信是这样吗?你是看见过那些共产党军队的……"

杰克·迪尔斯不好意思说他没有看见过。他的郑重的,带着独立判断的神气的脸色表示他确实知道;他说,依他看来,是需要一点时间的。事情还不会很快地发展。他的大方的回答,独立的气概,以及和总部的心情相吻合的谈话,使将军们很高兴。诺兰少将更是有些得意,因为他这时在想着,他至少已经完成了辛苦的视察前线的工作了,至于每天能前进多少,严寒究竟在反对谁,那不是他的事;重要的事情是,今天下午,两发从战线北部打过来的野战炮弹曾在离他一百多米的地方爆炸,使他很激动,但幸而他控制住自己,没有在他的同伴之前跳下吉普车。

"你的坦克进展得太迟缓,"他说。

"因为需要等候步兵……"年纪大的将军用不屑争论的神气回答说。但随后他又说:"共产党用最野蛮的方法爆炸坦克……"

"他们确实是野蛮……"杰克·迪尔斯加入说,想起了他听来的前线上的事情:共产党军队用石头击退攻击。他想,根据这一点就可以判断某些共产党军队已经没有弹药了,但没有他说话的机会了,将军们很有礼貌地继续在争执。

"士气很值得怀疑,有些报告是不正确的,"诺兰少将说,"如果我不是亲眼看到,我将相信那些报告是正确的。他们象那样冲锋,慢慢地爬上去,很快地退下来……那山头上最多不过十个中国人。"

"可是空军……"年纪大的将军用不屑的、有礼的神气说;他显然不高兴上级司令部来的诺兰的自大的口气。

"在敦克尔克的时候我们不是这样作战的,"诺兰活泼地说,"杰克,对吗?"

杰克·迪尔斯知道,在这种时候他应该微笑。

"骑兵第一师从前更不是这样作战的。"年纪大的、有礼貌的将军说。诺兰曾经在骑兵第一师。

"哦,"诺兰笑着说,脸色变得很苍白,那种神情,显示他将要因为讲一句最恶毒的话而高兴,"我很幸运我并没有参加从云山和球场的逃跑。那时候大家竞争谁跑得最快……"

年纪大的、有礼貌的将军沉默着,在屋子里来回地奔跑着,愤怒地皱着眉头。显然的,他的温柔的心肠在受着苦。

"我也许希望到德国去!"他低声咆哮着,同时把他的多毛的右手举到耳边,用拇指和食指压着中指,然后弹出一个清脆的声音;同时他的嘴唇扭曲了起来,"我在这个遭瘟的地方并没有财产,我并不想在这里发财,我在琉球群岛战斗的时候,许多人发财……"

"这就说对了!"诺兰用尖细的嗓子说,点着头,放下手里的酒杯,但并未转过身来,"说得很对!"他于是又点着头。

在将军们继续这么很文雅的争吵的时候,杰克·迪尔斯少校带着慎重的微笑看着他们。但他的心里不是这样。他心里彻底地轻蔑他们,看着年纪大的将军,他对自己说:"这是一个长腿的蜘蛛,他除了在自己的网里打转以外什么也不懂!"看着诺兰少将,他对自己说:"这是一只青蛙,不,螃蟹,他一下向左边爬行,一下向右边爬行……"他因为这些思想而快活起来,就想到他将如何地踩扁这只蜘蛛,踏过那只螃蟹;于是,当机会到来的时候,走到国会里去,而后成为美国总统。他想:"美国总统杰克·迪尔斯,这并不是不可能的;至少我是并不比这个蜘蛛和这个螃蟹更少一点机会! 那时候我就下命令给他们:替我向西伯利亚进军!"这个思想使他振奋了起来,但他的脸上仍然保持着那个慎重的、愉快的微笑。

这时年纪大的将军忽然吼叫了一声,杰克·迪尔斯震动了一下,以为大的争吵要爆发了。但将军却走了过来,轻蔑地笑着倒了一杯酒,似乎是在轻蔑着自己的温柔的、受着痛苦的心,看看苍白的诺兰少将,表示他愿意结束这种争执了。

"我们大家暂时都还掉在井里,"他说,于是他重新用着唱歌般的声音向着杰克·迪尔斯说:"敦克尔克的勇士们,也许,有可能,在清川江口再来一次,试试你的身手吗?"

"那是最理想不过的了!"杰克·迪尔斯叫着,站了起来,"我是希望将来能一直打到西伯利亚的!"

"这值得希望一下。"年纪大的将军柔声说。

"可能是这样。"诺兰说,仍然面色苍白地坐在那里。

"蜘蛛和螃蟹!"杰克·迪尔斯想,笑着,人能够在心里想一切而不让别人知道,这对于他简直是莫大的快乐。

于是剩下来的这个晚上他又过得很快乐。他又去赌博,赢了一些钱,并且还找到了一个女人。杰克·迪尔斯少校不习惯于沉思，所以忧郁病的突发并不很长久，可是到底他还是向那个"汉城来的姑娘"说了很多随即就忘记了的感伤的话，说他的心已经叫战争弄碎了，说他可能就要死去了——然而这也很快乐。那种美国式的喧嚣和狂暴，那些叫声、笑声、音乐声、凳子翻倒声、汽车马达声……一直继续到深夜，然后渐渐地沉寂下来了，传来前线的大炮的轰鸣。杰克·迪尔斯少校驾车回他的宿营地，用全速率奔驰，一面幻想着蜘蛛、螃蟹和未来的"杰克·迪尔斯总统"。

甚至第二天一整天他都继续着这种兴奋……但晚上，未来的"杰克·迪尔斯总统"就落到了朝鲜侦察员的手中。

"陆军少校、白人、很顽固"的杰克·迪尔斯，用沉默和拒绝食物来抵抗朝鲜侦察员。侦察员们很宝贵他，替他包扎了伤口。他的感觉很混乱了，因为眼前所发生的一切事情都是和他对世界的概念不相容的。他首先决定，不论发生什么事情，他都要保持他的国家、种族的优越和他个人的高傲，他知道他不至于被杀，于是他就准备抗议，但要抗议什么，他自己也不很清楚……但他的遭遇却愈来愈使他混乱。

后来是中国军队的医务人员替他包扎伤口。但他仍然拒绝吃东西，这次大半是因为那炒面他从来没有吃过。在担架上他稍稍地两边观看，而当人们注意到他的时候他就闭上了眼睛。他发现中国军队的阵地上很沉静。原来他想象，在共产党军队的阵地上，人们一定是东倒西歪、痛苦地呻吟、并且他们的"野蛮"的军官一定是在暴跳如雷地责骂着，驱驶［使］兵士在严寒中向前的；"严寒现在转过来反对北朝鲜的共产党了，"他想起了将军的话，想起了蜘蛛和螃蟹，笑了一笑……但现在他看见了静静地荷着枪从他的担架旁边走过去的中国兵士，他们的悄悄的谈笑，也传到了他耳里。依他看来，无论如何，这些阵地上只能有冰冷可怕的静默，而不可能有笑声的。一个什么人掀开了一直盖到他的鼻子的毡子（这毡子发出潮湿的泥土气味），用手电照他，于是他赶紧闭上了眼睛。他听见这个人发出了轻蔑而快乐的叫声。然后,他的毡子就不时被掀开,有好一些人跑来看他——这时朝鲜侦察员们已经介绍了这个很顽固的白人陆军少校了。杰克·迪尔斯的身体很软弱,他开始懊恼刚才没有吃一点人们给他的东西;但这时他的思想不由自主地转向了他曾经到过的那个中国。在上海、广州、天津,他都度过了一些自由自在的快乐时光;也许巴黎要更好些,但世界上却再也找不到象上海那样自由的乐土了。无论要干什么都可以。他踢打那些中国人。他在热闹的马路上把一个女人拉上吉普车,奔驰起来,撞翻一大串三轮车……谁也不敢干涉一个美国人。那些官员和经理们不住地鞠躬。他深信,这个民族是卑下的,任何人都可以驱使它向左或向右。但现在这里,这些黑暗、寒冷的山丛中的这些中国人是怎么回事呢?什么时候他们变得这么有自信,居然对他发出了轻蔑的笑声,好象他不过是一个猴子似的?于是他心里腾起了痛苦的愤怒!怎么搞的?这些中国人怎么会变成这样的?他们怎么敢?他们是从上海来的吗,怎么他以前没有见到过这样的中国人?哦,共产党!可是这些全是共产党吗?于是他心里战栗了起来。

在团指挥所里,他短促地瞥视了一下王正刚。他想这是团一级的机关,但这里一切都这样简单明了,这个中年军官这么沉静,对他投过了一道冰冷的眼光,而且一句话也没有对他说。他正准备抗议,这时他已想起一些抗议,例如,人们是应该依照军阶来对待一个俘虏的,现在应该让他休息……但这中国军官一句话也不说,这使他感到莫大的侮辱。应该知道他并不是一个简简单单的少校,应该知道他是什么人,应该……他就带着这些应该被抬到了师里。掩蔽部里有很多人(他想:空军真愚笨,白天里他还看见飞机在这一带的山上盘旋,但居然炸不着这个地方),他完全看不出来谁是指挥官。一个英文说得很好的青年军官立刻走来问他话,然而他不回答:共产党能讲这么好的英语,使他奇怪;或者这就是指挥官本人吗,他们在俄国学习过的?那青年军官又问他,于是他开始抗议了。他是少校,对的。他很饿,没有食物;他很冷,没有炉火;他很疲劳,没有休息……

"我希望阁下明白,"他说,"对于一个并不普通的少校,应该考虑给予怎么样的一种待遇……"

他现在很镇静。共产党会被他的彬彬有礼的高尚的态度所征服的;他现在不是躺在地上不肯走的那个杰克·迪尔斯了,一种力量来到他心里,他现在是不久之前还在麦克阿瑟统帅身边的杰克·迪尔斯。他相信共产党会被他征服,释放他,因为他的军队明后天即将攻占这一带的高地——如果对他很尊崇,那么他或者会对他们有些用处的。他相信这个,正如他相信他将当总统一样真切……然而那青年军官翻译了他的抗议,引起了全掩蔽部的大笑。这笑声的不友善是显著的了,于是杰克·迪尔斯的脸变白,嘴唇颤抖了起来。这时他看见指挥官本人了,因为那青年军官正向他报告。他笑得最嘹亮,但后来他突然地咬着嘴唇,一个轻蔑的、厌恶的神情停留在他的脸上,使他的脸有了一种猜测不透的、猛烈的神情。同时杰克·迪尔斯又看见了那个俘虏了他的侦察员。在所有的人中间只有他没有笑,而是用那种可怕的明亮的眼睛在看着他。

"我实在不明白,阁下,"杰克·迪尔斯说,"对于一个美国少校的正当的抗议和请求,有什么可笑的……"

指挥官说了几句什么,于是又有了一些笑声。杰克被带到门口,在走进另一个掩蔽部之前,叹了一口气,摇了摇头。

他觉得是他的抗议发生了效果——他内心里总是觉得,共产党是不敢不尊重他的——有一些水和一碗食物端来了。但仍然是炒面。这一定是那个朝鲜侦察员对他进行了控告。这一次他预备尝一点了,然而,好几个人跑来看他到底怎样吃——看美国的并不普通的少校怎样吃炒面,而且,除了一支蜡烛以外,还有两只手电照着他。于是他决心继续拒绝。一个年轻的兵士对他模仿着说英文,发出一大串卷舌头的快乐的声音,于是人们又大笑了。

但这笑声之后却出现了深沉的寂静,人们并不走近来,站在离他两三步远的地方,默默地,带着惊异、憎厌和各种复杂的感情看着他。一个强壮的、神气冷淡的兵士,端着冲锋枪,站在掩蔽部进口的地方,看都不曾看他,但那冲锋枪口对准着他。这种沉默的蔑视比那笑声还要使他恐惧。那年轻的军官进来了,在一张小凳子上坐下来,告诉他说:朝鲜人民军和中国人民志愿军宽待放下武器的战俘,他的生命将得到保障,他的人格将不受到损害;但他应该知道自己的罪恶;在目前的情况下他不可能期望比炒面更好的食物……于是开始了审讯,那年轻的军官,用着平静的办理公事的态度,在笔记本上迅速地作着记录。

这一次他没有再抗议,他简单地回答着问题,并因了他知道各种显然对中国人有益的情报而有些得意;他们会高兴他的。当那年轻的军官递给他一支香烟的时候,他甚至慌忙地表示感谢。他无法确定在这些人们面前究竟要采取什么态度了。这年轻的审讯者很温和,没有他所预期的凶暴的态度,好象是在进行着一般的谈话。于是他,为了表示某种转变,就请求对方允许他吃东西;他实在很饿了。对方允许了他。他这时看见人们抱着一些干草来,并且铺下了一床毡子,于是他就又想起两天以前的他的生活,一阵伤心使他简直要哭出来。

但是,他的心里的那种优越的、狂妄的、幼稚的感情只是稍为退避了一下。他不会忘记他的身世、他的经历、他的高傲的。这被随着而来的一件意外的事触发了。深夜里,人们推进了另一个俘虏,他醒来,手电闪亮着,他立刻看出了这是一个黑人,并且立刻认出了这就是两天前那个晚上居然敢反抗他,和他斗殴了一场的那个黑人上士。那黑人也认出他来了,露出了牙齿。好象在笑,他立刻翻身向内并且用毡子把头蒙住……

那黑人的笑容仿佛在说:好啊,原来是你!黑人上士吉斯是在晚上被张福勤团的侦察员俘虏的。他在和杰克·迪尔斯打架之后被逮捕,受到了降级的处分,第二天又上前线作战……当他在他的工事里被志愿军的侦察员拖出来的时候,他立刻就服从了命运,而且似乎很高兴,自动地交出来他腰里的那把没有被搜出来的刀子,两天前,他差一点就拔出这刀子来杀死杰克·迪尔斯了。最初他很惊慌,但他随即就快乐起来,他明白现在他是脱离了那可怕的战争了。最好的事情是,他可能有了一直活到战争结束的希望。他对共产党并不觉得太害怕,他心里只是还很留恋他的那些生活,无论怎样,那总是值得留恋的,但愈来愈强的活着的希望克服了这种留恋。他在美国没有什么亲人,他的在纺织厂里做工,把他养大的母亲已经死了;他所留恋的只是那种痛苦和狂暴:酗酒、女人、把所有的钱都搞光,然后躺在泥泞里射击,每一分钟在等待死亡。但这里也有一点希望:挨到几个月以后就可以休假,轮换,回到美国。美国这总是值得留恋的,虽然不知道究竟是什么命运在等待着,但在可怕的战壕里还能想到那些么?回到美国——这个温柔而又暴烈的希望在他心里爱抚着,呼唤着,奔腾着,使他的心发痛。这时他就忘记了,如果不是失业和饥饿,如果不是一百元美金的军饷,他不至于离开美国的。当然,还有"东方的美女",因为他还年轻,而活着似乎就是为了这个。现在必须和这一切告别了,然而同时也和可怕的战壕告别了,他将有可能活着!他只要活着!他必须活着!

活着!活着!一步一步地离开死亡了。于是中国的侦察员们就发现这魁梧的黑人很"积极",他一面走一面喃喃自语。他们做手势告诉他不会杀他,而且给他东西吃、给他烟抽,他就喃喃自语地说得更多,并且还不时地发笑。在审讯中他很坦白,自动地说出了一切。但他同时还有着那种神经质的惊慌,不断地顾盼着,想要证实他到底会不会活着。他的口袋里带着一本袖珍的美国小说:描写南非洲的探险和美女的,他不时地拿出来,撕一点纸放在嘴里咀嚼,带着简单的狡猾,他在被审讯时咒骂了杜鲁门和麦克阿瑟,并且表示他知道朝鲜人民和新中国爱好和平。关于苏联,他说,他不知道苏联在什么地方威胁过美国——从来不知道。他为什么要来作战呢?他耸耸肩,然后说,他喝酒,并且在南朝鲜一般什么地方都可以找到女人,于是忘记这些。

"我明白我现在活着了,我只知道这件事。"他说。他不断地笑着,甚至在黑暗中也笑着,转动着他的笨重的身体走进掩蔽部,发现了杰克·迪尔斯少校,立刻就有了一种抑制不住的恶意的高兴。

人们又点亮了一支蜡烛。

"你是自己投降的么?"杰克·迪尔斯一下子掀开毡子坐起来,傲然地问。他是很有理由这么想的。

"大概和你没有区别,"吉斯说,又笑了一笑,露出洁白的牙齿,仍然在嘴里咀嚼着一片纸头。

"你这样回答我的话?"少校轻声说。

吉斯不回答,轻蔑地垂下眼睛。然后他又笑了。他不能隐藏他的愈来愈强烈的得意的感情——在碰到少校以前,他还没有这么得意。

"至少,亲爱的先生,我替你们打过仗了;至少我是值得每个月拿一百元美金的,如果你们不扣去我一些的话,因为我是一个很好的机枪手和很勇敢的兵士,我曾经在琉球群岛作过战。而你们,亲爱的先生,是从另外的一些地方来的……"

"你将来要回到美国去么?"

"要回去的,如果他们释放我的话。"

警卫的战士打断了他们的谈话。黑人吉斯泰然自若,他很正确地估计了目前的情况,也很正确地估计了他的魁梧的身体和有力的拳头。现在不会再象那个晚上了。他对这些娇声娇气的军官早就憎恨透了。

杰克·迪尔斯则是非常的苦痛。首先是这些他完全弄不懂的中国人——他们凭什么还这么沉着地守在这一群高地上呢?——现在又来了这个黑人。而且仿佛中国人支持了他。难道他无论在世界上的任何地方不都仍然是白人、麦克阿瑟的亲信、杰克·迪尔斯少校么?他简直想要站起来,冲上去用脚踢,但看着吉斯的笑容,他又躺下去了。

师长李恒向军部送去了审讯俘虏的记录。他睡了两个钟点又爬起来,英文翻译员报告说白人和黑人在争吵;白人又在抗议。

李恒笑起来了。关于美国的白人和黑人之间的情况,他只是听说过。于是他吩咐把两个俘虏都带来。

"我们准备两个箱子并排地摆着,"师长说,象年轻人一样活泼,并且他的眼睛闪着快乐的光辉。掩蔽部里的人员全振奋起来了。

俘虏带进来了。翻译要他们坐下。吉斯犹豫地两边看了一下,嘴里仍然神经质地咀嚼着什么东西,在一个木箱上坐下了。杰克·迪尔斯却站着。翻译员给了吉斯一根烟,他满足地接住了,又递一根给杰克·迪尔斯,但他却拒绝,并且开始抗议。这一次他的脸都激动得涨红了。

"我提醒贵国的军官阁下注意,"他说,"我已经做到了最大限度的忍受,我提醒阁下,在我们的军队里,一个少校是没有可能和一个上士坐在一起的;而在我们美国,一个下贱的黑人是不容许和一个白人坐在一起的。"

黑人用他的坦然的大眼睛看着他,有一瞬间停止了他的嘴巴的动作,但立刻又更猛烈地咀嚼了起来,磨着他的发白的厚嘴唇,好象一匹马似的。

但这一次没有人笑。掩蔽部里统治着严肃的、憎恶的空气。师长李恒的眼睛迅速地闪霎着,他的很浓的睫毛有些颤抖。

"他可以不坐下,我们不强迫他。但是你问他:什么叫做最大限度的忍受?"

"因为我是美国军队的少校。我需要单独住一个地方。对于那些潮湿的草,我已经忍受了,那种食物,我已经忍受了……"

"问他:明白不明白他是俘虏,他并不是在他的司令部里。"

杰克·迪尔斯耸耸肩。

"问他:明白不明白他们——他的将军、上校和少校都已经被我们战败了?"

"可是据我知道,"杰克·迪尔斯说,"我们不过是因为严寒的冬天和某些意外的,或者可以说是国际上的因素,被延迟着完成我们的计划。"

"战败了,将军,上校和少校!"吉斯大声说,仿佛在对自己说话,于是又继续咀嚼。

杰克颤抖起来。李恒坐下,点着了烟,他的神情变得严厉。

"他为什么而战?"

"为了自由世界的理想。"

"这理想是什么?"

"防止共产主义。"杰克·迪尔斯说。

"它不是如同你这样的少校所能防止的,"黑人吉斯极度轻蔑地说,"我确实知道这一点;并且,我确实知道,为了发财而战,这就譬如是,我为了一百元美金而战……"

"住嘴,你这卑贱的黑鬼!"杰克狂叫着。

"我的嘴巴现在并不属于你了,我的胃很良好。"

在杰克·迪尔斯忘形地狂叫起来的时候,他听到他背后有吼声并有搬动枪机的声音,于是他又明白了他的处境,变得灰白,开始颤抖起来。他觉得他这一次将无疑地被杀了。

"举起手来!"那个战士喊。杰克·迪尔斯少校,未来的"杰克·迪尔斯总统"、敦刻尔克的勇士虽然不懂中国话,但却本能地举起手来了。而且,膝头一软,跪下了。

"你到过中国么?"李恒问,"到过哪里?干了些什么?"

"我只是履行着我的职务……"敦刻尔克的勇士说,仍然举着手跪着。他想:"他们要复仇了,一定要死了,我的生命和前途……"于是眼泪落下来,他开始哭泣,缩下了手臂,但立刻又高高举起。

"十几天以前我曾经见过麦克阿瑟本人,他对胜利并没有信心……"他哭着高声说,希望这个他一直没有说的情报能使他被宽恕,但立刻他又后悔:这不是更增加了他的罪名了吗?

"算了吧他的麦克阿瑟本人!"李恒轻蔑地说。"现在他需要做这样一件事:为了对于黑人兵士的侮辱,他应该对他道歉。他可以站起来。"

杰克·迪尔斯站了起来。这时他又放心些了。

"这确实是困难的,因为……"他谄媚地说。但他又听见了背后的搬弄枪机的声音,于是上前一步,闭起眼睛,对吉斯鞠躬。

吉斯用屁股对着他。

俘虏被带出去的时候,李恒看见了黑人吉斯在朝他看着,那一对大眼睛里充满了欢喜和感激的眼泪。

在右翼山丛前面的那个峡谷里伏击的两个连,下午两点钟的时候看见了敌人进入峡谷的先头部队。几辆坦克来到峡谷的前面,对两边的山头和峡谷里面开炮,同时飞机叫啸着,扫射着飞过山头;在两边的树木都冒烟、着火的时候,飞机仍然在上空盘旋,于是第一队美国兵带着严肃而犹豫的神情出现在谷底的一条小路上;另一些美国兵则是沿着右侧的山坡,傍着一条冻结的溪流前进。因为他们的眼睛不住地朝着两边观看,所以他们中间就不时地有人在冰雪和石头上滑倒。那行进在小路上的一队,为首的是一个戴眼镜的军官,他有着一种极度紧张的、兴奋的、凶恶的神情,不时地发出喊叫来,耸起他的肩膀,弯下腰,挥着手,于是前进了几步,又重复着这些动作,而在他耸肩、弯腰的时候,他后面的挨在一起的兵士们也都耸肩、弯腰,好象被什么奇妙的弹簧操纵着似的。恐惧、狂暴、和凶恶的征服者的神情轮流地,或者混合在一起地,出现在那戴眼镜的军官的脸上;他那样突然缩起身体,仿佛空气在压迫他,仿佛他正在钻进一个什么也看不见的小洞子里去似的。后来他停下来倾听。他的兵士向左侧的山坡上突然开火,他凶恶地喊叫,好象不许开火,但随后他又挥手,蹲下了;于是那整个的一根弹簧立刻就缩到地面上去了。有两个兵士卧倒,机枪对着前面两边的山头射击起来,山谷里震颤着响成一片的喧嚣声。这以后,这军官就突然地脱离开了他的严肃的神情,仿佛变成了另外一个人,把大衣往两边一甩,脱下眼镜来用一块绸布仔细地揩了揩,随便地两边看一看,开始吸烟,并拆开一个精致的纸包来塞了好一些东西在嘴里;兵士们也开始吸烟,塞了一些东西在嘴里;大家咀嚼起来,蹲着或站着——那根紧张的弹簧歪歪曲曲地松弛了。显然是,他们觉得是完成了最初的任务,在那里犒赏一下自己。那军官蹲在地上嚼了一阵嘴里的东西,就从大衣里面取出了背在屁股后面的照像机;阳光很好,积雪的峡谷的风景很美丽,他亲自率领先头部队前进,这一切都显然地激动了他的想象;象杰克·迪尔斯一样,这年轻的下级军官显然也是在梦想着成为什么样的一种英雄的。美丽的朝鲜峡谷,和凝固汽油弹所烧起的浓烟反映在镜头上——他的在美国的朋友们将要艳羡地看见这张照片。他似乎想再照一两张,把景色配置得更好些……但突然他把照像机往屁股后面一推,喊叫了一声,挥了一下手,于是他又变成先前的那个充满恐惧和狂暴的美国英雄,而那一根弹簧立刻又弹了起来,前进了。

大队的美国兵慢吞吞地开始进入峡谷……

埋伏在峡谷两边的指挥员和战士们,陆续地遇到了几个困难的问题。当美国坦克轰击山坡,美国先头部队以那样紧张的姿态前进的时候,他们曾怀疑他们是否已被敌人发觉。那一根紧张地舞蹈着的弹簧,究竟表示了什么意思,他们一时还无法判断。在紧张地注视着的时候,指挥员们发现凝固汽油弹击中了右侧山坡上的一个战斗小组的阵地,烈火在燃烧着他们周围的松树。但这时大家都不能动弹,也不可能对那个小组下达命令——一切只有依靠那三个战士自己;如果他们熬不住那可怕的情况,不能正视死亡,动弹起来跑上山坡,那么这个伏击就暴露了;因为那一根舞蹈着的弹簧正在近来。营长本人伏在山腰上的掩体和伪装里用压抑着的小声喊着:"坚持住,你无论如何替我熬住!"他的手抠着身边的土地。当然,那三个战士听不见他的喊声。斐英哲下巴搁在雪上,苦痛地看着五十米开外的着火的树木;他觉得现在似乎应该是他,而不是那三个中国战士处在烈火中……烈火继续焚烧,那里的情况到底怎样谁也看不清,只知道那三个战士并未暴露。这时团里的步行机呼唤他们,步行机员,就是石雄怕他记不住代号的那个战士伏在掩体里,报告着敌情,他在激动中报告了,三个战士正在汽油弹底下坚持……他说出了他们三个人的姓名:张德福、朱喜、童江生。

对于团的指挥所说来,这时的情况比这峡谷两边的山头和山坡上还要紧张,因为他们看不见敌人的运动。团的指挥所正在兴奋的心情中,因为他们的判断是正确的:敌人出现在这峡谷里了。但王正刚压抑着自己的兴奋,他显得并不怎么高兴,随即就找出了自己的缺点。首先一个是,他没有对三营的干部和战士们说明:敌人可能并不是偷偷地进入峡谷,而是用飞机和炮火掩护着进入峡谷,因为敌人白天里进军,相信自己的火力,既不可能也没有必要掩护自己的行动的。他没有说明,因为他当时也没有想到。这就会使战士们——如果三营的干部们自己不曾想到的话——受到意外的震动,而且可能他们的工事也没有挖得合乎普通野战工事的标准。战士们有些轻敌思想,特别是在目前的艰苦情况中,还有急躁;他们以为打个伏击不费什么大事。他自己似乎也是如此。国内战争的陈旧的经验!于是这种深刻的疑虑就来到他心里:可能会遭到意外的、应付不了的情况的!一定还有别的缺点,别的漏洞!为什么不叫参谋长从前面回来带着去?三营的干部很顽强,然而不够机动,他们常常打死仗……于是他的因捕捉到了敌人而来的兴奋心情消失了。他守着步行机,仿佛听见敌人坦克炮的轰击声和飞机的吼声,仿佛看见他的战士们藏在挖掘得不好的掩体里在轰炸和扫射中惶惑起来。三营步行机报告敌人先头部队进入峡谷,但并未沿山坡展开搜索,敌人并没有发觉。可是王正刚仍旧很不安。

"不至于有问题的,三营能行!"石雄大声说。

他显然想要鼓舞王正刚。可是王正刚没有回答,他仍然想到漏洞、缺点、困难……

步行机员这时报告有三个战士在凝固汽油弹的火焰中。并且说出了他们的姓名。但说出姓名的最初一瞬间没有给王正刚留下丝毫的印象,他几乎是冷淡地说:"叫三营干部负责,绝对不许暴露!"

但随后这三个在火焰中的战士就鲜明地出现在他面前。他们现在仿佛代表着整个三营的两个连的处境。他的心感受着沉重的压力。

"他们叫什么名字?"他问。

步行机员重说了一遍,这年轻人对自己的记忆力感到满意。

"我知道,七连三班的!"一个激动的低声说。

"对,七连三班的!"石雄郑重地说。

"张德福、朱喜、童江生……"王正刚重复地说,仿佛在研究着这几个字。这三个战士的素质如何呢?张德福他记得,云山战斗时送俘虏来的,那是一个高大的老战士;朱喜以前是团部通讯班的;童江生他却不记得,不知道。他希望他们都是好战士,为全局而牺牲自己……"张德福、朱喜……"他重复地说,抓起茶缸来,但没有喝。

步行机报告敌人大队通过峡谷。

"沉住气!"王正刚放下茶缸。"那三个战士怎样了,问他们!"

步行机员联络了一下报告说:火快熄了,那个地方没有动静。

"好!"王正刚小声喊,脸色苍白,一下子站了起来。

配属三营的步行机员工作得很好,他每隔两分钟就报告一下通过峡谷的人数。现在已经有两百多敌人进入了峡谷。按原来的估计,这整个的峡谷里可以容得下成一路纵队的五百多敌人;但现在敌人并不完全是成一路纵队前进,于是王正刚就给三营预定了一个数目:七百。至少应该有六百个以上的敌人进来了以后再开火。"三营两个连承得起吗?"他想,"可以的!要他们承得住!必须替我承住!"

"敌人很稀还是很稠?"他向步行机员喊。

报告说:现在很稠。

和师司令部的直达的电话一直抓在王正刚的手里。但师长在敌人先头部队刚进入峡谷的时候询问了一下之后,一直到现在都未说话。最初王正刚隐约地感到电话在师长手里,甚至还感到师长的呼吸声和师的掩蔽部里的人们走动的声音。但现在听来那边都寂静了。仿佛电话已不在师长手里了。也许师长忙着和别的团讲话,因为并不是他一个团在战斗。但也许师长的沉默是有意思的:把一切全交给他;这沉默似乎表示了一种顽强的信心,表示师长并不特别担心这个战斗,表示一切都会进行得很好。在他当参谋长,而李恒当团长的时候,他就注意到李恒的这种习惯了:他只是在必要时才动手干预下级;一般的情况下他显得很轻松,仿佛不怎么注意。他绝不为细小的事激动,他顽强地抓住主要的东西,达到他的目的。

"喂!"王正刚向电话喊了一声。

没有回答。他想挂起来再摇,但又立刻觉得并没有什么要请示的。随后,师参谋长的声音传来了。王正刚报告了情况。但师参谋长没有说什么。显然师里面相信这个战斗正在顺利地开始着。这增加了王正刚的信心。

而那个要更多、更多地捕获敌人的贪婪情绪继续在王正刚心里增长着。敌人很稠。现在将近四百人通过峡谷中间了。他们的先头部队快出峡谷了。但峡谷北面也是小山路,他们逃不了的!王正刚现在终于又感觉到一切都依照着他的计划在进行。

但这时三营询问是否可以立刻开火。

"为什么?"王正刚说,"叫他们营长!为什么?暴露了吗?敌人搜索了吗?沉住气,现在还不开火!暴露了就打,不暴露就照这个情况再等几分钟——按原来的计划!"

他的要求捕获大量敌人的心情使他的声音很严厉。他觉得这些干部太沉不住气了。但他不知道,三营营长的沉不住气,是因为他们此刻面临着新的困难:他们发觉他们的部队安排得不够好,在峡谷南面,按照预定的计划,放了两个排和重机枪的火力,预备阻拦敌人的逃跑和阻击敌人的支援,在山谷北面的两边山头上又放了两个排,这样,战斗展开后的机动攻击的部队就不够多了。而敌人显得太多。如果敌人一下子抢占了山谷中间的任何一个山坡,就要不能完成任务!主要的,山谷北部放的兵力面太窄了,将不容易对付出了峡谷的敌人先头部队的回击,但这是此刻才发觉的,而三营长也来不及向王正刚报告。他比坐在针尖上还难熬。

参谋递过了师长的电话。李恒询问三营是否已经打响,王正刚以坚决的口气报告说,现在才只有四百多人到达山谷中央;将要按照预定计划打响。

"不要熬成一个阵地战哇,我担心这个……"

"不会的!"王正刚说。

三营再一次报告情况并询问是否可以开火。已经有五百多敌人通过山谷中央了,现在敌人的先头部队已经出了山谷北口了;整个地进入埋伏圈的敌人已经接近了王正刚所渴望的那个数目。王正刚要他们看情形稍稍再等待一下;他感觉到现在的情况比先前任何时候都有利,他要和这最后的几分钟做坚决无情的斗争!

但是正在这个时候发生了意外的情况:敌人的先头部队伸出峡谷以后,也许是因为他们发现了前面的什么可疑的迹象,也许是因为那个戴眼镜的小军官的什么一种英雄的幻想,那根紧张的舞蹈的弹簧突然蹦跳了起来,在雪地上散成了几十个黑点,发出了它的全部的尖锐的战斗声。于是敌人的大队停止了。随即,进到山谷北口的敌人就开始爬上山坡,于是战斗就意外地从潜伏在这个山坡上的那个班那里开始了。立刻山谷南面也开了火。营长所控制的重机枪和迫击炮随后才加入射击。山谷里呈现出了混乱的局面,每一个人都按照自己所看到的目标进行射击,并且一部分战士们开始冲下山坡投出了手榴弹;每一个人都依照自己的感觉来克服这一瞬间爆发的混乱的战斗局面,并相信他所做的是极为有效的。营长被这混乱激怒了,迫击炮和重机枪没有能发挥预定的重大作用,他觉得现在来不及了,他命令迫击炮向山谷南头射击,命令重机枪参加对北口的封锁,随后就带着手边的一个排冲下了山坡。而当他冲到坡边,看着他周围的这个排发挥了火力,击毙了往这边跑来的一群敌人之后,他的混乱的感觉就减轻了,他觉得他脱离了那无能为力的状况了,并且他开始相信,事情并未变得很糟,这个战斗正是应该这样进行的。

山谷里展开了一场激烈的战斗。每一群人,每一组人,每一个人在选择自己的目标;目标也几乎用不着选择,混乱的敌人在好些地段来不及组织抵抗,成群地被消灭掉。但困难的是仅仅去打杀这些敌人就要费去很大的力气。不久,战斗就呈现出了要持续下去的征候:有几十个敌人逃上了山坡,向山谷南口攻击,企图逃回。而山谷南口的那两个排正在和敌人的后续部队作战。

混乱的战斗现在显得很清楚了。从混乱中逐渐分成了三个战斗地段:南、北、中间。中间的战斗最先解决。北口的战斗正激烈进行:那舞蹈着的弹簧收了回来,那个军官的尖锐的傲慢的声音在嘈杂的声音的大海里消失,并且他自己随即也消失——那一架漂亮的照像机现在已经被一个中国战士背在身上了。

在战斗呈现出持续的迹象的时候,王正刚的焦虑在增长。现在是三营的教导员在步行机里向他报告,但这些零碎的战况的报告完全不足以使他对整个的战斗获得清晰的概念。他一直不明白战斗是怎么开始的。他渐渐地明白战斗要持续下去了,虽然三营教导员的口气因大量歼敌而乐观,不断地重复表示没有什么大问题……现在是三点一刻了,可是敌人从两边在攻击山谷南口……简直就已经熬成一个阵地战了。

歼敌三百以上!可是这个数字现在并不吸引王正刚;胜利的光辉被一种无可回避的苦痛感觉冲淡了。可能战斗是因为某种偶然的原因开始打响的,可能是因为三营长终于沉不住气,动作得太仓促,但主要的是,现在三营的处境随着时间的增长而困难起来了。三营步行机员报告说,山谷北口的战斗还在继续着,而山谷南部,敌人夹击着他们的两个排……王正刚发出了机动撤出战斗的指示,但到了四点钟三营仍然在和敌人激战；三营的步行机在报告了歼灭北口上的敌人的消息之后,就和团部失去了联系。

在这个时候李恒又在电话上询问战况。师长的声音含着谴责的意味了。

"你估计他们能很快地解决战斗吗？"

"能的。"王正刚说,他自己也很惊异他的这个回答的充分自信的腔调。他的顽强的自尊心在克制着他。

师长沉默了一阵,然后就说:"有消息立刻告诉我吧。"

放下电话以后王正刚想了一下。师长声音里的责备是可以听得出来的,但他自己却似乎认为他不应该受到这种责备——他的肯定的自信的回答里就有这种情绪。这是什么道理呢？不久之前他还在想着他在这次的指挥上的漏洞和缺点,现在他却又觉得事情不至于象那样……是的,这一切或者不过是因为战斗里的那些意外的、偶然的因素,并不能责怪他和他的三营的！

"现在总应该解决、撤出来了,"他又看看表,以一种安慰的,几乎是愉快的、疲劳的声音说。

"总还要熬一阵吧……"石雄担忧地说。

王正刚现在却不乐意政委的这种担忧。

"三营能承得住的,不至于有问题……"王正刚用同样的声调说,而且笑着。但是他想到,在战斗开始的时候,他曾经很担忧,而石雄却说过和他现在所说的同样的话——为了鼓舞他。于是他就沉默了。他捏着一根烟好久都忘记点火,这根烟就在他手里捏碎了,于是他轻轻地扔掉了它。

他吩咐派担架队去迎接三营……于是,在随后的两个多钟点内,他就仿佛忘记了三营。他给赵庆奎打电话,开始想起了三五〇高地右侧的那个村庄：三五〇前沿今天只有不大的两次战斗,但那个村庄里今天却落弹较多。他安排弹药的问题,询问粮食供应的状况,查点全团的战斗力量和武器的数目；在参谋送来的数字表上花费了不少的时间。随后,他和石雄商量在三五〇高地右侧构筑一个迫击炮阵地的问题。他只是偶尔地再看一下表，这证明他心里还在悬念着三营；他的沉着和安静，他的那种甚至是愉快的态度，对指挥所里的人们表示出来，他毫不担忧，他认为三营的战斗是胜利了，而且这事情现在已经过去了，三营即将胜利归来……

阵地上的复杂的问题，对明天的战斗的思考，确实使他在某些时间里忘记了三营，忘记了他不久之前的焦虑不安。他竭力把他的思想从三营移开去。但这是毫无问题的：三营依然在他的心里。一些印象不断地浮到他的头脑里来。他一下子想到那三个被凝固汽油弹的烈火包围着的战士，一下子想到三营长的不安的声音，一下子又想到那个朝鲜侦察员……这些印象在固执地要求着对三营的战斗做出结论，而且……三营真的已经解决战斗了吗？

三营在天黑了以后好久才回来。接获了通讯员的报告之后，人们跑出了指挥所。但王正刚却没有跑出去，他抑制着自己的激动，点燃了一根烟坐下来了，他的眼睛看着门。

带领担架队去迎接三营的那个参谋跑了进来。

"回来了，"他激动地报告说，"伤亡四十四个，三营长在最后支援他们七连二排撤退的时候挂花……"

"知道了，"王正刚冷淡地说，"为什么不报告歼灭敌人多少？"

"总在五百以上……"

王正刚站起来走了出去。他在坡边上遇到三营教导员，和他轻轻地握手，听着他的报告。三营教导员报告了整个战斗的情况，并且报告说：是在四点十分左右解决战斗的；步行机是叫一颗炮弹打坏了。王正刚继续向坡下走去，清楚地意识到他和三营长在整个战斗部署上的缺点了。他现在要见三营长，安慰他；要见那些亲爱的战士们；主要的，要首先巩固胜利的情绪。那伤亡的数字虽然并不曾震动他，但他却痛切地感到了三营在最后的二十分钟内的困苦的情况。

三营长躺在担架上，昏迷不醒。王正刚打亮了手电，弯下腰去轻轻地喊了他好几声,他却没有回答,只是每隔一阵发出一声痛苦的呻吟。陆续有一些担架在王正刚面前抬过。伤得不太重的伤员们脸上有一种安慰的神气。战士们在担架旁边走过,在山坡上歇下来,开始悄悄地谈话,从这种谈话里,王正刚也感觉到一种胜利的情绪,显然战士们并不曾注意到伤亡,而是注意着从这惊险的战斗中所获得的胜利。

"你那手榴弹差一点……"一个战士说。

"那老迫击炮打的才绝,要叫他们再练习练习。"另一个说。

"我转过身来,又看见他妈的四个老美……喂,赵启才,慢点抽,你还欠我半支烟呢!"

"看,别吵吵,团长!"第四个战士说。

显然的,战士们并不需要他来巩固胜利的情绪——王正刚心里又有了那种痛苦的感情。战士们愈是单纯、愈是充满胜利的自豪,他就愈是不安:战斗如此险要,而伤亡不算多,可是这些伤亡看来是可以减少的。特别是,勇敢的三营长负重伤了,他相信这和他当时的责备口气有些关系;于是仿佛又听到了自己的严厉的声音:"为什么这么沉不住气?"这责备可能并不错,不过他自己现在回想起来有些刺耳;他又想到干部们都有些畏惧他;为什么会这样呢?

"七连三班的,"他用愉快的声音问,表示自己对这个胜利是满意的,"张德福他们三个怎么样?"

"喂,三班的,三班的!"战士们喊着。

"牺牲了!"

"没有,你胡说!我看见朱喜的!他就在我跟前一连摔了四个手榴弹!"

一个矮小的战士跑过来了。他大声喊着:"报告团长!"——这就是那个朱喜;他从烈火中象奇迹一般生还,但其他两个战士牺牲了。他没有了军帽,在手电的光亮下可以看出来,他的头发和眉毛全烧焦了,脸上有血迹,左手吊在绷带上,但他仍然是生气勃勃的。

"打得好！抽烟吧。"王正刚说，熄了手电，眼睛潮湿了。

王正刚回到指挥所，沉默了好一阵，看见石雄进来了，就慢慢地说：

"你看这战斗怎么样？"

"我看是有缺点的……"石雄看看他，尖锐地说。

石雄说，他同意这个意见：三营的部署不够好，在开始时动作得太仓促，营长自己性急地冲了下去，火力没有很好发挥；这当然是由于那意外的情况，但这也不仅仅是由于意外的情况……

王正刚向师长报告了三营战斗的结果。他说：歼敌的数目不理想，敌人逃掉了一部分……他大声地、坚决地报告说：在他和三营的整个的部署和指挥上，都是有缺点的。

"是哇，我看也是这样的！"师长说。

王正刚似乎期望师长反对他说：不，不是这样的，这偶然的情况并不能怪你们，你们打得很好。但师长的这个仿佛早就想好了的判断虽然使他略略有点失望，却又使他更清楚、更甘心地看到了他的指挥上的缺点。他看看石雄。石雄在来回地走着，脸上有着特别严肃的、坚决的神情。

"这是由于我有些主观了，"王正刚又说。"我是坚持计划和任务的，但是我忽略了让三营机动灵活地去作战……我总是觉得三营不够机动，所以我把他们抓得太紧……"

"我们！"石雄说。

"……这是由于我们的主观了。"王正刚说，看了看石雄。

"是哇，是这样！"师长说。"在三营的问题上……你应该培养干部的自信。那个朝鲜侦察员好吗？"师长说，显然地想要改变话题。

王正刚这才想到他一直忘了问一问朝鲜侦察员的情况。通讯员报告说，斐英哲很好，已经睡了；一钻进掩蔽部，倒下来就睡熟了。

"三营长下去了吗？"王正刚温和地问，他的眼角和额上出现了很多干燥的皱纹，"把我的那两个罐头……给他送去吧。"

第三章

　　右翼山丛中的伏击战,[①]有效地延迟了敌人从右翼进攻的企图。敌人只是在两天之后,一个山头一个山头地试探着,才进到了三五〇高地右侧的我军防线。赵庆奎营一连所扼守的一三九高地,现在开始两面受着威胁,战斗激烈起来。三五〇高地右侧和右前方的那个村庄,现在已大半变成一堆瓦砾了。

　　斐英哲和他的侦察员们自愿地留下来参加战斗,因为战线的变化,他们暂时很难回到他们的部队去。他们来到了赵庆奎营,黄昏的时候,斐英哲和赵庆奎一起到村庄里去;村庄里已经没有一个人了,现在也再没有老百姓在瓦砾堆里拣拾东西了。赵庆奎觉得斐英哲的姐姐已不可能再活着,要么她已经走开;因为白天里她的那个山坡的周围曾落下好几排炮弹,她的房屋已经变成了一堆茅草和瓦砾。房屋旁边的那三棵梨树也已经只剩下了一棵,即使这一棵也被弹片劈去了一片;剩下的一些赤裸的枝条,在寒风里抖索着。战士们在西山坡上构筑工事,从倒塌的房屋里取出完好的木头,沉默地来往着。赵庆奎和斐英哲在那一堆茅草和瓦砾的面前站下了。他们看见了几块破烂的布,打破了的坛子里的圆形的冰块,以及暴露在冷风里的烟灰和一根烧焦了的木柴,都显示着这里在不久之前还在进行着的生活。赵庆奎悄悄地看看他的同伴,看见他含着一种机械的笑容在注视着这一切。然后,他们找到了屋子后面的已经半掩在泥土里

[①] 此处以下楷体字部分(第113—142页)为《江南》1981年第3期所载《群峰顶端的雕像》第五章上半部分内容。

的那个小洞；斐英哲拨开一些草，钻进洞去，端了一个铜碗走了出来；这铜碗擦得很洁净，里面还盛着一些水。斐英哲含着那机械的笑容把水泼掉了，把铜碗挟在胁下，于是四面环顾了一下。赵庆奎注意到他的同伴的脸略微有些苍白……

赵庆奎发现斐英哲想在这里多呆一下，于是他爬上坡去，看战士们挖掘工事去了。战士们告诉他说，他们中间有人早上的时候曾经见过这里的那个妇女。她拿着锄头，在屋子旁边挖掘了好一阵，后来敌人打炮，就没有再见到她了。既然她没有在这里被打死，那么她可能已经走开了。

斐英哲坐在一块石头上，两手托着腮，胁下仍然挟着那个铜碗，呆望着他眼前的废墟。赵庆奎走近来喊他，使他吃惊得战栗了一下——显然地他是沉在很深的幻想中了。于是他抱歉地笑了一笑，跟着赵庆奎走回三五〇高地。他的脚步很沉重。走进掩蔽部，他就向赵庆奎要了一张纸，取出他的一个不到一寸长的铅笔头来，在纸头上写了几个中国字："我很爱我的姐姐。"他写字的时候那么用力，以至于他手上的粗大的青筋都暴露了出来。赵庆奎写着："我们为你报仇！"他于是用他的明亮的眼睛看看赵庆奎，又写："我请求派我到一三九高地去！这就是我们的高地，我的家乡的高地！"他用力地划上一个惊叹号，把纸头都划破了。并且他随即把铅笔头一摔，脸上闪过了一个愤怒的神情。

不同意他是不可能的。请示了团部之后，赵庆奎就让他和他的六个侦察员到一三九高地去了。

朝鲜侦察员们的阵地和一连一班的阵地相连——但后来这个山坡上就无所谓阵地，敌人的炮火把工事摧毁，把大部分的山头打平了。

一连的战士们守了几天了，已经很疲劳。在好几天的激烈的炮火和战斗中人们开始懒得挖工事；每天夜晚挖工事，每天白天被打毁，于是人们觉得这是白费事；人们渴望着休息。管理着右侧山坡的副连长李凤林为这事很焦虑，营部一再地指示要挖好工事；但看见战士们挖着挖着就坐下，迷糊过去，听着他们的牙齿在寒风里冻得格格发响,他就很愁闷。晚上他照例地走过各班的阵地,对班长和组长们指责着工事的情况;于是那些冻得缩在石头后面或弹坑边上的战士们起来了,传出了铁镐挖掘的单调的声音,每一下都很沉重。有的班只有两三个人在挖;有的班,例如一班,只有班长朱洪财在挖;班长爱惜他的疲劳的战士们。

一班的副班长房得成和老战士刘义喜今天牺牲了。按照连部事先的决定,徐国忠现在代理副班长。

"一班长么?"李凤林问,"怎么你一个人挖呢?"

"我们在轮流……"朱洪财疲乏地笑着说。但显然的,并没有什么轮流;而且显然的,朱洪财因他的副班长和得力的老战士的牺牲而有些沉闷。他顾念着明天的战斗;新的副班长徐国忠能打仗,他就希望给他多得到休息的机会;他们都到山坡后面的一个避风的岩石后面去了。

"哎呀,我的这个老班长……"李凤林想,看着朱洪财慢慢地从交通沟里铲出土来。

"这不行的啦,"李凤林下决心地说,"朱洪财,你这个人……这不叫做爱惜战士,你明白么?叫半个班半个班地轮流,挖好了休息!"

"好吧,我这就叫他们去……"朱洪财说,于是丢下铲子,走下坡去了。

李凤林绕了一个弯又来到一班的时候,看见有四五个人在挖着工事了;而且他意外地听见了朱洪财的那种近乎慈爱的、竭力振作的谈话的声音。他在谈一个笑话。从前有一个秀才,守财奴,临死的时候话都说不出来了,但见伸着两根手指头。家里人问:是有两笔田产么?他摇头。又问:是在地底下埋了两宗银子么?他又摇头。

朱洪财平常很少说话,因而他的这古老的笑话使李凤林也有些兴奋。战士们全都精神振作。

"那么到底是什么呢?我就急了!"徐国忠嚷着。

"你别吵,听班长说呀!"

"我说是:守财奴么,一定是别人欠他两笔债!"徐国忠叫着。

"恐怕是两口猪!"刘福海说;不知为什么他忽然想到了猪。

"猪!你才想的怪呢,不可能是猪!"徐国忠说。

"你们猜吧!"朱洪财高兴地说,挖掘着。

"那么这一定是地底下埋了两笔银子。"李凤林说,对这个笑话高兴极了。

敌人的一排炮火中断了这个笑话。人们卧倒了。炮弹在附近的坡下爆炸了。

"班长我说!为什么不是猪呢?"刘福海爬起来就叫着,"对啦,也许是两匹牲口!嫌家里人喂料喂得多啦,咱们村里从前那些老财……"

"我说了吧,"朱洪财说,"是这么的:家里人问这个,他摇头,问那个,他又摇头,后来还是那小老婆说:我知道,你老人家是不放心油灯里点了两根灯草么?你放心吧,我挑去一根就得了。这么一说,这地主就卟哧落了气:他放心了。"

人们大笑了。

"班长你再说一个!再说一个!"

"咱们加把劲,修好工事我再讲……"朱洪财温和地说。

这古老的、临时想起来的笑话发生了很大的效果。这些冻僵了的疲累的人们的笑声使得阵地上空气活跃了起来。

"我想哇,杜鲁门临死的时候怕也要伸两根手指……问他是什么呢?朝鲜!朝鲜!不过他落不了这口气……"刘福海急促地、快乐地说,于是又笑了起来。

斐英哲和他的侦察员们这时来到一连,他们立刻就动手参加修理工事。指导员陈家贵为这事召集支委们做了动员,但战士们很快地已经和朝鲜侦察员们缔结了友谊了。不久,他们就轮流地抽着用敌人的传单卷起来的烟丝,一同站在掩体里了。到了下半夜,阵地上完全沉寂下来的时候,还能听见一班的人们和侦察员们的悄悄的谈话声;说着零碎的朝鲜话和中国话。语言在谈到敌人、战斗、美国兵等等的时候勉强够用,但在谈到某些比较远的、无法用手势比拟的事情的时候,就使得大家很困难。徐国忠谈到过年。他说现在正是他的家乡过旧历年的时候了,但不知道朝鲜是怎样过年的。他想不起来朝鲜话"过年"怎么说,做了好一些手势和动作,一时比拟放鞭炮,一时比拟吃东西,一时模仿敲锣鼓和小孩们的快乐,但斐英哲仍然不懂。徐国忠毫不泄气,咬着粗大的烟丝卷,吐着口水,继续说明着,比拟着;附近的掩体和机枪工事里人们发出了笑声。

"你干吗一定要说过年呢!"弹药手吴申说。

"有办法了!有办法了,谁有手电?二排长有,手电!"徐国忠喊,于是他爬出掩体,拿来了手电,人们一齐钻进机枪工事,用他们的身体挡住光线,于是徐国忠在他的破了的钢笔上呵着热气,又用舌头舔舔笔尖,在一张敌人的传单的背面写出了那两个字。斐英哲兴奋地拍着膝盖叫了起来,大家都笑起来了。

渐渐地阵地上完全沉寂,美国炮兵不时射出来的单发炮弹和机关枪的一阵又一阵的叫啸都停止了。人们在冷风里冻得麻木,瞌睡起来。但还有几个人还醒着,交通沟边上不时发出泥块落下的声音。

斐英哲站在他的掩体里,醒着,人们听见他的低沉的、柔和的、悲怆的歌声;他用他的整个的心在歌唱,唱着他的家乡的、他的儿时的、一首音节很单纯的歌,并且在歌声里漫然地回忆着他的生活。这歌声非常低,但它却以特殊的魅力在深夜的沉重的冷气里飘荡,笼罩着这整个的山坡。这歌声使人们想到了生活里最亲爱的东西,记起了最美好的时光。

两里多外,敌人的一只探照灯在晃动着,不时地扫过这个山坡,照过积雪的田野和公路。远处有敌人汽车的马达声和闪耀的车灯。黑暗的天上飘着灰白的云。公路左边,敌人的一挺机枪吼叫起来,红色的曳光弹很慢地划着弧形落在我军的阵地上,碰到石块就斜着跳到一旁。但机枪的射击也未能中断斐英哲的歌声。

刘福海在寒冷中颤抖,迷迷糊糊醒地来,听见歌声。他察觉到在他身边的朱洪财醒着。

"班长!"他喊,虽然并没有什么事;从第一次战斗以来,在战场上,每当他感情激动起来的时候,他都要喊一声班长。

朱洪财动弹了一下。

"你的枪擦了吗?"

"擦了。"刘福海说,"今天白天我的两颗手榴弹甩歪了。"

"那时候是不容易甩得准。"

于是他们又静默,听着歌声。

刘福海撕了一条纸头,摸索了好久,动手卷了支烟。他现在已经抽烟了。当他从他的绣着红星的荷包里摸烟丝的时候,他想起了刘义喜。刘义喜是今天上午在他身边倒下的:一块弹片打中了他。他想到刘义喜的快乐和调皮,想到刘义喜在他第一次参加战斗以前曾经问他要这个荷包,那时大家议论这荷包的用途,但班长批评了刘义喜。于是他又想到了父母、妹妹……

不过他并未在回忆中逗留很久。目前的现实使他激动,几天来他都不曾有什么激动,几天来,除了作战、挖工事、休息以外,他似乎不曾有过别的知觉;而现在,好象是斐英哲他们的到来,以及斐英哲的这个歌声,唤起了他的一些沉睡着的感情。回忆只是在这种感情里片断地、不联贯地闪耀着,他的感情是向着未来:这次战斗下去,他将要成为一个成熟的战士了;无论如何,他不会再象过去那样无知,时常要做错事情了。将来他可能很快乐地回到家乡,家乡一切都和先前不同,而他也不同了。

这几天的时间是艰难的,特别是今天一整天。昨天夜里他的脚痛得厉害,而且手也冻得拿不住枪了,但今天一天又仿佛好了一点。他记得刘义喜在他身边倒下的时候他毫无感觉,只是想到:他被打掉了。或者想都没有想,因为那时他正咬开手榴弹盖。但在打退了敌人那次冲锋的间歇的时间里,激昂的杀敌的情绪沉静下来之后,他曾仔细地回想当时的情景;炮弹怎样爆炸,刘义喜怎样倒下……于是心里很不安。但敌人又冲上来的时候他仍然浑身都腾起了杀气。晚上的时候他又想到了这个,心里重新很激动。但现在不同了,他觉得他将能够胜利地回到家乡……好象斐英哲的歌声唤起了他的这些思想。

好象那柔和、亲爱、悲怆而深沉的歌声还唤起了其他的许多思想。这年轻的战士开始想到战斗的意义。当然,他知道这战斗的意义,上级说到过它,人们谈论过它,他心里更是感到过它。但他却不曾很清楚地去想过这些。突破临津江以来,他被渴望立功的思想支配着;他也是抱着这个思想来和他所遭遇到的苦痛搏斗,走上三五〇高地的前沿的。为祖国为人民立功、被同志们爱戴和敬仰……这就是他那时所想的。他不习惯那种比较抽象的思索。但现在他却比先前一切时间更鲜明地想到、感到,他在这里,在这冰冷的战壕里,是为了千千万万的人们,为了在这夜里安睡着的人,为了和他的家乡的村庄一样的那些村庄,为了在铁路上奔跑的火车,为了灯火通明的城市。……

他于是向着北方凝望。他们的阵地朝南,北方是极容易认出来的;而且,象所有的朝鲜战场上的战士一样,他一直都记着北方和南方这两个方向所代表的不同的意义。天上的模糊的云朵正向北方飘动。他有些惊异地想到,他前进得很远了,现在天上那灰白的云正在飘过他所爬过的那些山,它们是一直向鸭绿江飘去。……

在艰苦、每一分钟都在袭来的危险、严寒和极度的疲劳里,想到了在另外的什么地方还有温暖、亲切的生活,并且这生活与自己有关,正被自己保卫着,那么,一切艰苦和危险就变得容易忍受些了。刘福海回头望望南方,那里虽然照耀着探照灯,闪亮着车灯,但那里的生活对于他却是陌生、奇怪、黑暗的。于是他又凝望北方,他感觉着,从他此刻所蹲伏着的交通沟起,一直往北,虽然笼罩着深夜的黑暗和沉寂,没有一盏灯火,但生活都是可以感触到的、光明的;他仿佛看到自己怎样在这亲爱的生活里逐渐长大,来到朝鲜战场;于是他极鲜明地感觉到,他现在是在这两种生活进行着激战的地方,他前进一步,那亲爱的生活也随着前进一步,连坚硬的土地都起着变化,这就是前线。

这是说不出来的感触,……但这就是前线。斐英哲的歌声仍然在轻轻地飘荡着,它仿佛在说:这就是前线。

"刘福海,你那点烟丝要抽完了……"朱洪财说。

"你抽吧,班长。"

"你冷不?"

"不冷。"刘福海有些兴奋地回答说。

天蒙蒙发亮的时候刘福海在交通沟里站了起来,仔细地、整整齐齐地把他的四颗拧下了盖子的手榴弹放在交通沟边上,然后开始擦他的步枪上的刺刀。为这步枪他有些懊恼,他曾渴望有一支冲锋枪……这时斐英哲走过来了,轻轻地说:"你好!"就用沉重的胳膊搂住了他的肩膀。他于是停止播弄他的步枪,他们这样默默地站了几秒钟。斐英哲抓住他的手紧紧地捏了一捏,然后走向朱洪财,同样地搂着他的肩膀。刘福海看见他的老班长激动得脸红了,眼睛发亮,笑得眯成了两条线,一时看看附近的人们,一时看看斐英哲的面孔。魏强和指导员陈家贵跑来了。热烈的魏强,在斐英哲举手敬礼之前就拥抱了他,说着朝鲜话,不断地发出喧嚷和笑声,这些声音在黎明的宁静里显得很嘹亮。人们蹲在掩体和交通沟里开始吃早饭:炒面和后面送来的冷了的开水。剩下的开水被很仔细地分配,用缸子盛着,放在机枪工事里蓄存了起来。阵地上渐渐地活泼。徐国忠在洗脸。他从后面的山洼里弄来了一大捧干净的雪,拿雪在脸上擦,甚至还拿雪刷牙:从口袋里摸出了干瘪的牙膏,剥用锡管来弄出了一点点,非常慎重地放在那脱毛的牙刷上,然后就大声地咳嗽着,清理着他的喉咙。这些都使刘福海觉得稀奇。他已经好几天没有可能洗脸、刷牙了,想不出什么办法,同时也懒得去想——每天早晨,当战斗开始以前,他都要觉得一种沉重的痛苦;和这种逐渐紧张的困难感觉奋斗,就花去了一切力量,然而徐国忠每天洗脸和刷牙!但今天早晨一切都似乎不同一点,他并没有惋惜安静的黑夜逐渐过去,也并没有觉得沉重而痛苦的感情。他立刻去找寻雪去了。他回来的时候几乎是生气勃勃,而同时他就看见了,朝鲜的战士们在那里整理他们的鞋子,系紧他们的皮带,掸去他们身上灰土,把他们的帽子弄整齐,并且,斐英哲在交通沟边上放着一块破镜子,在那里用力地梳头。

对面的山沟和公路左边的山头上,升起了一些灰蓝色的烟,这是敌人在烧早饭。可以听见隐隐约约的哨子的响声。然后,坦克发动马达的轰轰的震颤的声音就充满了空间。公路右边的远远的山坡上有几个敌人的很小的人形在奔跑,传来了附近什么地方射出去的步枪的清脆的声音。这声音在一个又一个的山头上激起震荡和回响,发出那种"呀——呀——呀……"的声音,仿佛山头和雪地上的树木在惊奇着,是谁破坏了这早晨的宁静。然后又有了一瞬间的寂静,这时太阳的红光已经在东方的天空展开,夜间的云已经没有了,山坡和树木溶化在这光线里;人们已经站在各自的岗位上,互相只能偶尔看得见帽子和肩膀的闪动;一排的阵地上只有着少数的人,大部分的人隐藏在右侧的山坳里,那里是敌人的重炮不大能射击到的。连部在主峰右侧召开了短促的会议,排长们带回了命令:阵地上还要减少人;每一个班只需要留两个人,其余的人只在敌人上来的时候才加入战斗。刘福海坚持和副班长徐国忠一道留下。阵地上的早晨的活跃已经没有了,严肃而沉重的气氛笼罩着山头。但刘福海还是听见了右侧山洼里的偶尔传出来的一声快乐的喊叫和一些笑声;这大约是营部送来了弹药……随即他听出来了,这是素来都很有趣的事务长李光在和谁说笑话,这事务长在云山的时候曾经因为买猪的事情叫师长"剋"了一顿。李光的咬字不大清楚的拖得很长的声音引起了几个人发笑,于是刘福海觉得很可惜,他没有听清楚李光说些什么;显然那一定是非常好笑的。这时敌机的声音响起来了,四架"油桃子"飞机出现在右边天空,开始向左侧着翅膀转弯,于是有一发烟幕弹落在公路左侧张福勤团的高地上。这烟幕弹的爆炸听起来很响,但立刻就在这一群山头上发出了好几种响声……

在这些巨大、尖锐的响声传来的时候,刘福海还不觉地朝北方的天空里看了一看,并且记起了他夜间的那些思想。这些思想似乎比夜间的时候还要鲜明。

可是,今天他虽然积蓄了很大的力量,事情却进行得很不愉快。敌人的排炮轰击山头,这个时候他用整个的身体在听着炮弹的叫啸,希望炮弹不要击中他。大约过了五分钟——总之,他觉得时间很长——徐国忠的嘶哑的喉咙就在炮火的间歇中喊他:"刘福海,你好吗?"他大声喊叫说:"我好!"他又仿佛听见朝鲜同志喊着:"同志!冬木!好吗?"——究竟别人喊了没有,他不能确知——他于是又大声回答:"我好!"而且他吐出了嘴里的泥土叫着:"你好吗?"这个时候他心里有点快乐,充满了想要喊叫的渴望,但正在这个时候,他看见一架敌机非常低地掠过山头,低得他相信是已经看见了那驾驶员的凶恶的面孔。有一些泥土,喷起来落在他身上,这些泥土简直似乎是飞机翅膀带起来的。他于是想要喊叫:"注意飞机!冬木!飞机!"心里仍然有着那个快乐,渴望听见自己人的声音,而且相信一定会听见它,……这时他就昏迷过去了。被巨大的爆炸震昏了。

"刘福海,注意,你好吗?注意!"徐国忠喊着,然而不再有回答。

人们在打退了敌人第一次冲锋以后,才在泥土里扒出了刘福海。他苏醒过来,不能明白到底发生了什么事情,而且他的耳朵叫震得听不清楚了。

于是人们就把他弄到右侧山洼的大崖石下面去。发现他的耳朵不大听得清的时候,他很恐慌;但这也只是在又打退了敌人的一次冲锋之后,因为这一个多小时内他瘫在那里爬不起来。他开始能坐起来了。这时他附近只有几个伤员在等待运送;一个朝鲜同志左手叫打烂了,把那打烂的手揣在怀里,而右手托着下巴支在膝盖上,面色灰白,镇静而毫无感觉地望着前面。看见刘福海,还简单地笑了一笑,仿佛说:"你看,真糟糕!"但创伤的痛苦立刻使他收敛了笑容并把眼睛望着别处。

刘福海很不安。人们把他弄到这里来,是准备让他下去吗?他曾渴望将来终于能离开这个痛苦的高地,但他永远不要象这样离开它。他没有做出什么事情来,没有立功——他曾表示要在这次战斗里争取入党的。而且,他的耳朵难道就要永远这样,除了嗡嗡的声音以外什么也听不清了吗?

斐英哲来了。他卷了一根烟,送到那侦察员的嘴里,然后替他点燃。于是他又把这侦察员的头搂在胸前,带着亲切而愉快的神气,拍拍他的后脑。

斐英哲向他说话,他看见那嘴在动,但是听不清楚声音。他心里更加恐慌了。

"我听不清,你大声点!"他说,指指耳朵。

斐英哲于是蹲到他身边来,对着他的耳朵喊叫着。他仍然不大听得清。斐英哲去了,他躺着,全部精神都集中在他的耳朵上,但他只能听见一片轰轰的声音。他失望,全身都没有力气。他要求自己安静点,安慰自己说,这是一会儿就会好的,但他的手苦痛地捏着身边的泥土;他大声地对自己讲话来试验耳朵,他的眼睛里浮上了眼泪。

"这样就糟了! 你看,还是听不清楚,这样就糟啦!"他对自己说。

他又昏沉了一会儿。他发现朱洪财蹲在他身边。他苦痛地看着他的班长。

"你身上还疼吗?"朱洪财问。

他听清楚一点了。

"班长,你再说! 你凑近我耳朵,你再说!"

"你身上还疼吗? 要送你下去吗?"

朱洪财的大声震得他耳朵里发痒。他这一次听清楚了!

"你再说! 你随便说什么话,"他喊着,坐了起来,亲切地听见了自己的声音,"你喊我名字! 你说,你尽管对我耳朵说!"

看见这年轻人一瞬间变得这样活跃而激动,朱洪财简直不知道说什么好。但他对着他的耳朵小声地喊:"刘福海!"他张大着嘴巴,仿佛是用着很大的声音似的。

刘福海眯着眼睛听着,好象第一次听见这么亲切的声音,狂喜了。"我的枪呢! 我的枪呢!"他大叫着,一下子站了起来,跑

123

上阵地去了。"我听见了!"他指指他的耳朵,对一切人说,"我听见了!副班长,你随便说什么话……"但立刻他就显出了庄严的神情,在他的掩体里伏了下来。

一直到黄昏都在激战。在下午的两三个钟点内,敌人主要地从左侧的山坡攻击,于是刘福海就用他的步枪一发一发地射击;穿着黄呢衣服的美国兵在左右山边的石块和弹坑里时隐时现,有时密集有时疏散。这些持续不断的射击使刘福海经历到一种有节奏的肉体上的劳动的快乐,他现在全身毫不觉得麻痹或酸痛了。步枪在他手里砰然发响,枪口冒出发黑的烟,弹壳在他扳开枪机时灵活地跳出来,于是又有一粒闪着黄铜的亮光的子弹被推进光滑的枪膛……这一切的有节奏的重复使他沉醉。看不准确敌人是否被他的子弹所击倒,因为大家都在射击,但他确信有好一些敌人是在他的枪弹的歌唱下倒下的;他觉得他的射击愈来愈熟练,愈来愈准确。他并且感觉到,正是由于他这样顽强地战斗,那些穿黄呢衣服的人才没有能爬上山坡。每一个勇敢的战士都是这样感觉的。弹壳在他的面前堆积成一大堆了,敌人逃下山坡,越过公路逃走。他正在装子弹,最后的敌人已经逃到了对面山坡的后面,于是他觉得失望。接着是一顿炮火。但现在这炮火并不使他有什么恐惧;他等待着敌人的出现。……于是又重复着先前的愉快的、沉醉的动作。

但下午三点多钟的时候,敌人却改变了他们的进攻的方法。炮火的射击比先前无论什么时候都猛烈。坦克炮在摧毁着工事。后来,当敌人在公路上出现的时候,对面的坡上出现了敌人的新的机枪火力,把一连的人们的仅存的火力点和射击的位置都封锁起来了。而且,敌人的步兵比以前无论哪一次攻击时都多,不仅沿着公路攻击左侧,而且穿过开阔地来攻击右侧。

敌人的步兵布满了开阔地和公路左边的田野,还继续从对面的山坡后出来。刘福海蹲在被打塌了的沟里,听着机枪弹在他的头上飞啸并打起沟边上的浮土。他两次想要把他的头伸出去观察一下,都没有成功,好象有几千斤的重量在压着他。敌人的机枪刚一停止射击，一部分敌人已经爬上山坡上。他在迅速的一瞥里看见了那么多敌人，看见在坡下的敌人群里挥动着的一面小旗。他抓起步枪，然而扳不开枪机了，他急迫地两边看了一下，丢下步枪又抓起了脚边的两颗手榴弹。

他蹲伏着。他想：这一次可要糟了！但正在这时候有人从右侧的浮土里跃起，一霎眼就消失在交通沟外面了。这是那个朝鲜侦察队长。"他干什么？"他想。"没有关系，怕什么，就这样！"他对自己说，紧握着手榴弹又探出头去。他仅有四颗手榴弹，他这时想，决不轻易地使用它们。

这时候敌人好象又并没有他第一眼看见的那么多。看得见的东西要比看不见的东西容易对付些。最前面的美国兵正从一块大石头后面绕出来，离他还有四五十米，美国兵突然在石块和弹坑中卧倒。虽然山头上并未射击。他于是还来得及看了一看聚集在坡下的那些美国兵，他们散开成为冲锋的队形，但暂时却又不前进，好象准备赛跑的人在等待号令似地，等待着什么。忽然地哨声一响，一个高大的军官把手里的小旗一挥，于是前前后后的美国兵都站起来了。但突然后面的、山根上的那一部分又停止了，因为，从刘福海的左边，传出了自动步枪的清脆好听的射击的声音，那个拿小旗的军官栽倒了。他周围的那些黄呢衣服乱成一团，卧倒了，但立刻又有哨音，几个人挥手，于是这整个的美国的冲锋机器又动弹起来了。

"你他妈的来就来吧，摆弄个什么呢？到底你们要干什么呢？你们从这里得到了什么好处呢？"在这一瞬间，刘福海想，他甚至在紧张中还有着一种好奇的感觉。

美国的冲锋机器动作很笨拙。刘福海决心等敌人到了二十几米的距离再投掷他的手榴弹，但这一段时间变成了愈来愈难以忍耐的。他觉得已经过了好久，但美国兵仍然不过稀稀拉拉地又爬上了五六米。现在，开始从他们的卡宾枪里喷出了弹烟。有很多思想在这时闪过了刘福海的头脑，可是他把捉不住它们。但主要的，他开始矛盾起来：究竟什么时候投掷手榴弹呢？他只有四颗,而敌人很多,他们如果冲上来了怎么办呢?他费了很大的努力才使他的抬起来了的手又垂了下来。他希望班长能发出命令,他猜想班长一定还伏在那里。现在敌人前进到离他三十多米的距离了,他们爬进了一个洼部,于是他就只看见他们的钢盔和耸动着的背脊和屁股。那些弯着腰的人影,到了那洼部就都变成了一些背脊和屁股——他清楚地看见有的敌人用手在爬。但突然地一张灰白的、凶恶的脸从洼部伸出来了,这个美国兵领头爬上斜坡,惊慌中踏着浮土,跌倒了一下,但他的头仍然仰着,恐怖而凶恶地看着上面,并且张开嘴来发出了叫喊。"啊,啊——啊,"美国的冲锋机器叫喊了起来。现在已经是很多张灰白、凶恶的脸,但刘福海仍然紧盯着他最先看见的那一张。这兵士呐喊,喘息,往坡上奔跑,眼睛突了出来,并且象鱼一般地张开着嘴;他对直地向刘福海奔上来。"他为什么要喊?他看见我了!我要先杀死他!"刘福海想。

"开火!"扬起了徐国忠的嘹亮的声音。

刘福海已经掷出了手榴弹:他是对准着那张灰白的、恐怖的脸砸去的。枪声和手榴弹的爆炸声立刻沸腾起来了。这时刘福海就看见了,斐英哲和他的一个同伴从敌人右侧的一块石头后面出来,向敌人投掷着什么,并且用冲锋枪扫着。现在刘福海再找不到他所认定的那一张灰白的、凶恶的面孔了,敌人受着斐英哲的侧面的袭击,倒下了一批,溃退了下去,但第二批立刻又卷了上来;他们退下去,又卷了上来。……

刘福海已经投完了他的手榴弹。他的处境很困难,而他清楚地意识到,要改变他的处境,就必须一个个地击毙这些穿黄呢衣服、喊叫着、向上爬的美国兵。敌人这一次冲到了十来米的前面,并且他们已经包围了那两个朝鲜侦察员。他听见附近有什么人的喊声,但不明白它的意义。突然地一股巨大的力量来到他身上,他好象不再是原先的那个刘福海了,他端起步枪,喊叫起来,跳过了交通沟边上的浮土,冲了出去。

这个动作最初是由对于迫近来的敌人的厌恶,但随后他心里的更坚强的力量支持了他,改变了他的处境。人在这个时候所做的事情,将决定他们的一生,将使他们在以后的生活考验里或者一再地退缩,或者充满着不断高涨的信心。这时所有的人都做着这个简单的动作,但刘福海冲得最快。他喊叫起来,而在这以前他一直是沉默地战斗着的。他的力量从他的心里一直凝结到尖利的刺刀尖上,他奔下去,好象毫不费力,把刺刀插进了一个美国兵的胸膛。他看见这美国兵恐怖地张开嘴,但没有听见他喊叫。他一脚蹬倒了这美国兵,于是拔出刺刀,奔上前去。这时其他的美国兵在向后逃跑,他往一个宽阔的穿黄呢衣服的背脊上刺去,没有刺中,但他甩过枪托打倒了他。他随即被附近的一张恐怖的脸所吸引——这美国兵在逃跑中跌倒,正在蹲起来预备端起卡宾枪,于是他跳过一块石头,对准枪口奔去,在这美国兵未来得及射击以前就刺中了他的颈子,那卡宾枪落到了地上。他看见鲜血喷出来。他发出喊叫,愤怒而欢乐。

"就叫你看看,象这样的刺刀!看中国的刺刀!万岁!"他喊,于是向坡下追去,继续发出喊叫。

敌人逃下去以后,人们看见刘福海沿着山坡拣着敌人丢弃的枪支。他背着五支卡宾枪跳进了掩体,手里还提着他的那支步枪。他的动作和神情里还继续带着杀气,虽然他不觉地在抑制着自己,他的手在放下枪支的时候仍然微微有些颤抖。激战和肉搏的印象强烈地继续控制着他的神经,他坐下来,那些灰白的、恐怖的脸,那些喊叫,那些鲜血继续在他眼前闪耀着,因此他看着周围的事物都不理解它们的意义,仿佛他是从另外一个世界看出来似的。朱洪财和斐英哲蹲在他面前,然而他没有说话。他象一个老战士一样,嘴边含着一个轻蔑的笑容,动手来给自己卷一支烟。这轻蔑的笑容从开始肉搏以来就一直停留在他的脸上。他摸出了他的烟荷包,现在这东西好象特别亲爱;又撕出了一片纸,但是纸头在他的手里捏破了,烟丝撒掉了,他的手好象很僵硬。……

"吓,这个……"他说,看看朱洪财又看看斐英哲。

"你打得好,刘福海!"朱洪财说:"要给你请功,你今天打得好。"

"这……吓!"他说,又来卷烟丝,仿佛这是他此刻唯一关心的事情。斐英哲拿过了他的纸头和烟丝。

"看你肩膀上!你这右胳膊!……"朱洪财说。

"这是敌人的……"刘福海说,含着那不变的轻蔑的笑容对他的涂满血迹的衣服看了一眼,但是他的眼光停在右胳膊上了,那里,他自己的血正在流出来,浸透了棉袄。

"你挂花了!"朱洪财说。这时斐英哲已经替刘福海卷好了烟,放在他的嘴里,并且替他擦燃了火柴。刘福海又看看他的右胳膊。

"是挂花了。"他证实着说,于是微笑着,用力抽着烟。"可能是卡宾枪!"他补充着说,好象这样说明一下,这件事情就过去了。但随即他就眩晕了起来。他觉得世界在他周围旋转着,那些黄呢衣服、血迹,那些灰白的、凶恶的脸又在他的面前闪了过去,使他恶心得想要呕吐。他静静地躺在朱洪财的手臂里;斐英哲解开了他的棉衣,用急救包替他裹着伤。

"班长……"当他微微苏醒了的时候,他喊。

"你放心,下去好好休养吧。"

"班长,这事情……"他说,又沉默。现在那激昂的、充满杀气的情绪已经消失,他重新是那个柔顺的、并且总似乎有些生怕的刘福海了。

"下去吧!一定要下去!"朱洪财说,"敌人今天不会来了,天快黑了,我找个人背你……"

"好吧。"刘福海沉默了一下同意了。"我歇一会儿……我自己能走。"

他披上棉衣,沉默着,看着他的班长。要离开班长这事情使他很难过。在敌人的一顿炮火过后,他仍然那样坐着。后来他用左手撑着,在班长的搀扶下站了起来,弯着腰沿着交通沟往右侧走去。他拒绝斐英哲背他,他显出来他现在确实已经是一个老战士,对战场上的各种事情都有了一点经验。但是他又停下了,蹲下来等候两颗炮弹从头顶上飞过,然后取出了他的那个烟荷包。

"这送你吧!"他微笑着说。

"好吧!"朱洪财爽快地回答,他知道这样就会使刘福海高兴些。

于是这年轻人弯着腰顺着快要打平了的交通沟走下坡去。

"小心点啊! ……"朱洪财大声说,"要好好包扎,听医生的话,好好的休养……不要记挂,我呈请上级给你立功!"

"放心! 我知道,班长!"刘福海同样地大声回答。同时他想起了母亲送他出门的时候所说的话,现在班长的话似乎比母亲的还要亲切。他用大声的回答来压下了已经涌到眼眶里的眼泪。

他显得是满不在乎地走下了阵地。但走到右侧坡下,他就又眩晕起来,坐下来歇息了一阵。这时他想到班长两次提到的要给他立功的话。他在上阵地以前,是渴望立功的,但这些时来他几乎已经完全忘记了这个,……而现在他觉得,无论立功与否,对于他反正是一样的;他毕竟已经很好地战斗过来了。

他走过狭长的山沟;山沟里已经开始昏暗起来了。敌人的一挺机枪这时在通过这山沟的上空射击着三五〇高地的主峰。一三九高地的右山坡遮挡着这附近的地带,因此那机枪还打不到他。他听见了水流的声音,走过去几步,发现了一个很清澈的井泉;水正在顺着一个结冰的小沟往外流。于是他喜悦地趴了下去,他的焦渴的嘴唇贪婪地接触到了冰冷的水。他又眩晕了一阵,然后激烈地喝水,并且用左手把冰冷的水泼在脸上。他浑身都发烧,然而开始感觉到轻松,并且心情柔和了起来。但正在这时,他听见黄昏的空气中震荡着一些杂乱的、他不理解的声音,最初是远远地传来,后来就充满空间;于是他听见一个女人的说话声——敌人在广播,播音机安置在一三九高地右前面山边上的一辆坦克上。

刘福海已经听见过几次这样的声音了,但这一次却这样清楚,并且显得这样近。他停止喝水,浑身战栗了。

"亲爱的共军的兄弟们!共军的兄弟们!"那个女人用娇媚的声音说,"我先来介绍我自己吧,我今年十九岁,北平人,我也是好人家的儿女,可是共产党把我全家杀害了,我就无家可归……共军的兄弟们!你们一时受骗……你们又怎么能够知道共产党的心肠呢?你们为什么要在这些山头上受冻挨饿呢?想一想你们的父母吧,他们倚门而望,等你们归来!……请让我报告你们一个消息吧,联合国军欢迎你们觉悟……在我们这边,每一个人都自由,有吃有穿,有漂亮的姑娘……"

从三五○高地的主峰上,一挺机枪发出了吼叫。

"打吧!打她婊子!打她婊子!"颤抖的刘福海说,自己也没有注意到他的声音竟这样嘹亮。

他忘记了泉水,也忘记了他的伤。他一瞬间想起了过去生活里的一件悲痛的事情。还是他很小的时候,不知为了什么,他的父亲领着他跪在地主的门前。他的父亲哀求、哭号,这时一个穿着皮袄、满手戴着戒指的姑娘从门里出来了,他觉得女人的心肠是一定要好些的,于是向她哭号,她却对准着他的脸就是一脚!……好啊,财主老爷的女儿!一定是了,一定是你在这里说话!

"我们是又冻又饿,我们是觉悟了!可是你看看吧,就是这个刘福海长大了!……打她婊子!打……"他大叫着。

赵庆奎和营部通讯员这时正走过来。他们听见了这年轻人的激动的声音。

"谁啊!"通讯员王恩叫着。

"你们是谁?"刘福海恶狠狠地喊。

"刘福海吗?"赵庆奎说,笑了,看着这浑身血迹、披着棉袄的刘福海。虽然认出了营长,刘福海脸上仍然是恶狠狠的、愤怒的神情。

"挂花了?"赵庆奎有些疼惜地说,"能走吗?下去吧。理他这个干啥呢?你这么对他叫有啥道理,啊?真是小孩子!"他说,笑了起来,他的眼睛快乐地闪耀着,"下去吧!"

几天来赵庆奎已经给一连补充了一个排,今天的激战里一连又有了较多的伤亡,而敌人在黄昏以前已经逐渐地迫近了三五〇高地的右翼;全营的兵力显然不够了。团部决定看情况撤出一三九高地,赵庆奎希望一连在两侧的情况未发生重大变化的时候再坚持一两天。他愈来愈尖锐地意识到他的困难的、复杂的处境,于是他在多半的时候变得沉闷不乐,并且容易发火。

使他满意的是一连的干部没有向他诉苦。指导员陈家贵向他报告了一排长的负伤,几个班的干部的伤亡,机枪的损坏,然后就沉默了,坐在地上慢慢地系着他的鞋带,显然抑制着想要求上级帮助的激动。魏强进来了。魏强全身都是兴奋乐观的情绪,仿佛他从来不曾意识到什么困难,他还没有坐下来,就开始讲述今天他的连队如何作战,斐英哲如何对敌人反冲锋(现在他觉得斐英哲和侦察员们也是他的连),刘福海如何拼刺刀。他甚至没有提到人员和弹药缺乏、机枪损坏这些事情。赵庆奎于是想到了突破临津江以后他曾拒绝增加他两挺机枪,并且随即想到了魏强妹妹的那封变成了纸饼的来信——当时魏强显然还有什么话没说出来。听着魏强的激动的讲述,陈家贵笑着,但显然不同的是,陈家贵并不太兴奋,他焦虑着明天的战斗。

赵庆奎决定增加他们一些武器弹药,比原来他仔细计算过的更多一点。但他不打算增加人员。

"你们看,怎么样?"

"行了!"魏强抢在陈家贵之前开口说,"够对付了!指导员你看是不是?"

"陈家贵,你看呢?你刚才有什么话要说的?"

"行了,"陈家贵有些不安地说,"要是能再有几箱手榴弹……"

"对了,手榴弹!不过……"魏强说,看了看赵庆奎。

陈家贵向来都比魏强仔细。赵庆奎明白他的要求是合理的,但此刻他很困难,后面没有供应上来,营里的蓄存已经不多了。

"我们打得很节省的!"陈家贵沉思着说。

"是啊,很节省。"魏强赞同说。

魏强这种近于天真的坦率,他的在激烈战斗中变得更为单纯的心地,使赵庆奎心里充满了温暖。他说他可能给他们再多一点;也许今天夜里,后面就可以有一批弹药送到了。于是他们又研究战士们的思想情况和干部的问题。然后赵庆奎和魏强走出了掩蔽部。他们先到左边,然后来到一排的阵地。天已经黑下来了,这时战场上很沉寂,李凤林和战士们一起在修理着工事。赵庆奎要亲自提升和指定几个干部,他要通讯员叫一班长朱洪财来。

李凤林仍然在那里用镐头挖着土,过了好一会,他才拿着那变得短秃了的镐头向赵庆奎走来。他在敬了一个礼之后就说:

"我原来的代理人是一排长,一排长挂花下去了,现在我想,要是我牺牲了,就叫一班长代理这个阵地……"

显然的刚才赵庆奎叫通讯员喊一班长,使他想起这件事情来。他象是说着什么非常平常的事务似的,然后他就有些满意地坐下来,摸出了半支香烟。

朱洪财跑过来了;挖工事的激烈的劳动使他头上冒着汗。他的棉衣也敞开着。但即刻他就觉得有些冷,拉了一下衣襟,拿手按在胸前。

"你这样不怕着凉么?"赵庆奎不满地说。"你们班情形怎样?"

朱洪财扣上扣子,一面想着一面开始报告。他说得断断续续的,一下子想起了这件,一下子又想起了另一件。赵庆奎就想到了,这个参军十多年的老班长过去是连班长都不愿干的,他怕干不好,担心自己不会说话,现在他大约也还是这样。

"你们副班长——徐国忠他怎么样?"赵庆奎问。

"他很好。战斗……工作能力都强。"朱洪财说。他对任何人总是首先想起优点来。

"他参军三年了……"赵庆奎沉思着说。"从前他是有些骄傲的,他出国以前对你也不大服从,对不对?"

朱洪财沉默着。

"现在他怎么样?立了功以后,你看他是不是又骄傲了?"

"那倒没有。年轻人总不免有个性子……"

"你这话原则性很不强,"赵庆奎说。

"确实他现在不错。积极主动,我分配的工作他马上就干。……从前那是他的思想。……炮弹,营长!"

一发炮弹在远远的后面爆炸了。

"刚才真把我气炸啦!"朱洪财突然大声说,"哪里找来的那种女人,不要脸的,广播说……"

"咱们不理那个吧,"赵庆奎有趣地看着他的突然的激动,笑着说。"怎么样呢,你看徐国忠可以当班长么?"

"可以,行!"朱洪财说。但他立刻犹豫了,他已经看出了营长的意思。

"那你接受任务吧。营部批准你为一排长。"

"那我……"

"怎么?……"

"我文化不够……"

赵庆奎猜到他要说些什么,含着笑看着他。但突然地激怒了。

"你去问问敌人,你够不够吧!"他大声说。

朱洪财沉默了。他不觉地朝坡底下看了一看,似乎想要看见敌人。

"你是十多年的老兵啦!七八年的党员……这是对人民,对革命负更大的责任,你不愿意么?"

"我明白。"朱洪财说。

"趁这个时间——我现在就要看着你召开第一次排务会议,布置明天的战斗。你叫徐国忠来。"

虽然在如此艰苦、疲惫的战斗中,虽然沾满了泥泞的棉衣棉

133

裤都破烂了,高大的徐国忠仍然站得挺直,显得非常英俊。

"由于你入朝以来战斗勇敢,工作积极,"赵庆奎说——似乎是这勇敢而英俊的战士的神气使他不觉地采取了这种庄严的口气,"我代表上级命令你为一班长,希望你保持光荣,执行战斗任务,坚守山头!"

"是!"

从徐国忠的闪耀着的犹豫的眼光,赵庆奎感觉到他还有什么话要说。

"有什么问题吗?"

"没有,……"徐国忠说,但沉默了一下他却说:"可是我还不是党员。"

"你自己怎么看法呢?"

"报告营长,"徐国忠大声说,"在我为祖国流最后的一滴血……我一定要争取成为光荣的共产党员!"

赵庆奎看见了突然在徐国忠的眼睛里闪耀着的泪花。附近挖工事的战士们在徐国忠的这种大声下都停下来了。

"这很好!"魏强兴奋地说。

"营长,你没有别的指示了么?"徐国忠柔声说。

赵庆奎参加了朱洪财召开的排务会,就与魏强走回连部。现在他确信一连明天仍然能够照样地坚守阵地了,心里仿佛轻松了一点。这时候敌人的阵地后方闪耀着很多的车灯的亮光,于是他们在一块石头后面伏下来观察。

炮火增多了一些;敌人的机枪也叫啸了起来。显然的,敌人在掩护自己的行动。

"又增加兵力了。要么是换防。"赵庆奎说,预感到了明天的恶战。

"也说不定是拖死尸的。要是给我们两门化学迫击炮……"魏强贪婪地说。

他们静静地伏着,一直到敌后的那些车灯逐渐熄掉,而战场上重又宁静下来。现在坡下的战士们的偶尔的说话声和挖掘泥土的声音又可以听见了。

"你写信了么?"赵庆奎问。他觉得这仿佛是他们在突破三八线之后的那个谈话的继续;仿佛那个谈话就是在今天早晨进行的,而且这中间并没有经过许多事情和恶战。

"写了一封。在汉城写的。"魏强随便地回答。但随后他笑着说,"哎,这事情,笑话……"

"怎么呢?"

"说是要跟我订婚,女家同意了,我那宝贝妹妹说,本人同意了,她们是好朋友……"

"谁呢? 谁家的?"

"后街陈家的,你怕不记得了吧,就是从前在油坊里当小伙计,腰上扎根草绳……那小伙子那时在铁路桥下面跟我们一块儿洗澡还跟你吵架的……嗯,就是他妹妹。"

"你回信怎么说?"赵庆奎热切地问。

"吓!"魏强说,他已经站起来预备走了。

从一连回来的路上,在疲惫和寒冷中,赵庆奎又把他和魏强的这个简单的谈话想了一遍。当然,在这种时候,关于这一类的事情,没有什么好说的,它们显得很遥远,很不相干;不论陈家的姑娘同意不同意,不论他自己是不是曾经和他的哥哥一块儿在小桥下洗过澡,这都不相干,在当时赵庆奎甚至根本没有费心去回想这些;他所关心的是魏强的态度,而魏强的态度也是不用问的。但他此刻却发觉,他的那种热心的过问的口气还不完全是由于对魏强的关心;而且,魏强自己,虽然随随便便地说出了这件事,但显然心里并不是毫无考虑的。那么他那一瞬间的热心是由于什么呢? 魏强自己到底怎样想的呢? 他不觉地开始在记忆里搜索,在他曾经见到过后街的那些小姑娘中间,谁是陈家的姑娘。看来魏强是记得挺清楚的,但是他却记不起来。在他在家的那些年,所有的那些小姑娘都毫无区别,她们都是穿着粗布衣服,夏天的时候,浑身汗湿,在果木园子里打架、奔跑,引起老太婆们的叫骂;是的,特别是夏天的黄昏。……于是他终于觉察到,他自己的热心是由于对于和平的家乡,对于祖国的渴望,这种渴望沉睡在他的内心深处,而在和魏强谈话的时候偶然地动弹了一下。想到这里,他就笑了一声。但夏天的果木园子和叫嚣、奔跑的小姑娘们的影子仍然出现在他的眼前,仿佛要来抗拒他周围的荒凉的战场和严寒的冬天似的……在魏强的妹妹还是这么样的一个小姑娘的时候,他就已经结婚了。过去他不重视这个婚姻,不重视张桂珍的感情,但现在他却渴望着将来能和她安排一种和过去不同的生活——人们觉得,在经过战争以后,无论什么都会变得不同,他开始相当热烈地期待着她的来信。这也是一件大事:她开始能自己亲笔写信了。几封简单的、文字笨拙的来信使他经历到一种新生的欢喜,于是他念给教导员朱国山听,批评她的别字,在营部里一再地宣传她的进步……

和魏强谈话以后,他不觉地就想到了这些。于是这一个晚上这种思念就不再离开他。当他处理了几件事情,向团里做了报告,睡下的时候,回忆的愉快的片断又闪烁起来了。或者不是回忆,而是对于将来的生活的憧憬。他似乎从来不曾象现在这样兴奋地意识到他也参加在内的这伟大、丰富、美丽的生活。是的,目前的处境真是困难,团里说夜里两三点钟的时候可能有一批手榴弹送到,而这还是不能肯定的事;人员逐渐地消耗;防守的面积过宽;粮食缺乏……但是这又怎样呢?是的,这又怎样呢?昨天晚上他曾很烦闷,对着似乎是无穷无尽的困难发愁,不愿意和任何人说话,连教导员的亲切的安慰都不能改变他的心情,但今天,甚至困难比昨天还多些(当然,胜利也更大些),他却不再那么犯愁了。他现在似乎不仅看到了明天的恶战,而且看到了将来。他激动地想到,如果不是远离祖国,就不会这么深切地感到亲人们的可爱;如果不是这种艰苦的战斗,就不会感到整个国家的生活的伟大和美丽,就不会这么热烈地希望一切都变得更好、更好。那些在果树林里奔跑的黄毛小丫头们中间,谁是陈家的姑娘呢?她现在多大了呢?她本人同意了,胡说!她凭什么爱上一个等于没有见过面的人呢?但这也不一定,也许她过去就记得魏强,也许她睁大着眼睛,惊心动魄地思念着朝鲜战场! 在果树园的旁边有一条小河,什么时候一定要再去洗澡,和魏强两个人,扑通就跳下去了……

"在我离开家乡的时候,我还是非常的幼稚! ……哎,我的母亲,我的爱人,我的果树园,我的小河,我的火车,我的铁路,我的一望无边的大平川,我的祖国!"这些鲜明的语言在他的心里跳动着。

当他被早晨的敌机的轰炸声惊醒的时候,他有一阵子仍然停留在夜间的热情的梦幻中,以至于不知道自己到底在什么地方;他每天一睁开眼睛都要找寻一下从掩蔽部的口子上照进来的那一点模糊的光亮,而且从它来分辨早晨的天气,预测一下这一天的战斗,仿佛这一点模糊的光亮能够告诉他这些似的。但今天并没有这光亮,于是他才想起来原来的掩蔽部昨天已经被炸毁,现在是搬到了另一处,光线全叫门口的新挖的交通沟和积土挡住了。他朝教导员的铺上看了一眼,发现他已经不在了。热情的梦幻的感觉立刻被现实的、纷乱的、困难的思考所代替,但是他迅速地跳了起来,只穿着一件棉背心,继续在地上跳了两跳,又着腰做了一个早操的动作,然后披上大衣,生气勃勃地走到外面的交通沟里,呼吸着早晨的寒冷而清洁的空气;他注意到今天是晴天;他冷得打战,然而愉快。当他走出掩蔽部的时候,夜间的梦幻的热情又在他心里闪动了一下,于是他明白这一整天他不会再想到这些了。

今天敌机来得比往常早些;它们在轰炸右侧的几个山头。营部通讯员王恩,这个面孔好象小孩的青年,在那里一面在嘴上呵着冻得通红的手,一面对着坡下恶狠狠地喊叫,因为下面的什么人行动不隐蔽。

"你这么叫干啥!"赵庆奎嚷着,"教导员呢?"

王恩满脸怒气回答他说,教导员刚才还在这里。于是他又向着坡下吼叫。

"你这是伪装吗?"他叫着,又呵了一下手,"你们这些炊事班的,看！看！"

赵庆奎朝下面看了一眼,只见一个棉袄很破烂,肩膀上棉花全露了出来的战士在冰上滑倒了,但他在爬起来之前仍然挥着手向王恩叫着。这是一连的炊事班长老冯。

"你看你这衣裳哇！"赵庆奎叫着。

"我这是穿棉花,营长！"老冯叫着。

"你们送了早饭上阵地了吗？"

"飞机过来了！"王恩喊着。

炊事班长老冯弯着腰,动作很不灵活地隐蔽到石头后面去了。他的动作对赵庆奎提醒了他的年龄。在他卧倒以前,赵庆奎好一会儿还看见他的生气的脸上的那一对浓眉和许多皱纹;他似乎是因了自己的动作不灵活而生气。一架敌机掠过三五○高地,炸弹落在右前面的村庄里。

"昨天晚上通讯班长他们看见那个妇女了！"王恩说。

"看见了吗？为什么不叫她来？"因为敌机在轰炸,赵庆奎凶恶地喊着。

王恩注意地听着敌机,没有回答。但后来他说,他也不知道。

"团里没有送弹药来吗？"赵庆奎喊着,"从一连送去的都送到了吗？"

"都送到了,"传来了朱国山的声音,他慢吞吞地出现在交通沟里,赵庆奎于是闻到肥皂的气味;"团里的要到今天……昨天夜里才从师里过来。照例的事情。"

赵庆奎于是想到,天亮以前朱国山曾爬起来打过好几次电话,他曾醒了一下,当时朱国山已经把这告诉过他了。但此刻,弹药不充足这件事并不叫他懊丧。他已经有了充分的精神准备。他的心里充满着早晨的、激战开始前的兴奋;他已经整个地卷到早晨的阵地上的活跃的旋风里去了。

"副营长呢？他没到后勤去？"

"回来了,"朱国山简单地回答。"二连有三个脚上冻伤的,我从营部抽了四个叫他们去了。"

甚至已经开始从营部抽调人员补充右侧阵地的这件事,也并没有使赵庆奎惧丧。他现在觉得这是当然的;他至少还保存着三连一个半排的预备队的兵力。他瞧着朱国山的那种沉静、缓慢的神态,想到了他昨天发胃病时叫唤着的那些有趣的话,笑了一笑。同时他又闻到了他身上的肥皂的气味。

"你看你哪!"朱国山说,"你就不怕着凉吗,我的爷爷?这一早晨光披着一件大衣,你是运动员吗?"

"我哇,从来连喷嚏都不打一个!"赵庆奎生气勃勃地说,于是抓过了通讯员王恩的冻得通红的手来,"看这小恩的手! 看我的! 不是吹的,全营部这些人就我的手脚没有冻!"但在抓过王恩的手来的时候,他发觉自己的手也麻木、不灵活了。

"飞机又过来了,营长!"王恩说,抽回手去。

赵庆奎和朱国山走进了掩蔽部。轰炸使他们受到很大的震动。但赵庆奎仍然生气勃勃,仿佛今天的情况不是更困难,而是毫无困难似的。他穿上棉袄,还没有扣上扣子,就跪到电话上去喊叫二连。二连报告在轰炸中到现在为止只知道有两个伤亡。于是他又喊叫一连。

"魏强哇! 部队都能吃上了吗?"

"吃了!"魏强兴奋地回答;"都准备好了。我把机枪移到前面了一点……"

"你们要多给朝鲜同志一点弹药……喂,告诉那个斐英哲,有人昨晚上看见他姐姐啦! ……大概是回来看她的家的,她很好哇,大概到后面去了。"他说,不觉地在这件事情上增添了一些自己的设想,而且确信这是真的。

敌机的轰炸过去了。又恢复了早晨的宁静,但现在这宁静好象使人很不习惯。赵庆奎匆忙地洗着脸,发现他的肥皂已经没有了。

"王恩,你过来!"他说。

通讯员想到自己一定要受什么批评了,于是做出了一切全准备好了的架势,嘟着嘴。

"肥皂……"赵庆奎说。

"教导员那里还有。"

"我有怎么样?我知道你就在计算我啦,你这小鬼!"朱国山大声说,拿出了肥皂。赵庆奎洗着,又说:

"怎么样?你保证用完那块肥皂就回国买新的,怎么样?"

"那呀!客观形势发展了呗,……"

朱国山大笑了。

但王恩仍然认真地说完:"这客观形势是与我们有利的……。"

朱国山在准备着到右侧的高地去;那里今天一定要和敌人接触了。他扎紧了他的鞋子,束紧了他的腰皮带,然后就把手枪皮带套在脖子上。腰皮带束得太紧,他的背上的大衣就高高地隆起,好象里面藏着一大包东西似的。他显得更瘦了。他带着仔细的计算,在一个小布袋里装上了半袋子炒面,然后又让王恩弄了一点辣椒粉末,在炒面上放了一层纸,再把辣椒粉放在上面。敌人已经开始打炮,但他仍然不慌不忙地弄着。王恩预备跟他去,在收拾着武器弹药,一面匆忙地吞吃着东西。

"哎呀,这炒面又是炒面,我吃腻喽!"朱国山有点伤心地说。

"看你简直象摆酒席的!"赵庆奎看着他仍然在摆弄炒面,于是说,"马马虎虎不就得了呗!"

"啊,你说的倒简单,"朱国山说,那神气显得很认真,"我这是靠这点炒面辣椒周游全世界的呢。"

"别吃辣椒啦!你那胃……"

显然这种争端是经常进行的。朱国山的嘴边上有了一个微笑。

"要是我那老婆在这里,我就对不起,躺下来哼哼,向她诉苦了,她就说:哎呀,你这个人呀,叫你不吃辣椒的!……怎么样,小王,都喂好了吗!"他又向通讯员说,"看你这孩子,吃得满嘴的,你还没戴个围嘴哩!"

朱国山按一按手枪,走出了掩蔽部。赵庆奎跟着走到交通沟里,看见朱国山一走出掩蔽部脸上立刻出现了敏锐的、严峻的神情,好象变成了另外一个人了。朱国山比他大七八岁,因身体的衰弱和胃病而显得更沉静;而显然的,朱国山的这一切幽默、开玩笑的话,都是为了叫他不要担心他,——赵庆奎这时就想到,他们已经在一起战斗得这么久了。

一连在报告了敌人正在从公路和开阔地上过来之后,电话线就断了。这一天的战斗就这样开始了。

赵庆奎安置迫击炮支持一连。剩下来的四门炮,和二十几发炮弹,这是他目前仅能支持一连的东西了,昨天他还舍不得打的。

炮阵地安置在三五〇高地左边的山坡上,控制着就从这前面伸展开去的长形的一三九高地的左前方和一部分公路。炮阵地几天来不断地遭到敌人炮火的摧毁。因为炮弹缺乏,而炮又陆续地损毁,炮手们已经逐渐地被分配到步兵连里去了;有的一些在干着运输工作;剩下来的人们大半的时间在三五〇高地上挖工事。因为这样,炮手们的情绪很沮丧。在接到赵庆奎的命令之后,炮好久都没有安置好;后来,打出了三发炮弹,又中断了。

赵庆奎跑了过去。炮手们蹲在山坡下面躲避着敌人的炮弹,仿佛在等待着什么;有几个人趴在坡上。一门炮正好在这个时候被炸毁,那旁边的一个炮手牺牲了。赵庆奎卧倒了一下又爬了起来,他坚持他的命令,要炮手们继续射击。

"这阵地位置不好……"一个大声在他旁边说。

"那你事先是干什么的呢?你们怎么搞的!"赵庆奎愤怒地叫着。

他这才看清那个向他说话的人是炮排长杨玉成刚从团里调来不久,以前曾在李凤林的班里当过战士。赵庆奎一下子想起来了,李凤林曾经在行军的闲谈中告诉过他:他在突破临津江的时候遇到过从前的那个好犯纪律的杨玉成,这杨玉成现在进步了,打得挺不错。

"是你么?"赵庆奎露出了奇怪的笑容说,"我看你并没有多大的进步!"

他说这句话是因为焦急,因为偶然地有所感触,并不特别慎重。但杨玉成的脸色都变得苍白了,他正在机械地扣着他的棉衣的扣子,这时停止了,手还按在他的领子上。

"我想把炮摆到前面去……"杨玉成说,这时炮弹又飞来了,于是他们又趴下。

"这几发炮弹,你张罗个什么呢!"赵庆奎喊着。

但杨玉成觉得这是营长已经同意,他的脸色仍然灰白,带着果决的神气向前爬去,随后就站了起来。

"二班长带两门在这里,吴金山跟我来!是中国人民的儿女就要战斗下去,为祖国流血牺牲是光荣的!"他喊着。

他在敌人的炮弹的呼啸声中挥着手,他的帽子叫爆炸的气浪震落了,他的头发在他的激烈的动作中飘动着。这激昂的喊声使得赵庆奎也受到了震动。赵庆奎相信他这么激昂和自己刚才无意中的责难是有些关系的。特别因为他熟悉杨玉成的过去,杨玉成的喊声给了他很深的印象。杨玉成动作敏捷,马上就扛起了一个炮筒越过山坡跑上山梁去。吴金山和另一个炮手扛着一箱炮弹又夹着几发炮弹跟随着他。不久,赵庆奎看见他们出现在前面山包上的一块崖石的后面了。这附近的两门炮已经开始了射击。

这里的阵地确实是不好的,只能越过山棱线看见很窄的一段公路:魏强连队三排的前沿。原来决定安置在这里,是因为前面的山包上地形过于暴露,而且,大家在这些时候都并不特别重视这几门小炮的作用。炮手们珍惜剩余下来的炮弹,现在杨玉成给他的那门炮找到了一个很小的、但很危险的射击位置。

赵庆奎带着逐渐增加的钦佩和注意,看着杨玉成的射击。这时敌人正对魏强的阵地发起第三次冲锋;从赵庆奎这里只能看见从公路上闪过的几个黄呢衣服的影子,但也能看见远处的雪地上一些移动着的黑点。杨玉成坐在石头后面,把炮筒抱在胸前,炮手在装填着炮弹。这些动作都很清楚。赵庆奎爬上了主峰,伏在交通沟里。这时他可以看见整个的一连的前沿了。公路左侧的雪地里腾起了黄黑色的弹烟,在耀眼的阳光下,那些密集的黑点倒下了。这是杨玉成在射击……

敌人的这次攻击被打退了之后,赵庆奎看见杨玉成从下面那山包上飞跑回来,兴奋地挥舞着手臂;他仍然没有戴上帽子,头发在阳光下飘动着。

"剩几发炮弹都拿来吧!"他的尖锐的、颤动的声音喊着,"四发就四发吧!今天我这个炮可神气了,它早就饿坏了!喂,快点……不急!不急!我的这些小炮弹们!我的这些沈阳造的小炮弹们!"他抱着炮弹,好象要亲吻它们一般。

赵庆奎笑着回到掩蔽部。杨玉成使他特别满意。查问了整个阵地上的情况之后,他又来到主峰的前面。敌人的炮火刚刚过去。这一次敌人开始进攻右翼的高地了,虽然魏强所承担的压力并未减轻。他现在偶尔才注意一下一连,更忘记了杨玉成和他的炮。右翼的战斗力是比较弱的,敌人从丛林和乱石中出来,分两路进行扑击。山下的村庄的废墟重新着火燃烧。

坦克的连发炮火袭击着他左下面的那个小山包,他才想起了杨玉成。并且想到,杨玉成的炮弹应该已经打完了,于是又有些懊悔着自己的性急。没有把这几发炮弹留给右侧。坦克在魏强前沿的雪地里射击,虽然敌人发现了这个仅仅一门炮和十来发炮弹的炮阵地。杨玉成和炮手们笼罩在弹烟和泥土里了。

赵庆奎后来知道,这时他们只剩下了最后的两发炮弹。炮手吴金山吝啬了起来,提意见等下次再打,杨玉成坚持立刻打掉,因为反正都是歼灭敌人。吴金山已经预备装填炮弹了,又舍不得;他正抱着那个炮弹,敌人的坦克炮接连打来,吴金山立刻牺牲,但仍然抱着那一发炮弹;杨玉成负伤,眉毛和头发都烧焦,但他灵活地滚下坡去了。

"你滚！滚！在地上滚！把炮弹扔开！"他当时曾对吴金山这么叫着，但那时时间太短促，他究竟叫完了这句话没有他也不知道；他只看见吴金山仍然张着嘴想要对他提意见，好象说："就这两颗了，下次打吧！"而且紧抱着那一发炮弹。这年轻人甚至并没有注意到身上已经负伤、衣服已经着火……随即就被一阵旋风卷掉了。

"叫你滚！滚！"他滚到山洼里，吃力地爬了起来，就对自己这么说，而且他古怪地笑着。

"你打得好，杨玉成！"赵庆奎对他喊着，"赶快到绷带所去吧！"

但衣服和头发都烧焦了的杨玉成，却惭愧地笑着。他觉得他有好多事情搞得不对。

"你入党了吗？"赵庆奎正预备走开，忽然又问。

"我是党员。"杨玉成回答，低着头撕下了一块破烂的衣服。

赵庆奎紧张地注视着右侧山头上的战斗。下午一点钟，形势恶化了，敌人攻上了山头，占领了一个小山包和那附近的山梁，二连的一部分战士退到了村庄里。赵庆奎拉起了他手边的三连的两个班，亲自带领着他们进行了反冲锋，恢复了阵地。

当情况恶化的时候，团长在电话里命令他设法立刻恢复阵地，并告诉他二营的一个排已经出发来支援他。但他没有等候二营的这个排，他认为这是他自己的事情，摔下了电话就跑出来了，扬起手枪，在战士们前面奔下了山坡。

这时他除了愤怒之外还有另外的一种感情：他好久没有亲自带着部队在最前面冲锋了。当排长的时候他总是跑在最前面的。年轻、有力、欢腾的情绪在他心里出现。他觉得他简直就是一直在等待着这个。这些天来他看着他的部队苦战，心里很纷乱，时时担心，但此刻这种纷乱的感觉完全没有了；他仿佛从那种苦恼的困难处境里完全解脱出来了。他有时很羡慕那些跑在最前面的战士，他们把刺刀插进敌人的胸膛，回到壕沟里就沉沉地睡熟,什么也不担心;他觉得他现在可以象这样了。他挥舞着手枪,大声地、愤怒地、但带着逐渐增强的欢乐喊叫着。看着在他的身边闪过去的枯树、弹坑、废墟、水泉——几天前他曾看见一个妇女在这里顶着瓦罐打水,这时候这一点模糊的感觉就来到了他的心里——并且听着他背后和他身边的战士们的沉重的脚步声。什么地方机枪在射击,炮弹在他身边爆炸,但他现在觉得这都是一些毫不相干的东西。他挥舞着手枪,喊叫着,感觉到全身都发热、出汗,同时感觉到没有什么能够阻止他。从山上退下来的二连的战士们从各处站了起来,跟随着他,或者跑在他前面。他冲进了山坡上的一座独立家屋的废墟,跳过几根木头,绕过断墙。他感觉到敌人在动摇,虽然现在他只能看见山坡上的一些模糊的影子。他跳进了一个弹坑,蹲了下来,但立刻又站起,喊叫着:"冲啊!"挥着他的枪。战士们不看他,弯着腰跑过了他的身边。他们中间有人倒下,但其余的人迅速地登上了山坡。朱国山这时已从左边的山梁上组织了反击,这山包上的敌人在夹击之下就被迅速地消灭了。这个反击这样迅速,赵庆奎看看表,他离开三五〇高地主峰的掩蔽部到现在才十分钟不到。他脱下帽子,坐了下来,喘息着,想着这短促的时间里的快乐和紧张。

朱国山跑过来了,手里还抓着一个手榴弹。

"怎么样,你没有来得及扔掉它么?"他笑了笑,说。

朱国山大口地喘着气,环顾着山坡。

"二连长早上就牺牲了。他们指导员也挂了花……"朱国山愤怒地大声喊叫着说。

"你的辣椒炒面吃了么?"赵庆奎笑着问。

赵庆奎似乎不愿意谈论二连的这短促的失利。他并不责怪战士们;敌人的火力和人数都超过他们好几倍,而且前面的山坡斜度不大,是容易攻击的。但二连的一个排长和几个战士站在附近,都带着惭愧的脸色。

赵庆奎明白他现在必得请示团指挥部,撤出一连的阵地,来加强三五〇高地主峰本身的防御了。他和朱国山一起布置了一下,就跑了回来。二营的那一个排刚刚到来,他钻进掩蔽部,立刻拿起电话。

"我已经恢复阵地了。"他喊叫着。

"我看见了,"王正刚说,"为什么你刚才摔下电话就跑了——你自己去的?"

"我自己!"

"为什么你不叫三连的一个干部去呢?"

"来不及了,我抓住手边的两个班就走,如果迟一点,敌人就站住脚了,他正在往西边扩张,所以必须……报告你,这个反击打得很痛快!"

赵庆奎喊,"痛快极了,九分钟!"

赵庆奎激动的脸胀得通红,他的左手在电话旁边做着手势,他笑着,兴奋地喘息着。

"这不太好哇!"王正刚说。

赵庆奎又笑了,他无法控制自己的兴奋,但他象小孩一样伸了一下舌头。

"怎么样,怎么不说话啦?"

"是的,是这样。"赵庆奎说,自己也闹不清楚,这时他心里是接受了团长的责备呢,还是满意着团长的稀有的温和。

一连撤出了阵地之后,公路左边,张福勤的团也撤出了一个高地;因此王正刚团的二营受到了新的压力;而支撑着这几个阵地的三五〇高地,就开始迎接敌人的猛烈进攻。两天之后,敌人占领了三五〇高地右侧的一座山头,于是就经常地用火力把三五〇高地和团指挥所之间的这狭长的地带封锁了。全团的兵力有限,弹药缺乏,情况变得险恶。

这天上午,敌人猛攻三五〇高地左右两侧。团参谋长去了一营。团长命令赵庆奎主要地去对付右侧,而把对左侧的支援交给他。王正刚来到二营的小山头上,使用二营的兵力对三五〇高地左后侧的激战着的小山头进行了支援。但后来敌人的炮火愈发猛烈,敌人从公路左边的高地上和原来的一连的阵地上用交叉的火力封锁着开阔地和三五〇高地左边的山坡,把这个紧靠公路的很小的独立山头和主阵地的联系切断了。公路在这里往左转弯,因此这个小山头失守后,不仅是三五〇高地,二营的低矮的山头也将全面受到攻击。天气阴沉,尖刀一般的冷风刮起了山坡上的昨夜刚下的雪粉。王正刚亲自指挥着机枪射击敌人,机枪在敌人的炮火下不得不随时地变换位置。人们希望那小山头上的不足两个班的战士们能坚持到天黑,但到了中午的时候,人们听出来上面的人员弹药都不多了。

王标在这时来到这山坡上。他是到后勤去组织一个运输队的,现在看见前面的开阔地叫敌人封锁着,看来天黑以前回不了三五〇高地,就拢到这里,预备顺便向团长汇报一下他的工作。他带着抱怨的心情,觉得上级不注意他的工作:要知道在炮火下来往,组织勤杂人员运输伤员弹药,也是极端困难的。

他伏在王正刚旁边的交通沟里,但王正刚却好久没有注意到他。

"听见了吗?"忽然地王正刚转过脸来问他,但看见是王标,马上又看看他附近的一个参谋,"他们的轻机枪还在打!还可以支持的……"

又过了一下,那山头上打退了敌人的攻击,王正刚摸出手巾来揩揩脸上的泥土,然后迅速地把冻伤了的手塞在大手套里,于是转向他。

"你碰到政委了吗?"王正刚问,又从大手套里轮流地抽出手来,在嘴上呵着,然后塞到胸前的大衣里面;他的冻伤了的脸毫无表情,冷风使得他说话都困难,"迫击炮送到了吗?"

"没听见说。他们给了我十箱手榴弹,十八箱子弹……后勤那里很乱。"王标说,"乱七八糟的……敌人打炮……找不到人……病号……股长叫我打条子,协理员又找不到了,尽吵吵!三匹牲口和水车打掉了,昨夜里来的一辆汽车叫打着了,那司机说,下一次不可能再送到这前面来了……干部战士们思想情况很乱……"王标含着冷笑,断断续续地、困难地说,看看团长的脸又赶快地看着垂在团长胸前的手套,仿佛这手套能帮助他解决问题似的。他原来准备得很好的汇报和意见此刻不知为什么都说不出来了。他冷得直抖。

"思想情况吗?"王正刚说,从他的冻僵了的脸上,看不出任何表情。

"又有一辆嘎斯车陷在雪里了,派人去推……弹药都堆积在雪里,保管得不好,战士们反映天气冷,干这个不如下连队,有的说,咱们干了这么久了,也该换了班打打了!"

王正刚注视着前沿,好象没有听他。但是突然地又转过脸来:

"你的伤员都运下去了吗?"

"昨夜里运下去二十五个……"

"十七个吧?"王正刚说,"另外八个是今天早上三连指导员带下去的……为什么把他们搁在山坡上受冻?"

"那是营部的医务班长,"王标含着冷笑说,这冷笑仿佛冻结在他的脸上了,"这个同志太糟糕,我交给他的事他没有一次办到的!"

王正刚又注视着前沿。他从怀里抽出手来,甩了一甩,又塞到大手套里。他不再询问什么了。

这个谈话使王标很不安。当然,他的工作有许多缺点,可是目前的情况是这样困难,这些都是不可避免的……

"团长!"他说,"我请求上级让我上阵地去!"

"有机会的。先干着这个吧。"王正刚说。

那个古怪的冷笑仍然停留在王标的脸上。他在这里没有什么事干了。他对前沿观察了一下,忽然想起来右边坡下还有机枪连的一挺机枪。他上来的时候看见机枪手们正在修理,也许已经修好了,为什么不建议团长在右山坡的那个小木桥的下面安置一个机枪阵地呢?那里是正好可以出其不意地封锁敌人的左边的运动道路的。

他觉得他受委屈很久了！他在军事上决不会比所有的营长们差的，可是现在却完全不重视他！他于是又观察了一下地形。你看，连团长自己都没有想到这个，这山坡上现在是比那右前面的下坡还要暴露的！

他于是兴奋地提出了他的建议。王正刚听着他，又看了看地形。

"可是他们修好了吗？弹药并不多……"

"我看看去！"王标兴奋地说。

"可以。"王正刚说，看了他一眼。

王标走出了工事。机枪手们已经把那机枪重新装起来了，现在正坐在那里打瞌睡。王标立刻就面对着一个新的问题：他是否要自己带着机枪手们过去呢？团长刚才并没有明确地说出这一点。他犹豫了一下，心里涌起了激昂的情绪，决定自己去！他要让人们看看他是怎么战斗的！有什么关系呢，也许他不会牺牲的；而且，在这种战场上，没有哪里是安全的！他应该干一下。

"雁过留声，人死留名！"他忽然想起了这句话。他的脸色灰白了。"跟我来，起来！"他对那两个机枪手喊。

那睡在地上的弹药手，用两手撑着雪地，艰难地爬了起来；他的棉裤的右腿已经从膝盖以下撕去，他的冻肿了的腿用一些布条缠着；那腿的一阵剧痛使得他的眼睛里汪着眼泪，但立刻他就揩去了眼泪，扛起了弹药箱。机枪手则是一下子就站了起来，虽然他赤着脚。这两个人默默地跟着王标前进了。机枪手的那一双红肿、起裂口的脚现在踏在雪地上好象完全麻木无感觉，仿佛它们本身已经变成冰块了，因此也就再不可能冻着它们……矮个子的弹药手最初走得有些飘摇，但走了一阵，却也平稳了起来，而当敌人的炮弹从头上飞过的时候，还变得敏捷了起来……他们走到了开阔地边上了。

王标很激昂，他觉得他自己现在是在从事着一种最危险、最重要的工作。他一定要让人们看看！但恰好这时敌人开始了密集的炮击,当他们进到那木桥的边上的时候,炮火把他们附近的山坡都笼罩着了,有几发炮弹就落在他们的附近。他们到了冰上,机枪刚架好,弹药手连哼都没有哼一声就倒下了。弹片打在他的太阳穴上。

机枪手紧贴着冰块。他的脸色完全变了,但他敏捷地装上了子弹带。

"射击!"王标说,但他没有听见自己的声音。

敌人开始从三百米外的公路上下来,穿过开阔地。机枪射击了,有一些敌人倒下。但更多的化学迫击炮弹落在他们的周围。

王标看见机枪手的头上和手上都流血了。但这个战士仍旧在射击。他眨着眼睛想要使头上流下来的血不至于模糊他的视线。在机枪的颤抖里,他的肩头和脸上的肌肉也在颤抖着。突然地他的手松弛,他的头垂下来了。但随即他又动弹起来,想要抓着他身边的弹药箱,这才滚到了一边,昏迷了过去。

但王标现在已经不再注意机枪手。他注意到自己的左手在流血。他恐怖地向倒下的机枪手看了一眼,就向回爬行。

他很艰难地在炮火下爬过,随时想到自己会倒下。那激昂的气概完全消失了。

"这有什么关系呢,到底我的手上也负了伤。"到了比较安全的地方,王标想,"我为什么一定要拚命呢?我已经为革命做了不少了……不论我怎么做,上级也不会改变对我的看法的……"

他来到王正刚的面前,报告说,机枪手牺牲了。

王正刚看了看他,点了一下头。

"你休息去吧。挂花了吗?"

"不要紧,这擦破了一点点……"王标说,痛苦地假笑着,"那两个机枪手很勇敢……他们牺牲了,我自己打了一阵,要不是枪坏了……"

"你下去休息吧,"王正刚说,又看看他,仿佛不能确定对这个干部的看法。但那虚伪的声音使他厌恶。

"不,我不休息,"王标殷勤地笑着说,"我还要到前面去,有伤员……这时候怎么能休息呢。"

王正刚沿交通沟往前走去了。他决心通过三五〇高地的左后面向前面增加了一个班的部队;他忘记了王标。王标拿急救包裹好了手上的轻微的伤,站了一会——现在他对每颗炮弹都害怕——走开去了。他回到团指挥所的掩蔽部里休息,晚上才来到三五〇高地。

王标有他自己的生活。他的家庭过去是地主,他的父亲溺爱他,在他小时候,常常带他到天津去;似乎他的父亲那时还做一些生意,王标现在还记得一些酒楼上的浮华的生活。后来他的父亲病死了。他的母亲在这之前就死去了。父亲娶了继母,父亲死后继母就虐待他。这几年的生活是痛苦的。但他很早就有了自己闯天下的气概,十三岁的时候就偷了家里的一些钱,投奔了一个远房的叔叔,在这叔叔的油盐店里帮着做些事,后来他便和人合伙做生意。日本人占领着华北的那个时期,他跑起单帮生意来,渴望着将来能够过一种出人头地的生活;但后来日本宪兵在津浦路的一个小车站上搜查了他的东西。怀疑他是八路军,把他逮捕,毒打之后又把他送去做苦工。这时候他是十九岁。他逃了出来,不愿回到继母那里去,没有人帮助他,穷苦、饥饿,而且生着病,于是又回到了他那个叔叔那里,但叔叔也死了,婶娘对他很冷淡。他在一家木厂里干了一年多的杂活,仍然不屈不挠地渴望着那种出人头地的生活,日本人投降以前的一年,八路军到了这里,他就参加了革命。

他这些年的生活是困苦、受虐待的;他聪明、相当的勇敢,有一点文化,于是人们觉得这个青年还不错。他接受革命的道理似乎很快,参军一年以后,经过了几次战斗,就入了党……他这个时候是感激革命的。但慢慢地他就回复到老路上去,他开始想到,他现在总算熬出一点头来了,他是革命的有功之臣;按照资格,他应该被放在比现在更高的地位上,等等。

这些年太苦,于是他觉得应该过一点舒适的生活。他年龄不小了，应该结婚。在沈阳的时候他有了一些钱，他对人们说这是他的一个在工厂里工作的亲戚因为他负伤而寄给他的，事实却是，这并不是什么亲戚，而是从前认识的一个做买卖的人，希望他帮着找一个工作。这些钱他拿来结识了一个不清白的女人，并且要求结婚。但是战争到来了……

他情绪沮丧，晚上回到了三五〇高地；他现在住在后山沟里的一个原来安置药品的防炮洞里。他匆忙地避开事务，在伤员们面前经过也没停留；他责备担架队行动太迟缓，威胁着要担架排长"负完全的责任"，然后，他裹紧了大衣，踏着积雪，爬进了他的洞子，心里想，又熬过一天了。

很冷。没有水。蜡烛也没有了。

"怎么搞的？"他喊了通讯员来，吼叫着；"蜡烛呢？你们干什么的？水呢？干的什么工作？"看见通讯员想要分辩，他就颤抖着，用力地砸下了水壶，大声叫着："枪毙你！"

然后他躺下来。事情竟这么坏，所有的人都对他这样冷淡！但他现在无论什么也不在乎了，只要能熬过这些时间，那时他就要去过另外的生活了。组织上总可以给他一个别的岗位，他这样的干部是不能随便置之不管的。

"不论怎样，我两次负伤，为革命流血，这六七年……随你哪个也不能把这个给抹煞的！我们就按政策办事好了！"

于是他又想到了他今天手上擦破的这个口子。忽然地他想，如果这伤再深一点，那么他现在就可以下阵地了，或者可以回国的。

他虽然此刻也觉得这种思想不很好，但是他心里的苦痛的渴念却被这思想唤起来了。他想：回老家吧！妈的！只要活着，回老家吧，摆个小摊子，娶个随便什么女人，也就活下去了。他并不是不想为革命战斗的，可是实在也够了！你看，三营长是个什么资格呢？他负伤下去了，即使再没有别人可以代理他，也不会轮到二营副营长的，然而团里居然让二营副营长去代理三营长了，连想都没有想到这里还有个王标。赵庆奎又怎样呢？他那两下子谁不知道？可是从团里到师里谁都说他是个积极勇敢的、能力很强的干部！

　　回家吧……组织上不批准也得结婚，这个党员要不要不要紧！那个女人政治上是没有问题的，既然这样，赵庆奎凭什么要在支部会上那样批评？吃一点，喝一点，有什么错误？既然不是政治上的问题，那么为什么要干涉私人的生活？

　　他仿佛听见那个女人的声音说："王标呀！你看看你革命这么些年，你留着钱干什么？就舍不得买双皮鞋吗？我明天送你！"

　　"吓，我真傻！"王标狠狠地对自己说，"居然我当时还做了检讨！有什么可以检讨的？"

　　于是在这个小防炮洞里，就进行着王标个人的、和整个的三五〇高地的生活完全不同的生活。他每天带着一大堆思想来到这小洞子里，躺了下来，仔细地琢磨着它们，抚慰着自己。这个小防炮洞治疗了他的各种痛苦，虽然它也只有一米三的面积。昨天他曾叫战士们把这洞子又掘深了一点。近来他脾气愈发大了，动不动就要吼叫着责骂起来，但一个人，仅仅他一个人，躺在这小洞子里，温习着他的各种思想和幻想，他的心情就渐渐地又安宁起来了。在这里他可以把自己想象成一个受屈的英雄，而忘掉那些痛苦的卑怯。

　　他裹上了被盖，迷迷糊糊地就要睡去。这时教导员朱国山来了。

　　朱国山在深夜里来清理后勤的工作。他发现，伤员到此刻还没运送完，躺在雪地上。找不到负责的人。三连指导员下去了还没有回来，文书不在，医务班长找担架去了，只有一个卫生员围着伤员们默默地工作着，然而那工作也不过是重复地对伤员们说着那几句安慰的话。另一个卫生员坐在旁边：他们已经给伤员们绑扎过了，再没有别的事情可做了。几个担架班的战士在冷风里打着瞌睡，大家都疲劳而埋怨：他们的担架损坏了，班长牺牲了，有两个人到后面去找稻草去了。几个重伤员在呻吟。朱国山问人们为什么不把伤员们暂时放到防炮洞里去,但人们回答说,有一个洞子塌了,有一个洞子囤粮食,有一个洞子副营长在睡觉。在恶劣的情绪里战士们不再有所顾虑,大家立刻控诉王标,并且声明说,他们愿意无论调到哪里去,都再不愿意在王标领导下工作。副营长可是了不起!可是他们没有看见他干什么工作,他对伤员瞧都不瞧一眼。要么他在后面,要么他骂人,叫喊着:"枪毙你!"要么就在洞子里睡觉……朱国山无法制止这些强烈的抗议。但这些抗议使他严厉了起来。

他沉默地听着。冷风吹起周围的雪粉。战士们带着挖苦、冷笑,和特别激烈的口气继续抗议王标。卫生员也参加进来了,蹲在一旁、一直沉默着的一个干事也插嘴了;人们提起了昨天替王标挖洞子的事情。

"我们这里出了司令了,防炮司令。"一个战士懒懒地说,冷笑了一声。

"专门派一个人替他到团后勤去取私人的东西,什么一双带扣的棉鞋。不看见咱们快赤脚了。"另一个战士说。

人们似乎觉察到了朱国山的情绪,沉默了下来。但这沉默却比刚才那一阵爆发更激烈。

朱国山在这里看出了两个问题。首先,王标的威信无法维持了,必须立刻指定别的干部负责。其次,人们的抗议虽然是有理由的,对的,但那情绪却反映了危及部队的整个生命的不健康的东西。

"这里谁是共产党员?"他问。

有四五个人陆陆续续地站起来了。刚才参加议论的那个卫生员也站起来了。但特别使人们心里受到震动的,是伤员里面有两个轻伤员站起来了,而一个不能站起来的伤员,举起手来大声地喊:"我!"人们似乎立刻清醒了,虽然其余的人们仍然在冷风中坐着,但可以感觉到这已经是一个立刻就准备战斗的部队;人们仿佛坐得比刚才整齐些。

"伤员同志坐下去,"朱国山说。"共产党员同志们,你们有责任回答我,我们的部队是个什么部队,上级会不会容许你们刚才说的这种事情?假使有这种事情!"

有一个人首先回答。然后大家都回答了,连坐在地上的人们在内。整齐的声音说:"不会!"

"那么你们看,是不是应该象这样随便挖苦一下呢?我们的责任是什么?我们应该做什么事情?"

"报告,我说!"坐在地上的一个战士叫,跳了起来,"我们应该大家想办法运伤员!没有担架我们背!"

"报告,我说,我们刚才不尊重上级!"

"我说!"一个伤员说,"我们能走的自己走!"

朱国山自己心里也受着震动。战士们立刻变得有精神起来,开始行动了。

朱国山看着这一批伤员陆续地运下去,找到了几个干部,给他们分配了工作,把需要请求团里帮助的事情记了下来,才来到王标这里。

王标爬了起来,下半身仍然裹在被子里,慢慢地点亮了蜡烛。他的神情冷淡而傲慢。他从衣袋里摸出了一支烟,在指甲上弹了好久,慢慢地抽了起来;他整理着他的被子,拂去他面前的烟灰,然后抬头看着小洞子顶上的泥土。

"怎么样?"朱国山带着冷淡的笑容问,竭力地压抑着自己的愤怒。

"还好。今天挂了一点花,不过没有什么关系……"王标说,于是伸出他的左手来,朱国山对那左手迅速地看了一眼。"我是建议团长拿机枪支援左翼的,后来我自己去打了,在那小木桥的下面。他妈的那个炮……团长本来叫我今天不要上来的,"他说,笑了一笑,"到底今天阵地还是守住了。"

他甚至离开了他那冷淡、傲慢的神气,变得活泼起来,讲述着他今天的冒险:怎样选中了那个小桥,怎样带着两个机枪手上去,怎样出其不意地抑制了敌人的冲锋。他虽然一直在戒备着,但此刻他觉得朱国山还是善意的;他一向也和朱国山的感情比较好。而且他发觉他自己是这么地渴望谈话；渴望别人来听他，渴望同情和安慰。于是他愈发变得兴奋起来了。他就说到了他这一整天的经历：团后勤的情况，人们的思想怎样有问题，汽车怎样陷在雪里……哦，还会到了一个熟人，从军里来的，据他说后面有友军的部队上来了。

"王安福，就是那个麻子，我们一块在学习队，你不记得了？专会出洋相的！你看，这香烟还是他给我的，你抽一支吧。"

朱国山平静地听着他，点燃了烟，眯起了眼睛，仿佛有些瞌睡。

"他现在搞得不错，这大麻子！"王标说，"在军部后勤单独搞一个摊子，前半个月还回国跑了一趟……"

"是吗？"朱国山说。

"他说起了好几个熟人呢，我都记不清了。这麻子也是干了不少年了，以前叫他干他们团三营的教导员他不愿意，那时候他不是想转业吗？现在可是好了！他那老上级很照顾他，说他身体不大好，他说，其实身体很好了……我说，你现在还喝点酒吗？他说，吓，早戒啦。"他又点燃了一根烟，轻轻地抚摸着他的左手，笑着凝视着前面，沉浸在一种幻想里了。"哦，"他又说，"麻子他叫我问你好呢！"

朱国山沉默了很久；他希望王标能把谈话转到目前的情况和工作上来，但看来这是不可能的了。

"我们谈谈工作吧。"他说。

他的抑制着的声音立刻使王标的脸上重又出现了那冷淡的、傲慢的神情。

"是这样的，干部和战士们对你有很多很严重的意见……"他于是慢慢地说了出来。但是他没有说完，王标把裹在身上的被子一掀，跳了起来。

"谁说的？你问三连指导员去？"他叫着，"叫他们亲自来跟我说吧！我看这个队的作风现在是糟透啦！反抗上级，不服从指挥，怕苦怕累，我在这里干一天副营长，我就不能容许这种现象!"

"你安静一点,"朱国山踩熄了烟头,冷冷地说。

"我知道这是那卫生员和医务班长,这他妈的两个家伙根本有问题!"

"这些意见是战士们的……你叫战士们替你挖洞子了么?"

"那么我就不用干这个副营长啦,我不住这洞子住哪里?"王标叫着,"我昨天叫他们组织好分成两段运伤员,我们团后勤联系好了他们分一部分工,可是这几个干部还是由着战士们瞎搞,敌人一打炮就乱跑,战士们不教育就行了的?我们部队是这样的么?你教导员就把我看成这样?我请求上级……"

朱国山沉默着。

"你教导员……在一个团里这么些年,你就不了解我?我就是不会拐弯子!这些人是炮火底下拼出来的!我知道有人对我不满意,叫他有意见当面提……"

"通讯员,"朱国山伸出头去,喊着,"你去看看伤员都运走了没有,看三连指导员回来了没有?"

王恩坐在洞口假装着打瞌睡,听着这场谈话。他机敏地立刻跑开去了。

"你是共产党员么?"朱国山转过身来,小声说,但他的声音突然地变了,他笔直地看着王标的眼睛。

"当然……我是有些缺点……"王标转过眼睛去说。

"今天的谈话就到这里了。"朱国山很慢地、冷冷地说,"党是有纪律的;为党的事业流血牺牲是应该的。"

朱国山没有说出来战士们称王标为"防炮司令"的那些话。但他这最后一句话却使王标心里战栗了一下。王标沉默着,他的脸上含着那个苦痛、傲慢、冷淡的笑容。

朱国山在找到了三连指导员以后才回到营部去。他心里很气恼;过去对王标的情况注意得很不够,现在王标变成这样了……胃病的发作使他停止了思考。从山坡上刮下来的冷风使他全身都冻僵了,而胃痛使他紧紧地咬着牙齿。他的眼睛又有

157

些夜盲,看不清石块和弹坑。想到白天里的危急的战斗,又想到明天的激战,苦痛的感觉就压抑着他……通讯员王恩不时地搀扶着他。这年轻人的手这时使他感到安慰。但是他仍然企图自己走;他的身体的这种衰弱和疲惫叫他很不甘心。他有些激动起来,他觉得,如果不能克服这种衰弱、疲惫,和苦痛的感情,明天就会很难度过了。

"行了,行!"他对王恩说,摆脱了他的手,向坡上爬去。

"教导员,沟!"王恩说。但朱国山已经滑倒了。他有些恼怒,刚才他还在王恩面前说"行了"的。

"你怎么搞的?你站在那里……"他说,吃力地爬起来。

"我在这里,"王恩说,正在攀着一棵小树,提防自己滑倒。他因为这一次没有能拉住教导员而很生自己的气。

"你看你尽是鼻子里哼哼。说话大声点,那才象个军人啦!"朱国山说。他开始渴望谈话,因为这样就可以忘却疲惫和痛苦,于是他又说,"你看我这该死的胃,它偏偏打仗的时候出毛病……"他咬住牙来忍住了呻吟。但他终于痛得坐在石头上不能走了。

"叫你不吃辣椒的……"王恩不安地说。

"拉我起来吧……行了,我自己走……你这个小孩子,"他说,用说话来代替呻吟,"我不吃辣椒,我们祖国来的辣椒,我不吃,吃什么呢?我们讨论讨论看,我比你大十三岁,对吧,所以我们讨论讨论看,到底是你比我行呢,还是我比你行!你们小鬼总是吹牛身体好,但愿你将来到社会主义的时候……当然,我并不是说我是老资格……你可想到将来我们的国家吗?"

"有时候想。"王恩思索了一下,回答说。

"你的话是对的,"朱国山说,愈来愈热烈,声音也洪亮了起来;他感觉到他已经战胜了苦痛了,"那么我们再研究研究,将来……说近一点吧,打完这一仗你干什么?"

"我先睡他三天三夜。"王恩兴奋地说。他满意教导员已经快活起来了。

"好家伙,了不起的计划。你猜我要干什么?"

"那还不是……整训的计划呀,动员材料呀,开会呀!"

"吓,我看你是挺不满意这些了!告诉你吧——我一打完仗,不干别的,第一件事,还是吃辣椒!那时候我就让我这个胃痛上四天五夜……你将来个人的理想是什么呢?"

"还没有想好。"王恩毫不思索地说,"教导员,弹坑!"

朱国山扶着王恩,在坡上站下了。冷风呼啸着。左后面,二营防御的那几个矮小的山头上闪耀着爆炸的红光。朱国山在胃部的一阵剧痛里咬紧了牙齿。

第四章

　　连队的面貌改变了,战士们的衣服破烂,浑身泥土和血迹;一部分新补充来的人员连魏强都不认识。战斗力在显著地削弱。前沿的一三九高地放弃了,三五○高地差不多陷入了三面被包围的情况,敌人的机枪威胁到了团指挥所。指导员陈家贵负了伤,磨磨蹭蹭地又呆了半天,不得不下去了。在下去之前,他变得活泼些,虽然整整一下午他都在为各种情况发愁。

　　人们在昏暗中把他放在担架上,他转动着他的灵活的上身。

　　"连长！那条沟还是要挖起来,那条下坡的沟,绕过石头,"他说,"为什么他们三个战士恰巧在那里负伤呢？一定是这个道理。"

　　他是在和魏强继续着昨天晚上的讨论。昨天有几个战士跑到那下坡的石头左边就牺牲或者负伤,他和魏强夜里曾研究了一阵地形,他想在那里挖一条沟。因为所有的工事都要修理,这条沟没有来得及挖。今天又有三个战士跑到那里负了伤。

　　他沉醉于对战术和地形的研究,因为他是当文书出来的,他觉得他的军事上的经验很不够。魏强在战斗中总是跑到前面去,而要他留在连部,这曾使他觉得委屈。

　　"是的指导员,你放心吧！"魏强有些疲劳地说,掩藏着他的激动;他因陈家贵负伤而觉得难过。他们两人性格很不一样,陈家贵刚调来的时候,他曾想:"这么年轻的一个指导员,真秀气,象个文化教员——打起仗来怎么样呢？"但现在他们已经这样互相了解了。他现在很不满意他缺乏陈家贵的这种学习精神——他觉得他粗枝大叶,没有仔细地研究陈家贵的那个想要挖一条沟的建议,于是今天又有三个战士负伤了。

"营部会把副指导员调上来……"陈家贵说。

"我知道,指导员。"魏强哑着声音说,看着敌人的方向。

"请你替我转告副连长,转告战士们……我祝大家胜利,我伤一好就回来,"担架在交通沟里走动了,他叫着:"停停!连长!徐国忠他们三个我的意见是批准入党的。还有,"他吃力地转动着身体,仰起头来,"今天下午调来补充三排的,有四个党员两个团员,文书那里有材料……停停!"他又向担架说,这时有炮弹在附近爆炸,他沉默了一下。"我实在不愿下去。要战士们照顾那几个朝鲜同志,说我祝他们健康!再见,连长,祝你胜利,一切顺利——想到你我就放心了!他妈的,这玩意儿……"他仰起头来,看着坡下的爆炸的闪光,笑着说。担架在交通沟里前进了,陈家贵变得活泼,象一个健康的人一样,招呼着战士们,从担架里伸出手来和他们握手,并且对一个年轻战士说:"吓,刚上来吗?我怎么没见你!长高啦……你那样要把手冻坏的,要把手套戴起来,要冻坏的……"

魏强找来了朱洪财,命令他指定几个战士来挖那条下坡的沟。朱洪财因寒冷、疲劳而格外沉静,观察着地形,在估计着这十二三米下坡地段的土质,现出了一点踌躇,魏强觉得他这种情况似乎是在说:土质很硬,又冻着,人手也不够,都很疲劳,明天还要战斗,而且,挖不挖这沟反正要战斗下去。魏强意识到自己昨天也正是这么想的。他对这疲劳的排长看了一下。朱洪财的胡须长得很乱很长,眼窝陷了下去,眼睛显得更大了。

"挖这条沟明天就可以更快地从这里运动部队……有什么困难吗?"

"没有,连长。马上就挖。"朱洪财说。

魏强走开去。

"我的好战士,"他对自己说,"不论什么时候,不论什么任务,不论他心里怎么困难,他都是说:'没有困难,连长。'我应该找几把大镐给他。要叫连部通讯员去帮他修理工事。"

他在机枪工事旁边找到李凤林。李凤林敞开着破棉袄,和几个战士一起在挥着镐头掘深着交通沟。

魏强注意到李凤林的疲乏和郁闷的情绪:副连长现在特别不愿意说话。

"指导员下去了。"魏强说。

"六班副告诉我了。"李凤林沉闷地说,仍然在掘着土。

"这边两个班情况怎样?"

"还是那样。"李凤林说,随后他又补充说:"两个班不足一个班。"

魏强为他的副连长的这种沉闷的情绪而苦恼。李凤林还很少这样。这种情绪在战争中就意味着信心不足。

"二排晚上还够吃吗?"魏强问。因为李凤林说这两个班不足一个班了,就觉得应该提醒他,这仍然是二排。

"都吃了……"李凤林说,放下镐头,直起腰来,但突然的一阵眩晕使他倒在交通沟边上。

魏强扶住他。他一只手扶着魏强的肩膀,站了起来,拿另一只手在眼睛上蒙了一会儿。

他们沉默了一阵。

"吃是都吃了……"李凤林说,又沉默着,在黑暗中碰到了魏强的苦痛而严峻的眼睛,于是转过身去:"不要用碎石头填机枪工事!"他对战士们说,"那玩意儿,叫炮弹崩起来伤人,填土,我告诉你们,填土!"

他的声音大了起来。他好象在憎恨着自己刚才的忧郁和那一阵眩晕;他显然是察觉到了魏强的情绪,于是他仿佛是在表示,他刚才的这种一时的衰弱,是算不了什么的。

"累不累,同志们?"他有点兴奋地喊着。

人们沉默着。

"很累了!我说的吧,累得喘不过气来了,对吧?"李凤林大声说,仿佛是在攻击着什么人。

"不累!"六班副马兴大声回答。黑暗中人们立刻显得活泼些了。

魏强和李凤林走到一旁,在交通沟里坐下。

"指导员下去了。咱们明天得狠狠地打。"魏强说。

"打吧。"李凤林说。"我今天把郑国辉调去帮助老斐同志他们了——你看怎么样呢,现在朝鲜同志只剩下三个了。今天那个崔宁就在我身边牺牲的,我看见斐英哲后来抬走小崔的时候我他妈真有点……老斐他们衣服又单,鞋也烂了。"

魏强回来的时候,朱洪财已经带着人们在挖掘着那一段交通沟了。短秃的镐头碰击在石块和冻土上发出刺耳的、尖锐的声音。魏强的心里一直有着那种他也说不明白的沉重的感情,白天里的艰难的战斗、牺牲、指导员的下去、李凤林刚才的那一阵眩晕……这些都使他沉重。听到这挖掘交通沟的声音,他就觉悟到他的连队还是有力量的,只要他下达命令,无论什么任务都能完成。老实说,原来他对挖这段沟的事觉得艰难,他自己也很疲乏,他也象李凤林一样觉得愁闷,但现在,这些镐头挖掘的声音仿佛在对他说:艰难已经开始被战胜了。他对他的毫无怨言地从事极端艰苦的工作的战士们充满了感激;于是又有点不安:象这样地消耗体力,明天战斗起来就可能受到影响了。朱洪财手里的那把镐头只剩下不到四寸长了,他拿过来掘了两下,一块土也没有掘下;于是他愤怒地把镐头举起来,从牙齿缝里迸出一声喊叫,掘了下去。手震麻了,冻得和石头一般坚硬的泥土迸出了火星。

"给我吧,连长。"朱洪财说。

"你站开点!"魏强冷淡地说,他的疲乏的、抑郁的心里有一股力量在觉醒,这股力量带着愤怒的情绪弥漫了他的四肢,他又开腿,吐了一口口水在手心里,又把镐头举了起来。土块在他面前崩落,于是他又举起镐头。

"看连长这个劲!"朱洪财说。

魏强抑制着他的发狠的喊声,又掘了下去。他觉得无论是敌人,无论是严寒和疲乏,无论是他的连队的伤亡疲惫以及那种郁闷情绪都被他战胜了,这些可憎的东西都被他从身上抖落了。

"小伙子们!老伙计们!用力呀!干!"他小声叫着,但声音仍然洪亮;这一次他用那短秃的镐头击落了一大块土。

"造孽!这种秃镐头!"他想,但他又说:"老伙计们,加油干!谁跟我比赛?谁怕冷的?"

"看连长的这个劲!"朱洪财快乐地说。

人们从黄昏到现在都没有听见他们的连长的那种惯常的对什么都不在乎的精力饱满的声音了;今天的战斗结束后,人们就看到他们的连长的沉闷的脸色,虽然魏强自己没有注意到这个。这对疲惫的连队发生了一些影响。现在人们又听见连长的精力饱满的声音了,看见连长又振作起来了——朱洪财的快乐的声音,就是对这个表示满意。魏强自己不知道,当他郁闷而简单地命令朱洪财挖沟的时候,朱洪财的那种踌躇的神情,并不完全是因为挖沟困难,主要的倒是因为他、连长的郁闷和疲乏。

"看连长的这个劲!"朱洪财又说。

三个朝鲜同志也参加了挖沟。魏强走到斐英哲身边,摸摸他的破烂的棉裤和衣袖。

"穿着空筒子的……"他想。

"冷吗?"他问。

"不。出汗。"斐英哲说,"你要休息,连长。"他说。

这句话特别感动了魏强,虽然好些天来他已经把朝鲜侦察员们当做自己连里人了。但现在想来,他对他们照顾不够。指导员临下去嘱咐了这个;李凤林刚才也提到这个。

"我的身体好。"他愉快地说。

"啊,你的不行。我的身体好。"斐英哲说。

"不,你错了,我的比你的好。"

魏强用朝鲜话说。

他们辩论起来。这样,他们就仿佛是在平常的情况下劳动;战士们插嘴,议论着。

但敌人的机枪从一三九高地主峰上射击过来了。枪弹横扫过山坡。在这危险的斜坡上挖沟的人们卧倒了。人们刚站起来继续挖掘，机枪又叫了，这样不断地反复着，后来，有一个战士刚站起来就叫机枪弹击中。

挖工事显然很难进行。人们仿佛不可能到大石头下面的那个地段去。敌人的子弹是很多的，这一点毫无问题，他很可能就这样搞上几个钟点，那么，这个挖沟的工作就白费劲了。

"坚决替我干！"魏强命令着。

斐英哲跑到大石头后面蹲下来，在敌人的一阵枪弹过后，他就跃过了石头，卧倒在下面的斜坡上了。两个战士跟着他过去了。他们趴在地上用镜子挖土，后来就又传来了镐头的声音。敌人的机枪扫过，但这挖掘的声音仍未停止。魏强爬到石头旁边。

"老斐……能行吗？"他问。

"可以……慢慢的。"斐英哲回答。他蹲在一个弹坑里，挥着镐头，在枪声下卧倒，又爬起……魏强觉得，斐英哲的镐头每挥动一下，他的心就紧一下；这镐头仍在挥动，这是目前世界上最重要、最可宝贵的事情。

"卧倒！"看见曳光弹从左边扫过来了，魏强厉声喊。

斐英哲卧倒了。但他卧倒在弹坑里也仍然在困难地挥着镐头。那镐头慢慢地一起一落。机枪弹从右边又扫到左边，在斐英哲身边钻到土里，斐英哲停止动作了。

"老斐！"魏强喊。

"我好好的！"斐英哲说，蹲了起来，又举起了镐头。

即使在最危急的战斗里魏强也似乎没有这么紧张。而且他现在心里还发痛。挖掘巴掌大的一块土，就要冒这么大的危险；这勇敢、年轻、聪明的朝鲜人也许只能挖下几块土就会牺牲掉，这简直是不能忍受的。他简直想要停止这个工作了。留下这宝贵的人——他明天、后天将能做多少事啊！而且，他怎么能这样糊涂呢？斐英哲是朝鲜同志，并不是他连里的人呀！

"老斐，你回来！"他喊。

老斐不作声,在挖掘着。枪弹打在他下面。

"老斐,回来!"魏强痛苦地喊。

"我好好的,连长!"斐英哲愉快地回答,并且还笑了一声。显然地他故意这样。他已经挖了快一尺深了,现在他趴在地上用铲子铲土。

枪弹打在魏强面前的石头上。现在所有的人都趴着或蹲着,默默地、奋力地劳动,大家都被老斐所鼓舞了。斐英哲又发出了快乐的叫声,现在这声音里完全没有紧张,他叫着:"乌啦!"掀起了一铲子土并滚回到弹坑里,好象一个在从事游戏的快乐的少年一般。

"他还高兴哩,我的天啊!"魏强痛苦地想,咬着嘴唇;"他妈的,哪个龟孙子才舍不得子弹!"他想,爬回来,跳下交通沟一直向连部旁边的机枪工事奔去了。

"替我对准他那挺机枪干!"

机枪开火了。敌人打了过来。

"封锁他,干!"魏强喊着,快乐地看着落在自己附近的子弹,觉得现在斐英哲和挖工事的人们安全了。于是他又快乐地喊:"干!"

连部电话铃响了。他钻进小掩蔽部。

赵庆奎用责难的口气问他为什么开枪。

"必须开枪哇,"他大声地、兴奋地喊,"为什么开枪呢,因为一排在挖下坡交通沟,因为斐英哲同志在最危险的暴露的地方,那大石头下面!我宁可明天少一点子弹!我坚决守得住,你不给我子弹我也守得住,我赤手空拳也把他打回去!"他大叫着。

赵庆奎没作声。魏强仿佛看见他脸上的满意的微笑——魏强相信是这样。

确实也是这样。赵庆奎黄昏的时候,曾在电话里觉察到魏强的郁闷的情绪,但现在,显然是,魏强在战斗里奋激起来了。

深夜里面,李凤林发起了慰问朝鲜同志的工作,各班都送来了衬衣、鞋子、慰问信;而且,居然还出现了一支没有用过的完整的牙膏,这是李凤林做梦也不曾想到过的事情。于是疲乏的人们高兴起来了。连部掩蔽部里大家抢着观看这牙膏。

"谁送的呀!"魏强从瞌睡中醒来,嚷着。

"六班副马兴,"李凤林说;"你看看他有多大本领,他出国的时候就是比别人看得远些——吓,这个,固齿灵……不要把它捏坏了!"他向通讯员说。

"我看看!"魏强说,于是拿过牙膏来,凑在蜡烛旁边;牙膏的柔软的锡管和鲜艳的黄色使他心里很高兴,"真不简单哇,你看副连长,你们大家看,我们祖国造的这些玩意儿不错呀!吓,漂亮,"他笑着得意地环顾,仿佛第一次看见这种东西似的——这小小的,祖国制造的东西使他觉得很光荣,"你看,'科学创制,成份准确……上海……'咱们现在离上海多远?谁说说看看!"

"有谁到过上海吗?"李凤林问。

"我没到过。离咱们有一万里。"通讯员说。

"胡说。"魏强说,"上海就在三五〇高地后面,只要你想看见,你伸头就能看见。"

"有没有北京造的东西?肥皂呢?哈,小半块!"通讯员说。

"好,这牙膏好。"魏强说。

六班副马兴钻了进来。

"报告!"他说,"有墨水吗?"

"干啥?我的天老爷啊——就是有墨水也冻成冰块了,"魏强说,"天底下还有没有这种东西我都不敢说了。不过你的牙膏很好,这是最有价值的国际主义……"

马兴很失望。

"营部可能有吧——这是写慰问信的!"他说。看来似乎是,如果团部有,他也愿意立刻跑去。

"看你这个劲儿!"魏强说,"你问副连长吧,副连长有得奖来的金星钢笔,说不定有点水……"

在马兴的班里,那个会写信的战士成了大家所宠爱的人物了。副班长亲自替他找来了副连长的金星钢笔。他蹲在交通沟里,伏在膝盖上,在发黄的手电光下写字;手冻得拿不住笔了。

"我替你搓搓手吧!来,搓一搓就行啦!"马兴说,于是就把那会写信的、宝贵的手拉过来,搓着、对它呵着气,又把它揣到棉袄里去,"抓起笔来怕是比拿枪还冷。这样一会儿就好了!怎么样?好些了吧?"

"好了,不冷,行了!"那会写信的战士害羞地说。

"这笔是副连长立功的奖品,你要写轻一点。不出所料这笔不错吧,听说墨水还是团政委那里吸来的哩。"马兴说。"你写上了吗?"他的声调严峻起来了,"我们要向他们学习,一定要写学习,写上了吗?你写,"他思索着,于是说:"学习你们的国际……学习你们的伟大的国际主义爱国主义的精神,你们的英勇战斗帮助我们保卫了我们的祖国,我们共同地……"

"太长了,副班长,"一个战士说。

"长了也要把意思说出来。"马兴回答。他喜欢庄严的字句,听过了上级的话就能完整地记得;这些字句使他激动。"我们共同地为世界和平事业而战。你写……学习你们的英勇顽强不怕艰苦和乐观主义的作风。写上了吗?"他渴望地、急切地说。

"你慢点,副班长。"

"亲爱的斐英哲同志和……不,这样,亲爱的老斐……"

"老斐是平常这样喊的,不正式……"

"不,老斐——这是最亲切的。"马兴果决地说。

一连的人们和几个朝鲜侦察员在这几天的战斗里已经完全熟识了。他们好象已经在一起战斗得很久了。他们珍惜他们的荣誉,因为朝鲜同志和自己在一起而骄傲。

斐英哲和他的两个战士没有接受那许多慰问品,他们只收下了两双鞋,两件衬衫和一件棉背心。

在斐英哲的心里,正如同在三五〇高地上其他的人们的心里一样,充满着冷酷的仇恨感情。敌人一次又一次地冲锋,如同战士们所说的,大家的眼睛打红了。在这几天里,要一个还能行动的伤员离开阵地是困难的,人们比任何时候都留恋着战斗。

人们互相之间用不着说什么安慰的话,对于困难、危险、严寒、流血和牺牲,人们几乎是采取着一种很自然的冷淡的态度。斐英哲当然不觉得他比别人穿得更少,不觉得他的裂开了的鞋子有什么不方便,不觉得他需要慰问和特殊的照顾,因此,当他被叫到连部,看见那一大堆东西的时候,他就脸红了,几乎对自己觉得很气恼。他说朱洪财已经给了他一件背心,因为他并不需要穿,所以又转给了一个负伤的同志了。

他接受了各班的慰问信。他大略地读懂了它们。他的眼睛闪烁着。

"我是一个年轻人,连长!"他说,眼泪在他的眼睛里发亮。

魏强显得很忧愁地看着他。

"你是我的上级,"斐英哲说,"连长同志需要对我这样的年轻人严格,给我工作,命令我战斗……我的任务完成得并不算好。"

"对了,我是你们的上级,"魏强忧愁地笑着,"所以,我叫你收下。"

斐英哲回到阵地上。他给这事搞得很激动了,重新又想到了他和这个连队的特殊关系,而几天来他是已经把这个忘记了的。他沿着交通沟走过去,把人们慰问他的烟草分送给一排的人们。有几个战士从昨天起就属于他指挥。他觉得人们很冷,很疲劳;他抓住了年轻的郑国辉的手,发现他在发烧。

他叫他的一个侦察员到营部去搞点开水来。同时他把这事报告给朱洪财。

"下去休息吗,老郑?"他说。

郑国辉转过脸去。

天快亮了。冷风夹着一些雪粉呼啸起来,然后,风停止了,大雪降落着,阵地上静悄悄的,弹坑、交通沟、掩体和各种战斗的痕迹不久就叫雪掩盖了。搭在交通沟和掩体上的防雨布在沉重的积雪下垂了下来。人们抱着枪坐着,或者躺着,冻得发抖,不时地动弹一下,抖落身上的积雪,有一些红色的烟头在黑暗的交通沟里,在纷飞的大雪中闪亮着。政治委员石雄和赵庆奎来到阵地上,默默地在交通沟里钻过。

"冷吗?"石雄问。

生病的郑国辉撑着坐了起来,牙齿磕得直响,回答说:"不冷,首长。"

"冷!"石雄说,"和敌人比一比吧,看到底谁扛得住!"

"那当然是咱们!"徐国忠说。"几点啦,首长?"

"咱们是挨着冻长大……"一个战士说,但一阵颤抖使他没有能够把话说完。

有人在壕沟里跳着脚取暖。现在人们都盼望天亮,盼望狠恶的战争即刻就到来。斐英哲看着山下。下面的那座沉没在黑暗中的村庄现在已经变成一片瓦砾了。这些天来他并没有常常想到这村庄,它现在只不过是战场的一部分,敌人越过那些断墙和瓦砾向山上冲锋,他就和大家一起射击他们。三五〇高地也再不是那一座闪耀着苦痛和美丽的回忆的家乡的山头了,这是和过去的那座山完全不同的一座山:弹坑、战壕、和浴着鲜血的战斗。有一件看不见的东西拦在过去和现在之间。鲜血和激烈的仇恨使得过去的一切变得更为遥远。

雪花飘落在他脸上。他心里愈加激动起来,有一些灼热的思想在他的心里闪耀着;他想到他的失去了联系的部队,他们大概以为他和他的侦察员们都牺牲了,可是他还活着,虽然和他一起的人们现在连他在内只剩下三个了;他想到这几天来人们喊他"老斐"——人们喊着:"老斐,手榴弹有吗?老斐,没事情吗?"他想到生病的郑国辉昨天和几个一连的战士一起在他的带领下反冲锋,他的枪坏了,打不响了,郑国辉抢到他前面去,大声叫着:"老斐!"而在敌人的炮弹打过来的时候,郑国辉就把他推倒在交通沟里,并伏在他身上。后来附近的人们都喊叫他,甚至跑过来看他,问他负伤了没有。这些陌生的人在转眼之间就变得这么熟识,这么亲爱,世界上还有哪一种感情能和这相比呢?

大雪在降落着,山坡变成了白色,在昏暗的光线中发着光。

他抓起一点雪来放在嘴里。

"我的战友,我的高地,我们的高地!"他轻轻地说,"这雪并没有什么妨碍,我们在大雪里更好打仗——现在还有几个钟点,好朋友,睡一下吧。"他对他心里的什么人说;"不睡吗?睡不着吗?吓!冷吗?你应该懂得一个拿他的生命来保卫祖国的战士的心啊!"他说:"我们不冷,祖国使我们温暖,伟大的朋友使我们温暖,金日成,毛泽东的名字使我们温暖,对不对呢?睡……吧!"他在郑国辉脚边坐下来,把冲锋枪抱在怀里,闭上眼睛;他的脸就贴在冰冷的枪管上。他冷得颤抖,但是那些欢喜的、柔和的思想仍然在他心里闪耀着;他想到平壤,想到金日成将军这时正在大雪中行走;想到北京,想到毛泽东主席这时正坐在一间安静的屋子里……"在北京和莫斯科都是灯光明亮,红星在克里姆林宫顶上,有一个人在窗户面前站着,含着烟斗,你知道他的名字吗?他如果问你:冷吗?比方说,他的仁慈的眼睛发亮,他笑着说,比方是这样!"他心里说,完全清醒了,觉得心里有着最宝贵、最重要的思想,这思想将决定天亮以后的战斗并且将决定他今后的一切;"比方是这样,他问你:冷吗,孩子?辛苦吗?你需要什么……我的战友,我们怎样回答?不!我们的高地使我们温暖,零下二十度使我们心里滚热,我们就这样回答!"

于是他快活地转问郑国辉。

"老郑,"他说,摸着郑国辉的前额,"好些吗?没有关系,冷,没有关系!"

郑国辉昏沉着。

"不要为我们忧愁……"他又抱着枪坐着,"我们年轻人知道战士的责任。说不定我从前爱过金玉善姑娘,是这样的,爱过的,现在也爱的,大雪落在高地上,我的姐姐的,我的姑娘的村庄变成了瓦砾堆,但是这并不使我痛苦。我们的城市和村庄全都毁掉了,我没有流泪,当然我痛苦,不,斯大林同志,这是因为我们在战斗中变得更顽强了……冷啊!冷吗?不冷……"他渐渐地睡去了。雪在他的肩上、棉帽上、眉毛上积起来了。

因为那些激动的思想，他被冻醒的时候心里还很兴奋，几乎一瞬间不知道自己在什么地方。雪停止了，天色阴沉，但已经微微发亮。他冻得抓不住枪，手脚都麻木。他爬向郑国辉，象先前一样地轻轻地喊他，并伸手到这年轻的中国战士的头上去——发现他已经冰冷了。

"老郑！"他喊。

步枪还躺在这年轻人的怀里；两颗手榴弹，象先前一样，还在他身边放着。

郑国辉一声不响地就冻死了。

"老郑！"他失声喊叫。

朱洪财很困难地爬了过来。

"这是我的责任！"斐英哲说，他又喊："老郑！"于是脱下帽子，长久地蹲在郑国辉身边，想起了昨天这个身体衰弱的年轻人还在炮火中伏在他身上，想起了这年轻人是这么尊敬他，每次听到他的喊声立刻就会跑过来，于是哭了。

"他是中国哪里的人？"他以颤抖的小声问。

"河南。"朱洪财回答。

"他家里有些什么人？"

"搞不清楚……"朱洪财歉疚地说，因为他从来没有听这年轻人谈过这些。"有一个母亲吧。"他说。

"我可以写信给他母亲吗？"斐英哲说，"以后我要写信给他母亲。"

朱洪财沉默着，因为他也不能确实知道到底郑国辉有没有母亲。同时，他痛苦得失去了说话的能力了，他觉得他没有能照顾好他的生病的战士。

由于郑国辉的牺牲，斐英哲战斗得更勇猛。也许这只是在朱洪财、徐国忠们看来是如此，因为斐英哲一直就是这样战斗的。魏强指示过朱洪财，要尽一切可能照顾好剩下来的三个朝鲜同志。因此，在这个早晨的战斗里，斐英哲和他的两个侦察员每次向前跑去的时候，朱洪财就也立刻掩护上去；如果他没有注意到，徐国忠就掩护上去。敌人第一次冲上了山坡，占领了坡中间的交通沟，徐国忠来不及摔出手榴弹敌人就跳过了沟，徐国忠拖住了一个敌人的腿，和他一同滚到沟里，用手榴弹敲他的头，这时斐英哲带着他的战士们发起了反冲锋，迅速地把敌人压下去了。但斐英哲冲到最下面的一道沟里，被增援上来的敌人围住了。徐国忠带着那种对刚才的险恶情况非常激怒的情绪奔了下去，朱洪财也奔了下去，他们冲到了斐英哲的前面；但斐英哲立刻又冲到他们的前面。在这激昂的情况中，这互相卫护——不惜一切地要卫护战友的情况鲜明起来了。朱洪财拣起地上的一支步枪向敌人扑上去，三个敌人包围了他。斐英哲突然出现在他前面，杀死了一个敌人，但自己的大腿中了子弹。

这一次血战回来的时候，斐英哲默默地坐在沟里，带着非常安静的神情，在包扎着自己的腿。

朱洪财很懊恼。

"你为什么没注意到你左边呢？"他向徐国忠说。

"他跑得那么快……"徐国忠说。

"我真该死！"朱洪财说，"我也许来得及扣一下扳机，那个敌人就来不及对他开枪了。明明来得及的，可那时候我光是对他喊……"

"请示连部，动员他们三个到后面去吧——要不然他决不肯……"

"这几个朝鲜同志动作快，我一开头冻得枪都抓不住了。"朱洪财懊恼地说。

"排长！老朱！"斐英哲转过身来喊着，"没有关系。没有伤着骨头。……手榴弹有吗？"

敌人的炮火已经又开始轰击了。

"尽可能地把手榴弹多给他一点，每人分一颗！"朱洪财说，于是爬到斐英哲身边，注意地看看他。

斐英哲冻伤了的脸上有一个笑容。

"不好！"朱洪财说，同时叹了一口气。

"不好？好！"斐英哲说，趴下躲闪炮弹。

他满足地笑着又开始战斗。这一次山坡上的战斗持续很久，敌人时而从左边，时而从右边冲上来。斐英哲不可能采取他的那种迅速、猛烈的战斗方式了，他伏在掩体里打着。烟雾弥漫，朱洪财看不清他，但不时地注意到这朝鲜同志仍然在战斗；从斐英哲的位置上，一时飞出了手榴弹，一时传出了卡宾枪和步枪的声音。并且斐英哲不断地扬起了嘹亮的喊声。这年轻人似乎对这战斗异常满意，似乎他生下来就是为了投手榴弹、开枪、喊叫的。

战斗很激烈。但战士们现在已经浑身发热，把得稳枪，能够从容地射击了——开始的时候，麻木的手指扣不住扳机。美国兵在积雪已经打光的山坡上笨重地爬行着，滚到沟里，发出断断续续的喊叫。朱洪财在紧张中也没有忘记斐英哲。后来他们的这条壕沟又叫敌人攻占了，人们沿着昨天夜里挖出来的沟撤到了上面，在紧急的情况中斐英哲仍然留在他的位置上。手榴弹在他的周围爆炸——仍然可以听见他的那快活的、从容的、嘹亮的喊声。那喊声中断了一下，朱洪财心里颤抖了；但立刻喊声又起来了。敌人还在沟的左边，朱洪财集中了手边所有的力量封锁着敌人的通路，但敌人开始从正面迫近斐英哲。朱洪财清清楚楚看见一颗手榴弹从斐英哲的掩体里飞了出去，同时又扬起了一个喊声。左边三个战士往坡下冲去，倒下了一个，另外两个伏在弹坑里射击。敌人太多了。

一颗手榴弹在斐英哲的位置上爆炸了。

"跟我来！"朱洪财喊；他来不及等待其他的战士们集中过来了。他手边只有五个人。但这五个人比任何时候都要快地站起来了，发出了震撼山坡的喊声，沿着交通沟扑下去了。

随着这个行动，左边、右边、零散地战斗着的战士们全体都从地上起来了。交通沟和山坡上有一场短促的、激烈的厮杀。已经确信是占领了阵地的美国兵败退了。

斐英哲身上有好几处伤——手榴弹的弹片。但他一直没有注意到他所扼守的这条战壕,也没有去注意左边的情况,他只是集中力量,快活地、心满意足地打着正面的沿着斜坡爬上来的敌人。弹药还够,他的位置良好,而且,他虽然负了伤,却似乎不象夜里面那样冻得难受了,这使他高兴。他没有辜负中国的同志们的爱护;如同所有的把一切都考虑过了的人们在这种时候一样,对于危险他是毫不介意的。

　　人们把他背到上面连部附近的沟里。后来,把他放上了担架。有人搂着他的脖子亲吻他,他睁开眼睛,看见徐国忠的激动的脸,并看见附近的朱财洪的含泪的眼睛。人们说着什么话……他不知道这时周围的人们都在落泪。随后所有的人都跑开去了,只留下他的一个侦察员在他身边。他明白人们又去战斗去了,他并且从他的战士的脸上明白,其他的一个侦察员已经牺牲了。

　　"我允许你去继续参加战斗。"他说。

　　"上级命令我们下去。"那侦察员惶惑地说。

　　炮火阻拦着担架的行动。他的那个侦察员卷了一支烟放在他嘴里并替他点燃了。

　　魏强跑过来了。

　　"再见了,祝你健康!"他大声喊,犹豫了一下,举起拿着手枪的手挥了一下,跑开去了。

　　担架沿着交通沟转过山坡,他这时唯一的心情是想听清楚已经落在他后面的枪声和手榴弹的爆炸声,想分辨出来,敌人是不是又冲上了山坡。他满意地想,敌人不可能冲上来,敌人一定会被打下去。于是他就昏迷了。

　　他醒过来的时候已经是晚上了。人们正抬着他离开三五〇高地后面的山沟。他心里仍然充满着又骄傲又欢喜的感情,这感情比战斗的时候还要强烈些,他觉得他没有白白地度过这几天,他觉得他这一生没有白活,他做了许多有益处的事情,而且明白了,什么叫做伟大的生活。他度过了他这样一个青年在这个时代所能有的最灿烂的时光,他没有在危险面前有一点点退缩,他战胜了一切痛苦……这种思想使他心里很甜畅。担架在前进,他看着他身边的积着雪的山坡在时高时低地向后移动,他动着嘴唇,想要唱一支歌;发不出声音来,他笑着,但后来他听见自己的轻微的声音了。

"……鸭绿江水……"他唱。

一个高大的战士出现在担架旁边,喊着:

"辛苦了,再会!"

斐英哲认不得他,看着他跑开去了,于是又唱:

"鸭绿江水曲曲弯弯……"

"痛吗?"政治委员石雄从后面走上来,问着。他这才发现,原来是政治委员和他在一块。

"不痛。"于是他笑着提高了声音唱着:

"在朝鲜的光荣花环上……"

但后来他停止了歌唱。他觉得他忘记了一件相当重要的事情。可是这究竟是什么呢?是丢失了什么东西吗?是有什么话忘了和人们说吗?他怎么也想不起来。担架在一块石头后面停下了,前面是小开阔地和冻结着的溪流,敌人的机枪从公路左侧封锁着那里。

石雄向前爬了一点。大约两个班的运输队阻拦在溪流对面;从人们的声音听来,虽然运输队遭到了伤亡和困难。敌人的机枪断断续续。石雄听见了一连事务长李光的声音。

"他有的是子弹,他高兴由他打!"李光怒冲冲地说。但后来,他的声音虽然非常紧张,却逐渐地含着一种快乐的、嘲笑的味道,这个引起了石雄的注意。他对李光印象不好。这事务长很调皮,你怎么也抓不住他;在云山的时候他买那口猪受到了师长的批评,但他却一直因这批评而高兴,仿佛经历了一场了不得的冒险似的,自己到处去讲。

但这个人显然有着在危急中应付一切的精力和才能,这是石雄一向没有注意到的。

运输队员们经过了重新组织,开始爬过结冰的溪流;那里有很多乱石头。传来了李光的鼓动的声音。

"顺那石头后面爬……用你那两只脚！你看！"李光说,因为那个战士滑倒了,"不要怕,他瞎打的！痛吗？你不说我也知道,大概有点痛！"

"废话！"石雄想,有些高兴,在坡边上趴下,等待着运输队过来。

"小张,这回看你的了！你欠我的三颗烟我不要利钱了,行吗？"

"行,好说！"

于是一个臃肿的黑影,背负着沉重的弹药箱,从石头后面跃过来了。机枪弹打在他后面的石头上。

"不要紧,你看得准踏得稳,我们老冯头是第一把手！"李光快活地大声说,"好！好！冯大爷,看咱们老大爷显本领了,真正的英雄好汉！"

一连炊事班长老冯爬了过来,象个火车头一样地喘着气,因为到了比较安全的地方而快乐,咒骂了一句,立刻靠在坡上休息。

"老冯,这是第几趟了？"石雄问。

"今晚上第二趟……"老冯说。

李光发出一声叫喊,背着沉重的弹药箱跑过来了。

"看我这飞毛腿！"他叫,因为过分紧张,他的声音有些颤抖；看见了石雄和侦察员们,他就怒冲冲地、大模大样地问："什么人？看你们挤在这里——就不危险吗……"

"这是首长！"老冯说。

"哦,首长吗？"李光变了声音,快乐地说。

立刻他和老冯都认出了斐英哲。

"谁？这担架上是老斐吗？"李光说,"老斐,哎呀,怎么样,不要紧吧！"

他背负着沉重的弹药箱趴在地上；他一下子用中国话说,一下子又用朝鲜话说。石雄不禁觉得,在这种情况下,这种激动是

177

不必要的。他从来没有看见李光这么一个对一切都满不在乎的人这样激动过。

"不要紧,是我,事务长。"斐英哲说,想起来了,李光经常送弹药到一连,每次都要和他谈几句话,请他抽烟。

"哎,这……那你们这不是就去了吗?"李光说,"同志们,小崔呢?哦,老金……"他沉默,和蹲在附近的那个朝鲜侦察员握手。

石雄命令担架前进。

"慢点,首长,慢点!"李光紧张地说,摸出烟盒来,打开,但后来又关上,把他的漂亮的烟盒连同打火机一起放在斐英哲胸前,并且紧紧地拉着斐英哲的手。谁都知道,他是非常喜爱他的这个在云山缴获来的烟盒的。"再见吧,老斐,我这些天有点官僚主义,对你照顾得非常不够……将来我们再联系吧……我这个人的缺点很多很多的,你要是对我有意见请告诉我们首长转告我……"

石雄很感动,虽然他觉得这话说得很不相干。在这里,哪里能谈得上什么官僚主义、照顾之类呢?但泼辣的、满不在乎的李光此刻确实是心里不好受,并且因此而变得噜嗦。

"的确是照顾不够,我们工作上的缺点……"他说,担架已经前进了,他仍然在说着,现在是用朝鲜话,石雄听不懂。但后来他又用中国话喊:"来信啊!一定要多多联系……"

担架跑过机枪封锁。前面的担架员倒下了,担架翻倒了。李光迅速地卸下了背上的弹药箱冲了出去,背起了斐英哲跑了过去。

石雄跑过去,又听见李光在说话。

"你是我的好朋友。"李光用中国话说,随后,他带着显然的冷淡的、满不在乎的神情,咒骂了一声,绕过石头,奔过了冻结的溪流。

斐英哲又躺在担架上。人们毫不在意地冒着生命的危险拯救了他,使得他哭了。李光的那个烟盒已经丢掉了,打火机却还抓在他手上。但李光提到要和他通信,这使他终于想起来了,他所遗忘了的那件事就是:今天黎明的时候,他曾决心将来要给郑国辉的母亲写信,可是,他忘了问地址。他想:他到团里可以打听到地址。他要把自己的照片寄给这个中国的母亲。

斐英哲的姐姐斐顺玉,在炮火击毁她的屋子的那一天还躲藏在她的小洞子里,象一切抱着固定的信念的人一样,她觉得,既然已经熬了这么些天了,就一定可以再熬下去。在她的屋子旁边她埋了一坛子麦子,埋了一些萝卜,炮火过后她曾经出来挖掘萝卜。后来她逃到三五○高地右后边的山里去了。她在山沟里一个孤单的老大娘家里躲了一天,第二天晚上,她把孩子丢在那里,想要回来拿走她的那最后的一点粮食,她走出了山沟,炮弹就前前后后地爆炸着,但她似乎觉得,她是没有过错和罪恶的,因而弹炮就不会打着她。她麻木地向前走去,于是炮弹一直打到她面前,爆炸的气浪把她掀到路边的沟里。后来炮火过去了,她爬起来又预备向前走,但战场上的黑暗和寂静反而使她恐惧起来,使她觉悟到,原来无论哪一发炮弹都可以打死她,那么就再不会有人来照顾她的生病的孩子了。于是她掉头往回跑;这个晚上她经历到很大的恐惧。她在山沟里躲了三天,这时中国军队已经在这山沟前面三四里外的山头上构筑工事了,敌人的炮弹开始落到山沟对面的树林里。这天黄昏,她的孩子正病得很重,有两个人闯进这小屋子,拿着枪对着她们,在屋子里搜索了一阵,然后把很小的无线电报话机放在炕上,开始讲着她们所不懂的话。

斐顺玉认出来他们其中的一个就是村子里的地主金允。他当然也认出了她,可是没有和她说话。当他在无线电报话机上讲话的时候,和他同来的那个瘦削的青年就拿着手枪坐在门前的篱笆边上守望着。

开始的时候,斐顺玉的唯一希望是逃过这个恶毒的人的注意,保全她的孩子。她在炕角落里抱着孩子坐着。金允在机器上紧张地讲着话,不时地看她一眼,这使她恐惧,于是抱着孩子往厨房那边走去。但她走过金允的面前,金允就伸出一只手来拖住她把她推倒。

孩子哭起来了。金允的手一下子按在孩子的嘴上,一面继续在机器上讲话。他的手很残酷,孩子窒息了,斐顺玉用力地推开这只手……金允的讲话中断了,他喊叫那个青年,并用枪对着斐顺玉。那青年走进来,夺下了啼哭的孩子,把他抱到厨房里去,而金允抓着斐顺玉的衣服,迫使她坐下。斐顺玉听见了孩子的两声窒闷的啼哭,然后寂静了。那青年又出现在屋子里,四面看看,走了出去。金允继续在机器上呼喊。

只在这个时候,斐顺玉才完全明白过来,金允是在呼喊美国军队,美国的炮弹。

她忽然镇定下来了。一丝冰冷的笑纹出现在她嘴边上。

金允关上了机器。他的样子凶恶而又狼狈,显然他饿极了。他吩咐老大娘和斐顺玉替他们弄点东西吃。

斐顺玉走到厨房里;老大娘跟着走了进来。斐顺玉奔向她的孩子,孩子躺在地上,嘴里被塞进了一块布,在抽搐着。斐顺玉抱起他来,发觉他的身体已经开始发冷了。在绝望和愤怒的袭击下她发晕了,但同时就有一种的力量出现在她的心头。她捏着她的孩子的脚,希望他苏醒过来。

"哭!儿子,哭!"她说,冷笑着。

孩子抽搐着,但哭不出来。

"哭吧!哭,大声哭,儿子!"她说。

孩子发出了一点嘶哑的喘息的声音。金允在屋子里吼叫了。

"大声哭,心肝,儿子!"斐顺玉喊着。

"你想死啦!"金允吼叫着。斐顺玉知道金允现在在她背后,但是她没有转过身来,她想到,孩子不能活了,她也不需要活了。她把孩子交给了老大娘,拿起了水罐子来顶在头上,往外走去。

她迅速地走出了篱笆。外面已经黑暗。传来了那个青年的叫声,随后是金允的粗哑的吼声。

"回来！不许出去！"

"没有水。"她安静地说。

"到什么地方打水？"

"就在下面。"她回答，有一种她从来不曾经历过的兴奋的情绪在她心里战栗着。

"你记住我是什么人吗？"金允说，走到院子里。

"我记住。"她轻轻地说，在黑暗中冷笑着。

"你和你的孩子要死很容易。你们要活，我将来送你钱，送你粮食……"

"我知道。"她回答，向黑暗中走去。她很奇怪在这种时候自己能回答得这么安详。她笑着走开去。她想着，她既然丢下了孩子，金允不会怀疑她的——她这时才完全明白，她是要到中国军队那里去。

开始的时候她并未想得这么坚决。她原来是想，只要她多磨蹭一些时间，或许她可以想到一点办法，或许在这个时间里中国军队会从这里过。如果不遇到金允，她对中国军队或许不会这么热烈，虽然他们医治过她的孩子，但她心里对他们仍然不敢太相信。可是现在，那些纯朴的面孔变得这样亲切了，他们竟变成了她在这个世界上所唯一能依赖的人们了。仇恨在她心里沸腾，这个夺去了她的丈夫、弟弟、夺去了她的田地的仇恨——这个多少年来都沉睡着的仇恨。

金允的那一只残酷的手蒙在孩子的嘴上，用破布条塞着孩子的嘴……

她这时又因为从来没有做过这么大的事情而很恐惧。多少年来，她不过是柔顺地、偷偷地生活着，竟致于不敢相信自己是居然有着意志和力量的。

她向坡上奔去。她在冰上滑倒，水罐子打碎了。她最初甚至还有点可惜，但随即她笑起来了：为什么还要顶着这个水罐呢？早就应该扔开它了。

坡边上发出一声叫喊，这叫喊使她觉得多么快乐和亲切啊！

"……卖国贼!"她说出了这句话,颤抖着,"美国派来的……卖国贼!"

在说出这句话之前,她简直不曾想到它。这时她却忽然感觉到了:她周围的一切,山头和雪地,以及她的受苦的邻居们,这就是她的国家。

"卖国贼呀……快!"她说,拖着一个战士。

人们慢慢地弄懂了。

当战士们向坡下奔去的时候,她又抓住了她身边的一个干部。

"医生……救我的孩子!他快要死了,他病了……"

一个卫生员随着她奔下坡来。战士们沿着山沟下的溪流和山上的树林悄悄地奔过去,把那小屋子围住了。

在一场短促的格斗之后,那个年轻的特务被击毙,而金允被捕了。但是金允在被捕之前开枪打死了老大娘和斐顺玉的垂死的孩子。当他发现屋子已经被包围的时候,他就立刻向小孩开枪。

斐顺玉奔进屋子,在战士们的手电光下看见了她的浴在鲜血里的孩子和那个几天来一直帮助着她的老大娘的尸体。她笑着——现在她并不觉得悲伤和痛苦。她走向金允,在他面前站下。

屋子里非常寂静。战士们等待这个妇女做一件必要的事情——举起手来打在金允的脸上。

"阿志妈尼,你有什么话尽管问他吧!"一个战士提醒她说。

但是这妇女一动也不动。她的燃烧般的眼睛笔直地看着金允。她没有举起手来。她似乎觉得,如果她打他,她的手将要弄得很脏脏;而且她的仇恨并不是这一巴掌所能发泄的,她要想出另外的报仇的办法来,她在厌恶的感情中颤抖着,盼顾了一下,突然她冷笑了一声,大声喊着:

"卖国贼!"

这样喊了之后,她觉得她心里有了一点点满足。她现在觉得这是一句最能够发泄她的仇恨的话;在这瞬间她觉得她的遭受灾害的国家在紧贴着她的心。她昏迷过去了。

人们把这件事汇报给团部之后,团长就吩咐把这个妇女带到指挥所去。从人们的汇报里王正刚猜想这正是一营的人们曾经找寻过的那个妇女——朝鲜侦察员斐英哲的姐姐。这个猜想立刻就证实了。斐顺玉很衰弱,她的那一对巨大的、孩子般的眼睛闪耀着燃烧般的光辉;她说她的弟弟正是斐英哲。但这个问题现在却并不使她激动,她似乎没有了解到这个问题的意义,她绝未想到她的弟弟正在这里作战,而且这时正被抬下三五〇高地。她仿佛处在另外的一个世界里,不大了解目前的一切,但是保持着她的有礼貌的、柔和的、极端谦逊的态度,害怕麻烦和妨碍人们。她觉得她是不值得注意的。她饥饿极了。但当人们给她拿了食物来的时候,她却说她不饿,并且表示感谢,脸孔都羞红了;因为她觉得周围的人们也是很疲劳,很饿的。她麻烦人们太多了。她这一生里面,从来没有想到会有一种军人能这样照顾她。

联络员朴正东把她喊出去。斐英哲的担架正通过坡下的交通沟里往绷带所去。

团长跟着跑到交通沟里。人们围着担架,担架停下了。

"斐英哲同志吗?"王正刚激动地说,"朴正东,告诉他,他的姐姐,告诉他,他是勇敢的、光荣的战士。"

"弟弟吗?弟弟!是你吗?"斐顺玉慌乱地喊着,跳到沟里,不大相信这是真事,随后就哭了起来。

"我很好,姐姐!"斐英哲说。

谁的手电亮了一下,显出了斐英哲的变得很瘦削的、欢喜的面孔。

"往北边去吧!往北边去,姐姐,知道吗?永远不在卖国贼下面生活!"斐英哲说。

"要去!一定要到金日成那里去!"斐顺玉说,她第一次说出这个名字;她哭着,"你伤在哪里!我的孩子已经死了,我跟你去……"

担架前进了,斐英哲和王正刚握手。

"我跟你去,弟弟啊!"斐顺玉喊着,"你怎么样?你不要紧吗?你结婚了没有?也没有看中什么人吗……金玉善等了你两年……她叫飞机炸死了……你没有结婚吗?"

"没有,姐姐。"斐英哲安静地回答。

三五〇高地主峰在第二天下午失守,赵庆奎营苦战着,扼守着主峰左后侧的长形的山梁。敌人的兵力占绝对优势。王正刚团的兵力显著地不够了,师长在电话里命令他黄昏以后进行反击,他只能抽出极少的兵力来——不足两个排,而且弹药不够。他想,这两个排大概要牺牲掉,但即使这样,也必须反击,不过这样一来如果明天的情况再要变化,他就只有亲自带领勤杂人员来守卫指挥所了。在部署兵力和计算弹药的时候,大家看见团长拣出几个手榴弹放在自己身边;这些手榴弹是从友邻的张福勤团借来的。这事情并不使指挥所掩蔽部里的人奇怪,因为从今天早晨以来,随时都有保卫指挥所的必要。

全团只剩下不足原来一小半的战斗力,团参谋长和别的一些干部已经阵亡了,有几处的阵地已经主动撤出。

"我们并没有向师首长诉苦,没有要求他增加人员,"王正刚对指挥所的干部们说;"既然这是我们的任务,既然我们支持着全师的右翼,既然敌人想从我们这里突破全师的防线,而全师又必须掩护友军的出击和布置二线阵地,我们就要在这里和麦克阿瑟战斗到最后。据说麦克阿瑟曾经到三五〇高地前面来亲自布置,"他的无表情的脸上略略地展现了一点笑容,随即这笑容又消逝了。"可以这么说:我们这个团从来没有打过败仗。"

他深深地掩藏着他的受屈的感觉:被敌人的优势兵力所压迫,防线开始破碎,失掉了三五〇高地主峰。

师长李恒经过张福勤团来到这里,他好象对这个掩蔽部非常熟悉,走进来就走到电话机旁,人们站起来了。

"简单地谈一谈吧!"他说。

但他又似乎没有听着王正刚的汇报。他半闭着眼睛,似乎倒是在更多地注意着前面的炮声和机枪声。离天黑还有一个多钟点,一营和二营的阵地上都还在激战。

他拿起电话来要一营。

"赵庆奎吗?我是李恒。对了,我是师长。你现在情况怎么样?你认为可不可以反击?"

"报告!"赵庆奎沉默了一下大声地、激昂地说;可以感觉到他是蹲在一条沟里,机枪弹正在他旁边呼啸;"请师长放心,我坚决打到底!"

"可是我问你,"师长皱着眉说,"你现在情况怎样?你看这情况能不能反击?"

赵庆奎沉默了,大概在想着:如何反击呢?

"为什么不讲话哪!你坚决打到底,可是你没有回答我的问题!"

赵庆奎的变得庄严、洪亮的声音从耳机里冲了出来。

"首长请放心!作为一个革命军人,受了党和上级多年的培养,我的决心是很明确的!"

师长皱着眉头,显然赵庆奎的情况很困难;他现在还不能设想如何反击。

"拼到底,好哇!"师长放下电话,皱着眉头大声说,"可是要拼到三五〇高地主峰上去拼,我不打算叫他压在山沟里拼……两个排不够,从二营再抽一个排出来!你们的八二炮呢?我跟你们……马上可以有一点炮弹送来,当然罗,不太多。"他说,看看大家,仿佛预备反驳任何人的意见。

王正刚并未询问究竟有多少炮弹。他设想,既然师长亲自想了办法,总应该有几十发炮弹。但是,炮弹送来了,是从张福勤团调来的,只有十五发。王正刚仍旧没有作声。他想,十五发到底是十五发,在他现在的情况里,即使一发炮弹没有他也必得攻克三五〇高地主峰的。

"这算是凑个热闹,奏点进行曲吧。"师长看见大家都不作声,忿忿地笑着说。

"舍不得了,妈的,大概是打伤了,舍不得他的这几个排了,"他想看看王正刚的疲乏的脸,"大概是想:你来了,我们以为你会带个把连,带这么几十发炮弹……大概是这么想着哩。可是原来就只有十五发炮弹!看起来他是准备随时保卫团指挥所的,可是我现在不能告诉他,我们再支持一天就可以撤退……这个他应该知道。但也的确是打得很苦,"他想,看看沉默着的人们,"他虽然没有强调,可是粮食也是一个问题,从今天早上起一部分部队就没有吃的!"

"麦克阿瑟并没有从我这里占便宜,"他笑着说。

王正刚笑了一笑。

"要给担任反击的部队吃饱。"李恒说。

"已经想办法了。"

"我们不需要军首长来督促我们。我要报告他,三五〇高地主峰仍然在我们手里。"他皱着眉头说,然后他微笑了一下:"说不定东京又广播了,说是:伟大的战果,美国军队已经攻占了共军某某前线重要据点三五〇高地。已经广播了十天了吧!我知道你们几个营打得不错,可是这个时候你只能告诉他们:你们打得还不够……"

王正刚脸上有点热辣辣。

"我明天把警卫连给他,"李恒想,看着王正刚,"这么的他就会知道我是基本上满意他们的战斗的,他就会高兴一下……"

王正刚收拾了起来,扎上腰带,披上大衣,往前面去了。他的腰带扎得很紧,这使他简直就象一个战士。师长爬上观察所。他预料反击会有困难。

天已经黑了,师长脱下手套,摸摸冻僵了的脸,站在那里。他想到战士们现在一定是疲惫万分,这个思想重压着他。他要带领人们战胜这种疲惫;想到王正刚的沉默的神气,他微笑着。八二迫击炮在左前面的山头上开始呼啸。最初两发炮弹的出口声使他心里觉得很不是滋味。十五发——敌人如果知道这里仅仅有十五发炮弹的话！现在两发打掉了！又是几声炮弹出口的声音——现在六发打掉了。炮弹开始在三五〇高地主峰的黑暗的棱线上爆炸了。

"他妈的！"师长诅咒着，冷笑着，他这时真愿意拿他的一半的生命换取五十发炮弹，袭击那黑暗的山梁，掩护他的疲惫的、忠勇的战士们冲锋。

他想到了赵庆奎的话："作为一个革命军人……我的决心是很明确的！"他仿佛看得见他的战士们现在如何地伏在那冰冻的山坡上。他想："好同志啊，你知道我绝不是怀疑这个，绝不是问你这个！"

反击果然不顺利。十五发炮弹打完了。反击发起以后的五六分钟，敌人的两挺机枪仍然在射击；后来，反击部队的枪火在半山腰沉寂下来了。敌人的炮火笼罩着他们下面的山坡和洼地，笼罩着前前后后这六七百米的地带。

几发炮弹落在观察所附近。警卫员来拖师长，可是师长甩开了他。

"现在不是顾忌这个的时候了，可以说，在任何时候都不是这样！"师长激怒地说，脱下大衣摔给警卫员，沿着交通沟向下跑去。"未必你以为我真的就只有十五发炮弹吗？"他在炮弹的呼啸声中恶狠狠地说。

他用着年轻人一般的敏捷，跑过一段开阔地，又进入交通沟。"干得很不漂亮！很不，同志……"他在心里说，一直跑到二营的右侧。他看见一些战士们在炮火中蹲伏在交通沟里。"哪个部分的？"他喊，"没有关系，我在这里，跟我来，我们要拿下三五〇主峰，叫他麦克阿瑟至少在今天晚上还不能快活！"于是战士们在炮火中起来，跟着他。师长的出现对于战士们说来就意味着胜利，他的宏亮的声音整个地改变了他们的受挫的心情。几个伤员也跟着师长前进，他们匆忙地分配着武器弹药。"彩号吗？好的，勇敢！跟我来！"师长说。于是这些零散的力量在师长的后面集合起来了，这些零散的、疲惫而饥饿的、负伤的、衣服褴褛的人们，运输队担架队员们、炊事员们、没有了炮弹的炮手们……迅速地集合成了一支战斗部队，跟着师长在炮火下跑过山沟。人们在奔跑中组织了起来。"这里有干部没有？谁是干部？"人们喊。"谁是共产党员？跟我来！"有人大声说。又有人喊着："文化教员！让文化教员下去，他没有战斗经验！"——"我是党员！"文化教员回答。

师长感觉到他的背后的人们的沉重的喘息声、脚步声和武器的碰击声。现在人们沉默了。有些人跑到他前面。他附近有一个人在炮弹下倒下，人们越过这倒下的人迅速前进。这一支由勤杂人员、零散人员和彩号组成的队伍象旋风一样地冲过炮火前进，而原来他们中间的任何一个人都不曾想到他们能够象这样前进的。又有人倒下，发出喊声：

"为了祖国！为了世界和平！"

这激昂的声音象烈火一般扑到人们心里。

"难道我只有十五发炮弹吗？你估计错啦！"师长在心里大声说，奔跑着。

团政治委员石雄组织了另一部分零散的人员。王正刚正在部署第二次的反击。李恒爬上山坡，跳到沟里的时候，赵庆奎正从王正刚面前离开。

"赵庆奎吗？"师长喊。

"是！"赵庆奎大声说。

"好好打，沉着点；至少要叫他麦克阿瑟今天晚上不快活！"

"是！"

李恒觉得，他虽然先前不愉快地责难了赵庆奎，但现在幸而有这个机会，他安慰了这个干部了。

"你们不打算同时从左右两边压上去吗？他依恃着左侧有公路对面的火力，可是我看是空虚的！"

"准备了！"王正刚回答，"这一次可以了。"

他显然因为师长亲自越过炮火到这里来而很懊恼。可是李恒不理会这个,一直沿着打塌了的沟往前走去。

"师长的警卫员呢?"王正刚喊。

"在这里!"警卫员正在向前跑,慌乱地说。

"注意你的责任!"

李恒仿佛没有听见。"这就是对我提意见啦!"他想,跑到山坡的最前面,在沟里站下。他看着刚组织起来的人们从他面前通过。他知道这时候他站在这里这件事会对人们产生怎样的效果。他愉快地、轻轻地说:

"前进!跟上!揍他!这是难得的机会,揍他!"他突然发现团政委石雄在人们中间。

"你留下来。"他说。

"我就到山根上。"石雄说,在黑暗中笑着。

"可以,好吧,到山根上。"

石雄敬了一个礼。

"注意机枪,首长!"一个战士说。

"他瞎打的!"师长说。

战士们轻轻地滑下坡去。

使师长觉得非常意外:八二炮又响起来了。

"搞的什么鬼呢?哪里来的炮弹?"

两门炮在发射,很快地打出了五发炮弹,于是,在李恒的左后面,两门六〇炮又响起来了。小炮弹轻轻地嘶叫着,仿佛怕惊动什么,从李恒的头顶上飞过,落在一百多米外的三五〇高地主峰山坡上。火光闪耀了一下。敌人的一个机枪火力点沉默了。

"这他妈的,一定是藏了这几个体己钱喽,这个王正刚还是滑头的!"师长想。

王正刚来到他身边,说:

"到二营掩蔽部去吧。"

"穷得很喽!"李恒说,"刚才那几发炮弹打得不错,了不起的宝贝!"

王正刚明白师长看破了他,在黑暗中苦笑了一下。但其实这剩下的仅仅六发八二迫击炮弹还是刚从一个洞子里发现的，而且还有一发是臭的；六〇炮弹则是刚才政治委员从七连和九连一颗一颗地搜集来的。

反击部队这一次很快地冲上了山腰，展开了厮杀。李恒和王正刚沿交通沟爬到坡顶上。王正刚跑到右边去了。敌人的炮弹打了过来，前面山头上的情况一瞬间什么也看不清了。李恒沿交通沟往右移动，希望看清楚前面的情况，一颗炮弹在他附近爆炸，弹片打中了他的右手腕。

本来这颗炮弹可以打死他的，炸得这么近，却仅仅伤了右手腕，叫他觉得很意外。警卫员跑了过来。

师长用左手悄悄地用力地捏着伤口来止住流血。

"大衣给我披上，警卫员！"他喊，于是在大衣里捏着伤口。王正刚跑过来了。"可以了，这次可以了！"李恒愉快地、生气勃勃地说，"穷是穷到家喽，可是力气倒还不小！"然后他就弯着腰沿着交通沟往后走去，很快地撕开了一条绸手巾，用牙齿帮着忙，把伤口扎了起来，并且穿上了大衣。"警卫员！"他喊，发现这青年还在好几步以外，并没有发现他在扎伤口，安心了。

三五〇高地主峰收复了。

"我从警卫连抽一部分好干部补充你！"师长慷慨地对王正刚说；原来他是想说"我把警卫连补充你"的，但临时又改变了主意。他轻轻地甩着他的右手，几乎是很舒适地扣上了大衣。

但是王正刚却似乎并不因这个而太高兴。

"你还藏的有几发体己的炮弹，啊？"走进二营掩蔽部，李恒笑着问。

"一颗也没有了。"王正刚无表情地、严肃地回答。

在被敌人压迫着退出了主峰之后，魏强很伤心。他的老干部和老战士们大部分伤亡了。他和李凤林商量了一下，又找来了朱洪财，朱洪财现在是全连唯一剩下来的一个排长和连支部的委员，他还活着，这使魏强也觉得惊讶。疲惫、愤怒而屈辱的魏强坚持着写一张决心书——按照连队的传统,他要写这一张决心书,虽然,蹲在炮火下的山边上,要写字几乎是不可能的。但目前似乎只有这么做才能使他获得一点安慰。

李凤林把一张破纸头压在膝盖上,在炮弹的呼啸声中写着这决心书。

"写营首长和团首长!"魏强说,"一定要这样写:一连没有完成任务。一定要写没有完成任务。一连的干部和战士决心为祖国而战斗到底,流最后一滴血。一定要写……"他的脸发青,神情非常严厉。"要求上级马上把反击任务交给我们!不打下敌人决不回来见上级首长。卧倒,你想死啦!"他向坡上喊,因为一个战士正在直着身体跑上山坡。"三五〇高地要坚决地变成侵略者的坟墓……你干脆写吧!"他又向李凤林说。"把这决心书的意思传达给战士们!"

"我上去啦!"朱洪财说,因为感觉到了连长的感情而激动地红了脸;他觉得,应该是他,朱洪财首先向连长交出决心书的;他觉得首先是他没有完成任务。

"等一等。"魏强说,咬破左手的食指,用拇指把血抹匀,按在那决心书的下面。

李凤林也咬破手指。于是朱洪财也咬破了手指。

"传达给战士们,我找营长去。"魏强说,揣上这决心书,弯着腰跑到坡底下。

魏强因做了这件事而感到一丝安慰,并觉得一种凛然不可侵犯的神圣的庄严感情。一般看来,这么做是没有必要的,魏强和他的连队是不需要用这种形式来表达决心的,但魏强这时想起了他的连队的光荣传统和这种习惯。他记得,当赵庆奎当连长,而他当排长的时候,在危急的战斗中,赵庆奎和他都这么做过。这种回忆唤起了庄严的感情。

这时师长到了团指挥所,正和赵庆奎在电话上讲话。赵庆奎觉得情况十分艰难,他觉得他只有一死来报效祖国。但师长的问话里却带着明显的责难口气,使他在放下电话之后觉悟到了,他牺牲不牺牲,这在此刻并不是什么重要问题,一个指挥员在此刻应该乐观、沉着、冷静地想办法,达到胜利。感觉到这一点,他的脸羞红了。

魏强在交通沟里蹲在他身边。

"你们怎样?"他问。

魏强觉得,如果他战斗得好,赵庆奎现在就不至于蹲在这炮火下的沟里,不至于受到师长的批评。他听出来师长在批评他的营长。他摸出了他的决心书。

赵庆奎简单地看了一下,看得太简单了,而且并不为这个激动。魏强甚至怀疑,他是不是已经看完。魏强觉得失望。

赵庆奎蹲着,冷静地观察着三五〇高地主峰。

"敌人那挺机枪已经移到第二道沟了吗?"他说。

"移下来了……"魏强说。

"你估计现在他在上面是多少兵力?"

"大概两个连以上。"魏强看着,回答说。

赵庆奎沉默着。他仍然不对魏强的决心书表示态度。他太理解这个魏强了,用不着他表示什么决心;他觉得这决心书上的话就象他刚才对师长说的话一样不很妥当。他忽然想到了魏强的妹妹魏玉兰的来信里所说的那个陈家的姑娘,于是又看了魏强一眼。魏强的嘴唇、下巴和两腮都长起了乱糟糟的胡髭,这是他以前很少见过的。魏强现在已经是经验丰富的成年人了,他二十四岁了,但他的心却仍然象是小孩子那般单纯。

"你长了很多胡子,"他说,笑了一笑;"从前没有这么多。"

"哪里,从前就这么多。"魏强分辩说,仍然观察着前面的山头;但他不觉地在脸上摸了一下。"这是因为半个多月没见到理发员。"他随便地说,笑着,"理发员成了稀奇宝贝。"

"理发员打仗去了。"赵庆奎同样随便地说。他看看表。这表已经碰坏了,停在昨夜两点钟上,但他仍然不时地看它。这也使他心里懊恼:昨夜两点钟,这个表停止的时候,他还在三五〇高地主峰掩蔽部里,现在那里叫敌人践踏着了。但他意识到,他已经从那一阵巨大的悲痛、激昂和醉昏昏的愤怒中清醒了过来,冷静了下来,甚至还有点愉快,这是很有益的。

"大概还可以有一个多钟点,教导员到你们那边去了,你可以抓紧时间睡一下,休息一下,"他说。

"我不要睡。"魏强失望地说。

"任务当然是要交给你们的。"赵庆奎说。这就是他对于那决心书的唯一的回答。然后,好象是故意地,他走开去了。

魏强很失望,虽然他自己也不明白他到底希望赵庆奎回答他什么。但刚才的这简单的谈话,这关于敌人情况,关于他的胡子,关于理发员的谈话,却使他的骚动着的心安静了下来,这安静立刻又使疲惫发生了力量,于是他差不多立刻就睡着了,蹲在那里,炮弹在头上呼啸,就睡着了。他蹲着睡了一下,就躺倒下来,发出粗大的鼾声。

赵庆奎走回来,注视着这个疲惫的人,重新意识到他的单纯的、纯洁的心,笑了一笑。

"胡子!陈家姑娘也不会喜欢这胡子,妈的!"他想。

魏强睡了大约二十分钟。他醒来,跳起来,环顾着,觉得事情并不象所想象的那样困难,那悲痛的灼热的感情过去了。这睡眠非常有益。电话线又接通了,赵庆奎在电话上喊叫着。

"我回去了!你有什么指示吗?"魏强说。

"等一等!"赵庆奎说,于是又对着电话说,"在这里!"

魏强接过了电话。团长用沉静的、没有表情的声音告诉他说,他将要给他增援一个半排,由警卫排的副排长带来。

"你怎么样?"团长问。

"我很好哇,刚才还睡了一觉!"魏强快乐地说,他甚至还想对他的老首长说:"就是我这胡子长得乱七八糟。"但是觉察到了什么,慎重地沉默了。

"那好!"团长安静地回答,显然并未如同他所设想的,被他的话逗得高兴起来。汇报了情况他就放下电话。

"吓,老团长不大高兴。"他说,"我差一点儿吃批评。你没有别的指示了吗？敬礼！"他说，把手举到帽沿上弯着腰，生气蓬勃地沿着交通沟跑开去了；他的撕破了的棉裤露出大块的棉花，在黄昏的模糊的光线里闪动着。

赵庆奎后来长久地回忆这时的一切细节。他觉得，他有许多话没有对魏强说出来。这就是他最后一次见到魏强……

在发起反击的时候魏强的左肩就中弹。但这时他没有意识到这个，相反的，他觉得他变得比从前还要轻捷。在半山坡上他的部队被敌人的火力所阻拦，他跳起来往前跑，号召他的心爱的战士们冲锋。要迅速，要勇猛，要顽强！他大声喊叫，响彻了山坡。战士们起来了，冲上去了，这时他意识到战士们在听着他、感觉着他！他仿佛觉得战士们心里在这样想："不要怕，看我们连长在这里，他一直带领我们战斗，在最危险的战斗里他最顽强！"他觉得战士是在说："好连长，亲爱的连长，你放心吧，你指到哪里我们打到哪里！"尖刀班越过了第一道交通沟，魏强带着其他的人们跟上去，但跑到交通沟边上他就又中弹，扑倒了。他觉得可惜，很可惜，在这种时候中弹，以至于没有来得及做完最重要的事——要是迟几分钟中弹也许要好些的。他一跳而起，更轻捷，更欢腾，对于自己又能起来感觉到巨大的快乐，喊叫着向上跑去。他命令后续部队更快地前进，他喊叫朱洪财，命令他向左边打；他命令七班长李发去打掉敌人的机枪。这时看来一切都顺利，他想："来得及，起码能撑到攻上山头再倒下，他妈的！"他觉得他是胜利了，战胜了身上的四五处枪伤。这就是革命战士！这就是共产党员！他想。但情况突然发生变化了。尖刀班受了损失，攻不动了，敌人的枪火压下来了。他命令通讯员爬上去传达命令，他并且喊叫李凤林要他从右边再攻。前进了几步，又钉住了。他于是觉得卧倒在敌人枪火跟前的战士们在对他说："好连长，亲爱的连长。现在你出主意吧！"——"打掉那挺机枪！"他喊。几颗手榴弹在那机枪附近爆炸了，但那机枪仍然在叫啸。他向前爬去。敌人这时发起了反冲锋，从左侧打了出来。一颗手榴弹在他身边爆炸，他滚到沟里，昏迷过去了。

战斗的迅速的变化使他留在这个沟里了。战士们退出了这条沟，经过激烈的搏斗以后撤退了下去。一部分人在李凤林的率领下还钉在右边山坡上战斗着。

他苏醒过来，明白这次的攻击失败了。但他心里反而比先前冷静了。就在他的头顶上，敌人的那挺机枪在哀号着，于是他立刻动手摸索武器。他不能让敌人抓活的。他的手枪里还有三发子弹，这个他记得很清楚。他要是能有哪怕是一颗手榴弹就好了，可是没有……他往左边爬动，在交通沟里摸索着，又在一个尸体上摸索着，但是什么也没有摸到，又昏迷过去了。

他又微微醒来。敌人的机枪已经停止射击。他搞不清已经过了多少时间了：为什么还不发起第二次反击呢？难道就这样算了？他替他的连队难过，他想人们现在一定很难过，把连长丢了。

"妈的！这完全，这根本是不值得难过的！"他想。"再会了，祖国！一个战士尽最后的责任的时候到来了！"他想到他在决心书上写的那句话："流最后一滴血。"于是笑了一笑。他现在完全满意他曾写了那决心书。

他身上任何东西都没有，只有一直揣在口袋里的那个纸饼——妹妹的来信。他拿出来，把它咬烂。即使这个也不能落到敌人手里。他咬烂了它就吞吃了下去。

"这写信的纸大概是老吴家小铺子里买的，不过也许现在村子里开了新的小铺子了……"

天气真暖！他很奇怪，为什么还是冬天，天气就这么暖了呢？蓝布门帘上有一块很大的补绽！真糟糕！小猪又跑出圈来了……这是怎么回事呢？他在哪里？

"回来啦！哎呀，回来啦！"妈妈大叫着。

"回来啦！看这窗玻璃上谁剪的这小红花呀！好极了这小红花呀！妹妹呢？这丫头呢？这调皮捣蛋的丫头长得多大啦，叫我看看！"

"她一会儿就跟他们家小银子一块来。小银子，陈家那闺女……"

"谁？什么陈家？笑话！别开玩笑啦！说真的,我就是粗心：你老人家的腿好些吗？能走动吗？"

"哎呀,看大哥脸红啦,害臊啦！"

"去！去！滚开！你的信我可是收到……"

"炮弹！"魏强被爆炸声从迷糊中惊醒,想着,"八二炮！"

战斗的兴奋又来到他的心里了。

有一发炮弹就在他附近爆炸。敌人的机枪叫啸了起来又沉寂了。

他感觉到他的战士们正在走上来。

山坡下面响起了轻机枪的声音,是他的连里的那一挺,突破临津江之后缴获来的。

他听见了下面的喊声。

但他上面的那挺敌人的重机枪又吼叫起来了,枪弹从他左边的沟上飞过,笼罩着下面的山坡。几颗手榴弹从下面飞上来,爆炸了,但没有够着这机枪。下面发出了碎石头坍倒和滚落的声音。他感觉得到他的战士们——他的部队现在又在遭着伤亡。

他感觉到他的人们在斜坡上在弹坑和石头中间一寸一寸地流血前进。

他一跃而起,爬出沟去,爬了两步,卧倒了,又失去力量了。他又一次觉得可惜,很可惜,在这种时候负了伤,要是迟一点就好了。很快地他就又恢复了一点力气。现在敌人的机枪几乎就在他的头上向着坡下射击,但敌人似乎没有发现他。一阵喜悦闪过他的心头。他抬起手枪,又向前爬了一点,对机枪后面的黑暗中射击。打到第三发子弹的时候,他犹豫了一下,因为这是预备留给自己的,但一想,现在自己人就在后面,于是把这最后一粒子弹也打掉了。机枪后面发出叫声。机枪停止射击了。敌人用卡宾枪对他射击,同时他的后面传出了他的战士们的激昂的喊声,手榴弹在他前面爆炸了。但敌人的机枪忽然又叫啸了起来。他喊叫了一声,跳了起来,扑了上去,机枪管推到一边,使一股子弹喷到空中,然后,他就用他全身的力量压在这机枪上。

　　他感觉到他后面的呐喊声。他也在呐喊,强大而紧张的激昂的感情充满了他的心,他觉得他的喊声很大,但实际上,他已经只能发出嘶哑的、微弱的声音。战士们跳到沟里了。有两个战士从他身上跳过,往左边去,投出手榴弹。更多、更多的人从他附近奔过,发出短促的喊声。这些声音使他满意。他这时不再觉得负伤很可惜了;并不迟,一切都恰好来得及。他觉得他非常强大。不,这并不是他,这是他多年来所景仰象董存瑞那样的英雄,这个英雄征服了一切痛苦,在刀山火海面前也绝不畏惧,无论什么也不能战胜他,因为他是为了千千万万的人民……是的,是这样的英雄。

　　……

　　山头攻占了以后,人们发现了他们的连长。魏强全身伏在机枪上,手里还抓着他的手枪。

　　人们围住他们的英雄连长。李凤林抱起魏强来放下,失去了知觉地呆站着。

　　朱洪财跺着脚嚎哭了。

　　赵庆奎奔了过来。他已经听说了这件事。他从人们中间挤过去,蹲下来摸了摸魏强的冷却了的胸口,又站起来,摘下帽子,环顾着人们。人们在啜泣着。

　　"你们在这里干什么?散开!小心炮弹!李凤林,现在你负责一连,把他送下去……"他怒气冲冲地喊着,但他迅速地走了开去,战栗着,迸发出一个抑制不住的悲痛的哭声。人们都静默了,看着他们的营长。他又走回来,蹲下来,抓住了魏强的手。

　　"魏强同志!我们就要把你埋葬在这里了,我们要战斗下去,你放心吧!"

　　"一连的组长以上的干部和共产党员同志到这里来!"李凤林以严厉的大声说;"立刻布置阵地——守住三五〇高地!"

　　在这些天的战斗里,王标只看见疲劳、流血、死亡。在他的眼前一切是混乱的。他想着,部队打成这样,打了这些天,应该完成任务了,可以撤出阵地了,然而情况却不是这样。他喜欢到团部和后勤去找人打听消息:东线的某某军是否插过去了;左翼的某某师是否转移了;某某部队是否上来了,于是他计算着。按照他的计算,昨天夜里就可以撤出阵地。他心里紧张地期待着……这一整天,阵地上情况危急的时候,他一直呆在伤员转运站的一个防炮洞里。他觉得他是病了。

那些思想重复着:上级不照顾他;人们忘记了他对革命的贡献;他将来一定要去干别的;他坚决要和那个女子结婚……但这一切都归结到脱离战争的急迫的愿望上去。昨天,政委石雄召集的营的干部会议上,赵庆奎对他提出了激烈的批评,石雄也对他下了严重的警告,但这一切只是对他证明了,他将来必须另起炉灶。

"我要脱离革命吗?"但这个思想现在并不使他惊动。他冷冷地想:"现在全中国都解放了,哪里不可以搞个生活,搞点事情,吓!"

而且,一切他都看穿了:革命也不过是这么回事!

然而他很痛苦,他躺着,不时地发出呻吟。下午的时候有很多炮弹落在他的洞子的周围。这些炮弹对他证明,一切都是假的,只有活着,才是真的;他将被打死。

这洞子里后来被背进了一个脚骨被打折了的伤员。他在通过炮火时负伤,人们把他临时安置在这里。他挤去了王标的地方,使王标不得不收起了他的毡子,很困难地弯着腰坐起来。这伤员痛得不住地呻吟,然而他一面呻吟,一面却小孩般地抠着身边的泥土,搓成了一个一个的小球;除了进来的时候看了王标一眼之外,他一直就不曾看他。过了一下,一个战士来背他了。他把那些小泥球弄乱,又看了王标一眼。伏到那个战士背上去的时候他忽然停止了呻吟,用一种尖细的声音说:"还是个干部呢!"然后又大声呻吟。王标颤抖起来,然而他只能假装没有听见。他用脚踏碎了那些小泥球,重新把毡子铺上,躺了下来。他看见毡子边上仍然被弄上一些血了。但他忽然非常羡慕这伤员：无论如何，他已经开始脱离这些可怕的炮火了。

他挨到了黄昏。他今天夜里可以不必出去工作，因为人们都知道他病了，而阵地上现在是这么混乱，一切都无从下手；实在说，工作没有他也是照样进行的。他吃了一点干粮又喝了一点水，这水壶他刚才在那伤员进来的时候是藏在背后的。但这时团长的通讯员跑来喊他。

他没有完全听清楚团长的命令。他只知道让他到右侧的被隔绝了的二连那部分人那里去，于是他想，那里是最糟糕的地方，必须从迫击炮弹和机枪下爬过，离山上的敌人只有几十公尺，并且，说不定敌人已经伸到了山下……但什么样的一种力量仍然使他出发了。在他心里的矛盾解决以前，他就机械地行动起来了，因为团长的命令是简单而决断的。他的腿颤抖着。他看见了一串串地打在那山坡上的机枪。于是他开始明白他是不可能到那里去的。但他仍然走着，并且居然已经前进了百十公尺。一发炮弹在他附近爆炸，他跳进了一个沟里。他决心等敌人的炮火稀少一点再前进。炮火稀少了，但他又想，也许一走到那里又会打起来的；那么，再呆一会吧。真的，他并不是不想去……于是，多年的军事生活在他身上所发生的机械的作用到这里也结束了。

炮火一时停顿，一时又响了起来，他却只是呆在沟里。这时他不仅不能前进，反而对着他已经在炮火中走过来的这段路恐慌起来。现在他呆在荒地里，周围没有一个人，这使他十分恐怖。如果他负伤了，就不会有人来替他包扎并且送他下去的，他就要在这沟里呆到明天早晨。不过现在主要的问题是：他将怎么办呢？迟一点到达二连当然没有什么关系，因为那里不过十来个人，他不去他们也知道应该怎么办的；他将汇报说，他叫炮弹震昏了，因此耽搁了；或者，山坡下面发现了小股的敌人，他和他们遭遇上了……不，这不行，谁都知道这不可能的；但是，为什么不可能呢？谁知道？谁亲眼看见的？行了，大体上就是这样。

也许没有什么麻烦,因为他并不是不打算去,只不过是迟一点。

他在沟里蹲伏着,倒反而安慰起来了。他甚至激动起来:过了多少天艰苦的时光啊!这一次下去,一定要好好地吃一点,睡一觉,然后把一切做一个决定。也许可能调到后勤去工作,那么,就可以有回国的机会了。

几个战士在他附近悄悄爬过。他潜伏着免得被发现。后来,一个敏捷的黑影在他附近跑过,向二连阵地前进。他认出来这是营部通讯员王恩。或者这是去找他的。他又有了一点犹豫:人们会发现他并没有到达二连。但立刻他又想:他总可以有理由的,团长也许不会怀疑他,因为他在出发的时候并没有表现迟疑。

他看见,在炮弹的爆炸声中通讯员王恩倒下了——炮弹就在这年轻人的附近爆炸。他忽然非常希望炮弹已经击中了王恩,他觉得这样就可以证明,并没有人能够在这种情况下到达二连。他想:这年轻人炫耀他的勇敢,其实这算不得什么……但忽然王恩又跳了起来,弯着腰疾速地穿过爆炸的浓烟而消失了。这年轻人的勇敢于是就在他心里唤起了尖锐的仇恨。

王恩一向对他很冷淡。几天前,曾向组织上对他提出了激烈的意见。

"他以为这样就能立功么?这就算勇敢?狗操的!将来他就会知道这是怎么一回事了!"他想。

反击三五〇高地主峰的战斗发起了。炮弹在他周围爆炸,他伏在沟里。他听见了远远的前面偶尔传来的喊声,这喊声也使他嫉恨。这是白费事!赵庆奎有多大的能耐?在这种情况下还能攻上山头么?果然,他听出来了,没有能攻上山头。于是他心里就高兴起来了。但这高兴并没有继续下去,又有一批炮弹飞过来了,打塌了这自然沟,泥土碎石崩落在他身上,他的手脚都麻木了,他觉得他负伤了。

他想象鲜血正从他腿上流出来。

"这一次一定是没有希望了,没办法止血,我一定会昏过去的！我真该死,忘记了这里一定要落炮弹！我万万不能！我这一辈子还什么也没有享受过……"他颤抖着,伸手去摸索他的右腿,膝盖下面好象有点潮湿;他又推开压在腰上的泥土,用力地把他的左腿从泥土里抽出来。他继续摸索着,但是没有知觉。他确信他是负伤了。他爬出这自然沟,向后爬去,然后他跃起来,开始奔跑;虽然两条腿都在行动着,但他仍然觉得他是负伤了。炮弹在这黑暗的开阔地上闪烁、爆炸,要脱离它们几乎是不可能的;他恐怖得快要疯狂了。他被一块石头绊倒,滚到一个弹坑里;他以为他又中了弹片,精疲力竭了。

"完了！"他想,"全完了！"

他逃不出去了！他必然要死去了！在这种恐怖的意识下面,又有另外的一种恐惧在他的心里微弱地动弹着。这是对于自己的行为的恐惧。他知道这是怎么一回事！这是公然地从战场上逃跑,叛变！虽然他自己并不这样看,但毫无疑问,人们一定会这样看的！这时,团长命令的严酷的力量,这些年的革命部队的生活的影响好象又来到他身上。于是那种对自己的行为的恐惧在他心里增涨着：人们一定会发觉他的行为的,所有的借口都是不能成立的。这种恐惧一瞬间竟使他忘记了对于死亡的恐怖,于是他神志昏迷地又向前爬行。

他的一辈子都完了！一切人都唾弃他了！他今后要怎样办呢？这一切是怎么搞的呢？从前他梦想着出人头地,而且,似乎是,也曾怀着喜悦和青春的奋激,觉得自己是走上了光明大道。他虽然总是在想着,吃一点苦,卖一点力,就能够慢慢地得到快乐,但他也似乎并不是不曾有过理想的！当他从无路可走的绝望的情况里来到革命部队的时候,感到革命队伍里的温暖,他也曾经举手宣过誓！他曾经激昂地战斗过,于是从那时以来他就相信自己并不比别人差,于是他就觉得他应该得到更好的位置！这一切是怎么搞的呢？理想和热忱都枯竭了,人民的苦难,英雄的事业都不再能感动他的麻木的心肠了,于是现在他就在战场上逃跑,在炮火中战栗,昏乱地爬行……

"我完了！"他想，战栗着，"完了，一切全完了！你是混蛋！"他突然在心里大声喊，"你贪污公款到今天都没有交代！你搞腐化……那不过是一个堕落的歌女，婊子，你搞腐化！你参加革命以前就搞过腐化，那么年轻你就糟塌自己，你一点也没有改！"

　　这仿佛是别的什么人的声音在他心里喊叫，这喊叫使他觉得痛快。他拔出手枪，战栗着，向前爬行。

　　"我要把生命献出来，叫人看看王标并不是那样的！"他说。但立刻他想："岂有此理，难道这能怪我吗？比我坏的人多着呢！我为什么要折磨自己？革他妈什么命？走这种冤枉路，我够了！"

　　昏乱的狂热和那一点微弱的理智消逝了。他重新又感到炮弹在周围爆炸。他回转来了，这一次不是狂奔，而是一点一点地爬行，跳跃，看准地形，好象做着那种经过精密计算的事情似的。他一直跑到团指挥所的山头附近，钻到一个防炮洞里，抱着一切都与他漠不相干的心情，闭上了眼睛。他决定，休息过了之后，再来考虑一切问题。反正没有人看见他。他将脱离战争。

　　他心里轻松起来了：至少是目前没有什么危险了。炮弹不至于正好打在这防炮洞上面的。于是他睡着了。

　　他被冻醒，看看表，四点多钟。他带着那种经过了精密考虑的沉着态度，拿出手枪来，对自己的左边的小腿肚上开了一枪。这将使他脱离战争。

　　但他没有想到这时团长刚刚从前面回来，经过这交通沟。通讯员黄双和听见了枪声，跑了过来。手电照见了他的含着冷笑的脸。

　　"一营副！"通讯员惊心动魄地大叫着。显然人们正在找寻他。

　　"你干什么的？"王标吼叫着。

　　"一营副！找到了！自伤！拿枪打自己！"通讯员恼怒地大叫着。

　　王标举起枪来。最初一瞬间他曾想向自己的太阳穴里开枪，但是此刻他心里却腾起了一股复仇的感情，向通讯员黄双和射击了。

这敏捷的年轻人往洞子旁边一闪,枪弹打中了他的左臂。

"缴他的枪!"团长喊叫着,跑了过来,爬出交通沟,跳到防炮洞顶上。"王标,缴枪,出来!"

王标疯狂地向洞外射击……但团长的声音使他的手垂下来了。他摔出了手枪,爬出洞子,冷笑着环顾人们。

人们抓住了他的手臂。他战栗着。同时,他心里的仇恨在燃烧着。他悔恨他参加了革命。而且他明白了,他一直在仇恨他周围的这些人们……他在革命中损失了他的家产!

这种思想还是一直不曾被他自己这么鲜明地意识到的;他曾对自己证明,他早已和家庭没有什么关系了,他挨过饿,受过国民党和日本人的压迫;他曾反抗过家庭。他一直是这样想的,人们也并不怀疑这一点。但此刻他却想到了:他的继母曾通过他的一个亲戚来信告诉他,他家的田地已经被分掉,她和他妹妹都住在破庙里;他的一个伯父被公审为恶霸地主,枪毙了。

当他想到要脱离革命,和那个女人结婚,去干别的事情的时候,他曾想到他那损失了的家庭。他懊悔他从前的年轻无知。于是他和他的继母在感情上和解了。但在目前的这件事发生以前,他却不曾敢于这么明确地想到,他仇恨周围的这些人,而这种仇恨是因为他走了冤枉路,并且损失了家产!

"该怎么办就怎么办吧!"他说。"不必嚕苏了!"

"叫警卫排三班长带两个战士来!"王正刚说,跑进掩蔽部,打电话找到了石雄。得到了政治委员的同意之后,他走了出来,简单地说:

"枪毙他——警卫排三班长来了吗?立刻枪毙!"

"团长,我有话说!"王标说。

警卫班的战士们愤怒地吆喝了起来。这时一营通讯员王恩跑来了,这年轻人浑身衣服都破烂,头上缠着绷带,疲惫极了,没有注意到人们在干什么,他报告说,二连的那十几个人已经撤上了三五〇高地主峰,但是哪里也没有找到王标……但立刻他沉默了,发现了王标。

"叫他说!"王正刚对王标说:"你有话说吧!"

"我说吗?"王标说,笑着,显得很顽强;他知道逃不了惩罚,但却没有想到团长这么快地就做了决定,于是他心里的那个仇恨就变得更激烈了,"那我就说吧! 你枪毙好了! 我走了冤枉路,可惜了我这一生!"他说,颤抖着,"我没有看准,我看错了! 随便你们怎么说都可以,叫那些人高兴吧! 你们高兴吧……"

"不准开口!"通讯员王恩大声喊,"闭嘴! 混蛋!"

"你是什么东西!"王标说,战栗着,"你光着屁股在地上爬的时候……老子就什么世面都见过了!"

"说完了吗?"王正刚用尖细的、冰冷的声音说。

"给我水喝……我要喝水……我要死了……水!"王标喊着,呻吟着,他软瘫了;他的那一点顽强迅速地消失了。

"枪毙!"王正刚喊。

"报告!"王恩大声说,头上的绷带散了,他迅速地把它拉了下来,"这阶级敌人,请首长交给我——请首长让我亲自枪毙他!"

"可以。"王正刚说。

通讯员王恩举手敬礼,但是他又庄严激昂地大声说:

"我代表一营的全体战士枪毙他! 请团首长放心吧,我们一营全体战士决不能答应这种……无耻的东西!"

这小通讯员显然在替团长难过。

"执行任务吧!"王正刚说。

小通讯员激昂地喊了一下,跑向王标。王正刚走进了掩蔽部。他听见外面坡下的一声枪响。他坐下,但立刻跳了起来。

"够了!"他喊,"麻痹,丢脸! 可耻!"于是他勃然大怒地踢开了前面的一个炮弹箱,跑了出来。

"叫刘参谋来! 用电话通告全团,枪毙了叛徒王标!"

在奉命撤退以前,三五〇高地一直坚持着。这一天,敌人曾攻上二营的阵地和三五〇高地左边的山梁。二营的阵地恢复了；三五〇高地左边的山梁上则是一直激战到天黑。这一整天右翼不曾受到威胁，师的后备部队把敌人逐出了好几个山头。张福勤团则是从左边越过公路反击，给了二营的阵地以有力的支援。从上级司令部突然发起对右翼的几个山头的攻击这件事看来，部队将要撤退了，但撤退的命令仍然来得太急促。王正刚后来知道，敌人这时已经进到了师的左后侧。黎明的时候他接到了紧急撤退的命令。右翼山丛里的师的预备队已经转移；张福勤团已经开始撤出阵地。白天里撤退是困难的，但如果再耽搁下去，他将要挨到晚上了，而那情况将不可设想；他的团会被包围。画出了撤退的路线图，后勤、二营和直属队的战士们立刻离开了阵地。但仍然来不及完成所有的工作，一营刚接到命令敌人已经开始动作了，今天敌人好象动作得比往常更早一点。于是王正刚命令一营用一部分兵力掩护。赵庆奎在电话里象接获平常的任何命令时一样，简单地说："知道了，首长放心吧。"这个回答使王正刚心里充满了温暖。王正刚后来知道，为了使全团安全撤退，赵庆奎组织了对左边山梁的反击，他撤出了二连和三连的战士们，留下了一连。情况紧急到了极点，王正刚预料到打掩护的部队将很难撤出来，但这时也只有如此了。政委率领主力在灰蒙蒙的天色中离开，王正刚留下，手边只留着侦察排的一个班。他命令不丢掉任何一个伤员；每一个人都有责任背伤员。他派出人员去打扫战场。一营的一部分部队由朱国山率领着下来了，人们背着伤员。然后有几个轻伤员走过，他们报告二营附近的防炮洞里还有两个重彩号，王正刚立刻命令两个侦察员上去。敌人的炮火象往常一样射击着；三五〇高地上传来了机枪的声音。王正刚跑进掩蔽部，拿起电话，电话不通，这使他一瞬间感觉到全团仍然象往常一样在作战，整个的战场仍然在他的控制中；但立刻他又想到现在整个的阵地都空了。赵庆奎不在，通讯员王恩接的电话，这小通讯员喉咙嘶哑，好象才睡醒，但他以从容不迫的庄严的大声问："首长你有什么指示吗？要叫营长来吗?"王正刚深深地被这声音感动,于是非常温和地回答说,不必叫营长,但需要告诉营长,全团立刻就撤完了,他们必须在二十分钟以内离开。通讯员于是很高兴地说:"知道了。"显然他因团长充分地信任他而自豪。王正刚这时还想在电话里说些什么,他心里很乱,总觉得还有什么事情要交代的,于是又向电话喊着:"喂!"他以为小鬼已经不在,哪知小鬼仍然抓着电话,这时就喊:"首长你还有什么指示吗?""没有了。告诉你们营长完成这光荣的任务吧!"王正刚回答。于是小鬼以欢乐的大声喊:"敬礼!"王正刚放下电话站了一下。他这才明白他实在有点留恋这个三五〇高地,这许多战士在上面流血牺牲,使他焦灼、苦痛、欢欣的三五〇高地。刚才仿佛不是小鬼在回答,而是这高地本身,所有的牺牲了的和活着的英雄的人们在回答他一般。他走出掩蔽部。刮了一夜的尖利的冷风以后,天落起雪来了;这雪一瞬间变得很大,稠密地在灰色的天空中飞舞着,于是三五〇高地变成一个模模糊糊的黑影了。这雪将帮助撤退。

奇怪得很,虽然炮声和枪声和每天早晨一样,王正刚这时却觉得周围很宁静。二营的阵地,不,应该说,二营的原来的阵地,或者说,朝鲜的这个小山头,已经完全变白了,虽然那上面不断地腾起一朵朵的弹烟。坡下的一棵没有被炮火打掉的松树顶上也变白了。刚上阵地的时候,这里有很多棵这样的松树。电话员在大雪里艰难地、紧张地跑着,在拆除最后的电线。他们不时地呵一呵冻肿了的手。最后的一部分打扫战场的人在坡底下过来了,他们背着一个伤员,每一个人都背着好几支枪;有几个负着伤,头上缠着绷带,或者胳膊吊在肮脏的绷带上,他们的神情都阴沉而坚决。

"没有丢掉什么吗?都检查过了吗?"王正刚问。

"没有!连一支破枪都捡来了!"有一个人回答。

要仔细地回想、研究三五〇高地的经验,那是以后的事。但王正刚仍然想起了这些天来的各种事情。他的脸色和那些战士们一样阴沉和坚决,默默地站在大雪中。他可以走开了;他现在不可能再给赵庆奎和李凤林什么帮助了;敌人不久就会迂回到三五〇高地后面来……但前面枪声激烈,走开好象很困难。

一个侦察员飞奔回来,报告说敌人正在通过公路,准备向二营的前沿阵地攻击……

让他攻击吧。他还不至于很快地就过来;赵庆奎和李凤林会知道应该怎么办的。

"走吧。"王正刚说,于是头也不回地就向坡下走去了。他们的神色阴沉,一句话也不说,在大雪中艰难地走着。照时间看来,现在赵庆奎可能撤出来了,当然最好是如此,可是看来他们是会遭遇到复杂的情况的。也许敌人终于通过了二营的阵地来包围他们,也许敌人追击他们,那么,这几十个人就要一步一步地血战……

敌人的重炮封锁着后面山谷的出口,河滩和公路。但是雪下得更大了,炮弹穿过纷飞的大雪好象有些困难,爆炸的声音也来得比平常钝重。现在三五〇高地上的枪声已经听不见了。撤退时的紧张、纷乱的心绪被对于眼前的新的任务的思索代替了。最后撤退的一部分战士们正在通过炮火封锁,一些黑影很快地在结冰的河滩上跑过,但其中有一个背着伤员的战士在冰上慢慢地走着,炮弹落得很近他才蹲下来,慢慢卧倒,然后他非常艰难地背着那伤员爬了起来,重新前进着。

他满头大汗,困难地移动着脚步,咬紧着牙齿,那发青的嘴唇在颤抖。

"不要怕,"他从牙齿里面说,"不要怕。"

"你不要丢掉我啊……我们是同乡啊!"伤员呻吟着。

"丢不了的,同志! 不要怕。"那战士说,凶恶地看着面前的结冰的道路。

王正刚在追上他们的时候听到了这样的谈话。这谈话使他很痛苦。他回过头来看了他们一眼。他命令一个侦察员把那伤员接过来,这样他们就一起跑过了炮火封锁区。

跑过了公路以后,王正刚突然停下了,他看见了路边的土坎下面有一个朝鲜妇女的尸体。她的脸侧着靠在她的远远伸出去的右手臂上,她的裹在黑裙子里的很瘦的腿弯屈着;看不出她是哪里负伤,她身上和周围都没有血迹,即使有血迹,也被大雪遮盖了;雪花已经在她身上积起来了。这尸体并不使王正刚惊奇,但那破烂了的黑色的裙子、瘦削的身体却唤起了一些熟悉的印象,他即刻就从那张同样瘦削的脸上认出来了,这是斐英哲的姐姐。

那天晚上,人们把她带到团部来的时候,这妇女的苦痛的神情,她的贫苦的样子,她在听到她弟弟的消息时的茫然状态,她在接受食物和水的时候的那种羞怯和不安,曾给王正刚留下了很深的印象。但这两天的战斗里他就把这件事忘记了。斐英哲大约已经转移下去了,但是这妇女怎么又倒在这里呢?为什么她没有能和她弟弟一块儿转移呢?

但这一点是很清楚的:也许人们曾经照顾她,也许因为紧张的情况而没有能照顾她,不论怎样,她离开家乡,向北方出发,往金日成将军那里走去!走到这里,她倒下了。

斐顺玉的瘦小的脸现在看来倒没有了先前那样的痛苦和憔悴。她仿佛比活着的时候还要年轻些。她的灰白的脸上有了一种安静的样子;她的枕着手臂、弯屈着腿的姿势使人觉得她好象是睡着了……这一切使得见惯了死亡的王正刚觉得很痛苦。他想:不久之后美国坦克就要过来了,于是碾碎了她……

"把这个妇女背起来,走!"他喊住了跑过来的一个侦察员。

侦察员不认得斐英哲的姐姐,不了解团长何以要这样,但仍然毫不犹豫地把她抱起来了。她非常轻,她的头和手垂在侦察员的胳膊外面。侦察员疾速地前进,白色的伪装布飘动着,她的黑裙子也飘动起来。

应该替英勇的斐英哲做这件事。但更应该替自己做这件事。怎么办呢?把她带着走是不行的,挖一个坟墓埋葬起来,这也来不及,但至少不能让美国皮靴来践踏她!于是,在走进了一个山沟之后,王正刚就命令侦察员们在坡上布置两个岗哨,自己带着其余的人爬到树林里去了。这是一座很稠密的柏树林。雪已经积了半尺深了,他们很困难地爬上山去,一只野兔在他面前惊起,象一个黄色的皮球一样跳了起来,跃过石块而消失了。王正刚找到了一个僻静的地点,他看看表,命令放下斐英哲姐姐,并命令侦察员们把地上的积雪铲除掉。

"就在这里!动作快些!"团长说,他的脸,似乎被冻得发抖。

侦察员们带着庄严的脸色工作起来了。他们虽然不认得斐英哲姐姐,但现在都觉得这么做是有必要的;团长的坚决的庄严的神气使他们觉得这是必要的。他们用唯一的一把锹和一只秃镐工作起来,有几个人就用脚,用手。他们甚至已经把那坚硬的地面掘开了一点了。

"放下吧,把她抬过来,行了。"王正刚小声喊,面孔仍然在发抖。于是斐英哲姐姐就躺在这一块扫除得异常干净的土地上,一个老侦察员直到最后还在费力地挖着一块尖削的石头,因为他觉得在这块石头上,这妇女不会躺得安适的。周围的洁白的雪使得这一切充满着一种纯洁的意味。人们都确信他们在做着最有价值的事情。这瘦削的、不幸的妇女现在躺着,雪花继续飘落在她的黑裙子上面。有几片雪花轻轻地飘在她的苍白的脸上。直到现在王正刚还看不出来她的伤在哪里。王正刚蹲下来,把她的覆在额上的头发理好,并把她的两只手放在她胸上。然后和战士们一起工作,拿雪把她掩盖起来。很快地就堆成一个雪坟了。

"行了,可以了,现在快些前进!"王正刚以奋激的小声说,并且用抚慰的、亲切的眼光对人们扫了一下。他们跑下山坡。

他意识到他心里此刻充满了稀有的、对周围的一切的亲爱的感情。在埋葬——如果这也能算是埋葬——这个不幸的妇女的时候,他曾想到,他不知道他的光荣的妻子埋葬在什么地方;差不多在一看到斐英哲姐姐的尸体的时候他心里就想到这个。是的,他的光荣的妻子,虽然在以前那些年他一直并不觉得她对他有什么特别重要。

侦察员们被他们的严格的老团长的这意外的行动弄得很奋激，他们大约也都想到了一些什么，他们的眼睛闪亮，在大雪中以战斗的姿态前进。他们的白色的伪装布无声地飘动着。

　　赵庆奎在王正刚离开了以后大约十分钟就开始撤离三五〇高地。敌人占领了二营的阵地，切断了后面的山沟，于是赵庆奎决定往右后面的山丛中突围。突围算是顺利的，但一个钟点以后，在通过一个山谷，来到公路边上的时候，他们就看见了一股迂回过来的敌人。于是他们立刻撤上山坡，抬着烈士和伤员穿过树林爬上了高山。敌人没有追击，好象没有发现他们。在一个山洼里停了下来，派出了警戒之后，赵庆奎就召集了班以上的干部会。他说，现在是考验每一个人的时候了。虽然在这里等到晚上，敌人会愈来愈多，他们有可能被包围，可是立刻杀出去，也有很多困难，这是用不着说的，大家看怎么办？

　　干部们意见不一致。有的说，熬过白天，天黑下来行动比较好；这附近山头连绵，地形复杂，可以守也可以退。有的却认为，敌人一定会沿着这些山头搜索过来，这几十个人要退避也是很困难的，而且，熬过白天，损失这一整个白天，战线上就可能发生更大的变化……但大家最后说，他们完全信任营长，他的任何命令他们都要坚决执行……赵庆奎好久地沉默着。他走开去又观察着下面公路上的敌情和公路周围的地形。现在敌人的先头部队已经从这小公路往东边的大公路上去了，而且公路对面的山坡上传来了凌乱的枪响，显然那里已有了敌人。赵庆奎想：现在他面临着最重大的问题了。他要对这里所有的人负责，对党负责，做出决定。"我还可以打一仗，但这一仗必须在最后的时间……"他想。

　　首先是，要争取让更多一点的人员能参加战斗，要使行动敏捷起来，那么现在必须把烈士们的尸体埋葬掉。他发出了命令之后，战士们就在后面的山坡上刨起地来。他继续观察着。十字镐掘着地面的钝重的声音一下又一下地传来，仿佛掘在他心

上似的。李凤林来到身边,对着他的耳朵悄悄说:

"营长,彩号们很有思想顾虑……"

"我知道,"他说,仍然看着山下,"我埋葬烈士,为了活着的;我要把每一个活着的都带出去。"

李凤林走了开去;集合了部队。在纷飞的鹅毛大雪中,立刻就响起了他的激昂的声音;他重复着赵庆奎刚才的意思,并把它们变成了一篇充满激情的鼓动。

"我们跨过鸭绿江,和美帝国主义战斗过来了!我们把它这个纸老虎捅破了……如今我们是胜利中的主动撤退!我们活着,就要替烈士们复仇!我们牺牲了,我们就对人民尽到了最后的责任——胜利难道不是永远属于我们的吗?"李凤林说,赵庆奎很少听见他有这么激动的宏亮的声音,"我们在这里埋葬我们的亲爱的烈士们了!他们为我们的事业牺牲了,为了我们能更好地战斗,我们今天把他们埋葬在这个山头上!同志们,凡是有人民的地方就有我们的事业,我们要永远纪念!同志们,现在,让我们对烈士们致最后的敬意!英勇的烈士们,我们向你们保证为革命事业奋斗到底!让我们静默一分钟!"

李凤林的干燥、嘶哑、激昂的声音静止了,人们全体脱下了他们的肥大的绒帽子,露出了长得很长的乱糟糟的头发,露出了缠在头上的绷带;大雪中一片静默。赵庆奎转身走了过来,看见战士们对着刚挖掘出来的土坑站着,连两个腿上负伤的伤员也在别人的搀扶下站着,大片的雪花飘落在那些被帽子压扁了的漆黑的头发上,飘落在染着血的绷带、破烂的棉袄、肮脏的白色伪装布和缴获来的美国军大衣上。他迅速地又数了一下:二十七个。"二十七颗坚决的心,不算少。"他想,脱下了帽子,低下头,并在心里重复着李凤林的话:"英勇的烈士们,我们向你们保证……"

烈士们躺在坑里。他们的血肉模糊的躯体现在叫赵庆奎心里有了庄严的意志。他看见,他们中间的八班副仍然紧紧地攥着拳头,九班的一个年轻的战士两只胳膊弯屈着又微微张开,仿佛他仍然在奔跑似的。鹅毛般的大雪已经很快地在他们身上积起来了。

"告别了,亲爱的同志们!我们没有红旗给你们,可是我们心里有一面红旗!"赵庆奎说,"埋起来!"

赵庆奎感觉到所有的眼睛都在看着他。他觉得周围的这些瘦削、褴褛、反穿着破棉袄、缠着绷带的人们,这些红肿的、庄严而沉痛的眼睛仿佛对他说:"亲爱的营长同志!我们多么敬爱你,在你的指挥下我们打响了一个又一个的战斗,你下了命令,我们立刻就执行;不要看我们这样疲劳,为了革命,我们把一切全交出来了,我们一定要象烈士们一样战斗到最后,你下命令吧!你不要顾忌啊……"

"同志们……吃点干粮,休息一下。"赵庆奎用嘶哑的小声说,匆忙地走了开去。

他害怕人们看见他的脸。他现在不能动感情。人们渴望他作出决定,但他现在还未作出决定;但他必须让人们知道,他并不焦灼,决定已经在他的心里。他靠着一棵树站着,观察着山下。李凤林踩着很深的积雪走到他身边,看看他,但他仍然看着山下,虽然这时山下什么也没有。

"武器是全的,叫战士们擦枪。十一支冲锋枪,二十九夹子弹,八支卡宾;轻机枪有八夹子弹;手榴弹,平均每人能有三颗;有两个彩号能战斗……"

"知道了。"赵庆奎以压抑着的郁闷的声音回答,"叫他们擦枪,休息。"

"营长,冲出去!"李凤林说。

"一共有十一个党员吗?干部调整了吗?"

"调整了。战士们觉得可以冲出去。"

"我知道。"

李凤林又站了一下,发觉赵庆奎现在不愿意回答什么,于是踩着深厚的积雪走开去了。

赵庆奎看不清山下的情况:大雪把公路的开阔地完全遮住

了。他早就注意到他的通讯员王恩站在他下面的一棵树旁边，一时望着山下，一时望着他，睁着孩子般的迫切期待的眼睛，但他却没有向他看。这一次王恩长久地用那明亮的、忧愁的眼睛看着他。

"看着我干什么？"他冷冷地问，仍然看着山下。

王恩回过头去了。

"我相信我能想出办法，做出决定来的。党要求我冷静，现在我很冷静。"他想。他觉得，并不是他这个人从来就是这么冷静，而是党、上级、周围的人们——那在此刻是如此地心贴着心的人们使他变得这样冷静。"敌情是如此，敌人的大部队开始向前运动了。我有进行一次决战的人员和弹药，问题是决战只能进行一次，谁也不能胡说，说现在只剩下拼命这一条路，我不拼命，不，赵庆奎，现在你要带着这二十七个人回到部队。要决战，那也要在敌人不愿意决战的地方决战。从这一点来分析：敌人在一度前进之后会立刻叫我军重新挡住，因为这是我军的主动的、战略上的撤退，新的战线在汉江北岸这一带形成。你要在目前这环境下，记住上级的教育，赵庆奎，利用一切条件争取主动，这条件的第一点是敌人在运动，对我军并不摸底，第二点是……大雪！"他看见通讯员王恩肩上积起雪来了。王恩穿着缴获来的美国军大衣。这年轻人对这大衣非常有兴趣——大衣几乎拖到地上。他自己也穿着缴获来的美国军大衣，他原来的破大衣扔在三五〇高地了。现在大部分人都穿着缴获来的衣服。这个发现引起来的思想使他心里动了一下。"为什么我不可以在大雪中大摇大摆地前进？敌人能分辨得出来这是谁么？"他想，一阵喜悦把他抓住了。"冷静点，赵庆奎，冷静……王恩，拿地图来！"

他的兴奋的声音使王恩惊喜，这小通讯员，美国军大衣的下摆在雪上拖着，迅速地跑上来，从挂包里取出地图，铺开，仰着头看着他。

赵庆奎研究了他的团原来的撤退路线和他现在的位置之间的距离，找出了道路。

"小恩,你看怎么办?"他看着地图,问,他的意图在他心里成熟起来了。

"冲出去呗。"

"你看能吗?"

"这大雪,碰上就打!"王恩说,呵着他的冻得通红的手。

"打不出去怎么办?"

"拼了,他妈的! 那还能叫他占便宜?"

"要是叫他占了便宜呢?"赵庆奎说,无表情地看着他。

"那……"王恩脸红了,"我个人的决心是不叫他占便宜的! 营长,你是知道的,咱们这些人就等你一句话,是刀山,是火坑……"他大声说。

"叫党员们干部们过来!"赵庆奎说。

党员和干部们立刻就同意了赵庆奎的大胆的意图:装成美国兵的模样,让伤员们在中间,沿着公路列队前进,随时作战斗准备,但不到必要时决不战斗……

然后赵庆奎对全体战士讲了话,作了动员,宣布了这个行动所必需的纪律。战士们迅速地准备起来了。

于是这支小部队被新的兴奋鼓舞着,在迷茫的大雪中出现在公路上了,有一队美国兵刚刚过去,就在他们前面两百多米,趁这一队美国兵刚刚过去的这个空隙,赵庆奎上了公路,他尽量慢慢地行走,抵抗着想要一下子跑过开阔地去的诱惑。过不了一会儿,他们的后面就隐约地出现了一队敌人。赵庆奎发出了"沉着前进,准备战斗"的命令。他们现在处在比先前所预料的还要危险的情况中了,但事实却又证明了他们的行动是及时的,因为在他们刚才所隐藏着的那个山头附近,也传来了一些枪声,显然敌人的搜索部队已经过来了。现在公路周围的山头上几乎都已经有了敌人。突然发生的情况使得赵庆奎不得不放弃了在公路上走一段再靠近山坡的决定:后面的那一队敌人下了开阔地,往对面的山坡上去了。机枪在那山沟里响了一阵。但现在总之是他的后面暂时解除了威胁。前面的敌人不至于回头的。

赵庆奎于是决定一直行走,走上他的团原来撤退的路线,穿过大公路再进入山地。他觉得这样反而节省时间,因为如果按照原来的想法,即使能闯进对面的山沟,也仍然要找寻道路穿过东边的那大公路的。下了这个决心之后他完全镇定了。他反而觉得这公路上并不比山上危险,而且,一被发觉,他就可以随时地抢占附近的山坡。那种他还不曾经验过的强大的意志力量控制着他,压下了其他的一切感情,这强大的意志似乎也并不是他原来就有的,而是他的国家,他的上级,他的部队,他后面的这些人们所赋予他的。他走得很慢,现在他离前面的敌人快有三百米,已经不大看得清他们了。但这时他忽然听见了后面的汽车马达声。他的脊背有些发麻了。但那强大的意志力量更有力地控制了他。下公路吗?不!要大摇大摆……"沉着点,不要看汽车,"他往后面发出命令。这命令传下去了,一辆吉普车迅速地在大雪中驶过,车上的敌人脸藏在大衣的皮领子里,看都没有对这支部队看一眼;但后来一辆盖着油布的大卡车驶过来了,突然在他们前面十来米的地方停下来了。司机台上跳下了一个身体高大的黑人,钻到车轮下面去修理起来。

在车子突然停下的时候,赵庆奎克制住了他自己。他想:反正你只有一辆汽车。他继续前进。现在不可能停止,他走到汽车旁边了,司机伸出头来,对他们喊叫了什么,似乎是要他们帮着推车;这司机的脸上刚一显出惊恐的表情就被赵庆奎一枪击毙;车底下那个黑人刚爬出来,张开嘴来想要叫喊,又被他击毙。他毫无表情,好象并没有发生什么事似地,继续前进。现在他接近了大公路了。满载着敌人步兵的车辆在积雪的大公路上奔驰,每隔七八十米就是一辆;而他前面的那一队敌人,则是分成两队往公路两边的山上去了。他仍然慢慢地前进。他心里想:你们到山上去搜索吧,去占领山坡吧,可是我在这里。他脸色铁青,但微微笑着,没有停留;一辆敌人的汽车刚驶过,他就穿过公路了。他的脚步有一瞬间变得沉重,头脑也眩晕起来,但现在头脑又清醒了过来,而且脚步变得轻捷了。战士们紧跟着他,在另一辆汽车驶来之前，就都跑过了公路。于是赵庆奎又慢慢地前进，他的脸上仍然有着那个几乎觉察不出来的笑容，他除了前面的田野以外什么也不看，在深厚的雪里高一步低一步地走着，只要他这样，战士们也决不会回头的。

他慢慢地迫近山边了，雪落得非常好，后面，敌人的汽车在公路上吼着，显然并没有发觉他们。但正在这时候前面出现了三个美国兵，向这边跑来，挥着手喊叫着。他看着这三个美国兵，仍然对着山沟前进。第一个美国兵的脸孔可以在纷飞的大雪里看得很清楚了，赵庆奎以后一直记得他的那瘦削的、眼睛陷凹的、长形的脸，和那脸上的一瞬间的恐惧表情。紧张的、出乎他自己意料之外的意志力一直控制着赵庆奎。这美国兵突然停止喊叫，恐惧地张大了嘴巴，赵庆奎含着那个一直留在他的脸上的冷笑，上前一步，向他开了一枪。

通讯员王恩开枪击毙了另外一个，第三个逃走了。

"跑步！"赵庆奎喊叫。

当敌人的喊声和枪声在他们后面响起来的时候，他们已经奔到山沟边上，抢占了山坡。赵庆奎摆开部队迎击着从田野里和右边山根下追赶过来的敌人。敌人在大雪中艰难地移动着。第一批敌人被击倒，他就命令撤退上山。

他在这个战斗里负伤，倒下了；他看着战士们敏捷地穿过了松树林，并听见徐国忠大声喊着："要你们看看我们是什么人！"徐国忠杀气腾腾，并因为从敌人中间闯了过来而快乐。他看见了赵庆奎。因为手臂负伤的通讯员王恩抱不起营长，他就把赵庆奎一下子抱了起来。

"营长，你一千个放心！"他对着赵庆奎的脸大声说，在大雪中飞跑，钻进树林。

"你力气很大。"赵庆奎很安慰地说；那个坚强的意志力仍然控制着他。

"要不是肚子饿，"徐国忠喘息着，吼着，"我力气还大！"

"报告营长！"李凤林奔上来说，"摆脱了敌人！"

"上山!"赵庆奎命令,昏迷过去了。

战士们艰难地在一尺多厚的深雪里翻过了这座山。半个钟点之后,他们进入了一个小盆地,遇到了从南面压过来的一股敌人。李凤林带着部队一面战斗一面向东北退走,最后他们在这小盆地东北边的几间屋子的周围被敌人盯上了。打了几分钟之后李凤林决心突围。他使用了最后几夹子机枪弹,派出了朱洪财,在北边的山边上引开了敌人,冲了出去。但刚一摆脱敌人,他就发觉他丢了几个人。

后面的坡下突然发作的一阵枪响,其中夹着有手榴弹的爆炸,告诉他还有人留在那里。这是在刚才的战斗中倒下,或者原来就负伤,在危急中没有来得及背下来的伤员们。这短促的枪声响了一下就停止了,在一发手榴弹的爆炸过后,一切就沉寂下来了;和这手榴弹的爆炸同时,人们还隐约地听见一声激昂的叫喊。那爆炸和叫喊的尾音似乎好久地在空中飘荡,穿过树林,穿过纷飞的大雪,使山谷发出回响。

"……万岁!"

李凤林向回跑了两步,在一块石头上伏下,但稠密的树林使他什么也看不见。他挥手命令人们前进,并且命令干部们查点人数。那喊声似乎愈来愈清晰地仍然在他的耳边缭绕,使他的心颤抖。

"……万岁!"

他简直想要把部队拉下去,再杀一场,战到最后,也由他的痛苦的胸膛里发出这一声叫喊,来报答被他丢下了的战士们。他迅速地就查明了,丢掉了五个人,有两个是原来就负伤的,有两个,人们曾看见他们倒下,但不能证明他们是负伤了还是牺牲了,另外一个,是营长的通讯员王恩。

他拖着沉重的步子前进了。

对了,王恩。这小通讯员在这次战斗以前就负伤。这次战斗中间,王恩一直留在背着营长的徐国忠身边。在那几间屋子的附近,几个敌人曾经向王恩他们冲来,他曾经看到小通讯员高举着右臂跃过雪地,踏倒一棵小枯树,投出手榴弹,并且听见王恩的尖锐的声音喊着:"徐国忠你快背营长!"

这里的所有的人都抱着同样的决心,这是用不着说的。但王恩显然因为营长的负伤而特别愤恨,在刚才的战斗之前翻过那座山的时候,王恩曾跌倒在雪里,因为过度的疲劳而昏厥了过去,但人们把他拉起来,他苏醒过来之后,就呻吟着向前跑去了。他的眼睛里含着眼泪。这是因为伤口的疼痛还是因为别的什么原因呢,李凤林当时并没有注意。眼泪流在这年轻人的灰白的、冻伤了的面孔上。后来他追上了徐国忠,跑到前面,用着那样苦痛的贪婪的神气看着营长,绕着徐国忠转了半个圈子,想要看清伏在徐国忠肩上的营长的脸;于是他又跟着徐国忠跑了两步,抓着了营长的垂下来的手,把自己的棉手套脱下来,费了很大的劲套在营长的手上;有一只手套又掉下来了,他捡起来,跨着很大的步子,歪歪倒倒地踏着深雪……

李凤林现在完全肯定了,在后面的雪地里发出那一声尖锐的愤怒的喊声的,正是王恩。他的嗓子还带着一点孩子气。没有人能有他那样的尖锐的声音。

李凤林痛苦得迟钝起来了。朱洪财对他讲了一些什么,他一句也没有听见。他站下,看着经过他身边的人们,又看看后面,仿佛他不能够决定,是否要回转去。

"我当真的没有可能把王恩他们几个救出来吗?恐怕是不行的,那情况太危急了,我现在总算是把部队救出来了。不,你不用辩护,"他心里愤怒地说,他麻木地又抬起腿来向前了。他苦痛地感觉到,他现在愈走离王恩他们愈远了。"看吧!要是营长没有负伤,要是魏强在这里,能搞成这样吗?我这么个功臣,我怎么见上级,怎么对得起党?"

他向前走去,跑了几步,步子又慢了下来,于是陷在雪里,又停下。他向前奔跑,似乎是为了好多有一点时间再站下来思索。他的整个的神经苦痛地紧张着,他的心仿佛留在后面的坡下的那一片雪地里了。他好几次觉得,那个尖锐的、激昂的喊声仍然在后面的山野间激荡。

朱洪财一直走在他的附近,他停下,朱洪财也就停下,苦痛地看着他。

"连长!"他一再地说,"要不要叫部队休息一下?叫大家整理一下……"

"前进!"李凤林说,显然地他仍然没有听清朱洪财的话。"前进吧!哪怕是爬,我也要把我的人带回去!"他冷淡地说,不看朱洪财,从雪里拔出脚来,又向前走去。

部队穿过浓密的松林。山坡很陡,人们攀着石头和大树干旁的低矮的马尾松爬着。伤员们的血滴落在雪上。朱洪财跑过来报告,有一个重伤员死了,现在一共背着三个烈士。

"我知道了。"李凤林回答。他的那种冷淡的神情使朱洪财一下子觉得自己有错,变得很惶惑。朱洪财想要说,现在背着几个伤员已经很困难,背着烈士就更困难,李凤林也感觉到这个,但他现在不愿提到这件事。

他向朱洪财看了一眼,心里象刀割般痛苦。但他现在决定要把一切人都带出去,如果碰上敌人,就进行最后的一战。无论怎样,人们是可以把烈士伤员们背出去的,他要用行动来表示这个。于是他跑向一个战士,不由分说地接过了这战士背着的烈士,往雪坡上跑起来。他要表示,高山和雪坡都并不能拦住他。一个战士把这烈士接过去之后,他又向另一个战士跑去,接过了他背着的伤员。他在雪上滑倒了,伤员呻吟着。

"这是我没踩稳。"他说,转过头来笑了一笑。

人们都已经精疲力竭——背着烈士和伤员们爬上积雪的斜坡是多么艰难,压在背上的分量是多么沉重啊。但他必须不让人们发现他的这困难的情况,他必须把这一切人都带出去。

他又向前跑去。徐国忠仍然背着赵庆奎,这强壮、高大的班长也已经行走得非常困难了。赵庆奎的手垂在徐国忠胸前,戴着王恩的那一双棉手套。

"清醒些吗?"

"已经替营长包扎了,"徐国忠喘息着说。

"我来背一下,"李凤林说,笑着,仿佛这要求是不合理的。

但是徐国忠仍然向上爬着。李凤林爬到石头上,把徐国忠拉上来,伸手来接赵庆奎,徐国忠的涨得通红的脸闪过他的面前,一直向上爬去了。

"我来背一下,"他追上去,歉疚地笑着,说。

他不由分说地夺过了赵庆奎。赵庆奎苏醒过来了。

"翻过山了没有?"赵庆奎小声问。

"你放心吧!营长。"

"你是几班的?"

"是我。我是李凤林。"

"徐国忠呢?"

"我在这里,营长!"徐国忠回答。

"王恩呢?"

"在后面。你放心吧营长!"李凤林迅速地说。

"还剩多少人?"

"你放心吧!"

赵庆奎沉默了一下。

"我不放心。你不必瞒我……"

"是的,营长。"

"我不需要你来背我。你的当连长的职责并不是背伤员。王恩呢?"

"徐国忠,你来吧!"李凤林说。

徐国忠把赵庆奎接了过去。李凤林想避开营长的眼睛。

"向我汇报。"赵庆奎坚持地说。

李凤林沉默着。

"我明白了。"赵庆奎小声说。"你照顾部队去吧。你应该找干部和党员们组织一下,研究一下路线……翻过山可以稍微休息,替伤员们包扎,把烈士埋葬……等下你再向我汇报。"

"并没有什么问题,营长。"

"我明白了,你回去吧。"

李凤林站下来,看着蹒跚着、喘息着经过他身边的人们,他仿佛又听到了那一声震撼山谷的喊声。

"……万岁!"

黄昏的时候他们碰到了友军的警戒部队。稍稍休息了一下,借到了几副担架,又前进了,因为这时战线正在移动,李凤林担心会追不上自己的部队。第二天天亮的时候他们追上了他们的团。

李凤林有时候甚至觉得,王恩和其他的四个人并没有被丢掉,他还可以把他们找回来……直到看见自己团里的侦察员们的时候,他心里的那种苦痛的希望和犹豫才最后地消失。他几乎是突然地明白,王恩和其他的四个人是永远被丢掉了。

熟识的侦察员们兴奋地从山坡上奔下来,发出喊叫,迎接这一支战斗归来的小部队。天色微微发亮了。一个高大的侦察员奔过来,喊叫着一些什么话,李凤林一句也没有听清。这侦察员拥抱李凤林。李凤林几乎是无感觉地被这高大的人搂在怀里。他并没有胜利归来、重见部队的欣喜,因为他觉得,这是应该的,必然的,他从来不曾怀疑他会胜利回来,然而,他丢掉了五个人。这种事情在他身上从来没有发生过。

司令部的屋子里只有一个参谋伏在小炕桌上写着什么。这参谋倒水给他喝,热烈地庆贺他的归来,告诉他团长怎样地半夜都没有睡,为他们担心;天还没有亮就又派出了侦察员。有人曾认为他们不可能归来了,但团长和政委都坚决相信,他的这两个干部,赵庆奎和李凤林,是一定会想出办法来的。

"老团长这么说:要是我的赵庆奎和李凤林想不出办法冲出来,那我是不相信的!"参谋热情地说,"老团长说:等着吧,一定会的!一定会的!"

李凤林发晕了,端着水靠墙坐了下来,眼前一片昏黑。但他听见了团长的亲切的、愉快的声音。团长说:"在哪里?快叫医生去!"但团长却没有进来,径直到隔壁的院子里去了。参谋跑出去了。李凤林艰难地站了起来,这才发觉他的两条腿已经很难行动了。他整理了一下他的破烂的衣服,扶着墙站了一下,正预备往外走,团长进来了。

"李凤林呢?很好!"他大声说,"很辛苦了!一营长是怎么负伤的?简单地汇报一下吧!"

王正刚甚至是快乐的。隔壁院子里的战士们的神情打动了他。他已经准备丢掉这些人们了,但他们又回来了。

李凤林敬了一个礼。他的喉咙里象有火在烧着,他说不出话来。

"任务完成得很好!"王正刚继续说,"敌人在我过了公路以后十多分钟就过来了,你们一定碰上了……饿了吧?先吃点东西再说吧!"

"这任务完全是营长……"李凤林开始说。

"嗯?等一等!"王正刚说,于是他喊:"通讯员!弄点吃的东西来,把你们那大米饭弄点来,弄点菜……今早上我们有大米饭。"他有点得意地向李凤林说。

"这任务完全是营长……"李凤林又说。

"等一等吧!"王正刚说,递了一根香烟给李凤林,"慢慢说吧。我猜得到,一定是非常困难……"于是他发现了李凤林脚上的那一双前后都开了裂口用绳子绑着的鞋子,"通讯员!"他喊,这才想到通讯员已经去弄饭去了,于是又对李凤林说:"脱下吧。这炕是暖和的,他们昨晚上烧的,老百姓跑掉了……"

李凤林没有抽烟,也没有脱鞋,他又开始说:"这任务……"团长却已经爬起来自己在找鞋子了;他解开了已经捆起来的铺盖卷,把一双半新的胶底鞋拿出来放在李凤林面前。

"换上吧!谈吧。"

李凤林苦痛地沉默着,抬起头来看看团长。他不再从头报告了,他突然地就说:

"报告团首长……我是犯了错误的。"他的脸涨得通红了,"这错误……我丢掉了五个伤员烈士。"

他以为团长会惊讶：怎么李凤林会这样？他知道团长是严厉的，他想团长将要沉下脸来，愤怒地责备他。然而，王正刚却并不惊讶。他也并未沉下脸来，他只是脸色稍微有点发白了，轻轻地咬了一下嘴唇。他意料得到，在困难和危急中间，会有这种事情发生。他原来曾设想到比这更坏的事情。

"你详细点说吧。"他小声说。

"报告团长，这任务是因为营长坚决果断，他带着突围，闯过两条公路……后来营长负伤了。敌人……"李凤林的发红的脸又发白了，他带着激怒的神情说。

"慢点。你们是大概什么时候离开三五〇高地的？怎么撤退的？"团长很慢地问。

"往右后边撤的……我报告首长，我犯的错误就是，"李凤林以苦痛而嘶哑的声音说，"后来敌人又追击，有三四十敌人，我往山坡上突围，王恩，还有其他的四个战士……原来就负伤的，我上山以后才检查出来丢掉他们了，我听见后面王恩喊了一声，一颗手榴弹……"

"是，我知道了。"团长简单地说，想到了在他离开阵地以前王恩在电话上发出来的那年轻、兴奋的声音。"你说说怎么撤离的具体情况吧！"

"我请求上级处分……我因为没有尽到责任，请求上级处分。"李凤林说，又想到了王恩的那一声喊叫。他转过脸去，希望掩藏他的含泪的眼睛。

团长沉默着。

"我认为你们是胜利的，你明白吗？"团长沉痛地说，脸色又有点发白了，咬着嘴唇。

"这并不算什么胜利……这因为是……"李凤林说，又转过脸去；眼泪落了下来。他的脸抽搐着，被悲伤扭曲了。

"首先是胜利的！"团长皱着眉说，"首先是打得很好！"

李凤林沉默了。他啜泣了一声，嗅着鼻子，低着头。

"把鞋子换上，……"团长说，仍然皱着眉，"先休息去吧。"

第五章

受了重伤的营长赵庆奎,被送回国内抢救治疗。一晃几个月过去了,他已经伤愈出院。这是八月间的一个早晨,赵庆奎走出他家乡的车站。这一条从车站到村子里去的道路,穿过高粱地和谷子地,绕过山坡上的一座果树园的、布满着车辙和大坑小洼的黄土道路,他从小就熟悉了。但沿着铁路走了一阵,过了一座小桥,他就发现了一些陌生的景色:在明朗的早晨阳光下,有几辆汽车在他左边的一条新开出来的公路上行驶着,随即他又看见一些大车。而在公路左边的一丛树木的附近,有了一排红墙灰瓦的房子。这些房子显然是新建的,它们在阳光下骄傲地发着光。原来那地点的一座小土岗几乎被削平了,在那旁边竖立着一座烟囱。从树丛后面,工厂的宽阔的厂房显露出来。人们在工地上忙碌着,在土岗的周围掘土。大车在那附近的道路上来往,穿过田地,卸下什么东西。嘈杂的人声愈来愈听得清楚了。赵庆奎身体还很虚弱,走到工厂的附近就不得不坐下来休息;他也想对这新鲜的景象多看一会。大车运送着石块,他搞不清楚这是干什么的,但他即刻发现了他的村子邻近的一些熟人,他来不及仔细地识别这些人,他们就停下大车,把他围起来了。一个在这样的早晨就披着一件单衣、光赤着胸膛的小伙子站在人们的最前面,喘着气,大声说:"对啦,你就是赵庆奎吗?你这是从朝鲜回来啦?"赵庆奎实在记不起来他是谁,这时周围不断地传出了一些喊叫声,愈来愈多的人围着他了。他笑着问:"这是什么工厂?怎么搞的?有咱们村的人吗?"但激动中他自己也来不及弄清楚到底要问什么。突然的有一个穿着一件背心的青年和一个穿蓝布工装的年纪很大的工人从人们中间挤过来了，叫着："在哪里？在哪里？"赵庆奎以为是什么熟人，但这两个人他都不认识，显然是工地上的。

"从朝鲜回来的吗？"那穿背心的结实的、样子很洒脱的青年问。

"这还用问吗？"有人说，"你不看……"

"老刘，来！"那穿背心的青年喊，把手臂张了开来。

老刘，就是那个年纪很大的工人，把他嘴上的香烟吐掉了，喊着："对！"赵庆奎还没有搞清楚这两个人要干什么，他们就已经把他不由分说地拖过去，抬起来了。人们发出快乐的喊叫，一下子总有六七个人抬着他。他们抬着他向前走去，象在这一两年之间在中国所有的地方，当人们遇见了从朝鲜归来的同志时一样发出了一阵阵的欢呼，把他向上抛，这使得他的还没有完全复元的伤口疼痛了起来。

这一阵狂欢在早晨的阳光下爆发了出来。在欢呼声中赵庆奎一次又一次地被那些有力的、沾着泥土的手臂抛向空中；田野、果树林、远处的蓝色的山在他的面前旋转，并且在他的泪眼里模糊成一片了。

好久之后人们才跑回去重新工作。赵庆奎被幸福的激动弄得昏昏沉沉的，他已经又站在地上了，但他周围的景物和人们仍然模糊成一片；而且现在连他的耳朵也分辨不清人们的谈话和喊叫了。他再三地向人们招手，预备往前去了，有一个声音喊住了他。

"喂！庆奎！你不是庆奎嘛！"这个苍老的声音喊。

这是一个矮小的老人，穿着粗糙的黑布单褂，手里拿着一根烟杆。他的脸上密布着皱纹，嘴边上含着一点冷笑。这显然是村子里的人。但在昏沉的激动中，赵庆奎在最初的一瞥里没有能认出他来。直到老汉用沉痛的声音说出："你就不认得我了吗？"他才清楚过来。他的心沉下去了。

这是魏强的父亲魏家发。呀！他多么不能原谅自己啊！

"你真的就把你大叔给忘了吗?"魏家发责难着,含着一点冷冷的微笑。

赵庆奎一句话也说不出来。魏家发看看他,然后就从烟袋里摸索着烟丝,低下头去好久地捣着,于是对他说:"你抽烟不?"

老汉的眼睛是锐利的,他现在显然已经看出来,这个从朝鲜战场回来的青年并不曾忘记他。

"大叔!"赵庆奎说,"你是来干活的吗?"

"可是干活……"老汉叽咕着,又浮上了那个冷冷的笑容。"她们都好,你家里……有空上我家来吧!"于是,毫无表情地站着把那一袋烟抽完,他就走回去了。

赵庆奎再没有心思来观看他家乡的景色了。他原来想,在走过那座大苹果园的时候,他要好好地看一看,可是现在——那些发红的苹果已经压弯了枝子,快要落下来了,他都几乎是淡漠地看着它们。他走到村子西头的那条小河边上了。他发现了一座木桥。原来这里是没有木桥的,人们总是在水浅的地方放上几块石头,走到西南边去。他曾在这里挨过一个狗腿子的一场毒打,被打得失去知觉,倒在地上……桥上的木板都有些旧了。桥的右边,那棵大柳树的浓荫下面,已经有几个孩子在洗澡,在浅水里嬉闹着。有一个很小的男孩,两三岁的样子,提着裤腿,站在岸边上试探地聚精会神地往水里伸着他的赤脚,伸一下又缩回来。桥的那一头,一个不到十岁的男孩赤着胳膊,在用吊在细丝绳上的半个西瓜皮当水桶打水,打上来就淋在自己的手臂上。

"你是志愿军吗?"这拿着西瓜皮的孩子站起来,看着他,这么问。

"我是的。"赵庆奎说。

孩子两边一看,显出了狂热的神气,提着西瓜皮转过身来向着村子里面狂奔了。"志愿军来啦……"他大喊着,"志愿军!"

从路边上的果树园里,闪出了几个穿花布衣衫的姑娘的影子。两个姑娘跑出来了,吃惊地看着他,红了脸,互相挨在一起。

"不认识吗?"赵庆奎说,讥讽地笑着,"你们认得魏玉兰吗?她在不在?"

两个姑娘中间的比较大胆的一个回答说:"刚才还在的……"

但不知为什么她们又跑了。她们逃进了果园,发出了笑声,然后就喊叫着魏玉兰。又有一阵脚步声,一个兴奋的声音喊着:"谁找我?同志,你找我?"

一个穿着蓝褂子的、短发、脸颊红润的姑娘勇敢地站在他面前了。赵庆奎讥讽地笑着——这姑娘的明朗的青春就把他心里刚才的那种苦恼稍稍冲淡了一点了。

"你好吧,玉兰?"他说,"不认得我?"

魏玉兰红着脸。但突然她欢叫起来了:"对啦,庆奎哥……张桂珍在地里哩!"

"你怎么不在地里?"赵庆奎挑战地说,因为,提到张桂珍,他心里有些不好意思,"你们这些姑娘不劳动,这时候还在外面玩?"

"谁说不劳动啦!"那比较大胆的姑娘从一棵树后面钻出来,抗议着说。

魏玉兰陪着他到他家里就奔出去找张桂珍去了。他家院子门口围满了人。赵庆奎匆忙地招呼着乡亲们,从他们的神色和衣服上,他看出来村子里的生活还不错。

乡亲们来了又去了,母亲在流着泪忙碌了一阵之后就向他诉起苦来。怎么样的想念他,想去看他,怕跑冤枉路,又缺钱。今年地里歉收了;牲口老了;参加了互助组又散了,因为没有劳动力,人家不太愿意;就靠着政府代耕。可是这终归不是回事。政府是照顾的,可是总比不上别人家……

赵庆奎一点也没有听进去。他观察着院子里和屋子里的一切,觉得这已经比他离家的时候好得不知多少了;他是带着家庭残破的印象离开家的。

可是他慢慢地就听出来了,母亲在好些地方对媳妇不满意。

婆媳之间似乎有些问题。首先是关于家庭用费的支配,婆婆要干这个,媳妇要干那个。从母亲的口气听来,似乎是张桂珍私藏了一些钱。随后,母亲说到媳妇这一年来的变化上来了。媳妇和原来的互助组的人闹意见,对人不客气;她三天两头开会,每天上夜校,家里的事和地里的事有时就丢了。

"媳妇倒是个好媳妇罗!"母亲说,"我对你说呢,也不对,我不对你说呢,也不对……"

"好吧,我知道啦。"赵庆奎说,"你岁数大喽,事情就让她多管点……"

"是呢,我也是管不着啦。"母亲说。

母亲所说的这些都是和他对张桂珍的印象不调和的。张桂珍一直是服从着母亲的。这是怎么一回事呢?

魏玉兰去找她去了。她应该一听见这消息就立刻跑回来,可是,过了一个钟点了,她还是没有回来。

终于她回来了。她显得比他出国以前要瘦许多,穿着粗蓝布褂子,扛着一把锄头。她慢慢地走进院子,把锄头放好,走进来,迅速地看了他一眼,说:"啊!回来啦!"

她是控制着她的感情的。在这句简单的话里,有着热烈、欢喜的颤抖,也有着一点辛酸的责备。她的脸有些发白。她随即就到厨房里去了,和母亲一起端来了东西,看着他吃,以后她又走出去了,在院子里和厨房里忙着什么。一直到中午,他们只谈了一些简单的话。赵庆奎很疲乏,吃了午饭就到炕上去睡了;醒来的时候已经快要黄昏,他听见外面的屋子里母亲在和张桂珍谈话。

"今天该不去了吧?"母亲说,"做媳妇的,男的回来了……"
"去!"张桂珍回答。"到哪里去哇?"赵庆奎问。"上夜校去,开会去。"母亲回答,于是走出去了。外面肃静了一阵,大约张桂珍一个人坐在那里想着什么。赵庆奎轻轻地喊:"进来吧!"她才进来了,在炕沿上坐下。

"我回来了你不高兴?"他笑着问。

她沉默了一下,红着脸:这一方面是由于羞怯,她和这个丈夫实际上在一起没有几天,而这是五六年以前的事了。那时候她是一个不懂事的、柔顺的姑娘;一方面却显然是因为,她现在有好多心思,这是赵庆奎一点也不了解的。

"我哪能不高兴呀!"她说,有些惶惑地看看周围,想说什么,又忍住了。

"到底怎么回事?"

"你住上几天就又走了,当然你应该……"她说,"我可是又得多少年。"

"照你说是怎么的?我不该去嘛?"赵庆奎看了张桂珍一眼,口气有些僵硬地说,而后又问:"你现在读夜校,今天不用去了吧。"

她沉默了一会说:"要去!"

"多认点字,学文化,这挺好……可是也得管家里的事。母亲年纪大了,一辈子辛苦,今天还能有这么个精神就很不容易了。"

她沉默着。她想:"是了,我知道她对你说过什么了。"

"今晚别去也行,把家里事合计合计。"

她本来很想不去的。她多么渴望他回来!可是,既然婆婆的话刺伤了她,他的这些话又给了她新的苦恼,她就又不由自主地反对了,她说:"要去!"

赵庆奎于是沉默了。他心里不很高兴,闹不清楚这是怎么一回事。他想她应该不会去了,于是就没有再提这件事情。但吃了晚饭,她仍然出去了。她甚至并没有再问他一下,只是对母亲说了一声就走了。

母亲长长地叹了一口气,看了儿子一眼。她那神情好象说:"你头一天回来都管不住她,这往后我还能说个啥?"

赵庆奎笑了一声,恼怒地皱了一下眉。

"你不是要铡草吗?"他说,"我来帮你吧!"

"不铡了!"母亲说,生气地坐着。

"这算啥啊!"赵庆奎说,笑了,"她进步,干的事情是有好处的。"

"她是你的媳妇!"母亲说,看着他。

"我可是赞成她干这些的!"赵庆奎淡漠地说。

"是喽,她是你的媳妇。"母亲说,又看了儿子一眼,仿佛说:不用在我面前说这个哪! 你明明管不住她……

赵庆奎不作声。

"叫她跟老陈方家互助,人家牲口又好,劳力又强,又是你父亲的老交情,照顾着咱,可她说人家想发财买地,提意见跟人家闹翻了。人家想发财……这干你什么事哇! 老陈方这几年是不大对劲,可是乡里乡亲的,我的面子他总得看着点儿,你那媳妇她说什么:我自己组织!好,她要当组长啦! 那几户人家,我看她跳去,一个媳妇家,当组长,你吃得起那么多亏?"

"我知道了!"赵庆奎漫不经心地回答。

"笨!"母亲说,"就象你一样,笨! 听到几句好话就往针尖上跳! 我是老喽,还不是为的你们!"

"铡草吧!"赵庆奎说,站起来走了出去。

母亲看见儿子在这里那里地走着,看看麦秸垛子又看看院子中央的那棵笔直的老杨树,就在那老杨树面前站下来了,抬着头长久地看着树顶上的雀子窝。她分明地觉得儿子变了,变得很厉害,不再是那个三句话不对就发火的青年了。他的神情里有许多她不能理解的东西;他的额上和眼角都有了皱纹,仿佛已经是三十几岁的人。要是在从前,他是会对他的媳妇暴跳的,眼睛一转,媳妇就什么话也不敢说,但现在他却对她很温和,又好象不大关心。于是做母亲的就搞不清楚儿子到底对这些事情怎么想法。她看着儿子,看着他站在老杨树下面仰着头,一动不动的样子,又觉得很不安了:"为什么他头一天回来就和他说这些呢?"他对张桂珍一向都不怎么热烈,这是一直使她这个母亲伤心的,如果她这样地在他面前反对媳妇,不是会使他对媳妇更冷淡了吗?

"庆奎呀，我说，"她去到院子里，抱起了一捆草，"媳妇呢，是个好媳妇……"

"嗯！"赵庆奎回答，仍然仰头看那雀子窝。

"我是说，你劝劝她……要是有钱，你也给她几个……"

"娘！你说这雀子窝有多少年啦？"赵庆奎嚷着。

"日本人在的时候……"

"对啦，日本……"赵庆奎说。他于是向后院走去，跳上了一个土堆，望着土墙外面的田野。落日的红色的光辉正照耀着那大片的宁静的高粱地，高粱地的尽头，火车奔驰而过，黑色的车厢浴着夕阳的红光。"那年解放的时候，铁路这边落下过蒋介石的炮弹不是？"他问。

母亲并没有去铡草，却一直跟着他。她回答说："可不是，三四颗炮弹，那天杀的……"

"苏联红军的坦克打从这里路过的不是……"

"要是你父亲还活着，今天能见到你回来，……"母亲大声说，仰着头看着儿子。

这时一个强壮的青年扬着头匆匆忙忙地跑进了前面的院子，发出了元气充沛的喊叫声。

"支部书记来啦！"母亲说，赶紧走了回去。

赵庆奎自己站了一下，默默地看着眼前的那一片辽阔的黄昏的田野。他心里有一种沉醉的感觉。支部书记在屋子里发出的喧嚷般的大声提醒了他，他才走了回来。

村支部书记徐国辉是一个活泼的青年。

"庆奎哥！"他喊着，"不认得咱们了吧？要是在路上碰到，我准不认得你！"

"我认得你！"赵庆奎说。

"我那时候可还是跟在民兵后边跑的。你说走开去，这里没有你的事！我打个弯又钻过来了！我们这一辈人不如你们那一辈喽！"他大声说，"我得先认个罪，到区里去了，这时候才来看你。县里抓到了个反革命分子解到区里来了，就是那个在镇压反革命时候漏网、过去在乡里当保安队长的吴天成,就是那个家伙,逃到长春去啦!那年,他不是还拿着枪上大娘这里来逼过粮,那时候大伯还在……"

"那时候你可是小孩子!"母亲说。

"对啦!"徐国辉痛快地说。

"抓住这土匪可好!等解回村里来,我要打他两个耳光!我要问他:你记不记得啦!"母亲激动地说,从炕上跳下来,举起两只手来,"你记不记得我那年哭着求你,咱们家病人,孩子……你说什么?你这狼心狗肺的,你说:'你钻到地里去再从地底下钻出来也得拿钱?'"母亲大声叫着,颤抖着,眼睛里闪着泪光。但随即就又爬到炕上去坐下来,盘着腿,重新浮上了那个慈爱的、尊敬的微笑,看着徐国辉。

赵庆奎不久就发现没有他说话的机会。支部书记刚刚说到几里地外黄沙河涨水的事,母亲又把话抢过去了,她责骂许多人责任心不强!徐国辉刚刚说到朝鲜,问起朝鲜的情况和赵庆奎的伤势来,母亲又抢过去了,她说:朝鲜那是一定要打胜仗的,她亲自看到她儿子那一支队伍,结结实实的队伍,还有些枪炮,比从前打蒋介石的时候可强多啦!至于儿子的伤,她回答说:"不要紧的,现在好啦……"于是她就说起来啦,她如何地忍受艰难困苦,把儿子带大。

"张桂珍这一年来进步可大!"母亲一停止,支部书记立刻就抢着向赵庆奎说,"能行哩,你看,村里许多事靠着她!她互助组又组织起来了,地里的活比个男子汉差不多,不是学习……"

母亲立刻变得很庄严。

"事多哩:为了那个穷困救济金的事……我要问你,徐国辉,张济原家卖了地来吃喝的,你们干啥发的救济金?"

"批评啦!"支部书记说。

"批评!"母亲轻蔑地说,"毛主席叫你们给这些懒汉二流子的?你心肠好?毛主席答应?那咱们这些人明儿也这么干,毛主席他高兴吗?"她带着特别尊严而亲切的神气说着"毛主席"这三个字。"就说王敏财拔尖买地这件事吧,去年他还哭穷,这下子儿子寄钱来了,你们这些当干部的了解情况了没有?"

"好呀!批评啦!批评啦!"徐国辉说,窘迫地看看赵庆奎;显然,这种谈话是经常发生的。

"不好干,大娘!"

"是哇,人心不一样!有些人忘本啦!咱们桂珍,我那媳妇她就是为这些事得罪人的,你们这些干部就做好人?该夸的我就夸,"她说,看看儿子,"我这媳妇,她这个青年团员,不好当,比不上别人……她地里还要劳动,她哪件事不是下死力气干的?你看吧,庆奎刚回来,她又跑出去啦!"

"为了王敏财家的事我受过上级批评啦!"支部书记着急地说,"桂珍她对我没有意见!"

"我不是对你有意见!"老人家愤怒地说。

支部书记苦笑着,抚摸着他的满头的漂亮的黑发,叹了一口气。

"看,庆奎哥,我有这么多缺点啦!"

"有缺点就要改!毛主席说的!"老人家大声说,"你别看我那桂珍老实,分配她干啥就干啥,不对你提意见……"

"哎,大娘!"徐国辉说,"我要上吊喽!"

"说你的屁话!"老人说,大笑了起来。

"我还要到河边去;我一定要把我们庆奎哥抓住,让他来指点我们一下!"徐国辉说,往外走去,又笑了,快乐地说:"大娘哇,你这么批评我,我可是要上吊喽!"

"我不送你哪!"母亲站在台阶上,充满着慈爱地喊着。

赵庆奎把这年轻的支部书记送了出去。在寂静的黄昏中,他们两个人都变得非常严肃。

"朝鲜很苦吧?"徐国辉说。

"还好。"

"那仗怎么打法的……上级不批准我到朝鲜去。你看见了,我们的工作搞得不好。"

赵庆奎沉默着。支部书记站下来,两手插在衣袋里,把衣服张开,扇动着。

"政治水平不高……对不起前线。"

"我回来看看……"赵庆奎说,觉得不必说客气话。"从我的家庭情况看起来,村里的工作还不算坏。"

支部书记沉默了一下,扇动着衣服,这年轻人在赵庆奎的这点嘉奖下显然激动了。

"多少党员?"赵庆奎问。

"七个。有一个变坏了。"支部书记说。"我是镇压反革命以后干这支书的,在抗美援朝以前,我结婚啦,过了一年多糊涂日子,赶车跑辽阳。咱村的老一辈干革命的都在外面,我们这些就不够争气。魏强他是怎么牺牲的?我在一九四三年跟魏强挺要好,他比我大两岁,后来我家没吃的,我父亲上大塘干零活……"

"他是在冲锋的时候牺牲的……"

"我对他家照顾也不够,魏大叔搞的生产不好。老汉想着做点买卖……村里支部要发展桂珍她入党。……"

"她能行吗?"

"行。大娘对桂珍有意见,你听出来了吗?"

"知道。"

"我们要对得起前线……好,你休息,我走啦!"书记小声说,跑开去了。

赵庆奎站了一下;他心里又有了那种沉醉似的感觉。当他回转来的时候,他听见昏暗的空气中游荡着大喇叭广播的声音。这是一个女人的声音,嘹亮而有力,但因为离得相当远,赵庆奎听不清在广播什么。他在院子里站下来,对着那广播的方向看着,看见了远远的屋顶上的几个黑影。这就是他的家乡了——听着这广播,他一瞬间有着一种被号召着去进行战斗的感觉。

他仍然听不清在广播些什么,只听见每一句的开头都是:"乡亲们……"但突然他听出来了,这正是他的张桂珍的声音。他从来没有听见她有这么嘹亮的声音,也从来不曾知道她心里有着这么激昂的感情,但从那每一句话的拖长的尾音上,他听出来她的声音来了。他站着。天色昏暗下来了。

母亲在铡草。赵庆奎拿起上衣到魏强家里去了。

张桂珍没有向丈夫说出她的困难、心思和她现在所做的事情来,这是因为她觉得这一切对他说来都并不重要。她觉得,对于他,她向来都并不重要;而且,婆婆一定说了她许多话了,她不必争辩;最后,她觉得,应该让他好好休息,不必拿这些事来麻烦他。

这个女子是最近一年才显出了她的独立的意志的。在朝鲜发生的巨大的事件刺激了她。那次去看赵庆奎回来,她开始感觉到自己非常落后,将要被丈夫看不起;而且她觉悟到了,他过去一直是看不起她的,他很勉强地和她结婚,连关于自己参军的事情,都没有在事先告诉她;那些天,时局紧张,村里动员参军的时候,她心里很惊慌,猜想到他会去,但是什么都不敢说。她好象是简简单单地送走了他,他们之间没有一句亲切的话。她回来偷着哭了一场,就开始来磨过这漫长的日子了。她是无知的,尽等候她的丈夫,可是她只不过是婆婆的顽强的性格的一件附属物而已。丈夫来了信,寄了钱来,婆婆不过简单地对她说一声。那些信放在大柜子的抽屉里,她有时偷着拿出来看看,虽然她在最初那几年一个字也不认识。她只是在去年才看懂了一点,并第一次看见丈夫在信里提到了她,希望她"政治上要开展"……好些男子到外面就变了心了。村子西头张家的儿子,据说是在铁路上当了科长,就把媳妇扔了——在外面又结了婚,娶了一个女学生……在赵庆奎出国以前她见到他的时候,他好象无可奈何地才对她说了几句安慰的话。看来他这个人是不至于做不好的事情的,可是她一天一天地就落后了。村子里有很多姑娘到外面去了,她们有的在工厂里,有的在念书……而她却糊里糊涂地结了婚。她配不上他。他已经是营长了,他在朝鲜受到千千万万人的景仰,他心里一定不会有她的……最初这不过是一些模糊的感触和苦痛,但是村子里掀起来的紧张的镇压反革命的斗争把她卷进去了。人们捉住了杀死她父亲的仇人,她参加了控诉大会。于是她参加了青年团……她开始用新的眼光来看她的婚姻了。当然她一定要努力配得上他,他在前线,她因他而光荣,不过谁知道他到底怎样想呢?

和这些事情同时,婆婆对她不满意起来了。她现在不是胆小的媳妇了,她当然要求在家庭里做主。于是婆婆就说:"看庆奎回来怎么说吧!看他回来吧……"而她就想:"这算不了啥,他不满意我,他可以另外找对象,并不是我要和他结婚的……"

早晨,当魏玉兰满脸通红地奔到田地里来喊叫她的时候,她曾想丢下锄头就跑回来,但是田地里和沟边上的青年们对她鼓掌,魏玉兰也大叫着对她鼓掌,使她低着头继续地锄着地了。她的新的互助组才搞了起来,她也不愿意让人们将来说她耽误了地里的活。后来魏玉兰拉着她就跑,但这时她心里已经冷静些了,想到赵庆奎见到她并不特别高兴,他一开始谈话就站在母亲那一边,而且脸色不大好看,就好象她要阻拦他再回前线去似的。她想,他一点也不知道她怎样盼望他。一点也不知道她这些年来的困难,为了他的母亲,为了这个家庭所忍受的辛苦。她并没有什么埋怨的;但是他既然这样冷淡,她也就应该有自己的生活——从前她是不敢想象这个的,但现在她很明白地对自己说:她不是要侍候婆婆一辈子的,她也不要战战兢兢地看男人的脸色,一旦等到男人不高兴了,把她丢开,就只能偷着哭一场。她决不要这样。她用不着人家来嫌弃她。她鼓起勇气走出门——从外表看来,她是很平静的——流了一点眼泪。

但后来她就有点后悔。她在夜校里也读不下书去,心里很骚动,觉得她这样做也太过火了。而且,人们都为她而高兴。她进屋子的时候青年们便停止了唱歌,陆陆续续地回过头来看着她;姑娘们向她跑来,小伙子们向她鼓掌喊叫,并且把她往外面推,请她今天回家去。这种骚闹直到教员进来才安定了下去。下了课,一大群姑娘把她围在中间,唱着歌走过村庄,好象示威似的。这夏天的夜晚的天气好极了,姑娘们都不愿散去,她们越唱越起劲,最后,有六七个姑娘,其中有魏玉兰,壮着胆把她一直送到家里。赵庆奎还没有回来,她们走进房间,连赵庆奎母亲也不害怕了,爬到炕上又唱起来。

"看你们呀,有这么高兴的?"母亲愤愤地说,她在灯光下纺着线。

"干啥不高兴呢? 再来,一、二、三!"魏玉兰喊着。

歌声把房屋都震动了。但是张桂珍靠着墙坐着,冷静而且严肃。她猜想赵庆奎是因为生气这才出去的。她从来还不曾做过什么违背他的意志的事情,对于她今天的行动,他会怎么想呢?

但赵庆奎的态度却是她没有想到的……

从魏强的父母那里出来,赵庆奎心里有了一点慰藉,因为他看见魏强的父母并没有过分的悲伤,而且他想,他即刻就要再回前线去了。他在黑暗中慢慢地走着,观察着他的家乡,脱下鞋子涉水走过小河沟,想到,在朝鲜的时候,他曾怀念过这小河沟;于是他又慢慢地穿过一个小苹果园,举着一只手从那些果树下走过,抚摸着那些枝叶,轻轻地碰触着那些圆滑的可爱的果实。他仿佛觉得这些果实是温热的。他的手电筒的光线在这小果园里闪亮着,有时移动,有时又停下来,照亮了树枝,于是引起了果园的主人的喊叫,但当主人们认出来这是他的时候,就高兴地把他围了起来,立刻就有一大捧苹果出现在他面前了。他接受了两个,揣在衣袋里,继续在果树间走着,照亮了手电,观看着。

"你看什么哇,庆奎?"主人家老头子问,好奇地看着他。

"看看呀,"赵庆奎说,"总有这么几棵树我认得的。你要是不见怪的话,大伯,"他笑着,"我坦白吧。十几年前我偷苹果打一棵树上摔下来……"

老汉大笑了。

"那大概在北边……"赵庆奎认真地说。

"大概是在北边吧。这边的是后来栽的。"

"那时候你拿石头砸我们……"赵庆奎说。"主要的是,我们喜欢钻果园子玩。那时候也没有新社会来教育我们那些孩子。现在的小孩们怎么样？在朝鲜也有很多苹果，很大的苹果。"他说，他的手电的白色的光芒照过了一排树，于是那些红红的苹果就对着他闪耀着。

主人家的小女儿的俊俏的面孔在一棵树后面闪露了出来。这十八岁的姑娘睁大着眼睛崇拜地、惊奇地看着他。她的红花布衣服，她那垂在肩上的一根辫子和她那发亮的光润的前额、使她身边的那棵果树立刻变得光彩焕发了，那些被果实压弯了的枝叶仿佛在说：看我多么美丽啊！当手电照到这姑娘脸上的时候，她眯起了她的眼睛，赶快躲到树后面去，但立刻又从树的另一边伸出头来。

"哦！这里有个侦察员！"赵庆奎说，同时他想："多漂亮的姑娘啊！对啦，"他忽然觉悟了，"她不就是这陈二东老汉的女儿？那个陈家的姑娘不就是她吗？"

"认得我吗？"他问。

"早就认得啦！"姑娘回答，走到附近的一棵树下，赵庆奎用手电照着树，于是这陈家姑娘又眯起了眼睛；而她身边的这棵树立刻又光彩焕发了，仿佛说："看我多么美丽啊！"

赵庆奎走出了果园，继续观察着他的家乡。他心里很安静、很温暖，他觉得他的心已经回到前线去了。而当一个军人思念着他的阵亡了的战友，渴念着前线的战斗和献身的时候，家庭琐事就不可能再搅动他的心了。赵庆奎对他的母亲和妻子都有了一种宽容的感情，犹如一切从死亡里战斗过来的人们一样，他的心胸是宽阔的。他觉得家庭间的那琐碎的不愉快算不了什么；他应当谅解她们，和她们好好地相处几天，于是就回前线去了。他也并不希望张桂珍对他怎么热烈，只要她能进步，能好好生活，这就行了。他要坚决地维护她的进步。至于结婚、爱情，这不过是一桩麻烦事儿，他既没有那么多时间，也没有那么多心思，他从来都不在乎这个的。

走到大门口他就听见了屋子里的姑娘们的象喊叫一般的歌

声。这倒使他满意——从这歌声看来,家里面晚上不会有什么麻烦事了。他想到,从前,这村子里晚上是黑沉沉、静悄悄的,好象总是在害怕着什么,现在毕竟是不一样了;他到前线去对一切都可以放心。于是他就带着疲乏的笑容走了进来,靠在房门口,嘲笑地大声说:

"这些都是谁呀?站起来,一个一个地给我点名!"

房里的姑娘们立刻停止了歌唱,发出了害羞的笑声,然后就统统乖乖地爬下炕来,一个一个地从赵庆奎的胳膊下钻了出去,向院子里奔去了。

"哎呀,可把我吓坏了!"她们跑出院子的时候说,走到门外,她们又唱起来了。

赵庆奎听着这喊叫一般的歌声渐渐远去。他在院子里用冷水洗澡——张桂珍默默地奔跑着,从后院提了井水来;她似乎因为黄昏时对他的违抗而觉得歉疚。

"够了,不用这许多。"赵庆奎说,在黑暗中笑着。

"这哪里够,"她说,又跑到后院去了。"你要是不怕凉,"她提了水回来,小声地、兴奋地说,在黑暗中揩着汗,"我替你浇一浇!"

"那好极了。"

"你站好,注意!"她说。

冷水从头上浇了下来,赵庆奎笑着,寒战着。

然后,他用衣衫遮着他腿上的伤疤,走到屋子里,看见母亲在油灯下很困难地穿针,于是非常温和地说:

"妈,该休息啦!"

母亲皱着眉看着他,轻轻地叹了一口气,看来儿子对媳妇是很不错的。她真不知道该取怎样的态度才好。赵庆奎继续用衣衫遮着腿,转过身去。

"我看你那腿,儿,我看!"母亲说,眼泪已经来到她眼睛里了。

"没啥……"赵庆奎说,走进房去,感到满意,笑着,"我今天

239

可累极了。妈,陈二东家的小闺女叫什么名字?她跟魏玉兰可是好朋友吗?"

张桂珍回答了他。她进来了,有些生怯地偷看着他的腿上的伤疤;他笑着掩藏了起来。

"我听见你喇叭筒里喊话了,不错。"

"睡吧。"母亲说,从外面的屋子里拿走了油灯。

"我听说你在争取入党,很好。"赵庆奎说,"能进步,这我很高兴……我大致上已经知道你的情况了。我给了母亲二十万块钱①,给魏大叔带去了十万,这十万给你吧。好吧,就这样吧。"他愉快地说,"我大后天就走。"

张桂珍沉默着。她并没有注意那钱——在婆婆看来,这就标志着丈夫对她的感情,她应该感激;但现在她不这样看了。去年赵庆奎出国以前给她的钱她全部交给婆婆了,婆婆又分给她一点,于是就常常提起来,儿子对媳妇终归是不错的,给她钱。婆婆总以为儿子给她的数目不止那些……而最近半年来,她自己能够做主,手边可以有点钱了。

"这你都交给她吧!"她说。

"你这人……这就不好!"赵庆奎说。

张桂珍又有些失望。赵庆奎很干脆,很简单,于是以为这样就把家里的一切全部安排好了。当然,她不能麻烦他,可是,她是希望听到一点体己的、知心的话的。她希望他告诉她这么些年,特别是在朝鲜这些时候,他是怎么生活的,睡在哪里,吃些什么,怎么负伤,负伤以后又是怎么疗养的;而且,对于以后的生活,对于他们两个人的将来,他是怎么个想法。可是这些他都不谈。他很温和,安慰她、鼓励她,说她好,但是显然地他并没好好想想这些话,显然的,他的心在别的地方。

她感觉到他的心在战争里面,在她所不认识的那些人们里面;那里才是他的真正的生活。

---

① 相当于现在的二十块钱。——原注

"你们怎么打仗的?"她问,抚摸着他的伤疤。

"打仗总是那样。"他回答,"怎么样,你又搞了个互助组么?"

她说起了互助组,这家人家那家人家的情况,但却没有说到她的那些困难和痛苦。于是她又问:

"朝鲜很苦吗?美国人很凶吗?"

"……他也不敢怎么凶了。"他回答。

他们沉默了一会。

"就这样吧。慢慢地克服困难吧。"赵庆奎说,回答着她的那些没有说出来的话和没有提出来的问题。

在他的心里已经在闪耀着从家乡的穿过高粱地的黄土路一直通到朝鲜的那一条道路,闪耀着地平线上的火光,山沟里的轰鸣和爆炸。他从他的心里凝望着他将要去攻取的山头。他很同情张桂珍,也很想多说一点什么,然而他却说不出别的来了。他睡去了。

张桂珍醒着,听见了他的鼾声才知道他已经睡了。她发觉他比从前变了许多,变得很沉着,很老气;不爱说话。从前他也不爱和她说话,但从前却又不是这种样子的。她长久地想着他的话:"好吧,就这样吧,我大后天就走。"这话在她看来就是,他担心她牵挂他,担心感情上的麻烦。

他照道理应该知道,她不会牵挂他,不会麻烦他的……他受了多少的辛苦啊,他负的伤曾经使他怎样痛苦啊,然而他都不提。他不知道她是多么替他担心,在田地边上,在炎热的太阳下坐下来的时候,她就要痴痴地思念他。可是他却并没有说出一句知心的、体己的话来。他回来仿佛是尽一桩责任……

要是她责怪他她就错了。他忘记了家庭,忘记了自己,在战场上战斗了这么些年,正好象人们常常说的那样,为了千千万万人民的幸福。他没有任何对不起她的地方。他腿上的伤疤这么大,这条腿变得很瘦了,然而他毫不犹豫地就又要回到前线去,人们说朝鲜很苦,吃雪,睡在高山上……

然而他到底心里对她怎么想呢?他似乎总在以为她没有把

他母亲照顾好,他是很孝顺母亲的。他对她的一切努力,对她的进步,学习,对她在村子里干的工作很高兴,可是却不说什么意见。

他躺在她身边。她对他这么熟悉,因为她属于他,然而又是这么陌生。是呀!他是她的丈夫,六七年了,可是她到底知道他一些什么呢?他总共不过对她说过这么一点点话;他回来了,她照道理应该很快乐,即使只回来一两天她也应该快乐,可是她却快乐不起来。他再不会说什么了,于是他过两天就走了,于是又是许多年……说不定她不会再见到他了:忽然地有一天送来一张通知,乡政府转来一封信……

不!不能够这样!她这思想多糟呀!

"庆奎……"她喊。

他沉睡着。

他不会做什么对她不老实的事情的!可是她年龄一天一天地大起来……那时候他就会给她一些钱,说:好好过日子吧……旧社会的妇女就是这样过一辈子的!不,他不是这种人!她也决不会这样!她现在眼前有一条宽阔的道路!

她要生一个儿子就好了!她会生一个儿子的!那么他就会想到孩子……不!她当然希望有个孩子!可是她决不是那样的人!她眼前有一条宽阔的道路,这条路将使她永远地和他联系在一起……

"再不能象从前那样了,我们两人要走在一起,在一条道上,要永远走在一起……"她想。

她又轻轻地喊他,但他沉睡着。

"他多辛苦啊!你也该想想他回来了,你对他该做些什么事呢?……对了,我要替他收拾收拾,我要拿我自己的钱到集上去买几尺布来替他缝套衬里的衣服,替他赶双鞋,替他弄点吃的,替他……我总也不该这么笨!"

她的婆婆曾指点了一条无数的妇女们过去曾经走过的道路……用一切办法来笼络男子的心。但在她这里却和婆婆所指示的那条道路完全不同。她现在确信眼前的光明的希望,心里充满了热烈的感情,因为她已经是这么成熟的一个妇女了。她要一点也不浪费地度过这两天!

"我一早起来就去买东西……"她想,"他多么辛苦啊,也许他说不出来,而心里是对我不坏的。他多么好啊!他是多漂亮的一个人材啊!"这时,窗上的小玻璃上映进来的微光照出了赵庆奎的挺直的鼻梁和浓黑的眉毛。

于是她静悄悄地凝视着赵庆奎的脸。现在她仰起身子来,侧着头,看着他。

"英雄!战场上的英雄!"她想,"哪个姑娘都会看上他的!你看我多笨呀!"

她就把她的脸轻轻地靠在他的胸上。他自然没有醒来。

"你说我能这样吗?结婚的时候我还是胆小的姑娘哩!"她在心里对自己说,"英雄,连这个都忘啦,这回到我的家里来的是战场上的人,你还能让他怎么样呢?亏你还说你是对他好的哩……我要告诉他,说:回前线吧!革命吧!什么都不要牵挂,我等到头发白了也等着你,打仗吧!把美国人打烂吧!叫毛主席高兴吧!"

这样,这个在生活里觉醒起来的乡下的年轻妇女就经历到了爱情的幸福。她首先是发现了,原来她是敢于在一切人面前表示对她的丈夫的爱的!她发现了,原来是婆婆的那些指示、责备,才使她不觉地把她心里的这种感情深藏起来的!

外面起风了,猛烈的风使得树木呼啸了起来。然后传来了远远地滚动过来的雷声。她抬起头来……人们这些天都害怕落雨,因为几里外的黄沙河的河水已经涨得很危险了,而今天夜里恰好轮到他们村子里的人去守护河堤;黄昏的时候她曾在屋顶上广播了这个,督促那些人们出来。

大雨远远地呼啸着扑过来了。她坐起来,从小块的玻璃上看出去,看见了被闪电照亮的灰色的发亮的雨幕。随后她就看见了院子里的无数股湍急的水流。

她从炕上跳了下来。

婆婆已经起来了，在外面屋子里点燃了灯，拿盆子放在地上接漏。她看看媳妇。

"把庆奎吵醒了吗？"

"没有！"

"谷子地里坎子掘开的吗？"

"掘开的，没关系……"

"你上哪里去？"婆婆问。

张桂珍已经扣好了衣服。她在扣鞋子，但想了一想就把鞋子脱下来，摔到门角落里，把裤腿一挽，赤着脚往外走去了。

"我就来。"

"你呀！桂珍！这孩子，用不着你去！你男人他刚回来……"

"我知道！"她说，跑到雨里，在院子边上拿了什么，跑出去了。

"自己家里男人才回来！"母亲说，但抑制着声音，害怕吵醒儿子。

张桂珍觉得这个晚上在大雨中跑出来，比一切时候都不同。赵庆奎将要赞同她，她每一步地走上那一条宽阔的道路……她心里是快乐的；一股新鲜的力量充满了她的四肢。

魏强的父亲魏家发在赵庆奎来看他的时候已经不象早晨在路边上那么激动——那时他看见人们抬起了赵庆奎，猛然间想起了儿子——但他却变得沉默寡言。赵庆奎问到了他庄稼地里的情形，知道他在单干，就问他为什么没有参加互助组，但他回答得很简单：他脾气不好，不愿累着别人。魏强的母亲站在旁边，样子很胆怯，老是迫切地看着赵庆奎；好几次她涌上了眼泪，想诉说她的悲伤，但看看丈夫她就又忍下去了。显然，倔强的老汉在约束着她。

在赵庆奎来看他们之前，魏家发就对她警告过了，不许在赵庆奎面前伤心，不许哭。他说，人家刚负伤好了回来，这么多年才和母亲、媳妇团圆,不许叫人家心里不好过。

赵庆奎走了以后,老大娘才躲到屋子里,悄悄地哭了起来。老汉没有干涉她。后来老汉出去喝酒去了。

打从儿子牺牲的消息传来之后,老汉就常常喝点酒。他的情况是不大正常的,有时下死力气干,半夜里就起来赶车上车站拉货,有时还到附近的石灰窑去干零活,但干上这么一阵子,他就躺在炕上不愿再动弹了;或者到处游荡,把钱喝掉了。象这样,他今年的庄稼就长得不好。他脾气很倔,谁要来劝说他,就准得叫他骂出去。村里人们都很敬重他,因为他在年轻一点的时候是高兴帮助别人的,因为他从前在外面跑过,会好几样手艺,干地里的活也是能手。但发了家的老一辈的人们对他也有些轻视,觉得他再能干些也不过如此——不曾发起财来。

魏家发自己并不是没有发财的梦想的。他曾在张作霖手下当过几天兵,曾干过木匠,曾开过小油坊,曾跑到兴安岭去当一名伐木工人,曾在车站上卖过苦力,曾坐过日本人的监牢——他多少年来追求过幸福。他很讲义气,曾经拿出所有的钱去救援一个被捕的朋友,最后使得自己也坐了监牢;他想这就是自己不能发财的原因,然而他并不后悔。但近两个月来,他却做了一件很使自己羞愧的事情。他听说沈阳一带的猪卖价高,就秘密地买了几口小猪上沈阳去了,第一次,赚了一点钱,第二次他就搞得更大一点,并且把他老婆喂的猪也弄去了,套上牲口,揣上干粮,赶着车出去……然而商人杀价了。他等了两天,花了住店的钱在那里硬挺着,商人却把价钱杀得更低。结果当然是他赔了本。他一怒之下吃喝了一顿,又给小女儿魏玉兰买了几尺花布,装作满不在乎地回来了。他的这个行动在村子里当然不可能保守秘密的,于是大家都知道老汉不安分,卖猪赔了钱。他看见人们的眼睛里都好象写上了这样的字:老汉不安分,想发财啦。他的女人一句话也没敢说,然而现在他们的圈子里没有小猪了,这使他觉得很可耻。人们一谈到猪,他就伤心。

"我这么大岁数干这种糊涂事哇!"他想。

他也曾偷偷地听到他女儿跟邻居家的大娘说:"咱们家老头子他岁数大啦,糊涂了,颠三倒四的,怎么想起来的卖猪,不知道现在人民政府……"他也没有作声。然而前几天他却在小铺子里对支部书记徐国辉发火了,那时他在小铺子里歇着抽烟,徐国辉跑来买纸,漫不经心地对他说:

"大叔,听说你卖猪啦!买卖不错吧?"

他当然觉得这是嘲笑他。

"猪!"他吼着,"猪管你屁事儿!我违法啦?我不拥护政府?年纪轻轻的……我看着你长大的……我的魏强……哪个做父亲的头一个送儿子上前线的?"

魏强在村子里是一个庄严的名字。支部书记脸红了。但老汉自己随后也很懊悔,明白自己失言了。为什么要牵联上儿子呢?他从来不摆这分架子的。大约儿子——如果他还是活着,在家里的话——也会嘲笑他卖猪的。

老汉喜爱赵庆奎。他想,赵庆奎大约已经知道了这些事情,可是却并不提到,这就是在外面革命了许多年的人和村子里的这些毛孩子不同的地方了。赵庆奎因为没有能在路边上一下认出他来而很不安,到他家里来,谈话之间也并不替他乱作主张,而是对他非常尊重。赵庆奎拿钱出来给他,那神气还有点羞怯不安,于是老汉就看见了儿子和赵庆奎之间——同乡的青年,战场上的生死之交之间的情谊,这使他感动极了,所以他就很爽快地接受了。他这时甚至想到他自己如果年轻的话,他也要去当兵的。老汉心里有一种骄傲,每当他看到军人的时候,总觉得自己是一个天生的军人。

"庆奎这孩子好!"他在小铺里喝着酒,说着。他的周围坐着一些老人和青年,站在门边上乱嚷着的小孩子们也逐渐地被他吸引了,"毛泽东亲自教育出来的人,战场上建立大功的人,哪里能象咱们这里的这些毛孩儿?上阵能顶事,下地能干活,孝敬老年人,忠于国家人民——这才是毛泽东的教育!"

他慢慢地说着。他的神情在这时是显得很激动的。从一九五〇年十月以来,朝鲜就成为他的生活里的一个重要的部分,成为他的骄傲,苦痛和快乐。他从来都相信他是知道朝鲜的一切的。

"朝鲜那地方打仗很苦……总是那些山,不象咱们这地势。"他说,"美国人用的是飞机大炮,挨着村给你一个劲的炸,小孩就叫杀死在路边上,有的做母亲的叫杀死了,她的小孩就还趴在她身上吃奶……你们这些小孩懂不了这些,走开!"他向围拢来的小孩们说。"遇到这种事儿,咱们的人就抱起小孩来救他们……"

"那怎么打仗呢?"小铺子掌柜问。

"打仗就是么的……"他回答说。

这时,村里有名的吴敏财走了进来。这吴敏财不仅因为新近买地、雇工而有名,而且因为他素来的刻薄而有名;他的怀孕的大媳妇去年夏天小产,第二天就死了,人们说,他连一口汤都不给她吃。他逼着这怀着大肚子的媳妇到田里去……他的田地和魏家发的田地挨在一起,为了田地中间的一条沟,魏家发早就不和他说话了。他当然看不起魏家发,这种轻视先前是很小心地掩藏着的,但在魏家发卖猪的事传开来之后,就表现在他脸上了。

这是一个四十来岁的强壮的人……他一进来,小铺子掌柜就热烈地招呼他,另外也有两个人站起来了。他满脸的笑容,但从眼角里瞟了一眼那坐着不动的魏家发。

"真是热闹哇……咳,我没事,没别的事,打四两吧!家里来了客人,沈阳的那个侄儿……"

魏家发看看那两个向吴敏财站起来致意的人,又转过脸来看着吴敏财,碰到了吴敏财的会笑的眼光。老汉的眼睛无表情地逼视着他,吴敏财脸上的笑容消逝了。

"吓吓,喝着啦……"

"喝着啦!"魏家发开口了,这使大家有点意外。他举起手来抹了一下他的稀疏、发黄的胡须。

"这酒比往年销得淡吧?"吴敏财对掌柜的说,"这种时候,谁来喝呢,大家伙都是凑合着过日子,要不是我那侄儿打沈阳来,他们的事情可不错喽,这回是来看他的老丈人……"

"露富显穷都不好……"魏家发说。

"硬撑个架子那不是也不好?……"吴敏财说,非常和悦地环顾大家。

"你那花生都收到了吧?"魏家发说,又转过脸来看着他。吴敏财最近在偷偷地收买花生,前一阵,大家传说花生要落价了,好些人家急急忙忙地卖了出去,但还很少有人知道这些花生已经落在吴敏财手里。他是经过一个穷妇老人干这件事的。

"花生又不当饭吃,庄稼主谁还……这酒够四两么?"吴敏财提起酒瓶来说。

"大家伙是凑合着过日子,大家伙都精光穷,共产党来了日子过不舒畅啦……这是有人说的?"

"喂,老魏哇,我可不是地主!"

"这怎个讲?"

"我可不卖那分漂亮……"

"啥叫卖漂亮?"魏家发喊了起来,"谁吃剥削饭,谁坑了老赵家大女儿,四分利吃人家孤儿寡妇的? 谁说花生落价往里扒的?谁说的:'他魏家发呀,将来替我扛活我还嫌他老!'……我替你扛活去嘛,赶明儿我上你门上讨口吃的去嘛! 谁?"他站起来,"谁抗美援朝捐献半个子儿不拿,还说国家坏话的? 这国家亏了他啦! 养肥他啦……毛主席叫咱翻身,毛主席没有叫咱替他扛活……"

"你别拿军烈属压人……"

"我的儿子交给了国家! 为了人民!"老汉大吼着,现在他完全不能压制他的怒气了。

人们都不敢劝他。人们似乎都还希望他揭发得更多一点。吴敏财迅速地溜出去了。

魏家发心里觉得很痛快。他的这一场叫骂的结果,连掌柜的也对他变得格外尊敬了,人们都说,应该这样对付这种人。于是老汉变得非常和气、活泼,他对人们抱歉他一向对大家脾气不大好……他深夜里才慢慢地走回来。他觉得全村都敬重他;他觉得现在所有人都不敢欺侮他。但同时他开始觉得了,他自己的生活里有许多事情搞得不好,你这样是对不住儿子的。他想到了他老婆的那口猪……这真是件倒楣的事情,叫鬼迷住了。他走进院子,在空了的猪圈面前站了一下。

"玉兰回来了吗?"看见东边屋子里的灯光,他柔声说。

于是他的女人和女儿都发现了他,他今晚上的脾气很好。他不象是在责备——平常他总要责备女儿,为什么回来得这么迟的。

"过来,玉兰!"他说,走进房,坐在炕上。

抽了一袋烟以后他开始说话。

"我五十六了,你娘五十二了,你大姐嫁远了,家里就你一个人,我对你大姐不周到,她出嫁那阵子家里也精穷,你听着。你听着没有哇?"看见女儿的恍恍惚惚的样子,他问。

"听着哩。"魏玉兰很不高兴地说。虽然父亲很少和她谈这种话,她仍然不高兴听。这种老得发霉的话有啥意思呢?"又喝了马尿啦!"她恶狠狠地想。

这小女儿显然是不怕他的。从前连魏强都怕他……但因为急着要说心里的话,他就没有干涉女儿的这种态度。

"那你就听着吧。坐着。对不对呢,"他哑声说,"你要上夜校,我不拦你,你要穿的,我给你,你开会什么的,我也不拦你,对不对?"

女儿一声不吭。她猜想着父亲往下要说什么。但她的悄悄地站在门外的母亲,却被老汉的意外的温和感动了,高兴极了,又害怕女儿的这种态度会触怒老汉,于是紧张地说:

"玉兰,你说:对呀!"

"谁知道对不对?"魏玉兰回答。

"把你嫁了,丫头!"母亲说。

"正盼着呢!"魏玉兰说。

"别胡扯!"魏家发说。"你父亲不算落后分子吧?"

"可是你单干!"魏玉兰大声说。她抓住了这个极其难得的教育父亲的机会。

"咱们不谈这些。"魏家发说,沉默了一下,"知道你这父亲一辈子受的苦吗?知道你父亲怎么样打头送你大哥参军吗……你这会儿是青年团员不是?好歹是青年团员,这团员也没啥,当闺女的这些事不吃紧,我不拦你,可你也得学学针线活、家务事、地里的行道,将来要过日子;我总是要跟你寻个上进的小伙子……我劳累些年,还能跟你治点子嫁……"

"你别操心这个吧!"魏玉兰急急忙忙地说。老汉于是就想到了,她此刻心里一定想到了一些小伙子。

"我还是开通的哩。你自己寻,也没啥不可以,就是非一开头就先听我不行。心里有人么?"

"哎呀……"魏玉兰说,但又没有说下去。

"那可不能答应!"母亲说。但魏家发没答理她。

"说来归去,我要说的是这么一句话:劳动是本份。毛主席是要人学好的。咱们是光荣家庭,你可不能做出给你哥不争气的事来。毛泽东教育的人,那就是为国家、为人民、上阵挡住敌人、下地能干活、孝敬老年人……一辈子没有第二条心。"他嘶哑着声音说。在他的面前,矗立着儿子的纯洁而光彩的形象:"你懂这道理吗?"

魏玉兰很感动。可是她又发现了父亲谈话里的前后矛盾。看来父亲是简直不觉得这种矛盾的。

"那你为啥要跑沈阳卖猪呢?"她问,想要接着就提到互助组。

"那关你什么事?"魏家发生气了,"睡去吧!"

"真是呀,那关你什么事!闺女家……"母亲说。

一直到下大雨的时间魏家发都没有睡去。大雨使他起来了,他犹豫着是否要到地里去一趟。但他发现女儿也起来了,在那里悄悄地张望,显然就要出去。锣声在附近响了起来,这锣声是号召人们到黄沙河河堤上去的。

"爹,河堤上今儿缺人哩!"魏玉兰说。

"我知道。你不许去……今儿不轮到咱们……"

"这没有什么轮不轮呀!你去吗?"

"不用你管!睡去!"魏家发吼着。他现在决心到自己地里去看看。

魏家发是很识水性的,但他解放前为了这河堤的事很吃了一些苦,白干了不讨好,他觉得是伤了他的心了。他并且还很不满意村里的一些情况:这些天来,守护河堤,象吴敏财那一类人家却只是让自己的雇工去应付一下。他当然也不愿他的女儿去。

他挽起裤管,走到台阶上。雨水溅在他身上,他站下了。

"要是魏强那小子在家,他怎么说呢?"他想。

他又走进屋子,坐下来发愣了。

"大惊小怪的!"他听着锣声,想:"还没有那么危险呀!地里要不要紧呢?"

女儿又出来了,责备地看着他。

"叫你睡去!"他烦躁地喊,"要去我去!"

他又伤心地想,要是儿子在家里,就不会要他来操心这些事情了。可是,他已经为人们献出了他能够献出的一切。

他愤怒地吹熄了灯,坐着不动。

"人家张桂珍都去了。"女儿在黑暗中说。

"你看见啦?张桂珍……她的庆奎刚回来!"

"你不是说吗?"魏玉兰伤心地说,"为国家,为人民……"

"我老了!"老汉叫着。

这时就从院子里,从喧腾的大雨中传来了张桂珍的差不多是欢腾的声音。

"家发叔!玉兰!"她喊!

"看!"魏玉兰叫着。

"这妇女倒怪,"魏家发想,"她怎么搞的?她不知道她家发

251

叔的脾气吗?"

"家发叔,起来了吗?准备了吗?去吧,大家伙都去……"

魏家发点燃了灯。他的布满皱纹的脸上毫无表情。

"你家发叔他腰不好……"大婶子在里面说,"那些年他叫整伤了!"

浑身水湿,光彩焕发的张桂珍却笑着看着魏家发。

"我去了!"魏玉兰说。

魏家发不作声,站起来往外走。

"吴敏财他去吗?"他问,不看张桂珍。

"村长上他家去了。咱们有办法让他去。家发叔,你别管那些人……"因为雨声很大,她喊叫着。

"哼!"魏家发说,往院子里走去,淋着大雨好象毫无感觉。

"我去啦!"魏玉兰喊。脱下鞋,挽起了裤腿。

"去吧!"魏家发在雨里喊着。

魏玉兰欢叫了一声跑到雨中。

"你披上块布呀!"母亲喊。但他们已经远去了。

"这老鬼!把闺女都带去啦!"

魏家发在村口听见了吴敏财的懊丧的声音,他心里猛然升起了一股劲,越过人们向前走去了。

"大叔,是这么的!"张桂珍追上他,喊叫着说,"咱村要是去的人少了,这就叫别的村不高兴,他们就会说:好喽,你们村离河堤远,不怕涝……这一夜半夜的,地里的庄稼也还没啥!"

"好喽!别教育我啦!"老汉说,"教育那些拔尖的去吧。"但沉默了一下,他又温和地问:"庆奎没起来?"

"他睡着哩。"张桂珍抱歉地说。

"那可好,他要歇息。我看那伤是不简单,这孩子身子骨硬……明天下晚,你们两口子跟你娘上我家来,我跟庆奎吃一杯!"

雨很大。在平常很是细小的黄沙河现在有半里多宽,那急湍的水流快同河堤平齐了。但河堤上却意外地欢腾,这欢腾是从一群年轻人里面产生出来的,几乎把那紧张的空气都冲淡了。

火把在河堤上闪耀,一时被雨浇熄了一些,一时又更多地亮起来了。

魏家发不高兴年轻人的这种欢腾的劲头。前些年的阴森森的景象仍然悬挂在他的心里。火把照亮了他的被雨水淋湿的脸,这脸现在显得庄严,充满精力,而且似乎含着怒气。

"魏大叔来了……"一个青年高兴地说。

"喝!魏家发!"一个姑娘的声音说,她直呼他的名字。

"家发叔……"另一个姑娘稀奇地说。

"尽是些闺女……顶个屁事!这是没出险,要是出险……"魏家发说,"叫唤啥,回去睡去吧,没你们的事!"

"好老大爷!"邻村的一个姑娘说,"真有你的,咱们看吧!"于是青年们在雨中发出了一阵嘻嘻的哄笑。

"魏大叔!"支部书记徐国辉在雨中奔了过来,高兴地喊着;他显然已经忘记了前些天他和魏家发的关于那卖猪的事的不愉快的谈话了,"乡长他们在河叉子那里呢,你来的正好,请你去看看那边……"

魏家发却似乎没有忘记那件事。他慢吞吞地说:

"行罗……这是怎么搞的?站着看吗,这些年轻人……"

"他们正在组织哩。"

这时传来了张桂珍的喊叫:

"王合村的,咱们村的,青年团员到这里来!"

于是各处响起了喊声:"团员!"有的声音是古怪的,含着嘲笑的味道。火把在雨中移动,有的熄灭了;溅起泥水的脚步声和人们的呼喊声混在一起。有人摔倒了,引起了笑声。

"凡是年轻的同志,青年们都到这里来!"张桂珍又喊着,这次是在广播筒里喊叫:"乡亲们,青年同志们,咱们……"

但她的声音被一阵嘈杂的脚步声和说话声淹没了。

"谁知道谁是青年啊?"

"我这算老年算青年?"一个小伙子说。

"你过了二十五岁没有?算青年……"

"你算老大爷!"一个妇女叫着。

"吵吵什么?"魏家发干涉起来,"这是好玩的?"

青年们吵吵嚷嚷地终于组织起来了。他们往左边靠铁道桥的方向出发,要到那里去挑土填堤。这时一个人止住大家,跳到石头上去,举起了两手叫大家静下来,说他有一个提议。

"别乱出点子吧!"有人抗议着。

"快说吧!"魏玉兰喊着。

"那些老大爷看不起咱们不是?"这青年喊着,她是张桂珍村的团支部书记,"我提议跟他们挑战!"

"好!"青年们发出了一片吼声,使得哗哗的大雨声都变得微弱了;他们立刻严肃起来了。

"哪里危险哪里去!这是第一条。不歇手不偷懒,这是第二条!办不办得到?"

人们又吼叫着。有人象示威似地拼命吼叫。

"最后,咱们这队人马取个名字!"

"什么名字?用不着什么名字!"一个姑娘叫。

"要个名字!叫个……同志们,叫个魏强大队;叫个魏强突击大队!"

人们这一次发出了更整齐更激昂的吼声。

于是激昂的青年们开始唱着歌,象一支真正的战斗队伍一样地向铁道桥附近奔去。

年纪大的人们对于过去的灾难有着鲜明的记忆;在那些年,每逢涨大水的时候,河堤上就笼罩着恐怖阴沉的气氛。现在他们也怀着这种阴沉的心情。他们不知道这里的这些青年们在搞些什么,年轻人的这种欢腾和激昂使他们皱眉了。

但是,青年们给他们的队伍取的这个名字,不久就被大家知道,而且成了一个正式的名称了。

支部书记徐国辉喊着:"魏强队的,跟我往这边来!"于是青年们喊着:"魏强队的!魏强突击队的!跟上!快!这边来!"后来支部书记就喊得更简单:"魏强!来支援他们这边,魏强——"

于是,"魏强"就跑了过来,支援那些老大爷们。

"咱们魏强跟你们竞赛哩,划出一块来,挑的土都记数的!"一个姑娘说。

如果老大爷们想说:"谁跟你们竞赛的?"但听见"魏强"的名字,就不作声了,下力的干着活。

"这把锹借给咱们啦!"

"谁负责!"有人大声喊。

"咱们负责!'魏强'负责!"

"这是谁家的闺女,压坏啦!"一个老汉吃惊地大声叫着。

"魏强大队的!"

而这个闺女正是魏强的妹妹魏玉兰。她起初还不能习惯地把她哥哥的名字当做普通名词来喊叫,但这时她却流下了幸福的眼泪。

天快亮的时候,雨小些了,人们在河堤上巡视着,魏玉兰到铁路桥附近去找寻她的失落了的手巾,听见了在河流的激响声中传来的一种尖锐的水流喷射的声音。她跑进去,就发现有一个水眼往外喷水,但一个看来相当深的水塘搁在她和这水眼之间。她不懂得这些事,但觉得非常危急,她喊叫起来。

"魏强大队的,同志们,魏强……"

她向人群的方向奔去,但又觉得这样来不及,于是回过头来又跑到水塘边上。水塘很使她恐惧,然而,来不及顾到这种恐惧她就冲到那两丈多宽的水塘里去了。水齐到她的腰部,她用手划水,向河堤上的那个水眼扑去。突然地,水齐到她胸部了。她站不稳了,恐惧起来,又喊叫着,但随即她愤怒地向前扑去。

"这怕啥!叫人笑话……"她想。

她现在看不见河堤也看不见她刚才下水的地点了,她沉到水里,呛住了,但她用力地跳了起来,把她的头伸出水面,发出了一声喊叫。

"桂珍……"

恐怖的意识这时反而消失了。她的心思变得很明确,很冷静,她想:"要把我淹死了! 不过我应该放开我的手巾,手巾会飘起来,他们会找到我……"

她又冲出水面喊了一声。后来她就举起手来,放开了手帕……

人们冲到水塘里把她救起来她已经昏迷了。人们堵住了水眼。过了好一阵,乡总支书记和魏家发一帮子人才从河堤边上跑了过来。他们是从右边河叉子那里过来的;魏家发不觉地变成了指挥人员,他严格地进行着他的工作。

在他们走过来的时候,就听说魏玉兰落水的事情了。他们跑到魏玉兰身边,她已经略微苏醒,伏在张桂珍身上。魏家发蹲下来,摸摸她的头。张桂珍担心老汉要发怒,因为谁都知道他是怎样地爱着他的玉兰的。但出乎她的意料之外,老汉沉默着。

"没啥要紧的了,"魏玉兰温柔地安慰他说——这是她苏醒过来的第一句话,因为她在恢复了意识之后就一直在默默地回忆着刚才的经历。"水眼堵住了吗?"

老汉站起来,走向水塘,倾听着,观察着。然后他用两只脚互相踩着脱下了鞋子,走到水里,象一个强壮的青年一般喷着水,好象在水里走路一般,并没有举起手来划水就游过深水到了堤边上,检查着被堵起来的地方。

青年人知道老汉识水性,但还从来不曾看见他游过水。他不从堤岸下水,一直游过水塘,这就使得年轻的人们高兴地想:"看哪,老汉高兴喽,显本事哩。"

"我爸下水了吗?"魏玉兰问。

张桂珍放下了魏玉兰,从水塘边上绕过去,走进水里,水齐到她的腰。

"大叔,你不用……"她说,"你那身子……"

魏家发看了她一眼,不回答她,随即就潜到水里去了。他在水里摸索着被水淹着的堤岸。

他好久好久才上来。

"大叔,"张桂珍说,"底下没危险吗?"

魏家发仍然不回答她,喷着水,擤着鼻子。

"那年就是这里出险的!"他向蹲在堤岸上的总支书记说,"得把这水塘全填起来,砌高,才是根本。动手吧,站着干啥?"他向站在岸上的人们说。

他走过张桂珍身边,不看她,责备地说:"你跑下来干啥?淹了一个还不够吗?"

"我可是能行呢……"

"闺女媳妇,这种事没啥能行不行的!"

他走到岸上,拿起他的上衣,这才想起来他的烟袋还拴在腰上。他取下烟袋,里面的烟丝和两张塞在烟袋里的人民币全湿了。他在下水的时候,看见女儿躺在那里,实在是有些激动。忘记了这个。他在烟袋包上摸索了一下,就把它们一起又塞进了衣袋。

人们劳动起来了。老汉向女儿走去,但看见有两个人蹲在石头后面谈话,就站住了。

"这是谁们?"

这就是吴敏财。他在和村里专门贩卖牲口的刘树贵谈话。大约他们在此刻也在谈论着捣腾买卖的事情。吴敏财身边连工具都没有。显然他并没有干什么活。

"家发叔你累着啦!"刘树贵说。

"我累着哩。吴敏财你这是干啥?"

"没啥……累得慌。"

"累得慌?你啥也没干!走开吧!回家睡去吧!这不是你家的地,不用你当工头!"魏家发轻蔑地说。但他随即就震惊得发呆了,因为他清清楚楚地听见人们喊他儿子的名字。年轻人挑着土,沉重地喘息着,列成一个很长的队伍奔过他的面前,泥水溅到他的身上。

"咱们魏强队的跟上来!"张桂珍大声叫着。

"魏强的,在左边,跟他们挑战……我这是第四挑,记上!"一个青年说。

老汉显然不十分了解,他给弄糊涂了。但他仿佛觉得儿子也在这些人的中间。他向他女儿走过去。魏玉兰坐在人们的潮湿的衣服上,邻村的一个妇女和乡总支书记都蹲在她旁边。她不肯回村去。她现在不仅坐了起来,而且还喊叫起来了,虽然那声音很疲乏。

"加油啦!魏强队的加油啦!"她喊着好象是一个刚刚病好就急于参加游戏的小孩一样;她对自己的喊声非常满意。

魏家发在她身旁边蹲下,似乎是很胆怯地小声问:

"这干啥的?"

"咱们取的我哥的名字……加油!"她又喊起来。

"哦!哦!"魏家发说,那声音仍然似乎是很胆怯。他静默了一阵,看不清他脸上的神情。他站起来,又蹲下,悄悄地向着女儿说:"回去别跟你妈说落水的事,知道吗?"然后他站起来走开去了。不久之后,魏玉兰就看见他的短小的,有些佝偻的身体排列在她的那些年轻人中间,挑着土,显然特别老练,稳重地,一声不响地奔跑着。

"加油啦……"魏玉兰疲乏地,但带着逐渐强烈的欢喜喊着,这声音就象唱歌一般。

雨已经停止了,天逐渐地亮起来。

赵庆奎来到河堤上,向铁路桥这边走过来的时候,就也听见了那曾经在解放战争的战场上和朝鲜战场上亲切地震响着的,他的战友的名字。这时候那个水塘已经填起来了,人们飞向魏家发发出欢呼;在那一阵欢腾的叫喊和鼓掌声中,魏强的名字不时地飞扬起来。

赵庆奎天亮才醒来,最初一瞬间觉得自己仍然是躺在医院里……张桂珍不在了,母亲默默地坐在炕沿上,垂着头发灰白的头在打盹,显然她已经这么坐了很久了。于是他又怀疑自己到底是不是做梦梦见回到了家里,被自小以来就熟悉的一切围绕着……然后就有一股新鲜的欢喜流注到他的心中。

"桂珍呢?"他问,拉着被子把他腿上的伤疤掩盖起来,但心里想到,母亲是早就看清这些了。

"她出去了……庆奎呀,"她焦虑地说,"媳妇是一辈子的,你也劝劝她,你也跟她多谈几句心!"

"她上哪去了?"

"她就回来!她这倒真是有事!"她分辩着。

"朝鲜这仗还要打下去吗?"她问,从她的闪烁的眼光,赵庆奎猜想到,她已经好久地在思索着这个问题了。

"他要打那就陪他打下去吧!"赵庆奎说,跳下炕来穿着衣服。他看见了门角落里的张桂珍的鞋子,又望望窗外。

"夜里下雨的?"

"就是这个呀!……我说是她可以不去!村里这么多人,你又是……她头都不回就奔上河堤了!她心里就……"她又停住,显然心里在矛盾着,不知道是要替媳妇分辩一下好呢还是责备她的好。

"噢!"赵庆奎对自己嚷着,"看你这当兵的什么警惕性!"

"这美国人,强盗鬼子的,这仗还打多久呢?"母亲说。

"打败他完事!"赵庆奎说,走了出来。

他奔过湿淋淋的高粱地。灰白色的云层中间已经显出淡蓝的天,附近的树木和房屋的轮廓在潮湿的空气里都显得很清楚……他好久没有这样奔跑了,于是他就想起朝鲜的那些早晨;他还不觉地朝天空上望了一望,象在朝鲜的那些早晨一样,这习惯的警惕着空中的动作给他带来一种战斗的喜悦,又使他意识到他这是在生养了他的家乡。他看见河堤上有一列火车鸣着汽笛从左前面的铁路桥上通过,这是一列疾驰着的快车,灰白色的浓烟刚冒出烟囱就被吹到后面,在长列的车厢上拉成一条笔直的带子。他看见河堤左边的一些人们对这火车举起手来,并看见好几个人跑上铁道堤,跳跃着,挥着手。

火车轮子的清脆的敲击声,金属的美丽的震动声,和那咝——咝的声音好久好久地在空气中震动着。

"好啊!祖国!"赵庆奎说。

和平的早晨,潮湿的田地,黑色的垂着须的树木,河堤上的沸腾的人群,和这奔驰着的列车,给了他这么强烈的感觉,以至于他站了下来,凝望着铁道堤两边的辽阔的平原,对他的祖国致敬了。

他再向前走去,就听见了人们欢呼着喊叫魏强的声音了。这喊声对他说来是惊心动魄的。他还不曾设想过他的家乡已经有了这样的进步。

人们立刻把他包围了。

"你们这抢修队取了魏强的名字吗?"

"怎么样,行吗?"

"好极了!"

"马上就没事了,庆奎哥,你跟我们讲讲朝鲜战场的事情吧?"

"你说说魏大哥……"

"我们这些都准备上朝鲜的……"

"要讲!行!这很好!"赵庆奎说,不知是回答谁好。他的周围全是潮湿、泥污,但光彩焕发的面孔。在这些面孔中间他看见了魏家发的欢笑的脸色,然后他看见了张桂珍,她的左脸碰伤了,肿了一大块,因此只能从她右脸上和她的眼睛里看得出她的笑容来。他在这样的人群中发现她,马上就全部明白了她在村子里的生活了;在这以前,无论人们对他叙说多少,他总是不很明白的。

年轻的妇女们挤在她身边,他昨天晚上在果园里看到的陈二东家的姑娘,用一只涂满了污泥的手臂搂着她的肩膀。

"我都要讲!我现在只告诉你们一点点:我们的魏强同志是在负了好多处伤之后扑在敌人的机枪上牺牲的,而这样他就打开了冲锋的道路……"人们立刻鸦雀无声。赵庆奎对魏家发瞥了一眼,看见老汉脸发白了,于是警惕起来,笑着沉默了。"你们今天的事我将来要告诉部队……你们这个队谁是队长?"

"说不上……"有人说。

"哪,这是副队长!"陈家的姑娘说,于是年轻的妇女们把张桂珍推了出来。她反抗、往回躲,好象站在她面前的是一个陌生人似的。

"不要害臊啦!"

"对啦!别害臊……"赵庆奎说。

张桂珍于是微微红着脸看着他。

"吓,你跑来了!"她说,因为心慌,找不到别的话说。她的这句话就象昨天上午她刚见到他的时候所说的差不多,但声调却这样不同。

人们静着,笑着,看着这一对年轻夫妇。

"我跑来啦,向你报名,有活干吗?"赵庆奎红着脸爽快地说。

张桂珍有些着急,但人们的肃静和笑容又给了她很大的勇气,她说:

"你来迟了——报名我还不收你哩!"

人们大笑了。

"真的呀,还有活干吗?"

"那还不简单!"张桂珍笑着说,"要干活,往左边堤上挑几挑土吧!"

她转身挤出人群。为了避免让人们看到她的脸,她走开几步,向着外面喊:

"加高吧!咱们干吧!"

魏玉兰仍旧坐在那里。张桂珍挑着土走过她的附近,向她笑了,于是她看见了她的闪耀着抑制不住的幸福的光辉的眼睛。她又看见赵庆奎,他挑着土摇摇晃晃的,显得很吃力,但看那样子他不很甘心,老是向人们笑,好象说:"看我还能行吧!没落后吧!"

"他们多么要好啊!"魏玉兰想,"要是我将来也有个……别胡思乱想!"

太阳照耀出来了,赵庆奎向魏玉兰走了过来。

"庆奎哥!你能行吗?不累吗?"魏玉兰欢叫着。

"我听说你落水了……"

"我知道一定没有问题的,我一点儿也不急!"魏玉兰说,这就是她经过一阵的回想之后,对她落水时的情况所做的结论。

"是呀,很危险的,玉兰,"赵庆奎用类似慈爱的声调说,"你大哥有一件纪念品,一个笔记本,等会儿我送给你吧。"

赵庆奎对周围的一切都觉得一种爱情;他对他的张桂珍发生了这么强烈的感情,这还是他从来不曾有过的。

这种感情没有表示出来,然而,从他的脸色、声调和眼神里,张桂珍感觉到这个了。她感觉到他的心再不会离开她了。

当她向这边走来的时候,他就用一个很长的凝视迎接着她,很惊奇地发现了,她原来也是长得很漂亮的。

"你看着我干什么?"她问。

"可以回去了吗?"

"还等一下。"她说了又跑开去了。

在河堤上奋斗了大半夜的人们散去了。赵庆奎和张桂珍默默地穿过高粱地,他们不觉地落在人们后面,并穿进了小路。他们继续沉默着。这沉默说出了多少年来从来不曾说过的话。

后来他们也不过谈了一些零碎的事情。

"对老人要耐心点……"赵庆奎说。

"那当然是……你知道家发叔卖猪的事情吗?"

"知道了。我看他家猪圈的墙也塌了。"

"替他们买口小猪送去好吗?"

"那当然好。等下就办……你下地干活……总有些困难吧?"

"没有。"她说。"他们李家屯子快办起合作社来了。我要是能抽身到县里去学习一阵,你看好不?"

"好,这归我来跟我们那老大娘说……"

"家发叔今天表现很好。我怕只有你能说服他不再单干了,支书他们的互助组愿他参加……"

"我看这没有问题吧。你这许多年,身体一直不赖?"

"挺好,你们在朝鲜是睡在山上吗?"

"有时也睡在老乡家里……"

他们一直走到家里,一直走进房,洗脸,换衣服,都继续着这些谈话。从回来的路上起,赵庆奎的眼睛就没有离开过张桂珍,他简直好象是第一次看见她似的。回到屋子里,谈话中间她走开了一下,到厨房里去了,他就迫切地喊着她;她急急忙忙地跑进来,因为欢乐而有些心慌,怕婆婆不高兴,没有说完话又跑到厨房里去了,于是他又喊叫她。

"你去!"婆婆庄严地说,她在包饺子,"我用不着你,叫你去!"

她又跑到院子前面看猪圈去了。

"怎么搞的哇,喂?"赵庆奎嚷着。

"别这么叫得人发慌呀!"她说,把他推到房里去了,"你看行不行?买口小猪今天来不及。动员一下,把咱们的那头尾巴上有灰毛的先拿去,过几天我再买。"

"那能行?"

"你去说就能行。"

"等下吧。在朝鲜咱们有一回买了一口猪……你坐下,你坐下。"赵庆奎说。

在这个时候,母亲站在厨房门口发呆。她听不清屋子里的谈话,反正她觉得,这种情形在这个家庭里是从来不曾有过的。她曾责备媳妇不会笼络儿子的心,她曾因为这个由她经营起来的家庭的动荡不安的局面而愤怒,现在她明白这一切到底是怎么搞的了。

"是啦!可不是,他们都信着毛主席,都进步,走了这条道啦……看我这老婆子!好事情!"她这样想。

她软瘫了似地,在门槛上坐下来了。她心里一阵激动,眼泪就使她的眼睛昏花起来了。她走进房,找出了她从过年的时候偷着留下来的一股香,跑到锅台边上,从锅台后面找出了已经压扁了的白铁的小香炉,惊慌地点燃了香插在里面。

在生活的重大关头,老年人首先就想起了多少年来的习惯。但做着这件事她又很慌,觉得自己有错,怕儿子发现。

"他要是敢开口我就跟他吵!"她想,把香炉供奉在锅台上的祖先的牌位跟前,拿一些草来垫在地上,庄严而愤怒,磕下头去。"求菩萨保佑。菩萨不怪,连张红纸牌位我都没有,就是心到神知,求一家平安,我老婆子抱个孙子;叫那可怜的死鬼在地下放心,"她含泪祈祷着,但她又想:"这是为的他,他要敢开口我就吵……"

恰好这时赵庆奎进来了。她象犯了错被当场捉住的小孩一般惊慌,吓了一跳,但她站了起来,满脸庄严的,忿怒的神气。

赵庆奎皱了一下眉。

"啊哈,老大娘,躲着……"他想,但未开口。

"吃饺子吗?"他问。

老大娘沉默着。

赵庆奎笑着环顾着厨房,这就是他的母亲在里面消磨了一生的地方了。

"现在还有香烛卖吗?"

"我存着的!我老婆子迷信!我老婆子封建!为你们好!笑吧!笑我这老婆子吧!笑掉牙吧!"

"谁笑啦!"赵庆奎说,"你倒是会争取主动哩……怎么样,咱家里有三口猪吧?看行不行,先把那灰毛尾巴的给魏大叔,过后……"

"不行!我这猪花了多少心血呀,哪家的猪也没我的……"

"天下的猪都是一样的!"赵庆奎笑着说。

"胡扯蛋!天下的猪就不一样……你说主动,我这老婆子怎么主动……"

赵庆奎揭开锅看看。他知道动员的时机不巧,他过于自信,失败了。

但过了一下,母亲就来到房门口,她从门帘里悄悄地看进去,看见媳妇在炕上睡着了,儿子轻轻地拿一件单衣盖在她身上,站着看看她,就在椅子上坐下,打开了一个红封皮的笔记本,沉思地一页一页地翻着。

"这倒好……没我老婆子的事喽!"她想,又欢喜又有点气忿。

她看见儿子从那红封皮的本子里拿出一张照片来看着;她猜到了,这是魏强。

"庆奎呀!"她小声喊。

赵庆奎悄悄走了出来。

"这是你媳妇的主意不是?"她问。

"我的主意。"赵庆奎漫不经心地回答。他现在无意再来说服母亲了。

"这呢,可也不能把媳妇就惯坏啦!对她好言好语,该说她的还是要说她;你在革命队伍的才进步,她这个糊里糊涂的,懂个啥呀!"老大娘说,眼睛又潮湿了;对于这家庭间的新的局面,她还一下子很难适应。"这么的,那口猪你就先给魏家发吧;可记着有五十多斤重?……这老汉也真缺德!"

"桂珍!你来,喂!"赵庆奎喊。

"你喊她干啥?"

张桂珍跳起来跑出来了。她睡得迷迷糊糊的。

"把你那灰毛尾巴的猪秤一秤吧!"赵庆奎说,笑了起来,但立刻举起手来掩住了嘴巴,"看是多少斤,记下来,明儿好让他还帐。"

"那倒用不着呀……"母亲窘迫地说。

"知道了,"张桂珍说,很庄重地跑到院子里去了。

赵庆奎全家到魏家发这里来作客,是套着车来的。车上装了那口猪,还装了一些黄泥,这是赵庆奎在田地边上挖了来,准备替魏家发修理猪圈的。好多小孩跟着这辆车跑到魏家发门口,因为猪在吼叫。

"我的天啊!滚开!滚开!"母亲叫着,驱赶着小孩们。她一直向院子里走去,在猪圈旁边停下,往里边看着,庄严地说:"圈里土也不多啦,这要到冬天……没口猪那可是不行的!"

魏玉兰的母亲张着满是面粉的两只手跑了出来,看见了那口猪,喊叫起来往回去,但又站下,哭了。魏家发跑出来,向着赵庆奎叫嚷了一阵又跑到他女人的旁边,气急地喊:

"我不管!要庆奎他们替你弄圈呀,哭!哭!你还不帮着弄去!"

"你看看我这手呀……"魏玉兰的母亲叫着,"你干啥的?你死人啦!全是你闯的祸……"

这几乎是她第一次向她的老汉发怒,魏家发惊慌地沉默了,他跑回到猪圈旁边,羞怯极了,小声说:"行了,这样行了,别管它……"

魏玉兰站在台阶上大笑了起来。

"这傻丫头!你滚开!"老汉吼着。

赵庆奎拉着魏玉兰去到屋子里。

"你是青年团员吧?"他用那种近乎慈爱的声调说。

"我是的。"

"这是你大哥的本子,都是记的零碎事。可是这里有一页写的是他的决心。"他翻着那小红本,说,"这是解放了汉城以后,作第四次战役动员的时候,他自己先写下的……"

"你讲慢点!"魏玉兰说,紧张地看看门。

"就是这。希望你永远保存它,向你的哥哥学习吧!"赵庆奎说,把手放在她肩膀上。

"什么战……怎么讲的?"魏玉兰问。

赵庆奎看见了她的眼睛里的眼泪。

"就是解放汉城的时候……往后,在你需要决心需要勇气的时候,就记着这本子上的话……"

赵庆奎走了出去。魏玉兰痴呆地坐在那里。她拿起那本子来翻了一页,认不清那些字,但觉得那些字里有着极其庄严神圣的意思,好象一股热气似地向她扑来。眼泪落在那小本子上。她又翻了几页,眼泪继续落在上面,于是她抱着这本子扑倒在炕上,哭起来了。

魏家发走到门口听见这竭力压抑着的哭泣的声音。他揭开门帘,喊了一声,女儿立刻不哭了,但翻过身去,不理他。

他从张桂珍那里知道了,女儿在思念哥哥。

"怪事了!"魏家发又悲痛又欢喜,想着,"她几时想过她哥哥的?接到消息那阵子她也不过红了一下眼珠……怪事了!"

魏玉兰出来了,眼圈红红的,脸色非常庄重。魏家发正在和赵庆奎一起修猪圈,很小心地看看她。

他看见女儿要动手和泥。

"你歇着吧,"他说,"身体还没好呢,看你……"

魏玉兰默默地站着。于是魏家发走了过去。

"你到底在想啥?"

"没啥……生我哥哥的时候,我们家里挺穷不是?"她问。

"可不是……"

"他上十岁就替吴家当猪倌的吗?"她问,嗅嗅鼻子,"你在外干活,咱全家那阵都没吃的吗?"

魏家发触动了心事,沉默着。

"你歇着去吧!"他说,走了回来。魏玉兰向厨房走去了。

"长大了,"魏家发想,"不能再当她小姑娘了……这么快地长大了,有些象她哥……"

赵庆奎看见老汉的眼圈发红。当然他了解是怎么回事。

"大叔,"他说,"后天我就走了。你看是不是这么办。你对村里干部们有啥意见的,都说给我。我跟徐国辉他们去谈。快到秋了,把你搁在互助组外边可是不对……"

"我没意见。"老汉窘迫地说。

"总有些困难,不容易闹,往后……"

"困难那倒……就是我这人……你说了就行呗。"老汉红着脸叽咕着,看看赵庆奎,就沉默了。

吃晚饭的时候魏家发的神色隆重了起来。他换上了干净的衣服。他在敬了赵庆奎一杯酒之后就喊住了女儿。

"你庆奎大哥跟我商量啦,咱们参加徐国辉他们组!"

"这可好!"女儿好象并不意外地说,"可你别三天就闹意见哇!"

老汉不回答她,好象没听见一样,转过脸来向着赵庆奎。

"为你们朝鲜的人喝这一口!"他端起杯子来,说,"你大叔不是外人,这往后也把你当成魏强一个样,你的话我信,有这么几句话问你一下。是咯,魏强他光荣,我也光荣,可我得问你一桩。庆奎……我在二十来岁的时候,替他妈张作霖当过几个月的兵,那都是强盗!可就在那时候,我也没有做过对不起老百姓的事,看不惯我就跑……我那魏强当副连长,这是毛主席的队伍,他可没有摆起架子来干对不起老百姓的事情吧?也没要什么吓唬人的威风吧?"

"没有,你信我的话不是?没有。"赵庆奎说。

"你说咯……他是好几处伤扑在老美强盗兵的机关枪上的,这好,当连长的要做当兵的模范!我信得过我的魏强,他勇敢,打冲锋就不会退,要上山头决不半路歇着,他小时候我就这么教他的。别哼!不痛!咬着牙!可我就是担心他那火炮脾气。他对下面的当战士的排长什么的脾气好不?你们上级有意见不?"

"他脾气好多啦!战士们全喜欢他。"

"我今天问你这么些,我一辈子就这么个好儿子,我不愿他的这个光荣沾上点儿不痛快的地方,你懂这个道理不?我这人有许多旧思想,可有一桩我要看明白:忠心耿耿的革命军人就不光是勇敢!他魏强对朝鲜的老乡们……这老乡们都高兴他么?"

"高兴他。"

"他救过朝鲜的孩子们么?"

"救过。"赵庆奎确信不疑地说。

"那我知道他会这么干的。我气愤的就是他总不写信,写信也总不提这个……他是一个好干部,他带队伍很严么?带队伍是该严的,对不?"

赵庆奎回答了他。老汉思索着。

"这你再跟我谈谈他最后那一仗的情形吧。"他看看门,说,"你们打的那个地点是在哪里?山有多高!上级给你们发下什么命令?打的时候怎么样……"

赵庆奎有些犹豫:妇女们端着菜和饺子进来了。但老汉却毫不犹豫地站了起来。

"今天全坐下吧!玉兰,他娘,今天全坐下,你也喝一杯!听庆奎谈谈你儿子的事……不要紧,他娘不会伤心的,说吧!"

大家坐下了。

"上级怎么教育你们,你们心里怎么想,看到朝鲜你们又怎么想,我那魏强是怎么打那一仗的……"老汉庄严地说,"玉兰,你也听着!"

第六章

　　早晨，朱国山一面吃着治疗胃病的药粉，抱怨着营部的医生，说他技术水平不高，一面对隔壁说着朝鲜话。他们这小房间是用军毯从大房间隔出来的。他说得很慢，很沉着，好象和老朋友随便谈天，边说边想。隔壁传出了一个妇女的柔和的声音，说得那么轻，好象自言自语似的。后来她笑起来了。

　　赵庆奎就在这谈话声中醒来。这朝鲜妇女的谈话声和笑声这时所给他的感触是难以说明的。他昨天晚上才来到这个山沟里的村庄，回到了他的部队。他在被子里躺了一下，对着许多激动的思想微笑着。

　　"她笑什么？"

　　朱国山告诉他，这位房东的媳妇，是居民班长、劳动党员，他昨天曾托她向老百姓买几百斤白菜萝卜，一部分用朝鲜币，一部分用粮食换，她已经办得差不多了。

　　"那么她笑什么呢？"

　　"她笑——她刚才怕吵醒你。她说，你们营长回来了，就吃白菜萝卜么？她叫金贞永。这个女同志好极了。村里还有几个女同志也很好。"

　　隔壁又传来了那女子的柔和、愉快的说话声，说着说着她又笑了。

　　"这又是笑什么呢？"赵庆奎问，他已经大概地听懂一点了；他从铺上跳了起来。

　　"她听出来我们在说她。"朱国山带着点狡猾说，"她说：你们营长这么年轻呀，他脾气很好么……好啦，我不干这翻译啦，她会说这么几句中国话,你自己回答她吧。"

赵庆奎掀开军毯,就看见一个穿黑裙子的青年妇女侧着身子跪在炕上,在一张纸上描着花样。她的脸扁扁的,有些雀斑,被太阳晒得发黑。她抬起头来,有点脸红,但大方地说:

"你好,队长同志!你的爱人,老婆,见到么?"

"'老婆'……朝鲜话怎么说?"赵庆奎天真地转过头来问朱国山,但即刻他又对金贞永说:"老婆见到了。你的花画得很好呀!很好!你自己的?"

"哎呀,不好!"她吃力地听懂了,解释说:"朋友的,朋友……"

"她这是送她的一个邻居做嫁妆的。"朱国山说,仍然带着那一点狡猾。

"这种时候还讲究这个?"

"嗨,这种时候就不结婚的?"

金贞永好久地端详着赵庆奎,显然她早就听说过他了。赵庆奎想:为什么人们老问他的脾气什么的呢?对了,他以后要更活跃一些。他放下毯子走了回来。

"咱们分工吧。"他带着不容分辩的神情说。

"好吧。"朱国山说,他明白赵庆奎是闲不住的;赵庆奎从国内回来,在军里师里都耽搁了一些天,早就非常着急了。现在他们部队在二线。全团都在紧张的劳动和军事作业中,他们营就分成了好几个部分,一部分运输弹药,一部分挖交通沟,建立工事,还有一部分在山上砍伐树木——前线急需构筑工事的木料。雨季还没有过去,战士们在恶劣的天气里劳动着……他们立刻就商量好了,由赵庆奎负责挖工事,兼管山上伐木的事情,其他的交给朱国山。

朱国山吃了饭就出去了。金贞永从毯子那边敏捷地钻过来,在小炕桌上放上了一碗热腾腾的土豆。

"喂,喂,冬木,这个……"赵庆奎说,可是他来不及说什么,这妇女已经钻过去了。

"吃吧,那我就来吃吧,"他大声地对自己说,满意着周围的一切,"看样子是必须吃的……啊哈,我要去上山砍木料!"

他奋激地挥了一下手。通讯员推门进来了,这使他稍微有点不好意思。通讯员把从团部取来的报纸和文件放在炕桌上,这时赵庆奎认出他来了。

"你是刘福海吗?"

"是我!营长,你回来啦!"

赵庆奎想起来了,在三五〇高地的那个山沟里,这个刘福海曾经大骂敌人。

"你是老战士啦?挂花好了吗?"

"好啦……我五月就回来的。"刘福海说,激动得眼睛都潮湿了,可是他显然地说不出他心里的感想来。

"你跟你家里还通信吗?你立功了吗?"

"我没有立功,营长。"

"怎么没有给他评上功呢?这工作是怎么搞的呢?"赵庆奎想着,一面拆开了文件。团里通报表扬别的营。这使他大大地抽了一口气。"咱们营落后了!没问题,看吧,赶上去!"

他拿下了雨衣,正准备出去,一连一排长朱洪财和一排副徐国忠来了。

高大的徐国忠又黑又瘦,眼睛里有一股灼热的神气,朱洪财则还是那样,脸上的伤疤发着亮,沉静、忠厚、总是有些羞怯——好几年前,赵庆奎第一次见到他的时候,他就是这个样子。

发现营长回来了,徐国忠快乐地叫了起来,但朱洪财却是沉静地,似乎有些羞怯地笑着。

"你们这是锯木头的?"看见了朱洪财手里的锯子,赵庆奎问。

"是的,营长……"

"我们在山上,二十多天了;今天顺便来借锯子修理工具的。"徐国忠兴奋地说,"山上可有意思呢,就是怕下雨;四家人家八口妇女小孩两个老头,这就是我们的群众,这里的老百姓可是好,……昨天一架'油挑子'掉在山沟里,人民军的高射炮干的,咱们把汽油桶都抬回来了,这汽油桶一点儿也没坏,能做好多东西,咱们合计着打个洗脸盆、碗、筷子,打好了我们送营长……"

"这汽油桶要还给人民军吧?"朱洪财犹豫地问。

"那为什么?他们又没有要……"徐国忠嚷着,"上回我们连捡的都叫汽车团拿去了,白跑了二十来里地……"

"缴到上面来吧,跟人民军高射炮阵地联系一下,送给他们。"赵庆奎简单地说。

徐国忠一瞬间显出了那样的失望神气,使得赵庆奎忍不住地微笑了一下。

"我这就向你汇报吗?"朱洪财问,因为营长刚回来,看来还需要休息,他不能确定应不应该向他汇报。

"向我汇报吧。"赵庆奎说,感觉到他的营又在他的眼前活动着,他的心都急跳起来了。

使他意外的是朱洪财居然掏出了一个小笔记本。这个多少年的老兵很少用什么笔记本的,他一切全记在脑子里,但现在这笔记本的头几页居然写满了密密麻麻的字。

"我有遗漏的,排副他补充,他脑子好。"

然后他郑重地沉默了一下。也许是因为营长刚回来,也许是这笔记本给了他一些感触,——他一向觉得他能力不够——这个平常的汇报显出了一种隆重的气氛。

"我们是八月一号上山的——我要从头说起么?"他说,声音很轻,象说起了什么特别亲爱的事情一样,而且那一对忠厚的大眼睛在愉快地闪着光。

"从头说起。"赵庆奎说,舒适地靠着墙壁坐着。

"八一建军节那天会餐以后……"徐国忠说。

"从八一上山,"朱洪财说,"这山的半山腰以下很少十厘米以上粗的树,上级给我们任务很大,我们的准备工作……四家老百姓家住不下,每天到工地来回耽搁好几个钟点,我们就自己掘了一个房基,搭了一个房子,还有两个棚子。这半个多月我们弄了七百八十二棵木材,这是到昨天为止的,一共是……"他计算

273

了一下,"十厘米以上的二百五十棵,十五厘米以上的二百七十棵,二十厘米以上的二百六十二棵。三百一十三棵松木,其余的是杂木,还有些杨树。"

"你慢点,"赵庆奎说,把数目字计算了一下,算出了每天的平均数。他有些嫌少了。

"开初是很困难的,因为没经验,工具少,又要搬运下山,又要削树枝,一天装不满一汽车,又赶上好多天的大雨。"朱洪财说,忽然意识到什么,有些不安了,"这也是我们当初思想上对困难估计不够……"

"对,我知道。"

"后来一班长吴申想出了用一条沙土沟往下运输的办法,现在我们全排平均每个人每天能干三棵到四棵二十厘米以上的树了。思想情况方面,开初一般不愿住山上去,下大雨,也有怕苦怕累的,后来经过连部教育,有些战士又看见一个姓朴的老大娘——就是这家房东的亲戚——夜里还替我们磨豆腐,思想也稳定了。现在好些同志打摆子都不休息。前天下大雨棚子冲塌了,全排都不叫不嚷,还帮助老百姓。现在的思想顾虑就是怕下雨——今天下这小雨还没啥——请上级再发点雨布席子……蚊帐也差,全打湿了……"

"那蚊子有鸭子那么大。"徐国忠说。

"也没有那么大。"朱洪财认真地说,"有七八个打摆子的……排副就打摆子。"他看看徐国忠说。

"排副你有补充的吗?"

"请上级派个理发员去……"

"对了,还有副食品不够,炊事员也打摆子,最好请上级再派个炊事员去。"

犹如一切在久别之后又回到亲爱的人们中间的人一样,赵庆奎对这简单的汇报十分感动,因此他就在这件工作上花去了比平常要多的时间。他已经大概地了解到那荒山上的劳动是怎么一种情况了。他慷慨地答应了朱洪财和徐国忠的要求。他看见这两个干部身上全是泥,但他又似乎从他们身上嗅到了新伐下来的树木的香气……教导员曾经谈到一方面作业,一方面坚持时事学习的;文化教员上他们那里去过没有呢? 他们在那荒山上学习得怎样呢?

"开过党员会吗?"

"开过。"朱洪财说,虽然他确实开过两次党小组会,但回答的时候仍然有些惶惑。

"时事教育进行了没有呢?"

两个干部都沉默着。

"有报纸看吗?"

"有时候有,通讯员送来……"

"那么我问你徐国忠,开城谈判哪天开始的?"

"那……大概是咱们调防的那阵子吧。说是七月……对啦!"他叫了起来,"七月十日。"

"他故意地没有问我。"朱洪财红着脸想。

"为什么要谈判呢?"

"咱们把他打得乖乖的了……这,咱们是管打的,那些事……"徐国忠说,把手一挥。

"我看也还没有乖乖的呢,"赵庆奎笑着说。"徐国忠哪,你看你这个劲! 你入党了吗?"

"阵地上就批准的。"

赵庆奎在微雨中出来了。事情一件跟着一件来到他的心里,于是他就有一种感觉:他觉得他回到部队来已经好久了,或者简直从来不曾离开它似的。他继续见到了三五〇高地上的一些老战士们,他们的面孔在那些陌生的新战士的里面使他觉得特别亲热。

一连的其他几个排在驻地后面掘着工事。微雨中传出来人们的谈笑的声音,赵庆奎悄悄地走过去了,暂时没有人发觉他。七班长李发一面挥着大镐一面对身边的新战士们讲着入朝以来的战斗。从那特别宽阔的结实的肩膀,赵庆奎马上就把他认出来了。他不慌不忙地讲着,有时停顿很久;他正讲到连长李凤林对他如何下达命令。

"他当时说:'李发,我命令你!'"他掘了一镐,往手心里吐着口水,停顿了一下,于是又说,"'李发,我命令你带一个组从左边过去把那重机枪消灭掉!'我就说:'是,连长!'"

于是他又安详地掘起土来,好象把这谈话忘记了。

这时附近的六班长马兴发现了蹲在沟边上的赵庆奎,喊叫了起来,于是人们停顿下来了,所有的老战士都围过来了。

"说呀,李发,继续说你那故事呀!"在人们的骚动的喊叫安静下来以后,赵庆奎说。

"哎呀,这是闲扯着玩,没啥说的!"

"说吧!"

"七班长的那颗手榴弹……"有谁喊着。

李发微笑着,掩藏不住他的快活和得意。

"那是营长你负伤下去以后的事了,咱们又打了一次狙击……哎呀,这值不上说!"

"说呀,这么大男子汉!"

"是,说!"李发说,把两腿叉开来,"当时我就说:'是,连长'我心里有些嘀咕,有两个战士牺牲了,想什么办法过得去呢?我就往上爬……突突突突……我鼻子跟前的土冒烟了。往右边一点,我又爬……这时候有三颗手榴弹甩到了我跟前,一颗在左边四五米炸了,一颗在后面,又一颗,"他停顿了一下,"打我眼前的一块石头上一直滚到我鼻子跟前来了,一下子就贴着我鼻子。我拿手抓它,我想,'就这一回啦,反正得甩开它',我一抓——吓,那导火索的铁环都没有拉开来呢!营长,你看,就是这颗!"他忽然撩开了衣服,于是就出现了那颗拴在皮带上的鸭嘴手榴弹。赵庆奎完全没有料到这最后的动作,笑了。战士们全大笑了。他们显然一直在等待着李发的这个最后的动作在营长的面前产生效果。

"算不得什么,"李发不好意思地说,"可是这手榴弹,将来我要带回国,给我的儿子……"

赵庆奎把他的几个连的驻地和工地都跑遍了。他在二连和战士们一起吃午饭,休息了一会,到三连一直留到晚上。三连的对空射击的工事挖得不好,于是他帮他们找寻地点;了解了驻地附近的情况之后,他在黄昏的时候派出了三连的一个排去搜索山上的特务。晚上他回来,又经过一连驻地,看见了李凤林。上午的时候,李凤林到团里去了。

李凤林正在让文化教员替他补课。他到师里去开了一个星期的庆功会,回来又忙着事务,新学会的生字全丢了。但他脑筋里有很多事情,不大容易记得住,文化教员有点焦躁了。

"俯冲轰炸的俯,俯;驾驶员的驾,驾,我已经记住了。"赵庆奎走进院子的时候,他正在这么嚷着。

"你思想不集中,既然要补课,那就要集中!"

"我的天老爷,你倒真是个教员呢。我怎么不集中?我明明很集中……"

"你一下翻小本,一下翻箱子找表格,一下喊通讯员问营部,你脑筋里在想着:'我们一连的作业怕落后了'……所以你不集中。"教员红着脸嚷着。

李凤林正要继续争辩,赵庆奎推开门进来了;但他虽然看见了赵庆奎,却激动地笑着继续对教员看了一会,然后他才站了起来,但这个争辩却妨碍了他的热烈的感情——他是多么急着要见到赵庆奎啊!

"营长你回来啦!"他说,立刻他又向教员说:"好啦,今晚上我请假吧,我接受批评,不过这不是我不集中,是我脑筋笨!"

"你才不笨呢,"教员说,笑了起来。

"笨!"李凤林坚持地说,"不过打仗的时候我是比较聪明一点的。明天你考我吧!考不出来你罚我!营长,抽烟,通讯员弄点水来!"他喊,然后他坐下来,热情地看着赵庆奎,深深地透了一口气,这才说:"营长,我是多么想你啊!"

从一连回到营部,睡下了以后,赵庆奎和朱国山长久地谈着

277

目前的各种事情。他们谈到国内的生活情形,谈到五次战役下来以后他们部队的情况,谈到已经在三八线稳定下来的战线,谈到后勤供应,各连的人事调动和思想情况……这些都谈过了,他们仍然睡不着。赵庆奎因为刚回到部队,心里兴奋,有很多问题要考虑而睡不着;朱国山则是受了他的兴奋的影响。他们决心要睡了,但沉默了一下,赵庆奎又说起话来,因为他感到说不出来的兴奋感情在他心里激荡。

"老朱啊!"他说。

朱国山答应了他。朱国山弯屈着腿躺在被子里,并用两只手抱着腿,这样来使自己睡着。

"嘻!我就是担心我一回来你调开了,要么我调开了。"

"睡吧,"朱国山疲乏地说。但是他却问:"怎么样?也许你不反对向我汇报一下你那个老婆跟你说过些什么话吧!"并且在被子里伸直了腿,放弃了他的睡眠的姿态。

"嗯,那当然不反对。"赵庆奎说,"我那老婆,土包子,不过还不错。"

"满意啦?"

"满意。"

于是赵庆奎说起了家里的事情。甚至他和张桂珍的最亲密的谈话他也不隐瞒朱国山。这是只有在共生死的同志之间才能谈得出来的,并且是只有在这战场上的温暖的黑夜里才能谈得出来的。他对张桂珍的感情现在这么深了,但是他发觉,他对他的老战友的感情,仍然是无论什么都不能比拟的。

"那么你呢?老婆有信来没有?"他问。

朱国山沉默着,在枕头边上动了好一阵,点着了一根香烟。

"我吗——嘻!"

"说正经的,老朱。"

朱国山用劲地吸着烟。他曾想到和老婆离婚,不过最近一年才打消了这个念头。他是十五岁就结婚的,老婆比他大五岁,而他出来十多年了,留下了一个儿子。他在各方面都不满意这个婚姻,出来的最初几年,对家里的事他想都不愿想,那时候他的家乡也还没有解放。后来他觉得,既然这样下去不是事情,那么就不如解除双方的束缚吧,但最近一年他想到,他那旧式的女人是不可能离开他的家的,而且,不论他和她怎么样的没有感情,她到底替他在那些困难的年月把孩子抚养得这么大了……去年他写信回去提出离婚,她却托人回信说:她一辈子是他家的人,即使是要等候二三十年,她也等他。这回答最初使他万分苦恼,后来就使他很感慨。他寄了一些钱回去,最近他才知道,他寄给她的钱都叫她的一个不务正业的叔叔夺去了。于是这又使他对她很同情……

"我那老太婆吗?"他吸着烟,翻过身来趴在枕头上面,慢慢地说:"说正经的就是,我是三十五岁,请你注意。等我们祖国不再受到战争威胁的时候,我起码是四十岁。那时候我那儿子就是二十。现在他已经快够得上一个青年团员了。如果将来他提出一个问题来说:'爸爸,为什么你和妈妈没有感情?为什么你那样对待她?她头脑封建能怪她吗?你当初为什么要和她结婚?'我怎样回答呢?他妈的,他那时候是快要到社会主义的青年了,他有权利提出这个问题。我怎么说呢,说我们这一辈人吃的苦吗?"

敌机轰炸山那边的公路。他们起来了,在微雨中下到交通沟里,沉默了一下,朱国山又继续谈了起来。

"B二十六也好,B二十九也好,重磅炸弹凝固汽油弹也好,他阻挡不住世界要往前去。十年二十年很快呢,伙计。我们这一辈人,将来我们这些老共产党员,实际上是值得自豪的。比方我那儿子吧,他们将来要羡慕朝鲜战场上的英雄。他很可能把我看成一个英雄……所以,将来有机会,我还是预备回家看看,也安慰安慰我那老太婆……"

传来沉重的爆炸声。不远的小山头上,人民军的高射炮射击起来了,黑暗的浓云中突然闪耀着一朵朵的红色的火光。

"在干那座桥……回去睡觉吧。"朱国山说,假装着很瞌睡。

"当然,"他继续说,又笑了起来,"象你老赵的这种美满的爱情,那大概是不会有的罗。"

屋子的门口挂着很严实的防空帘。金贞永和她婆婆的房间里,油灯仍然点着。传来了缝衣机器的很均匀的声音。

"阿志妈尼,金贞永,"朱国山快活地说,"没有睡觉?不躲飞机的?"

"没有关系。"女子用温暖和平的声音回答。

"缝衣服吗?跟你的丈夫缝东西寄去吗?一个人,偷偷的,在想丈夫啦,嗐,够呛呀!"

"对啦,够呛呀……"女子说,悄悄地笑着。缝衣机器继续响着,后来还传出了她的很轻的歌声。

"休息啦,教导员?"忽然地她说。

"嗯,休息啦。"朱国山在朦胧中回答;他重新弯屈着膝盖,用两手抱着腿。

缝衣机的声音就停止了。

金贞永一家人,在战争中受到严重的打击。她自己的父母被炸死了,她的公公被李承晚伪军掳去了;她丈夫全家只剩下了老母亲和一个年纪很大的婶母带着一个小孙女住在附近的山上,就在那山上,朱洪财他们在砍伐木材。她的几个表兄弟都在前线;她丈夫朴光辉也在前线。她们结婚还不到一年就分开了。

这深夜里她是替她住在山上的小侄女缝一条裙子;这女孩穿得太破旧了。

她参加着村里妇女委员会的工作。她干这样的许多事情:协助军队、帮助困难的人家、组织田地里的互助、调解零碎的纠纷,并经常监督几个情况可疑的家庭。这村子的情况是比较复杂的,因为靠近三八线,过去紧挨着李承晚的政权,所以时常有特务和坏分子的骚扰。有几家人家有人在李承晚伪军里,他们大半就希望李承晚伪军能过来。有两家是过去的地主。这村里的劳动党组织很强,但仍然有些人家受着谣言的影响;有一个青年不肯上前线,装病躲在家里……金贞永很少有时间思念丈夫,在紧张的工作中日子很快地就过去了。这个夜里她心情很甜畅,这是因为她刚接到前线的丈夫的来信。她停下了缝纫就写回信给他。

她把小桌子放到吊着的油灯下面。真是困难,不知道从哪里写起。她拿着笔——这笔是她黄昏的时候就向通讯员刘福海借的——笔尖刚一接触到纸头上,她就又恋恋不舍地提了起来,生怕把这张洁白的纸写糟了。后来,她轻轻地在嘴里念出一句话来,凝望着空中,并且举起笔来把这句话在空中先写一遍,然后才毅然地写到纸上。这样她心满意足地写了一大段,她首先说的是婆婆的安好,田地里今年的收获,志愿军的帮助。……后来又发生了困难,因为心里的话同时往外挤,于是她又望着空中,动着嘴唇轻轻地念着,拿笔在空中找着。

这甜蜜的工作被敲门声打断了。年轻的姑娘崔淑姬跑了进来,向她报告说,有人发现李顺国家来了一个来路不明的青年男子,这半夜里好象还在;从好一些情形看起来,可能是李顺国的二儿子从三八线那边溜过来了。

金贞永立刻决定到李顺国家去一趟。她可以假装着去问一问卖萝卜给志愿军的事情,因为李顺国女人下午曾说过她可以卖些萝卜出来的。

她喊醒了赵庆奎和朱国山,向他们报告了这件事,请他们派几个战士帮助她:在李顺国家的周围布上岗。赵庆奎亲自出去了。当他带着几个战士沿着山坡走过去,并且在田地上散开的时候,金贞永就走进了李顺国家的篱笆。

但是她却扑了一个空。里面没有新来的人。李顺国老头子耳聋、生病,在炕上躺着;李顺国女人坐在那里。她还没有睡,但也没有干活,屋子里又没有灯,这使金贞永相信了刚才的消息。看情形这屋子里刚才一定有过什么事情。李顺国女人把灯点亮了,这老大娘的脸色是有些惊惶的。

她同意卖一百斤萝卜。她非常爽快,而原来她是一直很犹豫的。

这是一个复杂的情况。李顺国年纪很大了,病得糊里糊涂的;他女人则是一向胆小谨慎。这两个老人都不曾反对过民主政权,这些时对志愿军的态度也不错;老太婆还给山坡上的部队送过水。他们的大儿子去年就参加了人民军,但二儿子却参加了反动组织,跟着李承晚走了。

想到大儿子的时候,老大娘就觉得这周围的人们是亲切的,但想到二儿子,她就对周围充满了怀疑、恐惧和某种敌意。

她的二儿子李沿城晚上突然出现,交给了她一些钱,要她从明天起向附近山里的一个指定的地点送食物,并且要她打听此地驻军的番号、情况和首长的姓名。这个儿子说:美国兵就要过来了,那时候他就要报复,这村里的每一个劳动党员和替志愿军做过事情的人他都要杀掉。这就使得做母亲的完全惊呆了。

"我们的朴光辉今天来信了,"金贞永说,"你们炳江有信吗?"

她匆忙地回答说,没有,她的大儿子没有信来。她退到墙边的暗影里去了,靠着墙。

"朴光辉问到炳江呢,"金贞永说,于是到厨房里去舀水洗手,对厨房的各处观察了一阵,又走了回来。"炳江今年是二十五岁吗?他和朴光辉同年……崔淑姬以前是喜欢炳江的,朴光辉来信说……"

从墙边上的暗影里突然发出了李老大娘的一声苦痛的呻吟,然后就是哭泣声。当然,她现在是想到了在前线的大儿子,想到了她怎样把这两个孩子抚养大,怎样度过了那些困难的日月。

哭了一会她静下来了。

"有什么事情吗,妈妈?"金贞永说。

"没有……我的女儿,"老大娘说,在孤立无援的情况中,她又这样激动地感激着金贞永了,"我知道你心肠好……孩子!"金贞永又坐了一会,就走了出来。毫无疑问地这家人家发生了问题,这老大娘不是阴险的人,她的神气隐瞒不住任何人的,赵庆奎留下了岗哨,和金贞永一道回来了。赵庆奎想要对李顺国家搜索一下,金贞永认为不必要;那匪徒大约是逃到山上去了,但她觉得她可以想出办法来的。

第二天,村里的劳动党支部就把这件工作交给了金贞永。下午她和崔淑姬姑娘的母亲崔老大娘一起到李顺国家里去了。她们去帮助李顺国女人背那一百斤萝卜。此外,她们商量着收割庄稼的事——最近几天就预备替李顺国家收割稻田。

李顺国女人听不进这些话去;她现在已经管不了田地,管不了这一切了,她觉得无论怎样都可以。她猜到了人们的来意。今天上午,已经不自觉地遵照着她那个匪徒儿子的嘱咐[咐],做起饭菜来了,她那时已经决定今天晚上给他送到山里去。但现在她又不能决定是不是要送去。她丧魂失魄。她此刻唯一的希望是金贞永她们并不曾真的发觉她,——她希望那一切不过是她的猜疑。

她现在觉得金贞永倒比较好对付些,困难的是崔淑姬的母亲崔老大娘。这倒并不是崔老大娘有多么厉害,对她有什么恶意。相反的,崔老大娘和她是多年的要好的邻居,在她的老头子生病的这些年里,在去年美国兵过来的时候,都帮助过她;她们差不多是从做姑娘的时候就要好了,她是没有办法对她说一句假话的。

崔老大娘的三个儿子都在前线。她的头发灰白了,但高大的身体仍然很强壮。她今天很沉默。当金贞永又提到她的丈夫朴光辉的来信,提到前线的青年们的时候,她心思重重地不作声。一走进李顺国家的院子,她就想到了过去的许多年,想到了她们这些做母亲的如何在艰难中把孩子们带大。几年以前,她还觉得李顺国家的李沿城是一个还不错的青年,那时候她倒没有十分注意李沿城的脾气暴躁的哥哥李炳江。想不到这个李沿城变成了这种东西了。她很可怜她的邻居,她知道她的邻居是经不起这种波折的。

金贞永断断续续地谈了一些,沉默了。崔老大娘神色很是悲苦地看着躺在炕头上的病人,就爬过去和他做着手势……。李老大娘靠着墙坐着,她简直是已经软瘫了,手里抓着一块布,但当她意识到这块布是预备着给那个儿子包东西的,她就象是烫了手似地把它甩开。

"老姊妹,我们是老了,把儿女带大了……"崔老大娘终于开始说。

但她的话还没说完,象昨天晚上一样,李老大娘仿佛被刺痛了一般,号哭起来了。

"我知道你们说什么,我知道,我的大姐姐!"她哭着说,"我的李沿城不好,我的李沿城跟美国李承晚……他是个坏的……他不懂事呀!他叫人骗了呀!他自己是不会干坏事的,他叫人害了呀……"

即刻她又被她自己所说的话所惊骇,沉默了。因为,无论是金贞永或是她的老邻人都没有提李沿城,而她自己却说出来了。在那一声哭号爆发的时候,她是仇恨着她的这个使她痛苦的儿子的,但哭着哭着她就恐惧起来,同情着这个儿子了,于是就确信着他的无辜。不!她没有做错事!她要维护这个儿子!她要救出他来,使他逃去!

"李沿城怎么啦?"崔老大娘问。

"他死啦!死啦!我知道别人瞎说!"

金贞永又说起话来。但这时崔老大娘似乎很无意地走到厨房里去了。她走到厨房里就发现了摆在一个木箱旁边的一瓶烧酒。接着她又在木箱里发现了压得很紧的一大碗米饭,和用纸头包着的一只煮熟了的小鸡。这些东西使她心里战栗了起来。这是一眼就可以看得出来的:李老大娘要给那匪徒儿子送东西去。而李老大娘这时在屋子里站起来了。她觉察到什么了,向厨房跑来。

崔老大娘站着不动,就站在那个木箱的旁边,脸色灰白得可怕,看着她的老姊妹,在这种眼光下,那个不幸的母亲就站在门边上战栗起来了。

"听我的话吗?"崔老大娘小声说。

她点点头。崔老大娘于是长久地沉默着,看着她。

于是那个不幸的母亲战栗着,发出了断断续续的、抑制着的哭泣,拿手捂着脸。

"他在山里!"她喊,"那个强盗土匪他在银峰山!"

崔老大娘仍然沉默着。

"我带你们去!我今天晚上带你们去!"

于是这个不幸的母亲扑在崔老大娘的身上号啕大哭了,那两只粗糙、瘦削、青筋突出的手痛苦地扭曲着,战栗着,抓着她的肩膀、她的背,随后就晕过去了。

后来这个屋子里就笼罩着迫人的静默。李老大娘苏醒过来了,靠在墙上坐着,仿佛什么知觉也没有,呆呆地看着空中。她没有力量了解在她的身上发生的这可怕的一切,她想着,她的这个儿子将要被军队包围,如果他将要开枪还击,人们就会杀死他。……

不!或许不至于这样,因为他是受人欺骗的,也许只要她这个做母亲的劝他、哀求他,他就会回心转意了;她也要哀求人们宽恕他,她要告诉人们,他不过是一时糊涂;这村子里谁都知道的,从前他是多么机灵的一个孩子呀!……对了,她要请求人们宽恕他。她要告诉人们,她怎样艰难地把他带大;她从此以后将要做一切事情来补救他的过错。那么人们就会原谅他。

一点点微弱的希望在她心里燃烧了起来。但立刻这希望又消失了。

"特务!强盗土匪……"她听见一个声音说。

她自己刚才正是这么说的。她能对她的儿子说这么可怕的话吗?这能够是她的儿子吗?她不信!不!不能够这样!

但渐渐地有另一幅情景在她的眼前浮现了出来。她看见她的大儿子……他现在正端着枪伏在战壕里,美国兵正在向他冲来。他们不光是从前面冲来,还从他旁边冲来。他只管看着前面,却没有看见就在那旁边的一棵树下面,有一个美国兵正举枪对着他的头瞄准。"炳江!"她心里喊着,闭上了眼睛。

　　她继续呆呆地看着空中……她现在看见这弟兄两个还都是未成年的孩子,他们一块到山上去。快到黄昏了,她的炳江背着沉重的一背夹柴回来了,但那个李沿城却空着手,一面跑一面吹着一个叫子。李炳江默默地到厨房里去了,李沿城跑进房来,要东西吃。她不给他。她气愤他总是偷巧,但他们的父亲说:"孩子小!叫他玩吧!"……她又看见他们全家都在田地里,李炳江已经锄了好大一片地了,但李沿城才锄了没几步远,一下子李沿城不见了,钻到树林里去了;把他喊了回来,过一会儿他又不见了——在小河沟边上睡觉。可是在那些年,父亲总是对着这个李沿城微笑,连她有时也是这样,对这个李沿城微笑,因为他是这么猾头,譬如说,搞到了一个白铁香烟筒,一下子就换来了一包香烟;一个破烂的罐子,让他拿出去,不久就能换回有用的东西来。他捉到一只甲虫也能卖钱——卖给别的孩子。"这孩子可聪明哩!"父亲说。……长大了,两兄弟各不相干,没有话谈。在战争的前一年,有一次他们吵架了。她一直不知道他们为什么吵架,但她记得她听见李炳江愤怒地吼着:"你不要脸!你没有羞耻!你欺侮人家老实,比你年轻!"李沿城却不作声,只是冷笑着。这冷笑使得她当时很不好受……她想起来了,昨天晚上他进来的时候,就也含着这样的冷笑。

　　李承晚占领着村庄的时候,李炳江离开家了,但李沿城没有走,那以后他就很有一点钱……她想起来了,那时候他就很骄横,在村子里骂人,并且对待他的生病的父亲非常坏,每次吃饭都要咒骂……她想起来了,那时她曾为这哭过。

　　但是她现在却哭不出来了。真的她晚上就要带领着人们到那山里去?他真的就变得那么坏?

　　人们一定会杀死他。她管不着了。

　　可是立刻她又想到,她将要哀求人们,求人们宽恕他……她觉得,只要她好好地劝他,他是可以回心转意的……

　　"你就把地点告诉军队吧,你不用去吧。"崔老大娘小声说。

"对了妈妈!"金贞永说,"你不去,我和崔淑姬来陪你!我们可以一下子就把那些布洗起来了!"她看着炕角落里的那些白色的麻布说。这些麻布是李老大娘自己织起来的,她预备今年冬天添一条裙子。

但是这个无辜的母亲沉默着。

"我们十几岁就在一起了,"崔老大娘说,"你听我的话是不错的……"

"把地点、记号告诉军队,妈妈!"金贞永说。

"我要去。"李老大娘说,看着她们:"信我吗?"

"信,妈妈。"

"我要跟军队去说……"

"就跟我说吧,妈妈!"

"我听你的话,……从前我就是听你的。"她说,看着崔老大娘。"我求你们一件事:叫军队不要那么快就开枪……"

"不会的,妈妈!"金贞永说。

"不要那么快……"她说,"我要求军队的长官,让我去跟李沿城先说几句话,我要叫他自己认错,他就回来了……我说,李沿城,认错吧,回心转意吧,看看你父亲母亲,你从小不是坏孩子,你受人骗……我要告诉军队长官,请你们也证明。"她说,她的眼睛在闪着灼烧的光芒,她的声音重新激动起来了,"我说:我的李沿城错了,他是受骗的,他自己来的,你们宽大他,他不是自己要做坏事的!"

"妈妈,这大家会看得清楚的,不会冤枉……"

"我要去。"李老大娘说,现在她的声音里战栗着迫切的希望了:"我说了他会懂的,你说不是吗? ……我要求军队的长官宽大他,叫他以后补过,罚他做事情,他不会不愿意,他又不真的是个强盗土匪,你们说不是这样吗?"

这时候她的灰白的脸上就出现了一种固执的,不容分辩的神情。显然是,如果谁要是不同意这个,她是不能原谅的。崔老大娘和金贞永都沉默了。

但她们决定了晚上一块儿陪她到山里去。

晚上赵庆奎率领着一连的两个排,把银峰山里的那个山沟包围起来了。接受了崔老大娘和金贞永的意见,部队分成几路,事先埋伏在山沟的出口和两侧;赵庆奎只带着少数的几个战士,跟随着这三个妇女。

天下着雨。这三个妇女都不说话。赵庆奎很高兴这件事的迅速的结果。他知道了李老大娘的要求:让她先和儿子说话,劝他自首;她希望用自己的这种努力来争取人们对她的儿子宽大。赵庆奎被李老大娘的那种沉默的坚决的神情感动了。他看得出来,这个瘦小的老大娘这时是确信她的想法的,她确信着,只要这个匪徒儿子一见到她,就会被她说服……

赵庆奎十分明白,事情并不这样简单;这种斗争早已越出了母子的感情所能影响的范围,然而,在这重大的灾难中,这个老大娘却想象她的儿子仍然是一个摇篮里的婴儿。她痛苦地养育了他,他吸过她的奶,她抱着他、背着他,把他喂大……她相信这个。她不知道他已经喝过鲜血了。

他们在树林里停下来了。战士们立刻隐伏在黑暗里。这时有一架敌机在云层中盘旋,赵庆奎不禁想到,这是来和这个母亲争夺那个儿子的。三个妇女在悄悄地谈话。崔老大娘最后一次劝说李老大娘不要去,但她听都不要听,摔下了她顶在头上遮雨的一块白布,向草丛里走去了。

赵庆奎命令战士们在她后面跟着,但她站下了,说了一句什么。

"她要一个人去。"金贞永对赵庆奎解释说。

李老大娘往坡下走去了。

但立刻崔老大娘悄悄地跟了下去:她要去帮助她的邻居。金贞永也跟下去了。

赵庆奎来不及表示意见,这三个妇女已经陆续往坡下走去,消失在微雨和一座岩石的黑影里了。能够劝特务们自首,这当然是好的,但是赵庆奎不相信这能够办得到。如果发生战斗,这三个妇女会成为一个困难的问题。他命令战士们悄悄跟上,命令一连七班长李发保护她们,然后他自己就爬到那座岩石上去。

十几分钟之后,他看见几十米外的坡下有一个微弱的火光闪耀了起来。这是李老大娘在和儿子联络,擦了一根火柴。随即是第二、第三根火柴。

这时战士们已经爬到了这三个妇女的附近,隐藏在石头后面和草棵里。金贞永和崔老大娘蹲在更前面一点;李老大娘则蹲在最前面。一连七班长李发爬到了金贞永身边,金贞永在他的肩膀上按了一下。

那架敌机仍然在云层中盘旋。微雨落在草丛和树木上,发出响声来。天色漆黑。

李老大娘不知道崔老大娘和金贞永也跟来了,她以为只是她一个人蹲在这草丛中。她知道这附近就是志愿军的战士们,不过她不知道,战士们并不止那几个,而且两个排已经封锁了各处的山坡和通路。几十双眼睛看着这里,看着火柴微弱的摇曳的光芒在黑夜中发闪。

她的手有些颤抖。她又擦了三根火柴。那小小的黄色的火光照亮了雨丝,照亮了周围的草棵,照亮了她的被雨水淋湿的、痛苦的脸。

不久之后,手电的亮光一闪,儿子的黑影出现了。

李沿城现在加入了美国的一个特务机构,他的上司喜欢他,他很忠心,并且各种本领都被训练得很出色。这些本领里的最突出的一种,便是极端的冷酷无情,他曾跟着美国军队前进,搜索村庄,杀死老人和妇女。现在他很搞了一些钱,升到了队长的位置,上司答应在他的这次冒险事业之后送他到日本去,将来再到美国去。他是狂热的。

在这山沟里一共四个人,他是首领。他们降落下来已经五天了,每天都变换地点,进行工作很困难;天气不好,美国飞机没办法进行空投,所以他才去找了他的母亲。他的部下工作得没有成绩。昨天夜里,他的部下中间有一个动摇了,告诉他一些其他的特务组织被搜捕的消息。

"你怕了吗?"他喊。

那个青年战栗着。

"说,还有什么消息……"

"没有了。可能也靠不住,我们的人没有那么容易叫抓去的……"

"你刚才说白果山后面怎么样,说!"

"我说的那里有几个大队的中国军队在挖洞子,他们一定要在那里住下来,不过这没有关系……"这青年战栗着,"我们会想到办法的。"

"你没有上你姐姐那里去吗?"

"我实在没办法去,我一去人家就要知道。……不,我明天去。她是会给我情报的,她一定会想办法……"

李沿城沉默着,这青年恐怖地看着他。待到他突然地要摸出枪来的时候,李沿城的子弹已经打到他头上了。

他高兴看到其余的那两个人谄媚的、恐慌的神情。他的这个射击也使他满意;枪一响,他就想到他的这个动作比一切美国电影还要出色,于是他就把他的枪抛起来,使它在空中翻了一个筋斗,又接住。他的嘴唇轻蔑地扭曲着,这也使他酷似美国电影上的那些角色。

在杀人中获得精神上的享乐的这个人物,就含着同样轻蔑的神情出现在他母亲的面前了。

"东西都带来了吗?"他问,同时用手电向周围照了一圈;金贞永和李发已经隐蔽到石头后面去了,然而蹲在小路边上来不及避开的崔老大娘被发现了。

"这是谁?"

"是我!崔淑姬的妈!"崔老大娘站起来,走了过来:"不认得我吗,李沿城?我陪你妈来的!"

崔老大娘从容地、镇静地走过去,站在她的邻人的后边。她想只有这样做才能避免其余的人被发现。

李沿城拿手电又照了照她。

"你来侦察的,是不是?"

"我和你母亲几十年的交谊,我陪她来的。"老妈妈安静地说。

"你做错事了。"李沿城向她母亲说,"我告诉你,不可以叫第二个人知道。你不用回去了。"他又向崔老大娘说。

"我和你母亲是一样的。"崔老大娘说。

儿子的冷酷的声音使李老大娘站起来了。

"李沿城!你不许!"她喊着。

"她不用回去。"

"你不许!"母亲说。

于是这场谈话就完全不象这个做母亲的所设想的,用眼泪、哭诉、劝告来开始,而是用激烈地叫喊开始了。她曾设想,她将要说到她的老年,谈到躺在炕上的父亲,说到过去的苦痛的日子,但现在她说:

"不许!你要是个人,你要是有心肝的,你要是还有父母,你不许碰一碰崔妈妈!你小时候崔妈妈怎么帮助我们!她对你哪一样不好?我一个人不敢来,我请她陪我来的!你是畜生,你叫你的老母亲夜里到荒山上来做这种事情……"

"住嘴!"李沿城喊。母亲的声音太响了,下面的山沟里都可能听见。"住嘴!"他用压抑着的声音喊,"你不知道你干什么……"

"我知道干什么!你不许!你是我的儿子吗?我说的,你不许!"

崔老大娘在她背后碰了一下,她沉默了。

"东西带来了吗?给我。"李沿城说。

"你不许,我告诉你,你听我说……"母亲放低了声音,但仍然激怒着,"不要干这种事!我告诉你,这是你亲生母亲的话,你决不要干这种事!咱们这种人家不是干这个的!你要是有良心,你要是还想一想你的老母亲……"她说。

在这个时候她就觉得有了一线希望,在激动中有一种温暖的幻想升了起来,她觉得儿子已经被她打动,将要同意她了。于是一切就似乎变成她所设想的那样了。

"我一步一步地爬到这里来,要不是崔妈妈扶着我,我走不到这里,我告诉你,我的儿子,我的心碎了!"她说,抑制着她的眼泪。"你总不会忘记你的母亲是怎么把你带大的吧,我总是说,我的李沿城不是做坏事的,他聪明、能干,他本来也不坏……"

"你疯了!"李沿城喊。然而母亲完全不要听他。

"你这是拿性命打赌,你害人又害自己! 为什么,安安分分地生活哪一点不好? 不缺你吃,不缺你穿,只要你好好的,这有什么坏处?"她说。"听我的话吧! 听你的老母亲的话吧! 就听我这一句,就听我这一回,你知道美国人……"

"你要我怎么样?"李沿城问,警惕起来了。

"听我的话!"母亲热烈地喊,抓住了他的手臂,"你告诉我,你说这么一句,我们不跟李承晚走……"

李沿城挣脱了她,喊了一声。但她追上去又把他的手臂抓住了。

"你一定要听我! 我知道,这都是美国害的! 你想想你大哥,你一定要听我! 李沿城,你是我的儿子,我知道你会听我,我们不要跟美国,不要跟李承晚……金日成宽大……"

李沿城挣脱了她的手,于是她就在无意中碰到了儿子手上的枪。这就是对她眼泪和希望的回答了。

"姓崔的你不用回去了。走过来。"这个匪徒喊。

"你不许!"李老大娘大叫着,尖锐的憎恨又来到她心里了,"你敢!"她喊,一个耳光打在这个匪徒的脸上。李沿城企图绕开她奔向崔老大娘,但她死命地抱住了他的那只拿枪的手,她在这一刹那竟有这么大的力气,使得那匪徒不能挣脱。

"崔妈妈你走! 叫志愿军……军队!"母亲喊。

就在这几秒钟之内李发和战士们到了那匪徒的背后,也就是在这几秒钟之内,枪在这个母亲的怀里响了,击中了她的胸膛,但她仍然紧抱着这个匪徒儿子不放。

战士们把那个匪徒抓住了之后,她才松了手倒在崔老大娘怀里。

人们于是听见这个母亲的含着眼泪的声音说:

"崔妈妈,我这不是糊涂,我这就放心了……我做的没有错吧?"沉默了一下她又说:"金贞永,写信告诉炳江吧,叫他好好的……我算把这个强盗弄清楚了,我就放心了……"

微雨仍然在落着。这个母亲死去了。

战士们逮捕了躲在坡上洞子里的那剩下来的两个特务。这洞子是在李沿城走出来之后就被封锁了的。

赵庆奎在李老大娘和李沿城说话的时候就潜伏到附近来了。在李老大娘的含泪的诉说和喊叫声中,犹如这周围的所有的战士们一样,他对那个匪徒仇恨极了。同时他又惋惜这个做母亲的。而在这种情形中,那个遥远的,他刚刚离开不久的中国的村庄,就在他的心里出现了一下。

就在他的附近,这个朝鲜母亲的激动的声音响彻了山坡;而他的母亲这时当然是睡熟了。他在潮湿的草棵里变得很兴奋,他预感到将要发生的事情,他觉得他一定要想办法救出这个母亲来,但事情仍然无法控制地发生了。他于是有点不高兴李发,认为他动作不够快。

"叫你们连长,集合部队!"他喊。

部队在黑暗的山坡上集合了;黑黑的一片,沉默着。李凤林向他作了报告。他踏着潮湿的草,沿着人们走了过去,看着那些模糊的脸,然后又走了回来。

"同志们,让我们向朝鲜人民致敬,将来要坚决地为李老大娘报仇!立正!"

他的激昂的声音在山谷里引起了回响,那拖长着的回声从这个山岩传到那个山岩,于是这些山岩、树林,这落着微雨的夜都在喊叫着:"立正——"

他听着这个回声，就这样想：

"我的亲爱的祖国，我又回到朝鲜了。"

在大雨中，砍伐树木的工作进行得很艰难，生活很艰苦，但是副排长徐国忠兴高采烈。黄昏时他的疟疾开始发作，但他一刻也不休息，从坡上跑到坡下，脸色苍白，眼睛灼烧，发着抖，对一切人叫：“看哪！上任哪！”他走到哪里都引起快活的笑声。他责备炊事员的菜今天做得"一点味儿也没有"；又跑去和二班长辩论，在国内这时候是不是在下雨。他坚持说：一定是天晴的。后来他在山坡上发现了一只野兔，他突然地跳起来，发出了长长的快活的叫嚷，威吓着又欢呼着向坡下跑去，跌在泥里又爬起来，追赶着这早已不知跑到哪里去了的野兔。天黑下来了，这个快活的副排长仍然在笑嚷、叫闹；他寒战着，牙齿都碰得发响，朱洪财要他穿上大衣，但那沾满泥泞的破大衣也使他快活。

"我的老祖宗，你们大家看一看这件大衣！"他喧嚷着，"这要是能叫大衣，我把头砍给他！"

"穿上吧，排副！"朱洪财说，"休息吧！"

"咱们排谁还有五次战役的大衣的，快拿出来比赛呀！将来拿回国展览！"他甩开大衣，伸手到衣袖里去，用力地挣扎了一下，这只手就从袖管的破洞里钻出来了。他大笑了，"大家看看呀！"他喊着，甩着那空荡荡的衣袖，转动着身体。

战士们对着他们的快活的副排长笑了。

"排副你别叫唤了，看你病了还不休息……"

"凡是到了上任的时候，我是特别高兴的，"徐国忠叫着，从棚子里跑出去了。

人们以为徐国忠这总该安静了。但过了不一会儿，坡下的朴老大娘的屋子里又传来了喧嚷和哄笑声。徐国忠在抢着替朴老大娘磨豆腐，一面磨豆腐一面发抖，朴老大娘推开他，他就"出洋相"。然后人们就听见了他的沙哑的歌声：他在教女孩朴淑姬唱中国歌。

"中国的,明白吗?"他说:于是直着嗓子唱了起来,女孩朴淑姬就大笑起来了。

"笑个啥? 你捡到个屁啦! 唱!"徐国忠吼着。

这时候朴老大娘在替战士们磨豆腐。七岁的女孩朴淑姬认识了所有的战士,但和徐国忠特别要好,这个徐国忠很骄傲。在这荒凉的山上和激烈的战争环境里,人们对这活泼的小姑娘发生了很深的感情,只要她在山坡上一出现,战士们的劲头就会大起来。徐国忠觉得自己年轻、有作为,心里毫无牵挂;周围的一切都生气蓬勃,因此他见到这小姑娘就高兴极了。

"唱! 我命令你! 大声点!"他叫,得意地看看朴老大娘。

这个晚上他就在朴老大娘这里住下了。他烧得昏昏迷迷的。朱洪财亲自给他送病号饭来,他爬起来吃了,马上又和朴淑姬吵闹起来。

"来唱歌吧,朴淑姬,唱给叔叔听!"

"不唱!"女孩跪在炕上,凶恶地说。

"唱!"徐国忠吼着。

"不唱! 不唱!"女孩叫着。

于是徐国忠笑着看看朱洪财,又看看那在炕头上推着磨子的老大娘,仿佛说,他对这一切满意极了。

"睡吧!"老大娘说,慈爱地看着他。

可是他的眼睛里闪耀着灼热的快活的神情。他的病似乎使他对目前的一切感觉得更清楚,使他的心里汹涌着他也不很了解的强烈的热情。他觉得一切是多么好啊,他现在是在伟大的斗争中,他在这伟大的斗争中发挥了作用,将来他要做更多的事,而从前他不过是一个糊里糊涂的、穷苦的、无路可走的青年……这种感觉比平常任何时候都鲜明,和他此刻的呼吸一样灼热。

"唱歌吧,来,一块儿唱金日成将军,"他说,举起手来打拍子,唱起来了,但朴淑姬小姑娘这次只是很安静地看着他,她也觉得他应该睡了。于是他又停住,在她的头上拍打了一下,做了一个鬼脸。然后他站了起来,走到老大娘旁边,夺下了她手里的磨把,推起磨子来了。

"怎么样呢?我不行吗?"他叫着。

"睡觉吧,你这孩子!"老大娘在他肩上捶了一下,说。

"好吧,睡。"徐国忠屈服地说。"妈妈,我告诉你,这一点也不假,你这个人,你的眼睛,你脸上的,"他把自己脸上的皮肤捏成了一条皱纹,"这一点一点都象我的母亲。"

老大娘发出了嘹亮的笑声。

"睡吧,排副,别闹啦。"朱洪财说。

徐国忠走回来躺下,盖上被子。小姑娘朴淑姬马上替他把被子塞严。他伸出手来捏了一下她的鼻子,笑了起来,看看朱洪财又看看老大娘。

"我这时候想什么呢?我想我的伟大的、光荣的、独立富强的、我的亲爱的,祖国。"他说。这些字眼这时都使他觉得幸福。朱洪财走开了。他听见外面还在下雨,雨声和屋子里推磨子的声音混在一起。老大娘瘦削的身体在磨子前面晃动着,她满脸的皱纹,和她的满头蓬松的白发被吊在门柱上的油灯照亮。她又转过脸来看看他。朴淑姬的灵活的黑眼睛也在看着他。他对她挤挤眼睛,她就噘一下小嘴。朴淑姬着手睡觉了,脱下了打补丁的黑裙子,露出了光赤的、娇嫩的细腿,躺了下来,蜷曲着身子,闭上眼睛;又睁开眼睛来对徐国忠看了一下,就再也抵抗不住睡眠,垂下眼皮沉沉地睡熟了。

"蚊虫咬的、碰伤的、树枝子划的……"看着女孩的细腿上的一个一个的疤痕,徐国忠想。

老大娘在放下磨把停下来了,她长久地看着她的孙女儿,似乎也在看着她腿上的那些疤。然后她看看徐国忠,指指女孩子又指指自己的胸膛和白发,重新推起磨子来了。

"我知道的阿妈尼。老的,小的……咱们战斗吧!"徐国忠朦胧地说。

"小孩子不知道苦……"老妈妈说,一只手仍然推着磨子,

"她的父亲、母亲都没有了。"

"咱们战斗吧!"徐国忠说,忘了说朝鲜话。

"李承晚杀的……这样的!"老妈妈说,停止推磨子,做着手势。

"我知道。妈妈,我要做你的儿子;你是光荣的。"徐国忠说。

"我要把她带大。我捡树枝,我在菜地里爬,"老妈妈说,"我要带大她!"

"那是一定的!"徐国忠说。

"你好! 你们好……"

"阿妈尼,妈妈……"徐国忠喊,睡去了。他什么时候也不曾这样温柔地喊过自己的母亲。

第二天早晨徐国忠很迟才醒来。烧退了,身体很衰弱。朴老大娘和朴淑姬都已经不在屋子里。他刚坐起来,就听见外面朴老大娘恐怖的喊声。他飞跑了出去。

山洪暴发了,坡下的溪流暴涨,朴淑姬用一根棍子去捞上面冲下来的一件军服,滑跌到溪流里了。这时她正攀住一块石头,发出了一声尖锐地叫喊;她的小裙子被水冲得飘了起来。

朴老大娘和小姑娘在溪流里捞了好一会了;这些东西全是从上面的棚子里冲下来的。战士们已经散布到山上去了,周围没有一个人。

徐国忠奔到水边的时候,朴淑姬被水从那石头上冲开了。徐国忠沿着水边向下狂奔,跃进水流,伸手向女孩的裙子抓去,但女孩又被冲开去了。他于是用尽了所有的力量在水中向前跳跃,到了深水地带,游起泳来……

小姑娘被救起来的时候手里还抓着一只她落水以前从水里捞上来的布袜子。她恐怖地哭了一会,昏昏沉沉地躺着,醒来的时候没有看见徐国忠,就喊叫着他。到了下午她才渐渐地恢复常态,而这时徐国忠已经发着高热,软弱无力地躺倒了。

"徐国忠! 叔叔……"女孩喊着。

"妈妈,阿妈尼……"徐国忠这样喊,笑着,在炕上转动着,找寻着老大娘——如果她偶尔走开了的话。

全排的战士陆续地跑来看朴淑姬。他们有的是单个来的，有的是好几个人一块来的，而一班则是由班长吴申领着全班都来了。人们小心地走进那很矮、窄小的，堆满了坛坛罐罐的屋子。

有好一会儿小屋子里挤满了浑身泥水的战士们。站在别人后面的战士不安地伸着头。有谁蹲着和朴淑姬说话，朴淑姬终于回答了什么，于是大家轻轻地、温和地笑起来了。

"笑什么？她说什么？"后面的人着急地问。

"她没有说什么。"一个老战士满脸忧郁地挤了出来，皱着眉头回答。"不要挤！不要挤！你身上全是水，把炕全弄湿了！"

"谁把炕弄湿了呀！"

"不要吵！嗤——"有人说。

于是传来了女孩的清脆、微弱的声音，又有一阵轻轻的温和的笑声波动了开来。

"她说什么？你们不要吵了她呀！"后面的人说。

"她说她一点儿也不害怕……"

"喊叔叔，朴淑姬，认得我吗？"

"你走开吧，她决不会喊你的，你吵得她……"

"谁穿鞋进来了？"

"没有！"一个羞怯的声音说，"这是脚上的水……"朱洪财站在房门口，他非常气闷地看着战士们，他们已经漫不经心地把炕上弄湿了。但更使他气闷的是他还没有见到这小姑娘。他不知道要怎样办才好，是命令战士们统统走开，让小姑娘安静呢，还是他自己也走进去。

"你们怎么搞的呀！看，看这湿脚，"他说，皱着眉，然而声音太低了，象对自己说话一样，所以没有人听见。

"快些吧！快些回去吧！"他又说，忽而一闪念问道："怎么样？别光说话呀，看看有没有内伤什么的……谁叫卫生员去了呀！"

直到所有的人全走开去了,这个老排长才走了进去,蹲下来,拉住女孩的手。朴淑姬看着他。

"认得我吗?"

女孩笑了一笑,这老排长的眼圈就红了。

"别动!不要紧!"他说,虽然朴淑姬并未动,"明天就好了,好好休息……没有内伤这就好了,我这个麻痹大意的……"他就从他衣袋里摸出了他早就准备好的那张毛主席的像片来,放到女孩的脸孔旁边。这照片是一封国内来的慰问信里寄来的。徐国忠看到了这个动作。从他的老排长的那种激动的样子,他就明白他是如何地宝贵这张照片了。

"不会的,决不会有内伤的,"徐国忠说。

"徐国忠,叔叔……"女孩说,拿起照片来。

"好!好!乖孩子,好女儿!"徐国忠说,他骄傲极了,"这是毛主席!谢谢朱排长叔叔!"

"谢谢……"女孩说。

朱洪财简直有些嫉妒了。徐国忠微笑着看看他,就用那种非常柔和的声音对着厨房喊:"阿妈尼,妈妈,来吧,看看照片……"

"排副这家伙真行啊!看他这个劲……"朱洪财羡慕地想。

中午的时候徐国忠发着高烧昏迷过去了。女孩却恢复了健康,她坐在徐国忠的身边,守护着他。

战士们没有收拾他们的叫山洪冲倒了的棚子;他们在大雨中奋力工作着。满山坡都响着锯子、斧头的声音。赵庆奎陪同着团长王正刚下午到山上来了,战士们的情况使得王正刚很有些惊讶。

他以为在这样的山洪和暴雨中这个排可能已经停止工作了。他看见半山腰上战士们的棚子倒塌了,铺在地上的稻草被冲得满山坡都是,背包堆在满是黄泥的雨布上,到处是零碎的东西:蚊帐、布条、皮带、袜子……。随后他看见伙房的棚子也倒了一半,只有粮食拿雨布盖着,其他的东西全打湿了。这一切使他很不满意,于是赵庆奎也就受到了责备。为什么不督促战士们把家务整一整呢?这些干部干什么的?这么乱糟糟的战士们怎么生活?团长愈来愈生气。几个扛木头的战士经过他身边,他又看见他们头发很长。……

"我简直变成官僚了。"王正刚气愤地说:"这些天都不知道这个排是这种样子!为什么没有让理发员来一趟呢?"

赵庆奎红着脸沉默着。他是第一次到这儿来——他才回到部队两天。朱洪财要求来个理发员,他答应了他们,而且也命令下去了,但是他没有想到理发员竟没有能来。……

"他们有几个病号?"王正刚问。

"七八个吧。"赵庆奎说,很不满意自己说不准确。

"你们医生、卫生员什么的来不来呢?……简直就是把部队丢着不管嘛!叫病号都下去休养,这种条件还叫病号住在山上!"过了一下他又说:"朱洪财这个排长哪!唉!……"

赵庆奎很担心团长责备朱洪财。他很想替朱洪财分辩一下,说这都是他的责任,但团长又不说下去了。赵庆奎从国内回来今天才头一次遇见团长,两天前他从团里过的时候团长不在家。他见着老团长心里很高兴,有许多话想说;团长刚才见到他的时候也很高兴,但立刻就毫不容情地责备起来了。这责备使他脸红,然而他并不懊恼,他觉得,他虽然刚回到部队不久,但这一切已经是他的责任了,而团长也正是这样看的,信任他,要求他把工作做得更好。

往山上走去,他们就听见了各处的锯子和斧头的声音。朱洪财跑了过来,做了简单的汇报:今天上午已经搞了四十八根二十厘米以上的……现在正陆续往左山顶上转移。他的神气有些兴奋,但王正刚没有注意到这个。

"战士们伙食怎样?吃夹生饭没有?"

"没有……只有一次……"朱洪财说。

"他们都有干衣服穿吗?"

"没有。"朱洪财坦白地说。他仍然沉浸在救活了朴淑姬的兴奋心情之中,而且全排今天上午成绩不小;他一下子没有懂得团长为什么要问这些,因为,依他看来,战士们都并没有埋怨这些。

"那没有干衣服你们怎么办呢?"

"连被子都没有干的啦。"朱洪财微笑着说,好象说:这算得了什么呢? 又回头看看山坡上,因为他锯一棵树正锯得顺手,就要干倒它了。

"那你们怎么办呢?"王正刚问。

"是这么的首长……收了工上老百姓家烤。"

"几天没有干衣服了呢?"

"就这么两天……"朱洪财说。这时坡上一棵树木倒下了,传来了一声快乐的喊叫。于是他向着那边爱恋地看了一眼。

王正刚看了看表,皱着眉头说:

"今天就收工吧。马上收工。调一个班整家务——其余的先烤衣服。"

可是朱洪财站着没走,就看着团长,似乎有些怀疑。

"这就收工?"

"去吧,收工。收了工你来。"

朱洪财简直有些沮丧,慢慢地爬上坡去了。

王正刚和赵庆奎跟着走过去。战士们陆陆续续收工了,不过他们都站在各自的树木面前没有走开。过不了一会,又响起了锯子的声音。那是发下了收工的命令的朱洪财自己在那里和一班长吴申又锯起来了;他们坐在泥水中急急忙忙地锯着。显然他非常舍不得:这棵树只剩下这么点点就要倒下了。

"快干,几下子干倒它,团长来了。"朱洪财惶惑地说。

王正刚已经听见了。但是他没有说什么,走到他们面前站下。看见团长并没有反对,朱洪财突然更起劲地拉起锯子来,摇动着他的身子。他的脸色很严肃,一会儿看看树木,一会儿又看看团长,好象要知道自己是不是做错了事情。

"营长你回来啦——这木头湿得很,"吴申高兴地对赵庆奎说,这结实的青年班长张大着嘴巴笑着。

赵庆奎已经被这锯木头的声音弄得心里痒痒的;刚回来的时候他就想到他要来锯木头了。他看了团长一眼,于是说:

"看哪,吴申,你的劲用得太大,可是不巧……来,给我!"

他把吴申拖了起来,把雨衣往地上一摔,坐了下去。

"准备好,朱洪财,看我的——拉!"他喊。

朱洪财激动起来:他立刻就跟不上赵庆奎了,他的手好象使不上劲,只是顺着赵庆奎拖着。

"朱洪财,怎么样? 我小时候就干过这个了,为这头上还挨过棍棒……你们不行吧?"赵庆奎得意地说。

战士们高兴地围了过来。附近的一个地方又响起了锯子的声音;有人在微雨中大声唱歌。朱洪财脸红了,他一会耸起左肩膀,一会耸起右肩膀,揩着眼睛上的雨水和汗水。树木倒下了,人们发出了一声欢呼;差不多同时,附近又有一棵树倒下了。

战士们眼睛里全闪着快乐的光辉。

"好啦,就这样吧。"王正刚说。他原来以为战士们一定是非常疲惫的,但现在他看见了,他们对这个工作竟这么沉醉。战士们在微雨中吵吵闹闹地跑开去了。

"你还有什么指示么?"朱洪财恢复了他的沉静的态度,站在王正刚面前,说。

"你们就这样干活……家务不整,都病倒了怎么办呢?"

"那……"朱洪财说,向跑开去的战士们看了一眼,"战士们可积极呢。"

他仍然没有觉察到团长在生气。他觉得家务——那不成什么问题;反正天要下雨,战士们谁也没有埋怨。他心里就记着这些树木,他恨不得一口就把这一片树林完全吞下去。

"病号还少么?"王正刚皱着眉头说,"要病倒的!"

"我们今天连那些小的快干到一百棵了,"朱洪财说,爱恋地对他的工地又看了一眼。

"你们副食品够吃不?"

"连里送来一些,我们自己想法子买了一些……凑合着……"

王正刚简直不知道要怎么对他说才好了。这个朱洪财就是这样的,从他到部队以来,不曾听到过他对什么人什么事有过意见,无论怎么艰苦他都不作声;他的能够吃苦是很惊人的。现在他管理着一个排,就拿他自己的想法来当做一切人的想法了。下雨、吃不上、没地方住、病、剧烈的劳动,但这一切对他都好象不算什么,好象无论怎样他都可以过得去。依他看来,这算得了什么呢,他从前在村子里还光着屁股,连糖都没有吃过呢。

走到伙房里,王正刚在一个木箱旁边捡起了一个叫雨水泡烂了的萝卜。他丢下了,又捡起一个,仍然是烂的。

"就吃这个?"他问。

朱洪财沉默了一会。

"也有些没泡坏的……病号、身体坏的,给他们留了点细粮……这两天我们还有豆腐。"

"你们按伙食标准吃么?"

"我们送了些粮食给下面这几家老百姓,"朱洪财红着脸说,"是连部批准的。"然后他小声说:"这里老百姓可苦哩,他们都是村子遭炸以后到山上来的,而老大娘拿手抠着种地……"

王正刚又问这些天来吃过肉没有,菜里的油够不够分量。朱洪财逐渐地觉察到了问题,十分惶惑了。他们没有弄到肉,因为炊事员打着摆子,而连里营里又没法帮助他,所有的炊事员都分散在各个工地上。前几天他们还只吃一餐干的,其余两餐都是稀的。因为这个时期粮食仍然困难,而他们又拿了一些出来救济老百姓了。他把比较好的东西都留给病号和身体比较弱的战士们了。

至于住的情况,那么他自己差不多是经常睡在水里的。病号和体弱的战士住在老百姓家里。他们很忙:锯木头、下山扛粮食,夜间还要放哨;经常要出去搜山。因此,他们只能搭很简陋的棚子。朱洪财觉得这样也就可以了,他心里尽是砍伐木头的数目字。

当王正刚检查着家务,一面问着朱洪财的时候,有几个整理背包的战士站在他们的周围。他们从团长的神情和他们排长的脸红、不安的神气看出来排长在受着责备。他们听清楚了一些以后,就开始替他们排长辩护了。

"我们吃过一回夹生串烟的饭,可那也不怪排长,"一班长吴申笑着说,仔细地理着一根潮湿的背包带子,"炊事员病了那天,是排长亲自烧的饭……"

"排长他自己身体不好……"一个战士同样地笑着说。

可是朱洪财从惶惑不安变得苦痛了。团长提出的问题,说明他的管理工作上的许多缺点;战士们的困苦的状况在他眼前鲜明了起来。总而言之,他没有把事情干好,对不起上级和这些战士。战士们没有怨言,这是因为同情他;他是苦干,可是头脑没有条理。……

王正刚考虑到要把这个特别艰苦的排调下去,另外换一个排来,但是他刚一透露这样的意思,朱洪财脸色也苍白了。

"首长,这都怪我,……"他说,有些口吃了,"这任务是我们的! 我保证……"

他们沉默地走下坡去。

"你自己这样搞法也得病倒呀。"王正刚说,看着这个憔悴的排长。

"首长,病不了。上级培养我干啥的呢,党教育我干啥的呢?"他迫切地抢着说。

以后朱洪财就苦痛地沉默着。他们走进朴老大娘的房子,一个战士迎着他们说:"好了,那小鬼坐起来了!"王正刚注意到,朱洪财的眼睛快乐地闪耀了一下,但立刻又恢复了刚才的苦恼的神气。战士们在朴老大娘的厨房里烤衣服。王正刚和赵庆奎走到里面炕上坐下了,王正刚说:"一排长,你先去烤干衣服吧。"可是朱洪财仍然默默地站着。王正刚和赵庆奎立刻发现这屋子里的那种很特别的空气,战士们挤在厨房里和踏板上,说话和走路的声音都很轻。王正刚和赵庆奎看见了昏沉地躺着的徐国忠,并看见那个坐在他旁边的特别沉静的小姑娘了。朴淑姬用一根针缝着一块很小的、四方形的布,似乎想学着做一个小口袋——这女孩现在有着大人似的神情。外面踏板上一震动起来,她就皱眉头。当王正刚和赵庆奎进来的时候,她就迅速地坐到他们和徐国忠之间来,后来,王正刚高声说话,她就对他皱眉。

"这个小姑娘怎么这副神气呀?"王正刚说。

朱洪财没来得及回答,厨房里的战士们抢着说起来了:朴淑姬今天掉到水里,是徐国忠救起来的。于是七嘴八舌地描述起当时的情况来。但朴淑姬愤怒地回过头来,对这些声音皱眉,于是人们悄悄笑起来,静下去了。——小姑娘守护着徐国忠,她对一切吵闹都愤怒。

"你怎么没有汇报呢?"赵庆奎说。

"哎呀,刚才是……"朱洪财说。

"这小姑娘可是把咱们当兵的全管住啦!"赵庆奎说,"过来——你的姓名是朴淑姬吗?几岁?"

朴淑姬皱眉,并且转过脸去避开了他。

"过来,这是赵叔叔,"朱洪财说,他跑过去拉她的手,她又愤怒地回头,但看见是他,她就顺从地让他牵着了。

"喊:赵叔叔!朴淑姬,喊!"朱洪财说。朴淑姬对赵庆奎看了一下,于是皱着眉喊了一声。几个从厨房门口伸过头来的战士轻轻地笑了。朱洪财的消瘦的脸上,闪耀着慈祥的、幸福的光辉。

"喊我吧!"王正刚环顾着战士们,说。于是伸出手去把小姑娘举了起来,放在膝上,用力地亲她的面孔。小姑娘的凉爽的面孔使他心里觉得很激动,于是他又亲她,发出响声和笑声来,小姑娘愤怒地推他,他就快乐地大笑起来了。战士们意外地看见他们的老团长这样快活,也笑了。但朴淑姬向大家皱眉,并且用清脆的声音说了一句什么。

"她说什么?"王正刚问。

"她说:不许闹!"朱洪财满脸光辉地说。

"那么咱们就守纪律吧。"王正刚说。"你们在工作任务上是完成得不错的——我现在明白你们的这股劲了。可是要注意,"他竖起一根手指来,"要把生活搞好一点。"

"我们搞得好的,首长,"朱洪财赶快说,"我们这就能搞好,一定会想出办法来……"

敌人发起了猛烈的秋季攻势,李恒的师的其他的两个团曾经奉命增援第一线,但王正刚团仍然驻在这个地带,在这里度过了秋天和冬天。在冬天进行了军事练兵。春天到来的时候,部队开始修筑二线的坑道工事。有一些时候人们曾听到第一线的激烈的炮声,并且敌人的远战炮的炮弹曾经打到这附近的田地和山坡上来,但现在炮声重新又变得隐隐约约的;战线又逐渐南移了。

战争变成了日常的事情,军队和人民都非常镇静。

朱洪财的排和朴老大娘家的感情变得更深了。他们在九月底干完了伐木工作,离开了那座山,在以后的好几个月里,象是走亲戚一样,不是老大娘带着孙女儿到村子里来看他们,就是战士三三两两地跑到山上去看她们。但在十二月间,朴老大娘被敌机炸死了。她是在参加修筑山下的公路的时候被敌机炸中的。战士们听到这消息跑了来,只是看见朴淑姬小姑娘在人们的围绕中蹲在她的祖母的身边,抓住她祖母胸前的衣服号哭着,嗓子已经嘶哑得哭不出声音来了。那时有好几个妇女想把她拉开。她却哭喊着:"我不要呀!我不要呀!"并且捶打她们。徐国忠来抱她的时候,她就投到他怀里了……朴淑姬被金贞永收养了,现在这个小姑娘和营部的人们以及整个的一连都熟识起来了。

金贞永不常在家,她的婆婆又生病,营部的通讯员就时常帮助她家作一些比较繁重的劳动。有一天刘福海替她家劈柴没有劈完,匆匆忙忙到团里有事去了,人们就看朴淑姬小姑娘悄悄地从屋子里出来,穿上鞋子,去到院子里,举起了沉重的斧头,把一根木头打得蹦跳起来,然后若无其事地抱着手臂坐在门前的草堆上。金贞永为这事很难过。她发现这女孩现在变得这样不活泼了,简直象大人一样,就找来了一点花布,替她缝了一个娃娃。朴淑姬慢慢地才发生了兴趣,晚上她把布娃娃放在枕头边上睡下,用一只手抱着它。

她很久都没有睡着,当金贞永回过头来看她的时候,她就闭上眼睛。

小姑娘想着很多事情。这些时候她害怕飞机。

"飞机要来炸它,"她搂着这个布娃娃,想着,"它跟我一样,没有爸爸,没有妈妈,连奶奶也没有了……从前,我们妈妈跟我们奶奶住在一起的时候,我们妈妈才好呐。她过一下就喊我:朴淑姬!过一下就叫我,她说:看哪,不要把脸上弄脏了,爸爸一会儿就回来了。我们爸爸说过,他要给我买一个自己会在水里走的小船。"

她觉得布娃娃对她说:"我小的时候也是这样子。妈妈说:我出去啦,你看着门……我的妈妈是叫美国人杀死的,你呢?"

"我也是。告诉你,我们不要叫金贞永妈妈难过啊!"

"我从来不哭的。"

"飞机炸了奶奶你也不哭吗?"

"我不哭。我也不怕疼。"

朴淑姬心里很惊慌,她总是睡得迷迷糊糊,做一些很叫她害怕的梦。有时候她在梦里哭起来。有时候,远远的飞机声一传来,她就醒了。

飞机的声音近了,她就抱着布娃娃坐起来,凝神听着。她害怕炸弹会落在这座房子上,炸着了金贞永、老婆婆、赵庆奎和朱国山。现在所有的人全睡熟了,他们一点也不知道飞机已经飞过来,于是她怕极了。但她又不敢喊醒金贞永,因为金贞永很少起来躲飞机,整整的一天累极了,现在正睡得这么香。她站起来听着,紧抱着布娃娃。她现在可以听得出来飞机在什么样的声音里就投炸弹的,那时候她就要喊醒大人们。她跨过她的老婆婆,轻悄地、迅速地、好象一只猫一样,靠近了这分隔房间的布幔,听着隔壁的动静。

飞机远去了又近来了。朴淑姬撩开布幔,钻过去,看着黑暗中睡着的朱国山和赵庆奎。后来她蹲在赵庆奎的旁边。有一瞬间她忘记了飞机,看着赵庆奎的脸,看着他的伸在被子外面的胳膊,被吸引住了,并且想到了她的父亲。那时候父亲也是这样睡觉的,一只赤裸的有力的手臂伸在外面。……她想,只要炸弹一下来,她就喊醒他。她于是好久地蹲着,竭力要看清赵庆奎的眼睛和鼻子,她甚至想伸手去摸一摸他的鼻子,因为从前她是这样摸她父亲的,可是她又不敢。她伸了一根手指到赵庆奎鼻子面前,让赵庆奎的温暖的鼻息吹在她手指上,于是高兴起来,忘记了飞机。但飞机的声音又过来了,传来了沉重的爆炸声,她收回手指,想要喊叫:"阿爸……"但是又没有喊出来。她突然愤怒了。"你以为我怕你吗?飞机!美国飞机!畜生!狗!你丢炸弹啦!我怕你吗?不怕你!"她心里喊着。

"朴淑姬!"金贞永醒来了,找寻着她。

她迅速地溜回来,一点声音也没有地跳到她的位置上,立刻睡下。

"朴淑姬,你怎么啦?"金贞永怜惜地说。

"飞机!"女孩愤怒地说,踡缩着身子,抱着她的布娃娃。

"我们不怕,"她对她的布娃娃说。

金贞永叹了一口气。现在她不能睡着了。……

"睡着了吗?"她问。

"睡着啦。"女孩清楚地回答,想了一想她又补充说:"一会儿,就要睡着啦!"

春天,部队在前面几里地的山头上修筑坑道,村里的人们经常去送东西。这天早晨,金贞永正准备出发,得到了她的丈夫朴光辉在前线牺牲的消息。通知是从郡人民委员会转来的,委员会的秘书在路上遇见她,带给她一个包裹,里面是她丈夫留下来的零碎的物件。她在路边上匆匆地看了来信和通知,打开那包裹来，什么也没有看清楚就又包上，谢过了那位秘书，把这些东西拿回去瞒着婆婆收藏在柜子里，就继续往山上去了。

她走到院子里，看见朴淑姬已经起来，自己在小铜盆里洗着脸，溅了一身的水。她已经走过去了，又走了回来，蹲下来抱住了她，亲吻她，好久地拿自己的脸贴着她的潮湿的小脸……然后她跑了出去。

从她接到通知的那一瞬间起，她就告诉自己说，她老早就准备着这个，这并不是意外的。这种思想仿佛支持了她。但这并不完全是实在的，无论她内心里曾经有过多少迎接不幸的准备，这仍然是意外的。一年多来，有一些个深夜里，她曾想到过，如果一旦她接到不幸的消息，她将怎样来安排她的生活；于是她想，她还年轻，身体很结实，也有能力，她可以到军队里去服务，去从事最艰难、最危险的工作，把自己的生活彻底地改变过来……但她差不多总是立刻驱除这些思想，对自己说：不会这样的！朴光辉会活到战争胜利的，将来要有幸福的生活！于是一方面是迎接不幸的准备，一方面是顽强的希望。很难说她的心里哪一件更有力；很难说到底是由于剧烈斗争的准备呢，还是由于顽强的希望，才使得她的生活笼罩着那种镇定的光彩。冬天以来她就不曾接到过前线的来信，过年的时候婆婆曾非常思念儿子，但她仍然充满信心和希望。或者正因为她心里怀着剧烈斗争的准备——虽然她有时害怕想到它们——所以她充满希望。

她和朴光辉结婚不到一年就分开了。朴光辉以前在中国待过，在八路军里干过机枪手。一九四八年他回到朝鲜，一度在地方上工作。他们的结婚生活是快乐的，因为他们都是无忧无虑的青年，而国家的蓬勃的生活给了他们宽阔的前途……

好象还是昨天的事情：朴光辉在青年同盟的屋子里唱歌，走过来走过去都要看看她，她在那里剪贴着报纸，很想和这个刚从中国回来的人讲话，可是又很不好意思；后来他们一起开会，他和别人争辩一个什么数目字，粗手粗脚地站起来拿东西，把她碰倒了,好一会儿才忽然想起来对她道歉;后来他们一起跳舞,真的,那时候她的舞跳得多么好啊!她多么久没有跳舞了啊!时间过得真快,她已经不再是一个年轻的姑娘了。

现实的苦痛立刻驱散了这些回忆。

"我老早就准备有这一天了!"她对自己说,愁惨地笑着。于是她竭力回忆,她关于这一天,这可怕的日子,到底做过一些什么准备,她相信她曾经为这一天而凝聚起她的全部的力量,并且相信这些时来她所做的一切都是为了这一场斗争;她对自己证明了,并没有希望顺利,她是随时准备着的。于是她心里就有了一点安慰,甚至还有点骄傲。

但马上又有一声沉痛的呼号在她心里响着:"不对!这消息不可能!他没有死,他活着!"

她在长满了春天的草叶的山坡上坐下来了。她灼烧的眼光对四面环顾了一下:"这些花是黄的,长得多么好;草长得这么高了,我和他从前……我要到哪里去呢!到上面去,没有人看见的,我一定要哭,哭吧,我要哭!"

她全身都颤抖起来了。但这时候从树丛中钻出了几个志愿军的战士,他们认出了她而且高兴地喊起来了。

"阿志妈尼,——对啦,叫阿志妈尼说!"

"好啦,这咱们找到公证人啦!——阿志妈尼,这就是多那基吗?"一个年轻的战士快乐地跑过来,把手上一大把带泥的草根高高举着。刚才他们正在争论,这是不是朝鲜著名的、姑娘们为它而跳舞的那种"多那基"。

"去你的拖拉机吧!"一个高大的老战士嚷着,"这根本是烂草根!"

"胡说!我昨天还吃了的,就是这种,甜的!"那年轻的战士红着脸说。

金贞永证明这不是"多那基"。她看见人们并没有注意她的悲痛,就很是满意。那年轻的战士很有些窘了,但立刻他又吵嚷起来,说这确实是有甜味的。金贞永摇头,和他争辩,嘲笑他,而且笑出声音来。同时她想:"看哪,这并没有什么,我还能笑呢!"马上她跨过一片黄色的野花丛,在地上找寻起来了。战士们围绕着她。她几乎一下子变得生气蓬勃了,撩起她的裙子在那些野草中跳跃着又蹲下去,当她拿着战士的一把短镐,迅速地掘出了一些"多那基"的时候,战士们快乐地叫喊起来了。然后他们扛着挖坑道的钻子,提着水桶,捧着这些"多那基"走下坡去了。他们在坡下又争执起来了。

在春天的明媚的阳光下,这些快活的吵嚷很短促地使金贞永忘记了她的痛苦。当她又想到那不幸消息的时候,她几乎觉得——在这样的天气,是不可能发生什么不幸的事情的。她觉得她毕竟没有丧失力气,她还有点力量,她现在可以甚至是相当平静地来瞧着她的痛苦了。这样的事情在这些年是很平常的。……

天气好极了。窄小的山路上,熟识的战士们招呼着她。她没有找到赵庆奎和朱国山,一连的事务长李光接过了她顶在头上送来的新鲜的蔬菜,把她带到一个小棚子里面,拿秤来把菜称了,就要给她钱,于是引起了一场激烈的争执。事务长觉得他是严格地执行政策,他称得很公平,不仅是这样,他还把半斤多的零头干脆也算成了一斤。但金贞永为这而生气了,她真的生气了,把钱扔下,红着脸叫嚷着。于是李光很惶惑。

"菜很好,新鲜极了,今年头一回看见菠菜……"他蹲在地上,拿起一棵菠菜放在鼻子上闻闻,于是他又红着脸笑着用朝鲜话说:"一起是十一斤,三得三,一共……"

"我不知道。"金贞永冷淡地说。

李光又讲了许多话,但是金贞永不再作声。她坐在木箱上,呆呆地望着她眼前展开着的晴朗的景色。绿色的山峦绵延着,在绿色中间突然出现一些黄色,那是战士们挖掘坑道的痕迹。山下有一条小河闪着光辉。但金贞永并没有看这些。……

附近传来坑道里沉重的、一下又一下的捶击声。

"我这样子一定很难看!"她忽然吃惊地想,于是看看李光,这经验丰富的事务长仍然呆站在她旁边,红着脸看着她——这种不好意思的、困惑的神气在李光还是很少有的。"他看出来了。"金贞永想,"看出我这种不好的脸色来了……"

李光迎着她的眼光困惑地笑笑,又看了看那些蔬菜。

"新鲜极了,阿志妈尼……"他嘟囔着,不能决定是不是要再算帐。

"我可能要离开这里了。"金贞永平静地说。

"到哪里去?"

"到军队去。"

"那为什么呢?"李光吃惊地说,打量着她,好象很怀疑,象这样,白衣服,黑裙子,这样的女人到军队里去干什么呢。

"我也要去打仗。"她笑着说。

"我不了解,"李光困惑地说,脸更红了,你这不是很好么?这些菜一起是十一斤……"

"我知道是十一斤,三得三……你慢慢的算吧!"她说完,走出了棚子。

"好厉害呀阿志妈尼。"李光嚷着,"我报告我们营长去!"他于是失望地挥了一下手,蹲下来整理蔬菜。

金贞永这时觉得世界变得阔大了起来;她好象感觉到了她从前一直感觉不到的一些什么东西。她觉得她能够把她面前的这些山峦一下子拥抱到手臂里。"不要慌,没有什么可怕的,"她对自己说,"事情既然这样了,我一定可以很坚强地生活下去!——"

她站在一个刚开凿了一点的坑道口给一些人们让路,这是一些志愿军的指挥员,其中她只认得团长王正刚。

王正刚看见她了,对他身边的那个似乎还年轻些的、漂亮、高大的指挥员说了一些什么。大概是讲起了她在村子里的活动。于是那漂亮、高大的指挥员走过来向她伸出手来。

"师长同志。"王正刚说。

联络员朴正东走过来了。人们围住了金贞永。师长感谢她对军队的帮助,并且问到了村子里的一些情况。

部队现在还需要她和她的同志们的一些帮助。需要找几个手艺熟练的铁匠,帮助修坑道的部队打钻子;需要一批草袋……金贞永答应回去和村子里的人们商量,办到这些。她努力地听着联络员朴正东的话,害怕听漏掉任何一句,因为她心里这时还很乱;她听着,一面想,"没有关系,我早就料到有这一天了,我一定可以坚强地生活下去……"她咬着嘴唇,把每件事情在头脑里重复一遍,点着头。她偶尔地看了一下周围的人们,接触到那些期待的、亲切的、含笑的眼光,于是比平常任何时候都觉得她是被人们需要的。她渴望委托她的事情更多些,这样就可以帮助她减轻痛苦,——她可以立刻就去奔跑,一直忙到深夜,只要不回到那间屋子里去,就可以不至于单独地面对着她的不幸了。

"对了,我可以这样的……"她想;一再地对自己证明着,她可以很坚强,于是心里腾起了一种热望。

"你们还要白菜、萝卜吗?"她记住了那些事情之后,笑着问,"我们村里还有些去年留下来的土豆。豆子也还有。山边上的朴家,她预备送给你们一百斤萝卜,她不要钱,因为去年冬天你们的医生同志救活了她的儿子……"

她随后又说,她立刻就去和委员会商量,她自己还有好些草,她今天晚上就可以动手打草袋了;她的邻居李淑贞有一套打草袋的工具,这两天正好没有用。……她意识到说这个是多余的,但她忍不住地说出来了。因为,李淑贞以及李淑贞的打草袋工具,这一切都使她觉得亲切,减轻了她心里的痛苦。

王正刚和李恒都带着钦佩的神情看着这个对一切工作都答应,毫无难色的妇女,师长注意地看着她;她脸上的那种兴奋、热切的神情吸引了他。这些工作使这位妇女显得这么兴奋,简直好象不是部队需要她帮助,而是相反的,她得到了部队的许多帮助似的。

"明天我们就可以找铁匠来。"她说,虽然这件事已经讨论过了,"有一个姓崔的铁匠离这里三十里,不要紧,我们可以找到他；他已经五十几岁了，是党员，儿子在战争开始就牺牲了……可能他的病没有好；不要紧……"

这些话也是多余的；但这五十几岁的党员、铁匠，他的儿子的牺牲，……此刻在她心里都显出了和平常不同的意义。她热情激荡，看着周围的人们，想要对这些亲爱的人们把心里的一切话都说出来。当然她此刻无法说出她丈夫的事情来，但是不论是她的邻居李淑贞的打草袋的工具，或是这儿子牺牲了的年老的铁匠，都叫她心里觉得一点安慰。这些事仿佛对她证明了，她的世界是亲切而坚强的。师长找了一张纸，蹲下来垫在膝盖上画下了草袋的尺寸；他很仔细地做着这个工作，金贞永在他旁边蹲着。"这是一公尺，"李恒比画着，"明白吗？"

"明白。"她愉快地说。

师长好奇地看看她，又在纸上画着。忽然他又停下了，看着她。

"你帮助你们那李老大娘，"他做着手势说，"你们一起把那特务抓住的吗？看我这朝鲜话怎么讲？"

联络员翻译了。

"是的。"她回答，"她的大儿子在前线！"她指指前面，于是，前线的存在，在她的心里也显出了和平常不同的意义了。

她觉得周围的这些人们对她是多么亲切啊。现在这么些穿黄军衣的中国人在这山坡上围绕着她，大家都看着她；而在从前，她的丈夫朴光辉是在他们那里参加过战斗，学习着懂得革命的……

"你未竟的事业，我要做下去！是吗，光辉？"她心里说。她的面颊发烫。

"志愿军的同志们辛苦，"师长站起来之后，她就激动地红着脸说，"我们村子里的同志们，女同志们，这个星期六来给军队表演……开一个晚会，可以吗？"她热切地说。

她这时几乎是骄傲地觉得：她的生活里有这么多、这么多事情！她可能还要参加跳舞呢，朴光辉一定满意的！

"你们这星期六有别的事吗?"师长大声向王正刚说,"没有别的事就同意她吧!这太好了!"

……金贞永深夜里开始打草袋。她晚上才回来,在厨房里机械地吞吃了一点东西,立刻就开始工作了,借工具,整理稻草。婆婆和朴淑姬睡了。周围很静……她的手不觉地垂下来了。

"我可以看一看了,现在可以了。"她想。

她轻悄地跳到橱柜跟前;从衣服底下摸着了那一包东西,跑到油灯下打开了它。于是她看见了一件白布衬衣,几本书,一些她写去的信件和一张他们结婚时的照片。照片是放在小皮夹里的。小皮夹里还有几页纸,上面零乱地写着几行字。她来不及看它们,就打开了一个纸包。一枚战士荣誉勋章掉了下来。她捡了起来把它紧紧地捏在手心里,于是她又看着朴光辉的战友们的那封信——下面有七八个人签名。他们说:他们将要永远地以朴光辉的忠于祖国的大无畏的精神做榜样。他们不仅受到他的各样的英雄的功绩所鼓舞,而且也受到她——金贞永的鼓舞。虽然没见过面,但他们都认识她,知道她的事情——朴光辉在战壕里对他们读了她的每一次的来信。"我们亲爱的姊妹,"他们写着:"请接受我们的最崇高的敬意。"

然后她又来读那小本上的潦草的字迹。那是几句诗:

我的共和国啊,我的母亲!
今天我们宣誓了,
你看你的儿子们举起手来了。
……
……

第七章

这个时期部队所从事的劳动是艰苦的。用简单的工具,凭着两只手来掘开坚硬的石块——在朝鲜战场上开始了一个新的阶段。从一九五一年下半年,从著名的五次战役以后,坑道工事就逐渐地出现了,在整个的战线上构筑起来了,并且在纵深阵地上构筑起来了。最初不过是简单的小洞子,战士们管它叫猫耳洞的;在敌人的优势的炮火下进行着艰苦的战斗,人们就沿着猫耳洞往深处挖掘,于是就出现了走道、居屋、弹药室……这种经验被领导机关推广之后,就构成了新的防御体系,后来人们就把这称为地下长城。在这个时期,板门店的谈判一时中断一时恢复,美国代表在会场上狂暴地叫嚣着,索取着他们在战场上所不能获得的城市和土地;在这个时期,前沿的各个大大小小的山头上进行着寸土必争的战斗,守备战的经验正在累积起来,为以后的各个战役的胜利铺平了道路;在这个时期,美国空军对北朝鲜的公路进行了所谓绞杀战,对这一片土地上的残存下来的村庄进行了所谓地毯轰炸;在这个时期,朝鲜人民继续在烈火中被焚烧,在血泊中被浸洗,然而事实已经证明,侵略者想要征服这个英雄的民族是不可能的了!在这个时期,许许多多的事迹被传颂,人们歌唱着中国战士和朝鲜人民的用鲜血结成的友谊;在这个时期,B二十九型飞机在深夜中从漆黑的田野和山沟上空飞过,中国人民送到前线来的重高射炮就开始吼叫了,而在这激烈的战斗声中,在重磅炸弹的震撼大地的爆炸声中,就从那些小土洞子里,那些防空草篱的背后,传出了中国战士和朝鲜孩子们的快乐的歌声和笑声……

在这个时期又有一批中国的青年们来到前线。

在黑暗的山坡上,站着八个分配到一排来的青年。他们沉默着,高兴、好奇、惶惑,听着副排长徐国忠的话,不知道应该怎样回答。在他们脚下的草棵里,放着一些从国内带来的东西:行军锅、脸盆、烧开水的铁壶、扁担……在徐国忠的手电的照耀下,那白铁水壶仿佛在对他微笑,于是他的嘴边也就出现了一个微笑。他觉得他简直是好多年好多年不曾见到这样的东西了。当他在纸烟铺子里当学徒的时候,这却是他的老伙伴,他曾经每天提着它给老板娘上街冲水,并且为这个在头上吃爆栗。

"同志们,我们亲爱的新同志们,我们祖国的亲兄弟,我代表我们全排,欢迎你们!……"徐国忠激动地大声说。

他的背后,老战士们鼓起掌来。掌声停止了,一下子非常寂静,然后,从那几个新来的小伙子们中间,发出了轻微的、害羞的笑声。徐国忠看清了,原来他们之中有两三个人互相拿手推碰着,要求别人出来说话。

于是他们中间有一个勇敢的,年轻的四川口音响起来了。

"报告排长!我们都听明白了!我们一定不辜负……我们没有啥困难,我的话就是这,完了!"

老战士们发出了一阵快活的,善意的笑声。

"你叫什么名字?"

"报告!吴述云!"这小个子的青年说,并且立正了。显然的,他很满意自己的这个动作——他觉得这样就是一个军人了。

"很好!"徐国忠说:"同志们哪,住的地方,可能挤了一点……"

"那算啥哟,不要紧,抗美援朝的,你们是老大哥!"吴述云说,这就又忘记了他是一个军人了。

老战士们又快活地笑了。

从遥远的国内的农村里来的青年们,他们以为一到朝鲜就会开上火线,去和敌人厮杀,然而情形却不是这样。他们现在发现他们是到了一个看来还似乎相当宁静的山沟里,他们首先看见了小路边上的那些在春夜的微风里轻轻波动着的麦田里的麦子,和那些已经耕好了的一块块的水田;云层里不时有强烈的火光一闪,于是那些麦田里的灰绿色的波浪就清楚地显现了出来,那些水田就森严地闪耀着。有一块水田里有一个黑影,它静静地靠着田地的边缘移动着,人们走近了之后,就可以分辨出人和牛的轮廓来了;这是谁家的老大爷,他在这夜晚犁田,于是新来的青年们的心里,就有了那种神圣的惊异;他们虽然不曾仔细想过,但却认为,在朝鲜是不可能有什么耕种田地之类的事的。朝鲜曾被想象为一片火海。这确实是一片火海,但是就在远远的爆炸的闪光下,在美国夜航机所放射出来的强烈的镁光的一闪之下,在山头那边的一直穿进云层的探照灯光柱的反光下,这个老头儿非常安静地犁他的田地。

"阿爸几!"老战士们里面有人喊,于是快活地说了一大串朝鲜话;那"阿爸几"大声地回答了,老战士们里面有了笑声。然而新战士们一句也听不懂。他们这时是多么羡慕啊,要有多久才能变得和一个老战士一样呢?人们又穿过一些断墙和瓦砾堆,从那些漆黑无光的茅屋前面走过;一道黄色的微弱的灯光从防空门帘后面照了出来:一个女孩很沉静地推开那门帘走了出来,门帘在她的身后合上,于是那一道灯光消失了。

原来在这些寂静的屋子里,人们是在生活着的。那女孩的短鬓,她的一只慵懒的小耳朵,以及她那黑色的短裙,在刚才那灯光里曾经很清楚地被照耀了出来。

在老战士们里面传出了亲切的小声的叫喊。

"朴淑姬!小丫头……朴淑姬,你没有睡哇?唱歌,唱歌,朴淑姬!"

"咦——"女孩说。

"朴淑姬!"徐国忠喊,于是女孩离开了门,在黑暗中跑过来。徐国忠在口袋里搜索了很久,找不到什么东西可以送她的,于是把她拉到胸前。人们听见了很响的亲吻的声音,然后徐国忠站起来又前进了,但女孩默默地跟着他,把他们一直送到村口,然后她跑回去,黑暗中响着她的急促的脚步声。

在新战士们的心里,那种神圣的惊奇的感情在继续增涨。他们到了山边上的几间屋子里面了,蜡烛点亮了,大家在炕上坐下。老战士们的那些冲锋枪,和屋子角落里的那挺轻机枪在蜡烛的照耀下威严地闪着光。……过了一下,人们就看见那个还有点象个孩子的吴述云在偷偷地抚摸着靠在墙边上的一班副的冲锋枪了;人们的谈话热烈起来,空气也活跃起来,这年轻的新战士脱下了帽子,露出了他的满头的漂亮的长发,说到他的家乡,他的参军的决心,但待到别人说话的时候,他又转过身去抚摸那冲锋枪。徐国忠在暗影里悄悄地看着他,他看到这青年现在把那支枪轻轻地拿过来,使它靠在他的膝盖上了。

"别碰走火啦!"徐国忠说。

吴述云就赶快把枪放回去。

"喜欢这枪吗?"

"报告排长,喜欢。我步枪是能行的。这能教给我吗?"

徐国忠跳了过来,拿起那支枪,把梭子取下来,就把枪递到那新战士的手上。徐国忠把子弹从梭子里退了出来。看着那一颗颗光洁的子弹,看见这梭子里子弹装得这么多,想到这一梭子就能打倒一大堆敌人,那新战士就激动极了。

"这个就给我吗?"他狂喜地说,"排长,这给我吗?"

"要给你的。"

"排长你要教我啊,我要用心学。这个不难吗?"他环顾着,说。

战士们睡下了。干夜班作业的战士们上山去了。在熄灯以前,徐国忠看见吴述云仍然睁着两只大眼睛注视着那几支挂在墙上的冲锋枪,似乎他此刻除了想要得到这支枪以外,别的任何思念都没有。从他的那一双眼睛就可以看出来,他简直是已经在想象着,他如何爬上黑暗的山头,抠响枪机,于是在他的面前敌人一群群地倒了下去……

"应该休息啦! 休息吧!"徐国忠说。

"排长,这里到火线还有多远?"

"还相当的远。"

"排长,那么我们什么时候去?"

"等我们挖好了坑道,等大家学会了本领,就去。"

"哦,排长,我一定要很快学会。不要一个月吧?"沉默了一下他又说:"我早就想好啦。"

徐国忠笑着,在墙上擦熄了香烟头,预备上山。

"排长!我跟你去。"吴述云说。

"你去干什么?"徐国忠问。

"随便叫我干什么哇。我不想睡。"这青年说,已经一下子跳起来了。

"你不用去。"徐国忠说,"应该让你干什么的时候,会告诉你的。你休息吧。"

吴述云很激动,他觉得排长一定会同意他的,所以现在很有些失措。他惶惑地站着。

"休息吧。明白不明白?"

"明白了。"他小声说,"我这就睡……"

但他好久没有睡着。他想着他刚离开不久的家乡,想着他在这短促的时间里所见到的一切,心里继续有着那个惊异的、兴奋的感情。有人进来了,悄悄地说话,又点亮了蜡烛,他看见一个矮个子的、瘦小的、脸色很憔悴的人在每个睡着了的人面前看一下,替一个人盖上被,替另一个人把背包放好;然后就来到他面前。这个人看来年龄相当大了,满脸都是皱纹,这使他很敬畏,但这个人在他身边蹲下来了,把毯子拉到他的胸前,轻轻地说:"这新同志怕是累得很了。"那温和、亲切的声音又使他心里惶惑而温暖。他闭上眼睛假装睡着了。他发觉进来的那几个人,都疲劳极了,倒下就睡熟,发出了沉重的鼾声。但这个年纪大的人却没有睡,这个人把蜡烛移到自己身边去,非常安静地坐在那里,好久地拿针线缝着什么。后来他温和地说:

"一班长,睡了吗? 我们的坑道作业要落后了呢。"

"怕是要落后。"右边角落里一个朦胧的声音回答。

"你看出来连长营长他们都挺焦心的吗？……往上刨,我看全是石头。炸药不够了,我打两个眼都舍不得。"

"我们班光剩两根钎子能用了。"

"请朝鲜铁匠来帮忙,……这也不是事情。你看我们排有哪个会铁匠活的？我今天这手抡锤就有点发抖。"

"你太坚持了。"

"倒不是我坚持。他们几个身体不行……我参军十年来,过去的那种光景总比现在艰苦些。五次战役吃雪,可是我刚参军那阵子往山里转移也吃过树叶子,我们那地方叫反动派搞光了,我还吃过观音土哩。当战士这第一桩就是吃苦。你比方说吧,当工人干八个小时,乡下种地就随便你自己,可是当战士,这就要什么时候都劳动,有时候一天二十四个小时都劳动,睡着了你也得刨土,要不然你就吃败仗。谁要你来当战士的？你自己要来的。为什么？你要创造革命事业。在这种艰苦中就要想一想在战场上牺牲了的同志。拿我们排来说吧,出了多少人物,前前后后有多少人在我们排里战斗过,团长就是我们老排长,我那时候当战士。好多代人了,你想想看,你看这些新同志,这就又是一批了。那么你说说这个排挺简单么？不简单哩,这个排什么战斗都打过,说的话,战场上有流血牺牲,可是这个排一直到将来多少年都是年轻的,将来胜利了,这个排就要走过安东的大街,沈阳的大街……所以,一批一批的人物,我们排是年轻的;我的缺点是朝气不够,对新鲜事物感觉不强,你看对么？我叫炮弹震过,神经不大好,今天我抡锤手有点抖,心里真不是滋味。我想,我不年轻啦,战斗了十多年了,这种思想,吓！战士们对我太好了,我除了能吃点苦没别的,也算不得吃苦,我进步不大,我希望我们排将来有更多的人物出来……"

"排长,唉！"

"革命起来了,革命在我们这些人手里胜利了,我们就要留给将来的人一种……一个伟大的产业。从前地主留产业,资本家留产业,我们无产阶级今天跟着毛主席,就留下一个人民的国家,人民的社会主义的产业,世界和平的产业。这是什么意思?我看见朴淑姬的姥姥叫敌机炸了,我就想:老人家要能多活几年就好了。我好些天这么想。"沉默了一下他说:"睡吧!"于是把蜡烛吹熄了。他在黑暗中又说:"这坑道作业,象这样一天进个几公分不行。不知道我们连哪些人会铁匠手艺,恐怕六班长他能行……"

不一会儿就传出了他的鼾声。

新战士吴述云仍然醒着。他有好多次想说出来,他曾学过一年铁匠手艺——他在铁工厂里当过学徒。但是,他这时对自己不大信任了;他不知道应不应该开口。在周围的伟大的一切面前,他觉得自己太微小了。他在不意之中听到的朱洪财的这些谈话,将是他永远难忘的。他高兴他果然到了这个伟大的朝鲜了。但他又觉得要变得象他周围的人们这样的人,是很困难的。

第二天他就参加了挖坑道的劳动。朱洪财分配他往洞外推土:这是坑道作业中的比较轻松一点的工作。

这个青年立刻活跃起来。他和一切人谈话,问他们各样的事情;他拉着推土的小车进进出出,任何人从他面前走过,他都要微笑一下。终于他就站在打炮眼的人们的旁边,用那种热烈的羡慕的眼光,看着人们的挥动铁锤的姿势。朱洪财不久就注意到了他的这热烈的神情,对他说:

"试两下看看么?"

"排长你看我行么?"他狂喜地说,就咬着嘴唇,微笑着,拿起了铁锤。

"刚才他们打的是二百七。我一定要打过三百。"他想。

立刻朱洪财眼里就闪出了光辉——这新战士试过了最初两下之后,就用一种非常熟练的轻巧动作挥起那沉重的铁锤来,敲在钎子上。

有几个人来到坑道口。洞子里全是烟。微弱的烛光照见了这个满头大汗、咬着嘴唇微笑着的青年,他两腿撑开,他的铁锤在空中迅速地画着弧形。他不歇气地挥着锤,每一下都很结实。他打了二百多下了,然而人们却没有替他记数。人们最初以为他不过是打两下试试的。现在人们发出了赞美的声音。有一个战士跑了出去,把副排长徐国忠叫来了。

"真的吗?这小伙子打多少了?"徐国忠钻了进来,嚷着。

"小伙子"沉默着,微笑着。更多的人来到坑道口。后来"小伙子"自己叫了起来,在结结实实的一锤之后报告说:"三百!"于是人们叫好了。他继续敲击下去。现在人们替他记数了。

"我一定要打四百!"吴述云想,于是开始每敲一下就吼叫一声;他发出了那种短促的、一声接着一声、激昂的吼叫,后来,就从他的胸腔里冲出了一句歌唱,这高亢的歌唱声被激烈地挥动铁锤的动作分成了好几节;这歌唱声还是他在铁工厂里当学徒的时候学会的。

"太阳——"他唱,挥着铁锤,"出来——满天……红哟!"

"三百五!"人们大叫着并欢呼了起来。吴述云微笑着放下了铁锤。

"我赶过你!"徐国忠嚷着,拿起铁锤来。"现在打第二个眼,我肯定地要打三百五十一!"

"副排长那是一定能打三百五十一的,他力气大!……哎呀,副排长这一锤偏了!这一锤好!现在好!"吴述云说。这个刚开凿了五公尺的坑道口,就变成了他生活里的最重要的事情了。而他也就发现,在阳光下,周围的山坡上长满了鲜花和茂盛的草叶,这战争里的春天竟是这样的明媚!

但第二天下午就发生了事故。坑道里爆破了过后,还没有排完烟,这个没有经验的青年就一下子跑进去了,中毒昏迷了。

当他被救出来抬到山坡上,苏醒过来之后,他发现人们围绕着他;营长赵庆奎在责备着朱洪财——但他还并不认得这是营长。

赵庆奎说:

"前几天通讯排的事故你们忘记了?你没有告诉他没排完烟不准进去?上级再三地说过,你就没有告诉他们?"

朱洪财是说过的,但吴述云却没有在意这个。朱洪财当时也不在。可是朱洪财现在却红着脸,完全没有要辩解的意思;而且他的嘴唇边上还闪耀着一个又羞惭又有些高兴的微笑——他显然是高兴营长能这样批评他:如果不是这及时的批评,事故就会闹大了。他的震破了的、张着血红的裂口的粗糙的手垂在大腿两边,他笔直地站着。

赵庆奎又说:"新同志刚刚来,出了事故思想上不发生影响吗?你们也太不注意照顾一点了……"

"这个没啥!"吴述云撑着坐起来,说,"我又不是……我是青年团员!排长他跟我说过叫不进去的……"

"跟你说过你为啥不注意呢?"

"那我是,我忘啦。"新战士激动地说。

"怎么忘了呢?"

"这没啥呀!"新战士说。他觉得他自愿跑进去的……既然到朝鲜来了,怕吃这点苦么?

赵庆奎的温和的脸色立刻变得严峻了。

"没啥?上级的命令是可以忘记的么?"

于是这新战士瞪着营长,一下子脸红到耳根,明白自己说错了。

"假使一个战士说:我要去干,我自己要去打仗,这是我自己的事情,跟别人没有关系——这样可以吗?"

吴述云还有些眩晕,可是他这时已经不觉地站起来了。

"既然排长命令过你,你就应该服从命令……"赵庆奎又说。

人们寂静着。老战士们的脸上,出现了温暖的微笑。朱洪财小声说:

"这也是我没有说清楚……"

"不,你说的是肯定清楚的,排长!"吴述云大声说。

吉普车在山沟里的小公路上颠簸着,师长惊奇而快活地看着两边的景色。宽阔的草叶就在车轮旁边掠过,在这些草叶中布满了黄色的小花和蓝色的喇叭形的野花;明朗的太阳从松树的枝叶间照耀了下去。在远一点的一个山坡上,三棵笔直的、细瘦的、一直伸向天空的钻天杨在阳光中闪烁着。山坡上的小房子、赤脚的儿童、穿着红裙子的妇女在他们面前闪过去了;吉普车冲过了一条横在路上的清澈的溪流。空气中充满了柔和的温暖的气息,所有的山头都披盖着浓郁的绿色,连路边的石子都仿佛在微笑;风雪狂暴的又一个战争的冬天好象过去得很久了。小孩子们追着吉普车叫喊、奔跑;顶着瓦罐子的妇女们迎着车子站下来,略略地转过身来,于是那些明亮的、含着笑意的眼睛就迅速地从车边闪过,汽车又溅起路上的水流——这些水从山上的崖石、树林和草叶里流下来,随时都在小公路上刻镂出一条条的痕迹,形成细小的溪流和大片的水洼。吉普车在冲过这些水流的时候,溅起水花,仿佛长了两只明亮的翅膀似的。一个头上扎着紫色的绸结的姑娘撩起了她的黑裙子,跳到路边上,但水花仍然向她喷来,她发出喊叫和笑声,赤着脚一直往山坡上跑去了。

"你太粗暴了一点!粗暴了!"师长向司机喊着。

"刚才那姑娘……你看见吗?"坐在后面的王正刚说。

"看见了。很漂亮!"师长转过身来,欢喜地说,"我已经注意到了,朝鲜的姑娘,因为这一片美丽的土地的缘故,有时候是特别漂亮的。"

"并不是有时候……"王正刚说,看了看李恒;他虽然想说笑,但声音却又是很严肃的,"这个姑娘,她叫做崔淑姬——就是那个崔老大娘的女儿,动员李老大娘到银峰山里去捉特务的。这女孩子,"他喊叫着,扳着师长的坐椅背欠着腰站了起来,摇晃着,因为车子正在驶过高低不平的路面,"她跳舞可好极了!嗓子也好!她的三个哥哥在前线,在第几军团的?……"

"是哇!是哇!我看见了,"师长说,脸上闪耀着欢喜的光辉,"我听见过她们唱歌!在白果山前沿,在铁鹰峰人民军第一线阵地上我看见过她们,小皮靴、黑裙子、肩章、头发梳得很光,卷起来的，"他作着手势说，"走到战壕里，敌人用机枪扫射了，她们就唱歌了，看那些人民军……；我注意这些妇女，你看是吗？"他转过身来，在吉普车的马达声中大声喊着，"在前线的战壕里，出现这样的妇女，整整齐齐，还化了妆的，你看是什么个意思？这里面有一个大的道理！我跟他们团长冬木在一起，我们看见一个姑娘，背着个小皮包，穿着那半高跟的靴子，走下坡去了，一排炮弹打过来了，她卧倒了，又站起来了！我说：这个有点危险啦！他们那团长冬木说：没有关系……那个时候我就注意了一下我周围的几个人民军战士的表情，我就相信，光是这几个战士就能拿下一个山头来！"他在椅子上转动着身体，说，"你看见吗？"

"我是不主张……"

"啊，啊！可是这中间有值得学习的！我们这里有时候缺乏一种年轻的精神！……你看吧，"他说，看了王正刚一眼，嘴边上就出现了那种带点狡猾的微笑，"就拿你来说：头发白啦！"

"也不过这两边有点点白……可是你看我的精神呢？"

"精神吗？当然说的是精神喽，连我在内，精神也老了一点……"

王正刚仍然在微笑着，但他的眼神表露出来，他的师长，他的老战友的这句话是说到他的心里去了。他心里一直有一种沉重的东西，这到底是他个人的生活所造成的结果呢，还是对未来的战斗的渴望和耽心，或对眼前的坑道作业的各种顾虑所造成的结果，他也不十分了然。师长发现了他在持续一年多的战斗和劳苦之后有些疲劳；师长的话显然不是很偶然的说出来的。

汽车驶过了一个长满野藤的山坡；那些顽强的、青紫色的野藤一直爬到公路上来了。李恒眯着眼睛对着阳光，看来非常舒适。他昨天刚观察了友军的前沿阵地归来；他们将来可能到他所观察的这几个地点去作战，但可能性最大的，还是这正面的前沿。他将来要去拿下这正面前沿的无名高地——他已经在思考着战斗方案了。

他们现在是去看一颗重磅炸弹。这炸弹从美国飞机上投下来，没有炸，躺在那里一个多月了。在朝鲜各处都有这样的炸弹，战士们传说这种炸弹是美国工人阶级反对战争的结果，师长本人也乐意相信这个。挖坑道缺乏炸药，于是人们就拆卸这些飞机弹和前线打过来的臭炮弹。但这种拆卸在别的部队里一个星期来发生了好几起人身事故，王正刚今天早晨就让人们暂时停止了。师长认为停止不是办法，他要亲自来看看。他是喜欢研究机械的。当营长的时候，他就亲手卸过敌人的炮弹；他懂得各种武器，虽然没有干过炮兵，老炮手也骗不了他。

王正刚觉得，师长刚才说的那些话，与这炸弹也有关的。卸炸弹发生了事故，不积极地想办法，却命令停止，这也是精神上不够年轻的证明。

王正刚确实感到自己精力不济；他夜里失眠，腰酸腿痛；他也不善于休息。坑道作业进展迟缓，看见他的战士们眼睛熬得通红，脸色憔悴，手上起裂口，他就忧虑；他想，体力耗损了，将来作战是有困难的。

"我战斗了这么许多年——疲塌了吗？"在汽车的颠簸中，他想着，"难道就这样，将来人家看着这位同志，心里这样想：这老头子勇敢。他对党也忠诚。他有不少经验，不过到底也就那一点陈旧的经验，不合时了，过去的事了，请他休养吧。休养，有意见吗，同志？……"

汽车驶近了一群在补修公路的朝鲜人。远远地他们就看见妇女们的斑烂的衣裙了。那些顶着石块、背着土、脸上紫赤的老大娘们站到路边上让汽车从泥土、乱石的坑坑洼洼中间开过；有一个大炸弹坑还只填了一半。王正刚看见朴淑姬了，这七八岁的小姑娘头上顶着很小的一块石头，用一只手扶着。随即他看见了金贞永，她穿着一件打过补丁的军装上衣，背着很沉重的一筐土，向前倾斜着上身，迎着汽车走了过来。她似乎在笑，然而那疲劳的脸不服从她的意志，只是那一双明亮的眼睛在闪耀着。汗水从她的眉毛上淋下来。

车子在弹坑旁边陷到一个小坑里去了。师长和王正刚跳了下来。

"阿志妈尼,辛苦了?"他说。

金贞永说:"没有。"她喘息着并伸出舌头来舔着她嘴边的汗水。

"推车子啦!"司机粗声喊着。

于是那些妇女丢下了砖块和泥土跑了过来,那一群紫酱色的脸和那些五彩的衣裙就象一个花环一样把车子围住了,使得李恒和王正刚都插不上手去。一开始推车子,年轻的妇女们就发笑;车子动了一下又退到坑里,她们又发笑,好象在嘲笑自己似的。她们最初简直就不好意思用力,有好几个姑娘一面推着一面瞅着李恒的威武的、英俊的脸;这笑声终于就变成大笑了,车子又落到坑里。

什么时候小姑娘朴淑姬挤在人堆里了。她也要来推车子。人们在笑声中把她推开,她就跑到车前,兴奋地、紧张地看着,并发出尖锐的喊叫。

"乔司米达!哼哪,多儿,索以!"(注:"好!一,二,三!")她叫,举起手来往下一按。她一点也没有注意人们在笑她,而姑娘们也就一下子严肃起来了,简直就是被她指挥着,用力一推,车子跳出了深坑并且马达震动起来了。

"乔司米达,哼那,多儿,索以!"一个胖姑娘大叫着,于是姑娘们全体大笑了。她们在大笑声中转过头来看着李恒和王正刚。金贞永也大笑了,但她的大笑是因为另外的理由,她笑这些年轻的、赤脚的、衣裙上沾着污泥的姑娘们,而她们显然是因为这两个志愿军指挥员的有些窘迫的样子这才笑得更凶的。

小姑娘朴淑姬恼怒地皱着眉。司机也皱眉,他被这笑声激动了。

"干啥笑的?笑!笑!嘴巴笑掉了!"他叫着。

年轻的姑娘们又大笑了。她们的更明亮、更愉快的眼睛在看着李恒和王正刚,李恒皱着眉微笑着,不知为什么竟有些害羞了。

汽车在大笑声中开动了。

"笑什么呢？我实在不理解……"王正刚说，向后面挥着手。

"笑这个，"师长带着古怪的神情说，皱着眉，"笑……要求战胜敌人。"

汽车转入一个山沟，在狭窄的小路上行驶了一阵之后，就沿着一条浅浅的溪流行驶起来，在乱石和溪水里发怒似地蹦跳着——小路消失在溪流里了。这山沟里很少树木，两边的山坡和那些圆圆的小山头上长满了柔软的绿草；在阳光下，这些个圆形的山头就显出了非常柔和的线条，整个的山沟里都笼罩着娇嫩的、几乎是透明的、光彩夺目的绿色，偶尔有一个黄色的弹坑在这明亮的绿色中出现，但娇嫩的草叶仍然在向弹坑悄悄伸展着，似乎在和它进行着一种斗争。强力的春天，不经意地、悄悄地、充满信心地在进行着这种装饰大地的斗争。溪流边上的一些小小的槐树正在开着成串的白花，那些今年刚刚生长的叶子在阳光下舒展着，沉醉而欢喜——这几乎是可以能摸到的。这种沉醉般的欢喜来到了人们的心里；这种奇异的，并不太鲜艳、然而光彩焕发的绿色几乎是他们从来不曾见过的；青草、溪流的气息和槐花的香气几乎一直冲到车子里来了，人们觉得一种渴望，想要张开手臂扑到山坡上去，拥抱那绿色的柔软的土地。

"啊！啊！"师长赞叹着，眯着眼睛。他昨天还在友军前沿阵地上，那里的山头全被打成光秃秃的了。"可以了！就在这里停下吧，可以了！"他对司机说，但显然是为了这美丽的山沟的缘故，司机继续又开了一阵，从溪流里出来，一直驶上了一片绿色的草地。

师长跳到草地上，立刻就弯下腰去拔下了一把草，拿到鼻子面前嗅了嗅。然后他就快乐地大声说：

"朝鲜人民的痛苦是会得到报酬的！"

他们发现，在坡上的那颗巨大的炸弹的跟前，已经有两个人了。

这是一连连长李凤林,和七班长李发。李发骑在那炸弹上,上衣甩在附近的草地上,只穿着一件背心,在阳光下露出了他的强壮的、青铜色的筋肉。李凤林站在旁边,显得心思重重的样子。他们在争执。

这件事情是从昨天夜里开始的。李凤林为缺乏炸药而发愁,他走到哪里都想到炸药,甚至在走过人民军高射炮阵地的时候,都带着侦探的眼光看着别人的家务,想猜出来人民军有没有炸药。睡觉、吃饭、走路,都是这个炸药的问题;炸药,炸药。……他就想到了这颗炸弹,因为他听说,后勤的人们虽然曾说要来卸它,到现在也并未把它卸去。他想到李发是在兵工厂里干过一阵的,从前还卸过敌人的好几发炮弹,于是在深夜里爬起来,在山头上找到了李发。李发当时正在坑道口垫着一件破衣服睡觉,疲困极了,朦朦胧胧地、简单地回答他说:"那没问题。我早就这么说了。"

"可是你得注意呀……"李凤林悄悄地说,李发的这种满不在乎的劲头使他很不放心。可是李发居然躺在那里又睡着了。他推了两下李发也不醒来。

"怎么搞的哇!"他喊着,并且用力地推他。

强壮的李发抬起头来,忽然很高兴很亲切地说:"连长,我知道,行,咱们这当兵的就是这样的!"栽下头去又睡着了,看来简直是,五百磅重的炸弹也不能叫这强壮的士兵醒来。他劳动过度了,睡得舒服极了——当兵的就是这样的。

李凤林又好气又好笑。他打电话请示教导员,教导员又请示了团参谋长,参谋长同意他们去看一看;他证实说,后勤已经放弃了这颗炸弹了。

于是天还没有亮李凤林又来叫李发。李发已经变换了位置,象打仗的时候一样,睡着觉就变换了位置;他现在睡在坑道口的另一边。显然他曾经起来过。黎明以前天已经很凉了,露水把他浑身都打湿了,但他的那个鼾声简直比坑道里的锤击声还要响。

"七班长,起来!"他喊。

这种命令的声音在这沉重地,不顾一切地睡眠着的人身上发生了特别的效果。李发简直不是听见,而是感觉到这个命令,他一下子就跳起来了。而且,象一切真正的老兵一样,一下子就清醒了,并了解了一切。

"走吗?"他机敏地说。原来几个钟点以前的谈话他是完全了解了的。

"用不着这么秘密。"李凤林说。

"要是三营的人知道了呢"?

"胡扯蛋!这炸药不是给你一个人的。"

"是了,我这是有点儿本位……"

他们在迷朦的天色中下山,走了这三十里地。现在他们在这里已经争执了快有半个钟点了。

最初他们只是在观察这巨大的炸弹。李发很冷静,不回答李凤林,他围着炸弹打转,要么哼一句,要么哈一声。休息了一阵——对着这涂着黄色的花纹和标记的美国炸弹迷着眼睛看了一阵之后,李发就从口袋里摸出钳子、钻子、锤子来,这些是他们下山之后从人民军高射炮部队那里借来的。拿出了这些工具,李发的脸上倒反而出现了一种奇怪的冷淡的神情,好象这要做的事使他很不愉快似的。然而李凤林这时犹豫了。团参谋长不过叫看一看。要是发生事故呢?——他不懂得卸炸弹的事情——这些天来团里挖坑道所发生的事故已经够多的了。

"搞不搞,连长你看吧。"李发说,用钳子敲敲炸弹。

"你有把握吗?"李凤林说。

"这个……"李发沉思着回答。

"你说,到底有把握吗?"

"有把握。"李发不大乐意地说。

"那这样,要么不搞,回去汇报,要么,咱们两个人搞。"

"那不必要。你到坡下去,连长。"

"出了事故我可吃不消。要就两个人……"

"一个人。出不了事故……"

"既然出不了事故……"

"一个人吧。"李发简单地说。

"我倒是也想学习一下这种技术呢……"

"别的时候再学习吧！"李发说。

他们就这样争执起来了。李凤林犹豫不决，因为他太想念这些烈性炸药了。他兜了一个圈子又回到后一个问题上来：两个人共同搞。象一切人一样，他仿佛觉得只要他在旁边参加，就不会出事故。他和李发商量，跟他说明道理，因为这道理是不很周全的，所以他说得很困难。李发就骑在炸弹上，用那明亮的、镇静的眼睛看着他，微笑着，在微笑中他那刚硬的、尖刺般的、凌乱的胡髭就翘了起来。他相信，用不着再辩论，当连长说完了这一切之后，就会同意他的。

这时候，他们看到了团长和师长。

"李凤林！是你吗？"王正刚惊讶地喊着："谁让你们来的啦？通报过暂时……"

李凤林笑着敬礼，然后就转向李发：

"看吧，我说的！"

李发从炸弹上跳起来，举起了他的光赤的强壮的手臂，向首长敬礼。他仍然是沉着的，凌乱的胡髭里隐藏着那个微笑。

但是，当团长继续说下去，明白了团长的意思之后，李凤林就很失望了。他说，他们半夜里就出来了，不知道今早晨的通报。参谋长同意他们来看看的。

从这个忠诚的、干练的连长的失望的神色里，王正刚就感觉到他的在崖石面前劳动着的战士们——他们是这样地渴望炸药。

"李发，你能行？"

"他能行的！"李凤林赶快说，仿佛他刚才不曾反对过李发一般，"过去他干过兵工厂。——我看是能行！"

于是李发嘴边的那个狡猾的微笑就扩张到他的整个的脸上

来了。

这时师长在绕着炸弹打转,末后就蹲在弹头前面,用他手里的那把青草拍打弹头,歪着头上上下下地看着,脸上有着热衷的、仔细的神气。李发于是明白师长也是一定会支持他的。

"内行哩……"他想。

师长抬起头看看李发,那询问的眼光就使得李发回答说:

"说实话,卸这大飞机弹是头一回,可是那一五五八英寸我都卸过,汽车团搞的定时炸弹也见过……"

"这倒是的确的!"李凤林说。

"困难的是有点上锈了。这弹头的结构也很笨……"师长说,站了起来,"怎么样?干吗?试试吧!看样子你是内行……"他轻松地向着李发说。

李发的强壮的脸有些发红,他敬了一个礼,就又骑到炸弹上去了。

"天气很好!这山沟漂亮极了!"师长说。

"是的,首长!"李发说,仿佛接受命令一般;事实上他是一点也没有注意这山沟是什么样子的。"首长,请你们走开吧!……连长,你也走开吧!"李发说,嘴边上又闪耀着那个微笑。

但李凤林又站了一会。

"连长,我这是三四十岁的人啦!……"李发笑着说,"你只要到坡底下有个斜度就行了。你可以清清楚楚地看见……"

李凤林叹了一口气,走下坡去了。

王正刚和师长坐在溪流边上。王正刚紧张地看着山坡上,绿色中间的那个人影。李发的古铜色的脸,他的强壮的肩膀和手臂在阳光下闪耀着;显然的已经有一些汗水出现在那手臂上了。

后来李发站了起来,走到弹头面前去蹲下来;接着他又在弹头前仰卧下了。传出了沉重的敲击声。终于李发又骑到炸弹上了,象骑兵骑在马上似的;他扭过脸去,抬起肩膀来擦着汗。

"李发,可以了吗?"师长大声喊着。他已经脱下了鞋子,两只脚泡在溪流里,这时他就把鞋子拿在手中。

"等一等!就可以了……马上!马上!"李发说。

"这个家伙!"师长羡慕地说,"他这身体可真棒啊!"

"是呀,我想,"王正刚说,笑着,"可不可能,将来人们这样说:这老头子勇敢,他也不错,可是他到底是不合时啦,……"

"也不一定这么想。"师长不在意地说。"李发!"他喊,"怎么样……"

李发已经站起来了;李凤林已经跑上坡去,蹲在那炸弹的前面。于是师长未揩干脚就穿上了鞋,朝坡上跑去。

"怎么样?搞得很快哩。"

李发揩着汗,并且拿手搧着脸。师长把烟盒递到他面前,他就有些害臊地取了一支烟,看着坡下的绿色的草地,青翠的、苗条的树木和溪流,这才想起了师长先前的话,于是惊叹地说:

"是啊,这山沟可好,看这……"

师长在王正刚前面走下坡来,忽然站下了,转过身来对着王正刚说:

"对于老头子,也可以有另外一种见解的。"

崔老大娘坐在铁匠炉的矮房子的门槛上,拿一双拳头支着腮,看着战士们替他打一把镰刀。那一块炸弹片在炉火里烧红了,在铁锤的敲击下变成平直的,现在再也看不出来那是一块弹片了。她多半的时候在看着那穿着一件破污的汗背心的一连六班长马兴,马兴在指挥着他的战士;他在炉子旁边奔跑,不时地举起手来,发出喊叫;于是铁锤的敲击就停止了,那一块烧红的铁就被钳到水桶里,喷出白色的水汽,并且发出哗哗的声音来。马兴的神情沉醉而激烈,他在平常就很锋利,而在工作中奋激起来的时候,他就更是又快又敏锐。几个月前他曾经住在她家里,那时候她看见他很严格,她送给战士们的打糕、土豆什么的,他总是原封不动地退回了;要是有哪一个战士在匆忙中进屋子忘记了脱鞋,他就立刻责备起来。战士们替她家挑水、劈柴,做各种事情,但如果她一喊他,想要感谢他们一下,他就溜跑了。虽然她和她的小女儿崔淑姬和战士们这样熟了,但马兴一见到崔淑姬就很拘束。有时候崔淑姬带了一大群姑娘们回来,姑娘们一变成一大群就喜欢开玩笑,但马兴和他的战士们对这个总是红着脸笑笑。有一次她看见,年轻的姑娘李顺英头上顶着很沉重的一大口袋粮食在大雪中艰难地走着,这个马兴迎面走来,看看她,站下了。他那神气似乎在说:"帮不帮她一下呢?"他在大雪中追了两步,喊了一声,但李顺英姑娘没有听见。于是他又追上去了,李顺英姑娘站下来,吃惊地看着他那激动的样子,他却一声不响地拿过她头上的粮食口袋来,飞快地向前跑去了。李顺英姑娘笑着,叫着,追着他,到了坡上的屋子门口,他搁下口袋就跑开了,于是李顺英姑娘又笑着、叫着,从坡上往下跑,喊他回来休息一下,他却连头都不回。

李顺英姑娘是很顽皮的,她总喜欢和这些战士们开玩笑,但这一次她很懊恼了。

"这个人真奇怪呀!我真该死!"她大声嚷着,"这个六班长,那天我看他在冰洞子里洗衣服,你看他怎么会洗衣服呀,我说:你要落水里去了!他就笑,我蹲在旁边,我又说:你不行,你的手要冻坏啦,他又笑,就象个哑吧!我说:哎呀,你的肥皂涂得太多啦!他又笑,没洗干净就跑了!我真该死,为什么我要笑他呀,为什么我不说我替他洗呀!"

崔老大娘一直在门槛上坐到黄昏,看着这些战士们。马兴象指挥作战一般紧张,崔老大娘看见马兴的胳膊上烫出了很大的一个泡,但马兴看都不曾朝这个泡看一眼,仍然不停地挥动着胳膊。铁锤的敲击和风箱的呼吼声中不时地扬起一个高亢的歌声,那是快活的吴述云唱出来的。

西面的太阳照进窗户,屋子里充满着煤烟,炉火在阳光的照耀下变成淡红色的了。崔老大娘长久地静坐着,她好象已经变成了这铁匠炉的一部分了,战士们把她忘了;只有那个吴述云,刚刚和她认识,不时对她笑一笑,于是她就也笑一笑来回答他。

"阿妈尼,我们打好这把钻子就继续给你打镰刀了,"他找到一个机会急忙地说,因为,让老大娘长久地坐在这里,他很觉得抱歉。"明天我们给你打斧头!"他说,他现在渴望打出一切东西来。

崔老大娘不懂他的话,又笑了。然后,她的眼光就落在挂在正面墙上的一条红领巾上面。这红领巾时常被浓厚的煤烟所遮蔽。这是中国的少年们寄来的。

现在这铁匠炉旁边,工作松了一点,人们也沉默下来了。浑身大汗的赤膊的战士们好久都不说话。煤烟熏黑了他们的脸。

"六班长!"吴述云说,"你说点儿什么吧!"

这些天马兴说了很多:过去的战斗、祖国建设、朝鲜人民。在年轻的新战士们看来,他什么都知道。因此,每当工作松下来,或者人们沉默下来,疲劳起来的时节,就会有人出来要求说:"六班长,你说点儿什么吧!"

但这两天,这铁匠炉的六个人的生活里却发生了一种不谐和的情况——刚从运输连调过来的新战士董富在闹着思想上的问题。董富在想家,不是一般地怀念家乡,而是激烈地思念着他的田地和女人;他接到他哥哥的一封信,说他的女人和她原先相识的一个男子又常常见面了。他那女人原来是不愿嫁到他家来的,但董富在结婚之后却很爱她,而且,他结婚是不容易的,虽然他年龄并不大,他却已经在旧社会里替地主当了好些年的牛马了——他十二岁就干活了。土改以后,这两年他家的光景好了起来;他非常勤劳俭省。虽然年轻,他却很沉滞,有着那些年岁大的农民的那种梦想:建立起一份自己的家业来,照老式的办法过一辈子。因此,他的思想就显然不在这铁匠炉上。但马兴不了解这详细的情况;这个新战士不大说话。马兴只是看出来他的这种情况很不对劲。

"说就说吧!"听到吴述云的那个请求,马兴就说,"说点儿什么呢,我可是一下子想不起来。……打比方说吧,你如果问我:疲劳吗?是疲劳了。困难吗?是困难的。"

他把着钳子支开腿,挥了一下汗,微笑着环顾人们,特别对董富看了一眼。

"但是我觉得咱们应该先问问崔老大娘,阿妈尼,困难吗?……阿妈尼朝咱们笑哩。阿妈尼挺喜欢跟咱们谈话,她喜欢镰刀斧头。咱们也喜欢镰刀斧头,咱们就跟大老美顶了这一年半了!我记得入朝的时候我们追击敌人,冲过一个村子,看见了几个叫敌人杀死的妇女。"马兴说,看看人们,"那时候连长魏强打我身边跑过,他说:'我的同志们,我问你们——你们的刺刀见血了没有?'……这句话叫我心里刷的一下!……所以今天我有这样的感想,朝鲜战争一年半了,咱们这里,小小的铁匠炉是什么意思呢?……照我说,咱们这小小的铁匠炉要向祖国的新建的大工厂致敬!"

战士们静默着。

"班长,说一说淮河吧。"

"淮河我不十分了解,我就说一说范佛里特吧!"

"好哇!"

"却说美国的范将军佛里特,腮帮子上贴着四颗星,来到朝鲜这个战地!……他把那张地图一看,把他的小皮鞭子一甩,说:替我拿八英寸的大炮打!他就去睡觉去了。……"

战士们发出笑声。但马兴又不说下去了,因为炉子里的铁已经烧红。于是紧张的、激烈的锤击声又充满了这低矮的,满是煤烟的屋子。

崔老大娘看见那把镰刀渐渐地成形。现在马兴把它钳了起来,浸在水桶里,于是白色的水汽发出尖锐的嘶声冲到了屋顶。……马兴的眼睛叫汗水淋得睁不开了,他大声喊着:

"阿妈尼,这是给你的献礼!"

阿妈尼站了起来,用她的围裙捧着镰刀,笑着叹了一口气,就说:

"六班长!孩子!哎呀……"

战士们站在她的周围。她笑着,眼泪流下来了,又继续用她那兴奋的声音说：

"我要说哩！……你这个六班长不好！我们的姑娘们替你们做事情，我们送你们一点东西，你都是不行，不要，这不好，你知道吗？"

"喔，不是的！"马兴说。

"不是的？你看你这个孩子！……我都看见啦，我都明白的！你说：我们困难！困难是困难哩，可是你这个孩子，你就是不知道……象我这样的老年人，就不要让她生气的！"她捧着镰刀站着，揩揩她的眼泪，又说，"孩子，你不对，明白吗？"

"明白的！"马兴笑着说。

阿妈尼抚摸了一下镰刀在马兴的背上用力地拍打了一下。就走出去了。但走到门外她又站下。转过身来弯着腰。用她那含着泪的眼睛朝里面看着，她是想要看清马兴胳膊上的那个伤，看见马兴在笑，她也笑了一笑，于是走开去了。

"阿妈尼，咱们要来帮你割麦子的！"马兴喊着。

"你不对！"阿妈尼远远地叫着。

熊熊的炉火周围，人们沉默了一下。马兴走到小窗子口，对外面看了一会，又走了回来，显得很忧郁。轻轻地说：

"这镰刀是有缺点的……"

所有的人都想着这把镰刀。董富也想着这把镰刀——他当然也看见了老大娘的那种竭力地克制着的激动。当他看着这一切的时候，他就想到他家里的那把锋利的镰刀了。于是他想：这仗还要打多久呢？

他梦想着立刻就回到家里去。或者，那时他就一个耳光打在他女人的脸上：在乡下这种事情过去就是这么对付的。他曾经怎样地渴望过啊——在黄土漫天的平原大路上，在坑坑洼洼之间，奔驰着他簇新的大车，大青骡子脖子上的铃铛在歌唱着，鞭子噼噼啪啪地响着！……这是谁？村人们在路上站下，惊奇着。猜猜看是谁吧！这就是那个勤劳的、会治家的董富到集上去了。别看他年轻！

为什么要那样冲动,报名参军呢?他可以不作声的,那样人们也不过说:这董富落后。当然哪,那时他并不曾想到这一切,他那时相信,要不了多久就可以回去了。支援前线,为国家出力,这他没有话说,这个国家使他翻了身,并且给他带来了一个富裕的远景……可是现在,人们说板门店的谈判已经停止了;上级说要长期作战——到什么时候才会结束呢?

董富就越来越苦闷了。

马兴在铁匠炉的激烈的劳动里坚持着秩序、纪律、和有规律的学习。他怀着热切的渴望,用一切方法来教育他的战士们,提高他们的阶级觉悟。每天早晨要进行文化学习——如果文化教员今天不能来,就推举暂时调到铁匠炉来的刘福海当临时教员;这个刘福海现在已经认得不少字了。黄昏的时候,要么就开会,要么就读报,要么就大家来讨论着写一件东西,有时向挖坑道的班排写挑战书,有时写信答复祖国人民的慰问。他坚持不渝,用连长李凤林和团长王正刚的学习精神来鼓舞大家——他曾看见团长在夜里两三点钟还伏在小炕桌上读书。他并且用自己的经历来鼓动人们:他从前是个穷铁匠,一字不识。现在他决心永远做一个革命军人,为人民的幸福而战,可是,要做一个这样的军人,就不光光是能够带一个班趴在山坡上作战。每天早晨他带动全班在坡上的那棵大栗子树下高声朗读,每天黄昏他又带着全班到这栗子树下来了;有时一直到天黑。在他的领导下,铁匠炉就充满了一种战斗的进取的气氛。然而现在铁匠炉的生活里产生了问题了。人们所做的这一切,人们的对于战斗,对于文化,对于将来的渴望愈是鲜明,董富就愈是苦闷。而铁匠炉的生活里的这种不和谐,好比一架机器在顺利的运转中突然发生了粗糙难听的声音一般,使每一个人都不快。

今天,在大栗子树下,日评会开了很久。人们开始对董富提意见了。

吴述云抱着他的枪,脸贴在枪上,不时地拿他的脸磨擦着枪筒,激动得有些口吃,这样说:

"在我们那村子里,我们那地点很富,什么东西它都生长的有,可是过去一百家就有九十几家没有吃的。是谁使我们得到幸福的生活呢?毛主席共产党!过去的那些英勇的战士们,多少英雄烈士为我们的解放……我个人的,我今天的来到朝鲜,抗美援朝,我的光荣就是,我参加了为世界和平的斗争!我有决心,我决心大得很!强得很!可是我有些事情还不懂得,做得不好!我觉着我挺难过。我跟董富都是新同志,我对董富今天生了一点气,这个不好!可是我有一个意见,董富同志也能干活,也能卖力气,就是这思想上有点什么!到底董富同志对哪些事有意见,我希望他说出来!"

董富沉默着。

"董富你一定有意见的!我就是对你这种不作声有意见,要是你心里没个啥,就不会这样,今天早晨你到河沟里担水,我看你坐在石头上发愣,瞧着河沟对面的人家一瞧就是半天,今中午大家午睡的时候你出去了,班长让我出来找你老半天,你个人蹲在草垛子边上拿根枝子在地上挖。我还有点意见:同志互相帮助,可是哪个同志要帮助你你都不要,给你根香烟你都不要,你那牙膏没有了,我送你,这本来是同志的……可你不要;前天你脚不好,我说替你打水,你也不理。你见到上级就避开,别个说什么你也不吭气,班长启发你,你也不作声,我看你是怕暴露思想!我就是这个意见,希望董富能改正,完了!"他大声说,然后就用他的腮帮子用力地擦着枪筒。

然而董富对这些意见都沉默着,他觉得人们把他看糟了;一直到开完会,他都一声不响。他心里乱极了。

开完了会,吴述云在坡下追上了班长。

"班长,你看我今天的话说得怎样?"

"可以的。"马兴闷闷地说。

"我向你汇报我的思想吧,班长。我再也憋不住气了,我没法跟他说话,团结不好他!"

"那你看怎么样呢?"

"咱们铁匠炉的光荣要不叫他破坏了那才怪！我建议要求上级把他调开，要连部去教育他去！"

马兴沉默了一下，看着这个激昂的新战士。他也是很气愤，他还很少遇到象董富这样的别扭的人，但他也锋利地说：

"那么依你看来，调开了他你这铁匠炉就光荣吗？"

"班长……我是……"

"光荣难道是这样的么？比如说吧，我到连部去汇报，我说：报告指导员连长，为了我们的光荣，把董富调开吧。你想连长和指导员会怎么说？"

吴述云沉默了。

"你告诉我，吴述云，假如是你，你怎么说？回答我。"马兴用坚决的、沉闷的声音说。

"报告……我说，那连长就要说：'这是错误的'。"吴述云在黑暗中红着脸回答。

马兴沉默着。

"对了，是这么的，班长！"吴述云喜悦地说，敬了一个礼跑开去了。

马兴预备到连部去，他在门口看见董富，喊住了他，问他对同志们的意见有什么感想。董富激动得很厉害，好一阵才回答说，他没有什么意见。

"班长，我这人……"他说，"我也没什么问题。"

"想家吗？"马兴笑着问。

"不，那干啥想家呢，这抗美援朝的……"董富惊慌地说，"我这人就这样，没啥话的。"

"好，你休息吧。你记着我这么一句话，董富：我希望将来你能够和我一块儿战斗。休息吧！"

马兴就走开去了。

董富心里很慌乱，走了回来。他一走进屋子，就发现一阵友善的空气在等待着他。他原来以为对他提了激烈意见的吴述云一定不会理他的，但这个吴述云现在却又亲热又高兴——他已经打了一盆热水来摆在那里了。

"你先洗吧董富！热水多哩,那崔老大娘给咱们烧了一大锅。我看你那脚哇,怕是早些天行军的还没好！你有干净袜子吗？怕还是没洗吧……不要紧,你看你这鞋也是……"

"不,不用,我这……"董富说。

"洗吧。"吴述云满意地说,就坐下来擦他的枪了。屋子里非常宁静,刘福海在烛光下大声地念着一本连环图画上的字。

董富痴痴地站了一下。开会以后,他心里的那个沉重的痛苦使他发生了一个很可怕的念头：他想要是有可能的话,他会开小差的。这个思想一经出现,就把他整个地震撼了。这不仅在事实上是很可怕的,而且在他的良心上讲也很可怕。所以他这时差不多已经变成麻木无知觉的了。仅仅因为他没有力气推辞,他就坐下来洗脚了。但他继续想,他会开小差的,他会不由自主地就跑掉的,他知道他这人是什么一种性情。

"董富哇,你脚上这个疤是怎么搞的？"吴述云柔声问,笑着。

"扛活砸的。"

"地主砸的吧？好些年了吧？"刘福海问。

"好些年……"

"我们村子里地主过去才凶,"吴述云说,"他一个人占半个县的田地,拿辣椒灌你。可是凶又怎么的？叫打倒了。……董富,你今年多大？"

"二十五。"

"那你比我大多了。我二十过一点点。你经历的事,受的苦一定是比我多的。早点休息吧,明天一早我跟刘福海背煤炭去,你就生火吧。你看你这衬衣也该换了,换吧,换吧,哪,我这里有干净的……"

董富无力拒绝。他一换下脏衬衣,吴述云就夺过去了。

"明天中午我一起洗……"这年轻人兴奋地说。

大家睡下了,刘福海吹熄了灯。但董富睡不着。他听着他身边的吴述云的鼾声——这无忧无虑,该是多么好！可是这怎么可能呢。吴述云不过是个孩子,而他、董富却经历得那么多了。他渴望了许许多多年才建立了他的家。他熬得骨头都要散了,才有今天这一点点小小的家业。那小小的、可爱的家业。在他的家里一切都收拾得干干净净,什么东西放在什么地方,他一闭上眼睛就想得出来。他不喜欢那种年轻人的瞎闹,该做什么,该怎么做,一切都是清清楚楚的。他有一头牲口。那毛驴相当老了——他那个哥哥很懒,不会照顾得好的。他参军了,这本来也没有什么,可是现在却不知道什么时候才能回去,而且他很可能被打死。你看,现在你亲手播种的小麦一定快要熟了,去年这个时候,你已经在打算着收割了,那时你曾经计算着,要买些什么东西,怎样到集上去……可是你今天却躺在这里。随时都可能有炸弹下来。你并不害怕这些,可是将永远见不到那一切了,现在简直不知道家里搞成了什么个样子。那该死的女人一定整天在外面游荡!怪她也没有用,谁叫你自己管不住她的?从离家那天起,现在已经快四个月了,还要有多少时间呢?开小差吧,为什么不可以呢?沿着大公路一直往北走,到处朝鲜人家都可以找到吃的……回到家里,就说是病了掉队了。反正人家不过说你落后。可是,这真的能行吗?真的能行吗?

他悄悄爬起来,走到外面去小便,就站下了。朦胧的月色照耀着村庄。山后的云层下不时发出闪光。他向前走了一点,就看见坡下的那条公路了,这公路静静地躺在月光下,一直通到山沟外面,一直往北方伸展过去……他心里一下子紧缩起来了——沿着这公路往北,往北,那里有着他的痛苦、快乐、汗流浃背的劳动、灼热的希望,有着他的一切!

"谁?董富吗?"马兴从一间屋子后面走过来喊。

董富战栗了一下。干练的班长把一切全看在眼里了。

"我小便哩,班长!"

"你要注意着凉啊!"马兴说,"你看吧,这是什么石头?你认得吗?"

董富对马兴手里的那块小小的、发亮的石头看了一眼,但什么也没有看清楚。

"不认得？这是水晶石！他们三排刨观察所刨出来的。三排的坑道打通了，……你在想着什么问题吗？"

"没有……班长。"

"是啊！"马兴说，看着山沟对面的村庄，"这些朝鲜老乡生活是挺困难的，咱们中国现在就不一样了。我干过四五年铁匠，可是我从来也不曾打过这么样的一把镰刀。你要是不到朝鲜来，你就不会觉着……我们这都是吃过旧社会苦的，将来我们要变成那种为革命事业什么都能做的新的人，掌握现代化武器和文化……好吧，进去吧。"他高兴地说，就一直走进屋子去了。

妇女们在水田里插秧，赵庆奎昨天看见她们在那一块田地里，今天在这一块地里。他和她们匆匆地招呼一下；他看见金贞永的扁扁的、浅黑的脸晒得更黑了，拿一条毛巾包在头上，差不多遮住了眼睛。妇女们的这种集体劳动使他感到兴趣，他站下来喊着：

"阿志妈尼！你们这是互助组吗？"

他的声音又粗又洪亮。他不知道互助组这三个字朝鲜话怎么说法，妇女们全听不懂，但在晴朗的空气中震响着的他的粗大的声音叫她们笑起来了。

喜欢调皮的李顺英姑娘喊着："你的不行啊，你够呛呀！"田地里于是又起了一阵笑声，赵庆奎失望地挥了一下手，走开了。他在山坡上回头就看见了在田地里排列成一条线的妇女们的耀眼的白色的衣服。有些炎热的阳光下的田地里的这种安静的愉快的气氛，使他心里觉得一股力量。他差不多认识这田地里的所有的妇女，知道她们每个人的情况，以及她们在战争中所承受的牺牲。于是，这种安静、愉快的劳动，这些充满希望的脸色，就使他心里甚至时时有点惊异。而他也就想到，从一九五〇年六月敌人发起进攻到现在，战争已经持续了将近两年了，朝鲜快要全部变成焦土了，但这片充满创伤的土地，这些人民，都愈来愈镇静了……中午,当他从团部回来,重新经过这些田地的时候,这些感想就变得更生动——他看见了一幅很平常的、但由于他的关于战争和人民的思想而显出了特别的意义的景象。

妇女们在田地边上作着午间的休息。她们躺在田边的小路上,土坎后面、草坡中间,大部分都睡着了。她们有的蜷曲着腿,有的头枕在胳膊上,在这中午的沉寂中发出轻微的鼾声来,微风在刚插上的秧苗上吹过,就把这些鼾声融解在充满了泥土的甜味的空气中。这些妇女们的脸色都是紫赤的;她们腿上的泥巴已经叫太阳晒干了。这里是那个胖胖的、好发笑的李顺英姑娘,她仰着身子在草叶间睡得比一切人更熟,在她的有着一点滑稽的神情的脸上,差不多就在她的鼻子上,搁着一个战士们用的那种树叶编成的伪装圈——她顶着它睡熟了,用它来遮蔽太阳。在她的身边,浓厚的黑发披散在濡湿的脸上,躺着那个漂亮的崔淑姬姑娘,象小孩一般蜷曲着身子,脸上带着一点笑容,似乎是想着什么愉快的事睡着的;这姑娘的浓厚的黑发上扎着一个紫色的绸结,这绸结在阳光下和黑发一起发闪;赵庆奎老是看见她扎着这个绸结。再过去一点,躺着一个头顶都快要光秃的、憔悴的老大娘,她的附近有一个怀孕的妇女。然后赵庆奎就看见崔老大娘了。这老人在这阳光下的草棵中睡着,有一种非常恬适的神情,她显然累极了;赵庆奎轻轻地从她旁边走过,就想到了她的三个儿子在前线。随后他看见了金贞永,她的头枕在胳膊上,她用头上的毛巾遮住了眼睛。赵庆奎正在想着这个进行了两年的战争,眼前这幅景象,就是这个战争正在怎样进行,将要进行到什么地方为止的鲜明的解答——想到这田地里没有一个男子,……这时,一架F八十四,就是所谓"油挑子"飞机嘶鸣着从东边的山头上窜过来,一排撕裂空气的机枪弹的爆裂似的粗糙的声音就传来了。赵庆奎似乎还从来没有这一瞬间这样鲜明地感觉到他的存在的重大价值,他对敌机的仇恨也似乎从来没有这么深,他向这F八十四冲过来的方向迎上了两步,仿佛这样就可以能挡住它似的。有几个妇女很快地抬起头来了,但她们立刻又倒下头来睡着了；在沉重的疲劳中,她们对这点睡眠非常贪婪,根本就不顾忌那撕裂天空的机枪声。这架敌机掠过去了,田地边上重新笼罩着疲劳的妇女们的鼾声。

赵庆奎的脚步声使金贞永在朦胧中吃惊地抬起头来,并掀起了遮在眼睛上的毛巾。认出了他,她就笑了,好象说：你看我这个样子,睡着了,多么糟啊！

"辛苦了！"赵庆奎小声说,害怕惊醒人们,往前走去。

"辛苦没有,你辛苦,到山上去了！"

他们照例是这么谈话的。但金贞永现在却用一种热切的眼光看着他。

"谈谈吧！有事情和你谈谈……"她说,摘下她头上的毛巾,站起来走到坡上,停下来了,眯起眼睛来对着太阳看了好一会。

她想要谈谈她心里的话：她丈夫的牺牲,她心里的困难；她前两天又打开了她丈夫留给她的那一点东西,在那件白布衬衫里她发现了前一次不曾发现的一个字条,上面写着,这衬衫是朴光辉在中国八路军的时候一个中国的母亲替他缝的,他一直舍不得穿,背着它打仗,他在牺牲以前要求将来把这件衣服送给一位老志愿军同志。于是她就想把这个送给赵庆奎或者朱国山。刚才她睡得并不沉,就想到了这些,但现在她却不知道怎样开口了。要说出丈夫牺牲这件事来,是困难而痛苦的；赵庆奎将要替她难过,同情她,她觉得这是不恰当的。

"教导员前天向我们找的草,喂牲口的,我们已经找到了！"她说。

赵庆奎告诉她,他们就派战士来。他注意到了,这妇女似乎是有别的一些话想说的。

"教导员说,他给我们派一个排长同志来,"她说,"教我们军事……地形、卧倒、跑步,"她指着山坡,做着手势说,而且高兴地笑起来了。她们正在组织一个担架队,要求学习一些军事上的常识。

"我现在不必告诉他,"她想,"再过几天,那时候我告诉他。"

赵庆奎抱歉说,因为军队很忙,这次对她们插秧没有什么帮助,但他将在黄昏的时候派一些战士来;晚上可以插秧的。

"啊,不要的,不用,"她急切地说,"没有困难。现在比以前好多了……"她用朝鲜话说,于是又用中国话说:"你明白吗?"

赵庆奎认为他是明白的。

"我们要长久地战斗下去,长久地,困难很多,所以就没有什么了……我们没有难过的,人民都知道了,胜利要怎样才会得到,"她指指前沿的方向,指指天空,"你明白吗?"

赵庆奎听不懂这么多的朝鲜话,但她猜想他是明白的。他的那种神气使她笑了。

"你不明白,没有明白!"她摇着头,笑着,满意地又把那个痛苦的感情和那热切的渴望压制下去了。

赵庆奎向坡上走去了,她忽然又说:

"可以吗?你今天晚上找你们的联络员一起来,有时间……有一点事情,可以吗?"

看见赵庆奎上坡去了,她就想:

"谢谢,很好,我今天很有力气,这很好。"

从她的丈夫牺牲以来,她是带着心里的深藏着的悲痛,经常地这样想的。

赵庆奎黄昏的时候和联络员朴正东一起来了,她约他们到崔老大娘家里去。她穿得非常整齐,洁白的衣服和黑色的裙子,头发也梳得很光洁,以至于赵庆奎以为她是要预备到什么地方去作客的。她的神色很安静,但带着一点不容易觉察到的愁苦的、嘲弄似的笑容。当她坐下来的时候,崔淑姬姑娘就轻轻地移动到她身边去,把那长着浓厚的黑发的头靠着她的肩膀;开始说话的时候,她就把一只手不觉地放在崔淑姬的头上,就象一个怀着慈爱的成年妇女对待一个小姑娘一样,虽然她们的年龄相差得并不很多。

崔老大娘从厨房里进来,听着她的话,就靠着厨房的门轻轻坐了下来,不动地、忧郁地看着空中。

347

联络员朴正东一听见她的话,胖胖的结实的脸上就现出了坚决的神气,而且渐渐地就蒙上了一层汗,他笔直地挺起胸膛来坐着,掏出一块手巾来迅速地揩了一下脸。这就使赵庆奎一下子想起了三五〇高地,——那时这个朴正东为斐英哲姐姐而激动。

朴正东在激动中喜欢对他所翻译的话加上自己的理解和说明,因此,金贞永的很简短的、说得很平淡的话,在他这里就变长了,而且带上了一种庄严崇高的调子。

"这位女同志她是这样说的,因为,从她的立场上来说,她很抱歉用她的事来耽搁了你的宝贵的时间,这是一件她个人的事情,她的丈夫朴光辉同志已经牺牲了。"他说,"这位女同志她是这么说的,所以已经回答她了,我说:我们营长同志和我一样,对于英勇牺牲的朴光辉同志表示敬意。请你允许我告诉她可以吗?这并不耽搁你的时间。"

金贞永打开了她带来的布包,取出那件衬衣来,她微笑,红着脸,等待朴正东说完。

"这是一件关于她的英勇的丈夫和伟大的中国人民之间的友谊的事情,"朴正东解释着,迅速地揩着汗,"使这位女同志痛心的是:她不知道许多详细的情形。"他于是又问了金贞永几句什么,金贞永点了点头。"她是这样说的:事情的经过,她丈夫朴光辉同志十三岁以后就在中国,在中国军队里参加过好几年的战斗,这是中国东北的一位老大娘替他缝的一件衬衣……"

赵庆奎正预备说话,朴正东又转向了金贞永,激昂地说了几句什么,然后他就告诉赵庆奎:

"我已经对她这么说了:中国人民和光荣的朝鲜人民好比亲兄弟一样是永远站在一起的。可以吗?"

赵庆奎表示他个人对这件纪念品是配不上的。但他将要向朴光辉同志学习,坚决地战斗,尽自己的一切力量,来报答这种友谊。然后他走过去和金贞永握了一下手。这场谈话就这样结束了,屋子里静默了下来。由于朴正东的努力,这场谈话变得这么正式,充满着庄严隆重的气氛,使得赵庆奎不知道怎样继续谈话。他很敬佩他眼前的这位妇女。她受了如此沉重的打击,但在她说出来之前,他是一点也不曾看出什么来的。他这才回想起来她这些时不似最初那么活泼了,她的神态里有了一种很深沉的东西,但这也不过是他现在这么设想而已。

金贞永注意地看着他,她的手仍然搁在崔淑姬姑娘的黑发上。

"我的心里话,你明白吗?"她含着一点微笑用中国话说,"我爱朴光辉……我们的时间很短……"

她又改用朝鲜话说。她垂下眼睛,又抬起来,看着他。

"我知道。"赵庆奎说。

"你看我们的阿妈尼,"她看看那一动不动的崔老大娘,说,"她的儿子统统在前线……我们以前希望很快地得到胜利,"她迅速地向朴正东用朝鲜话说,而且她的声音变成了沙哑的,"我们一点也不是在第一天就知道战争会带来什么事情,营长同志会知道,我是希望幸福的生活的,可是我那时候不知道,现在知道,我们在经过了这么许多牺牲以后,要得到的一个胜利决不是平平常常的胜利,我们的生活一定会更好更好,请营长同志放心。"

朴正东翻译了之后,屋子里又沉默了下来。赵庆奎觉得他可以离开了,象一切经历了强大的激动的人一样,他觉得他要好好地想一想。但他却似乎没有力气站起来。他象一座石像一般,一动不动地坐着。

崔老大娘这时悄悄站起来了。她走到赵庆奎身边,拿起那件白布衬衣看了一看,就撩起裙子来掩着鼻子迅速推开门出去了。

赵庆奎告辞出来,在月光下走过院子,就看见那老人在一块石头上坐着,面对着篱笆,她的肩膀在抽动着。

那象噩梦一般缠绕着董富的对于家庭的思念,对于战争的恐惧，使他对每一个人都羞愧，使他疑心人们处处在看着他，并使他对眼前的一切其他的事都失去了知觉。他的那个想要开小差的念头一时被压下去，一时又鲜明起来——那个噩梦在牵引着他。由于羞愧的感情，在这几天他变得勤快起来了。他显然并不是想要来迷惑人们，他不曾这样想。他觉得对不起人们，他想，如果他终于做了那可怕的事，人们以后也会悄悄宽恕他。而因了他的勤快，全班这几天也就用一种更友好的亲切的空气围绕着他，甚至刘福海还教他打扑克甚至他也真的拿起了扑克牌。吴述云拿他的衣服去洗，班长和他谈话，问他的困难，对他表示着绝大的信任，并要刘福海帮他写家信。这封家信就写成了而且发出了，信里说，他在朝鲜很好，决心为革命奋斗，希望家里不要挂念。这话是他自己说的，当他意识到这话的虚伪的时候，他就痛苦极了。人们将要说：“这个董富看样子老实，他还真有本领，这家伙坏透了，把我们全骗过去了。”而且，上级将要因为他而批评铁匠炉，这个他是知道的。他的那可怕的念头一时被压下去，一时又升起来，好些天的犹豫之后，他又决定这个夜晚出走了。但这个晚上到来的时候，他又陷在犹豫不决的情况中。这倒并不是别人在看着他，相反地，班长上连部去了，吴述云和别的几个人背木柴和废铁去了，屋子里只有刘福海一个人在烛光下看生字本。这种机会是很好的。可是这个时候他却迟疑起来。

"刘福海，班长就回来吗？"

"就回来。"刘福海说，沉浸在他的热切的读书的兴趣中，念出很大的声音来。

董富走到外面，拿了一个盆打了一些水回来了，因为他看见屋子角落里有一堆脏衣服。这里面有班长的衣服和吴述云的衣服，他想把这些衣服洗了再说；他想人们知道他还不是坏人，他是感谢人们的。无论如何，人们象亲兄弟一样对待他，无论如何，在战地上建立了这种深深的情谊。"董富，我来吧！"刘福海说，和他争了一下，又回去念书去了。于是董富洗着衣服，一面看着这个非常沉静的,比他还年轻的老战士。

"刘福海,你家里有几口人?"

"啊,我有个父亲,有个母亲,妹妹。"刘福海沉思地回答,于是又高声念书。他从前是多么羡慕那些能够上学的孩子们啊。现在,他朗读着这生字本,就充满了庄严的意识,觉得是补偿了过去的一切损失了。

"你是一打上这朝鲜的仗就来的?"

"是哇。我一打上就来的。可是我没立上功。"刘福海仍然不在意地说。

"我看营长挺高兴你。"

刘福海笑了一笑,想说什么,但因为急着念书,这笑容就又收敛了。

"构筑工事,构筑——竹字头的。消灭了!"他说,用手指往生字本上一戳。但随后他就好奇地对董富看了一眼。

这时马兴回来了,喊叫刘福海跟他去执行一桩任务:搜查一个可疑的行人。在路上有人报告他特务活动的迹象。他并且匆忙地写了一个纸条,让董富送到连部去。

董富拿着这纸条就往外走。

"董富,带上枪!"马兴喊着他,并且拿起一支步枪来搬开枪栓检查了一下。他的神情仿佛说:"你不应该忘记你是一个战士啊!"然后他又把今天晚上的口令告诉董富。

董富从马兴手里接过了那支枪,跑出去了。这时他心里竟有了一点战斗的情绪。他怀里的那个纸条和他肩上的这杆枪就告诉他,马兴仍然不怀疑他,上级仍然在信任他。于是他就连想都不能再想到他刚才的那个可怕的念头了;在怀里揣着那个纸条,肩上扛着这么样的一杆枪的时候,再要想到那个,就简直太丑恶了。——他董富还不是这样的人!于是他执行着他的这简单的职务,在黑暗中匆忙走着。月亮还未升起来,村庄是黑暗而沉寂的。他于是意识到,这村庄是被他的这个行动保卫的。……山坡上有岗哨大声喊叫口令。

351

"战斗!"董富大声回答。

一股热血冲到他的脸上。他突然渴望那些特务们出现,向他冲来。他想象那时,将用一切力量格斗,打死他们,活捉他们,用牙齿咬碎他们——这么地他心里就不会再苦痛地思念什么了。主要的,他就能对自己证明,他终归是对得起人们的这种信任的了。于是他就更紧地握着那支步枪。

一辆汽车在公路上开着灯疾驶着。山头上防空枪响了起来,于是车灯熄了。

敌机的声音就把整个的黑暗的山沟笼罩着了。董富正走到村子边上,山头上吹起了防空号,又有枪响。山沟对面的无人居住的山头上忽然有一道白光向着天空闪亮着。

"特务!"董富大吼着,并且向空中放了一枪。这是他在战场上所放的第一枪,他向对面山沟冲去,吼叫着。这时炸弹落下的凄厉的嘶叫声已经传来了,董富跳到路边上,返身看着村庄,他看见刺目的火光一闪,一团火焰升了起来。他本能地卧倒了。可是他现在确确实实丝毫也不畏惧。他的思家的痛苦和那个可怕的计划已经被忘却了,他手里的枪,他怀里的班长的纸条,他第一次执行的战士的职务——这战士的职务就在这个思家的农民身上唤醒了另一个人。闪光、烈焰、爆炸;黑暗被撕裂了,火焰冲上天空。董富跳起来,就向着那火的村落里冲去了。他在这里生活了两个月,他已熟识这里的人们,他曾不断地拿这个村子来和他家乡的村子比较的。

一条黄牛迎着他在火光下狂奔了出来。这是一个跛脚的老人的黄牛,他认得它,因为他曾不止一次地看着它,想到他自己的牲口。

年老的和年轻的妇女们在火光中奔跑,发出喊叫。小孩哭号着。

"不要怕!"董富大吼着。

赵庆奎和所有的战士们从山上奔下来救火的时候,就看见这个强壮的董富正抱着女孩朴淑姬从浓烟中穿出来。董富的军帽脱落了,眉毛和头发烧焦了。赵庆奎问他铁匠炉的人们怎样,他没认出来这是谁,凶恶地回答说:"我不知道!"他的声音里震颤着愤怒的眼泪。董富丢下了昏迷的朴淑姬又冲到浓烟里去了。

战士们奔进浓烟。他们看见一个老大娘尖叫着从火焰里冲出来,举起手臂倒在地上了。人们又听见了董富的吼声:"去后面打烂它!打烂那墙!"当人们跑过来的时候,他已经单独地打烂那墙冲进去了,他几乎是一脚就把那大墙蹬了一个洞。他抱出一个生病的妇女。随后人们又看见他从浓烟中抱着一口古老的、雕花的、巨大的木箱跑了出来,这沉重的木箱在平常是需要两个人抬的。

现在再没有什么可抢救的了。火焰连成一片,发出爆炸声和呼啸声,冲上天空,照亮了呆在坡下的田地边上的战士和人民。负伤的妇女们在地上躺着,各处都是杂乱的东西:被盖、衣服、稻草、盆子……火焰的影子在人们的阴沉的脸上跳动着。没有人哭,人们都奇特地静默着。这一带的山沟里唯一剩下来的这座五十六户人家的村庄就这样毁灭了。

董富光着头,荷着这支步枪,腮帮子上流着血,衣服从背后撕成两半,在人们面前走过,他的闪亮的眼光在寻找着什么。

"看见连长吗?"他问,人们问他的话他都不回答,似乎仍然处在那种无知觉的状态中。他想到了他还没有把马兴的纸条交给连长。

"连长刚才在这里。董富,你那脸要包扎一下。"有人说。

"这是哪个连的?这是谁?"有人问。

"这是他,董富,他准备开小差的!"董富心里说,张望着向前走去,他第一次在人们面前不这样羞惭。

"连长在这里!"有人喊。

董富跨过了一个躺在地上的小孩,走了过去,敬了一个礼,把那纸条递给李凤林。

"你要去包扎一下。"赵庆奎走过来说,"你今天很好!"

董富脸发抖,什么也不说就走了开去;他开始寻找马兴了。他总归要把他的那个可耻的思想说出来的。但没有找到马兴,他就坐下来了。

金贞永左手臂在流血,头发蓬乱……当战士们帮着老百姓疏散到对面山坡上去的时候,她走过赵庆奎的面前,好象不认识他似地,看看他。这是不用问的:她的婆婆死去了。

"朴淑姬在这里,她在这里。"朱国山说。

"我知道,我看见了。"她说。她在寻找崔老大娘。

在山坡边上发生了一件意外的事情。崔老大娘和一群年轻的妇女们在斥责一个青年——他躲在家里装病不肯上前线。妇女们的愤怒在她们的村落被毁的时候爆发了。那瘦小的青年紧紧地靠着他的年轻的媳妇站着,最初还在辩白,后来就低着头了。他的年轻的媳妇一直在低着头。

崔老大娘把她的一束灰白的头发拉下来,在火光的映照下,把她的头伸到这青年的面前去。于是李顺英姑娘就叫着:

"羞耻啊!羞耻啊!所有的男子都在前线,大家都在前线,李承晚失败了,羞耻呀!"她盼顾着,于是又喊:"如果是我的兄弟,我的人,就是这么的,他们回来了,战争还没有胜利,我就说:滚吧!滚吧!"

崔老大娘一下子拉住了金贞永,把她推到这青年跟前。

"朴光辉为了谁的?"姑娘们叫,"谁保卫你?叫谁保卫你!"

于是那年轻的媳妇一下子哭出来了。

"滚吧!"她喊着,"你等李承晚吗?……"她举起手来,一个耳光打在她丈夫脸上,嚎啕大哭了。

哭声又停止了。人群沉重地静默着,战士们站在妇女们的周围。村庄的火光更炽烈起来,又有一间屋子倒塌了,火焰夹着破布、木片,带着无数的火星,被浓烟拥抱着,凶恶地升上天空。山沟全被照亮了。

董富又在人们面前走过,他仍然荷着他的那支步枪,在火光的映照下,他的流血的脸上有着一种凶悍的神情。

第八章

　　李恒师经过休整后,在一九五二年七月回到了前线。他们和朝鲜人民军一道对敌军展开了持续的攻击战和防御战,歼灭了大量的联合国军、美李军。胜利无疑属于正义的人民。李恒师接防三八线上的古井洞阵地,这阵地是在开城板门店的西边。李恒师的任务是保卫在开城板门店进行着的朝中方面和美帝国主义的谈判。

　　王正刚团把敌人逐出了古井洞北山前沿的一个重要的山头,他们运用了冷枪杀敌战术,并频繁派遣小部队出击敌人,士气高涨。前沿的生活充溢着快乐的气氛;人们觉得一切都不再象五次战役时期那么艰难了。战士们在坑道里安了家。

　　但指挥员们却有很多心思:前沿地形复杂,敌我阵地互相交错;敌人设防着的古井洞南山威胁着我军的若干阵地;敌人调动频繁,在这一带发起攻势的迹象逐渐明显;我军刚上阵地,对敌方师团的性质不熟悉;我军炮兵和坦克兵的动作不够熟练……

　　团长、政委、政治处人员每天轮流到前沿阵地来,他们检查防炮洞的位置、战士们的伙食……政委石雄很细,总是找人谈话,尽量满足战士的一般要求,和战士们一起吃饭。团长王正刚却常常是沉默的。他这里那里地看着,简单而尖锐地提出问题。有时候,饭煮得夹生了,他就会皱起眉说:"就叫战士们吃这个吗?"有一天,王正刚在交通沟里听见迫击炮连的副连长杨玉成和连长说话,就听杨玉成说:"咱们这团长老头真不容易对付!政委好讲话些。"他们看见王正刚迎面走来,窘迫极了。但王正刚只看了看他们一眼,什么也没有说就走过去了。两个干部慌的忘了敬礼。回到团指挥所王正刚对石雄说:"老石呀,有的干部觉得我这老头儿难对付。他们觉得你好讲话,这是什么道理呢？因为年龄吗？"停了一下,又说:"可能是官僚主义。""这完全不是年龄,也不是官僚主义……"石雄说,他好似怕话被王正刚打断,显出要争辩的样子。"要不,那就是我没有你那么耐心、周到！"石雄想了想说:"唔,我看,可能是年龄,脾气不好也有关系……"

师长和政委来过团部,根据师首长的指示,王正刚和石雄预备检查炮连部署并要改变几门炮的位置,试着对敌人前沿打几发炮弹。于是,过了两天,王正刚、石雄就一起到迫击炮连阵地和一营前沿部队去。

天晴,太阳很毒。通往迫击炮连的木桥被敌人的炮火打坏了。王正刚和石雄跟扛炮弹的战士一道蹚水过河。水齐到胸部,王正刚突然把上衣脱下来扔给通讯员,象一个强壮的青年一样开始游泳。他喷着水,游着追上了战士们,战士们看见是团长,快活起来了。

"团长能游哩。"战士们喊着。

石雄知道,这是他的老战友在与自己病弱的身体做斗争。王正刚这几天来奋力地爬山,他要使人们知道他仍然精力强旺,并使人们意识到他要尽量克服他的有些暴躁的脾气,他要领导这个团战斗到最后胜利……他游到河对岸,转过身来,接过了一个年纪大的战士扛着的炮弹箱,然后爬上岸放下炮弹箱走到附近坡边上,脱下背心,用它揩着身体。

"把我落下啦,我一点也不会游！"石雄说。他是拉着通讯员的手过来的,他看着王正刚的瘦削的身体,想到团长是种过地的。

"我并不算太瘦吧？"王正刚说着披上衣服扛起炮弹箱,不管那老战士在后面怎么叫嚷,他只是一个劲儿地往坡上爬。

迫击炮连的内务是全团整理得最好的。副连长杨玉成很有一些本领,他能够弄到别人弄不到的东西,诸如从阵地后的废墟里拾来的打烂的柜子,破损的镜框……他们用这些东西把坑道布置得象个家一样。王正刚和石雄来到的时候,这个精明的副连长正站在坑道口对坐在地上的炮手们讲话——指导员和连长都不在。虽然坑道口的地方不大,他仍然走来走去。团部的干部们都有这个走来走去讲话的习惯,特别是从一营出来的人,这是因为过去的一营教导员,现在的团政委石雄有这种习惯……杨玉成停了一下,向团长和政委敬礼,政委要他继续讲下去;杨玉成注意到团首长的裤子是湿的,他就派一个战士去找两条裤子。与团首长同来的通讯员也跟着去了。他于是又徘徊起来,思索着,继续慢慢地讲着;但首长的到来显然使他很激动。

"现在,艰巨的战斗任务,在等着我们……我们是在西线的古井洞阵地,而整个东线的敌军已经战败,中线敌人虽然大败,但是仍然想反击。……我们这里,是板门店谈判的保卫战线,上级首长指示我们,在这次战斗中,我们团担任守备任务。我们不要轻视守备,战线一体相联。我们不要因为昨天打得不好而难过。"他走到左边,用右手指着二班说:"我当时看二班的炮镜子,就判断有偏差,可是三班长匆匆忙忙;偏差了!为什么呢?"他走到右边,挥了一下手,"连长和指导员说过要准确和敏捷,全体炮手在接到命令的时候基本上都能很快地站在位置上,可是前天夜里三班慢了!二班偏差……二班长!"他喊。

二班长站了起来,这是一个瘦高个子的年轻人。

"能保证以后不出偏差吗?"

"能!"

"你坐下。"他说,又喊:"三班长!"

……这以后他又激昂地说:"我们每一个人都是党和人民培养、教育出来的……"他突然涨红了脸,半天才说:"好,讲完了,打倒美帝国主义!胜利万岁!保卫开城谈判!"接着他大吼一声:"立正!"跑步上前来向团首长们敬礼。但当他看到王正刚的眼睛的时候,他显出了惶惑的神情,他觉得团长似乎并未忘记那天在交通沟里他和连长的谈话……他觉得团长的眼光仿佛说:

"怎么样,我这老头儿是不容易对付吗?"但杨玉成立刻又恢复了自信、精明的神气。他似乎又觉得团长并没有怪他。

王正刚叫杨玉成改变炮的位置,试发了炮弹。敌人未还击。

石雄已经钻到观察所去了。杨玉成这才注意到团长仍然穿着湿裤子,杨玉成坚决要团长换,他不能看着首长们穿着潮湿的衣服站在这里。团长拗不过他,只得换了。

看来团长和政委今天会在这里吃午饭。炮连的伙食办得不错,特别是今天伙房有肉片、小白菜、豆腐,不比团里的中灶伙食差。当团长往前走去的时候,杨玉成就赶紧嘱咐通讯员到伙房去,要炊事员做两个好菜。

洁净的炮身,严密的伪装棚。交通沟边上也插着许多伪装树枝,还有金达莱花、红色的野蔷薇和黄色的不知名的野花。阵地上的一切都叫杨玉成高兴。他愉快地对他的战士们说:"振作起来,团首长来看咱们哪。"并用眼神鼓励着,爱抚着每一个战士。炮旁边,炮手长们大声地喊着立正,向首长敬礼!这特别使杨玉成满意。随后,王正刚便走向各个弹药室。虽然前不久下过大雨,弹药室却并不潮湿;炮弹都按照上级要求的基数运来了,足足可以应付一场激战。王正刚看到他刚才扛来的炮弹箱也放在那里了。王正刚虽然心里高兴,可他仍然没有什么表示,只是用温和的、充满感情的声音指示杨玉成再扩充两个弹药室。杨玉成听出来团长对他们印象良好。王正刚走进观察所,和石雄商量,想再变动几门炮的位置,这时战斗开始了。敌人的一排炮弹落在一连一排阵地上,随后,敌人便猛烈地射击起来。

这些天来,王正刚就预感到要有一场恶战,但他希望再有几天的准备和部署的时间。可现在这炮声使他觉得那已是不可能了。王正刚用望远镜观察到,敌人的前锋部队约两个团,正伏在斜坡上和洼沟里。

"这叫做夏季攻势。先报销他两个团。"王正刚对石雄说,同时他们看见弹烟后面一群敌人站起来弯着腰移动了。于是王正刚走出观察所,拿起电话要师部:"师长同志,敌人进攻了,我和团政委在炮连。"师长回答说："知道了。你们行动吧。"他又在电话里和赵庆奎说话："赵庆奎，你准备行动。明白得很，你要做恶战的准备！我告诉你，这肯定是一场恶战！不许轻敌，听见了吗？"他因和他信任的师长和年轻而英勇的赵庆奎营长讲话而十分快乐。

"我到一营去！"石雄说。

"好吧！"王正刚说，并和石雄握了一下手。

王正刚这时想：自己为什么要激动呢？这或许是长久没有战斗杀敌的缘故。这么想着他又走进观察所。迫击炮连奉师长的指示准备还击敌人，可是杨玉成却并不慌忙，即使在这种紧张的情况下，他也没有忘记嘱咐随石雄去一营的通讯员路上应该注意什么，还派了一个精明的战士当团长的通讯员，然后他才跑出了观察所。

敌人的攻击部队已经出现在一连一排前沿。杨玉成的迫击炮开始射击。

王正刚指挥了一阵炮火，在打退了敌人前锋团的第一次进攻之后，他就要动身回团指挥所去。临走，他鼓舞炮连的战士狠狠打击敌人。并坚决不要通讯员护送。阵地上的情况已经完全改变，先前宁静而整洁的环境完全被破坏了。很多交通沟被打塌。沙土上有大片的血迹，炮身盖满了灰尘，炮手们的脸被火药熏黑了。王正刚远远站住回头看了一下，见杨玉成只穿着一件背心，强壮的手臂上有一处流着血，嘴上衔着一支香烟。这时杨玉成看见团长在回头看他，便急忙摔掉了烟，敬了一个礼。王正刚喊了一句："祖国好儿女，勇敢作战！"他对杨玉成吸烟一点也未表示出批评的意思。杨玉成看看团长又看看自己的强壮的胳膊，便笑了笑；见团长又继续往前走，他便高声喊道：

"团长，你真的不带一个警卫员？"听不到团长回答，他便无可奈何地摇了摇头。

石雄刚到达一营三连驻守的山坡上，就被炮火阻拦着暂时不能再前进,他便进了三连的坑道。朱国山正召开着党员大会,传达上级的几点指示。这个会显然在敌人发起对一连的攻击以前就开始了,看起来,无论发生什么情况都不能妨碍朱国山把话讲完。最后他宣布营党委会批准了连支部的决定,接受三个同志入党……会一散,人们就迅速地回到各自的阵地上去了。

朱国山向石雄汇报说,他早晨在二连,等下预备到一连去,一连有四个同志火线入党。他担心现在战斗开始了一连开不成党员会。敌人的炮火过去了,石雄和朱国山爬上了三连的观察所。敌人正沿着古井洞南山坡和洼沟出来,再次攻击一连。三辆中型坦克沿着古井洞南山右边的被毁坏了的公路驶过来,后面跟着步兵,向一连逼近。我军的一排炮弹落在坦克的周围,整个敌军部队似乎停顿了一下,但立刻又继续行驶。这里的地形于一营不利,一连一排加强班扼守的最前沿的山坡斜度不大,坦克很容易冲上来。正在这时有三个战士从一连右侧的壕沟里跃出来了。远远地可以看见,他们差不多是直着身体跑过山坡的侧面,其中的一个,扛着火箭炮的,身材高大,另外的两个则瘦小些,其中一个很精悍。虽然坦克及敌人较远火力点的机枪在叫啸,但石雄和朱国山这时却觉得非常寂静。那三个战士已经到达坡顶,架设起火箭炮。看得出来,他们中间的灵魂是那个瘦小而精悍的战士。他们的第一发炮弹就击中了最前面的一辆有白色星标志的敌坦克。敌人的炮弹落在山坡上,闪光和烟一瞬间把这三个战士遮住了。他们又接连地打出了两发炮弹,击中了第二辆白色星坦克,敌人退却了。

"好战士,我的好战士!"朱国山情不自禁地喊着。

朱国山和石雄渐渐认出了这三个战士,他们是精悍的班长马兴、瘦小的吴述云、大个子董富。

"这都是我们铁匠炉的!"朱国山说,他看看政委,希望政委了解他这句话的意思:在金贞永村,董富还闹着情绪,但现在……石雄继续凝视着前沿,并没有注意朱国山说什么。

石雄和朱国山到了无名高地赵庆奎营的指挥所。坑道里挤满了人,赵庆奎披着衣服,军帽掀在后脑勺上,正在对着电话叫嚷,他的声音由于战斗开始而显得十分快乐。敌人的进攻已经被打退了。赵庆奎扔下电话,迎着石雄敬了一个礼,看了看朱国山,对石雄说:

"首长,向你报告,四发火箭干掉了三辆坦克。前沿一、二排,歼灭了六七百个敌人。迫击炮连击毁敌人四个火力点与十余门大小炮。"

赵庆奎的声音异常大。石雄也被这种胜利的快活的情绪感染了。

下午三点钟的时候敌人增用了一个师的兵力,展开了全线攻击,左翼的一营、二营,以及友邻团,都在激战。敌人两次越过了赵庆奎营的前沿加强班,攻上了一连一排的阵地。赵庆奎愈打愈激奋,他在电话里喊叫,几乎每一次他都要说,"好吧,叫他上来吧!正等着他呢!"他又在电话里随时表扬:"重机枪打得好!炮排打得好……对,打得好!我的亲爱的战士们!"

石雄观察着各处坑道的情况,他有时穿过炮火,有时爬上观察所,有时又回到赵庆奎这里。赵庆奎的这种高昂的战斗情绪使他满意。他不时地听见赵庆奎的喊叫,他被这声音激动着,他有了一个念头:应该在这激战里展开宣传鼓动工作。

敌人的攻势又一次被击溃了。歼敌总数达一个半美军新编师。黄昏时石雄和朱国山到了一连,石雄要朱国山趁敌人现在无力进攻,召开一个党团员和积极分子会,会上强调一下宣传鼓动工作的重要性。因为在战场上,一句亲切的、简单的表扬,有时它的作用是无法估量的。

战士们欢迎团政委和教导员朱国山。从一连阵地上沿着交通沟走下来的伤员们向他们敬礼并笑着说:"团营首长,你们来啦!来给我们连画三角啦!"——老战士们知道,团政委在小笔记本上画上三角,就是成绩不错的意思。也有的战士俏皮地说:"来给我们连画一棍加一点啦!"——就是惊叹号,是有缺点要注意的意思。石雄说:"打得好,同志们!我都看见啦,光荣!漂亮！好样的祖国儿女！"他又笑着说："画三角！也画一棍加一点！"战士们笑着，露出了洁白的牙齿。

"你可以很严格地要求战士们，但是你首先要懂得他们的价值。"石雄对沉思默想的朱国山说。这时一颗炮弹带着凶恶的啸声落了下来。他们迅速地卧倒。一个强壮的战士张开手臂扑来，和跑向前来的小通讯员一起，掩护着石雄和朱国山。弹片啸叫着从他们头上飞过去了。这小通讯员是新调来的，他的相貌和走路的姿态使石雄和朱国山想起了三五〇高地的王恩。

召开党团员和积极分子会的通知已经传达下去了。几个前沿班的党团员都派来了代表。四个被批准入党的战士来了三个，一个负伤。马兴和吴述云一起来了，董富也跟在后面。这里有个差误：负责通知开会的连部通讯员临时有其他任务托别的排一个战士把这通知传达给马兴，但这个战士却忘了积极分子董富的名字。董富以为开战斗功绩评论鼓励会，所以就来到开会的坑道。这情形使班长马兴很不安。

董富走到坑道口，听说是党团员积极分子会，便惶惑起来，脸红到耳根，往后退了退，他本想跟马兴说一声，但坑道口人很多，董富便悄悄退出坑道。

白天的战斗，使董富心里发生了重大的变化。他觉得他和周围的同志们紧密地联结在一起了。同志们的那些赞美之词使他喜悦。而刚刚发生的事情，却使他感到羞愧。他还从来没有想到要入党。但这时他想："我为什么不是一个党员呢？我够得上做一个党员吗？我能经得起战场考验吗？"

他在一个木箱上坐了下来，看见来往人多，便钻到附近的一个防炮洞里去了。他觉得要好好考虑一下入党问题。但他首先想到的是，他过去曾有过那么落后的思想，一想到这个，他就很看不起自己。

董富现在不想家了。渴望杀敌的感情比旧时他的那种渴望劳动的感情还要强烈。他走出防炮洞，站在交通沟里望着眼前昏暗的战场，又回头望望身后面，那条通往营部的道路上不时闪耀着炮火光。从营部射击的电光弹,在黑暗的空中飞过。董富向四周看了看,这一片飞着炮弹的土地,以前也是田地,朝鲜人民在这里生息。而现在,它变成了战场。村庄都毁灭了。远处坡下敌人坦克的残骸和一具具敌人的尸体朦胧可见。这使他振奋;他现在是一个战士!但是以前怎样呢?他曾有过多少狭隘的思想啊!董富又记起了去年春耕的时候,他偷偷把自己的田地扩张了几寸,还靠右挖水沟,侵占了刘老寡妇的几分田地。想到这儿,董富的脸发起烧来。

石雄走出坑道,看见了正沉思的董富。

"今天打坦克有你一个吧?"

"首长,你坐……"

"打得勇敢!你看敌人怎么样?"

"好打,熊包蛋,好打!"

"我看过你的战前决心书……"

"首长,您看我的行动吧,流血牺牲在所不惜!"

停了停,石雄微笑着说:

"积极分子有你一个,开会去吧。对过去的错误思想,不要背包袱。"

董富呆呆地站着,看着政委,不出声地哭了。

石雄回团部的时候已经是夜里一点钟了。天上飘着小雨,空气很清新。

王正刚已经睡下了。听到响动他睁开眼睛,把两只胳膊放在毯子外面,看着石雄。

"你的衣服干了吧,桌上有点葡萄酒。"王正刚的嗓音有些沙哑。木箱上,半截蜡烛静静地燃烧着。

石雄披了件衣服,喝了一口酒,伏在地图上,等待王正刚跟他说话。但王正刚却沉默起来,只是盯着石雄看。

"怎么啦?不认识我?"石雄笑着问。一瞬间,一股温暖的兄弟般的感情涌上心头。

"师长来过了。军首长的意思是尽我们团的力量打守备。友邻团和其他师都打进攻。我们不要指望别人的帮助……这我也料到了。据说美国头目范弗里特到这一带前线来过,还有麦克阿瑟……美国有个新编加强师被我军歼灭了。"王正刚平静地说:"三点钟的时候各营的干部要来开战前准备会。"他坐起来,抽着烟,又说:"你看我们团有什么问题。"

石雄想了想说:

"我想有个干部提升的问题。"顿了顿,又接着说:"张福勤团干部提升得比较快。或许我们团对干部的要求过于严格了。这一仗下来,象朱国山、赵庆奎,就都可以提升。他们舍生忘死,为人民而战,我们应当给他们荣誉。还有,李凤林这个老功臣,早应该提升了,在庆功会上我看见李凤林只挂了一个军功章。还有魏强,在他牺牲以前没有给他评过功,牺牲以后才得了一个国旗勋章……"

王正刚边听边点头,最后说:"这次战斗结束,我们要好好办办这件事。"

然后,他突然从枕头下取出一封信来,递给石雄。这是他家乡的县委会写来的。信上这样写着:

  关于你爱人徐秀英牺牲的经过,我们已经查明了。据当时和她同在一个监牢的同志提供材料,徐秀英同志是为救护一位新四军排长被捕入狱。在狱中,她惨遭敌人毒打,但她英勇不屈。

  徐秀英同志在监狱里入了党。她临牺牲时毫不畏惧,还高呼着口号。烈士徐秀英的墓地已经找到。我们已和你的小儿子王大力联系上,现转上他的信。

石雄把信来回读了好几遍,又看了王正刚和徐秀英的小儿子的信,说他现在正在读书,问父亲好,祝战斗胜利……石雄很激动,一瞬间,过去苦难的生活,那些流血的战斗的场景涌上了他的心头。他深情地望着他的老战友王正刚。又用充满钦佩之情的声音说道:"你有个了不起的爱人。"

王正刚沉默着,吸着烟,看着快要烧完的蜡烛,微微笑着。

"在我们祖国,这些年来,这也是平常的事。在人民群众中,许多事不为人知道,但也不会被埋没。你看,象我爱人这样一个普普通通的妇女,平常说话都不大高声,善良极了,待人极诚恳。我过去对她……好,不说了。还可以睡半个钟点。"他看看表,睡下了,转身向内……

敌人增兵后攻势凶猛起来,他们把一连一排的山头阵地和二营的一处山头阵地占领了。王正刚组织了反击,但是敌人的兵力骤增,炮火极为猛烈,最后,王正刚命令部队退出前沿的各个山头阵地,坚守坑道。

然而战士们的情绪是激昂的。大家明白,这些山头不可能失守,战斗将以我军的胜利而告结束。

王正刚已经几夜没有合眼了。他站在有线电话和无线电步行机前同每一个能联系上的坑道讲话。各个坑道的处境都万分艰难,坑道口被敌人封锁,粮弹缺乏。王正刚觉得他只能用话语来鼓励战士们:

"立刻用炮火打掉敌人那挺机枪,你们营部就能派人给你们送物资。我完全相信,你能带领大家坚持到胜利!李凤林,我的好同志,你听见了吗?"王正刚的话里满含着感情。他听见李凤林在无线电话里的坚决的亲切的话音:"团长同志,坚决完成任务!"王正刚感到心灵在剧烈地颤动。他把战线上的情况,歼敌的数目字,以及友邻部队的胜利通过电话传达给各坑道的人们。他不停地和各个坑道的战士说话。他知道这时候他的声音会给人们带来多么大的鼓舞。

有时候战场上有着短暂的沉寂。战士们就看见他们的团长,一只手按在电话机上,一只手支着头睡着了。

而王正刚总是弄不清楚自己是否真的睡着了,因为周围的各种声响依然很清晰,头脑里翻腾着种种的不安和忧虑。他想着那暂时放弃的几处山头,紧张地预料着敌人何时还会发起攻击。只要电话一响,或者人们一走近来,他就会立刻睁开眼睛。无名高地的一度失守使王正刚心里很纷乱,一想到让敌人占了些便宜,他就暗暗生气,责怪自己的无能。他把无名高地的情况和他的反击的意图报告给师长,师长不但没有丝毫责难他的意思,而且还兴奋地告诉王正刚,可以给他增加一部分炮火。但这并没有使王正刚摆脱忧虑的心境,特别是赵庆奎和三连一部分战士已退到了炮阵地,这更使他难过万分。王正刚来到炮阵地,看见赵庆奎正在组织反击,准备收复无名高地。赵庆奎和他的战士们在炮连的猛烈的火力掩护下往山头上进攻。他们不时发出愤怒的喊声,这喊声压倒了美国兵怪声怪气的叫嚷。炮阵地前面的狭长的山坡和开阔地里倒下了数百敌人的尸体,剩下的敌人正沿着开阔地向无名高地左侧奔逃。而赵庆奎所指挥的战士们象狂风一样席卷过去追击敌人。炮阵地上还有四门炮在向敌人射击,敌人的一辆中型坦克被击中了,人们的情绪十分高昂。一连事务长李光站在一门炮旁边,赤着膊,露出微胖的、多毛的胸膛和胳膊,浑身大汗。他一边搬运着炮弹,一边激昂地、狂暴地高声呼喊着:"冲呀!同志们,杀呀!"他沉醉在战斗的高昂的情绪中。王正刚走过李光的身边,李光仿佛不认识他,搬起一发炮弹,喊着:"冲呀!"王正刚看了看他,没有说什么,继续往前走。这时,一股爆炸的气浪把王正刚打倒在地。他因跌倒而激动,推开了拉他的通讯员,跳到坑道口的一门炮旁边。杨玉成跑来向他报告,连长负伤,营部命令他代连长。王正刚点了点头,观察着前面,对杨玉成说现在由他来亲自指挥。王正刚大声喊着:"再打三发就转向第四号目标,我命令你们,坚决地,一分钟也不停地打击敌人……用榴弹,榴弹!"

王正刚大声吼叫着,他命令一门炮射击斜坡上的敌人的坦克,坦克立时着火了。

王正刚掩护赵庆奎攻上了无名高地。接着王正刚就命令七连做战斗准备。他预备用七连增援赵庆奎。

王正刚继续指挥射击："五号目标,独立树左面,六百公尺,注意! 三号目标,大灰石头后面,射击!"杨玉成高喊:"好! 打得好啊! 团长同志!"

炮弹前前后后地爆炸着,弹烟中可以看见那一群象烈火一般扑上了无名高地的战士们,他们在山腰和山顶上与敌人厮杀。手榴弹的黄色的烟云一朵朵地浮了起来。

这时,美军的增援部队终于在火力掩护下攻上来了,团长发出信号弹,命令退却。人们又转入坑道。战场上暂时沉寂下来。

王正刚在观察所里用望远镜看着占领了无名高地的敌人嚣张、颠狂的样子,同时,看了看带着血迹退下来的战士们,又看了看身材高大,神色阴沉的赵庆奎,只见他衣服撕破,胸膛敞开,显然,他和敌人肉搏过。王正刚在电话里向各坑道下达了坚决防御的命令之后,就让通讯员把赵庆奎和三连长喊来。赵庆奎和三连长默默地坐在坑道口,看见团长走来,就站起来敬礼,然后一句话也不说,只是神色阴郁地望着他们的团长。

王正刚看着面前这两个干部,见他们浑身血污,撕破的衣服随风飘动,禁不住紧紧拥抱赵庆奎和三连长。这时杨玉成正悄悄地站在旁边,这时他扑上前去拥抱了一下团长,马上又退回来站着,不好意思地看着王正刚。王正刚疲惫地笑了笑。

"还能再战吗?"王正刚缓慢地犹豫地问。

"能。"赵庆奎回答。

王正刚正要去拿电话,电话响了。师长在电话里问:"还能再战吗?"

"能!"王正刚回答说。

"好! 祝你们胜利!"

王正刚放下电话对赵庆奎说:

"你休息一下。我调七连的两个排……敌人以为我们今天白天不会再进攻了,以为我们疲劳已极,我们便出敌意外打他个措手不及。"

王正刚带着赵庆奎他们走进观察所。通过望远镜王正刚看到，无名高地上的敌人正在抽烟吃东西，有几个敌人懒散地支架双管迫击炮。赵庆奎接过望远镜，他看见了山沟里敌人的重炮，以及远处敌人司令部升起的那个骄傲的黑气球。

　　王正刚调来了两个排，赵庆奎和三连长带领战士们迅速出发。人们沉默无声地沿着隐蔽通道前进，迅速靠近了无名高地。我军的炮火击中了无名高地中央。敌人插在无名高地上的旗子倒下了，但很快又竖起来。这时，师的炮火射击着古井洞南山树林里敌人的炮阵地。一发炮弹击毁了敌人司令部上空的那个示威的气球。敌人以为这些都是防卫性射击。按照团长的指示，赵庆奎命令一个排向无名高地后面迂回，两人一挺机枪爬上右边的山坡躲在岩石后面。王正刚发出红色信号弹，赵庆奎和三连长率领战士们冲锋，战士们激昂地呐喊起来。坑道里的人们杀出来了。王正刚命令迫击炮射击。无名高地上敌人的那面旗又倒了。赵庆奎和他的勇敢的战士们把无名高地上的敌人团团围住。

　　敌人被歼灭了，赵庆奎营收复了无名高地。

　　一营教导员朱国山奉命带着几个战士给一连送粮食弹药。一连坑道里，李凤林连长正在召开全体战士大会。几天来的激战，使有些战士产生了一些混乱思想，有人认为应该要求上级准许大家撤出去；有人悲观失望，畏惧了……昨天夜里，李凤林让班长马兴带着董富、吴述云和邓双喜出去游动袭击敌人，并让他们尽可能和前面一排坑道取得联系。早晨，李凤林在坑道口看见远远的山坡上有不少敌人的尸体，但马兴等四人的情况到此刻都不清楚。为此，战士们有些骚动。今天上午，敌人袭击东边的坑道口，有两个干部向后退避，引起人们的恐慌，幸而七班长李发带着几个人冲到坑道口抵挡住了。此刻，李凤林正揭露那些危险思想。他说这是极少数人的思想，但少数人危害大家。他李凤林只要活着，就要坚持和发扬一连的光荣传统，就能保证和大家一起夺取最后的胜利。他不容许任何怯懦行为。

坑道里的气氛十分紧张。党员们带头表示态度。于是大家都争着发言,争着要求担任最危险的工作。这时候朱国山进来了。李凤林宣布散会。随后,他把教导员带到里面,向他汇报了情况,又急切地问朱国山:

"我这样做,分寸把握得对不对?"

"你自己看呢?"朱国山说。他是很放心这功臣连长的。

"我不能撤退。无名高地虽然暂时收复,敌人会很快再发动进攻。你说是吗?教导员。"

"是的。"

"今天这会开得很好。不过,要不是你来,我总觉得心情很压抑。看,党教育我这么多年,离开上级还是不行。"李凤林沉默了一会,然后他小声向教导员要一支香烟。但刚抽了几口,他就把烟给了一个伤员。

部队开始往后面输送伤员。一个重伤员临被抬走时要和连长说话。他紧紧握住李凤林的手,哭了起来,然后大声说:

"连长,在你的教导下,我立了军功,……而这一回,你掩护了我,幸亏没把你伤着……"

李凤林紧紧握着那个战士的手。伤员被抬走了。李凤林继续兴奋地对朱国山说起话来。他讲了好几个战士的英雄事迹。又说他这两天才真正觉得自己能力不够……他不停地说着,就好象小孩子见到久别的母亲一样。朱国山沉默着,他想,这个干部很朴实,丝毫不摆自己的功劳。但是,的确如他自己所说,他文化水平低,这在一定程度上影响他更好地开展工作。

李凤林继续向朱国山诉说他内心的忧虑。他非常担心一排的情况。前天夜里他派人到山头上去观察敌情,人们听见一排方向有战斗的声响;昨天白天那里也有爆炸声。他派马兴他们和一排取得联系,但马兴他们至今下落不明。他责怪自己在情况危急的时候没有很好地顾及一排。大前天营部曾命令让一排汇集到他这里来,但是那时已经来不及了。不过后来团部也说:

一排暂时没有撤出,到时可以变为反攻的埋伏点。说到这,李凤林眼里充满了泪水。他说一排的处境一定很困难,他个人也很恋念朱洪财。

"上级不会责备我,上级从来不曾责备我,可是我觉着我没有尽到责任。"李凤林的声音有些颤抖。

朱国山激动地说:"你已经尽到责任了。你临战很冷静。你是有成绩的,譬如对三角洼地地堡的攻击。但你也有硬攻的缺点。"

代理排长、七班长李发在分配刚刚送来的馒头,他拿着两个馒头和一壶水走到李凤林面前。李凤林接过馒头放在木箱上,喝了一小口水。

"有水呢,你尽管喝吧。我们从坡下的沟里打了几桶,又搞去了。"

"我够了。"李凤林说。

"今晚上派四班长他们出去游动袭击么?"

"当然要去。"李凤林又转过来问朱国山:"教导员你看呢?"

朱国山点了点头。

"今晚叫我们班朱凯他们去吧。"李发说。

"再考虑吧。"

朱国山很喜欢李发。

李发看起来强壮,悠闲不迫,满不在乎。只是他脸上的皱纹变得深了一点。

"李发,你精神还不错呢!"朱国山笑着说。

"我挺好。"李发的声音厚重而洪亮。"我两天不吃不喝,也能一拳揍死一个美国鬼子!"

"两个吧!"坑道外面的暗影里,一个"小当兵"的说。

李发的愉快的、从容不迫的声音和"小当兵"的幽默的话语,使很多人禁不住笑了。李发向朱国山敬了一个礼,表示不打扰他和连长的谈话,走开去了。

步行机员对着话机大声地讲起话来了。他向团部报告一切正常,教导员已到达这里。附近山坡上又有了敌人,他们盲目射击,却还没有进逼东坑道口和南坑道口。这年轻人报告完情况后想在教导员面前显显本事,就大声地说了一串朝鲜话和几句英语,又说:"我学朝鲜话和老美的 ABC 比你小毛学得好……喂,你今天吃了什么呀?唔,唔,糖包子,饺子?这一点儿也不稀奇,我们这里吃的比你们好,不是吹牛……"

"别瞎捣腾啦!"李凤林不满意地说。

那年轻的步行机员继续笑着又说了一句"你别吹嘘",才用有些沙哑的庄重的声音说:"我是天津,我是天津,我听着你的指示,过一刻钟联系。"

朱国山决定帮助李凤林把今夜的游动出击组织好了再回去。朱国山和李凤林观察了一下北坑道口。然后朱国山研究着李凤林所绘的坑道前的地形图,他决定等会儿再亲自到坑道外去看看情况。这时他注意到,李凤林靠在坑道口的石壁上睡着了。看来他刚才正在吃着馒头,那个馒头下午咬了两口,现在才又继续吃,手里撕下的一小块还没来得及送到嘴里就睡着了。朱国山看着那张疲惫而年轻的脸,疼爱地把一件上衣盖在李凤林身上。坑道里空气不够,朱国山希望让他多睡一会儿,就轻轻地站起来,碰了碰李发,然后就和李发一块往东边的坑道口走去。东边的这个坑道口塌了一些,担任警戒的战士报告说现在敌人没有动静。但敌人的机枪凶恶地往东北面二营的方向射击着。朱国山观察到,附近的敌人似乎都注意二营方面。这时,只见一个敌兵,远远地弯着腰在朦胧的夜色中正沿着一条浅沟往这边跑来。他手里提着一个水桶,企图往坡下汲水。朱国山便想抓一个俘虏,再了解一些情况;李发奉命跳出去了,往前慢慢地、无声地爬去,朱国山正预备出去,被李凤林拉住了——刚才教导员一走开他就醒来了。

"教导员你不能去。"他简单地说。

朱国山简直有些懊恼,甚至想发火。

"唉,你这个人。"朱国山说,"你这算什么呀,我是当过侦察员的,你不知道么?"

可是李凤林决然地拦在他的面前。

"教导员,这不是你的事情。嘘——嘘——"他轻轻地吹着,这个刚才还疲倦之极的连长,现在却充满了战斗的激情。"嘘——李发,注意。"

"知道了。"李发在黑暗中小声说。

教导员趴在李凤林的身后,对李发说:

"不用跑远,静等着。"

一串红色的曳光弹在附近掠过。敌人用机枪掩护汲水的敌兵。李发在凌乱的碎石中爬行,他的巨大的身躯看来似乎有些笨拙。

朱国山和李凤林听见了东边友邻军的激烈的枪炮声。战斗的重点今夜在那里。这愈来愈激烈的枪炮声鼓舞了李凤林。两边的人民军阵地也有隐约的激战声。而较远的开城以东的东部战线,激战的枪炮声有如地底下的雷霆。开城板门店谈判会场,一根白色的探照灯光柱直插入浮着灰色云的空中。

那个打水的美国兵又向前移动了。

李发在黑暗中象猫一般地向前跃去。短促的格斗的声音。过了一会儿,李发敏捷地爬回来了。他右手攥着那个被俘的美国兵的衣领,左手提着一个塑料水桶。李凤林命令守坑道口的青年战士出去援助李发,他们将俘虏拖进了坑道。

朱国山和李凤林审问俘虏,核实和了解了情况。敌人在黄昏增加了兵力和军火,可能下半夜要来封锁坑道口。此刻,大股敌人正聚集在交通沟里,预备反击无名高地。

李凤林一方面把这一情况向师部做了汇报,一方面加强各坑道口的防守。战斗部署完毕,李凤林把朱国山送出北坑道口,朱国山带着一个战士返回营部去了。

班长马兴带着吴述云、董富、邓双喜出了坑道口不久,马兴就被敌人的机枪击中左臂。他用绷带绑好,继续前进。他们歼灭了坑道东口坡上的几个警戒的敌人之后,爬过了敌人第一道铁丝网防线,很快,他们进入了一场激烈的战斗,战士邓双喜牺牲了。

此时,一个怯懦的人可能会犹豫不前。于是有一会儿,马兴注意着董富。这几个月来,董富表现很好,但毕竟他曾闹过思想情绪。而现在这种战斗是不同寻常的。董富马上就意识到这一点。

"班长,你这胳膊……"在他们又歼灭了几个敌人之后,董富小声说。

"你别管我。"马兴说,接着他跳出沟向前爬去。

在袭击那些修地堡的敌人的时候,马兴负了第二次伤,左手的两个手指被子弹打烂了。他就把自己背上的一个干粮袋交给了身强力壮的董富。

"包扎一下吧,班长。"这次是吴述云说。

"我知道。"马兴冷淡地回答,"董富,你替我上梭子。"

"班长你负伤了,就让我和董富两个人完成连长交给我们的任务吧。"吴述云说。马兴没有说话,只是瞪了他一眼。

他们坐在一条自然沟里。马兴让董富从他的胸前取下冲锋枪梭子。董富看着马兴的脸,这瘦削的脸在微光中显得很苍白,但那双眼睛却炯炯有神。血从马兴的手臂上流了下来,可是他连眼皮都没有动一下。

右边有敌人谈话的声音。他们观察了一下,见有三个敌人,背朝着这边,站在一条打塌了的交通沟里抽烟。

马兴对董富说:"董富,干掉他们!"

董富爬出沟,爬过一个小土丘,在离那三个敌人四五米的地方开了火,很快击毙了敌人。马兴和吴述云就跟着他通过了东南山头。

"你刚才干得不错!"马兴笑着对董富说。

这温和的声音使得董富的心都颤抖了……

接着他们就去袭击结集在山坡下的敌人。看来这些敌人企图袭击一连的坑道口。董富看见马兴甩出的手榴弹炸倒了好几个敌人,并用冲锋枪托把一个敌人打倒在地。董富就猛烈地射击着,剩下的几个敌人逃跑了。马兴一阵眩晕,靠在坡边上。吴述云赶忙扶住了他。马兴问:"董富呢,他没负伤吧?"

"我在这。"沉默寡言的董富说,他正在从敌人的尸体中捡拾着弹药。

"你刚才……没负伤吗?"

"没有,班长,我不过被石头绊了一下。你呢?班长。"

"我很好,没事,跟我来。"马兴说着站起来,沿着黑暗的山坡前进了。

一阵剧烈的炮弹的爆炸声把马兴他们阻住了。炮火过后,受了震荡的马兴没能站起来。他并未完全昏迷,但是,几天来的饥渴,伤口的疼痛,不断的血战的疲劳把他压倒了。吴述云和董富预备背起他来夺路向前,看能否找到一个掩蔽的地点。马兴摆了摆手,轻轻地说:"把我放下吧,我一会儿就好了。"

正在这时,斜对面的山坡上传来枪声。董富他们看见坡上有个战士在和敌人搏斗。马兴命令开枪,他自己扔出了一颗手榴弹。正在这个时候,山坡上响起了一个年轻、高昂的声音:

"祖国万岁!"

这声音响彻了整个山野。接着是爆炸声和敌人的惨叫声。马兴象触电似地一跃而起,奔向前去,两个战士紧紧跟着他。这时,那山坡上的战士却象精灵似地在弹烟中又跳了起来,从背后袭击敌人。又过了五分钟,战斗结束了。那个战士使劲和马兴握了握手,没有说什么便消失在夜色中。

马兴三人隐蔽在山坡下。马兴的左臂在刚才的战斗中又中了弹,快要折断了。吴述云腿上负伤,董富的情形好些,只是头上碰破点皮。马兴躺在地上,他突然转过头,看看他的两个战士,声音低沉地说:

"现在你们是真正的战士了。我们要不惜性命战斗到最后。"

"不惜性命,战斗到最后!"吴述云和董富齐声说道。

他们互相望了望,这种生死与共的情感使得目前的危难在他们眼里变得渺小了。

照明弹吱吱响着升了起来,在他们头顶上摇摇晃晃地闪亮着,他们赶紧卧倒。敌人端着枪,弯着腰以搜索的队形从对面的山坡上下来了,皮靴踩着碎石和泥土,发出"咯吱咯吱"的响声。看来,马兴三人的行动,引起了敌人的注意。

马兴命令吴述云、董富不要动。在这种情况下,如果被迫作战,可能就是最后的战斗。马兴这时感到,董富和吴述云已经有点沉不住气了。而现在只有绝对不动,绝对沉着才是最好的战略战术。马兴决定用自己的行动来影响他的两个战士。他于是象石头一般静止着。董富和吴述云马上领会了班长的意图,沉静下来,一动不动。敌人踏着沙土走来,从马兴他们躺伏的沟沿上跨过,接着在山坡上绕着圈子搜索着。突然,这些敌人就在离马兴他们不远的地方停住了,并派了岗哨。敌人散乱地坐了下来,低声地谈着话,开始吸烟,马兴甚至听见了打火机的"嗒嗒"声。

这时,敌人的岗哨忽然卧倒,所有的敌人都卧倒了,他们紧张地放了一阵枪又沉默了。从附近山崖里飞出来的鸥鸟掠过这些美国兵的头顶,仿佛在嘲笑他们。夜间的战场很肃静。又有几颗照明弹升到空中,一片惨淡的光辉。敌人清醒过来,紧张地向四周看着。有一刹那,马兴觉得敌人正看着他们。在这种幻觉中,马兴几乎要做最后的战斗了。但他很清楚,只要他一动弹,敌人那几十支卡宾枪就会立刻向他们扫射过来。

距离马兴他们十来米处,有七八个敌人拖着修工事的木料跑过。右后面也有敌人走路和说话的声音。

董富和吴述云,此刻,不能不考虑到目前的困境:班长身负重伤;到达一排的路途却还很遥远。

董富要比吴述云沉着的多。他自己也想不到他会这么冷静。他心里想,被发觉了,就打。于是一切似乎就变得简单起来。他在计算弹药,得留下一颗手榴弹给自己。这个念头使他产生了自信。那个着火的朝鲜村落在他的心里闪现了一下,还有那些遥远的,祖国的村庄……

此刻,年轻的战士吴述云心里充满了战斗的激情,他渴望建立功勋。他平时的苦学苦练,正是为了这一天。在初上阵地的时候,连部派他去弹药运输队。当他掌握了敌人的炮火规律的时候,他建议班长走一条没有交通沟的近路,节省了时间。他们班因此而受到了上级的表扬。这年轻人,战斗意识强,人也很聪明,有些地方竟超过了老战士。现在他趴在沟底,设想着即将打响的战斗:班长会首先抢占山坡,然后向左边突围,那里是狭长的山沟。他又想着自己如何保护负重伤的班长。其实,吴述云和董富都不大清楚马兴的伤情。特别是当他们看着马兴那坚毅的神情的时候,甚至觉得班长并没有负伤。吴述云摸了摸自己的腿,伤不太重。"自己总算经历了一点儿战斗考验了。"想到这,他暗自笑了笑。"如果我牺牲了,那么这次战斗就是我最后报效祖国,报效亲人,报答党对我的培养。"这个念头使这年轻战士的嘴唇微微发抖。

时间一分钟一分钟地过去了。山坡上的敌人仍然没有要离开的意思。照明弹的光亮时隐时现。敌人已有些疲沓,再等下去会失去战机。马兴正准备行动,这时我军的几发炮弹呼啸着掠过空中。坡上的敌人惊慌地喊叫起来,并朝着马兴他们隐伏的沟跑来。有一个敌人恰好逃到马兴的旁边。一瞬间,四目相视,马兴举起手榴弹重重地敲在那个美国兵的脸上,美国兵惊叫一声倒下了。"杀!"马兴高喊着。董富和吴述云向两侧的沟里扔出手榴弹。

"杀呀!"马兴大叫着,直着身子上子弹,用一只手射击。

活着的敌人从沟里跳出来,往后面的山坡上逃去。

"追击!别让敌人跑了!"马兴率领着董富和吴述云,跳上坡往前追去。

敌人的炮火猛烈起来。当炮火再度沉寂下来,敌人又派出了新的部队搜索马兴三人。从古井洞南山上照射过来的探照灯光把这一带的山头映得雪亮,象敷着一层白色的霜。敌人用机枪封锁了一些山坡和道路。

马兴、董富、吴述云在山坡、壕沟、铁丝网间变换着位置,出其不意地打击敌人,随时补充弹药,继续往一排方向行进。这时候,马兴又一次负伤,子弹射进后背,他栽倒了。董富背起马兴,三人躲进一个洞子。

"今天打得真痛快。"吴述云说,他正帮助班长包扎伤口。

马兴没有说什么。他的神色阴沉,他知道自己将因断臂而不能当兵了。

洞外不时传来敌人的脚步声。枪炮声时紧时疏。照明弹把外面的土坡照得很亮。他们挤在这两米深的小洞子里,洞口几乎被泥土掩住——这里原来是三排的一个弹药室。很长时间,马兴沉默着,这叫吴述云和董富不安起来。

"班长,你说点儿什么吧。"吴述云小声说。

"对,班长,你说点什么吧。你的伤要紧吗?"董富说。

"说什么呢?"又沉默了好一阵,马兴用嘶哑的声音说。他觉察到吴述云和董富的不安了,于是他在黑暗中微笑着,

"我在算帐呢!今晚杀死的敌人总有一两百个吧!"

"差不多。"吴述云高兴地应和着。

"班长,你真勇敢,办法真多。"董富说。

马兴冷淡地摇摇头,他不愿听赞扬的话。

沉默了一会儿,马兴说:"我个人算不了啥。要想圆满完成连长交给我们的任务,还得靠我们大家的努力。我们要时刻想着祖国,想着亲人……"停顿了一下,马兴突然用充满感情的声音说:"我的亲爱的祖国……"

"班长,谈一谈祖国建设吧。"吴述云兴奋地说。

"这我不太了解。"伤口的一阵疼痛,使马兴皱了皱眉。疼痛过去以后,马兴接着说道:"我们还是说说今天的战斗情况吧。董富在今天的战斗里表现得很好。吴述云也很勇敢。我们离开

连坑道以后,歼灭了不少敌人。但是,现在我们三人都负了伤,这于我们继续战斗不利。不过现在离一排已经不远了,我们要尽全力到达。"马兴的声音很低弱,"我相信同志们,但我们也要预防万一。每人给自己留一颗子弹。再就是,如果我牺牲了,吴述云代我指挥。你们到达一排以后,传达上级的反击指示。还有,邓双喜一出坑道就牺牲了,回去要给他请功,并转告他的家属。"

马兴发着高烧,渐渐地昏迷过去了。

坡上传来了一阵脚步声,又安静了。吴述云小声地喊着班长,马兴没有回答。吴述云摸摸马兴的额头又摸摸他的前胸。从洞口射进来的照明弹的微光照着马兴的手,他的手里紧紧地捏着一颗手榴弹。

沉默中吴述云和董富在考虑。班长恐怕是不行了。他们当然要继续战斗。但他们经验不足,没有单独作过战。吴述云想到,班长刚才指定让他负责指挥,他是青年团员,应该挺身而出。但他又觉得自己太年轻,就想动员董富指挥战斗。

董富坚决不同意,虽然班长表扬了他,但他仍然觉得班长的有些话是特意用来教育他的。

"不,吴述云,这是班长的命令。何况你的能力比我强,我服从你。"董富着急地说。

"好吧。"吴述云想了一下就决然地说:"如今班长不能行动了,我们要勇敢战斗,救出班长,联络上一排。"他有些颤抖,把董富的手抓了一下。外面坡口传来脚步声,他沉默了。等这声音过去之后,吴述云用颤抖、兴奋的小声说:"我们平时在一个班里,感情很好。我比你年轻得多,许多事情弄不明白……"坡上的脚步声又响了起来,打断了吴述云的话。借着微弱的月亮光可以看见,有四五个敌人往这边走来。

吴述云贴在洞壁上,紧紧攥着董富的手。敌人走到洞口的附近。有一个敌人突然停下,借着远处的照明弹的光亮,朝洞里观看,还向洞里打了几枪。有一颗子弹擦过吴述云耳边,但这年轻人却动也没动。敌人又向洞里扔了一个照明手雷,吴述云便命令行动,董富开火了。接着,吴述云掩护董富冲出了洞子。

董富打倒了三个敌人,但立刻又上来七八个。正在山头上搜索的敌人也下来了,他们把洞口紧紧围住。董富凭借着一块大石头向敌人射击。吴述云趴在洞口接连扔出三颗手榴弹。这时,马兴被爆炸声惊醒,他立即明白发生了什么事情。并马上想到,必须立刻冲出洞去。他用右手往地上一按,跳了起来,高喊着:"吴述云,冲出去!"吴述云跟着马兴冲出了洞子。

马兴将枪托抵着肩胛,用右手扣动板机,两个敌人应声倒下。他又迅速地占据了一个有利地形,凭借着一截粗树桩射击。敌人猛扑过来,马兴扔出一颗手榴弹。敌人的冲锋枪疯狂地向他扫射,他无力地倒了下去。但他突然向敌人群里滚去,并用尽全身的力量喊着:"中国共产党万岁!杀啊!"同时,扔掉了已经发射完子弹的空枪,并从他胸前的插袋里抽出最后一颗手榴弹。敌人密集的子弹把他周围的土地射出了许多小坑。他一直滚到大石头前面,巨人般地站了起来,高喊着:"美国强盗,你们拿我们志愿军没有办法了吧。看我的吧,看我志愿军马兴的吧。"在他的叫喊声中,敌人惊慌起来,几个敌人端着枪忘了射击。马兴突然爆发出一阵大笑,举着手榴弹逼近敌人。"万岁!祖国万岁!"他大声喊着并用牙齿咬开了导火索,向敌人冲去……

震撼人心的爆炸声过后,董富和吴述云歼灭了剩余的敌人。他们在证实班长确已牺牲后,两人便跑下了山坡。

董富和吴述云跑到一个小山洼里,躲进一条深沟。

天亮以前的沉寂到来了。朝鲜的田野开始浸润着夏季早晨的露水。艾草、杜鹃花和金达莱花发散着香气。吴述云绑扎着他的流血的脖子,和董富小声说着话:

"班长牺牲了,我们要替他报仇。只要有一口气,我们就要完成连长交给我们的任务,和一排取得联系。"这年轻人说着抓住了董富的手。"我们到了那里,还可以增加一排的战斗力……我希望你帮助我,我经验不足,你要有意见的话,随时提。"

董富没有说什么,只是紧紧握着吴述云的一只手。他完全理解吴述云的心情,也为这年轻战友真挚的话语所感动。

吴述云又接着说:"我们往西去,沿着山坡,迂回通过敌人地堡和铁丝网。你跟着我,见我卧倒就卧倒。"年轻的吴述云用命令的口气说。

吴述云和董富不久就发现,他们无法通过敌人的地堡和铁丝网,敌人已经占据了附近所有的通道,企图对无名高地发起新的攻击。他们正打算悄悄通过一小片开阔地的时候,被敌人发现了。短促的格斗,在歼灭了一些敌人之后,他们失散了……

年轻的吴述云突然陷入孤单。他不知道董富是否还活着,一想到这个,他很懊悔,万一有了差错,自己如何对得起班长呢?吴述云又想到,短短几天的时间,他和董富成了同生死共患难的兄弟,他越来越喜欢这个沉默寡言的战友。特别是董富自己一直背着那个沉甸甸的粮袋,而当吴述云要替他背时,董富便紧紧抓住粮袋,断然拒绝他。

董富会不会被俘?他闹过思想问题,他会犯错误么?然而,这念头刚一闪现,马上又被吴述云打消了,同时他为自己产生这样的想法而悔恨不已。

董富没有负伤,也没被俘。这时,他正在找寻吴述云。他以为吴述云至少是负重伤了,这让他很担心。他敬佩而且热爱这年轻人。在班长牺牲后的这段时间里,吴述云指挥作战。尽管他经验不多,但他却很勇敢。董富用自己的行动支持和鼓励吴述云。在刚才的战斗中,董富时刻掩护着吴述云。因为董富觉得,这青年机智聪明前途无限,自己要尽全力使他脱险。可现在吴述云下落不明,董富十分焦急。此刻,他爬到刚才战斗过的山坡边,一个弹坑一个弹坑地摸索着,并且轻声呼唤着吴述云的名字……山坡上又出现敌人,董富只好潜伏下来。

董富和吴述云两人互相找寻,有时爬行,有时潜伏,终于他们都失望了。

董富想,自己一个人也得战斗。他往背上摸了摸,炒面褡裢还在。董富沿山根爬行,找到了一个防炮洞,就想先休息一下。他忽然看见洞口边上有个水塘在黑暗中发亮,爬过去用手捧了一些水喝了。这水很黏,很腥,但他并没在意,直到跳进防炮洞,他才忽然想起来那水塘旁边有两具敌人的尸体,他喝的是那两个敌人身上流出的血。这让董富五脏六腑都要呕出来,但他立刻想,这算得了什么呢,只要活着,就能同敌人战斗。他冷笑了一下随即他突然想到,前些天在坑道里曾听见远远的枪声,李凤林连长曾观察说是一排在战斗;这两具敌尸是不是那战斗成果呢?想着、想着,他的心热了起来,"啊!一排同志,你们在哪儿!"他把枪收拾好,背靠在洞壁上,睡着了……

董富被枪声惊醒。他听见一声呐喊,象是吴述云,他立刻跳出洞子。天已经亮了。

吴述云浑身血迹和灰土,用爆破筒和手榴弹在和十几个敌人作战。董富立即用火力支援吴述云。吴述云跳出交通沟来追赶敌人,看见了董富。

"董富!"

"吴述云!"董富用爆炸般的大声吼叫着,仍顾着射击敌人,没有转过头来。

"董富!找机会撤退!"

"是!吴述云,你好吗?"

"很好。等一下,不要恋战了,我们还有自己的任务。"敌人见他们未动,便又扑过来。吴述云和董富继续射击。敌人纷纷逃跑。左侧不远的地堡旁边敌人打出了一颗红色的信号弹和几颗曳光弹,并愤怒地向空中射击,逃跑的敌人被抑止住,转回头来向吴述云他们进攻。现在的情形于吴述云和董富不利。吴述云预备撤退。

"我们赶快转移,设法与一排取得联系。"吴述云说。敌人包围了他们。吴述云便决定先守住山头。

"我们一人守卫一个侧面。"吴述云又拿起一根爆破筒来,恋恋地看了一眼,说:"给你一根吧。"又说:"你还有子弹吗?我搞了一口袋。"于是他从一个塑料袋里摸出几颗子弹来。

这年轻的指挥员作了战斗的布置之后,看见袭来的敌人停下了、卧倒了,敌人显然十分谨慎,因为他们弄不清楚山顶上的情况。在敌人静默和等待中,吴述云退到董富一边,要董富和他一起滚向左边沟里。吴述云在前面爬,董富跟着,他们迅速转移到左边斜坡的一个洼坑里。

"董富,我以为你牺牲了呢。"

"哪能呢!"

"好想你啊!"吴述云说,同时注意着前面的敌人。看看董富,他又说:"真的,很想念你。"

"我也想你。"董富说。

董富看见吴述云的眼睛里有眼泪,禁不住伸出手去替他擦……董富担心吴述云的身体,他感觉到这年轻人伤得不轻。

"咱们继续在这坑里隐蔽,看敌人有什么情况,然后找机会转移。"吴述云悄悄对董富说。

正在这时,敌人的迫击炮开始向这边射击。一颗炮弹落在他们隐伏的洼坑边上,吴述云发出一声窒闷的叫喊,翻转身压在董富身上。硝烟中,董富看见吴述云右腿被打断了。董富愤怒地看了敌人一眼,将吴述云背起来,往坡下的一条沟里跑去。董富凭借着烟幕直穿过山沟,背着吴述云爬进了一丛带刺的野槐树。他守着吴述云躺了十几分钟,躲过了在附近搜索的敌人。又过了十几分钟,董富把吴述云背到附近的一个十来米深的废坑道里。坑道口已被打塌。

借着洞口射进来的微光,董富看见洞子里有一具志愿军战士的尸体。为了不让吴述云看见,他赶紧把尸体移到坑道的最里面,又在附近找到一床破帐子把尸体掩上。吴述云躺着不作声。董富撕开衣服把吴述云的伤腿绑扎了一下,然后爬到洞口观察。只见敌兵往来频繁,壕沟、坡上都布满了美军。这里离一排不远了。

"水……"吴述云小声说,祈求地看着董富。

董富苦痛地看看吴述云。敌人封锁严密,没法出去找水。

他们长久地沉默着,听着外面时紧时疏的枪炮声。吴述云昏昏沉沉,时而睁开眼痛苦地看着董富。董富心里沉重极了。他从背上解下干粮袋,拿出一些炒面来给吴述云吃,吴述云口渴,吃不下。

董富不知道怎样安慰吴述云。过了一会儿,董富走到吴述云身边,对这年轻人说,他的伤并不重,要他别担心……又是沉默。然而董富知道吴述云伤得很重,除了腿以外脖子上腰上都中了弹。他不忍心看着这个年轻战士就这样死去,他有责任救护他。

坑道外面,敌我双方进行着激战,而董富和吴述云似乎被一切遗忘了。他们被整个灼热的战线所遗忘,被自己人遗忘,被敌人遗忘,也被时间遗忘。一缕阳光照进洞来,映着吴述云年轻而苍白的脸。

这年轻人睁着眼睛,当他意识到他的口渴和伤口痛的呻吟只能扰乱董富,他就一声不响了。寂静中,吴述云忽然非常想说话,他想让董富随便谈点什么,譬如说,谈谈铁匠炉,谈谈他们为崔老大娘打的镰刀,谈谈连里的人们……但董富老是不开口。吴述云的嘴唇有点发抖。董富便又拿出一些炒面,吴述云勉强吃了一口。

"我的爆破筒丢了。"吴述云说,凄然地笑了笑。

董富转过脸去,忍住悲伤。于是他们又沉默了。

"董富,外面有敌人么?"吴述云说道。

"对面坡上有一些。还有一些敌人又在进攻无名高地。"

"我看没关系,无名高地我们是守得住的。再说,两三天内我们就要反攻。我们要把这消息带给一排。"

过了一会儿,吴述云接着说:

"咱们连长这时候正想咱们……"

痛苦使吴述云苍白的脸颤抖起来。他说话已经相当困难了。但沉默了一阵,他又说起话来:

"你听,咱们连坑道和无名高地的枪声弱了。听,这是我们的机枪,捷克式。"吴述云兴奋地歪头听着。"你说,我们祖国将来会建设得更好吧?"

董富沉默着。

"在我出四川的时候,我才第一次看见长江,有那么宽,你看见过长江吗?"

董富沉默着。

"我们四川什么都有,有煤,有铁,有金子、森林、稻麦,还有各种水果。现在,我们那里的油菜收割了,麦子上了场,稻谷也有一尺来高了。"吴述云的脸苦痛地抽搐了一下,然而他的眼睛里闪耀着光芒。

"你看见过我挎包里那张成渝铁路的照片吧?那照片上不是有座山吗?山左边,走二十里旱路,就是我的家乡……好几代人盼这条铁路。这条铁路现在修起来了。你将来真是要到我们那里去……"

"那是要去的!"董富说。

吴述云的声音嘶哑而微弱。

他晕眩过去。后来他又醒来。

"董富!"他叫道。

"在这里。"董富说着靠近吴述云。

"你是个好战士。你会坚持下去,你能坚持下去。"吴述云双目凝视着董富说:"你要坚持,一定要完成任务!替班长、替我报仇,明白吗?"

"明白!"董富说,他本想反驳吴述云,安慰他还会活下去,但吴述云严峻的神情却使他这样回答了。他的大脸战栗着。

吴述云猛然抬起头来,用闪耀着光芒的眼睛看看从坑道口照射进来的灿烂的阳光,又看看董富,然后倒了下去。

有一个坚强、无畏的战士在这夜间的山坡上战斗前进。他晚间从小坑道里出来,他的行动使敌人丧胆,虽然他负了伤,也觉得孤单。他穿过钢丝网往敌人的纵深里前进。在天黑下来的两个钟点内,敌人七八个岗哨和迎面而来的巡逻兵躺倒在那里,没有枪声,他们是被一把锋利的刀子刺死的。敌人派出了搜索部队,照明弹把这一带的天空照得如同白昼。有个敌人看见一个黑影钻进一片草棵里去了,于是敌人向草棵射击,但草棵里没有动静。敌人走进草棵,什么都没有。却见一个黑影从附近的一棵树旁突然站了起来,向敌人开枪,又扔出一颗手榴弹。倒下几个敌人,他又消失在一条沟里了。敌人继续搜索、包围……

这个不可能被子弹打死的无畏的战士就是董富。他从来没有想过他可以一个人战斗。马兴和吴述云的牺牲,使得这个少言寡语的战士的内心里充满了对敌人无比仇恨的感情。他机智、沉着地和敌人战斗,轻蔑危险和死亡。在以前的许多次战斗里,不论他怎么勇敢,心里总有些恐惧,但现在却连一丝一毫的战栗都不曾有。虽然想到自己可能牺牲,但时常把这忘记了。在马兴的指挥下战斗象旋风一样,那时他们不断地爬行、冲击;在吴述云的领导下战斗似乎变成了最后的决斗;但现在看来这些战斗原来都还不是最后的。他感觉到,他并不是在做着最后的决斗,虽然天黑下来他是抱着还有一些这种激动离开了那牺牲了的纯洁的青年,跳出那废坑道的,他发觉他还要很久地打下去哩。从马兴和吴述云那里他已经学习了很多打仗的方法了。但是现在他才更多地体会到向马兴他们学习到了什么。他仅仅是一个人,然而现在看来,战场上的情景并不象最初想象的那样困难。只要立场坚定、胆大,就能胜利。他绝妙地利用了地形,而在这之前,他在这上面是有很多缺点的。敌人来得多了,他就躺下,没有地形可以利用的时候,他就就地躺下——有一次他仰面躺倒,伸开四肢,一动不动,连呼吸都停止了,手里抓着一个手榴弹,时刻准备掷出去。敌人从他身边踏过,在他的周围搜索,向各处打枪,他静静地躺着;敌人发觉或快发觉了,他便掷出了手榴弹。……以前他常是慢慢地从敌人火力下爬过,但现在他学会了敏锐地观察地形,他能准确地判断敌人的火力规律。最重要的,他已经把死亡置之度外,于是战场上的一切危险仿佛都不存在了。炮火打不中他,这不是侥幸而是因为他无畏。董富心里充满了欢乐,好象在一瞬间找到了久久找不到的宝贵东西似的。"原来这么好打!原来敌人这么无能!"董富惊喜地想。

董富离一排很近了,他已经听见一排阻击敌人的枪声,看见敌人进攻一排的喷火器的闪光。董富激动万分,一瞬间,他想起了邓双喜,想起了班长马兴,也想起了年轻勇敢的吴述云……胜利近在咫尺,而这胜利,是他的战友们用鲜血和生命换来的。

董富抑制着内心的激动,慢慢爬上一排的后山坡,接近了一排的坑道口。董富的心颤慄着,他卧在地上。

一排的坑道口喷着轻机枪的火焰,两个战士伏在坑道口外的一块大石头后面,扔出几颗手榴弹,击毁了敌人的机枪。

一排在艰苦、英勇地作战,阻击敌人夜间往前线运转。董富听见他熟悉的朱洪财在坑道口的喊声:"同志们!保卫我军无名高地!"

敌人用火焰喷射器进攻一排坑道,伏在石头后面的两个战士被烧伤了。董富突然发出了一声吼叫,高亢的声音在空气中震荡。董富投出两个手雷,击中了敌人的喷火器。敌人撤退了。

……

"你还这么不爱开口啊!"走进坑道,徐国忠对董富叫着。紧紧握了握董富的手。朱洪财激动地望着董富,用嘶哑、哽咽的声音说:"连长派你来啦……"

董富庄严地向朱洪财和徐国忠敬礼:

"报告一排长!马兴班长带吴述云、邓双喜和我游动杀敌,联络一排,传达反攻命令。邓双喜、马兴、吴述云在战斗中牺牲……"董富哭了。他沉默了一下又说:"上级指示两三天内即反攻,可能还派人来。现带来一点炒面和压缩饼干,还带来上级和全连的慰问。"

朱洪财和徐国忠沉默着。良久,朱洪财含着眼泪说:

"我们还有些余粮余弹和缴获来的急救包……让连里的同

志惦念了。"

朱洪财命令全排集合队列。徐国忠跑向排头,董富站在队尾。朱洪财高声喊道:"向马兴、吴述云、邓双喜三烈士敬礼!"接着,战士们唱起了志愿军战歌。

外面的朝鲜的夜,幽暗的战场的夜沉寂下来。凉风吹进坑道,黎明快到来了。

第九章

有了几分钟的安静。明天要反击了。步兵连队的会议开过了,师长一会儿要来,明天这里将成为师的前沿指挥所……王正刚坐在铺上,拿毯子盖着脚,闭上眼睛,听着住室顶上的很单调的滴水的声音:一下一下地,有节奏地滴在白铁板上面。隔壁的住室里参谋长在电话上向左翼一百高地叫嚷着,他的嗓子都快要发不出声音来了……王正刚于是睁开了眼睛。

"老张呀!参谋长!"他喊,"叫他们下半夜派两个人到八连坑道去,带一部步话机去。把团里那部预备机再给他们。老张!参谋长!"

听到参谋长已经在电话上向一百高地指示这件事,他就又闭上眼睛,听着住室顶上那有节奏的、单调的滴水的声音。但随即他又睁开眼睛来,喊着:

"老张,参谋长!他那迫击炮阵地证实了吗?是今天中午搞起来的吗?"

参谋长回答说,是这样的。于是又传来了他的在电话上讲话的慢腾腾的、吃力的声音。王正刚的眼光落在电话机旁边的一堆书上面,他的思想仍然继续活动在各种问题上,待到又一次看着这些书的时候,他才淡漠地想到,这些书是战斗前一天向师里文化科长借来的,还一本也不曾翻过。后来他的眼光又落到墙壁上的一幅画上面,过了好一会,他才意识到这幅画在他心里所引起的一些思想。这幅画是,一个年轻的母亲,捏着拳,皱着眉愤怒地看着前面,另一只手里抱着一个男孩。这幅画使他有点安慰,他想他可以告诉这位母亲说,他已经挡住敌人了,因而,她不必再忧虑了。他并且想到,这画也是文化科长那里搞来的,他满意那小孩子画得很漂亮。那时通讯员不知该怎么办,问他:"这画也挂上么?"他就说:"挂上。"通讯员是什么意思呢?嫌这画不好么?他想。这样他就又安家了。他的家就这样简单,但他还有一个更大的家,那是这里所有的人们的共同家,那就是祖国。他很眷恋它,想到它他就安静,并且意识到自己的责任,象这里所有的人们一样。……他对着灯光照耀下的住室各处看了看,这么想着,这就算是他的休息了。

他听见外面有一个声音说:

"下雨啦!妈的……"

"下雨了吗?"他说,于是立刻爬起来,拿起雨衣走出去了。

他简直就是从人们的膝盖和肩膀上爬过去——坑道里挤满了各部分的人员和战士,他们正在争取着极为宝贵的睡眠。他要到好几个地方去看看。新调来的重炮正在安置,准备反击用的;刚从后面上来的步兵连队正在往各处的坑道里运动;新的电话线正在敷设;弹药正在运送。他还要去看看那些朝鲜担架队的人们,他们已经工作了好几天了,他担心他们在大雨中无处落脚。大雨使得他睁不开眼睛。有一处的坑道口挤满了人,里面传出一个年轻的妇女的激动、活泼的声音来。这是师文工队的队员们在说快板,他们轮流地从这个坑道到那个坑道。王正刚向里面望了一下,看见微弱的油灯光下一个瘦小的衣服潮湿的姑娘在激烈地甩动着她的长辫子,她在战士们让出来的两三尺见方的地方屈着腿跳跃着,前进,后退,伸出手臂,然后又前进,又后退。王正刚挤进去了,他问这里是哪个连队的,因为他这时很想让这些战士们去帮助一下重炮阵地。那姑娘停止了,喘息着。

"说下去吧。"王正刚说,"五分钟能完吗?"

"有事吗?"那姑娘失望地说:"我们才开始,有四个节目……"

"太多一点了吧。"王正刚笑着说。

"不多呀!原来是七个节目,"那姑娘兴奋地说,"因为有两个同志病……"

"行,行,李雅琴,"王正刚说,"继续吧!"觉得自己说得简单一点了,就加上说:"应该有点儿拉的唱的什么的。"

战士们都微笑着。李雅琴对他笑着,但突然地转过身去,屈着右腿跳跃起来,把两条潮湿的辫子一甩,敲响了手里的竹板,又说起来了。战士们的轻轻的笑声静下来了。

李雅琴激昂地说着:"看这里,往前看!英雄来到高地上,英雄心里想一想,……"王正刚微笑着站了一会儿。他的激动流露到他的脸上来了;在这战火里听到姑娘们的声音,是非常令人激动的;很久很久没有听到这种声音,没有见到祖国的女孩子们了……如果自己的大女儿还活着的话,也该有李雅琴这么大了,是的,大女儿是一九三六年或是一九三七年出生的,但到底是哪一年呢?怎么能够记得清呢?但这是肯定的,那是在抗日战争以前没有多久,那时候他曾挑了一担柴到县城里,看见军队追捕两个青年,于是市场混乱了,他也就没有能给他的就要生产的女人买回任何一点东西去……他走到雨里,好长时间还听得见坑道里传出来的说快板的声音,并且继续想着,生大儿子的时候,一九三五年左右,穷得没有吃的,而生最小的女儿的时候他已经离开家了。他始终没有能给他的女人买过任何一点什么东西,连一两糖,一尺布也没有买过。但她却从来没有埋怨过他,而在他离家之后的那些艰难的岁月里,她更不会埋怨他了……他这么想着,看着文工队的女孩子们,她们是下午从友邻团来到这里的,显然一直到现在还没有休息。他刚才确实有些疏忽了,为什么不嘱咐她们等一下到他的坑道里去休息呢?他有罐头和糖果可以招待她们的。当然这并不稀奇,不过别的团长们在这种时候大约总是比他要周到些的——他毕竟还是一直有着这可恶的疏忽的脾气!于是他站下了,吩咐通讯员到坑道里去通知她们。

"让她们也争取休息一下,就说我希望她们一演完就上我那里去……不,你说不好。"他说,想到了叫通讯员去通知,就简直象发命令一般,不很妥当。

"我能说!"通讯员黄双和急迫地说。

"你呀,愣头愣脑的!"王正刚说,就在大雨中又往坡上爬去。他又听见那清脆、激昂的说快板的声音了:"英雄心里火直冒,手榴弹,冲锋枪!"他攀着战士们的肩膀走进了那小坑道。恰好这时快板说完了,战士们欢叫了起来,显然的,他们也是好久没有听到祖国的姑娘们的这种亲切的声音了。

"李雅琴呀,你们谁是组长?你们这几个……"他柔和地、慈祥地说。

"我们还有三个节目啦!"李雅琴说,很有些不安。

"不是说的这!我说啦,你们演完啦,上我那儿去,去休息一下,等着我回来还要跟你们谈谈。一定要去,知道吗?没别的招待,"他说,温和地、嘲弄地笑着,雨水从他的脸上直往下流,"喝点儿开水什么的倒是有,知道吗?"

李雅琴她们还没回答,战士们嚷起来了:"请首长放心吧!我们自己会招待的……有糖,有苹果……"

"那好,行!"王正刚说,"不过你们等下还是要上我那里去,我有话跟你们谈谈。"他用严肃的口气说。他想他还是不能避免"命令"的口气。但这样他就比较满意自己了。他想,他这个团长过去对人太不周到了,这次他总算注意到,改正了自己的习惯,他要让这些女孩子们高兴,给她们东西吃,送她们小纪念品,和她们谈谈她们每个人的情况……那么她们就会明白,他并不是一个不容易接近的,不热情的人。

他调了一些战士去帮助炮阵地。他下到后面的沟里,检查了绷带所和替朝鲜担架队设置的茶水站。在那里他又遇到了几个文工队队员,他们拉着手风琴给朝鲜担架队的人们唱歌,于是他又要他们工作完了上他的坑道里去休息。朝鲜担架队的工作是从这个地段开始的。他们有一些人默默地坐在雨里,因为坑道里全挤满了。手风琴在喧闹的流水声和激烈的炮声中激昂地奏着《金日成之歌》,洞子里的那些朝鲜人开始唱起来了,山坡上坐在雨里的人们也唱起来了,从声音也听得出来,他们大半是妇女,妇女的声音压倒了几个男子的低沉的声音。王正刚不会唱歌,当团长以来更是从来也不曾唱过几句,但这时他很想唱;犹豫了一下,他就简直是有些羞怯地发出了很低的、嘶哑的声音。绷带所的一个年轻干部走来向他汇报,惊奇起来了,想着他刚才到底是不是听见团长在唱歌。于是在报告着这夜间转运下来的伤员的数目和朝鲜担架队所运走的数目的时候,这年轻的干部就显得很激动。这时有一排炮弹落在左边山上,但人们仍然伴着手风琴歌唱,而山坡底下有几个妇女扛着担架跑上来了,一面跑着一面就歌唱起来。她们跑到洞口,向里面看看,其中有一个发出了一声快乐的喊叫,放下担架,好象在从事着什么迫不及待的事情似地,张开手臂,耸起肩膀,在大雨和泥水中,在拥挤地坐着的人们中间就跳起舞来了。随即第二、第三个妇女应着歌声加入跳舞的行列。

其中有一个就是金贞永。她穿着一件黄布军衣,赤着脚,就在坑道口伪装棚的木柱旁边旋转着。现在手风琴奏着王正刚非常熟悉,但叫不出名字来的朝鲜歌曲。王正刚看看他身边跳舞的妇女们,觉得他被歌声包围了,大声地对那绷带所的干部说:

"你们做的饭,这些朝鲜同志够吃吗?"

"来得及,这些妇女们亲自动手……"那年轻的干部说,显然地,在歌声和激动中,没有闹清楚团长问他什么。

"你说的朝鲜担架队运走的数目是很正确……我说是很正确。"

王正刚在歌声停下来的时候走向金永贞。昏暗中看不清她的脸——她这时正在狠狠地绞着她的衣服上的水。

"辛苦啦!"他说。

"不——哎呀,团长同志!你好!"她说,抓着她的潮湿的衣服的下摆,在大雨中欢乐地看着他。

在王正刚离开的时候手风琴又奏起来了,妇女们的歌声这一次更整齐更嘹亮。

王正刚在重炮阵地上遇到师长。师长显然是因为大雨提早赶到这里来的,他不满意这阵地上炮兵观察所的工作——他们到现在还未完全肯定古井洞南山敌人右翼的一个新出现的炮群。他命令左边山头上的山炮连对这个目标试射,不久,敌人还击了。

"你们看这是什么?"听着敌人炮火出口的声音,他说,"这难道是原来的那六门炮吗?"

"前沿七号阵地要炮火!七号!"有人大声喊着。

"叫老山炮连打!"李恒说。

这"老山炮连"——如同战士们所称呼的——一入朝的时候就参加战斗了。现在虽然有了榴弹炮,但师长仍然对它抱着特殊的感情,这是从他的声音里可以听得出来的。

他伏在泥泞的观察孔前面,静默了好一阵,观察着他的老山炮连的工作。然后,没有转过头来,他开始和那年轻的值班观察员谈话——从他的表情看,显然这谈话是被刚才的射击打断了的。

"你现在能听得准敌人炮弹出口的声音吗?"

"能!"

"你是湖南哪里人?"

"韶山。"

"这么说你是毛主席的同乡了!"

"没有十多里路就是……"

"你曾想到你到朝鲜来担任这种工作吗?"

"没有想到。"

"我们部队需要你这种有文化的青年。可是这个工作是一种需要冷静的,有时候还是相当单调的工作。我看出来了。你是希望一下子就做出惊人的事情来。"

观察员沉默着。

"你应该向你们连长报告,你们的工作有缺点。你的文化,你的能力,"李恒似乎是不在意地说,仍然看着前沿,"在我们部队里是有广阔前途的。可是你先要学习。我们部队前些时来了几个女娃娃。一个是北京的女学生,他们让她在文工队里搞了些时候,看她在这方面没有发展,让她去学习兽医了。听说兽医,她吓了一跳,眼泪都出来了,可是昨天我碰到她了,她就跟我谈什么马呀,骡子呀,草料呀,牲口棚呀,饲养员呀,好象她生下来就是搞这个的!她说,有一个饲养员夜里陪着生病的牲口睡,把她感动了,她还一定要我去看看她医好的那匹骡子!你们这些知识分子哇,到部队来的时候差不多总是艺术家……今夜一营的地段有过几次战斗?"他掉转头来,向着王正刚,表示他和观察员的谈话结束了。

师长总是出其不意和一些干部、战士谈话。他用着几乎是年轻人一般的坦率,带着锐利的目光和不可琢磨的嘲讽的笑容,好象是不在意地说出他的见解来。在紧张的情况中,他的威严的姿态,他的亲切的、但又毫不容情的神气——那种愉快而又含着闪烁的狡猾的神气唤起了人们的信心。他的两个团的战线上都在激战,他已经几天几夜不曾合眼了,但此刻仍然精力充沛,并且头脑变得更灵活,对周围的一切事情都发出敏捷的反应。

王正刚知道,师长李恒这几天并不是不焦灼的。前天夜里他到师指挥所开会,就看见过李恒沉闷的脸色,在会前会后他都一言不发,用那种严峻、沉闷的脸色送走了他的下级。军党委会命令他用现有的兵力守住前线的几个支撑点,在王正刚团的正面要守住无名高地和一百高地,在这个守备阶段里大量地杀伤和消耗敌人,但不更多地增加新的兵力,一直到反击,而他的两个第一线的团都在喊叫人员不够了。他那天曾很不乐意地给了王正刚一个连。

这是在会上同意的。王正刚离开的时候,他忽然从地图上抬起头来,用闪亮的眼光看着他,以那种有些酸痛的声音说:

"还有别的困难么?"

"没有了!"王正刚说。

王正刚曾注意到,有一丝讽刺的笑容从他的脸上闪过。王正刚看出来,他那时在痛惜几个好干部的伤亡。而站在一旁的

师政治委员,这时就以洪亮、明朗的大声说:

"这是完全可以明白的。"

王正刚当时曾想了一下,师政治委员的话是什么意思。他是指的困难完全可以明白的呢,还是指的别的,王正刚一时不能确切地弄清楚。但他感觉到,政委是在批评师长的心情。而在政委的这句话之后,李恒的脸上就出现了歉疚的、温和的神情。

王正刚跟着李恒,在大雨中走出观察所。

"我们这老山炮连不错吧?"师长有点得意地说。

王正刚在黑暗的大雨中笑了一下。

一群战士正在用绳索和木棍把一门重炮沿着新开出来的道路弄上山坡来。这个重炮营是奉上级指挥部的命令从几百里外的友邻部队里刚刚赶到的,他们将在天亮以前进入阵地。师部工兵连和新补充来的一个步兵连都为这些重炮构筑阵地。这些拉着大炮的战士在大雨中激昂地喊着号子,由一个非常尖利的声音领头。然后所有的人都发出呼喊。李恒和王正刚站下了,他们听出来,那领头的尖利声音并不是一般地在喊号子,而是在快乐地进行鼓动,一下子喊着"杜鲁门",一下子喊着"喷气式"。

"杜鲁门,哟,咳哟,他的眼镜架在鼻子上哟——掉到裤裆里呀呼咳——咳哟!"

战士们并不因这嘲弄的、快活的声音而发笑,他们来不及发笑,他们大声地整齐地喊出了洪亮的声音,于是那门大炮就沿着四五十度的泥泞的斜坡前进了一步。

"祖国人民,捐献了,飞机又大炮哟,那小喷气……"

"拿棍子来,注意点。"有人在这歌声中大声喊。于是这歌声变得更高昂了——它充满着战斗的灵感,这中国土地上多少代以来的劳动的歌声。

有几个战士在附近挖沟。两个指挥员听见了他们的谈话。他们在哗哗的大雨中用很响亮的声音谈话。有一个小个子的,样子很精悍的战士站在他们旁边,这小个子并不太热烈地回答他们的话,显然还不能决定他对某件事情的态度。

"你们这一天一夜就赶到了吗?"

"那用得着说,彭司令员的命令:限你们二十四小时。一秒钟差不了。人家是机械化,现代化。说的玩的,炮兵嘛!"

"你们听说咱们这里打得怎么样?"

"没听说。"小个子的、新来的炮兵说,他一时望望前沿,一时望望这些人,仿佛有点摆架子,不能决定是要佩服这里的这些人好呢,还是"不大佩服"——这些人知道这口炮的光荣历史吗?

"抽烟,同志!你们辛苦……你们没听说评论咱们这里吗?你们辛苦了。"

"不辛苦。"

那炮兵摸出打火机,在雨衣里点了烟,火苗照出了他的年轻的、精明的脸。王正刚于是很满意,他的战士们对友军的这种谦虚和团结的精神,为这一点,他是付出了不小的努力的。这么能打仗的部队,过去是有一股老大的骄气的。

"你们干这个的也不简单,要文化,脑袋瓜要聪明!"

"彭司令员亲自命令你们的吗?"一个亲热的、羡慕的声音说,"是怎么说的?是电话上说的电报上说的?"

"他下命令呗!"炮兵说。

"这后边公路上现在怎么样?好走?"

"没有问题。高机连跟咱们一块来的!"

"这可是好消息。同志,他们要是有啥困难,缺什么的,咱们这里人熟,老百姓顶好,尽管向咱们要……我是工兵排的!"

"咱们不缺啥!"

"人家炮兵还会缺啥吗?我倒想向你们搞点汽油……喂,你见过彭司令员吗?他上你们那里来过吗?"

"远远地见过。"炮兵小声说,避免"吹牛皮"。

"他显老吗?"一个非常热烈的声音问。

敌人炮弹出口的声音使这个炮兵避免了回答这个问题。他以炮兵的敏锐和威严大叫一声:"注意炮!"炮弹带着哨音和战栗的哗声飞过来了。搬运重炮的战士们卧倒了,李恒和王正刚也卧倒了。但是出现了很特别的景象:这炮兵自己不卧倒。这年轻人在显示他的勇敢。两发炮弹,一发在左边坡下,一发在后边爆炸了,弹片在人们头上飞过。巨大的轰鸣声还未过去,后边的黑暗中传来了一声呻吟,一个战士负伤了。

"命令二号阵地跟山炮连压制敌人!"师长对身边的一个参谋说。他又听了一下——随后的两发炮弹落到远远的左边去了——于是站了起来。

"榴弹炮营的,你过来。"他说。

那小个儿炮兵走过来了。当师长问到他的姓名和职务的时候,他仍然显得很沉着。

"我看你很勇敢。"师长辛辣地说。"你预备叫我把你调到尖刀班去吗?我可以调你去……"

这炮兵立刻明白了他面前是怎样一位首长,他一下子呆住了。沉默了一阵之后,他就以绝望的小声说:"首长,我怎么能离开我的炮呀!"

李恒沉默了一下,说:

"那你就报告你们连长,说:师长说的,你这并不算真正的勇敢,而且你对步兵的英勇的老战士们也不善于学习!"

"是!"炮兵说,喘了一口气。

师长和团长走开了。挖沟的战士们静了一下,就说:

"你这是碰上了我们师的一号首长,他是爱炮的……"

"那可不,"另一个战士说,"他爱步兵尖刀班,看他说的:'步兵的英勇的老战士'……"

那炮兵自己也分辨不清楚,他脸上到底是汗湿了呢,还是叫雨水打湿了。他悄悄走开去了。

坡下的路边上,一辆坦克陷在泥里。一个坦克手伏在炮塔上,恶毒地咒骂着这鬼天气。

"脾气小一点,伙计们,别生这么大的气……"师长说。

"生气哇,我还要向它开炮呢!"坦克手愤怒地喊,他没有认出师长来。

"你们是三〇七号吗?"师长说,"昨天我看了,你们有两发并没有直接命中!"

"直接命中的,伙计!那位步兵老团长他以为,非要敌人坦克冒烟,象烧纸房子,那才算直接命中,他不明白,穿甲弹是并不一定叫它冒烟的,后来他一定叫我们再打两发……我就想给一个冒烟的……"坦克的马达轰响起来了,因此这坦克手往下再说些什么听不见了。但听见他在一阵叫嚷之后说:"伙计,你们放心吧,送你们上山头……乌拉!"他喊叫着,坦克从泥里驶出来了。

"听批评了。"李恒转向王正刚嘲笑地说。

"可是他并不能证明他是命中的。"王正刚脸色变得很严厉,冷笑着说,"我要找机会进攻他,这坦克手。"

李恒和王正刚来到指挥山头的西边山坡下。准备明天反击的步兵连队正在交通沟里往前面的坑道里运动,大雨中政治工作人员在忙碌,喊叫着一些战士的名字,把贴着首长们的签名的手雷和手榴弹赠送给他们——淅沥的雨声中时时扬起了政治工作人员的喊声和战士们表达决心的激昂、有力的声音。师政委王树彬已经来了,他站在十字交通沟里,亲自把武器赠送给他所选中的战士们,用那种欢乐的、亲切的小声说着话。

"祝你胜利!祝你成功!我看见过你的战斗,去年白果洞我就看见过了……我们的英雄们,好汉们,把敌人打败,收获最后的战果,叫美帝国主义和李承晚匪军跪在你们面前!"

李恒在一阵激动中走到交通沟边上。

"我的老兵们!"他说,看着那在交通沟里默默地移动着的行列。有一团热辣辣的东西涌上他的喉头。"你们的政治部主任在吗?准备好,钱主任!叫他们准备好干净的坑道,房子,干衣服,准备好饭菜,把司令部伙房里的全拿来,我个人那里的也拿来,等我们的老兵们明天胜利回来!"

大雨中的战场;森严的夜;吼叫着、嗯哨着、呻吟着的炮弹;

从前沿各个山头飞过的红色曳光弹;照亮了那些山头的惨白的探照灯光。后备营的战士们在交通沟里肃静地通过,激昂的语言伴送着他们,而这些语言并不曾破坏这种肃静。手电的光芒偶然闪耀一下,雨水在战士们的雨布上发亮。坚硬的雨布使战士们的身体变得庞大。他们陆续地消失在黑暗的开阔地里了,他们将在前面的一些坑道里隐蔽起来,直到明天晚上发起攻击。敌人在这些天里成团成营地被杀伤,他们已经衰竭了。现在战争胶着在无名高地到一百高地的战线上,敌人占领了无名高地西山,在那一带的山坡上已经布置了铁丝网,修筑了地堡,企图转入防御了,但在他的脚下,他的后面,那些个坑道里发出的战斗在继续地动摇着他。这场战斗的命运到此就算是已经决定,在李恒的作战方案里,不仅要围歼这些个山头上的所有的剩下来的敌人,而且还要占领古井洞南山的敌人的原来的前卫阵地,这是一座一百多公尺高的长形山头。战士们此时诧异着李凤林连和突出在前面的朱洪财排,从不断的枪声看来,这个排还在作战,如战士们所说的,它如同一把尖刀,插在古井洞南山的敌人的防御体系里。经过了持续一个星期的艰苦激烈的守备战,现在战线要向南推移,为将来夺下古井洞南山打开道路。战士们都非常了解这胜利的价值和意义。看见这些在大雨中沉默地运动着的人们,看见上级指挥机关的意图现在正在最后地变成现实,指挥员们不能不觉得激动。在这里,在前沿的坑道和山头的战士们面前,在这些默默地行进着的战士们面前,人就会不觉地摒除了一切杂念,变得更纯真,更坚强。

  师长现在更活跃、更锐敏了,他的声音变得更有弹力了。师长和王正刚转回到了王正刚的坑道;明天这里将是师的前沿指挥所。指挥所的坑道里以前是疲劳而沉静的,但是师长的声音一传来——他带来了在外面的森严的黑夜中,在大雨和炮火中行进着的战士们的心情——干部们立刻活跃起来了,甚至步行机上的单调的疲劳的呼叫声也突然地带上了一种快活的震颤。连那些等待着执行任务,除了睡觉以外天下大事一概不管的战士们都醒了过来,悄悄地兴奋起来了。电话铃的响声、电话机和步行机上的叫唤声仿佛一下子变得更频繁,更热闹。一个年轻的参谋在电话上富于逻辑地激动地叫:"你确实是查明了吗?我当然是毫无疑问地在执行我的职务,这个职务就是检查你:你确实是查明了吗?"另一部电话上叫着:"我肯定地说,你们那里机枪一定堵上泥了。如果你们对于这场雨……"第三个电话上一个苍老的、欣喜的声音叫着:"他们已经离开小河边了,我听见了。我知道了,到肚脐眼,我知道了。"于是第四个电话上一个大嗓门的年轻人的吼叫在这片声音里扬起来:"慢一点,你不要叫,我记下来。"

"我要黄河,你是黄河,你听到了没有?我是青海,听到了回答!听到了回答!"步行机上的特别拖长的声音说。

"指挥排!我问你,喂,老杨吗?三〇七号坦克进入阵地了,你们和他们联系了吗?"

"第四榴弹炮群注意:第七区,丁第七,立即发射!"

这一切变得兴奋的叫嚷声仿佛在对师长的到来表示欢迎,人们知道,师长到来,这就是说,反击和胜利的时间到来了。

师长的高大、威武的身体慢慢地在坑道中移动,一群刚才还在打瞌睡的战士里面发出了一声洪亮的"立正"的口令,于是这半条坑道里人们全站起来了。

"休息吧!抓紧时间休息,可是象这样睡觉也太累了。睡得很累吧……"

战士们里面发出了轻轻的笑声。

"报告一号!和李凤林他们叫通了!"一个参谋说。

师长走到步行机跟前,从团参谋长手里接过了受话器。

"我是李恒哪!"他说,静了一下。

和李凤林的联系中断了好几个小时了。以后才知道,李凤林他们的小步行机员柳国怡因为接天线而在炮火下牺牲了,李发修了好久,才弄好了机子,对准了波长。因为下雨,而在这个激战的地段又集中了这么多的无线电报话机,干扰得很厉害,机子里暂时什么也听不清。李恒一下子听见了一个敌人的发怒的声音,后来又听见"新疆"的呼叫。步行机员又忙碌了一阵,终于李凤林的微弱的声音断断续续地传来了,他报告,刚才他们组织了一次出击,打了敌人的两个地堡,歼敌十四人,缴获轻机枪一挺,卡宾枪三支,还有手榴弹。

李恒非常满意这个功臣连长第一句话就报告了战斗的胜利。小步行机员牺牲,在李凤林心里产生的忧郁使他的声音好象从地底传来,但又好象他并未和阵地隔绝,好象他仍然在平常的情况下作战。李凤林接着报告了现在坑道里的人数——还有十五个人。昨天夜里营长赵庆奎到他们那里来过,带来了几个人。然后他非常遗憾地报告说,昨天夜里抓到的那个俘虏伤太重死去了。他报告说和一排没有取得联系。马兴他们一直没有消息。

李凤林显然是高兴能在这万分艰难中和师长讲话。他急忙地说着,生怕这讲话中断。他已感觉到,师长到来了,情况就要改变了。但他的声音非常嘶哑,在急忙中不时停下来歇气,师长就感觉到这是一张干渴到了极点的嘴在和他说话。

"你知道一点儿了吗?"师长愉快地说,用这种声调更加强了明天反击的暗示。

"知道。"李凤林说。

师长接着就用暗语说到反击。他说就要有命令给他,就要有部队到他的坑道里来,以他的坑道作为冲锋出发地。师长的暗语讲得很流利,使得步行机员惊异地抬起头来看看他。

"知道。……明白……"李凤林哑声说,又沉默了一阵。师长于是觉察到了什么,觉察到了这沉默里的某种苦痛的东西。

"你负伤了吗?"他突然问。

"没有,没有,"李凤林喊着。

"好。你叫李发说话。李发吗?报告我,你们连长挂花了吗?"李发低沉的胸音传来了,他完全和平时一样。

"挂花了,报告首长,是右大腿上……"于是传出了咝咝的听不清的一阵声音,显然李凤林正在制止他,"是腿上,一号,还不太要紧!"李发重新大声说:"是不要紧!"

显然这是刚才的那阵争执的结果。

"李发,听着吗?回答我……我正式地命令你为三排长,重视你们光荣的一连的荣誉,你多负起责任来!"

"报告!我一定保证连长的安全!"李发的胸音说。

李恒想,明天还有一个血战的白天,这种保证是不怎么实在的。但从李发的声音,他又觉得这毫无问题地会被做到。

"三排长,你听着!"李恒说,这个正式的称呼使他这个师长也感到一种骄傲,"告诉同志们,左翼友军的阵地上,有一个歼敌四千人的胜利消息,当然咯,我们这次比友军干得更多,可是友军也赶过我们一些了,我们是不能落在后面的……"

李恒放下受话器,对王正刚的参谋长交代了几件事情,就去和赵庆奎讲话。然后又和一百高地讲话。这之后,他来到王正刚的住室里,坐下来,沉静地一言不发,长久地盯着前面,显然他这时心里不仅有着对于反击部署的思考,还有着对于牺牲了的人们的哀悼和对那些在困难中忍受着流血牺牲的人们的悬念。这些混合在一起。他怀着有点沉重的心情,逐一地思考了反击部署的一切细节,应该尽一切力量减少伤亡,让那些亲爱的优秀的人们胜利归来。他的生活里,有爱情,有家庭,有一切快乐的期待。但现在,他的生活里,除了这些优秀的、亲爱的、祖国交托给他的人们以外,就再也没有别的任何东西了。他实在从来也不曾有过别的东西,如果他不是和这些亲爱的、无限忠诚的人们一起战斗的话,他的生活就简直是不可能设想的。

他的两只强壮的胳膊平放在桌上。那左边手腕下,三五〇高地战斗中得来的伤疤在发亮。

他的警卫员,按照部队的传统习惯,端了一大碗辣汤进来了。他担心首长在雨中着凉;部队里的人们,在这种生活中,较之信任医生和阿斯匹林,倒更是信任这种辣汤的。警卫员是和政治部的伙房吵了好一阵,才弄来这个的,因为这时伙房正忙着为战斗部队准备干粮。

他慎重地,但有些得意地把这辣汤放在师长手边。

"一号,这辣汤是……"他兴奋地说。

"谢谢你,"师长突然用那种有些酸痛的声音,很有礼貌地说——他不满意警卫员打断了他的思索,"谢谢你的工作,可是我一口也不想吃。"

警卫员脸红了。他想他是搞错了。他的这种神情,就使李恒想起了先前的那个警卫员杨正云——那庄重的"小孩子"在突破临津江之前负伤下了阵地,就没有消息了。他曾多次打听,都没有结果。

于是一个温和的、亲切的笑容在他脸上出现。

"看你这个家伙!我不饿哇!好,行,就放在这里吧!你的工作做得不错。真的,不错。"他说,用似乎是透明的眼睛看着警卫员,又变得快活了,那些沉重的思索被他暂时摆脱了,他推开凳子站了起来。

警卫员出去了,他又坐了下来,想了一想,就开始喝辣汤了。警卫员在外面看见了这个,就微笑了起来。

"要休息一会儿吗?再有半个钟点他们来开会。"王正刚说。

李恒摇摇头,一边吃着,一边随手拿过电话机旁边的那一堆书来,一本一本地翻过。他眯着眼睛,轻轻地念着书名:"《苏沃洛夫元帅》、《旅顺口》——好哇!有《青年近卫军》没有?我上次看了一点点就看地形去了,回来就不见了。"他的脸上慢慢地闪出了那种喜悦的、兴奋的、含着羡慕的神情,"你看这么多书啊?"他简直有些嫉妒地问。

"一本还没看哩。"王正刚笑着说。

"很好,书!"李恒沉思地说,眯起来的眼睛里闪着光芒。"我们这也是为了书而战斗吧?当然是为了好书咯……经我的手排过不少书呢,那是在我十八岁到二十岁的时候,在上海霞飞路,我现在还记得那个稀里哗啦的小印刷厂,排多少字一块钱的?我这双手恐怕现在也能够一分钟抓百十个铅字,你要是不信的话……我还是个熟练的技术工人哩!"他说,笑了起来。"不过那排的全是他妈的混帐书!"

他推开碗,拿过两本书来翻着,有一瞬间竟沉浸到书里去了,他的心里热烈的渴望、羡慕、遗憾,对自己不满足的感情一下子交织在一起,这种感情这一瞬间要比闲空中正式地来看书的时候要强烈很多倍。书本中的字句,在平常没有什么特别的,现在都显出了非常鲜明的动人的意义,好象一下子打开了一个新的世界似的。

"俄罗斯的兵士……"他念着:"看哪,英勇的俄罗斯兵士是怎样的呢?英勇的中国兵士是怎样的呢?这我也可以说出来的。我记得那本书《对马》,当那些俄国水兵在败仗的时候……"

王正刚亲切地看着他的兴奋的神情。

"我们部队的文化学习,正规的文化学习什么时候搞起来呢?多哩!马列主义的书也读得不多!"他带着深切的渴望说,"你知道么?"他眯着眼睛笑着,"我们那老军长上个星期背上的弹皮子又痛了,可是你看怎么的?他在叫炮办室二科长教他学几何哩!这老头子!"

他带着深深的遗憾推开了这些书,复又渴望地向这些书看了一眼,说:"我们保卫人类的文化。"不久那兴奋的神情消失了,书被遗忘了,他又沉思起来。

"打吧!"他轻快地说,摇了一下电话拿起来:"白果洞,要军长!"他说。

然后他对王正刚说:

"军长可能同意想办法增加一些个基数的炮弹,他说:'你用炮弹捶他嘛!你捶他嘛!'所以他可能同意的。"

他站起来,不觉地把帽子拉正。

电话里传来了军长的苍劲的、沉着的声音……

赵庆奎下午奉命来到指挥所。他前几天还到这里来过,但现在他觉得很久没有上这里来了。各处的电话铃声、步行机上的呼叫，各处的人们的闪亮的眼睛，使得指挥所的大坑道里充满了兴奋的紧张的空气。他夜间就知道要反击了，但这时更明确地感觉到这个。他疲惫得站立不住，头脑发晕，但他仍然站下来，收拾了一下他的涂满了泥浆的衣服，并束紧了皮带。在团长的住室里正在召开着会议，首长们正在听取着师部侦察科长的汇报。赵庆奎让通讯员刘福海和随着他来的两个老战士留在外面，轻轻地喊了声报告，在门边等待着。首长们似乎并没有注意到他的到来。师长坐在铺上，严肃的脸隐藏在香烟的烟雾里，手里拿着一支铅笔，听了侦察科长的一段话，就在膝盖上的一个小本上写上了几个粗大的字，皱着眉又听着，又写上几个粗大的字，并划去什么。侦察科长用很大的声音报告着敌情，说起了一个俘虏的供词，又说起了敌人无线电话报机上的对话，赵庆奎因为紧张地注意着他这时觉得特别亲切的师、团首长们，没有听清楚，但听见人们的哄笑，会议突然活泼起来。师长大笑了——赵庆奎所熟悉的那种嘹亮的笑声；他把军帽往后一推，笑得身体都震动起来。

"他说什么？这美国俘虏怎么说的？"师长问，快乐地闪耀着眼睛。

侦察科长仍然用同样庄严的调子大声报告说："他说上帝不吃猪肠子，猪肠子不好。他是这么说的，他向他的下级指示的第一句话是：'我们都是相信上帝的人，相信上帝创造天地和人类，这是我们立国的基础，上帝保佑你们！'"

"唔，这样的！保佑哩，不吃猪肠子！"师长说，盼顾着，严肃地说："往下说吧！"

"现在敌人原先的那两个团，已经不成为编制了，而他的一个新来的李承晚联队，已经完全证实来到了古井洞南山，补充前沿阵地。现在敌人的一切通话都是关于加强工事，加紧修筑地堡的，他有一批铁丝网和其他副防御设备是用直升飞机运来的，他在无名高地要修十七个地堡，现在完成……我这里有图。"侦察科长大声说。

"不让他修了,我的炮不让他修!"师长插嘴说。

"不仅是炮……"侦察科长说,摊开地图。

赵庆奎的疲劳的脸上显出了笑容。他静静地在门边听了半个多钟点,会散了,他退到外面让人们出来,但这时师长的亲切的、愉快的声音叫着:

"赵庆奎!喂,赵庆奎!"

"有!"赵庆奎大声喊。

他走进去。师长迎上了一步和他握手,问他辛苦,但王正刚坐在桌边,疲劳地笑着,有如一个慈爱的父亲看着他的孩子被别人夸奖时一般。

"你打得好!特别是这两天……"李恒说。

"还是有缺点哇……"王正刚小声说,他的眼睛笑着。

赵庆奎知道,热情奔放的师长这时非常挂念前沿坑道的人们。

"怎么样?爬过来的么?机枪封锁还厉害么?"师长问,快乐地闪耀着眼睛,并在微笑中翘起了他的薄薄的嘴唇。

"不算太凶。"赵庆奎说,"那劲头比前两天差多了。"

几天来,赵庆奎用补充给他的极少数的兵力把无名高地主峰守住了,杀伤了大量敌人。但上级的夸奖却使他不安。他很想讲一讲他的战斗里的缺点,但师长又问:

"桥怎么样?河水深吗?"

"不深。"赵庆奎不假思索地说。

李恒在三尺见方的土地上走动着。他喜欢赵庆奎,喜欢他的聪明和勇敢,喜欢他在如此疲劳中还流露出来的英俊的气概,特别是,喜欢他在上级面前的自然的、正直的神态。

"那么后续部队是可以从水里过去的。已经完全没有下雨了吗?抽烟吧。几天没有抽烟了吧?"

"他们那里有时倒是可以有几根烟的。"王正刚说,仍然似乎是很疲倦地笑着,但显然他很高兴师长赞美他的干部。

"这样,赵庆奎!"他说。

"有！"赵庆奎小声说。他明白团长的情感，对这一切都觉得高兴。

"你找个地方——恐怕很难找到地方——休息几个钟头，然后接受战斗任务吧。交给你两个连……"

"不，不需要休息。先领任务吧。"

"看样子你是不需要休息。"李恒说，羡慕起赵庆奎的精力来了。

"休息。"王正刚坚持地说。"你带了熟悉地形的人来了吧？现在你派一个战士到朱洪财的坑道去，晚上十一点钟以前到达。通知他们反击。"

然后团长看了他一眼。团长的没有说出来的话是："虽然这个战士也许不能到达，虽然朱洪财他们情况难以知道，但现在必须派出去……"

"知道了。"赵庆奎说。

温暖、愉快的感情充满了他的心；他的疲劳完全没有了。他走出来，把刘福海叫到一边。他决定派刘福海去，不仅因为他熟悉地形，而且因为他过去是一排的战士，而且因为这年轻人要求战斗任务已经很久了。当他的老排长们艰苦地被隔绝在最前沿的坑道中的时候，他总觉得在无名高地上跟着营长执行任务并不算什么战斗，虽然无名高地上的战斗非常激烈，但要拿这一点来说服他是很困难的。几天来他沉默寡言。

刘福海看见营长就站起来了。这时前沿整个的地形，各处的敌人的岗哨和机枪火力都在赵庆奎心里闪了一下。敌人已经转入防御，无名高地前面的一些山头上已经敷设了铁丝网。刘福海将要走过怎么样的一条道路呢？他要先跑过炮火封锁的无名高地坑道，然后沿右山根爬到敌人后面，经过李凤林的坑道，然后在敌人身边、敌人新修的地堡下面、敌人的铁丝网中间爬过……三天前，夺回了无名高地主峰之后，他曾派出了两个战士，但后来这两个战士在一连主峰后面的坡下奉团部的命令撤回了。

赵庆奎看看表。现在是四点半,离天黑还有两个多小时。

"刘福海!"

"有!"刘福海说,并拢脚跟,站得笔直地,仰着头看着赵庆奎。

"有重要任务给你。你先休息一个钟点,找个地方。"他说,想到团长刚才要他休息的话,觉得刘福海不会去休息,但这年轻人说:

"是!我这就休息去!"

赵庆奎觉得意外了。这年轻人连究竟是什么任务也不想一想,好象他对一切都非常安心似的。刘福海又问:"我这就休息吗?"同时环顾着,已经看准了附近的一个木箱了。他于是走到那木箱旁,坐下,靠在石壁上,但随后又觉得这样不舒适,把那支宝贵的抱在胸前的冲锋枪往箱子上一放,就躺下来了,下半身还悬在箱子外面。但脚跟却够着了一个篓子,这样腰部和脚跟就有了支架点。他闭上了眼睛,不再动弹。显然他是真心诚意地在休息,并非拿这来搪塞营长。

赵庆奎不禁想到,初入朝的时候,他还是一个行军走不动路就要掉眼泪的青年。他又想到,三五〇高地下来他没有立功,大约是有些懊恼的;虽然他从来不曾提到过这件事,但赵庆奎却看见过他爱不释手地抚摩着徐国忠的那枚军功章。

"这战士太好了!太好了!"他又跑去向团长请示的时候,就讲了刘福海的事情,这么嚷着,"太好啦!"

"那么你休息去吧!"

赵庆奎挤到一个漆黑的住室的潮湿的铺上,不问这是谁的铺,枕着一个睡着了的人的腿,也不问这是谁的腿,睡下了。抽了半支烟他就睡熟了。

他准时醒来,先到刘福海跟前去,看见他已经坐起来了,皮带系得很紧,做好了一切战斗准备,看见营长,他就赶快把抽着的烟捏熄,站了起来。

赵庆奎把任务告诉了他。把炮火和冲锋的信号,把今夜战斗中的口令告诉了他,并且嘱咐他,如果一排的干部们没有了,他就代理指挥。要冲出坑道口狙击溃逃的敌人。

刘福海准确地把命令复诵了一遍。他仍然很平静。

"那么现在你就出发吧,刚好到无名高地天黑。问他们要几颗手榴弹,把枪梭子上好。沉着点。上级信任你。"

"手榴弹已经有了。营长,现在几点?"刘福海问。

"五点。你对这个任务怎么想法?"赵庆奎问,拿过他的枪来,搬下梭子来检查了一下,又对着亮处看了看枪膛。

"营长,我猜到是这个任务。你一喊我就知道了。"

"好,那么出发吧!"赵庆奎突然冷淡地说,和他的心爱的通讯员握握手。

这年轻人沿着坑道往外走去了,冲锋枪斜斜地挂在他的已经长得相当结实的肩膀上。他走得很慢,一边走一边在沉思着什么。赵庆奎在背后看着他。赵庆奎还没有决定就这样把这个年轻人派出去,他想时间还宽裕,似乎还有点什么事情没有吩咐他,但一时想不起来究竟是什么,他正想喊他回来,这年轻人自己又回来了,走到住室的一个铺位跟前,这铺位上躺着疲劳的侦察员们。他喊醒了他们,问他们要东西:接过了两包香烟和一包压缩饼干,后来就爬到侦察员们的铺位上去搜索他们的挂包了,于是侦察员们都叫嚷了起来。赵庆奎便想到他在匆忙中一时没有想起来的正是这个:叫刘福海带点东西到前面去。

看来是这样:作为首长的赵庆奎,对于这个心爱的通讯员的许多战场上的经历是有些疏忽的。比如,他简直不知道刘福海什么时候和这些侦察员们搞得这么熟,而且他也不曾想到,他的这个素来都非常老实的通讯员竟能把老练的侦察员们说得哑口无言。他现在就似乎等待他的通讯员在这个时间里表现这个。

"干吗这么小器呀,告诉你们吧,这是带给前沿坑道的!"刘福海快乐地大声说,"老黑,你要是小器,这么的,我写个条子,明天加倍还你!"

"谁小器呀!"老黑说,"你这通讯员真精,拿去吧,抄家吧,拿

409

去吧！"

"谁还有？饼干谁有？自动拿出来吧，吴得贵一定有，咱们吴得贵最仔细的……"于是刘福海又要水壶："两个，一个不够，两个才行，叫子弹打瘪一个还有一个……"

"这样吧，刘福海！"老黑叫着，"你要什么干脆咱们全班供给你！咱们这就改成供给科吧！香烟还有，饼干还有，水壶还有八个，毡子八条，……"

"说正经的！"

"还有糖，还有罐头两个，苹果——苹果可就是一个，连首长奖励咱们的！"

"糖——水果糖吗？要，拿来！一个苹果也拿来！"刘福海叫着，"可是得声明，这些我是不还的。这糖该不用数数目吧？好，老黑！"看着他面前的那一大堆东西，他果决地说："这是最后一桩了：向你借个包袱——我看你那包袱是蓝布的！"刘福海说着内心踌躇了一下，他想到他这么做是否出于一种战场上的虚荣心，他想到他这么抄侦察员是否有些不妥，他们是不是会有突然的任务要用呢？于是他的声音有些喑哑了。

"那是我的枕头布呀——小伙子，不是咱们当侦察员的在你面前说这个，背着这些个东西连咱们都不好行动的。你真的打算都背走？"老黑说，注意到刘福海的情绪，他想，东西被刘福海"抄"去了，他还是可以搞到的，于是他的声音里有一种欢喜的情绪。老兵的心里有着对刘福海的慈爱。

"那是我自己的事情！包袱拿来吧！"

"好！好！老黑叫熊啦。"

刘福海动手把那些东西都包了起来。侦察员们帮助他，打了一个结实的长条的包裹挂在他的左肩上；他跳了两跳来试试它到底紧不紧。他的脸上是果断的、庄严的神情。

赵庆奎站在他后面。赵庆奎甚至有些惭愧了。首先，他忘了让刘福海在团部拿些东西带去；他也曾考虑到这一点，但他觉得，立刻就要反击了，带东西是用不着的，但也想到，假若反击和各种情况耽搁一阵呢？刘福海现在的神情使他觉得，这一点点东西将给前沿坑道里的人们带去多大的鼓舞啊！其次他觉得，他在这之前对他的通讯员的信心虽然不低，却十分担心他不会到达，但现在刘福海用香烟、糖果、饼干，以及那一个鲜红的苹果向他证明了，他是一定能到达一排的。

刘福海向侦察员们又要了一根背包绳，然后说：

"谢谢啦，过了年再还啦。"他沉默了一下，变得非常庄重，举起手来对侦察员们敬礼。

四五个侦察员立刻从铺上站了起来。他们中间的一个高喊："立正！"他们对刘福海还礼了。他们说："祝你成功，小刘。""你一定能到达。"并且和他握手。那被叫做老黑的结实的战士还跳了下来，自动地要帮他到团政治处的炉子上灌水，并且帮他整理行装。

赵庆奎刚才是想着让刘福海少带点东西的，因为刘福海已经比原来增加了好几颗手榴弹了。但现在他觉得这些东西确实也很难减少什么，而且看来刘福海会搞得很好。刘福海转身往前走去时似乎在找寻他，想向他汇报这个，但并未看见他，他于是又决定再看看他怎么搞法。

"等下我负责还你们吧，"赵庆奎走过去对侦察员们说。

"哎呀一营长，"一个侦察员不好意思地说，"你不看我们是开玩笑的？哪一件东西不都是祖国来的？要是五次战役的时候……"

赵庆奎转弯走过团政治处的坑道。在政治处的煤炉跟前，两个人围着刘福海，一个是政治处的通讯员，在替刘福海灌水，一个是老黑，在替刘福海捆着身上的带子，使那个包裹结结实实地贴在他的左肩膀后面，后来又替他挂上水壶，拿那背包绳替他把它们在腰上绑牢。刘福海抬着胳膊，左手拿着一个包子在啃着，右手端着一碗开水，水很烫，他自己在吹，政治处的通讯员也凑到碗边上来帮着他吹。

老侦察员用很冷静、很严肃的神色打量着刘福海，一个母亲打量着她的装扮起来去做新娘的女儿,也不会这么细心的。他蹲下来重新替刘福海拉紧鞋带,后来,对他的背上端详着,又跑到正面去按一按他的肚子,替他把两颗手榴弹往弹袋里塞紧——虽然那已经很紧了。团政治处的通讯员也围着刘福海打转。老黑看见赵庆奎了,笑了一笑,但刘福海仍然那样站着,带着他的"全身披挂",嚼着包子,喝着水。

后来他把水碗放下,跳了一下。老黑在他手臂上狠狠地打了一巴掌,嚷着说:

"行!这样子连杜鲁门见了你也要害怕的!"

"真的行吗?"赵庆奎端详着刘福海身上的全副"披挂",觉得好笑,走到灯光下去。

"怎么不行呢,行!"刘福海说,有些脸红了,于是他向营长敬礼汇报。"营长你看吧,……"他于是又跳了两跳,"没有碍事的吧?一点儿碍事的也没有!再给我三个包子,"他向团政治处通讯员说,"这包子不错。"他说,似乎想说句什么笑话,但笑了一笑又改变了主意,"我带到无名高地去给教导员……"他对赵庆奎说。

这年轻人又对赵庆奎敬了一个礼,就跑出坑道去了。

朱洪财在防御坑道口的战斗里好几处负伤,但照常行动,而且用各种办法鼓舞全排。现在他胸部负伤,躺倒了。徐国忠坐在靠近坑道口的地上,拿一颗冰凉的手榴弹贴在胸前,于是手榴弹也渐渐地变热了。他想着很多事情,想着他的职责,想着他的躺在坑道里面的善良无私、谦逊的排长。

这以前他也是勇敢的战斗的,他现在是党员又是功勋战士。但他觉得这以前他并不曾彻底地想到过他的职责;他是年轻人,战斗使他兴奋;他说干就干,干脆而快活,不曾对一切事情好好地想过。朱洪财这几天的行动使他感触很多,使他涌起了庄严的思想。

"我这人有时是有句把牢骚的,他从来没有。你可看见他有过不快的脸色？没有。我这人是有时怕艰苦的，我欢喜吃点儿什么，欢喜买点东西，爱点漂亮，可是他除了干工作就是干工作，我当排副以来，多少工作全是他帮我挑着，扛木料，他抢着去，扛粮食，他叫我看家，掏水沟，他叫我休息……他为了什么？为了同志，为了我们革命的事业。那么在这里我的职责是什么？"徐国忠想，"我不光是在今天要守住坑道，在明天要打上他古井洞南山，也不光是要当好一个副排长，这能力我是有的，我要从共产党员这个称号来考虑问题。我这个人，再聪明些，在旧社会里又能怎样？我应该想到我现在已经是革命事业中一分子，而我们还要把这光荣的旗帜交给将来的一代，就如朱洪财一样。那时候我说：我们使这旗帜上增加了新的光荣，用鲜血增加了新的光荣，保护它，前进吧，往共产主义前进吧！"

这些思想象浪涛一般汹涌着。这些思想使他忘却了他的困难：窒息的坑道、饥饿、干渴、血腥……

并不是常常能这样思想的，有时候头脑里疲惫得昏昏沉沉。但不论怎样，只要一休息下来，一阵爆炸或是一阵枪声过去了之后，朱洪财的各种事情就要被他想起来。这老排长给他的印象太深了。他当新战士的时候朱洪财就是班长了，那时候，看着这个班长老实的、和善的样子，他曾想：他能管得了我么？那时候他还是毫无觉悟的——被国民党抓兵出来，关在一艘轮船里运往东北，病重的人就被抛到海里淹死，而他恰巧病着。他揣着一把刀子预备格斗。……解放以后，他是被很苦痛的感情蒙蔽着了，也就这样地来看朱洪财。在他那时看来，朱洪财并不如那些反动的烟枪兵一般凶横，这虽然不错，可是却没有气派。后来怎样呢？朱洪财在行军中替他扛机枪；在他脚上生疮的时候背他蹚水过河；在他病倒的时候替他擦澡，而这一切都简简单单。于是终于有一次他嚎哭了。

"别难过吧，"朱洪财说，"难过什么呢，咱们是一家人，自己人。"

即使在此刻想到这个，他的鼻子也要发酸的。朱洪财教育了这么多的新战士,可是他自己现在倒下了。他不知道朱洪财家在哪里,也不知道朱洪财有没有亲人,朱洪财一次也没有谈到这个。

"排副!"吴申喊着,"排长喊你!"

徐国忠走到朱洪财身边,坐下来,抓住了朱洪财的坚硬的大手。

"咱们点个亮吧,排长,把那半根蜡烛点起来。"他愉快地说。"你心里好受一点了么?没多久就要反击了。"

"谁在坑道口?"朱洪财问。

"董富。他很得力。咱们还有三夹子机枪弹,机枪我也修好了,你放心吧。"

徐国忠紧捏着他的排长的手。他很激动。可是朱洪财仍然是平静的。

"敌人疲了!"朱洪财说,"我就在想这么的,他疲了,他拿不下咱们的坑道。……排副,你再过来一点,"他说,于是对着徐国忠小声说:"安慰一下几个伤员,告诉他们咱们守住了,也出击过了,歼灭敌人那么多,现在就快反击了,明白不?"他说,仿佛他自己不是伤员似的。

过了一阵,朱洪财又喊徐国忠。这次他要徐国忠想办法使人们活跃一点,——他觉得坑道里现在的这种沉闷是不好的。

"就把剩下的那根蜡烛点上吧。"他说,"钱得贵那里不是有副扑克吗?叫他们玩玩吧,他们几个年轻人……"

徐国忠点亮了蜡烛,并且从伤员钱得贵的口袋里找出了那副破烂的扑克。

"喂,有谁来打百分的?来这么一家伙吧!"

几个年轻战士爬过来了。扑克牌缺好几张,有的一张变成了两张,但他们仍然打起来了。渐渐地就发出了悄悄的笑声和争执的声音。人们怀疑徐国忠偷牌,他就大声吵闹着。

"这不是我的?赌个咒!尖子是我的!——你们看好,一张,两张,三张,毙啦!"徐国忠举起手来用力地捶在那件垫在地上的大衣上。

人们不承认,大家叫嚷起来。

朱洪财侧着身子躺着,看着这些年轻人的脸,心里很安慰。

"你们要好好地监视排副,"他说,"他花样可多呢。"

他闭上眼睛躺了一会,又看着这些在微弱的烛光下现出来的肮脏、憔悴、年轻的脸。他熟悉每一个人的历史和性格,这时他就在心里估量着,如果最后的危急的时刻到来了,他们每一个人会怎样。他想他们会战斗到最后一秒钟。他又想,将来他们每一个人会成为怎样的人。先前他估量每个人,心里琢磨着他们的优点和缺点,但现在他觉得似乎每个人都分不开了,他很难分出他们各自的优点和缺点来,因为大家是这样地结合在一起了,日常生活里的一些不同的脾气,习惯,都似乎在这万分艰难的战斗里消失了,或者溶成一片了。哪一个将来是当班长的人材呢?几乎每一个人都可以。

"能把他们带出去就好了。"他想,"这都是多么宝贵的人啊!锻炼出这样一个战士来好不简单啊!"

他想到他不会活多久了。对这个他无动于衷。他觉得他既然已经战斗了十几年,可能在今天的这一仗里献出了生命,他是没有什么不满意的。要是能活到将来,哪怕是再见一眼那些熟识的朝鲜老乡们,帮他们割割稻子,那就好了;要是能再见祖国一眼,那就更好了,可是,在战场上总有人牺牲的。别的人——他们这些年轻人会去割稻子,会再见到祖国,会看见人民的和平的生活的。他想到,在他幼年时,他的家的破烂的茅棚,和他的母亲偶尔点燃的窗洞里的油灯光。

"朴淑姬她们的稻子按讲是长得很高了,去年她们的收成不太好,我们刚来的时候炮弹还落在田地里,可是今年不会了。"他想。

"怎么,不打啦?"看见蜡烛熄了,人们静下来了,他说。

"节省蜡烛,等会儿再打!"徐国忠严肃地说,在黑暗中向坑道口摸索着走去。

"你们记得朴淑姬那小姑娘吗,去年我们排在山上锯木头……"

"记得,排长。"一个战士说。

"不知道这小姑娘现在在哪里,上阵地那阵子,我们帮她家挖的那个土洞才挖了一半……"

"排长说什么?"徐国忠走回来问。

"我说呀。朴淑姬她们那东边山沟里不是有个镇子……那坡上,小溪水的旁边不是有个小照相馆吗?"朱洪财说,很吃力地沉默了一阵,"我有好几回到后勤去扛东西……"

"那镇子后来叫炸光了。"徐国忠说。

"我说的是没有炸以前。是有个照相馆吗?一间屋子,门口钉着一块写朝鲜字的木牌,上面画一个照相机,一只手……"

"对的,我见过!"一个战士说。

"我好几次走过,总想照张像。我还是七年以前照过一回像哩。"他竭力地微笑着,吃力地说,"我不是想照我个人的,我这人不上像,我这副样子也够呛的。"他说,在黑暗中笑着,"我是想咱们排的干部、战士们一块儿,把那小丫头带去照一张……"

"这个主意太好啦!你怎么早不说呢!"徐国忠说。

"每回总这样想,可每回一回来就忘了。"

战士们说起来了:"这回下去一定照!排长也单独照那么一张!将来新闻记者什么的来了就不空手回去了。叫咱们也看看排长的像片登在报上……"

"那……"朱洪财犹豫地说。

朱洪财谈这些话,因为他心里渴望谈话,并且他想用朴淑姬小姑娘的事情来鼓舞战士们。但他现在听出来,战士们都在安慰他。

"对!将来咱们这守坑道的全体,带上那小丫头,照这么一张!"

"那可有意思哩!"徐国忠严肃地说,面颊在黑暗中有些颤抖。

朱洪财振作着,一时想起这样的办法来,一时想起那样的办法来,鼓舞战士们。他知道,要紧的事情是他还在撑持着,要紧的事情是使人们忘记他的伤势,在和他谈话时能够得到愉快和信心。

这样,所有的人都不觉得他们的排长伤得多么重——他们甚至没有觉察到他说话是那么的困难,他拿他的手紧紧地揪着他腿上的皮肉来忍受疼痛。每一次谈话,每一次想出一点什么来,对于他都是一次激烈的搏斗,他竭力使他的声音保持平常的样子。觉察到他再也支持不住时,就闭上眼睛,默默地躺着。

朱洪财一次比一次更强烈地感觉到衰弱,但也一次比一次更强烈地感觉到他带领着人们战胜了困难,战胜了饥饿,痛苦,和那种不知不觉的恐慌。他们又坚持到天黑了。天黑下来以后,朱洪财就一直昏迷着,躺在那铺在泥地上的棉衣上。徐国忠不时地走过来,在他身边坐下,抓住他的手。

天黑下来好久了——人们不知道时间。突然地坑道口发生了一阵吵嚷;外面响起了凌乱的枪声。

刘福海在枪声中大骂着跳进了坑道。他跳进来以后,人们欢叫起来,他却仍然激怒地大骂着。

"他妈的,狗养的,不要脸的东西,世界上顶无耻,顶下贱的东西!乱打枪!"他叫着,不回答人们的欢迎和询问——这小伙子脸都气白了,因为他好不容易地爬到了坑道口附近,找着了坑道口,敌人却突然向他打枪,"痴心梦想!混帐!你他妈打了这么多子弹我还是过来了!痴心梦想,混帐!打烂了我一个水壶,看这不是……"

然后他站下来环顾,和迎上来的徐国忠拥抱,徐国忠用力地亲吻他的脸,他也亲吻着徐国忠,虽然他从来没有这样过。他激动得哭了,但立刻又大骂起来。然后,他高喊:

"反击啦!同志们,立刻就要反击啦,作准备……"

人们全哭了。

"还有一壶水,同志们,古井洞北山的——朝鲜土地上的水!"刘福海说,笑着,又哭着。人们点亮了蜡烛。他狠狠地扯断了身上的那些带子,"有香烟,祖国来的香烟、糖果、饼干;最亲爱的同志们,"他哭着喊,"这里还有一个祖国来的大苹果!"

"我的可爱的祖国啊!"一个伤员颤抖着从地上爬了起来,大声喊着。"我为你流血牺牲多么值得啊!"

在这喊声里刘福海和每一个人拥抱,亲吻他们,把眼泪滴在他们脸上。

"排长呢?"他喊。

于是他沉默下来。他走到朱洪财身边,蹲下来,轻轻地喊着又抚摸着朱洪财布满了皱纹的前额。

刘福海心里又是战斗的兴奋,又是会见了亲爱的一排的人们的骄傲和欢乐,又是对敌人的气愤,又是因朱洪财负重伤而带来的悲痛,他一瞬间不知道要适应哪种感情才好。但他终于沉静了下来。向徐国忠传达了营长的命令之后,坑道里人们动作起来了。于是他又坐在他的老排长身边——他一辈子也不能忘记,是这个排长把他从战场上带出来的。

朱洪财苏醒了过来。他很不愿意人们拿烛光照耀着他;他睁着眼睛好一阵时间,但没有认出刘福海。

"排长!你看我是谁?"

朱洪财于是颤抖着把他的手抓住了。

"反击了吗?这么说是要反击啦……"

"对啦!首长派我来的!你看这苹果!"

"好!好!苹果给伤员们吃吧!我不要吃!"但看见人们围绕着他,他就笑了一笑,轻轻地说,"也好,我吃一点儿吧。"

刘福海把苹果放在他嘴上,他张开嘴来,很吃力地咬了一小块。刘福海迅速地把朱洪财搂抱了一下。

"很好。"他说,"我吃不下,大家吃吧,一人尝一口!……"

苹果被传递到伤员们那里,然后又传递到其他的战士们那里。

"好苹果!我看是咱们东北的!将来下阵地,我要吃他一筐子!"一个伤员欢乐地说。仿佛他要把这苹果一口吞下去似的。苹果又传递回来了。它总共只被咬下了两三块皮。

"这算是干啥的呀……"朱洪财皱着眉说。"你们要是爱你们的排长,就吃光它!"

苹果又开始传递了。

"刘福海,好!"朱洪财说,"看见你今天这么勇敢,我心里可是高兴,……要说我这个人有什么心思,我就是舍不得你们,年轻人,我的好战士……"他说着,涌出了眼泪,哭着,"排副……董富的功劳,钱得贵的事迹,还有吴申……你要好好地汇报上去,可不许粗枝大叶的哇。"

"排长!"刘福海失声地喊。

苹果又传递回来了,仍然剩下大半个。朱洪财看看它,喘息着说:"再给我吃一口吧。"

他仰起头来,但立刻他的头又垂下去了。颤抖着手,从上衣口袋里拿出几块钱来,"买点毛巾什么的送朴淑姬,……我这个人,那时候忘了买……"

他昏迷过去,在他的亲爱的战士们的围绕中死去。坑道里所有的动作都停止了。蜡烛的微弱的火苗在寂静中摇闪着。

"同志们!"徐国忠用嘶哑的小声说,"现在我们准备战斗吧。排长是不需要我们难过的,现在我们把苹果吃光吧。"他说,揩去眼泪,但却没有吃那苹果。

一直到反击过后,离开阵地的时候,那苹果还在他的衣袋里。

最初一批反击的炮弹呼啸着飞过黑暗的天空。当这一批炮弹在敌人阵地上爆炸开来的时候,天空中就陆续充满了啸音和颤抖的号叫,这声音最初好象成群的巨大的雕鹏拍击翅膀,随即就好象大风暴,好象洪水倾泄下来,但它立刻又被连成一片的雷鸣般的吼声吞没了。于是在这些山头和山洼间仿佛突然地出现了一座火山的喷火口。虽然在朝鲜战场上这还远不是规模最巨大的炮火,但这里的战士们却还是第一次在这么强大的炮火掩护下作战。复仇的时刻到来了。

在这个战斗里,涌现了无数的英雄人物和英雄事迹。在这次战斗里,赵庆奎指挥着他的战士们五分钟内冲过了无名高地西山;在这次战斗里,负伤的李凤林要人们把他抬到坑道口来指挥作战;在这次战斗里,顽强的李发带领着人们冲出坑道,遇到敌人纵深里的铁丝网,他就伏在上面让战士们从他身上跳过;在这次战斗里,新战士冯义明负了七处伤炸毁了敌人的地堡;在这次战斗里,师部宣传科的一个干事冲到了二梯队的前面,叫炮弹击中,躺在地上喊着他的鼓动口号;在这次战斗里,团长王正刚来到无名高地坑道,当他爬上山头观察各个尖刀部队进展的情况时,弹片打伤了他的右肩,他倒在交通沟里,通讯员扶他站起来,他就命令人们把电话拉到这里的交通沟里来,继续他的指挥工作,因为这时的瞬息万变的战况非亲自观察不可,而无名高地坑道的观察所已经叫敌人的炮弹击毁,叫泥土堵死了。

干部们都知道团长负伤了,他们蹲在交通沟或者坑道口,等待团长的命令。一个一直呆在团长附近的参谋接了命令走了,对他旁边的人说:"注意点团长。"第二个人走了,同样对另一个说:"注意看一号。"当炮弹飞过来的时候,就有一个干部伏在团长的身上。团长推开他,命令移动一下位置,简单地说:

"马上就可以干掉他这两门迫击炮了。"

师长满意攻击部队的迅速进展。

"你不必等待我了,你的信号弹起来,炮火就再转到古井洞南山……你能够准确地判断时机的。"师长说。

"现在正面尖刀连快到一排山头了!"王正刚站在沟里,一面伸着肩膀让卫生员换绷带,一面抓着电话机喊着。他紧紧地盯着前面,从手榴弹爆炸的火光里看着攻击部队在运动。"现在左边的尖刀班到了八连三排地区了,那山坡上正拼手榴弹。我要求向敌人的迫击炮群用炮火制压。……我这里现在没有落弹。"

师长沉默了一下问:"你在外面吗?"

"我在交通沟里。"王正刚说。师长未表示意见。王正刚抓着电话静默着,前面的山头上传来了喊声——这融成一片的喊声中扬起了一个特别尖利的喊声,使他的心震动了一下。"我估计可以很快地攻上一连的山头,现在对方还有一个地堡开火。一排的战士们已经冲出来战斗了。"他大声地对着电话说。

一排的小山头上升起了一颗绿色信号弹。

"告诉三营副营长,准备好,照顾好部队,等下次信号。通讯员,把信号枪给我。装的是红色的吗?"

"红色的!"

王正刚拿起信号枪向天空射击,红色的信号弹拖着白色的烟尾巴,浮现在空中。他又打了一发。于是再拿起电话。

"我已经发出信号弹了,你看见了吗?"

猛烈的炮声又起来了,又是成群的炮弹在天空叫啸。攻击敌人坚强设防的古井洞南山前卫阵地的炮火准备开始了。第一个战斗阶段还未完全结束,各处都还有厮杀的声音,另一支冲锋部队已经运动出去了。这一切象一台精良的机器在运转着。

前面的战斗声浪此起彼伏。后续部队在山下跑步前进,王正刚确实知道,其中还有专门挖坑道的工兵部队——立刻就要在夺下来的敌人的前卫阵地上挖工事固守。坡下不时扬起喊叫的声音,在照明弹的微光的映照下,成群的俘虏被带下来了,前沿坑道里的伤员被运下来了。

王正刚有一阵昏迷,但他立刻就清醒过来。

"一连的伤员全运下来了吗?"

"他们连长不肯下来。"一个参谋说。

"胡说!叫他下来。"王正刚说。

王正刚站在交通沟里一直到战斗结束。有一段时间人们忘记了团长是负伤的,而即使想到了这个,人们也无从开口劝团长离开。左翼的敌人增援了,冲上去的部队和敌人打响了;向古井洞南山前卫阵地攻击的部队在十几分钟内遭到了突然增强的抵抗。刚刚架好的通往攻击部队的电话线叫敌人的炮火打断了两根，于是王正刚派出了干部，并投入了新的部队。战斗的局面一下子好象比原先扩大了起来，因为，在猛烈的一击里昏厥了的敌人现在开始挣扎了。但毕竟这只是一种挣扎，又过了十几分钟，除了其他地区的零碎的战斗声以外，战斗都集中在古井洞南山敌人的前卫阵地上了。激烈的炮战在进行着，坦克炮弹在古井洞南山上爆炸，闪出夺目的白热的光芒，狙击着那些地堡的火力。敌人的空军在挂满了照明弹的云雾上空出现，高射炮和高射机枪从后面的山头上射击起来；天空和地面笼罩着一层密密的火网。占领古井洞南山前卫山头的信号弹已经升起了，但敌人立即又开始反扑。一直到天快亮的时候，反扑才最后地被镇压住，炮战仍在进行，但战场上终归是安静下来了。

　　王正刚回到无名高地坑道里，坐下来休息了一会——拿右手扶着头靠在桌子上。他知道干部们在担心地看着他，所以他不愿躺下来，他心里在盘算着白天里进行守备的部署。在这几个钟点的战斗里，他心里非常镇静，并不觉得自己缺乏力气，仿佛是，如果要他继续站在交通沟里再打上一天，那也毫无问题。那种奇怪的体力不知是从哪里来的。但现在一坐下来，他的全身的骨架仿佛是散了似的，他的知觉就模糊起来，思想也不再能集中了。人们在战斗中曾向他报告了坚守前沿坑道的一些人们的牺牲，其中他听到了朱洪财的名字，但那时他并没怎么注意。现在他的思想却一下子跳到这些人们的身上去了。这并不是单单对于这些人们的悲痛的思念，而是对于他的团两年来的战斗经历的思索。入朝的时候他曾想过，他的团和世界上最强大的帝国主义集团作战，面临考验。现在大体上可以说是已经通过这个考验了，学会了许多东西，成长壮大起来了。代价自然是必须付出的。他有一个心愿，要和他的团一起，和他的老战士们一起战斗到最后胜利的日子，因为这一点，当他听说可能调他到别的师去担任参谋长的时候，他甚至有点不安。可是现在他也负了伤。弹片锲入了右肩的锁骨并损伤了肋骨，卫生员刚才并未搞清楚，他自己却已经摸过了，凭经验他知道，他必须离开战场和他的部队。将来大约不可能再回来；优秀的年轻干部将要代替他的位置，他大约要去做别的工作……

"胡思乱想……这战斗我还要打下去哇！将来古井洞南山我还要拿下来哇！不必要的胡思乱想……"

于是他又竭力振作起来，听取汇报，发出指示，并和师长联系。政治委员和团部的医生赶来了，他默默地解开了衣服。医生的脸色很不好看，和政委石雄低声说了些什么。

"我再呆一个钟点再下去。"王正刚看看表，笑着说。

"那不必要。"石雄说。

"我有事。"王正刚强硬地说，他的脸色因流血过多而灰白，眼睛灼热而朦胧，但他却没有意识到他自己的这种样子。他只是觉得，他看人已经看不清了，一张脸在他面前幻变成了两三张脸。"我要嘱咐几个干部，等他们来，我要见一见前沿坑道的几个人。"

政治委员同样强硬地要他下去。他沉默了一下，服从了。

"好吧，叫担架来吧。"他用一只手托着腮，看着面前的一个茶杯，说。

这时赵庆奎和徐国忠进来了。徐国忠浑身血污，憔悴极了，但脸上仍然有着激昂的神气。赵庆奎则是提着他的手枪，从前面一直提着下来的。

看见团长负伤，半个身子都沾满血，他们都愣住了。

"报告吧。"王正刚说，托着脸的手几乎全部蒙住了他的眼睛，然后他拿起桌上的一支铅笔来，敲了一下面前的茶杯。

"向我报告吧。"政委说。

赵庆奎把一直提在手里的枪插到腰皮带上，简单地，仿佛不感兴趣地报告了歼敌和缴获的数字，并报告说交给他的营的任务已经全部执行了。但是他说：朱洪财牺牲了。在说话的时候他又瞧瞧团长。这时担架来了，团长站了起来，有些摇晃，担架员立刻去扶他，但他摆脱了，和石雄握了一下手，就把手伸给赵庆奎，然后伸给徐国忠。徐国忠先敬了一个礼，后来就用两只手抱住了团长的手,同时,眼泪涌出了他的眼睛。

王正刚什么话也没说就走到担架旁边。

担架抬出了坑道。石雄跟着出去,和他的老战友又握了一下手。赵庆奎愣了一下,这才走了上去。

"团长,"他用哽咽的声音喊,"你放心吧。你还有什么指示吗?"

"没有什么。"王正刚平静地说,"忠实于人民,为人民负更大的责任,战斗下去吧!"

"知道了。"赵庆奎大声喊,"敬礼!"

坑道口的黑暗的交通沟里也响起了喊叫"敬礼"的声音,几个战士默默地站起来了。担架在交通沟里抬过,在单发炮弹的呼啸声中,陆续地传来威严地喊叫"敬礼"的声音,一些战士用背脊紧贴着交通沟,举手到帽沿上或眉毛上,让团长的担架通过。

"再见,同志们!"王正刚说。

天色已经微微发亮了。王正刚忽然想到,昨天他曾经与文工团员们相约谈话,但到现在这件事情却没有能实现;他失约了。于是他很有些忧郁。他看见远远的山坡上有个姑娘在照顾伤员,似乎是李雅琴;他忽然又觉得这似乎是他的女儿在那里……

师长在电话上要王正刚讲话,石雄报告说,王正刚负伤下去了。

"哪里负伤?什么时候负伤?"师长的紧张的声音。石雄回答了之后,师长沉默了很久,这才有点犹豫地小声说:"好吧……"

王正刚在担架上迷糊了起来。他模模糊糊地听得见人们从他附近走过时传出来的说话声,模模糊糊地听见各处的炮弹的震响和前沿的机枪声。他现在心里毫无牵挂。他感谢党在十几年间给他的教育,感谢这十几年来的战斗,他不曾做过一件不诚恳的事情,当然罗,小的过失是有的,缺点是有的……他感觉到那种良心上平静的喜悦。这战场上的人们都爱他,他也爱他们,他似乎对人不够热情周到,例如他刚才想到的,他一直没有机会招待那几个文工团员,但是人们都了解他的心。天色渐渐地亮起来了,宝石般淡紫色的薄云静静地躺在东方的淡青色的黎明中,随后,就有一些红光伸到东南方的白果洞主峰上,使那些在炮火下存留下来,并且又长得很茂盛的树木发起光来。去年友军曾在这白果洞山头上作战,今年他们已经进到古井洞南山根上了。这一切都仿佛对王正刚讲述着那崇高的革命事业,以及他在这事业里所占的位置。他看见成群地走下阵地的俘虏,看见戴着伪装圈,拉长着距离往前走去的战士,看见小河沟里有两个人在水里愉快地洗着身上的泥污,看见带着担架队走下来的朱国山的疲劳的姿态,这教导员背着一个很鼓的挂包,手里拿着一根木棍,一面走一面和经过他身边的伤员们说着什么,一个多星期来的激战使他变得很瘦,眼睛显得更大了。王正刚没有喊他。

师长站在指挥所山头西边的山坡上,前天晚上他们曾在这里送走了往前沿运动的战士们。他看着每一副从他面前经过的担架。他的手里拿着一些东西。看见了王正刚的担架,远远地看见王正刚身上的那一片血迹,他的眼睛下面就颤动了一下。由于激战的疲劳,他的明亮的眼睛下面已经出现了两个肉袋了。

他跳下交通沟走到担架面前。

"这没有什么……"王正刚笑着说。

"是哇,不凑巧,我看这……"李恒说,想责备王正刚不小心,但又停止了,他对着王正刚的右肩看了一眼。"我过两天带葡萄酒来看你,刘英上星期又给我带来了几瓶,"他说,提到他的妻子,迅速地笑了一下,"这个你带上,其余的我叫通讯员送来。"他把几包香烟,和两本书放在王正刚胸上。这里面就有一本他们前天晚上翻的《苏沃洛夫元帅》。"我临时找了一下,我看你这人耐不住寂寞……"

"耐得住。"王正刚忍受着疼痛,笑着说。

"医生恐怕有意见呢,那你先别看吧。"师长看着那书,犹豫地说,"最好是我明天带副象棋来……好吧,再见!"

李恒的这种爽朗的、愉快的、满不在乎的样子显然是经过思考的。这样将使王正刚轻快些。他已看出来他的老战友这伤相当麻烦。担架前进了，那笑容还在他脸上停留了一会儿，然后他闭紧了嘴唇，他的神色阴沉起来了。

　　王正刚很感激师长在坡边上给他的这种安慰。他闭上眼睛躺着，现在他好象在浪涛上浮动。担架员没有把他抬往团的绷带所就一直把他往后面运送了。坡边上传来一群轻伤员的声音，他们立刻都站起来了，看着这脸色灰白的、衰弱的团长，向担架围过来。王正刚睁开眼睛，他看见迫击炮连副连长杨玉成的眼睛里滚出来的眼泪。

　　王正刚最初不明白这是为什么。当他看见站在路边上的战士们的眼圈全红了，他才明白这是因为他——他的负伤的样子一定使战士很难忍受。他没有说什么，担架在继续前进。太阳的红光穿过树林照在沙地上和小公路上，露水在草叶上闪耀，树上的蝉已经叫起来了，发出那种尖利的、在每一顿挫之后就变得更响亮的声音，预告着这个白天的炎热。前沿不时传来隆隆的爆炸声，榴弹炮尖叫着穿过树林和山坡的上空，淹没了这些蝉的鸣叫。王正刚看看身边的那几包香烟，这才发现它们的朱红色的纸盒非常美丽；它们是著名的"中华牌"，印着北京天安门华表的图案的。他于是想到祖国，想到四九年初到过一趟的北京，并且计算了一下：现在离国庆节还有几天。他想，还有一个多月，那时候就是国庆节，毛主席就要站在天安门上了。哦，对了，亚洲太平洋区域的和平会议就要开会了，政治委员曾经用这个作为战前鼓动的内容。祖国慰问团也快要来了，中国人民！世世代代受苦、被奴役、被踩在脚下、被屠杀、被侮辱的中国人民，就正是这样地在血泊中伴同着朝鲜人民战斗着站起来了。

　　李凤林这时也躺在担架上。他从团的绷带所出来，换上了朝鲜妇女们的担架，好一会儿才认出来那抬着他的是金贞永和崔老大娘。在炮火封锁区前面的沟里停下来歇息，李凤林就对她们说：

"阿妈尼,阿志妈尼,我们的朱排长牺牲了。"

金贞永赶紧点点头,随后她才理解这话的意思,激动地喊叫了一声。崔老大娘只是瞪着眼睛一声不响地看着他。她浑身都汗湿了,一束潮湿的、灰白的头发贴在她的额上。

"你们的生活好么?朴淑姬好么?"李凤林问。他对这两个妇女很歉疚——让她们来抬着他。因此他振作起来,想要和她们谈谈。

"朴淑姬好!"金贞永小声说。

崔老大娘一直没有说话。这时金贞永忽然忍不住地说:

"阿妈尼的女儿,崔淑姬牺牲了。"

崔老大娘仍旧默默地看着李凤林,金贞永的这句话并未使她的疲劳、镇定而忧郁的神气发生任何变化。李凤林沉默了。

战争一开始,崔淑姬就到前线来抬担架,两天前在炮弹下牺牲。崔老大娘是在女儿牺牲了以后才到前线来的,她代替了她那十八岁的姑娘。她一声不响地锁上了门,把几个土豆揣在怀里,用一根带子扎紧了衣服,就到前线来了,别人无法拒绝她。两天来她很少说话。她已经在这条从前线通到师后勤医院的道路上来往了七趟了。昨天黄昏她们抬的一个伤员在弹片下牺牲,她于是暗暗地责怪自己动作得太慢。现在她把最后一点力量都用在抬担架的动作上。她没有悲痛,也不兴奋。当她一次又一次地穿过炮火的时候,她只是觉得,现在她离她的在前线上的孩子们更近一些了。

她们又抬起担架来前进。炮弹在右边的山坡上爆炸着,发生了相当严重的情况:这山沟的出口处挤满了前来后往的人员,敌机在高射炮射击声中俯冲下来了。人们一瞬间显得混乱起来,有的隐蔽起来了,有的卧倒了,有的一直往前冲去。炸弹在开阔地上爆炸了。这时李凤林已经被抬出了山沟,金贞永在往前冲,但崔老大娘喊叫了一声。担架放下来了。在炸弹的啸声下,崔老大娘就扑倒在李凤林的身上。猛烈的爆炸把李凤林和崔老大娘都从担架上掀了出来,泥土倾泻下来,压在他们身上。

李凤林有一瞬间有一种冲动,他是军人,他习惯炮火,他要帮助这些妇女,但立刻就意识到他是不能动弹的,而这时他正被崔老大娘重压着了。

崔老大娘爬起来,金贞永就把李凤林抱上了担架,于是她们飞快地前进。有人对她们喊叫。又一枚炸弹落在她们后边,她们被气浪打倒,但立刻又前进。终于她们奔进了对面的山沟,钻到一丛树里去了。敌机仍然在高射炮火声中狂叫着。放下了担架,崔老大娘就在一丛草叶上软绵绵地倒下了。李凤林也昏迷着。金贞永喊叫老大娘,老大娘不答应她,那灰白的嘴唇在颤抖着。她摇她,把她抱起来,又喊叫她,她终于摇摇手,那意思是叫金贞永不要叫喊,她自己知道一切事情。

这时这边山沟里又挤满了人。有人想跑出山沟往前去。

王正刚的担架过来了。

"谁?"有人问。

"团长!"

"老团长!同志们,不要乱动,不许动!让开地方,保护好咱们团长!"

敌机的机枪打在山坡上。人们全肃静着,朝鲜妇女们和战士们卧倒在一起。团长的担架疾速地前进了一点,隐蔽到人们让出来的一个自然沟里去了,就在李凤林的担架附近,李凤林在人们喊叫团长的声音里苏醒了过来。他心里一惊,昂起头来,团长的担架正进到沟里,他看见了他这么熟悉,这么亲切的那张脸已经变了样子,眼睛陷凹了进去,嘴唇紧闭着。

李凤林滚出担架就向团长爬去。

"一号!团长!一号!我是李凤林……"他喊叫着。

敌机飞走了。人们继续移动了。但好一些战士未动,一些轻伤员走了过来,大家看着他们的亲爱的团长,静默着。

"团长……"

"不要说话!"

"在哪里负伤的?"

"团长！打从入朝到现在……"

"静着点。"

王正刚苏醒过来了。他现在明白,他得到了一个革命战士所能得到的最大的荣誉了。他仍然有一瞬间不明白人们这是为什么,因为他自己并不觉得严重。战士们断腿缺胳膊还在战场上爬行,他这又算得了什么呢？但显然人们不这样看的,人们觉得他们的老团长是永不应该负伤的,战士们觉得自己流血牺牲是很自然的,但他们的团长却神圣不可侵犯,不应该有炮弹或子弹打中他。他们决不忍心看见上级指挥员象这样浑身鲜血。于是,在肃静的悲痛中,就有一股猛烈的仇恨在人们心里面升起来。

王正刚也觉得,他不能在人们面前这样躺着了,他想到他还是第一次如此。他觉得,他要离开这些人们了,他不能使人们悲痛,他要使人们觉得他这伤并没有什么,于是他用左手撑着想要坐起来。但抬起了一半身子,又躺下了。

他的眼睛笑着。

"李凤林,这样子不好,同志们,这样是没有道理的,各人都要尽自己的责任,迎接更大的战斗,走开吧！再见吧,努力完成一切任务……"他想吩咐担架前进了,但他又用较高的声音说："同志们,我个人感谢你们的勇敢,我感谢我们的伟大的战士,使我们团获得了崇高的荣誉！过些天我就能回来,咱们一块儿把红旗插上古井洞南山！"他闭上了眼睛。但立刻他又睁开眼睛来并转过头去,看见了坡边上的金贞永和崔老大娘——老大娘恢复了一点了,她靠在泥坡上,看着王正刚。她那严肃的沉静的神情和脸上的血迹以及头上凌乱的灰白的头发使王正刚很惊动。他绝未想到这样的老人会来到前线。

"阿妈尼……"他说。

崔老大娘的沉静的眼睛里渐渐地浮上了眼泪。她动弹起来了,拿手撑着身体向他移动过来,嘴唇颤抖着。她向他伸出一只手来,王正刚就把那一只粗糙的、青筋突出的手握住了。

"谢谢你。"王正刚说。

"崔淑姬牺牲了。"李凤林说。

"谢谢你,妈妈,谢谢……"

崔妈妈点点头,站了起来,慢慢地走向李凤林的担架。王正刚的担架员已经把李凤林扶回了担架了。

"谁来代替老大娘抬?"王正刚说。

有两个战士跑了出来。但老大娘摇摇头,挥着手,她那神情使得人们不得不服从她——她慢慢地抬起担架来,前进了。

一直到穿出山沟,老妈妈的那灰白的头发都不时地在王正刚前面摇闪着。上坡的时候,王正刚还可以看到她背上的泥污的、汗湿的衣服。

"我们将来要用鲜花,要用鲜花来铺上这条流过血的道路……"王正刚想。

第十章

又一个年头在战斗里过去了。

一九五二年十月和十一月间,举世闻名的上甘岭战役,粉碎了美国司令部想要从三八线前进的梦想。美国总统艾森豪威尔——他曾用"寻求和平"的谎言帮助他走进了白宫——曾在一九五二年冬天亲自到朝鲜来部署。一个从北朝鲜东西海岸两栖登陆的冒险阴谋看来已经成熟,但这个冒险阴谋不久就被粉碎了。朝鲜人民军和中国人民志愿军的日益强大,决定了朝鲜战争的局面。艾森豪威尔被迫恢复了板门店的停战谈判,但在停战谈判接近达成协议的时候,李承晚扣留了朝鲜人民军和中国人民志愿军的战俘。于是就有了一九五三年七月间著名的金化地区的反攻的战斗,歼灭李承晚伪军主力四个师,攻破了三十里的李伪军防线。朝鲜和中国人民的军队向全世界证明了,现在他们不仅挡住了敌人,而且已经强大到了可以在三八线上进行突破。在这个打击下,敌人在停战协定上签字了。斗争转入了新的局面。

这三个流血战斗的年头将要被后时代的人们所记忆。声称无往而不胜的美国战车在朝鲜半岛上被击败了,而且是被装备远为低劣的军队所击败的,尤其是在战争开始的时候。

胜利属于为保卫祖国而战的人民军队。

停战协定签字前,北京在热烈地迎接红五月,那从北方的沙漠里吹过来的,饱含着灰沙的春季的干燥的大风已经渐渐地止息了。在这光荣的城市里,新的建筑物,完工的大楼的灰色的屋顶和未完工的大楼的巨大的骨架从那些古老的瓦房、旧式的四合院和古旧的大建筑的红墙中间突起着。那些古老的平房的瓦楞上,长着狗尾巴草,历年的大风把泥沙淤积在这些屋顶上,大风从山野中带来了顽强的野草的种子。大幅的庆祝国际劳动节的标语的红布在新式的大楼和古旧的建筑上飘动着,报纸上登载着工人和农民对这新的年度的五一节的献礼。宽阔的东西长安街上,人行道旁的白杨树和槐树遮住了逐渐炎热起来的阳光,把它们的安静的影子投射在光洁的水泥台阶和柏油路面上。红色和灰色的新式公共汽车从大街中央驶过,它们的车窗在阳光中闪耀和发光,鲜花在交通警的岗台的周围开放着。从东单一直看过去,在北京饭店过去的一片浓郁的绿色中,天安门楼的红墙和黄色的巨大的屋顶庄严地升了起来;到了晚上,这雄伟的古代建筑就被装饰在它上面的成千的节日的电灯照耀着了。北京笼罩着安静的快乐空气,戴着红领巾的孩子们已经穿上了新衣,青年和少年们已经开始在天安门前和劳动人民文化宫里唱歌和跳舞,他们拉住任何一个经过他们身边的战士,如果这战士是从朝鲜回来的,依照着这几年来的习惯,他们就把他抬起来,把他安置在他们中间,教给他如何地和他们一起拍手唱歌。王府井大街和百货公司变得更拥挤。人们或者仅仅是出来看一看的,但在这时候,总有一些鲜明的感触拥上人们的心头:这伟大的都城各处都在发生新的变化。为迎接劳动节而提前完成制作的下半部漆成红色的电车在东长安街驶过去了,它不象那些老旧的半黄半紫的拖车一样吱吱咯咯地发响,它在行驶的时候发出喷气似的声音,发出汽笛般的响声和小牛一样的鸣叫声,它全部是皮椅子,在车厢里贴着爱国公约和劳动竞赛的日程表。百货公司新到了一批苏联的和匈牙利的花布。人们看见在华美的橱柜和日光灯下也贴着劳动节的战斗口号,并看见贴在墙上的"批评和表扬"——一个女售货员,接到顾客十几封表扬信。一个三角红旗插在柜台上,插在那些光彩夺目的花布中间。城郊来的农民,衣襟敞开着,头上包着新毛巾,象在家里一样,非常自在地在这些橱柜跟前走过,他们偶尔回忆到,在从前,这样的大楼他们是决不敢进来的,在那些年,他们在这城市的街边上站一下,害怕着警察,很快地就走开了。北京人——这不是过去穿着绸衫,捧着鸟笼的北京人——对他们身边的一切新的事情都感到自豪。他们明天要走过天安门,见到毛泽东主席。

志愿军战斗功臣李凤林更觉得这种自豪,他叫那种弥漫到了他的每一根血管,每一条神经的幸福感情淹没了,他简直没有时间来仔细想一想他所感觉到的这些印象。早晨他在招待所的楼上的房间里醒来,第一件事就是推开窗户,看着远远近近的屋顶,看着附近的一座楼房顶上升起来的红旗;昨天晚上这楼房里歌声一直继续到深夜,在那屋顶上的那面红绸旗则是被下面直射上来的强烈的电灯光辉煌地照耀着,他躺在床上可以看到这被灯光所照耀的红旗的一角。他推开窗户看着,并且听着远远近近的,在黎明的空气里震响着的车声和人声。窗下的小街上现在已经有了两个人。一个是矮小的、头发稀薄的老太太,她在扫街,用两把扫帚,一把光秃的、斧头一般的小扫帚,一把簇新的、大的竹扫帚,她用大扫帚把尘土扫拢来,就用小扫帚把它们扫成很尖的一小堆。她那仔细的样子,仿佛在修饰着这尘土堆,要使它变得更尖、更匀称。

"老大娘,你早啊!"李凤林禁不住用他的军人响亮的嗓子说。

老大娘抬起头来,寻找这说话的人,看见了伏在窗户上的李凤林,笑了,用那甚至比李凤林还要响亮的声音回答说:

"你早,同志!"

"明天你老要去见毛主席吗?"

"要去,那还能不去。"

"你走不动!"蹲在一棵大槐树下的一个强壮的青年抬起头来说。这青年穿着一件铁路工人的汗背心,他正在用一把斧头的背敲着一把大铲子,这铲子的边沿卷曲起来了。那沉重的,一下又一下的敲击声在黎明的小胡同里震动着。他的一束很长的头发覆盖到鼻子上来了,他皱皱鼻子,摇摇头,但并不把那头发挥上去,继续又敲起来。这一早晨的简单的工作显然使他全身心都满足。

"走动走不动吧,天安门走得到的!"老大娘说。

"这话确实!"青年说,"今天我交了班回来就睡——我们明天夜里一点钟就集合了。"

"你们那车到了吗?"

"打丰台二股道上过来。"青年说,"这列车能跟开国时南满的车比,比那还棒;卧铺改装了,我九点零七分到丰台,十三点二十五到长辛店,午饭在丰台吃,十七点零九分回北京。这么我就等明天了。"

"你们是'胜利'了吗?"老大娘问。

"失败啦。"青年大声说,"胖子老陈病倒了,小李松劲,这么就叫他们第三组一下子赶过了。下个月我们要胜利。"

他拿起铲子来把树边上的一堆土铲到一个木箱里去,忽然抬起头来看着李凤林。

"同志,志愿军吗?"

"是的!"

"我大前天在廊坊,看见你们来北京观礼的那节车!我大哥在朝鲜,司机!"他快乐地说,"同志,这是抗美援朝的第三个五一节了,你看,"他挥着他的铲子,"北京变了吧?你这一路来,对咱们铁路上,有什么意见?⋯⋯我是报名到朝鲜去的——没有批准。⋯⋯要是他美国还想打呢,那我可就肯定要去了!⋯⋯美国兵怎么样?他懂得这点儿教训了吗?"他断断续续地,充满着早晨的快乐,看着李凤林,说了这些,没有等李凤林回答,就走进门去了。显然地他自己说的就是回答。传来了铲子碰在台阶上的清脆的声音。

"同志,你是志愿军吗?"老大娘仰着头说。她已经把那堆土扫得不可能再整齐了。她长久地仰着头看着李凤林。为了要看得清楚一些,就把一只手遮到眉毛上。这时一个光着细腿的七八岁的姑娘跑出来了。

"志愿军吗?哪里?"她叫着。然后她仰着头向这楼上鼓掌。这两只小巴掌拍击的声音在寂静的空气里响了好久。

那青年铁路工人推着一辆簇新的自行车出来了。他的蓝布制服还未扣上,露出那印着铁路标志的背心,他那强壮的胸膛在这背心里简直要炸开来了。一束头发从帽子里倔强地伸出来,刺着他的耳朵。他向那拍手的姑娘大叫一声,跳上了车子,然后向李凤林举起手来。

"明天见,天安门见!轰,击毙美国佬!"

他扬了扬手臂,看了看小女孩,显然这末一句是代表她吼叫的。他的制服两边飘开,他很快地就从垂在小胡同上空的槐树的浓荫下消失了。

那小女孩现在沉静下来,仰着头看着李凤林,鼻子眼睛挤在一起,不断地咂着嘴巴,仿佛奇怪极了——这叫做志愿军的军人。老大娘也仰着头看着,好久之后,她才想起来了似地,大声说:

"同志,你们真光荣!"

李凤林对着北京的早晨继续看了很久,听了很久,这是永远也看不厌,听不厌的。他昨天晚上曾和学生们一起跳舞,——凭良心说,他从来没有跳过舞。一个女学生,头发很短,眼睛很大的女学生抓住他的手说:"你这样,这样!这样!对了,脚跟,不对,脚尖!"她不屈不挠地一时用左脚跳,一时用右脚跳,把李凤林的左手举到她头上,又推着李凤林让他转圆圈并从她胳膊下跑过,把泥土地都跳得咚咚直响。李凤林红着脸不断地笑自己,在那一个多钟点内,他的手脚完全不属于自己了。

但现在,当他离开了窗户之后,他独自一人跳了一下,觉得还是可以的。他觉得他的负过伤的腿还可以。他于是又跳了一下,在屋子里旋转。他决定今晚再去跳,决不灰心。这时招待所的一个女同志推开了门。

"好哇!好哇!你们大家来看这位志愿军,他一个人跳起来啦!"她站在门口,这么叫着。

"太高兴了!"李凤林叫着说。

"你叫李凤林吧?你打了几十个敌人的地堡吧?你的战斗事迹,还是你一个人独守一座高地,坚守坑道十昼夜,……你记着我的名字吧,我叫李兰英,跟你是一家人,姓李。"胖胖的女服务员说。

"你说的那是我们一个排长,他叫朱洪财。"李凤林说,继续跳了一下舞。

"我来教你跳吧!"女服务员说,跳动了一下,李凤林又跳了一下,女服务员便弯腰大笑起来了。

女服务员的说话、跳舞、大笑,也是李凤林将一直记忆的这北京的早晨的印象。李凤林还高兴他的负伤的腿恢复了健康。一直到今年春天,他的腿都不很灵活。他在医院里躺了五个月,后来回国疗养,因为腿还不能跑路,就被派到学习队里学习文化。他已经确定将来回到部队去干政治工作,在这几个月的学习里,他每门功课都得到了优等成绩,在出发到北京来的路上,他还在心里想着那些算术的习题。有一个书上的习题他到现在还未解析成功,它不时要浮上他的头脑,列成一个战斗的阵势。但现在他并没有时间来演算它。他是在预备回朝鲜的时候接到他的上级的通知,要他代表他的部队到北京来参加五一节观礼的。

这个节日开始了。

天安门广场变成了花朵和旗帜的海洋,在走上观礼台的最初的那十几分钟内,李凤林不知道要看什么才好,他竭力想压下他的兴奋,他的眼光从左到右迅速地看过去,终于就停留在宽阔的街道对面的那一大片彩色的、蠕动着的颜色上面了;他的眼睛里的眼泪使得这些颜色在扩大和变幻着,但后来他就分辨出来,哪些是少年先锋队员们的有着火炬和黄星的标志的旗帜,它们严肃地垂在少年们队伍前面的旗杆上;哪些是领巾、衬衫、短裤、衣裙,哪些是花朵,哪些是少年们的脸。这五彩缤纷的一大片有一阵时间肃然不动,后来它又蠕动起来,发出深沉的声音,从这深沉的声音里,飘起了叫喊,以后,肃静了下来,升起了整齐的歌声和呼喊。突然的,欢呼声带着比先前更强大的威势爆发,那些花朵、旗帜和人脸颤动着——欢呼扩张开来,象燎原的大火一般。观礼台上的人又转向天安门城楼,立刻这些人自己也欢呼起来了。欢呼声一瞬间好象是风浪中的大海。乐队的洪亮的声音响起来了,但立刻又被欢呼声淹没了。在天安门楼上出现一群慢慢移动着的人影。

"他!是他!"

"毛主席!第二个,总司令!"

"走到前面来了……"

"看见了吗?看见了吗?"

"很健康!他举起手来了!"

"总司令在左边……那是刘副主席……"

"那是周总理……"

"那是……"

每一句话都被欢呼声吞没,人们用喊声吞没自己的话。现在人们清楚地看见毛泽东主席和他的战友们出现在天安门楼的正中间了,人们看见他缓慢地举起手来,举了好久才放下去,随后又举了起来——因为欢呼愈来愈洪亮……扩音机里传出了宣布开会的声音,欢呼声把这声音又淹没了。终于寂静了下来,在这一瞬间,就寂静得连人们的极轻微的呼吸声都可以听见。李凤林听到在国歌声中的礼炮鸣响。这礼炮声使他想到朝鲜战场——古井洞南山前面的激战的炮声。朝鲜的血战的全部的意义,对于牺牲了的和继续战斗着的战友们的思念,在女孩朴淑姬的屋顶上冒出来的火焰,崔老大娘的扑在他身上的沉重身体——这一切在两次礼炮的轰鸣之间闪过了他的心头。

庄严、欢乐的游行的行列向天安门前涌过来了。

旗帜,红色的、静静地舒展着的绸旗,领袖像,光彩焕发的庄严的人脸,随后是花朵、少年们的红领巾和鲜艳的整齐的衣裙……击鼓的少年们笔直地看着前面,他们的腿在鼓声中沉着地移动。跟在他们后面的少年们摆动身体,甩开手臂,再没有比他们抬着的那几个巨大的字更使朝鲜来的人们感动了,他们抬着"时刻准备着"。那些庄严的小脸,那些闪亮的漂亮的眼睛,那些甩动着的手臂,和那清脆、整齐、响亮的鼓声,这一切好象都在说:"准备着,我们时刻准备着;准备着,我们继承前辈的事业;准备着,我们知道为我们而流的血;准备着,我们就要长成大人……"

一个穿红裙的女孩和一个穿短裤的男孩走在少年先锋队员们的队列前面,他们的手里捧着大束的鲜花。这两个孩子的光洁的腿在柏油路面上晃动着,并且还随着鼓声甩开了一只空闲着的手;鲜花就靠在他们肩头上,在他们的脸颊旁边颤动。他们到了天安门正面,他们从他们的位置上跑开,奔跑着穿过玉带桥的白玉栏杆,向着天安门楼跑去了。

观礼台上人群颤动起来,人们转向天安门。

"看见了吗?看见没有?"

"怎么也看不清楚……"

"你别急,等一下毛主席要走过来……"

"哦,看见了……他现在正向东边看!"

人们看见毛泽东主席现在正瞭望着东边,看见他两只手背在后面,随后看见他向东边平直地举起他的手臂来,并侧着头向他身边的总司令说话……

"万岁!"

"这么漂亮的小姑娘!万岁……"

"你很容易就可以认出毛主席!"李凤林在人们的轰声中大声说,"你心里早把他老人家记熟了;不论多么远你一看就可以认出他,无论从祖国的哪一个方向……"他想说,他将去为人民建立新的功绩,将来才好再走到毛主席面前来,但他用一声欢呼把自己的话打断了。他的这一声强大的欢呼在空气中震荡着。

"志愿军同志们万岁!"毛泽东主席向这边举起手,发出他的宏大的声音。

"万岁!"李凤林啸吼着。他的吼声象他在朝鲜战场上一样高亢。好几个志愿军代表啸吼着。

"万岁!"人们向毛泽东主席和志愿军代表们呼喊着。

人们看见毛主席向志愿军代表们招手,李凤林举着双手呐喊着……这次欢呼持续很久。

象漫延开来的火焰似的,整个天安门广场都向着观礼台的志愿军和天安门上的党中央领导欢呼。

司机胡有安脱鞋走到炕上,对着油灯光里那朦朦胧胧的一切环顾了一下,坐了下来,一面从衣袋里摸出一个玩具兔子,把它放在粗大的手心里,手指头一颤动,这只红眼睛的白色的玩具兔子就跳了起来;他迅速地把它按住,又使它跳了起来,又按住,它仿佛是一只真的小动物一般。在这么动作着的时候,他继续环顾周围,并且不停地说话——他的嗓子和一九五〇年冬天同样地嘶哑和兴奋。

"我慢慢地跟你说吧!我个人有个心愿,要跑遍朝鲜的所有的公路,每个村子里认识几家人家,这样嘛,将来——几年后,我就一个村子一个村子地走过来。现在他妈的李承晚的这种样子,我就大概可以实现这个计划了。"他对李凤林说,然后他向屋子外面用朝鲜话喊:"阿妈尼,不要生火了,我们吃冷的吧,冷的还好吃!我们那位助手同志他就是那种脾气,他就睡在车上吧!阿妈尼,你听见我的话没有?"

"听见了。"外面回答。

"听见了就好!"胡有安满意地说,他张开巴掌,弯曲手指,又把那玩具兔子在手里颤动一下,就向炕头上的那个十来岁的女孩爬过去,她正睡得非常熟,睫毛的阴影落在她的柔嫩的面颊上。他把那玩具兔子又颤动了一下,轻轻地放在她脸旁,就爬回来了。李凤林似乎这才明白他为什么从安东带来了这种玩具——虽然他一直很明白。当司机突然从口袋里摸出这玩具来的时候,李凤林曾经相当吃惊。

"这阿妈尼有一次把我骂得很凶,因为我不肯吃她的鸡蛋——我是真不肯吃。她全家六口人,现在呢,就剩下她们这两个。朝鲜人在这次战争里牺牲得太大了,在这场英雄的战斗里,每一个妇女,每一个小孩都参加了战斗,保卫了和平。所以这些朝鲜人都知道她们需要的是什么样的一种和平,你不信问问这位老大娘看。"李凤林并未不信,但胡有安仍然向外面用朝鲜话喊叫:

"阿妈尼,你知道李承晚破坏协定扣留战俘的事吗?"

"李承晚?明白。"老大娘在外面用中国话说。

"假使说,停战,和平,李承晚,"胡有安说,找不到恰当的字,笑着沉默了。

"不要相信他!不要相信李承晚!"老大娘用愤怒的声音说。

"你看,是吧?"胡有安对李凤林说:"我从一九五〇年到现在走进过成千的朝鲜人家。就象上级指出的,当初我也有一种大国思想,这么小小的一个朝鲜。可是现在你看见哪。这一听上级报告说停战谈判可能达成协议,我一听说全世界都在进一步指责美帝国主义,我就想,很好,看看朝鲜是什么样的民族吧!你想想看一九五〇年冬天!那时候我们就看见这些一声不响的朝鲜人了。胜利对于他们那才是毫无疑问。有一个人民军中队长有一次搭我的车,他对我说,在最困难的时候他们就更认识到这个战争是为了什么。李凤林同志你看,我的政治水平比入朝的时候提高了吧。那个人民军军官说他们在撤退中想到过中国和苏联。斯大林在今年三月逝世的时候我在一个老大娘家里,我听见一个年轻妇女哭着说了许多话,感激和怀念斯大林。我听说斯大林接见过我们志愿军的战斗英雄代表,他们到莫斯科去参观的,听说了吗?斯大林说:'孩子们,我知道你们的辛苦!'斯大林把我们的人拥抱了……"胡有安说,停了一下,在昏暗的光线中吸了吸鼻子。"你看这丫头睡得真沉。小黑丫头!金弼!小黑丫头!"他对那睡着了的姑娘轻轻地喊,于是他又说:"这件事一定是真的,你没听说吗?斯大林问:'孩子,你们有些什么困难?'我们的同志都说,没有困难,现在我们已经有小喷气背膀飞机了,斯大林又说:'那是这样的。'……你明天早上看吧,背膀小燕子飞机一早就出来了,我这台车现在是有飞机掩护的。明天我们上午就到平壤。……阿妈尼,你不用忙啦,我都要睡了。"胡有安说,就象是一个回到了家里的儿子一般。

睡下了之后,胡有安继续在说话。

"象你这样的功臣,将来是可以到莫斯科去的。我希望将来到北京,喊一声叫毛主席亲自听见的'毛主席万岁!'也希望到莫斯科去,到斯大林陵墓前,我对他说:'斯大林同志,我们全世界的劳动人民工人阶级……',莫斯科的那颗红星他们说几十里都看得见,真的吗?"

李凤林很瞌睡,战地上常有的这种亲切的谈话,和老朋友的见面,对一九五○年的那个特别寒冷的冬天的回忆,使他心里很温暖。象一九五○年冬天一样,他现在急着赶回部队;他在离开北京后和其他的代表们一起跑了华北和东北的一些地方,参观和作报告……终于组织上同意他先回朝鲜了。他觉得他离开部队太久了。在车上大半夜他都没有睡,兴奋地看着月色下的山峦、田野和公路,后来月亮沉没了,他仍然睁着眼睛看着黑暗中。他们本来可以象胡有安所说的,一直赶到平壤再休息,因为现在平壤以北天亮以后也可以行车,但前面的一座桥梁叫雨季的大水冲坏了。

"你看,老胡,这桥天亮前能修好?"

"能,他们工兵营经验太丰富了,保证了天亮那就是天亮。工兵营的一个排长跟我说:'我们失败了!'我说:'怎么失败了呢?'他说:'水来得太猛,叫冲了,这不是失败?'唉,伙计们……说到朝鲜的这些个桥啊,我们干司机的有时候简直怒发冲冠!可是这些个桥全靠的我们的那些老伙计们的两只手,还有这些个妇女们!五一年夏天五次战役刚结束,有一回是这样的,星期天,我说:'今天我干什么也得理个发'。好,刚理了一半,通讯员跑来了，说首长叫开车——那是替军首长开吉普车，我跟理发员说，'老孙，你快点，可是也沉住气，你别把我头上搞个窟窿。'可是我还是没有理完发就跑去了。你看！车开出来了，我们军首长看我脱下帽子来抓头，他就笑了，他说：'干什么这么怒发冲冠的。'车子开到一个河沟边上，桥没有了，叫雨季大水冲跑了，那一年的雨水可是凶。一群朝鲜妇女正在往水里填石头，有老大娘，有小姑娘。那条河沟——在涟川以北，我不知深浅，没去过，军长说，'怎么样，开过去！'我们老军长总是说'怎么样，怎么样？'他也是湖南人。我浑身大汗，开到水里，妇女们站在车子两边，我的帽子掉了，她们看见我的剃了半边的头，有几个笑了。我说：'笑什么？'她们就来帮忙，一个四十来岁的老阿妈尼在前面带路，水到了她的膝盖头了。她用中国话说：'前进！前进！'那些妇女有一个还在笑。忽然一架油挑子冲下来了，那前面的妇女当时中弹，倒在水里。可是你看，另一个妇女跑上前来，她叫，'前进，前进！'我使足了劲就一下子冲过了河沟。"他沉默了一下，于是说："军长那一次是去见彭司令员的。所以现在我每次理发的时候，我都想到……睡吧！睡吧！阿妈尼，你睡着了吗？"后面他用朝鲜话说。

阿妈尼躺在女孩旁边，她柔声说："没有。"

"你的女儿，阿妈尼，胜利了就可能回来……她的女儿是叫李承晚兵抓去的。"他对李凤林说。

"她大概已经死啦。"老人沉静地用朝鲜话说。"她是极恨敌贼的。她会反抗……"

"她反抗，一定胜利。我们胜利是一定的了，阿妈尼。"传来了敌机的轰炸声和附近桥头上的高射炮的射击声，胡有安于是又说："它害怕呢。在这两天它更疯狂……"

李凤林睡着了。他不知道胡有安的滔滔不绝的欢乐的谈话是什么时候停止的。胡有安又在和老大娘谈家常，问她现在磨不磨豆腐，并且说，他们故乡的豆腐是著名的，于是他又邀请老大娘将来到他家乡去。他相信这是可能的。

"我下次来替你修一修你的这扇门,还有那口箱子。你那把大铜锁我也要修一修,这些我都会。"他说。

"斧头把子松了,也劈裂了。"老人说。

"这很好办!我明天早上……不,现在就替你搞一下。我车上有家伙!"他说着就跳起来。

不久,外面院子里就传出了敲击的声音,这敲击声非常沉着,好久才一下,并且还传来了轻轻哼着的歌声。这青年司机因为血战三年接近胜利而欢乐。因为从祖国回来而快乐,因为自己两次负伤仍然健壮而快乐,因为想到英勇的人民和伟大的领袖而快乐,因为碰见了一入朝就碰见的沉默而英雄的李凤林而快乐,因为送玩具兔子给金弼姑娘成功而快乐,还因为老大娘对自己的热爱而欢乐。他把剩下来的两个钟点就都花费在替老大娘收拾家务上了,他一点也不想睡。露水已经覆盖着篱笆上的牵牛花和南瓜藤,天上繁星闪耀,在敌机放射出来的远远近近的强烈的闪光下,高空里的星星仿佛眨着的眼睛。这种从美国夜航轰炸机上放射出来的凶恶的闪光已经继续了三年了,但不久它就要被制止。胡有安在黑暗中挥舞了一下那修好了的斧头,继续哼着他的歌曲,来修理篱笆的门。木门因大量的雨水而膨胀,关不拢,并象一切老旧的粗笨的木门一样,吱吱扭扭地叫唤,发出沉重艰涩的声音,仿佛拒绝受到干扰似的。胡有安震落了爬在篱笆上的一条瓜藤,他就爬到篱笆外面的土台上,把它收拾好。天在渐渐地发亮。潮湿、寂静、温柔的黎明开始到来,胡有安到外面的沟里去洗脸,然后拿着斧头在空地上徘徊,俨然一个古代的武士:他在沉思人民的命运和三年的流血战斗。

他开始收拾房门了。斧头轻轻地敲击钉子的声音把老大娘惊醒了,她总以为这青年已经睡去。她躺着对他微笑。这青年象自己的家里人一样,知道她家里一切东西的位置,他毫不费事地就在厨房里柜子下面的铁盒子里找来了钉子。天大亮了,被胡有安叫做"小黑丫头"的小姑娘醒来了。那醒来的动作是快乐的,正如胡有安所期待的。她睁开眼睛,看见了脸旁的红眼睛的兔子,最初是淡漠地看着,后来是惊奇地不信任地看着,以后是伸出手来轻轻地碰了一下它的耳朵,但又收回手来,带着更大的惊异和不信任看着它。终于她就一下子把它抓住,发出一声快乐的尖叫爬起来了。

胡有安跳过去了。他把她抱起来,夹在腋下,甩着她转圈子,使她狂笑,两条细腿在空中乱蹬。兔子被甩落在李凤林脸上,于是李凤林也跳了起来。

桥梁修好,车子出发了。

在李凤林爬进车厢之前,胡有安还在对他说话。他说到他们军这些时来的战斗,说到今年,这一九五三年五月间攻克古井洞南山往南的战斗是如何进行的,他说这不是李凤林的那个团担任的,而是另一个团。李凤林所在的团,现在是扼守古井洞南山东边的战线,那里战斗并不太激烈。这些,李凤林早已知道了,但这年轻的司机的兴奋的声音,仍然使他觉得象是第一次听见一般。

"你们的王团长,那位老团长他大概不能回来了吧?我听办事处的一个干部说,他现在还在疗养,残废了,准备学习工业什么的。"胡有安说,钻进司机台,但他立刻又伸出头来,"你注意天空,主要的是看我们的小燕子怎样打下汽油桶来!"他笑了一笑,就猛力地关上了车门。

李凤林就躺在那些木箱和包裹上。这些木箱里是一部马达的部件。车子装得很满,除了带给首长们的包裹以外,还有好几令的新闻纸、几捆绸子、文工团的乐器,但最特别的是躺在角落里的几只母鸡,它们睁着眼睛,咕咕直叫,显然对这次到朝鲜的旅行很不满意;还有一个麻袋里装着夏季的蔬菜:紫色的茄子从大葱和莴苣的绿叶里探出圆圆的头来,而那旁边又挤着一个冬瓜——一些红辣椒围绕着它。这是预备庆祝中国人民解放军"八一"建军节的;今天已经是七月二十七号了。

李凤林注意了一下天空,天气晴朗。一个红辣椒跑到麻袋外面来了,他拾起来,嗅了一嗅,就动手来慢慢地抚摸它,他将它摆到嘴边做了一个要吃的顽皮的模样,又把它放到袋子里去了。

李凤林好几次看见空中有长条的白烟,两条,或者四条,在灰蓝的天空中前进,但看不清楚飞机。这是这一年来渐渐多起来的米格飞机,也就是胡有安所说的小燕子了。他也看见同样的白烟由南往北——美国的佩刀式,但是没有看清楚空战。空战在较高空域进行,长条白烟消失了,又出现了弧形的。……他们的车已驶近平壤了,现在可以看见较大的平原,水塘和稻田。公路上弥漫着灰尘。忽然李凤林听见微弱的机关枪的声音,看见一个黑点在前面空中落下,逐渐扩大,这是从佩刀式上落下的汽油桶,在阳光下发闪;接着,李凤林看见一架拖着浓烟的敌机掉到西边山沟里去了。汽车疾驶起来,在刚才那个闪亮的东西落下的田野边上停下了。

"看见了吗?"胡有安推开车门大叫着。"干掉他一架,回去开饭就少一个——拣汽油桶去!"

司机和他的助手向田野里飞奔。李凤林也跳下车来。同时有好几个人从田野中向这美国飞机的副油箱奔来,发出兴奋的呼喊。

胡有安环顾着,一下子跳到油箱旁边,那神情好象说:"我先到的!"

"交给地方驻军!"不顾胡有安的快乐的神气,李凤林说:"谁是地方驻军?"

胡有安伸手到那副油箱上又缩回来,重新环顾着,立刻变得严肃起来,他坚决地大声说:

"谁是地方驻军?负责交给空军!"

胡有安绕着那副油箱走了一圈,羡慕地评论说:"很完整!"就走回来了。他是想拿汽油桶做玩具送给儿童们的。

"艾森豪威尔是想着要看见平壤的,"他迅速地羞怯地笑了一笑,踩在水田旁边的泥浆里,大声说,又来继续他的那个谈话了,仿佛刚才他没有看见什么汽油桶似的。"我头几天从一个村子过,一位老大娘给我一杯水,第二天这村子就没有了……去年冬天总有几千架飞机轰炸平壤,从周围的村庄轰炸起,那时候我们准备把平壤外围变成决战的战场,所以,在金日成元帅的命令下,老百姓把自己的村子一个一个地拆掉,搬上山去。我看见老百姓亲手拆房子,有一位老大爷,他把一窝小狗抱出来……谁不知庄户人家盖间房子有多么不容易?……那天我真想问他要这么一条小狗!你看哪,你从来没有在这里呆过?那就是平壤!里面都烧空了。你……沿着山坡边的平原再往前看,那不是一些树吗?看见没有?树里面伸出来的钢架子,这你总经过了,那就是大同江桥,——敌机总也不能毁掉这座桥,我们往前去,等一下你还可以看见一个城门楼,在西车站那里,就象咱们中国那种城门楼。"胡有安激昂地大声说,又回头看了一眼刚才落下汽油桶的平原,仿佛因为刚才在汽油桶问题上的歉疚,他才这么激昂。他向李凤林点了一下头,就向司机台走去了。副手已坐上去了。

汽车驶进了平壤。现在李凤林可以看见环绕着绿色的山坡的柏油马路,路面上布满了填补起来的弹坑的痕迹;电车的轨道伸在道路的中间,然而电车早已没有了。在那些高楼的废墟的旁边,沿着倾斜的山坡,建立了一群一群的小屋子和临时的棚子,屋子边上掘着土沟,人们沉静地进行着他们的日常生活。一个妇女顶着水罐子爬上山来;一个老头子在锯木头;几个小孩在玩耍;街边上有临时的、热闹的市集。汽车在一个卷发上戴着军帽的女交通警的指挥下停止;这女子从容不迫地让横路上的一辆车通过,就转过她的身体来,伸开手臂;短裙子在她的膝盖上晃动了一下。汽车前进了,李凤林继续贪婪地注视着街边的在弹坑、废墟的旁边行走着的人们。他看见衣裙鲜艳而整齐、头发光洁的妇女们。有的妇女穿着薄纱的、华丽的衣服,穿着高跟皮鞋,轻盈而庄严地走过,这在李凤林看来有些奇怪,因为这城市承受了成千吨的炸弹,刚才它的上空还进行着空战,但也可以是并不奇怪的,因为朝鲜是骄傲的。一个老头子在铲着门前的泥土。一个青年从一家自行车铺里推出一辆自行车来。人民军的肩章在人群中闪耀着。在这生动的、生气勃勃的景色中,那些断墙和废墟也似乎焕发着生气。冷面铺、小小的钟表店——在一家铺子里,旧式的留声机在唱着歌——铁匠铺、屋檐低矮的小杂货店……在李凤林的身边闪过去了。现在车子沿着绿色的山坡行驶。李凤林突然听见空中传来的嘹亮的音乐声,他仰起头来,看见电线杆上有一个扩音喇叭;第二只挂着扩音喇叭的电杆又向他迎过来了,他现在更清晰地听见广播的声音,一个柔和、安静的女子的声音在说话,然后又是音乐。

一辆吉普车追过了李凤林他们这台车,在前面的山坡上停下来了。几个人走了下来,那走在最前面的一个穿着浅灰色的西装,有着强壮的宽阔的肩膀和微胖、结实的、不高的身材——一眼就可以看出来他的那种久经锻炼的军人的姿态。象一切壮年的朝鲜军人一样,他的姿态非常有力。这几个人沿着小路爬上山坡,在一堵断墙面前停下来,眺望着远处,眺望着平壤西南郊的山峦和田野。然后他们继续往上走去,但这时从对面坡下热闹的市集里,人群欢呼着奔过了街道,向他们跑来,人群发现他们了,于是他们停下来了。

街道一瞬间就堵塞了。那有着宽阔强壮的胸膛的人转过身来,走下了几步,对着人群微笑着。胡有安把车停住了。他推开车门大叫着:

"金日成!金日成元帅!"

人群的欢呼把附近电线杆上扩音喇叭里放送出来的音乐声淹没了——喇叭正在播送着嘹亮的女声合唱,由一个甜美的高音带着头。胡有安和李凤林奔向前去挤进了人群。金日成元帅向坡下的人群又前进了两步,回到那堵断墙的前面,微胖的脸上有着那种为他所特有的年轻的爽朗、浑厚的笑容。李凤林往前挤,被一只有力的手拨了一下:一位老大娘高呼着"万岁"挤到他前面去了,她用双手拨开周围的人。金日成元帅沉静地微笑着看着人群,然后他望了望平壤郊外的平原,伸出手来指着坡下的房屋和废墟,说了什么。人群立刻静下来了,变成了一个凝然的不动的整体；传来了他的清晰的声音。而这时候，附近扩音喇叭里的歌声突然地变得更嘹亮——那个带头的甜美的女高音在歌唱着。

"他说什么？说什么？"李凤林问。

胡有安伸着脖子，张大着嘴，满头大汗。

"他说……他大概是说要修房子……听清了，他说：我们就要把我们的平壤重新建筑起来了，不单说修房子；我刚才说的不对……等一等……他说：我们要重建我们的城市，使它更美丽……他说，"胡有安突然大声说，"这一天不会远了。"

人群又发出欢呼。金日成笑着看着每一张脸，从右边看到左边，又弯下腰来，眯起了他的明亮的眼睛，倾听着人群。许多人同时开始说话。一个怀孕的中年妇女挤到前面去了，她大声说了什么——她说，她如果生个儿子，就还要交给人民军；她想她一定是要生个儿子——金日成元帅又走下了几步，弯着腰倾听着，然后他发出了快乐、爽朗的笑声。

金日成元帅转过断墙，向山坡上走去了。

汽车驶下坡去的时候，李凤林又看见了站在高坡上的金日成元帅，金日成元帅站在他的周围的几个人中间，伸出一只手来，指着平壤西南郊的绿色的田野，指着那些线条柔和的山峦和照耀在阳光下，闪着明亮的波光的大同江。

李凤林感觉到胜利和停战的局面即将到来，但他回到部队，却发现了人们的紧张的警惕的心情，战士们不爱谈正在板门店进行着的谈判。虽然李凤林也不是怀着这样的心情，他对板门店的谈判有着冷淡。人们对李承晚扣留战俘的事件充满了愤怒。赵庆奎，他现在是团参谋长——也不爱谈这件事情。部队仅仅简单地谈到，从板门店谈判可能达成协议这件事看来，美帝国也是败了。赵庆奎说，目前他们正在准备着一个战斗，拔除敌人的一个加强排的据点，改善阵地。他们这地点是在开城的西边，有其重要性。如果没有别的情况，这战斗将在明天晚上九点钟进行。用一连打。

这谈话是在一营的坑道里进行的。这个团现在防守着古井洞南山左翼,一年来战线已经向前推进了四公里。李凤林现在被任命为一营副教导员。朱国山已经到团政治处去了。现在一连连长是徐国忠和李发。

李凤林立刻就充满着战斗的心情,他要求明天让他参加这个拔除敌人加强排的战斗。

"你不要急吧,"赵庆奎说,"你等团长回来见见团长,见见老政委,再休息休息。你从祖国带了什么来给我呢?"

"东西很多,全在心里。"

战士们围拢来了。他们笑着,推出一个代表来报告,想请副教导员谈谈见毛主席的情形。

"刘福海呢?"李凤林问。

赵庆奎说,刘福海跟一连长到前面看地形去了。赵庆奎用刀子慢慢地打开一个苹果罐头。他比先前瘦些了,额上出现了几条细细的皱纹,但是仍然英爽而年轻,整个的姿态里有着那种悠闲不迫的神情。他的眼睛里含着温和的微笑。看着李凤林,听着他讲述祖国和北京的情形。李凤林急于知道阵地上的一切,所以讲了一个大概,就又问到正在准备的战斗和许多熟识的战士。

"他们都很好。"赵庆奎说,笑着,用刀子在罐头里挑出一块苹果来,"这里有一个,你不认识了么,他不就站在这里么?一班副班长,你过来!"

暗影中走出了一个身材魁梧的,脸色坚毅的战士,他就是董富。他走上来,敬了一个礼。李凤林看见了他胸前的军功章。

"立功了?"

董富微笑着,露出了一排坚硬的,洁白的牙齿,过了好一会儿他才说:

"副教导员,你吃苹果吧,祖国来的……"沉默了一下他又补充说:"你刚从祖国来,所以我这话说错了。应该说是,朝鲜的……"然后他就退到暗影里去了。

赵庆奎用那温和的,含笑的眼光看看所有的人,显然满意董富说得这么有意义,这时一阵连续的枪声传进了坑道,赵庆奎倾听着,又看看大家。

"问观察所打哪里?"他说。

"敌人打多管火箭炮哪!"观察所上面一个声音喊叫着,"打七九高地前面。"

"好吧。"赵庆奎说,仔细地咬了一口挑在刀子上的苹果,然后摇了一下电话。他要前沿注意敌人的偷袭。

"我们正面现在是李承晚!"他对李凤林说:"他如果有本领扣留战俘,我们就有本领叫他尸首也不回去。我们已经战胜了他们了。但是你不必否认他们这几年也学会了一点东西。一、学会了把脑袋好好地藏起来;二、学会了爬过来想要狠狠地咬一口。"

"我们用脚踢。"一个战士敏捷地说。"我们把他们抠出来。"

徐国忠回来了——照例的快乐的叫喊震动着坑道。

"我说我今天运气这么好呢,走到二营伙房,赶上炸油条,走到前沿,赶上了一个活的李承晚,哈,这儿又原来是老上级回来啦。这个活的李承晚相当完整,他说是他自己跑过来的,不过刘福海差点儿把他揍掉,这家伙个子太小,他从草里钻出来,吓坏了!喂,刘福海,快点走吧,看是谁回来啦!"

刘福海押着那小个子的,非常年轻的俘虏过来了。他脸上有着愤怒的,同时愉快、幽默的神气——他不相信那俘虏的话:是自己跑过来的。但他也觉得有这种可能。他是对自己的弄不清楚而觉得幽默。他带着这种混合的神气对李凤林敬了一个礼,好象完全不惊奇他的到来。

"汇报一下吧!"赵庆奎用刀子敲着桌子说,打断了徐国忠的快活的叫嚷。

"报告!"徐国忠这才敬了个礼,大声说:"是这样子的,我们从七连前沿往前面去,就在敌人打第一阵多管火箭炮那阵子,我们从他的布雷区左边爬过去……看清楚了七九高地那个加强排。他白天留一个班,晚上是全部,他小心着呢。说到地堡和火力的结构,那环形铁丝网左边是重点,机枪还在那里……我跟这俘虏说,我们要揍你们了,知道么？他说：他不知道。他们天天晚上怕揍……"

"你自己跑过来的？"赵庆奎用朝鲜话问。"不要信他的,参谋长！"刘福海说,带着愤怒的,同时愉快、幽默的神情;"我不拿枪对着他,他就跑了,他想卖关子……不过他也有可能是自己过来的,因为这时候……"矛盾的刘福海说,看着俘虏的惊慌的脸,他的面颊颤动了一下。

"我自己跑过来的,因为我的母亲在北朝鲜……指挥官你们看,我的这个……"他从口袋里掏出一张志愿军散发的投降通行证,一面恐惧地,又带着一种微笑,看着刘福海。这通行证被折成很小的一个方块,他用颤抖的手把它打开:"我为什么要替李承晚打仗呢？我是朝天上放枪！"他高兴地笑着,朝鲜话混合着少许的中国话,做着姿势,说,并且又动起他的两只脚来。

赵庆奎看了看那投降通行证,这是两个月前侦察员们散发到敌后去的那一种。

"指挥官,要是你们把这个印得再小一些就好了,我们那里一些兵士觉得,这个大了,要折起来;带在身上不方便。……"

"我们已经印了一种小的了,可惜你没有拿到。"刘福海仍然有些愤怒,但声音里已经流露出鲜明的愉快和幽默(这幽默他自己没有弄清楚),流露出惋惜来了。

"这个也一样。他们没有知道,我还是过来了。"俘虏赶快说,亲切地看了刘福海一眼,动着他的脚。

"那当然好。"刘福海说,有着道歉的意思,"你的母亲在这边吗？"

"是的,母亲！我的母亲五十岁……"俘虏用喜悦的声音说,看看赵庆奎,仿佛问他要不要说下去。"我是跟我的姐姐在一起,在战争开始的时候叫李承晚军队抓去的。我的姐姐死了,我二十岁。我已经打了一年仗,我很是痛苦。我是很早就要逃走,可是很害怕,现在我知道要停战了,我想我也许再没有机会了,我知道人民军和志愿军的,我很是痛苦,我有罪。"他激动地说。

"那你还是觉悟的,你是被迫的。"刘福海激动地、友善地说,"你的姐姐是被害死的吗?"

俘虏现在完全放心了,他非常高兴地看着周围的人们,说:

"她叫害死了。我是一个农民,我不能够开枪打我的母亲!"

赵庆奎对敌人的部署和工事做了一些询问,就吩咐把俘虏带走,给他一点东西吃,并给他一点待遇。

"你跟我来吧。"刘福海说。

"我跟你来,我知道,"俘虏激动地说,"我现在自由了,我不用再替李承晚做苦工了,小队长打我们的耳光,他说不会停战,我们好几个兵士都想过来……你们快一点打吧,打的时候他们才好过来。"他一面走一面嘟囔着。

"我们就要打的。"刘福海说,"他们打你耳光吗?"

"我可以回去见到我的母亲吗?"

刘福海沉默着,带着他往坑道里面走去。虽然从敌对的感情转为友善的感情,但赵庆奎叫他给俘虏一点待遇,刘福海现在却有了一种谨慎,因此他显得很冷淡,把这小俘虏带进了一个住室,并让一个战士看守着他。

"我不知道……我的母亲叫美国飞机炸死了没有……她光是一个人了。"俘虏喜悦地嘟囔着。

刘福海走回来,继续对自己搞不清楚俘虏的情况觉得幽默,他想他是应该信任这俘虏的,而且赵庆奎已经说了给他待遇,他做了一个怪相。他想了一想,还是自己到伙房里去打饭。他要炊事班长做一点比较好的——面条。他又坚持多放一点鸡蛋粉。他端了这碗面条回来,又从自己的挂包里摸了一包香烟。他仍然不能确定此时他对这个俘虏的感情,但在端进这碗面条去的时候,看见俘虏的有些朴实的脸,他想着俘虏说他是一个农民。他想象着这个小个子俘虏,前李承晚的士兵,农民,在随处可见的这朝鲜的土地上种地的情景……他进去便对他亲切地看了一眼。那小俘虏在炕上战栗了起来,发出呻吟一般的声音,爬起来接住面条;他确实是饿了,而当他看见那包香烟的时候,他的眼泪就落了下来,立刻抽咽起来了。

"将来可以……你将来可以见到你的母亲的。她的身体一定很健康!"他说,象军队的人们那样,说这句话时精神很焕发。

他走回来,对赵庆奎敬了一个礼。

"我向他说,你将来可以见到你的母亲,他是一个种地的。"向赵庆奎汇报之后,他庄重地说。

"说得很对。"赵庆奎说。

第二天一早,传来了意外的消息。政委石雄在电话里说,战斗是决定取消了,因为今天,七月二十七日,开城板门店正在进行着停战协定的签字。上级命令,今天白天里,要加强前沿的戒备,提高警惕——命令所有的人都要在岗位上,炮手们不得离开炮,加强防空,监视敌人。石雄同时说,停战命令要等一下通达。

赵庆奎迅速地发出警惕的命令。他虽然明白胜利的停战的局面终于会到来,但现在却似乎很不习惯——特别是今天的早晨,他正准备着战斗。上级虽然布置过停战措施,但这些天来,在李承晚拒绝释放战俘的事件发生了之后,他已似乎很少想到这个了。他很有点惋惜他们这小小的然而结实的一击没有能打出去,新战士们少了一个锻炼的机会,而且,他很惋惜这七九高地,——这几百米的土地在他的心里已经是属于朝鲜人民了。

胜利到来了。可是他还似乎很难为这胜利欢呼。他一下子仿佛有点惘然若失——他觉得很惆怅。入朝以来的许多事情一下子涌入他的心头。

"朝鲜人民可以和平建设了,祖国人民也可以更好地生活……我个人并不希望别的什么,我们从血战中锻炼出来,我们的目的清清楚楚!"

"难道我们这些人是天生喜欢打仗的吗?"赵庆奎欢喜地想,"看吧,如果他再敢动一动,那我们就一个耳光打昏他!"

李凤林向他走来,他笑了一笑,小声说:

"刚才的消息：今天签字了,战斗取消。"

"这么快吗？那怎么搞的呢？"李凤林惶惑地说。

"怎么搞的？"赵庆奎说,眼睛里闪耀着一个讽刺的微笑。"就这样搞,——我个人争取第一个为朝鲜老乡挑土盖房子！"他说。欢喜、激动的感情使得他的声音一下子高起来了。他于是笑着看着周围。

朱国山进来了,脸色十分忧郁,眼睛睁得很大,向各处看着,好象要看清楚这里有没有发生新的事情。

赵庆奎皱着眉头看着他。

"好么？"朱国山问。

"很好哇。你又闹胃病了么？"赵庆奎活泼地说,想起了三五○高地。朱国山坐下来,好象没有听见他的话,沉默了一下。

"我这胃将来要割掉,于是我每餐就吃十五颗米。怎么样？"他毫无笑容地说。

"这有什么,怎么样。七九高地将来会长起青草来,那么连青草也会说,这是朝鲜人民的土地。"赵庆奎也毫无笑容地说,他的心仍然向着七九高地。

"这话很对。"朱国山沉思着,仍然毫无笑容。

"我肯定地告诉你,"赵庆奎说,声音里重新又震颤着那种欢喜的激动了,"我个人要争取第一个为朝鲜老乡挑土盖房子。"

"恐怕用不着你来争第一名吧。"朱国山心不在焉地说,向四周看了一下,他又匆忙地说,"那么,……总而言之是,我想朝鲜的山沟会美丽起来。把坑道口防空帘拉严密！"他说。虽然防空帘拉得相当严密,但在他眼里,它仍然好象有一些缺点似的。……

"刘福海！"他又喊着。

刘福海精神焕发地跑过来了。

"你们怎么样？"

"报告！这是决无问题的,全班不论哪一个,断胳膊缺腿也要爬上七九高地！"

"唔,这我是完全相信的。"朱国山轻轻地说,"没有事情叫大家休息吧!把防空帘子再拉严,不要麻痹!"他又说。他的有些古怪的神情使得赵庆奎怀疑地看了看坑道口的相当严密的帘子。并且倾听了一下外面有没有敌机的声音。他一时不十分理解,朱国山此时心中充满着几年来对敌机的仇恨,"我也不反对你们唱个歌,你们班的那位'音乐家'——冯贵财我看是唱得不错的。"现在敌人打开饭炮了,他倾听了一下,说,"你们就唱吧。"

"唱什么呢?"刘福海说,他听朱国山要他"不要麻痹"很有些觉得高兴,但看着朱国山的样子,他又有些觉得惶惑。

"节目很好吗? 了不起。随便唱吧。"

刘福海很快跑去弄了一下帘子,观察了一阵,又弄了一下,跑回来敬了一个礼。

但朱国山却又似乎并未听着歌声。他脸上有着那种温暖的沉思的神情,长久地坐着不动,吸着一根香烟。后来他就走过去站在暗处,悄悄地看着那些激昂地唱着歌的年轻的战士们。

"唱得好。可是并不算太好。"他批评说,走开去了,爬下了观察所。"刘福海你跟我来,刘福海,这板门店谈判,夜间就要停火了,你觉得怎样?"朱国山对跟着他的刘福海说,希望得到他所预料的痛快的反应。

刘福海愣了一下,沉默着,但随即他如同朱国山所希望、预料的那样,号叫起来了。

"啊,这混帐的敌人从七九高地逃掉了,混帐的要逃掉了。现在发起攻击怎样?"刘福海大叫着,他的声音响彻坑道。朱国山忧郁地摇摇头,表示说战斗取消了。

刘福海沉默了。

夜里十点钟,这个部队执行着金日成元帅和彭德怀司令员的命令,停火了。

停火的信号弹升起来以前的一分钟,敌人的一排炮弹还落在坡下的开阔地上。

"打炮,狗养的,这个时候还打炮!"徐国忠勃然大怒地喊叫着。他愤怒他没有来得及拿下七九高地。但正在信号弹升起前的半秒钟,志愿军的还击的炮火落在敌人阵地上。

停火的白色信号弹从古井洞西山的主峰上升了起来。信号弹升到云朵下面;因为月光的照耀,那些灰黑的云就变成了黄色的。云迅速地在天空中浮过,月光就晶莹地照耀到这些山头上来了。

"执行金日成元帅、彭德怀司令员的命令,动作!"徐国忠喊叫着。扛着弹药箱的战士们就跑出了坑道,按照规定撤出非军事区。

徐国忠爬上山头。战场上现在非常寂静了,月光照耀着层层叠叠的山峦。一条远来的小河在静静地发着光,这小河通到开城板门店边的古井洞南山侧,又弯曲着流到这块阵地的附近,变得很细小,消失在沼泽和草丛里了。这些沼泽和草丛中还可以看得出原来的田地的轮廓,有几条田坎并未叫杂草遮没。积水的弹坑在草丛中发亮。古井洞南山和无名高地之间的一个小开阔地上,一座房屋的废墟,它的断墙在月光下矗立着。就在那附近的山头上,去年他们曾经血战过。

徐国忠走过密密的弹坑,鞋子都陷在浮土里了。这小山头上每天要落下成百的炮弹。他踢开几块弹片。

对面几十米外敌人的七九高地上,发出了喊叫的声音。几个李承晚士兵用手当做喇叭,在对这边喊话。徐国忠走到前面坡上并且听清楚了。

"中国志愿军,和平了,我们现在已经不是敌人了,我们从来没有见过面……"

"和平攻势,政策叫少搭理他们……去你妈的!昨天还跟你见面的!"徐国忠想。

"我们设想我们快收到你们的礼物了,我们预先谢谢,我们向你们提一个要求,和你们交一个朋友……"

"朋友?你他妈的美国走狗!"徐国忠想。

"我们评论你们的香烟、酒一定是很好的,你们还有没有哇?"传来了一阵意义模糊的笑声,"我们有东西也送你们……"

"你们的东西!"徐国忠突然大叫起来,燃烧着仇恨,"我们有酒、有烟,有各种各样的东西,你们研究着评论着吧!至于你们的东西则是剥削来的,美帝国来的,我也评论你们,你们想想吧。至于和平,我们要考验你们的诚意!"

"我们很高兴,高兴极了,谢谢你们的许诺。我们即是美帝国的,剥削的,我们抢劫一点可以吗?"

"你们丑恶的言论也要受到指责!"徐国忠大吼着。"抢劫的匪盗,你们使人民受到极大的痛苦,你们继续的罪行人民要一样惩罚你们!"

"你们的香烟、罐头很好吃吧?得儿得儿喂!"

"当然是很好的,你们记着吧,当然是很好的!"徐国忠愤怒地喊叫着,心里涌起了强大的正义和激昂的话,但又充满了对这些怯懦、卑贱的敌人的轻蔑,觉得用不着说什么。他竭力地忍住他的怒气,踢着炮弹皮。赵庆奎走上来了。

"你别和他叫唤,不要理他!"

"我没有理他呀!我可是憋坏了:我爬上来,我正在想——我正在想,这些狗叫起来了。"

"你正在想什么?"

徐国忠沉默了一下,又踢开了一块弹片,决然地抬起头来看着赵庆奎。

"我心里想,假设没有停战,我从这山坡侧面和正面拿下这七九高地……我心里还在说:请允许我在这个时刻来纪念我的牺牲了的战友!这些狗叫起来了……团参谋长,咱们要在这山头上插一面红旗吧!"

"上级指示要插的。"

"多插几面吧。叫这些狗看看这些红旗,我心里说,我的祖国啊,你现在能听见你的儿子们的心里的声音吗?"他用沙哑的大声说,那发亮的眼睛看着赵庆奎,"我说,我的亲爱的祖国,朝鲜人民啊!"

李承晚兵士又喊叫了。

"你们还有鞋子吗?你们的鞋子顶好顶好……"

"不要叫!"徐国忠咆哮着,"回转去,不要叫!"

他的威严的声音发生了效果。对面的山坡上沉寂了下来,那几个李承晚兵士悄悄走开了。

徐国忠沉默了一下,望着月光下的远处的山头,微笑着,用很低的,震颤着欢乐和感动的声音说:

"我们将要回忆这英雄朝鲜!"

在停火的前些天的一个上午,崔老大娘在山坡上收割着她的晚熟的麦子。村子里的人们正预备帮助她收割,她自己却动起手来了,因为夜里落了雨,看样子天还会落雨,而麦子已经黄得发焦了,沉重的麦穗都垂了下来。她觉得闲着没有事心里很烦闷,就拿出了那把镰刀,那把马兴他们替她打的、从敌机的轰炸过后的瓦砾堆里找出来的镰刀,走到田地边上来了。

她的光赤着的脚浸在溪流里,她在一块石头上磨着这把镰刀。这时天还没有亮,山边上的屋子里的人们都还没有起来。这些小屋子是去年轰炸后掘开坡上的泥土建立起来的,它们都是一半埋在土里,门前也堆了土,这样就可以防御弹片。

老人家夜里睡不着,她总是全村起得最早的。困难的是她现在没有什么事情做,没有孩子需要照料,家务也非常简单。因此她就觉得她可以自己来慢慢地收割。今年五月间,古井洞南山的向前进展的战斗中,人们没有让她到前线去抬担架了,因为她身体大不如从前了。春季以来她就断断续续地生病,前些时又躺倒了几天,但即使这样,——听说有什么修补公路之类的事情,她还是很倔强的。可是去年的严重的打击,她的小女儿崔淑姬的牺牲,终归在她身上发生了很大的影响;她的头发差不多全白了,而且脱落得只剩下稀薄的一层了。她背脊也有些弯了起来。

她夜里睡不着就总是想着她的孩子们:活着的和牺牲了的。

她的三个在前线的儿子最近一个时期都没有信来,还是四月间她的大儿子崔万吉来过信,说是他很好,生活很愉快,在一次战斗里他一个人杀死了五十一个敌人,获得了一枚战士荣誉勋章;他要母亲祝贺他。母亲寄去了她的祝贺,但一直没有告诉他的妹妹的牺牲……母亲心里有着沉重的惦念,她希望看见胜利的日子,看见儿子们归来,看见他们的强壮的肩膀在门前闪动——还有他们的敏捷的、愉快的步伐。她并且渴望听见他们的吵[沙]哑①的、沉着的或者轻快活泼的声音。三个儿子各有不同的样子和声音。他们现在一定长得她快要认不出来了。她渴望看见胜利的日子,渴望替他们办喜事。胜利的日子最初好象是很快就会来了,但后来就传来了李承晚扣留战俘的事情。看来是还得战斗下去。最近几天,村里人们又说着停战协定可能签字的消息了,但老人家这一次对这消息很冷淡,她不再相信了。听见人们谈起了这个她就要摇头。她夜里睡不着,就在心里描绘着卖国贼李承晚的卑鄙的样子,用各种方式诅咒他;偶尔睡着的时候,她也要梦见这个李承晚如何朝她扑来,如何狞笑,于是她就梦见自己用棍子打他。

磨着镰刀的时候,她就又想到她的儿子们。

去年这田地是崔淑姬和她一起耕种和收割的,这姑娘很懂事,她累坏了,就半闭着眼睛一声不响,问她什么她都摇摇头……她在这山沟里生活了快六十年了。她养育了六个孩子,有一个在幼年就病死,另一个,崔淑姬的姐姐,出嫁了,在战争开始的时候被炸死。在对面的山头上,埋葬着她的丈夫……在往年,在儿子们都在家的时候,在"八一五"苏联红军解放者来了以后,在那些和平的日子里,田地里的收获是多么丰硕和欢乐啊。那时候年轻力壮的孩子们象旋风一样地在麦地里劳作……但她并没有什么难过的,不,她不难过,她要对得起她的孩子们。

天微微发亮,她就在麦地里弯着腰慢慢地收割。过几个月

---

① 吵哑,原文如此。

她就要收割她那块水田里的稻子了,孩子们将来回来的时候一定会说:"妈妈,谢谢你,你多么好啊!"

割了一小片之后,天就开始落着微雨。她觉得身体很不行——她的病刚好。她的眼前火星飞舞。麦子在她面前倒下来。发香的、潮湿的麦穗刺着她的脸。她的手被割破了。她的被雨水和汗水淋湿的头发就贴在她的眼睛上。她在一堆麦子上坐下了,挥着汗,闭上眼睛休息了一下。她仿佛睡着了,但微雨又把她淋醒。"真的老了,真的不行?"她想,忧郁地看着那一片在微雨中沙沙发响的麦子。

她长久地呆看着这一片麦子,不知不觉地就想到一个人,这个人这时大概已经起来,或者他从昨天晚上起就没有睡;这个人的桌上点着蜡烛——她这样想——眼睛熬得有点发红,他,这个人在听着前线来的电话,人们在电话中顺便地报告他,有一个叫崔万吉的青年建立战功的消息,于是这个人就微笑了一下,说:"我知道他,我也知道他的母亲。"

是的,这个人什么都知道。他知道一个母亲的希望和困难。他知道人民希望什么,他决定不饶恕李承晚和美帝国,因为人民不饶恕李承晚和美帝国。

于是金日成的浑厚的脸,他的含着明朗的微笑的脸就在她眼前显得更清楚了。

"坚强起来吧,振作起来吧!妈妈!"

"是呀!是呀!你说得对!"老妈妈说。

"有困难吗?当然罗,很困难啦!"

"那倒是没有的!"老妈妈说。她在心里回答着金日成元帅;她仿佛觉得金日成元帅现在是坐在她的小屋子里的炕上——金日成元帅常常是很随便地就走到农民的家里,在炕上坐下来,开始谈天的;他坐在她的炕上,就象家里人一样,挂在柱子上的油灯照亮了他的浑厚、英俊、和蔼的脸。她想在油灯里再加一根灯芯,但是金日成转过身子来说:"妈妈,不要啦,这样很好!"

"你怕是饿了,你走了许多路,"老妈妈说,"我这里没有什么好吃的……你就随便吃点儿……"

"对啦,我是有点饿了。"

老妈妈欢喜极了。

"我要振作起来的,老啦,身体不行啦,也没关系……这你是都知道的,因为你领导人民在反抗日本人的时候,我跟着很多人逃到山里,那时候我年轻得很哩!"老妈妈说,脸上有了一点骄傲的微笑,"我们拿两只手也把田地抠开来,你领导我的丈夫在新义州战斗,那时候我就等候他,后来他回来了,身上带着两处伤,可是我们也没有难过。我的丈夫就在晚上关上门,跟孩子们讲着,金日成是什么人,他怎样领导人民。苏联军队解放了……"

"你的丈夫就是崔正泰么?"金日成说。

"是呀,正是,崔正泰!他是很勇敢的,他不负伤就不回来的!"

"我记得他。"

"是呀,你会记得他。他见不着解放后的好日子就死了。他教育孩子们,所以孩子们第一批就参加了军队!我说,去吧,跟最可靠的人——金日成将军走吧……这就是这个道理,我是会振作起来的!"

这想象中的谈话还在继续着,老妈妈就甩了甩手,走到第二片麦子前面去了。她又低着头割起来。

天已经大亮了。微雨仍然飘落着。山坡上的那些一半埋在土里的小屋子的顶上,现在都飘起了早晨的烧饭的烟,这些灰蓝色的烟在微雨下不能升高,长久地笼罩在屋顶上和树边上。金贞永这时从坡上走过,惊奇着老妈妈一早晨就割了这些麦子。她是刚刚起来的,头发还蓬乱。她抱歉地喊叫起来了,她说,用不着她自己动手,人们就会替她收割,村庄里也有这互助合作和帮助军烈属的组织,但老妈妈抬起头来看看她,笑着说她会做,又继续低着头割起来了。

金贞永跑开去了。立刻她就找来了几个年轻的妇女。她们拿着镰刀沿着山坡跑过来,其中的那个胖姑娘李顺英大惊小怪地喊叫着;她还未睡醒,走路还有些跌跌撞撞,引得别的姑娘发笑,于是她们就吵闹了起来。麦田里立刻就出现了热闹的气氛,这些年轻的姑娘们迅速地挥动着镰刀,一面在互相吵闹。

"你这样贪睡那是不行的,将来看你嫁给谁呢?"金贞永对李顺英说。大家笑起来了。

"当然有人要娶我!"李顺英恶狠狠地叫,"我还不一定肯嫁呢……你笑什么呢! 韩淑爱!"她转向那沉静地、稍稍地笑着的韩淑爱,因为她很羞怯,就来攻击她了。"我记着你,我拿树枝子刻在墙上记着,等你的人回来我告诉他,你欺侮我!"她拿起镰刀来威吓着。她急迫地说着话,在说话的时候眼睛、眉毛,甚至鼻子都活泼地动了起来。

"我也记着你!"韩淑爱羞怯地说,那一对美丽的黑眼睛在头巾下闪耀着。

割了一下,李顺英又举起镰刀来了。"我用树枝刻在墙上,拿粉笔写在石头上,石头便一跳一跳,去报告你的……我再找一张纸,什么时候你给我说过什么话——哎哟,你们看,我现在一点儿也不想睡了——我刚才说到哪里?"

"用一张纸?"

"对了,写上你说你心乖爱他,你想不承认你说的心乖呀! 你又欺侮我……阿妈尼,你是公正人,她们欺侮我哟!"

镰刀刷刷地响着,精力充沛的年轻姑娘们象早晨的鸟雀在微雨的田地里嘻笑着,胖姑娘李顺英的攻击有她的意思,她想使老大娘欢快,因为韩淑爱在战前就和老大娘的大儿子崔万吉很要好——这件婚姻已经被所有的人公认了,老大娘自己也满意这个。但李顺英自己喜欢着她的二儿子崔永吉,他们在最近一年来还通过好几封信,老大娘却不知道,李顺英攻击韩淑爱同时是为的防卫自己,这是这里的年轻的妇女们全知道的。

老妈妈笑着,悄悄地看着这个漂亮的韩淑爱就开始说话了。

"我的那个崔万吉是不喜欢说话的,他从小就是这个脾气……"

"不要吵,你们听着!"李顺英叫着说。

"是最大的孩子,所以什么事就多吃一点苦……"

"听见了吗,心乖爱的韩淑爱?"韩淑爱的头埋到麦棵里去了,头巾垂下来把她的眼睛都遮住了。

"李顺英不许胡说,听我说吧!……父亲对他是最严的,天气最冷的时候,父亲一早就喊了:崔万吉,上山砍柴去!下大雪也这样。父亲说,把窑里的萝卜背出来。他很小就背几十斤爬过银峰山和白果洞山。有一次他身体不大舒服吧,有点偷懒,父亲说:穷人家的孩子,将来要吃苦,也要和敌人奋斗,不允许你这样,去吧!我的崔万吉揩揩眼泪又去了,那时候父亲从鸭绿江回来,后来又去了,负伤又回来了。我们那时候就是很穷的。"

"妈妈,这个我知道。"金贞永说。

"所以你们不要批评父亲。他有时候脾气不好,不过他是对的。十四岁,我的崔万吉就做工养活家里人了。父亲心里是喜欢他的。他有一回叫李承晚特务流氓欺侮,钱叫人抢去了,他在外面,一饿一天,和特务流氓打得头破血流,回来一句话也不说。问他吃了吗?他点点头。父亲说,反抗他们,这样很好,反抗吧!父亲后来在村子呆不住了,躲来躲去,……我那时候又不能说什么,不明白很多道理,很害怕崔万吉闹事情,这样父亲死了,一直到苏联红军解放……"

"他后来并不是不喜欢说话的……"金贞永说。

"是啊!我的崔万吉心很深。"

"那么你的崔永吉呢?妈妈,说说吧!"金贞永说,看了看李顺英。

姑娘们都肃静着。李顺英在挥着镰刀,好象没有听见似的,极快地割倒一大片麦子跑到前面去了。崔老大娘这时就觉察到什么了。她微笑着看看大家。

"我们崔永吉就不象他大哥了。他也能干活,不过他是调皮的。"

"是的呀!"金贞永说。

李顺英狠狠地挥着镰刀。

"这雨就要停了。"她惊慌地说。

姑娘们都微笑起来。

"我的崔永吉,他小的时候,他挤着鼻子一笑,父亲就不发脾气了。我的崔永吉是聪明的。他会做许多小玩意,会画画,他不知道跟谁学的。父亲在他背后看着,看他画一座房子,一个人。父亲说:这很好,我们家里将来要有这么一个人。父亲想送崔永吉去念书,家里连吃的也没有,那时念什么书呢?他也干活。后来'八一五'解放,他才念了一点书。他很快很快地就能读许多书了,夜里面不睡,还在看书,他那时候变了,说话少了……"

"李顺英,你听见了吗?"金贞永说。

"听见了。"李顺英冷淡地回答。

"崔永吉在信里跟你怎么说的?"

"我不知道!不知道,不知道,不知道!"

"你们写信了吗?"老妈妈惊奇地喊。

"写的。"李顺英回过头来说,看着老妈妈,拿着镰刀,脸红到耳根——也因刚才到来的时候跟金贞永说"不一定肯嫁"的粗话而脸红,就那样站着不动了。看见老妈妈眼睛里的眼泪,她就把头上的毛巾拉到眼睛上,转过身去,又继续割起麦子来了。但随即她回过头来说:"妈妈,要我吗?我又粗笨,常说蠢话!吃的又多,但是能干活;我嫁给崔永吉,跟着妈妈了。婆婆!"她喊。"要我吗?"她说。

"哎,要的。"老妈妈说。

"婆婆!"韩淑爱也红着脸喊着,"崔万吉他快胜利了。"

"哎,是这样的,"老妈妈说,幸福地红着脸,"姑娘……儿子!"她喊,看着韩淑爱,又看着李顺英,韩淑爱便扑到崔老大娘身上,搂抱着她。胖姑娘李顺英便丢掉了镰刀,跑过去,搂抱着她们两个。其他的人沉默着。金贞永叉着腰,轻轻地叹了一口气。

麦田里沉默了很久……

"我跟你们说的是你们上一代人的希望,"老妈妈停了一下,看着散布在她的周围的姑娘们,擦干了她的眼泪,"是他们……父亲跟着金日成元帅打过仗,还有你们各人的上辈……他们的希望。什么人,是谁把你们领到这条路上来的呢?"她举起镰刀来挥动了一下,又弯下腰去割麦子了。

"妈妈,"金贞永柔声说:"我们不要多久就会办喜事了。一定的,不要多久……"

雨停了。大片的灰色的云在天空里飘浮着。

"可以看么?这样可以么?"女孩朴淑姬说,站在金贞永面前,转动着她的身子。她的头发还是潮湿的,她刚刚从溪流里自己洗了头回来,就急忙地穿上她的粉红色的绸裙,今天下午她要到小学校里去练习跳舞。明天她要参加给军队表演。

她第一次穿这件新绸裙,这是在庆祝停战协定签字的大会之后,金贞永才替她做的。她好些天来就渴望着穿上这裙子,在无论什么时候都跳舞,并且让那些熟识的战士们看见。金贞永告诉她,她就可以看见他们了,他们将要来看她跳舞。她有许多话想和他们说:新裙子啦,她学会洗衣服啦,插在她们屋子前面的那一面小国旗啦……最主要的事情当然是,她已经上学了,人们说,她现在是一个功课好的独立自主的小姑娘了。她曾在清早的时候到山上去砍柴禾并且背下来。山沟里的那些带刺的枝条曾经划破了她的腿,她就用一些泥涂在创口上。所以,她当然是一个独立自主的小姑娘。她春季的时候开始上学,对面山坡上有一间小屋子,有三十几个小学生上课;教师就是韩淑爱。独立自主的小姑娘有一天曾和一个男孩凶恶地打架而且战胜了他。教师韩淑爱就把他们两人都处罚了,让他们站在挂在树干上的黑板跟前——那天他们是在树林里上课的。即使是这件事情,也可以告诉战士们,因为她以后就并没有打架了。

金贞永到厨房里去了一下,女孩就开始在炕上跳舞;旋转着,伸出手臂。但是金贞永又跑回来了,于是女孩窘迫起来,赶紧收回手臂,面朝着墙上站着,抠墙上的泥。金贞永笑了起来,笑得眼泪都流出来了。

"这有什么好笑的呢?一点也没有什么好笑的,"朴淑姬想,抠着墙上的泥。金贞永就轻轻地抓着她的肩膀把她转了过来。

"我们现在来做一件工作,朴淑姬。你坐着不要动,我有很好的东西给你;我们休息两天,唱歌,跳舞,然后我们就都要用功了。有多少多少事情等着我们去做啦。我送给你的东西是很重要的,不过我不知道能不能找到。"她带着一点狡猾的神气快乐地说,从木箱上拖下一个包袱来,打开来翻着里面的那些旧衣服。"哎呀,没有了,没有那个小包包了!你看,奇怪啊,记不起来放到哪里去了!"

"什么东西呀!"朴淑姬半信半疑地问,因为这屋子里所有的东西她都知道——有什么重要的东西可以送给她的呢?要么就是柜子抽屉里的那一块红绸子。

金贞永打开了柜子。

"我预备在朴淑姬长成大人的时候送给她的,现在我预备先给她看看。"金贞永沉思地说,"那我们先就这样办吧,这整整的一块红绸子我先送给朴淑姬吧。"她于是从抽屉里拿出那块红绸子来,剪下了一长条,绾成了一个结子,替她扎在头发上,她仔细地端详着朴淑姬,满意地说:"这样不是很好吗?他们大家就会说:朴淑姬多么漂亮啊!可是朴淑姬还应该有耐性,不要着急,那么我们就可以在木箱里再找一下了。"她拖过那个木箱来,喃喃地说,她的脸发红而且发光,她的额上出现了许多细小的汗珠。"我们今天可以叫朴淑姬高兴一下,因为朴淑姬学习得不错,劳动得很好,她已经不和别人打架了,她也尊敬老师,尊敬老年人……将来长大了,要做很好的工作。"她就这样在木箱里慢慢找寻起来。她把一切旧东西都翻了出来。这些旧东西是轰炸过后仅存下来的;从瓦砾堆里拣出来的。每一件东西上都有一段沉痛的回忆,她平常是难得打开这个箱子的。可是现在她温存而快活,似乎真的成为朴淑姬的母亲了。她在那些零乱的旧东西中间坐着,仿佛是很多亲人围绕着她。她继续沉思地、小声地、快乐地说着话。"到哪里去了呢,这就奇怪了。我记得轰炸过后还见到过的呀!"她皱着眉想了一会,于是说:"对了,它一定在哪里躺着,在那里喊:朴淑姬!朴淑姬!可是因为朴淑姬着急了,它就不肯出来啦!"

紧张的朴淑姬笑了。

金贞永变得严肃起来,手伸在木箱里,好一会儿坐着不动,仿佛把周围的一切全忘记了。她的脸现在有些苍白。她的唇边也有一个果决的微笑闪耀了一下,她就拿出一个木盒子,打开它,拿出了她的丈夫的那个勋章。她又坐着不动了。过了好一阵子,她才拿起这勋章来在脸上贴了一下,又把她在朴淑姬的脸上贴了一下,于是才重新放到盒子里面。

现在她默默地找寻着了。终于她从一件小棉袄里翻出了一个绿色的布包。这布包散发着时间很久远的香粉的气息。

"你看!"她说,"我说是放在衣服里的,我总记得不是在包袱里就是在箱子里。你记着,朴淑姬!"她振作起来,重新快乐地说,"从前,有一个最好的人,我的丈夫,送我四样东西,这四样东西现在就剩下两样了。"

她沉默了一下想着她的丈夫。她打开布包。这原来是一条华丽的、浅绿色的、透明的、上面织着一只孔雀的纱头巾,和一把紫色、晶亮的梳子。它们还完全是新的,躺在旧衣服里度过了战争的年月。房间里充满着陈旧的香粉气——这种气息唤起了仿佛极为遥远的回忆,从那以来,生活里发生了多么大的变化啊!她,金贞永已经不再是那么单纯的、年轻的姑娘和新娘了。……金贞永忽然有些犹豫起来。她微微笑着:为什么她不可以把这头巾戴在头上呢?

"送给你,朴淑姬,长大了使用!"她决然地说,眼睛里焕发着光辉。

朴淑姬把头巾接过来放在炕上,然后她说:"给我啦?"便往旁边看,往门外看,突然闪动着脚步走出去了。

女孩走出去了。她往田野里走去哭着快乐地说:"妈妈金贞永送给我长大用的头巾……"金贞永仍然坐在那些零乱的旧衣服中间,房间里仍然充满着她的新娘时代的香粉气息。

"他送我的时候我笑啊！笑啊！笑他买的笨,那时候我们年轻!"她微笑着想,后来她站起来摘下了墙上的照片框子,那里面除了她的丈夫的照片以外,还有几张边沿上都烧焦了的照片。那些亲人从照片上对她看着。他们现在没有一个还活着的了。她长久地拿着那照片,含着那个痛苦的微笑,痴呆地坐着。但后来她终于从悲痛的痴想中惊醒了,她看看自己的粗糙的、布满了伤痕和裂口的手,又看到身上的打着补丁的黑裙子和那件洗得发白了的黄军服。"我这样子算什么呢？我为什么要这样难看呀……我们共和国胜利了,我就应该和从前一样的年轻!"她于是迅速地跳了起来,找出了她的唯一的一件绿色的纱裙,拿了毛巾,迎着酷烈的太阳跑了出去。

她翻过山坡,走到一条清澈的河沟里去。在这炎热的下午,狭小的山沟里非常寂静。凉爽、柔滑的水使得她对自己微笑了起来。

当她穿上那绿色的纱裙和白色的小袄的时候,她几乎要对自己的仍然年轻和美丽觉得羞怯。好久不习惯这个了。她带着喜悦的嘲笑神气看着自己,爬上山坡,把脏衣服垫在地上,坐了下来,眯着眼睛看着下面的充满阳光的山沟。在对面的坡下,里委员会所在的树林的上空,在浓郁的绿色上面,飘着一面国旗；它静静地垂下来,又在微风里欢快地舒展着。金贞永长久地看着这面国旗,她一时用左手托着下巴,一时用右手托着腮,看着这国旗,终于眼泪就模糊了她的眼睛。她的整个的生命都和这一面蓝色和红色,有着光芒的星的国旗相联,她仿佛溶化了,她仿佛随着这面国旗在炎热、寂静、绿色的山沟上空舒展着和飘荡着。

金贞永看见一队战士从东边的沟口上过来了。他们成一路纵队沿着路边慢慢地在炎热的太阳下前进,背负着沉重的背包和武器。金贞永站了起来,拿手遮到她的眼睛上面,看着。战士们的队列伸到山沟里面来了,灰尘在小公路上飞扬。这时两边的山坡上就起了骚动,中午的寂静被打破了,一个里委员会的男子喊叫着,人们便从屋子里,树林里,田地里带着水壶向路边上奔去;炎热的阳光下传来了兴奋的喊声。

金贞永奔下坡去,回到家里,把脏衣服摔在炕上,把潮湿的头发挽在头上,提着水壶跑出来,穿过田野一直奔去。是他们,这是他们……

这就是志愿军的王正刚团——村子里的人们差不多认得它的每一个战士。这个团在平毁了前沿工事之后撤出了非军事区,随即就奉了和朝鲜人民军换防的命令,撤到后面来了。仍然是那些黑黝黝的、健壮的脸,那些闪耀着的、忠厚的、愉快的眼睛,那些被汗水浸透了的衣服,那些沉重的、结实的背包……武器在阳光下闪烁着。

这朴实的行军和以往的一切行军看来并没有什么不同。两年多以前中国人民志愿军渡过鸭绿江,那时候人们并未仔细想到他们会和这片土地结下这么深的感情。两年多以来人们就这样行军、战斗,然后又行军,穿过冬季的落着大雪的严寒的田野,淋着夏季的暴雨又曝晒在炎热的阳光下;越过一个又一个的山沟……。他们中间有许多人不在了,有许多新的,年轻的面孔出现了,这些年轻的面孔也这样地晒成了紫铜色……战士们沉默地前进着,脸上流满了沾着灰尘的汗水,他们用亲热的、闪亮的、有些好奇的眼光看着山边上的房屋,田地里的庄稼,和这些经历过战争而仍然存活着的人们。他们又严肃地看着挂在每家人家门口的旗帜。后来就爆发了欢快的喊声和说话声——战士们和熟人们打着招呼。

"阿妈尼!阿妈尼!"一个高大的战士大叫着,在沉重的背包和汗水中很困难地笑着,"好吗?生活好吗?"

"好的,好的,辛苦啦!"阿妈尼听着,在路边上奔跑着,提着水壶。

"阿妈尼!啊哈,你的儿子来信了吗?"

"老王,哎呀,你的腿都好了吗?"

"阿志妈尼,你们的房子盖起来了吗?"

"没有,坍倒了。你不看见了吗,你这鬼?"

"我看到了。替你盖新的!"

"老刘呀,我们想着你们啦!"

"阿妈尼,飞机大炮阿不索,统统没有了,晚上……打开门,点上灯!"

"家里来信了吗?"

"来信了,我家里统统都好,好得很!我的妈妈问朝鲜的阿妈尼好!"

"你们山坡上的那块地,今年没有种大葱吗?"

"房子不漏雨吗?砍柴有困难吗?"

战士们发出笑声,背负着沉重的背包,弯着腰前进着;一个连队紧跟着一个连队。一个炊事员挑着油桶过去了。马匹驮着迫击炮前进着。一个挑着两箱弹药的矮个子的战士飞跑着上前,一面张着嘴对着阿妈尼,阿妈尼笑着;那弯得象一张弓一样的扁担,在他的肩膀上颤动着。另一个战士挑着一些特别的东西:炮弹箱做成的凳子和蛋粉罐做成的水壶。第三个战士背包上横着一把胡琴,帽子上顶着一个用栗子树叶编成的伪装圈,他先前戴着这个在炮火下的前沿前进,现在顶着它遮太阳,当他的微笑的胖胖的脸转动的时候,干枯了的栗子树叶就在他的耳朵边上发响。

第一连过来了。副连长李发走在前面,裤子腿卷到膝盖上,露出他的筋肉强壮的、发黑的、满是创疤的腿,他的大脸上堆满了笑容,皱纹里渍着汗水。

"向前进!跟上!跟上!"他用低沉的胸音对他的队伍说。举起一只手来,并且挺起胸膛。

"阿妈尼!"刘福海喊叫着,在汗水里愉快地眨着眼睛,"多久不见了啊,我的阿妈尼!"他跳了一下,使他的脚步合上节拍,又喊着:"你的镰刀还好使吗……镰刀,我们……你的镰刀!"

崔老大娘奔到战士们跟前,和他们拥抱,又拉起围裙来擦着眼泪,但又赶紧放下,害怕看漏了每一个熟识的战士。

"马兴班长呢?孩子,马兴班长……"她喊,找寻着,不安地看着那一张张微笑着的陌生的脸。

"他……"董富说,匆促地笑了一笑,向前走去,于是老大娘跟着他向前跑去。

徐国忠跑步追向前来。

"金贞永,阿志妈尼!"他大声喊,但注意到金贞永的容光焕发的神气和那美丽的衣裙,怔了一下,仔细看了她一眼。于是金贞永笑了。"朴淑姬好吗?我的朴淑姬!"徐国忠红着脸大声说。

赵庆奎和朱国山走了过来。

"阿志妈尼!"朱国山惊奇地说,"好啊……庆祝胜利!"

"旧的衣服,旧的……"金贞永说,羞怯起来,忽然笑着说:"老朱同志,我们有萝卜,白菜,要吗?"

朱国山大笑了。金贞永于是眯着眼睛看着赵庆奎。

"爱人,妻子,好吗?"

"很好,谢谢你。"赵庆奎欢快地回答,嘴边上闪出了一个嘲讽的微笑。

"胜利——"金贞永说。

"是的,胜利。"赵庆奎说,看着树林上空的那一面朝鲜民主主义共和国的国旗,然后他站下,对国旗敬了一个礼,对着这容光焕发的妇女微笑着。

"看着我干什么?"金贞永笑起来,问。

"胜利——"赵庆奎说,他的意思是,他对金贞永笑着,是因为金贞永象征着胜利。他笑着往前走去。

李凤林喊叫着跑上前去。崔老大娘高举着手臂,象是要一下子抱住他。李凤林跑到她面前。

"健康吗?很好吗?"老大娘说,那高举着的手臂又落下来,两只手在自己的腿上拍了一下。

"健康,很好!"李凤林说,眼睛里满含着眼泪,想起了那炸弹下的山沟——那时候,在炸弹的啸声下,老大娘的战栗的身体趴在他身上。

战士们中间发出了一阵欢呼:小学生们从树林里奔跑出来

了。人们看见那个朴淑姬紧张地站下来张望着,好象她正准备跑过一条宽阔的河流似的。

"朴淑姬!"

"小丫头,长高啦!"

朴淑姬睁大眼睛张望着,她那神气仿佛说:"你看,我说的!我要先告诉他们什么呢?他们知道了吗?他们知道我已经跟从前不一样了吗?"她向徐国忠奔来。徐国忠向赵庆奎敬了一个礼,飞快地奔上去,象在火线上冲锋一般,拖着一个长长的,惊动了整个山坡的叫喊,他扑上去就把她抱起来了。

她不知道是不是应该高兴,因为她现在并不是小孩子啊。所以她显出了一种很矜持的神气。

"你戴红领巾了吗?你快要戴红领巾了吗?"徐国忠喊着,几乎要炸破她的耳朵。徐国忠把她抱到连队面前,把她高高举了起来,于是连队就发出了一阵象大风中的树林一般的欢呼。

"我们的女儿,我们一排的!"

"我们全连的!"

"毛主席万岁,金日成元帅万岁!"李发大叫着,举起拳头来。

"万岁!万岁!"连队欢呼着。

"在我们这里住下吗?"金贞永问。

"不。在前面。"赵庆奎惋惜地说。但立刻又加上说:"不太远。这两天还见到的。"

里委员会干部和金贞永要求部队停几分钟。她将找人们多弄点开水来。赵庆奎同意了。

随着休息的命令,战士们的欢呼声爆发开来了。山坡上人们在飞奔,抬来了水;是水;所有的家常的食物都被用围裙兜来了。小学生们唱着歌,部队唱着歌,妇女们在欢呼声中开始跳舞;在山坡上、公路边上,在树木的斑驳的阴影中和炎热的阳光下开始跳舞。

"阿志妈尼!吓!吓……"朱国山说。

"爱人张桂珍好吗?"金贞永看着赵庆奎,笑着这么问。她忘了她已经问了这个了。但显然的,她想多说些感情的话,她这时替那个对她似乎并不陌生的,远在中国的妇女而高兴。

"很好。好极了。"赵庆奎说,"我记得我已经告诉过你啦。"

"我还想说,我想告诉她我们的感谢。感谢和……祝愿。对吗?"她说。

"谢谢你。"赵庆奎感动地说,"感谢我们的领袖金日成、毛泽东和人民吧,是他们把我们指引到这条胜利之路上来的。"

部队又前进了,人们沉默了下来。村民们默默地跟着部队走动;战士们的脸色庄严。姑娘们的眼睛潮湿了,悄悄地转过头去擦着眼泪,又默默地跟着行走。战士们旁边跑着小孩——这支队伍,被整个的村庄的男子和妇女、小孩、老人们拥簇着,抢背背包;被那些快乐的,但镂刻着悲痛的痕迹的脸、发红的眼睛、灰白的和青春的头发、彩色的衣裙围绕着,在炎热的太阳下前进。

"不骗我们的? 真的我们还能见到……"胖姑娘李顺英跑到朱国山面前,哭着大声说。

"会见到的,肯定地会见到!"

"在这些山头上,埋葬着我们的人,也埋葬着你们的光荣的……"李顺英说,"我们要永远纪念。"

"我们也会永远纪念。"

"我们烧暖了炕,冬天我们就等着你们回来。"李顺英说,哭得更凶了,"我们准备替你们把衣服洗干净,准备跟你们一起唱歌……"

看见朱国山的难受的、庄严的脸色,她就沉默了。她用碎小的步在他身边跳着,然后说:

"对不起啊! 我真是对不起啊……我本来不想哭的。可是我就是想哭。"

人们继续跟着部队前行,战士们再三地告别。村民们仍然不回去。一个老大娘在队伍旁边前前后后地奔跑着,从她的围裙里不断地抓出一把又一把的玉米花来,塞在战士们的流汗的手里。韩淑爱和另一个姑娘提着水桶跑着,不断地从桶里舀出水递给战士们,战士们有的已经喝了三大碗了。这桶水还未完,另外的两个姑娘又抬了第二桶水送上来了。干部们抱抱小孩,小孩们就柔顺地贴在他们汗湿的肩上。现在他们走进了朱洪财他们两年前在那里砍伐树木的大山下面了。师长的吉普车这时追了上来,在坡边上停下了,驾车的是胡有安,高大、威严的师长下车来,一只手扶着后车身,看着这支队伍。

战士们流着汗,他们的庄严的脸膛在阳光下闪耀着,现在摆脱了村民们,他们整齐地顺着公路爬上一个斜坡了。这时另外一支队伍迎面而来,在斜顶上出现,一面旗帜飘扬在蓝天的背景中。渐渐地,整齐的四路纵队从公路左边往坡下伸展出来了,所有的人都静默了下来。这是一支人民军部队,它的先行部队昨天夜里已经到达这里的前沿北军分区。它是从东部战线调来接防这一带的。

人们听见了从那整齐的队列里传出的激昂的歌声。

这支部队走近了。垂着黄色流苏的、褪色的军旗缓缓地飘扬着,好象在庄严地宣告着它所经历的战斗。端着转盘枪的两个年轻的战士走在旗手的两旁,在他们后面,一个强壮的青年军官,人民军的团长,骑在马上。这支队伍好象没有注意到周围的人们,而只是感觉着他们自己的脚步声和歌声。那匹枣红色的马昂起头来,它也似乎只是感觉着队伍的脚步声和歌声——那沉重的、整齐的震动,和沙哑、雄浑、坚决的歌声。

在那沉重的震动里,在扬起来的灰尘中,那些荷着转盘枪和步枪的战士们摆动着,大声歌唱着。队伍略略地呈显出一点疲劳,但在这歌声里振奋了起来。人们的服装、鞋帽、肩章,显示了他们的长期的战斗。被汗水浸湿的衣服已经褪色,有许多的磨损;有的皮鞋已经破裂。但在队伍的威严而整齐的步伐中,人们一眼很难看出这些艰苦战斗的痕迹来,人们只看见一个由黄色的军服、紫铜色的脸,红色的肩章和闪耀的武器所组成的整体。

现在那一面军旗迎风招展,被那沉重而威严的步伐所簇拥,来到师长李恒的吉普车附近了。朱国山举手敬礼,那军旗就略略低了下来,骑在马上的人民军军官便举手还礼,然后跳下马来,对李恒敬礼,李恒便离开吉普车还礼。

灰尘在大路上飞扬,人民军的战士们歌唱着前进,他们唱着:"……我们的祖国……家园。"李恒穿过自己的战士的队列走到公路中间去了。当赵庆奎走过去的时候,就看见一个结实的人民军军官从队伍里跑了出来,笑着向师长敬礼。赵庆奎发出喊叫,这军官又向他敬礼,然后就张开手臂扑到赵庆奎身上来了。他们两人喘息着、喊叫着,师长微笑着看着他们。

"徐国忠!"赵庆奎喊,"一连连长徐国忠!看这是谁?斐英哲呀!"他喊叫着,又把斐英哲抱住了。人民军战士们歌唱着,含着笑容,从他们身边走过,好象说:"我们知道这是怎么一回事!重逢的战友啊,我们知道!"

徐国忠过来了,后面又跑着朴淑姬,他一瞬间不知道怎么才好,是丢开女孩呢!还是抱起她来。斐英哲就把他和女孩一起抱住了。

"你看我是多么强壮!同志们,魏连长呢?朱洪财呢?!"斐英哲说,环顾着,注意到人们脸上有一点阴暗的表情,现在有好一些一连的老战士围着他了;事务长李光背着一个很鼓的挂包,脸红到耳根,仿佛很是害羞,在人们中间叫嚷着;似乎因为斐英哲来不及接他的香烟。

斐英哲对人们敬了一个礼跑回队伍去了。他一面跑,一面不时地回过头来挥手。

"两个国旗勋章!"李光说,一面仍然有点脸红,想着魏强和朱洪财。

"他姐姐牺牲的事情他知道吗?"徐国忠说,也有些脸红;他刚才想起了斐英哲的姐姐,却没有说。

师长看了他们一眼。

朝鲜村民们站在道路边上。一个胡须花白的老头子,拄着拐棍,流着泪。从妇女们中间发出呼叫的声音——一个高大的人民军班长向首长敬礼之后从队列里跑出来了。他把右肩上的转盘枪推往肩头边上,向着老大娘跑来;老大娘已经张开她颤抖着的手臂了。

475

这就是那个从小就很沉默、很倔强的崔万吉。人们看见母亲攀住了儿子的肩膀，带着眩晕的神情，闭着她的眼睛把她的头靠在儿子强壮的手臂上。

崔万吉笑着，看着两旁的妇女们。

"韩淑爱！淑爱！"金贞永激动地叫着。韩淑爱脸色苍白，很快地走上前来，仰起头来看着她的未婚夫；她的手里还提着那个水桶。

人民军的战士们歌唱着。志愿军也开始唱歌。人们的眼睛含着微笑，踏着整齐的步伐，从他们身边走过，好象说："亲爱的母亲和美丽的爱人啊，我们知道！"

"妹妹牺牲了？"崔万吉说。

"牺牲了。"韩淑爱说，仍然仰着她的苍白的脸。

"我知道。"崔万吉说："永吉他也快回来了，还有小弟，"他说，略略皱了一下眉头，就用他的大手抚摸着母亲的白发。

李顺英啜泣了一声，但立刻两边看看，抑制住了。她似乎在看看附近的志愿军朱国山注意她没有。

"放心吧，妈妈；放心吧，一切全放心吧！"崔万吉说。

人民军战士们踏着沉重、威严的步伐前进着，继续唱着激昂的军歌。在公路的这一边，志愿军战士们踏着同样沉重、威严的步伐前进着，庄严地唱着军歌。这一切好象说——军歌也好象说："放心吧！一切全放心吧！"

崔万吉跑回队伍。在人们的围绕中，老大娘望着儿子跑开去的方向，望着又过来的军旗，望着人民军的队列，却一面紧紧地抓着赵庆奎的手和又跑过来的李凤林的手，仿佛她担心他们跑开去似的，仿佛是，她的儿子回来了，她也不愿让这两个儿子跑开。师长李恒慢慢地走到她面前，轻轻地说：

"放心吧！阿妈尼，一切全放心吧！"

一九五四年八月三十日于北京①

---

① 此处落款及以下"后记"采自《新月》1984年第4期第128页。

后　记

　　《战争，为了和平》这部长篇小说共十三章，四十余万字，是我一九五二年、五三年到朝鲜战地回来后，一九五四年所写。我入朝鲜深受中国人民志愿军和朝鲜人民的奋斗与英雄主义所感动。我的这个长篇志在歌颂伟大的中国人民志愿军的许多英雄人物和朝鲜人民。写了临津江战役，汉城北五次战役，开城谈判三八线之战，写了国内人民的支持，写了不少使我难忘的朝鲜人民。全篇以一个师的作战为中心。写成不久，便遭了二十多年不幸的劫难。……经过战友们的帮助，这小说于一九八一年起已经有若干章与读者见面了，发表于《江南》、《雪莲》、《创作》、《北疆》等刊物。《江南》发表较多，计四章。同时，中国文联出版公司预备出版。这里感谢一些朋友们和读者们对我的作品的关心，也感谢发表的各刊物和编者们给予的关注，和文联出版公司对我的关怀。

　　感谢《新月》，她发表了第十三章，这是末一章。在这一章里，我描写了板门店停战前后朝中人民的气势，中国人民志愿军、朝鲜人民军和人民的深刻血肉关联，也就用这来做全篇的结束了。在这里，我对那些年代结识的志愿军、人民军、朝鲜人民，表示我的永远的怀念与感激之情，他们给了我深刻的教育。事隔许多年了，想起来仍然使我异常激动。

路　翎

一九八四年三月二十日

图书在版编目(CIP)数据

路翎全集.第六卷,长篇小说.1954/路翎著;张业松主编.--上海:复旦大学出版社,2025.2.
ISBN 978-7-309-17728-2
Ⅰ.I217.2
中国国家版本馆 CIP 数据核字第 2024612E14 号

路翎全集.第六卷,长篇小说.1954
路　翎　著
张业松　主编
责任编辑/方尚芹

复旦大学出版社有限公司出版发行
上海市国权路 579 号　邮编：200433
网址：fupnet@fudanpress.com　　http://www.fudanpress.com
门市零售：86-21-65102580　　团体订购：86-21-65104505
出版部电话：86-21-65642845
上海盛通时代印刷有限公司

开本 890 毫米×1240 毫米　1/32　印张 15　字数 389 千字
2025 年 2 月第 1 版
2025 年 2 月第 1 版第 1 次印刷

ISBN 978-7-309-17728-2/I·1430
定价：85.00 元

如有印装质量问题，请向复旦大学出版社有限公司出版部调换。
版权所有　　侵权必究